新时代
山乡巨变
创作计划

周瑄璞 /// 著

命运把她们揉进严酷难挨的生活，她们惊鸿一现，成为泥土中开出的各色花朵，顽强绽放，尽显芳华。

作家出版社

目 录

楔　子	... 001
第 一 章　前杨过道	... 003
第 二 章　包产到户	... 021
第 三 章　过道女皇	... 039
第 四 章　民办教师	... 048
第 五 章　寻的闺女	... 058
第 六 章　高考岁月	... 073
第 七 章　丽雯还乡	... 085
第 八 章　苦恼金环	... 098
第 九 章　再次复读	... 112
第 十 章　命运转机	... 135
第十一章　回到娘家	... 142
第十二章　一台大戏	... 155
第十三章　车站生活	... 178
第十四章　我的椿树	... 186
第十五章　引章结婚	... 196
第十六章　去木锨王	... 205

第十七章	第一桶金	...216
第十八章	量贩风波	...227
第十九章	到深圳去	...235
第二十章	身世与婚姻	...251
第二十一章	归去来兮	...275
第二十二章	流金岁月	...295
第二十三章	石头之歌	...316
第二十四章	风吹平原	...331
第二十五章	仕途停摆	...341
第二十六章	烈芳说	...352
尾　声		...366

楔　子

夜火车，始发站。

窗外站台，铺满淡黄色灯光，已经没有匆忙身影去搅动它们，空气和光线静止下来。

杨烈芳对车窗外站着的雯姐和小秋摆了几次手，让她们走。告别的话已说过几遍，再站下去有点尴尬。二人最后一次向她挥手，转身离去。

站台上再没有人，旅客们都在车上，已经就位和正在就位，箱子提包磕磕碰碰。

杨烈芳坐在过道边的小凳上，尽量收紧自己的身体。那些碰到她的人说声对不起，她并不理会，只将脸对着窗外，那些逐步凝固发黄的灯光，隔着玻璃与她对望。

就这样走了吗？心底有个声音在问她。

走了。她对着满地灯光，心里说，不走又能怎样呢？话已出口，事已至此，刀插心上，再也收不回来了。

"旅客们，您将要离开古城西安了。西安站全体工作人员祝您旅途愉快，一路平安。"温柔的女声循环播放，隔着玻璃，似有若无，在寂静的站台上轻轻拂过，飘散在空气里。

火车轻微震动，缓缓起身。

闪过车站大楼，走出站台上方的巨大棚子，她看到夜空，看到城墙上的光带，勾勒出女墙的轮廓。只一忽儿，城墙向南拐去，她勾回头，脖子拧得微疼，终是不见了。火车加速，在两边都是破旧房子的峡谷中穿行，向着东方的黑夜驶去。

三十一岁到来，三十六岁离去，来时大龄青年，去时离异单身。

"杨烈芳，出了这个门你要是能再找到像我对你这么好、处处迁就你的人，算我服你。"

"出了门我下地狱，也不在你这天堂。"

也就是几天前的事，将本打算相守一生的两个人变为路人。杨烈芳说一不二，她认准的事，没有人能够改变；她想要做的事，没有人拦挡得住。就算面前是激荡荡滚油锅，她也要跳进去。她收拾自己的衣物，打理自己的财产。她一天天催促着他，决然走进民政局。厚的，大的，好的，装一个大纸箱邮局寄走；不要的衣物，送给小区打扫卫生的女人；轻的，小的，随身一个拉杆箱，一个双肩包。装好离婚证，买了硬卧车票，电话告诉雯姐，她要走了。

告别这个城市，一天都不多停留。

车厢里人们该洗漱的该走动的，都完事了，一个个倒下，将身体安放在自己铺位上。放眼望去，走道上坐的人，越来越少，最后只剩下一个男人的后背，远远地对着她。十点了，车厢灯关掉，车窗外，灯光稀疏，直至完全让位于黑夜，即使脸贴在玻璃上，窗外也什么都看不清了。杨烈芳起身洗漱上厕所，然后跨上她的中铺，伸展、躺好，睁着眼睛。

第一章　前杨过道

麦口。天不明，出工铃声敲起，队长在街口的红薯窖上吆喝，男女劳力快速来到街里，在没有明透的天光中，人群向西出动，手里拿着麦帽、镰刀，走过颍河桥，向土地回收他们的劳动成果。

一天下来，腰酸背痛。喝罢汤，顾不得擦洗一身臭汗，在院子里拉片席倒头就睡，明儿天不明还得爬起来下地。

十几天的挣命劳作，每个关口闯过，来不及嘘一口气，赶往下一个关口。麦子割回来送进场院为头一个胜利，但人们丝毫不敢松懈，环环相接，一时一晌都不能耽误，三夏的天，剑拔弩张，热极生风，风刮雨落，说变就变，大塑料布年年备好放在离场院最近的菜园小屋里，毒日头下，晒、翻、碾、刷、打、扬。男人们以场为家，随时有风随时扬场。干一天活儿，夜里酸沉的筋骨松散了架，年轻人睡得如死去一般，总有几个睡得浅的中老年人，感到身上一阵清凉，露在被单外面的胳膊腿汗毛起伏，抻起脖子喊道，"有风了有风了！"人们呼啦啦爬起，抓住木锨就扬，有的男人一丝不挂，月光下奋力扬场，全身上下，哪哪儿都晃动得匀，也没人看他也没人耍笑，所有人奋力挥动木锨，抢抓风向，那几个跟着爷或伯睡在场里的男童和少年，裹着被单睡得正香，若在下风口，便落一身细土与麦壳，柔软的小肉粽在梦里不知云游何处。没一会儿，噫，风又走了。人们躺下再睡，不知多长时间，又有人喊，"有风了有风了！"再爬起来。一夜里要如此这般几次，嗔怨风的短暂，你咋不一气刮完，但每一次都及时呼应，随风而起，丝毫不敢错过。清早醒来，大家论证昨夜到底起来扬了几回，人多嘴杂说得五花八门，有的人竟然毫不记得，还当是做梦哩。

终于，麦秸秆捆好麦秸垛堆起，干净的小麦成为座座小山。男人抄起木斗，女人撑起口袋，半人高的长口袋一个个立起。过磅秤的，计数的，搬运的，扶车的，忙而不乱，男人只穿件白布大裤头，光脚板在场院的地上啪啪响，队长、会计忙忙碌碌，孩子在外围成群跳窜、嬉闹、下腰、滚铁环、摔四角、迎风奔跑、打马车轱辘，老人们也来观看盛况。小麦汇成河流与瀑布，所有人身上都落一层黄土，犹如穿着一件细尘织就的衣裳，细腻温柔包裹肌肤，人们欢乐地享受着大地赐予的幸福。终于，长口袋停满场院，只等着拉去完粮。这是庄稼人的节日，后地的场院成为全生产队的中心，男人们日夜驻守，享受着和新麦睡在一起的幸福安宁。

架子车的队伍将要排列起来，向通淮集粮所拉去。

通淮集是颍河故道边一个大村，之前不叫通淮集，只由着姓氏最多的人而命名。老颍河在此缓缓转弯，由南再向东，形成一个颇有弧度的肥沃所在。是母亲温柔的臂弯，将一个大庄揽入怀中，有一个小小码头接纳顺河水而来的人。上千年来，这村庄依颍河而兴旺，周边各地小生意人，那些因种种原因丢失了土地的下九流们在此汇聚，八仙过海糊口生存。

明代初年，一个姓黄的徽州商人和儿子划船逆流而上，沿淮河进颍河，来到此处落脚，人们才知颍河原来可以通达淮河的，慢慢此村就叫作通淮集。姓黄的商人求得小铺驻守，儿子行船来往于家乡和此地，带来徽州特产，沟通两地贸易。因他经营有方，家业慢慢做大，把家人也接来居住。眼看要成气候，本地人岂容一个外省人在此发达。集市里最是盛产无赖孬孙，当地商户也眼气人家，于是明面上各款堂皇说辞，暗地里使各样下三滥手段，直整得安徽人欲哭无泪。强龙斗不过地头蛇，安徽人无奈，举家搬出此地，到几里外的下坡郭置地落户,求得安宁。几百年后的现在,下坡郭的黄姓人还说,祖上本是安徽人。

安徽人走了,通淮集的名字保留下来,人们代代演说它的来历,却不愿提及如何挤走外乡人,偶有说起也是捂了嘴角窃窃私语,几百年后,那段历史只留下了几个字:搬走了。新中国成立后,本在这里成了公社,此村因姓氏太多,来处也杂,人心不齐,不似前杨、后杨、长枪吴这样世代为农的村子,只要有人站出挑头,事情就能定下。(可话又说回来,像前杨、后杨、长枪吴这般没名堂的小庄,自己万般想做公社,也是不得的。)通淮集五行八作,历史经验,钱为老大,没有行政中心的自豪感和强烈愿望,大家都嫌麻烦,竟然一律反对,于是公社短暂进驻,也搬走了,但鉴于它的经济地位,仍将一些机构设在这里,比如公社粮管所。于是每年夏秋两季,全公社的人拉着架子车前来完粮,通淮集依然自信,咱做不做公社都不影响啥,供销社、邮电所、学校、饭馆样样俱备,繁华依旧。虽然颍河人工改道,向西撤了好几里地,远离了此处,但这里仍然是十里八乡的贸易中心。

1973年麦罢,完粮之后,麦子分到各户,节日近于尾声,至于各户晒麦囤麦拣粮食磨面,那都是恁自家的项目了,想大吃几顿白面馍,或者细水长流黑白搭配,那也是恁自家的事情了,没有人管。场院的地翻犁松散,已经点上了包谷。瘦了一圈的庄稼人犹如抽去筋骨,有气无力地跍堆在墙根或大树下,用手撕着胳膊上晒蜕的白皮,咧嘴龇着黄色的牙,舒心地微笑。黄昏喝汤时,男人将碗端到街口饭场,比着各家的蒸馍个儿、烙馍卷儿,麦仁稀饭清香飘荡,哧溜哧溜喝汤声回响。

有短暂几天的休息,伸展了躺在一张破席上,长虫一样蜕皮,除了做饭吃饭,他们都不愿意起身。动作迟缓起来,说话也放慢了节奏。午后,放下饭碗不多时,村庄处于白哗哗的安静之中,连风都没有了气息,一切都像屏住呼吸似的,人啊猫啊狗啊,眯眼睡去。白氏悄没声抱回来一个黑胖子小闺女,快要一岁的样子,全身只穿了件碎布拼接的裹肚,被放在后地的树荫下。前杨的人们这才发现,白氏消失了几天，原来是外出寻（注：信音，二声。领养）闺女去了。一时消息传开，生产队里的人都来看，摸摸那孩子细腻光滑的后背、肩膀、脸蛋、胳膊腿，全身瓷嘟嘟的都是肉。眨着一双小花椒眼，看看这个，瞅瞅那个，别人逗她，她就咯咯一笑，眼睛在脸上快要找不到了。

小黑胖子见天被白氏抱到屋后过道口的阴凉地儿坐着自己玩，看各式各样的人从眼前走过。她也不再认生，别人给她馍，她接住就吃，有的人给得慢一些，或者给了一半又缩回去逗她，她粗壮的小胳膊快速伸出，一把抢抓过来。要是有人执意引逗，叫她看出不怀好意，她便张大了嘴，哇哇喊叫，伸出小胳膊，够着去打人家。她小小的心也能感知到，并不是所有人都友好待她，可她还不会走，也站不起来，只是坐在那里，对那些她心里认定的赖种们，发出一阵怒吼，挥舞她的胳膊，爆发出幼稚的力量。或者她歪斜了身子，以手撑地，想站起来，试了几回，终是跌坐原地，她屁股偎地挪动身子，到了屋山那里，想扶着墙站起来，但她终是不能独立行走，只好对着那人哇哇喊上几声。在她不间断的嘶喊声中，后院传出婴儿的哭声，七婶生了小闺女。

她侧耳听听，眨一眨小花椒眼，咧开小嘴笑笑，对这哭声很是好奇，身子往七婶的院子里挣一挣，双手撑地，爬了过去。

说是院子，其实没有院墙，只不过因前面是自家老院的房子，东边是别人家院墙，三面有靠，而向西的这一面大敞着口，路过的人只要愿意，都能进入她家院子，随时站下说话。

小黑胖子撅着屁股，四蹄爬行，经过一些鸡屎、狗尿、柴火棍、碎末子，来到堂屋门前，停了下来，两手搭在台阶上，向屋里发出一些声音。堂屋里走出来三奶奶和白氏。白氏走下台阶，弯腰下来，手伸向她两腋之下，掐起了她，来到堂屋东里边，她看到床上斜卧的七婶和七婶身边一个粉红的小娃娃。白氏告诉她，看，妹妹。小小的她，看到更小的人儿，对着床上咯咯地笑。然后白氏把她掐出堂屋，她哇哇乱叫，不愿意离去。白氏将她掐回原先坐着的地方，墩墩实实放在地上，她挥舞着胳膊缠在白氏身上喊叫。白氏说："恁七婶刚拾了小孩，一堆活儿搁在那儿，洗哩涮哩，没空抱你，自己坐那儿玩吧。"

乡下孩子，很少有哪个享受到被成天抱着的待遇，大人忙得脚不沾地，从早到晚，掏牛马劲，哪有空抱住孩子玩。他们更多的时候，被偎在床上，屙尿之事，忖着时间把一把，忖不好了，都遗落在被窝里，成为一个小小事故。大一些能翻能爬了，为了安全就放在地上，爬一身脏也没关系，只要不摔着碰着就中。白氏将小黑胖子放在过道口地上的时候，就是在家里家外忙着干活，或者临时到后地找点菜叶拽点麦秸什么的。过道口能看看景致，大人小孩过来过去，逗一逗她，不偲（注：寂寞，孤单）得慌。她哥杨引章在跑着玩的间隙，远远近近地照看她，回家给她拿馍吃，包谷面饼子掐碎，搁她嘴里，从后面勒起她挪个凉阴地。

杨引章是白氏的头生儿子。白氏不知为何，嫁到前杨十来年，才生下一个儿子，然后又是好几年没动静，不敢相信能亲自再生一个，于是暗下里打听，托了几个亲戚，从南边外县抱回来一个小闺女。没有小孩时候想着，哪怕有一个；有了一个就想，一儿一女最好。即使是日子艰难困苦，即使是两口成天打架生气，白氏也想再添个小闺女。

后过道口时常响起小黑胖子的嘶吼声，一点不如她的意，就张大嘴哭喊、打闹。出了月子的七婶若是抱着婴儿坐在当院柿树下，她爬过去，撕挖着要看那孩子吃奶，七婶把她扶着站起，靠在自己腿上，把另一只妈疙瘩递过来，她小眼眨一眨，很是警觉，嘴也不上去，但她就是扒拉着要看，自己不吃也不叫别人吃，引发怀里小人儿一阵哭闹。大人们说，从小看大，三岁看老。将来也是个烈闺女。由此，喊她作大烈，七婶怀里的，称为小烈。

大烈饭量大，好像永远也吃不饱。第二年夏天，她会到处跑着玩了，还是只穿一件裹肚，白氏给她新做的，比去年那个大了一截，长过肚皮很多，遮盖住下方，毕竟是个女孩。有时候穿个背带小裤头，光着上身，自己端一个小钢碗（注：即搪瓷碗），仰着头吃饭，能连吃两碗。肚子圆鼓鼓的，坐在地上，更显得比胸部鼓出很多。有人拿一个五分硬币放在她肚皮上方胸口那里，能立住掉不下来。于是，路过的人都来看景致。小黑胖子见这么多人来到她身边观看，很是开心，更加用力地鼓起肚皮，让那个五分硬币在胸口处立得稳当一些。有人用手指敲一敲那肚皮，嘣嘣嘣。噫，西瓜熟了，杀开吃吧？她龇着牙笑，眼睛更小了。

此时的小烈戴着裹肚，坐在了当院地上，像去年的大烈一样自己玩耍，不过她是细白圆润、乖顺听话的。大烈自觉承担起保护妹妹的职责，但凡见别的小孩，哪怕是一只鸡狗对小烈有所侵犯，她就大声喊叫，小步跑着，挥舞烟秆麦秆芝麻秆包谷秆豆棵子，反正抓住啥是啥，追赶着打。

再大几岁，她有了实在的力气，一条过道都能听到她嗵嗵嗵的走路声。稍有一点纠纷，把小子们推得噔噔噔后退几步，一下坐个屁股蹲儿，她再上去骑到人家身上乒乓乱打一气，直打得小子们在她身子下哭喊求饶。小孩子们报复的办法就是对着她喊：寻的闺女。白氏一家家去说好话，叫大人们守住嘴巴，至于小孩子喊，那都是玩话，大人不承认就是。乡村里大人经常在逗一个小孩的时候，说是寻来的，孩子们吵架也这样攻击对方。所有的孩子都被"寻来"过，就连他们问大人"我是怎么来的"时，也被这样告诉，于是不知真假。

时常，大嫂罗巧芬扯着刚走路的头生儿子，站在人群里看她，适当的时候，把她和小子们拉劝开。大嫂此时怀着第二个孩子，她低矮的个子，小小的身子，细细的腿向后撇着，挺着大大的肚子，好像禁不力似的，随时会趴到地上起不来。但母爱是一种伟大的力量，实践证明，她七十多斤的弱小身子，照样能生会养。头生就是个男孩，长得还算健康结实，并没有随她的先天不足，容貌皱缩。

前杨庄一条东西主街，长约一里地。主街两面，间隔不远会向南向北伸出一条又一条过道，通向南地和后地。很多代之前，肯定是没有过道的，街两边人家，都是一进院子，路北人家出门是街，堂屋背后是田地；路南人家背向主街，走出院子所见是南地的庄稼。即使偏远的乡野，人们也喜欢面南背北的居住方式。路南只有少数人家盖的是南屋，可能是想要那种面向街道的感觉。后来随着人口繁衍，开枝散叶，儿子们分家立户，只好向后延伸，于是有了过道，宽度一般是能过牛车架子车。每个过道，就是一个支脉，也叫近门，又称一窝，一般都是同一个爷爷或祖爷爷甚或老祖爷爷。

杨引章、大烈这一辈孩子们的二奶奶、三奶奶和七婶，都属于过道东面的人家。前面是他们二爷杨老二的两个儿子杨全学、杨全成。排行老四的杨全学，1948年在县里上完初中，跟一个没有儿子的表舅到西安去上高中，说是将来替他招呼生意铺子，后来公私合营参加了工作。杨全学的亲弟弟杨全成，1959年饿肚子时扒火车向西而去，一气儿跑出省，不知在哪里落了脚，与家人再无联系。后来犯了啥事，关进当地监狱，目前正在服刑，前杨没有人去看过他，或许他再也不可能出现在前杨，走进这条过道，但他在这一辈里排行老五的位置，却不能被挤掉，过道里从没见过他的孩子，也都知道有个五叔或五伯在不知哪里的外面，也不知啥时回来。后面是三爷杨老三的两个儿子杨全仁、杨全义。

故事开始的七十年代，杨老大两口和杨老二已经死去。

杨全学和杨全成那当过国民党县民政科科长的爹（杨老二）被批斗死去，两个姊妹早已出嫁，老娘尚健在，是孩子们的二奶奶，不愿意跟大孩儿到西安去，独自一人住在破旧院落，执着地等待二孩儿归来。六七十岁的老太婆，早先年局长夫人的做派还残留一些，又因儿子在外工作，吃穿用度有点讲究，手头比较宽裕，经常有糖啊豆呀、糕啊果呀的给孩子们。这条过道里的小孩，常爱踅摸到她身边来。白氏出工干活，也经常托二婶给她照看一下引章和大烈。再者说，明摆着的事，老太婆不可能永远活着，将来她百年之后，老屋还很结实，临街院落无人继承，必得给了这过道里的某一户，所以大家都对她亲近，争着给她挑水运柴火，磨面背粮食。她虽然不能出工挣工分，却是这条过道里日子最舒坦的人家。

白氏是1954年嫁给杨全本的，来了好几年，没有怀上孩子，挨打成了家常便饭。

1957年腊月，杨全学被母亲托人写信叫回来，给他娶了媳妇，在家过了正月,新媳妇留在家里,他又到西安去了。杨全学其实只比杨全本小两个月,但也得喊人家哥,这个新媳妇也就把白氏喊作三嫂。因她娘家姓肖,老人们都喊她肖大姐。

几个月后,肖大姐挺起了肚子,这更加深了白氏的不安。

肖大姐在自家院子听见白氏挨打,约莫她男人走了,趴墙头看看,证实了的确只剩她自己,便来到她的院子,细声哄劝:两口过日子,还有不打不闹的?打着闹着日子也是热乎的,总比一个人守空房强多了吧。

晌午下工后,白氏忙着在灶火擀面条。杂面面条虽然下到锅里不敢多搅动,但擀起来却快,因为不筋道,所以不费力,拿擀杖在案板上四下里推一推就中。等收了麦,就能吃上几天白面条。她将那灰不灰黄不黄的一张面片晾到案上,捶了捶酸痛的腰,用搭在脖里的手巾擦擦汗,钻出小灶火,看到杨全本顶住树根靠坐着吸烟,她说:"你先烧着锅,我去后地寻把菜叶。"

男人瞪她一眼不吭气,她知道这就是答应了,便出了院子。干半天活儿,都饿得眼睁多大,想早点吃上饭,他心里再不满意,也得去烧锅。

家家灶火里冒起了烟,比赛似的,叫吃食早点下肚。

她抓着一把玉谷菜叶回到家,院门口就闻到灶火里飘出一股焦煳味,两步跑进去,看到男人稳坐着烧锅,煳味哪来的?一把揭开锅盖,见锅底已红,锅边上常年刷不到的饭渣子四处暴跳,锅盖的边都快烧黑了。

"咋不添水就烧?"

"你叫我烧锅,可叫我添水啦?"杨全本怒目吼道。

白氏气得跺脚,转身抓过水瓢,从缸里盛了水,向锅里掷去。那水嗞啦一声尖叫,飞溅到男人脸上。

杨全本扔了烧火棍,跳起揪住白氏的头发,一把提到院子里。白氏举起水瓢,朝他头上砍去,嘴里叫骂起来。

"打吧,打死吧,都死了算尿。日子过不成了,我也活够了。"

前杨的上空再次响起白氏尖厉的叫声，人们见怪不怪，正在吃饭或急于吃饭，没有心情来劝架，也不想看热闹，他两口的打架已经没啥好看的了。只有婆子和大嫂，从前院走来，劝住了二人。肖大姐不知啥时进到灶火，给锅里添好了水，坐在灶前，默默烧火。白氏从繁忙的哭声中抽出间隙将这件简单的事情述说一遍，由不得越说越气，呼地挺起身子："噫，真是活够了，没一丁点盼头！"满脸的泪水，拨开眼前的人，冲出院子，向后地跑去。

村后的麦地里，有一眼机井，自从前些年一个妇女投井死了后，那些发誓要寻无常的人，都往那里跑去。不管是真是假，众人总是要追要拦的。打架事件将要升级为人命案，观者便多了起来，人们端碗吃着来到过道后头。两个半大孩儿在老人们的指挥下，箭一样被放出去，噔噔噔追撵白氏。

那些嚷闹着不活的妇人，总是在跑的时候抻摸着点，好叫后边的人追上，必要时候，崴了脚摔一跤也是可以的。但白氏好像当真不想活了，跑得飞一般快，身后腾起一阵细土，屋后的人们只见到一股黄烟向北而去。十三岁的全仁、十岁的全义，两个叔伯小叔子，拼了小命，光脚板在地上扑扑响，直跑到麦地边，一人抱腰，一人扯腿，把白氏扑倒在地。三个人滚倒在已经发黄的麦穗棵里大喘着气，满脸是汗，浑身被麦芒剌出了血道子。俩小叔子先爬起来，伸手摘掉扎在肉里的麦芒，抓点细土抹到血道子上。白氏仰面朝天躺着，大睁双眼，泪水哗哗地流。正午的太阳照着，热乎乎的土地烤着。大地微微起伏喘息，没有声音。几个大人也撵过来，劝她回家。她呆痴痴跟人回去，晌午饭也没吃，下午工也不出，就在床上怔着。

秋天里，肖大姐生了个儿子。白氏一天几趟往她屋里跑，看不够，抱不够。

白氏做梦都想有个小孩。她不明白，天下女人，当了媳妇就生小孩，本是天经地义的事。他夫妻二人，该有的程式一样不少，咋就没有孩子呢？是个母鸡都会下蛋，而她作为一个女人却生不出小孩，杨全本自然恨她。

结婚之后,杨全学每年春节回前杨探亲,中间也会再回来一趟。终于有一年,他过完春节走的时候,肖大姐娘儿俩跟着去了。二奶奶说:"去好好过日子吧,不要挂着回来看我,把钱都扔到铁路上。过道里大人小孩,都愿来挨靠我,我俫不着。"

就在所有人都认为白氏是个不会生的女人时,1967年夏天,她竟然显怀了,实在吓了人们一跳,母鸡坐窝时间也太长了,十来年啊。大家如梦初醒,原来她会生啊,那早先为啥不生?莫不是……兴许……八成……各种猜疑暗地里流传。1968年春节过后,她生下一个男孩。女人们怀着好奇兜几个鸡蛋去家里看,看完了相互问,像不像?有人说像,有人说不像,有人说,现在太小看不出来,得再长长。几天后全村人的嘴巴慢慢闭合上了,暗地里说来说去,屁用不顶,杨全本都不说啥,咱有啥可说。总之人家有了儿子,打挺拨浪地生在了他家的床上。

有了孩子,夫妻二人关系并没有变得和睦,照样三天两头吵架打闹,慢慢地杨全本出门而去,十天半月不沾家,去给人家打哑巴工。就是不给工钱,管吃管住管吸烟,混个肚圆。他有装窑烧窑的手艺,很是吃香,从这家走到那家,走到哪儿吃住在哪儿,十里八乡的人捎话找他来干,好吃好喝好招待。他来去了无牵挂,不管正在哪里,起身就走,也不给白氏说一声,有时候白氏晚上烧好汤也不见他回来,夜里便插了门搂着孩儿睡觉。几天后归家,也不给娘儿俩捎回一点吃食,慢慢地俩人都彻底冷了心,话也很少说。白氏想,权当家里没有这个人。公婆先后过世,她有啥事,前面的大哥二哥大嫂二嫂给照应一下,二婶给招呼一声,日子就这样朝前过。有时候打得恼了,气得急了,也曾闹过离婚,跑到大队叫给她开证明,她要到公社去打离婚。大队干部问她,离了你再找谁去?白氏说,噫,哪怕是个老头,胡子拖住地都中。

这条过道里的人,顶着懒成分名声。他们祖上能发起来,能置地,能雇人,没有什么窍道,就是最大限度地下出苦力,每一个钱都恨不得只进不出。闺女二十岁以后再出门子,为了是在家多干两年活儿。据说杨全堂的爹(杨老大)和爷爷一辈子没有用过一条擦脸手巾,春夏秋冬,洗了脸后,用手抹拉几下,甩上几甩,然后让脸和手慢慢晾干。有了丁点积蓄,就想让孩子念书,念了书,就想求取功名。过道东边,果真出了人才,在县政府应个差事,勤谨工作,小心支应,再使钱开路,三十岁有了官职,当了县民政科副科长。又熬几年,去副转正,高兴没几天,突然改天换地,不但任啥没有,还得被抓进监。全家人东躲西藏,才保住命。中年之后悄悄回到前杨,换了个人似的,衣衫破旧,完全是农村人的打扮。住进祖屋,成为这条过道里的二伯二娘、二叔二婶、二爷二奶奶,过去的事情再也不提,仿佛从来没有往日的风光。到了六七十年代,一群长得体体面面的小伙子,没有商量余地,一律娶不上媳妇和将要娶不上媳妇。

1972年,三爷三奶奶的二儿子,叔伯兄弟里的老七杨全仁二十七岁,没有找下合适的茬。结合家里成分来看,这基本就是要打光棍的节奏了。三爷三奶奶吃不下,睡不着。三爷三奶奶本有三个孩儿三个闺女,最大的那个头生孩儿,过道里排行老六,跟二奶奶生的老五杨全成同岁,只小了几十天,比自己亲弟弟杨全仁大了七八岁,和全仁中间还隔着两个闺女,十来岁时得病夭亡,老六的位置便永远空缺下来,所以三爷三奶奶快六十了还没有使上媳妇,眼看着自己一天比一天老,三孩儿杨全义已经过了二十,按说也该着手寻媒,可大的还光在这里。两个儿子要是娶不上媳妇,那他们这一门,就要灭了呀,老两口将来躺到南北坑里,必也合不上眼。黑天白里,满脑子都是这个事。

世上只有娶不上妻的男子,从没有嫁不出去的闺女。过道里的闺女,没受坏成分影响,一个一个,都在该走的年纪打发走了。男子们不得已,只能走换亲这条路。

换亲有两种形式:两家换和三家转。两家换比较简单省事,各家的女儿嫁给对方的儿子,谁也别包弹啥。但这种方式过于直白,将来有了小孩互相之间也不好称呼,有姑就没妗子,叫舅还是姑夫,弄得人怪难为情的。那么还有一种稍微曲折、相对体面的方式：三家转。甲的女儿嫁乙的儿子，乙的女儿寻丙的儿子，丙的女儿跟甲的儿子。这样的茬难度相对大些，不太好碰，但媒人就是干这个的，在她们的专业领域，总是会有办法。十里八乡，哪村有啥样茬，内心里自有一本账。不管怎么换怎么转，总之是用自己闺女换来一个媳妇，当然是要闺女做出牺牲，因为但凡落到换亲的男子，都是有些问题的，不是赖成分，就是相貌差，再不就是兄弟多过于穷。当妹妹的，只能听从爹娘安排，顾惜哥哥可怜，去跟一个自己看不上的男人，免不了心里委屈，感觉自己爹娘狠心。

有一天全仁他娘吃罢饭，手端空碗，眼神发呆，还在想着儿子的寻媒，妞子那发育完备的身影从她眼前闪过，鼓胀的胸部在洗得失了色、穿了多年变得窄小的布衫里紧裹着，她为了这过紧的包裹而很难为情，两只肩膀往前吸着。哎呀，啥时候最小的闺女也长大成人了，咋没想到哩？嗐，这不妥了吗？她稍做了番迟疑，丢下碗去找媒人。

晚上，南地的群奶奶摇着一把小扇来到院子。妞子正坐在树下的砖头上哧溜哧溜喝包谷面糊涂，见到她进来，叫了声群奶奶便进屋搬墩。妞子娘从灶火钻出来与她说话。

"妞啊，今黑奶奶来可是要撺你走哩。常言说，女大不中留，留来留去结冤仇。你也十七大八的闺女了，恁哥眼看寻不下，恁娘愁得没法儿没法儿的。"

哧溜声停下，妞子在夜色里睁大双眼，试图看清媒人肚子里的话。

群奶奶接着说："我是看恁娘着急，恁哥熬渴。这几天跑着寻了两家茬，北乡魏湾有一户，闺女十八，到你家来；你哩，到东乡核桃刘家。这家孩呀，年岁差不多，只比你大四岁，就是……就是，腿有些不得劲。唉，这三家转哩，哪有那么得的。不过话又说回来了，要是咱也好好的，还用转吗？自己条件硬扛硬，好好寻一个不妥了？就拿恁家说吧，要是成分好，恁俩哥这样好人才，哪能等到这会儿？岁数眼看过岗了。"

妞子捂了脸，呜呜哭起来。生活的贫困和繁重的劳动使她稀里糊涂长到了十七岁，除了睡觉吃饭便是干活，她无暇为今后的生活设想什么色彩。但忽然之间让她跟一个瘸子，还是接受不了。啥叫腿有些不得劲，那不就是瘸子吗？哭了一会儿说："娘，我才十七。"

娘在一边坐着，不动，不吭，但妞子觉得娘要伸出一只手将她推出门外。娘为啥变得这样狠心？

"娘，我在家能挣工分，能洗洗涮涮缝缝补补，我还不想出门子。"她从树下挪到娘的身边，抱着娘的腿摇晃。

娘把头扭到一边，不看她，硬着声说："哪有闺女不出门的？咱不是啥好人家，也别挑旁人家了。"

群奶奶在妞子的哭声中不知真假地叹息："闺女呀，咱女的不是任啥，早晚都得跟了一个男人，至于那人齐整还是难看，全乎还是不全乎，那只能看咱的命了。"她站起身，准备走了，"恁娘儿们再商量商量，过两天给我个回话。这三家转，可不太好摆治，三下里都得捂弄好了才中。"她拍拍屁股走了，心想："是恁娘央告着我来的，你这哭哩流哩是弄啥哩，又不是我要逼你。"

全义从堂屋冲出，走进过道，去了后地。全仁的长腿迈出门槛，一屁股坐在门墩上，冲着院子里两个黑影说："咱不换，我当一辈子光汉条。"

"说的狗屁话，你想叫咱家断了呀？"娘在黑影里说。娘的心里也很烦乱，她还要跟两个孩儿商量，那魏湾的闺女，倒是给你俩谁呀？对于爹娘来说，真不好做这个决定，怎么着都是难受。

第二天问他俩，全仁不说话，他能说什么呢，像他这样年纪，其实是过岗了，好多人已经认命了。全义说："给我哥吧，我还能再等两年。"

胳膊拧不过大腿，妞子只得就范。换亲不必等到腊月过门，也不必各家合八字看好儿，有啥可合的，结果已经注定，没有挑选余地。几家说好日期，同时送出闺女，迎进媳妇。妞子寻给东乡那个腿不得劲的人，那人的妹子嫁到魏湾，给了一个小时候放炮鼻子炸个小豁口的青年，北乡魏湾的闺女魏春棉来到前杨。在这一场转亲中，魏家闺女算是幸运，因为男方是个全乎人，长得又很棱整。生产队在他家屋后给全仁划了宅基地。又借的磨的，塌一堆账，勉强盖起三间堂屋，连院墙也没有，等于把过道又向后延伸了一截。

十八岁的新媳妇穿着红罩衣，一下子轰动前杨。"快去看吧，漂亮得跟画上一模似样。"

新媳妇躲在屋角，手不停地拉着红色罩衣下摆，好盖住里面的补丁棉袄。换亲的媳妇，新衣裳也都极其有限，因为每家都是同样窘迫，没的可挑。拉完罩衣，用手指头绞着辫子梢，大大的哭红的眼睛低垂着，长长的眼扎毛盖住黑眼珠。

开春后，杨全义到大队部开了外出证明，卷了一个小铺盖离开家，在大路上，他扭头最后看一眼前杨，暗自发誓，非出去挣回个媳妇不可。跺一跺脚，顺着大路向北走去。因在过道里排行第八，从此以杨八郎自称，掏劲吃饭，行走天下。

魏春棉的头生孩子是小烈，小烈刚过半岁，她又怀了一个。

杨全仁从没有感到过生活如此美好。村里人说他："小孩这么稠，你也太急了点。"他笑着说："地好，撒种就成。"

全义走后，一直也没有给家里来信儿，爹妈在前面老院生活，未免过得暮气沉沉，他们一家三口在后面院子，日子着实欢欢。孩子小，需要他娘时常过来照看，就在后面院子搭了小灶火棚一起做饭吃饭，爹妈只是晚上到老院破堂屋里睡觉。

三伏天，热得人没处钻没头蒙。下工回来的杨全仁，先去南地井上挑了两趟水，把水缸倒满，掂斧子要去后地，娘在锅台前流着满脸的汗问他干啥去。他说："砍些树枝，晒干烧锅。"娘说："歇歇吧，一身汗没落下，后地风冲，着了树上风可了不得。"他不屑地笑笑，穿条大裤衩，光着上身走了。他身上有使不完的力气，下工后便在一小块自留地里刨弄，前两天，地里草薅得一根没有，暂时没活儿干，便想到砍树枝。他两下爬上一棵大桐树，挥动斧头，小树枝大树叶纷纷落下。日子过得真是得劲，媳妇娶回来一年，生了一个闺女，现在肚里又有了，在一件单衣裳下鼓起来，那样子，要多好看有多好看，他不得加大力气干活吗？养一小群孩子，把日子过在人前头，这是他的最大理想。田野上吹来一股热风，他在树上随风摆动，握紧斧头，抱住树干，等待风过之后，继续砍枝。从这棵树上下来，再上另一棵树。这些桐树，是他伯前几年种的，还有一些大的，他伯说是他爷种下的。爷老死了，树长大了，去年他伯害呼歇病（注：即哮喘）也死了。树是前人留给后人的财富，树不停地生长，树枝年年砍落，砍了再生，直到树长大，成木材，能卖钱，能自家使。他从树上下来，分三趟把树枝拘回家，娘催他吃饭，说都盛到碗里了，他还是不觉得累，全身的汗出得透彻，一道道溪流从身上滚落，粗布裤头都溻湿了，他走到水缸边，哗哗哗盛了一盆水，来到粪坑边上，呼啦呼啦撩着洗。娘呵斥他："出汗的热身子，不能叫凉水激了。"他一笑，哪里在乎，洗了几把，端起盆从头倒下来，全身凉丝丝舒坦，随便擦擦，到屋里换了一条大裤衩，出来坐到柿树下，端起大碗吃蒜面条。一碗垒尖面条上头，泼了两勺蒜汁，配的还有食香叶子。因为盛得太满，面条翻不动身，只能边吃边搅。他那清洗干净的身体散发芳香，褐色皮肤紧绷，肉疙瘩在内里滚动，他整个夏天都不穿上衣不穿鞋，晚上脱下裤子，下身与上身颜色截然不同。春棉远远望他一眼，心里微微颤动。他表演般地起身，大公鸡一样走到屋山边，大口扒着面条。干一场活儿回来，数这凉开水过了一遍的蒜面条最好吃。

两碗面条下肚，他把竹床扛到屋山风口处，躺倒便睡，娘过来喊他，叫他回到院里歇息，屋山的风吹了不好。他哪里会信，四仰八叉躺着，合上眼很快睡着。娘和春棉收拾好灶火，娘在堂屋当门破席上躺下，春棉带着小烈在东里边歇息。

夏季天长，下午出工晚，铃声在街里铛铛铛响起，似乎是很久的事情，唤醒午后安静的村庄，大地做了一梦，人们晕晕腾腾起身，揉着眵目糊眼，扛锄准备下地，继续锄豆子地里的草。娘其实没有睡着，躺在床上挤住眼歇息。铃声响起好一会儿，她没有听到全仁起身的动静，心说这孩子睡得太死了，喊着他的名字走出堂屋，拐到屋山处，见他还睡在那里，走过去推他，全仁睁开一只眼睛，感到腰腿酸痛，挣着爬起来，想是晌午砍树用力太猛，伤了筋肉，他并没有在意，年纪轻轻，疼疼痒痒算个啥呀。

一天一天过去，疼痛没有减轻，反而越来越猖獗地在体内鼓动，不郎盖和大腿骨碎裂似的钻心地疼，欢蹦乱跳的小伙子，竟然要扶墙走路，这下他害了怕，娘和春棉更是着急。春棉拉着架子车，车上坐着全仁，一气跑到九道街，找到老中医。中医看后说是热体受凉，冲了风引起的关节疼痛，扎了针，开了药又特别叮嘱，三个月内不得夫妻同房。

回家后，春棉跟娘商量，她最好回娘家住一时，因为她知道全仁的脾性，她在眼跟前，他定是不能按医生说的办。

春棉抱着小烈回了魏湾，娘在家里天天给全仁熬药，十服药喝完，他感到痛得轻了一些。

十几天后，队里抽调劳力到河西进行农业学大寨挖水渠，吃住在工地，全仁拿了换洗衣裳走了。娘托人捎话，几天后春棉回到家里，和孩子住在后院，娘一个人住在前院。

过几天，全仁听说春棉回来，他决定夜里偷跑回家。一想到要见着一个月没有挨身的人，他热血沸腾。好容易挨到天黑，吃饭、晚汇报，他装模作样地和大伙一块儿睡在路边帐篷里。累了一天的青壮年们一挨铺位就打起鼾声。他爬起来，蹑足到路上，向东奔去，不愿意多绕二里地走桥上，而是蹚过颍河一路小跑向前杨而来，热血的奔涌鼓荡着他，十里地根本不算什么，家和春棉的怀抱，才是致命诱惑。来到堂屋门口，推门不开，他到东窗下敲击，窗内醒了春棉，吓得不轻，问他回来干啥，他说拿个东西，春棉知道他拿东西是假，一时犹豫，没有起身开门，他在外面敲得更紧，她想这人大老远跑回来，能让他这样再拐了头回去吗？他继续催促，声音里已冒了火星，嘴里不干不净开始糟闹她，她知他脾气急燎，黑天半夜的，若为这事让他闹嚷开来，叫人听了去，岂不丑气。春棉叹口气，挺着肚子下床开了门。

天不明，杨全仁贼一样溜出家门，一身轻快出村向西而去。医生的话，哄憨子去吧，有媳妇不叫睡，这是哪门子道理。还仨月，呸，老子一个月都等不了,身子骨棒得咚咚响,不就是腿疼吗?药吃完了,好了一些,过些时日自会彻底好起来的。时候不早了,仍是不想绕路走桥,还蹚河吧,这叫咋来的咋去。立秋后的河水,是有些凉,凉就凉吧,忍忍就过去了。天微微亮,颍河水漫过他的腰,他手提着鞋,小心地踩着河底的稀泥走过。

过了河的杨全仁双腿不听使唤,抽筋般锈住了,强着挪动,却走不成了,缓缓倒在地上,在河堰上爬了几下,顺坡滚落下去。

全仁被抬回家来,便躺在院子里、柿树下的竹床上。这一年春棉刚过二十,肚里的小孩五六个月。

杨全仁接受不了这个事实,每日在竹床上挥舞着胳膊咆哮,仿佛腿上消失的力气,都转移到了双臂。他砸竹床,摇柿树,摇得大青柿子在树上磕来碰去,胆子小的扑嗒一下掉落,在地上急溜跟头滚出老远。春棉端来的饭被他一掌抢开。白天和黑夜对他已经没有意义,他睡与不睡跟天的黑白再没有关系,他会半夜里大睁着眼,也会在晌午的大太阳下昏昏睡去。他发呆时,脸上的暴戾会慢慢消失,显出一些安静和忧伤,春棉挨近他,用那只他摔得不圆了的大钢碗喂他吃饭。夜晚,拉起他的手放在自己鼓起的肚子上,那肉团在他大手的抚摸下轻柔地蠕动。他搂住她的肚子哀哀地哭。娘晚上不再回前院睡觉,而是睡在他们的堂屋西里边。下雨的时候,他连人带竹床被挪到堂屋当门,平时他就日夜驻扎在院子里的柿树下,引章、大烈、小烈围绕在竹床不远处玩耍,他不至于太傺。

冬天,春棉生下一个男孩,起名引科。

春棉刚出了月子不久,便顶上重孝给婆母送丧。全义还是没有音信儿,娘死了,也找不到他。全仁瘫在床上,一时没有摔老盆的人,只好杨全本走在队伍最前面,给三婶摔盆。

妞子挺着大肚子回到久也不回的娘家,一起来的还有她的瘸腿男人。三年前她穿着平生第一件新衣裳出这个家门,心里发狠,一辈子也不回来,既然你们狠心地把我推向一个瘸子,我还回来看你们干啥?过年她也不回娘家。报丧的人进了家门,她哇一声哭了,跟着回到前杨，伏在娘那穿了老衣的身上，长一声短一声地哭诉，列数她几年来的思念和委屈，她曾经那么恨娘。她是一个傻闺女，出门前很少走出过前杨，只会在家干活，不知道外面的世界，也不知男人是怎么回事，便突然被推到一个瘸子面前。夜晚，她和向她逼近的瘸子厮打，无辜的瘸子因从小养成的懦弱性格，又因对这个身强体壮的新媳妇的敬畏，一次次在她的拳脚下放弃了进攻，只一天天眼巴巴地望着她。婆子也是小心翼翼地伺候，全家人看着她的脸色说话，她那颗善良的心开始了不安。半个月之后的一夜，无计可施的瘸子跪在床前，伸手抱住她的腿和脚，脸和嘴贴了上来。她再也无力踢腾打闹，仰面倒在床上，一只善良无力的小母牛，任由生活之手的安顿，睁着眼承受一切。

前杨人因妞子的归来而添了特别兴致，是啊，再恨也得认命，也得认自己的娘，有多少换亲的闺女赌咒发誓说永不回娘家，最终不都得回来吗？

妞子在娘的坟上哭得背过气去，这更使全村人惊叹。

"看看，还是闺女最亲，都哭晕过去了。"

众人连捏带揉搓把她弄醒。她擦擦泪，眨眨哭肿的眼睛，看看周围的人，有一刻恍惚还是从前，她仍然是前杨的闺女，转头看到身边的瘸子男人，清醒了似的，长叹一声，仰头看看天上的日头，乖乖地由两个女人搀着，回到家里。

晌午饭后，亲戚们陆续告辞，妞子被初次见面的春棉留下住两天，让她男人先回家了。

全仁在竹床上叹气说："这全义一走再没个信儿，也不知去哪儿了，咱娘临走时还念叨他，不知在外头咋个样。"天冷之后，他连着竹床被抬回屋里。他喜欢热天，热天可以待在当院，过往的人他都能看到，高声说几句话，人们也都停下来，或站或坐和他扯上几句。而这漫长的冬季，他只能困在堂屋里。

第二章　包产到户

　　跟大烈、小烈每天在一起玩的，还有常泰爷的重孙女琴琴。常泰爷的大孩儿年轻时是大队文书，因工作表现好被优先招干，进了县粮食局当干部，一年后要跟家里妻子离婚，每次都被常泰老两口制止，媳妇也是坚决不离，只拿孩子来感化他。大孩儿自编顺口溜："建林建超，坚决不要。建超建林，也得离婚。"建林和建超是大孩儿的两个儿子。就这样闹了好些年，家里老少三代都不同意，大孩儿也没法儿。平日星期天也不回前杨，勉强回来一次也不在家过夜，晚上再晚也是骑上车就走。直到五十多岁将自己身份换成工人退休，好叫年近三十的大儿子杨建林去县里顶替接班。杨建林在城里上班两年，也是回来跟媳妇提出离婚，家里老少几代也是不同意，常泰爷的大孩儿也变了当年立场，站在了维护家庭团结的角度上，劝儿子不能离婚。杨建林也模仿他伯编了顺口溜："琴琴小孬，坚决不要。小孬琴琴，也得离婚。"琴琴小孬是杨建林的一双儿女，琴琴跟烈芳一般大，小孬更小，有时候也跟在他们身后玩。

　　琴琴她爷有一个收音机，孩子们每天上午十点听小喇叭节目。"中央人民广播电台，现在对学龄前儿童广播"，一个大人的声音，一串欢快的音乐；"小朋友，小喇叭开始广播了"，一个孩子的声音；"嘀嘀嗒——嘀嘀嗒——嘀嘀嗒——嘀嗒——"一阵嘹亮的号角。几个孩子围着收音机,一声不出地听。每天一个广播剧,还有孙敬修爷爷讲故事。曾经有几天,孙爷爷讲一个挺长的故事,二十分钟根本不够用,每天连续着讲,把孩子们吸引得早早到来,等一个节目不是,再等一个节目还不是。琴琴的奶奶说:"早着哩,十点才开始,现在才九点多,出去玩吧,等会儿再来。"他们不愿离去,生怕错过了时间,只在能听见收音机的地方踅摸。琴琴的奶奶在堂屋门口给琴琴的爷爷做鞋,琴琴的爷爷安静地坐着看报纸,时不时跟琴琴奶奶说句话,完全看不出俩人之间有什么不和,想象不到当年闹离婚的样子。琴琴奶奶是胜利者,一副熬出来了的姿态,对老伴当年的绝情行为不计前嫌,还是一个劲儿地温柔相待,老两口很是恩爱的样子。琴琴她妈不上工的时候,坐在东屋的床上做活儿,她用婆子的精神激励自己,打定主意不离婚,全家除了杨建林,没有人同意离婚,杨建林也苦没办法,除了年节回来看望爷奶和伯妈,他基本不回前杨,琴琴妈也不在乎,我是跟这一大家子过日子,又不是跟你杨建林一个人过哩,你不沾我,自有一群人愿意理我,把我当成这个家庭不可离的一分子。安宁祥和的气氛始终笼罩着两个院落,常泰爷的老院,那老两口身体还好,便单独住着,自己开伙做饭,两个儿子谁家要做好吃的,提前告诉二老,他们就不动火了,只等儿子那里做好端来,或者派孙子、重孙子请他们过去吃。所谓好吃的就是包扁食、塌菜馍、熬胡辣汤、炸咸食菜之类,总之就是动腥动油费点事的吃食。像琴琴家这样条件好的,一个月得改善那么一两回。平常吃饭呢,就是蒜面条、汤面条、红薯糊涂、调洋葱、烙馍、厚馍、饼子、蒸馍、蒸红薯。日子如水,无尽流淌,将一切棱角磨平,把沟沟坎坎枝枝杈杈泡软理顺。代代流水中,一个个孩子长大成人,寻媒迎娶出门子,再捂扎出一些小孩来,把人世间的路重走一遍。大烈小烈琴琴几个孩子在院子内外出没,直到听见"对学龄前儿童广播",快速聚拢过来,夏天坐在地上,春秋冬偎靠在琴琴奶奶的包谷皮蒲团上,捧住脸,一字不落地倾听。

　　常泰爷大孩儿家的这个收音机基本是从早到晚响着,总是有人来听,尤其漫长的秋冬季节,天黑得早,人们喝罢汤,来到他家,年长的被让进堂屋，年轻的也不进屋，跍堆在一棵树下，或者靠在东屋墙根，主人总要让一番，叫进到屋里，但他们也都不进，因为屋里并不比外面暖和多少，天天来是常事了，每次进人家屋里也没必要。大孩儿把收音机放到门墩上，声音在静夜里传播，又是唱戏又是说曲，这都是地方特色，然后是八点整的全国各地人民广播电台联播，就像多年之后电视里的《新闻联播》，全国发生的事情在院子里回荡。人们也不是一定非要听到什么，那些事也和他们没有关系，离得太远一辈子也见不着，只是沉迷这种来自外面的声音，依恋这种同类聚在一起的感觉，看到屋里的丁点亮光，门外黑影里吸烟的人，脸庞一明一明，由新闻引出一些地老天荒的话题。新闻节目听完，人们纷纷散去，各自回家睡觉。八点半的冬天乡村，已经是很晚很晚了，如果不是有个收音机吸引着，他们早都进入梦乡了。

小喇叭之后，"同学们，星星火炬开始广播。"是一个大一些孩子的声音。"同学们"这个称谓，显然不属于他们，于是离开收音机，在院子里玩做扣子。在一个破碗底放些湿土或者细沙，用一个扣子按压出凹槽，小心拿开，两个扣眼就成为两个小柱子，琴琴拿着一块破烂塑料布，跑到灶火，摸出洋火，点着塑料布，对着模子燃烧，融化了的塑料布滴下黑色液体，将那小凹槽注满。几个脑袋凑一起，闻那特殊的气味。等待它凝固、凉凉，用手抠出来。最激动人心的是拿一根针或一个极细的杨树叶柄，捅进扣眼，将刚才那个小沙柱子捅掉，一个小黑扣子就成功了！每个人都想亲自操作，那就多做几个扣子，每人轮上一次捅扣眼。孩子们围在一处，再次燃起塑料布。往往不等他们轮完，燃烧塑料布的气息便引起大人的注意。于是琴琴的祖奶奶或者奶奶就过来制止他们，收走了洋火盒，不让玩火，不许他们浪费洋火。他们做不成扣子，又转战院子内外，寻找别的可玩的项目，对于他们来说，一只虫子、一个小洞、一块泥巴、一根树枝，都能拿来玩耍。星期天的小喇叭是曹灿叔叔的信箱时间。多年之后大烈还记得歌词，一个孩子唱道："我叫小叮当，工作特别忙，小朋友来信我全管，我给小喇叭开信箱、开信箱。"然后门吱的一声打开，小叮当说："曹灿叔叔好。"曹灿叔叔说："小叮当你好啊，今天又带来什么信？"于是二人一问一答，说着小朋友的来信。孩子们听得张嘴瞪眼，内心里无比激动。听完了大烈说："咱也给曹灿叔叔写信吧。"琴琴说："咱不会写字呀，咱还没上学，写了也不知往哪儿寄。""肯定是往北京寄了。""北京哪儿呀？北京那么大哩。""北京，小喇叭，曹灿叔叔收，肯定能送到。""可是咱不会写字呀。"又回到这个问题。于是小小的心里怀着惆怅，在星星火炬声中离开收音机，又去寻找别的游戏。琴琴的奶奶说："收音机关一会儿吧，也叫它歇歇。"几个孩子在屋后的地里走着，女孩子胆小，不敢偷摸摘队里菜园的豆角茄子洋柿子，也不敢动别人家种的瓜果，便坐在屋后大树下拣树叶玩，收集杨树叶柄，看谁的最粗壮结实，进行比赛，十字交叉套成一个扣使劲拉，谁的被拉断，谁就算输。反正总能找来玩的东西。

实在没啥可玩就到小烈家，听全仁坐在竹床上跟路过的大人说话。生产队里也有怕傣的老人，来到全仁身边，相互说着那些说过无数遍的话，只为打发时间。孩子们四散在周边，瞅着地上爬过个虫子，捉起来玩一玩。全仁叫他们不要捏死那虫，好赖是条命，叫它活着吧。孩子们把那虫子在手里玩弄得都热乎了，丢手放了它们，被翻转得全身发了烧的虫子头晕目眩出出快速爬走了。柿花开败的时节，掉落下来一个个淡黄色小圈，他们捡拾起来，用衣襟兜着，回家拿线穿起，戴在脖里当项链。第二天，见那花朵枯萎变黄，心里小小难受一下，再来到柿树下捡拾。柿花掉落，露出里面的小青柿子，指头肚那般大。他们盼着柿子长大，秋天里变成橘红色，就能吃了。桐树开花，一片粉紫，阵阵芳香，孩子们跑到村后树林里，捡拾刚落下的花朵，放嘴里吸它的花蜜，淡淡的甜。花落尽，叶子长出，给大地铺上浓阴。夏天的桐树林是孩子们的乐园，在里面钻玩半天，打闹嬉戏，说一些疯话痴话，大烈说她长大了要给曹灿叔叔写信，问一下怎样让伯和妈不吵架；小烈说她长大要当医生，治好她伯的腿；小孬说他长大了要做好多扣子，让全村人衣服上都缀满他的扣子；引科说他长大了去当兵，扛枪打仗保卫祖国。琴琴和小孬把杨建林叫爸爸，因为杨建林是在县上工作的人，引章大烈把杨全本叫伯，小烈引科把杨全仁喊伯，因为他们是在家干活的农民。

大烈和琴琴上学识字后，杨建林给琴琴拿回来几本画书，大烈和琴琴的脑袋凑在一起翻看，大烈熟知画书上每一个画面，记下了每一句话。后来琴琴都不看了，大烈还是拿在手里来回翻看。琴琴的每一本书，大烈都看得比她仔细，记得也比她真切。

婆子死后，队里人建议春棉给全仁治病。

"人要紧，他才三十，这样坐着不是个事，他能动能走了，也是恁娘儿们的福气，治吧，四处里看吧，有病乱求医，不兴到哪个医生那儿碰上好方就治好了。别愁钱，这么多爷们哩，借借挪挪就有了。"

盖房的钱还没还完，春棉又开始了借钱看病。三毛、八毛、三块、五块都借过。每一次羞愧地走进别人家的院子，蹭到门边，那些人也不用她开口，便放下饭碗，放下手里的活儿，翻箱倒柜地找出包在手巾里、藏在袜筒里、压在褥子底下的几张破票子，递到她的手里。而春棉明明看到，那只手也在轻轻抖着，像是抽动他们的筋骨。都是挣工分的人，谁家有多余的钱。

架子车上躺着全仁，春棉拉车在路上走着，这成为十里八乡人们常看到的景致，风里、雨里、伏里、冬里，春棉拉着全仁，到每一个她听说的医生那里，公家医院，私人诊所，都去遍了。跑着看了一崩子没有结果，春棉灰心了。拿出压在褥子下的烟盒纸，看那些账单，已经新增四百多块外债。春棉不识字，但她有自己的记账方式，那就是符号替代法。那些符号，是她替那些人起的名字，那些圈、块、弯、线、三角，都代表着借钱给她的人。债主大户分别是二娘和常泰叔。虽然二人都说不用还了，可她还是记着。队里就他们两家宽裕一些，因为有在外面工作的人。

在希望与失望的交错中，在一次次拉着全仁出去和归来中，她又生下了第二个儿子，顺口叫了二科。这回她又听到一个远处的好中医，是一个之前没有给全仁治好的大夫亲自跑来说的，三十五里外邻县的瓦盆店有个老中医，扎针疗法，专治各种瘫痪。得在他那里至少住上七天，连扎七天针，再配上他的中药，吃三七二十一天。

把小烈、引科托给三嫂白氏和二娘照看，车上拉着全仁和包在被子里的二科，天不明，春棉拉架子车出了村子，全仁仰面躺在架子车上，车子晃动，孩子睡着。天大亮了，太阳升起，光亮亮地刺眼，他烦躁地拉起被子，盖住孩子和自己的脑袋。他内心其实很矛盾，不想一次次这样无望地出门看病，但又想快点把病治好，每当他看到春棉溜出家门去借钱，每当二人怀着最大的信心熬药喝药而双腿仍然毫无知觉，他真想碰死才好。

我真是一个废物！他的性格越发喜怒无常。

春棉拉着架子车，噔噔噔走路。尽管生活贫困，整日劳作，所幸春棉的身体一直很好，残酷的现实使她像上紧发条的钟表，每日不停歇地运转。

我要是再垮了这个家可就完了。苦难好像发动机，她身上有使不完的力气，拉着架子车走得很快，没看到路面上一块砖头蛋，架子车轱辘轧过，咯噔一下震动，孩子在后面哭了起来。她赶紧支住车把停下。

"尻恁妈，我尻恁妈！"全仁支起身子挥舞手臂要够着打她，"你想墩死我呀，我刀儿了你个王八孙，不想叫我活了早说，我尻恁祖奶奶一回……"

"尻尻尻，你就是尻人才成了这样，还要尻，去吧，去呀，有本事你起来，到魏湾去俺家祖坟里把俺祖奶奶扒出来，尻去吧。"她扔下车把，从车上扯出哇哇大哭的孩子抱在怀里，全仁从架子车上出溜下来，躺在地上，她也不看一眼，一个人抱住孩子往回走，走了十多步，坐在路边一个树墩上，解开怀给孩子喂奶。全仁坐起身，远远指着她大声咒骂，她似乎没有听见，只是将孩子拥在怀里吃奶。孩子吃一阵，小眼眨巴眨巴，看着妈妈的脸。春棉的泪，流下来滴在孩子脸上。全仁在路上骂得累了，不再出声，二人相距十多步远，分别坐着，默默对峙。

农田里正干活的社员看着这一幕，他们都知道这是前杨那两口。几个上年纪的妇女撂了锄走过来。

"坐着歇一会儿消消气，俺几个帮你把他弄到车上，再拉住走吧，两口吵架，吵闹完也就好了。有啥法儿哩，他朝天躺那儿动不了，心里挖弄得慌。"一个说。

"这方圆几十里，谁不知你呀。好人哪，掏大劲了，这个家全靠你哩。"另一个说。

"别跟他一样，外面人不就那龟孙样。这几年你苦也吃了罪也受了，大家都知。再忍忍吧，病给他看好，只要能顾住自己，也算对得住他，你也熬出头了。"又一个说。

女人们历数自己男人的坏脾气、龟孙样，一起诉苦摆烂，宽慰春棉。那边也过去几个妇女在数叨全仁。全仁火也消了，窝住头不吭气，任由几个女人嗔怪。那边向这边招手，这边两个妇女，一边一个拉春棉起来，走回架子车旁。两个女人扶车把，三个女人抬起全仁，把他在架子车上放好，一个年龄大的，在他肩头重重拍了一下说："再不能这么急燎哄（注：绝音。骂）人了，顺当去看病吧，看好了好好过日子。"春棉把孩子重新放到车上，拉起车子又走。

响午过后，春棉将全仁拉到瓦盆店镇，打听一番，找到后街里的老中医。诊所护士说老中医正在歇响。俩人便坐在架子车上吃从家里带来的包谷面饼子，春棉跑到小饭馆寻了一大碗下面条汤，二人伙喝了，擦擦嘴，专等老中医从里间出来。孩子在车里睡得正香。

"听说这个老中医看得可好，可多躺了好些年的人，都叫他扎针治好了。"春棉坐在车把上，两手抱住膝盖，看着诊所门口白墙上的大字，憧憬地说。

全仁几近绝望的心又燃起希望："治好了我就出门挣钱去，听说新疆那儿的钱好挣，咱先还债，再盖院墙。也该叫你省心几天。"

护士挑门帘出来说，老中医醒了。春棉先将孩子从车上掐起来，护士接了过去，她把全仁从架子车上背下来。

老中医细细号脉，问了详细病情，前因后果，二人一五一十说了，看了几年病，那令人羞耻的事由也说了无数遍，再也没有什么难以启齿的。老中医开始思索，用手指在桌子上画着什么，又起身踱步，摇头叹息。两个人盯着他看，如仰望神灵。也许这回，真的有救了，从前的医生，都是问了后就开药，只说是吃了试试，吃完多少服再来看看。

"跟你们说了实话吧。"老中医停止踱步，坐回桌前，看着春棉，"拉回家去吧，哪儿也别看了，净是白扔钱。"

二人张大了嘴，一时无法接受。老中医又说："这个病没法治，我也没必要哄恁，要是我想挣恁的钱，完全可以扎七天针，开药叫恁吃，吃完了再来。之前的医生，其实也都明白这个道理，只是，他们没说实话。"老人又说了一些二人似懂非懂的话，还说了几个晚上房事早起喝凉水死人的例子，说全仁算是幸运，废的只是腿，他还有生育能力，这就不错了。

第二天下午，俩人回到前杨，车上为了准备在外住七天的褥子衣裳也原样不动地放着。昨天待黑，离家十几里的时候，天上下起了雨，春棉拿出准备好的塑料布盖住全仁和孩子，她给自己头上系了一块，继续拉车走路，前后不着村子，在雨雾中艰难行走，衣服还是湿了，地上泥得走不成，沾了两脚，车上的人和被子也淋了雨，架子车两个轮子带满了泥，越走越沉。春棉把绳子挂到肩上，身体前倾，用力曳车，全仁只在车上叹息。好容易走到一个村子，躲进一户人家的门楼里。等雨停了，天完全黑了下来，路上没办法走。那户人家叫他们进到门里边，夜里就歇在门楼里。管了他们两顿饭，女主人送给春棉一双半旧的布鞋，叫她换下脚上的湿鞋。

春棉一点力气都没有了，叫来三哥把全仁背回家里，她倒头就睡，一直睡到第二天清早。小烈能给伯妈拿馍吃，看住两个弟弟不乱爬乱跑，她过一会儿来看一看躺在床上的妈，只见她睡得像死人一般。

春棉沉默地下地干活，回家做饭、吃饭、干家务，听全仁发脾气咉人，渐渐地她有些神思恍惚。

月光清亮的夏夜，春棉刷了锅、喂了猪，在院子停留一会儿，出入堂屋和灶火，摸摸索索，手里不知拿了啥东西，往后地而去。她拐过屋山的时候，全仁在竹床上问她："镇（注：取"镇"音。这么，这样。人物口语中多用，后文中类似情况不再注）晚了，还去哪儿呀？"她没有回答，只是踩着轻快的步子向北边飘去，全仁扯起嗓子奋力撵她，高而尖厉，恨不得用声音揪住她，劈头盖脸痛打一顿。她仍不吱声，只是头向前冲着，快步地走，这世上有没有一个再也听不到他的喊声骂声、叫她躺下来好好歇歇的地方，春棉要去找一找。

她的人生如此短暂，她是怎样一头扎进这样的命运里的？月光真好，夏夜清凉，她一身轻飘，脚踩沾了水汽的抓地龙草，像踩着柔软的棉被，洁净的刚套好的被子，吸饱太阳的气息，虚虚松松。那时的生活多好啊：拆洗被子，日头把被单晒得干崩崩、热乎乎，麦秸铺在地上，被里子摊开，婆媳二人撑着铺好棉花，再盖上被面，用大针脚先绗好外圈，再给里面缝上两道。起身去取扔在一边的线轱辘，光脚踩在被子上，全仁从旁边走过，看一眼她和套好的被子，心怦怦跳。那样的生活太短暂了。

这抓地龙草柔软舒适，坐上肯定舒坦，于是她坐了下来。她用手轻柔地抚摸身子下的厚草，草叶上的水珠跳到她的手背，她将手放在唇边，甜丝丝的。生活多好啊，她才二十六岁，外出干活掏劲，回家大碗吃饭，夜里躺下就睡，跟一个男人睡出了小孩儿，小孩儿叼住妈疙瘩，奶水旺盛，小孩儿呛住了松开嘴，奶水滋了小孩儿一脸。她丰盈而旺盛的身体坐了一会儿，站起来。

有几棵常泰大爷种的桃树，每年都收不到成熟的桃，早早地被孩子们偷吃了，但他还是年年经管。桃树太低，她穿过它们，在一棵桐树下站住，伸手去掏塞在裤腰里的绳子。她踮起脚扔了几次，不能扔进树杈，于是她仰头看着，决定爬上去挂绳。快要圆起来的月明在高天之上，冷静地看她。

"妈，妈。"身后小烈喊她。她回过头，七岁的小烈站在一棵桃树下，睁大眼睛看着她。

"小烈，你咋来了？"

"我在三娘家跟俺姐玩,瞌睡了就回家,找不着你。俺伯说你到后地了,我就来后地,看见你走进树林。妈,树上早都没桃了,咱回家吧,我瞌睡了。"

春棉不动,小烈过来抱住她的腿。春棉问她:"你一个人,在夜里走回去,怕不怕?"小烈说:"有妈哩,我不怕。"春棉还是不动。小烈说:"妈,回家吧,二科哭哩,我哄不住。"月光下,小烈的黑眼珠亮闪闪的。

春棉瘫坐下来,一头撞在树上,号哭道:"小烈,妈不想活了,你回去吧,回去好好看着引科、二科,只要有口吃的,把他俩照望大……"春棉呜呜地哭,仿佛不是在向一个孩子诉说。

小烈流泪,并不是像一个七岁孩子那样吱里哇啦大哭,而是像大人一般呜咽,用衣襟给春棉擦泪:"妈,我不气人,我不吃江米团,不吃米花糖,我看好引科、二科,我不叫俺伯哄你,我帮你下地干活。妈,你别难过,咱回家吧,我可冷哩。"

春棉搂小烈入怀,娘儿俩在桃树下静静坐着。夜的凉雾升起,春棉打了一个冷战。小烈先站起来拉她的手,春棉随势起身,二人扯手回家。

全仁搂着二科已经在柿树下睡着,身上盖着破被子。引科睡在屋里的大床上。春棉躺在床上,为刚才的行为后怕,那一时,可能是中了邪气,有一个声音呼唤着她,一门心思往后地树林里走。小烈猫儿一般钻进春棉怀里:"妈,我长大了孝顺你,坐着火车去北京,挣好多钱,让你到北京去享福。"

小烈上学,全都是二奶奶和常泰爷轮流给出学费。小烈在学校课堂里坐着,也不能安心听课,她记挂着家里的事情,鸡有没有跑丢,猪是不是饿了,两个弟弟在竹床边玩有没有磕着碰着。妈上工走了后,家里的一切就扔在那里,她走时啥样,下地回来还是那样,要说有变只能是更乱,那是鸡狗刨抓碰翻的结果。有时候猪也扒开矮墙,跳出来满院子撒欢,全仁只能在竹床上用声音吓唬它们,畜生们也知道他动不了只是空喊,都不怕他。家里喂着两头猪,每顿的刷锅水伴麸皮喂它们，等不到晚上就又饿了，一饿就乱叫乱刨。小烈下课一路小跑回家，先把院子里收拾一回，碰翻的扶起来放好，弄撒的扫一堆撮起，然后领着引科到村后的地里薅草，二科还不会走路，躺在竹床上伯的身边，而妈妈春棉负责地里的活儿。她薅草回来，钻进灶火里忙排。她已经差不多学会了做饭，不会的问全仁，全仁用声音指导她。春棉下工回来，小烈已经做好了饭。

分地的消息在大平原上骤然传来，农村人炸开了锅，这分了地，不是跟旧社会一样了吗？啥联产承包责任制，换了个名字而已，实际上各管各了。前杨的饭场里每天都在讨论着分地的事，就连年龄大些的妇女都将碗端到自家大门外，远远地听男人们议论。

竹床上的全仁更加悲哀。分了地，自家可咋办呀，小烈不到十岁，引科八岁，二科四岁。五口人的地，就春棉一个人种？他急得直拍床帮，看见路过的人，就没完没了地问一崩子。

那些多年没有回乡的人，从来不与家里联系的人，并不是不想家乡不念亲人，他们远远观望着国家政策和家乡的一举一动，那些大家以为已经从这个世上隐匿、从故乡彻底消失的人，也会突然回来。

1982年春天的一个上午，一个大眼睛双眼皮、脸色红糖糖的中年男人，引着一个小腹微突的女人，手提印有"上海"二字的灰色旅行包，肩挎一只蓝色布包，让女人空手而行。二人从县上火车站一路缓缓走着，每过一个村子，饶有兴致地告诉女人这是啥庄，当年如何如何，曾有过啥人啥事。几个钟头之后，走在长枪吴街里，他眼里有了泪水。出长枪吴向西，来到前杨村头，他的泪流了下来。几乎没有人认识他，他对迎面遇见的人说，他是杨全成。没有人相信他，甚至没有人听说过这个名字。他也不认识村子里的人，但他认识自己的家，引着女人径直走进临街的院子，来到堂屋门口，扑通跪下，喊一声娘，面目扭曲，泪水飞溅。二奶奶呆成一尊菩萨，缓过神来，扳起他的脸看来看去，捧住脑袋摸了又摸，喊一声我的孩儿呀，一口气哭得差点透不过来。二人扶娘坐好，重新跪下磕头。

老五杨全成归来，引起全村轰动，只有四十岁朝上的人，才知道这个名字。老男人们一个个来到他家，看他们儿时的玩伴，大家掰着指头算来，这杨全成也四十多岁了。

杨全成笑容灿烂，语音高亮，一口发音古怪的腔调与人打招呼，音节直硬，石头蛋般坚实，但又能听出一些柔软的本地音。给大家敬烟拿糖，他说："我这才是少小离家老大回，当年出去时候，一十八岁，如今回来，半老头了。"他可没有一点半老头的感觉，虽然脸上有刀刻般的皱纹，但头上无一根白发，双眼明亮有神，腰板挺直。他带回来的女人，三四十岁，中等的个儿，一张白白的圆鼓咚咚的脸，像是被某种幸福和欢娱吹胀起来，不知是天生如此，还是怀孕而致，她不说话，只坐在那儿腼腆地笑。有妇女与她搭话，她尽量简短地回复，明显的外地口音真真切切。前杨人把跟他们不一样的语言，统称为蛮格丁，把说外乡话的人一律称为蛮子。

用了几天时间，前杨人将杨全成离家二十多年的历程，尤其他带回的这女人捋了个清楚明白——假如他们说的是实情的话。

少年杨全成因家里成分不好，情知考上大学也上不了，他只是喜欢读书罢了，一路上到了县高中。可进入1959年，到处没有粮食吃了。他想，总不能把人活活饿死吧。外面的世界或许能找到吃的。他给娘写了一封信，揣着自己仅有的几块钱，卷了铺盖，从学校出来，窜到许魏车站扒上向北的货车。他也不知这趟货车去哪儿，走到哪儿算哪儿吧，火车停了，他就下来找点吃的喝的，遇到庄稼和树上结的东西就摘点拿上。火车过了郑州一路向西。他想，越远越好，离了家，把那点可怜的粮食留给娘吃。跑远了好，谁也不知他是国民党小官僚的儿子了，他不用再承受身份之苦。

火车到西安不走了，他不敢也不愿意去找哥哥。混上一辆票车听天由命。火车一路向西，过宝鸡，出陕西。他不知要去哪里，他甚至不敢下车，他害怕一下车就回到现实的饥饿与恐惧之中，火车上的世界是脱离现实的世界，人们临时拼凑一处，每人手拿一张票上来，谁也不比谁主贵。

他见火车就上，一站站，一程程，向西而去，一路走一路遗失一路获得，细嫩的学生的手伸出来，给人家干活，刚刚长成的还不太结实的肩背献出来，扛起重物。如果这样也不能生存，那他还有办法。在火车上，他悟出一个生存之道。是的，一个大活人，不能被饿死，他想，我来到这个世上，只要老天不收我去，我就得活着，我就得吃饭。火车上的世界真是迷人，人们带着自己的财物到处跑。有一次在一个站上，等不来西去的列车，便又扒上一趟向东的货车。他想，他已经完成了向西而逃，他已经逃出了从前的自己，扔掉了从前的身份，现在他是一个新人，不再是之前的杨全成，往东往西，又有何区别？也有时候他扒车失败，只好拿脚走路，天地如此之大，半天见不到一人。在茫茫荒野，他和自己对话，悟出很多道理，那些课本上没有教的知识，他在脑中融会贯通，打乱了掰碎了重新组合。他给自己起个名字——杨大全。

有家乡有土地的人，问土地要吃的；没家乡没土地的人，变出钱才有吃的。他不再记得自己是读过书的人，要不是突然变天，他该考大学当先生了。他走了很多的路，看了很多的景，也吃过很多的苦，见到了广阔的生活，将自己锻造成一个健壮宽阔的大男人。有钱时大吃大喝，没钱了饿上几天。有时候结交几个朋友，过几天又与他们道别。淋过雨打过雪的被褥成为破硬片盖不成了，那就置办一套新的，衣裳也换过了几身。大西北的风沙吹刮着他，他彻底蜕变成另一个人。只有夜深人静的时候，内心里冒出那个属于前杨的杨全成，走进那条过道，缩回那个温柔的麦秸窝。

杨大全常年在火车上出没，终于被当场抓获，定为扒手惯犯，收监八年。他也并没有多么难过，在哪儿待着都是待，只要有饭吃就中。他也想家，但不愿轻易写信连累了娘。试着给西安的哥哥写了一封信，杨全学坐着火车来看他，带来一些吃食和烟。这是兄弟相隔十多年的见面。哥哥嘱他在里面好好改造，等待刑满释放。

七十年代后期，杨全成从监狱出来。他想回家，离开快二十年，说不想家，绝对是假的，劳改犯也有一颗温柔之心。可是他手里连个钱也没有，还是光杆一个，怎么回去见自己娘亲。于是他在各个村庄游荡，揽杂活干。那一带的人们都知道这个河南口音夹杂西北口音的男人，他自称杨五郎，心灵手巧，干活卖力，粗活细活都能干，还能读书看报，给人们说古道今。在这闭塞的西部乡野，他代表着外面的世界，他的矫健体魄和明亮眼睛是诗和远方，女人们爱慕的眼神追随着他。他很是发生过一些桃色事件，一不小心酿成事故，被某个人的丈夫纠结一伙人打跑，那么他就去往另外的地方。天地如此之大，此处不留爷，自有留爷处。他的脸色晒成了紫红，身板坚硬而灵活，双腿结实而有力，出手大方，仰头大笑，大碗喝酒，大口吃肉，很有一些放荡不羁的气息。他的小破屋里，经常在夜深人静时有女人主动来访，他问她们，敢跟我走吗？女人吓得摇头，他心里说，这个女人，配不上我。

他行走一个又一个村庄，和女人发生一个又一个故事，大地无边，村庄如此之多，终于，至某一村，他认识了一个叫梅的女人。梅的丈夫，是个黄脸干瘦的病人，他们有两个孩子，都是十来岁，那时还没有计划生育，下面却再没有孩子。证明男人的病比较严重，或者女人已经不再愿意和自己男人挨近。结识杨五郎，梅一时焕发了青春，不许杨五郎离开他们村子。梅很快怀孕，生下一个女儿，长着和杨五郎一样的双皮大眼，黑亮眼珠。女人丈夫的病越来越严重。可怜的男人，没有兄弟，只有一个老迈的娘，所以无人给他出气，杨五郎没有像从前那样被人打跑，他看似住在村外，但其实是与那女人已经过起了日子，挣的钱交给女人保管，有时还花在她丈夫身上，他甚至想走进这个家里和梅一起照顾她的丈夫，给她婆子养老送终。小女儿一岁多，刚学会走路，突然掉到井里淹死，据村里人说，是梅的婆子把孩子推到井里去的。又过半年二人把丈夫照顾死了。杨五郎和梅商量，咱们走吧，回我河南老家。梅说，只要跟着你，你说去哪儿都能成。

杨全成回来，是为了分地。可大队人说，你已离家二十多年，名册上早都没有你这个人了，不可能给你分地。他说："我在外面也没户口，难不成我是个黑人黑户？"村干部知道他是瞎说，一个人怎么能没有户口，他当年从监狱里出来，肯定是有手续的，他的手续，肯定也是落在了哪里。不好拆穿他，只说："你五九年是从学校走的，跟大队也没打招呼，这么多年，人口普查了几回，每一回都没有你这个人的音信儿，现在分地，是按户口分的，户口上没你这个人，咋给你分地哩？"

梅说这里比她老家好多了，地湿、风软、人亲，她从来没见过这么大片的土地，这么多的绿色，更没有见过这样成堆的粮食。前杨人说，那就住下别走了。梅笑一笑，说："那要看他哩，他说走就走，他说不走就不走。"梅的肚子越来越大，慢慢跟村里人熟悉起来，有一天和罗巧芬坐在树荫下做活，她和前杨的人，经过几个月的相处，有意识说慢一些，都彼此听懂了对方的话。梅凑到罗巧芬耳朵边小声说："你知道我前面男人咋死的？"

"不是有病吗？时候长了，灯油熬干。"罗巧芬说。

梅的声更小一点："给他饭里下唡药。"她省去主语，抬头看看四周，那果断超然的劲头，好像下药的不是某一个人，而是主持公道的命运和天神。午后的大树下，安静异常，除了两个女人，一个鼓胀充盈一个干枯瘦小地坐在那里，其余连个鸡娃狗娃都没有，可她还是警惕地望望四周，害怕鸟儿听去，害怕风儿听去，害怕脚下的土地听去，害怕已经忘记了的某位神灵突然一个激灵又想起此事。她真是纠结，知道天机不可泄露，但不说出这个秘密，她又十分难受，或许她想以此来取得前杨的好感，"每天下一点，每天下一点，人慢慢就嗝屁着凉唡。"她仍然不肯说出主语，眼珠滚动，保持一种警觉和抵抗，"自从跟你五叔好上后，我的个天呀，这才是人过的日子，再也见不得俺屋人唡。给你说，我一点都不后悔，也对得起他，给他生唡一儿一女。他妈不是个东西，把咱的女子推到井里淹死。这叫一命抵一命。死老婆子，倒是活得长，这会子，守着自己孙子孙女，还没活够，劲大得很。"梅纳着鞋底，刺啦刺啦，昂一昂头，好像抖落身上的什么枷锁，长长嘘了一声，吐出一口恶气似的。踏进这大平原，心也似平地一般，坦坦荡荡了无挂碍。

杨全义带着一个女人、女人怀里抱着一个小闺女回到前杨,他也是听到了分地的消息。

九年前,他一跺脚离开时,还是个毛头小伙子,如今已是而立之年,谁也不知他这些年在外是怎么过的,总之他自己解决了婚姻问题。女人名叫金环,不憨不傻,全乎伶俐,说话稍微有点蛮,当然没有梅蛮得厉害,毕竟她还是本省人,离不了二百里地。

当政策下来,分地的消息确凿时,工地上的杨全义说要回家去,金环有过一阵犹豫,她是省城边上的农村人,看不上真正乡旮儿里的人,当初跟了全义是看上他好条杆,好长相,为人处世的好气派。二人都在工地上干活,全义盖房,她在食堂做饭。一来二去,俩人轰到一起,她很快怀了孕,领全义到自己家里,伯妈心里不如意,可也没有办法,就让俩人先这样好着,也没有办结婚证。

一说要跟全义回到二百里外的乡旮儿,这着实让金环痛苦了几天,自己曾经想嫁个公家人、城里人,若不是挡不住青春的冲动与诱惑,她或许能沉住气再找找再等等再好好遇遇。按说自己也没跟他领结婚证,不跟他也中,就此转身离去,小闺女扔给他,爱咋弄咋弄,她回到自己的生活里,还可冒充大闺女再找对象。可她思来想去,终是舍不了全义放不下小闺女,再说肚子里又有了一个,罢罢罢,命运安排到了这一步,就依了命吧。

回来后就住到了自家院子小东屋里,因为堂屋过于老旧漏风漏雨住不成人。分了地,稳住了事,金环生下个闺女出了月子。全义张罗着拆了老堂屋,用他在外给人盖房挣的钱,盖了属于自己的三间新堂屋,修整了院墙,盖好了门楼。在村里人的啧啧赞叹声中,在全义的提醒下,金环买了六斤鸡蛋糕,带着高人一等的矜持表情,去二娘、大哥、二哥、三哥、七哥家里走动了一回,每家一包鸡蛋糕。他们盖房,三个叔伯哥、三个叔伯侄儿都来下大力帮忙,亲哥全仁动不了,亲嫂春棉来做饭带孩子,他们真心实意,不惜一点力气,金环的心里总有几分感动。

"你看看,这回来揍(注:取"揍"音。就)忙,谋(注:取"谋"音。没有)空来看看恁,这才稳住事了。这往后,我们揍回来过日子了,咱亲一窝又划到了一个走(注:取"走"音。组,小队),咱揍得齐心干哪。"她似乎觉得自己说"揍"很好听,于是就揍来揍去的。金环的嘴角不知为何,总是微微红烂着,可能是缺着哪一样维生素。她嫂春棉手里做着活儿,似乎对这个弟媳妇的话不是太懂,便应付似的嘿嘿笑了几声,竹床上的哥看起来也不是十分亲热。金环又硬着头皮说了几句,便起身走人。回到自己那散发着石灰气的新堂屋,从鼻子里哼出一口气,对全义说:"瞅瞅恁哥过的那日子吧,俍到竹床上动不了,穷得叮当响,家里跟猪圈一样。恁三哥三嫂,揍那还硬撑着叫他孩儿上学,上一圈子回来,还不是握锄把。那引章,三脚踹不出个屁来,学习上还能开窍?把自己装成个小秀才,噫——我咋就不信哩。"全义知道,金环别的都好,就是一张嘴不饶人,必得占个上风头才中,也就不太与她计较。

大烈、小烈对这个新来的八婶还挺欢迎,尤其大烈,时不时来到她的院子,听她说外面世界的景致。俩人领着八婶赶了一次通淮集的庚会,八婶嘴里跑气,咝咝咝地揍来揍去,标志着她来自外面的世界,招来乡民们的观望。

分了地,庄稼人各忙各的,再也没有从前那种钟声敲响,才放下饭碗就拿起锄头,边系扣、边纳鞋底走向街口等待派活的场面了,不需要任何提醒,每个人都很是知道自家哪天哪晌该干啥。那口老钟也不听响了,偶尔有调皮孩子爬上树干,努力够着绳子敲出几声急躁的音节,惹得生产队长和社员们一阵莫名惆怅。大队支书杨茂渠也觉得自己由过去的领导干部而变成了一介平民,心里不是滋味,每日赌气般地披着那件破旧的蓝色中山装,跕堆在街里和年老的村民摆方。自己家劳力多,那点地,几个儿子和他高头大马的老婆便能应付得了。

杨全堂家的优势立即显示出来,壮劳力多,又都是种庄稼的好把式,头一季打下来的粮食就比别人家多。

村里的光棍们暗暗不满分地,他们在心中骂,是谁出的孬主意把地分了？以前生产队多好，大伙儿一起上工下工，说笑打闹，分菜分粮食，热热火火，每天眼里看的、耳朵听的，都是景致，能把落寞的心灌满。而现在，各人都忙着自己的地，走路都是急急匆匆，不再与别人多言。

另一个倍感难过的是杨全仁，从前只要出工就有工分，只要是个人就能分粮食，他被队上照顾，虽没有工分，但按人头分的东西，都有他的份。而现在，自家地里所有任务落在春棉身上，她比以前更累了，回到家偎那儿就起不来。人们都奔了自己的地里，走路鬼撵着似的，路过他的院子也没时间停下来跟他说说话，有时他强着问一句什么，那人话没说完，就不见影了。

1984年夏天，春棉又生了一个儿子，顺理成章叫了三科。前杨人啧啧称赞，这叫财不旺人旺，你别看人家瘫在床上，可人家嘟噜嘟噜一串孩儿，你再有钱能咋？再跑得欢能咋？

妈坐月子，小烈的负担更重了，几次晒麦都是二伯三伯和前院三位哥哥帮忙，谁有空谁过来搭把手，架子车一个拉一个推。扛口袋小烈不行，只能扶车蹬麦。下午晒好，自己一袋袋灌好，再回到过道里喊人去帮她装车拉车，回来卸车。全仁坐在柿树下的竹床上，看着这一切，也不能伸手去干，经过十年缠绵竹床，他全身肌肉慢慢收缩，变得稀松，再也没有力气。提一只老母鸡可能都不中。

出了月子的春棉又开始干活了，小孩放在竹床上，全仁能抱抱拍拍，端起来把尿，哭了给喂点她走之前放好的稀汤喝。她没有时间诉说和抱怨，她恨不得睁开眼就开始干活。正在哺乳期的乳房鼓胀得如胸前挂了两个大茄子，走起路来一颤一颤，脚步嗵嗵有声。

第三章　过道女皇

多年之后，罗巧芬的新婚经历都成为前杨的笑谈。也不怪她，该出门子的人了，还没有月经初潮，身板也像压根没发育过一样，所谓乳房，也就是一层薄薄皮肤覆盖条条肋骨的胸前安了两颗包谷豆。

1973年腊月二十七。天还没大明，罗巧芬夹着一个小包袱从婆子家出来。她先是挣脱丈夫的手，小短腿朝后一弓一弓，闹着玩似的，碎步跑出堂屋。在灶火门口，又挣脱婆子的手，步态很是夸张，边抹泪边往外走，看那样子是受了极大委屈。出了院子，街里几个赶集的男人见了她，不知这新媳妇是咋着回事，一大早出门弄啥。她快要走出前杨村东头的时候，丈夫和婆子从身后撵来。之所以晚了几步，是因为丈夫杨天德要穿好衣服，婆子要灭了灶里的火。

村东头的这一番拉扯引来几个女人。正准备薅麦秸烧鳌子的娘儿们围上来一起劝她，夜儿刚进门的新媳妇，咋一大早就要回去？回门也得第三天呀，要两口打扮得齐齐整整一起回，哪有你自己哭哩流哩跑回娘家的道理。

"回俺家去，不搁恁庄了。"罗巧芬用大红新罩衣袖子擦泪。

"现在罗湾不是恁家了，前杨才是你的家，有啥事咱自己家里说啊。"女人们看出端倪，要有好戏上演，一时忘记了薅麦秸烧鳌子，围上来一起拉扯。

罗巧芬抽抽搭搭，小身板颤抖着，哭得好不冤屈，杨天德站在一圈女人的外围，手抄棉袄袖子，绷住嘴不说话，也不像是俩人吵架的样子。刚新婚，恩爱还来不及哩，怎会吵架。新媳妇终是依了一圈娘儿们的劝回家去了，坐在灶火的锅台前，抽抽噎噎，低头不语。女人们没有问出名堂，不愿离去，站在灶火门口，东一句西一句套她的话。

"咋了？你们去问他呗。来时我问俺妈，结婚是弄啥哩，俺妈说，结婚就是你变成人家家里的人了，到他家里去。我问，到他家里去弄啥呀，俺妈说去给他家烧锅做饭。我想烧锅做饭我会呀。却不想他黑里净装孬，欺没人……"婶子大娘们爆发出一阵大笑，笑够了，犹是滚油锅里进了水滴，吱吱啦啦对她进行人生启蒙：再犟的驴也得被驯服，再烈的马也得叫人骑，每个女人都得过这一关走这一步，老天爷造下咱女人就是来弄这事来生孩子的。

杨天德给水缸里担满水，钻到堂屋西里边不出来。婆子又爱又疼地隔窗训斥大孩儿："这才开始，你不会抻么着点，她才十七岁，身子骨那么小。"杨天德任由女人们在窗外调笑，憋到里面一声不出。早起做饭的女人，意外收获了这一场桃色事件，真是开心，笑笑闹闹出门去了。很快，这个事件会经由她们大小不同花样翻新的嘴传到全村各个角落：二十六七岁的杨天德，险些年龄过岗打了光汉条的杨天德，丧眼摆呆的，头一黑就把新媳妇撕得太开了，捣得太猛了，使狠了弄疼了，那小身子受不了了，哭着闹着要回娘家……她们定会添枝加叶，烘托得色彩纷呈，就像她们夜儿黑亲眼见了一般。

杨天德眼看二十六七，瞒了几岁，给女方说成二十三，举全家全门之力，求爷爷告奶奶，请人说媒，好赖娶上一个罗巧芬。罗巧芬十七八岁，身高大约一米四，体重不知有没有七十斤，后面看是个小闺女，前面看像个老太婆，站着的时候，两条腿呈弓形向后弯曲，头发稀疏如一把干草，一张扁扁的脸皮肉单薄，不该凸的地方凸出来，比如天庭和地阁，不该凹的地方凹进去，比如鼻子和嘴巴的中间地带。说白了罗巧芬就是民间所称的软骨病，胎里带的营养不良。也是奇怪，她妈生了五个孩子，其他几个都好好的，只有她是这个样子。当初她妈生她连疼都没疼，就像来月经时的血块子，呼一下出来了，兴有两三斤？脑袋还是软乎的，头上囟门大得吓人，她伯的一只鞋都能把她扣住，小脸如碗底大，连指甲盖都没有。吃口奶都能咯噔一下"噎死"，她伯便掂住她的腿拿了一只铁锨来到屋后的地里，把她放在地上给她挖坑，她又如猫娃般唧唧哝哝地哭，她伯掂着腿又提回来，过几天又"噎死"一回，她伯说，先别往地里扔，等她一会儿看能缓过来不？她妈把她揉一揉拍一拍，果然又活过来了。伯妈对她也不抱希望，你要活着就给你一口饭吃，不活了就掂到地里埋了你，就是这么简单的事。可她还挺顽强，竟然饥饥奄奄地长大，成为方圆都知的"罗湾那个软骨病"。这时的杨家才不管女方有什么病，有没有生育能力暂且也顾不上，只要是个女的就中，走一步算一步吧，先哄进家门再说。宝贝疙瘩一般把罗巧芬迎娶回家。

晚上罗巧芬提出要跟婆子睡。婆子说："那就先跟我睡两黑吧，可也不是常事。"公公睡到东屋里去，挤到两个小叔子不论哪一个的床上。新媳妇睡在婆子的床里边，钻进自己的被筒，蜷起身子很快睡着了，没有一点声息，像只小猫儿一样。这样睡了一晚又一晚，再不说回到杨天德的床上。一家人忙于过年的热闹，又是回娘家又是新媳妇被各家请去吃饭，也不在意这事。眼看破五饺子吃过，人们都开始扎灯了，新媳妇还不说回到西里边床上来。杨天德把她的被子拘走藏了起来，天黑罗巧芬到婆子的床前不见了自己的被子，她哧溜一下钻进婆子的被筒里。婆子站在床前，笑了笑对她说："再睡今黑一夜，明儿黑可不得这样了。"她把身子裹在被子里，露出两只大眼睛，也不说话，只是祈求地看着婆子。她对这个周正雅气的婆子又爱又敬，还有点怕，又很是依恋。她其实又怕又爱这家里所有的人，他们一个个长得都很排场，公公大高个儿，大圆脸，大长腿，因年老而微驼着腰，身架就像一只大骆驼，话不多，但一开口大腔大调，半条街都能听见。兄弟三个却长得都像婆子，透出一点秀气。婆子钻到被子里，挨到她的小身子，就是一层松松的皮包裹着细小的骨头，全身上下没有一点年轻人该有的饱满。婆子心里叹一声，实在还是个小孩呢，可我们娶的是媳妇，不是寻了个闺女养在家里。罗巧芬只穿了个红布裤头，光着上身，缩成一团，婆子赤裸全身，丰盈而坦荡，两个女人的身体温热而矜持，在世上最小的空间里保持着尽量的距离，因为都没有夜里睡觉穿的衣服，罗巧芬这个唯一的红裤头还是因为要出门她妈给她做的。婆子掖了掖二人后脖里的被子，不要露风。罗巧芬侧身躺着，讨好而崇拜地将一张干瘪小脸对着婆子。两张脸如此之近，婆子四十五度角脸儿朝上，轻声对她说："女人到了婆家，就要跟自己的男人睡一起，这是老辈子传下的规矩。咱常说，跟他了，谁跟谁了，这个跟，就是一起睡的意思。"罗巧芬耷拉下长长的眼扎毛，表示自己知道这个规矩，可就是不愿意面对夜里杨天德做的那些事情。婆子吹了灯，在黑暗里轻风细雨地说这说那，语气细软但道理坚硬，恩威并施，总的意思是，你最后一黑睡我这里。罗巧芬理屈词穷，困意袭来，合上了眼睛。

新媳妇最是金贵，人们总是敬让三分，尤其他家，千难万险寻媒得来，一家人打心眼里宠着顺着，她自己也有点不好意思了。婆子当她的面，作态把杨天德又数叨了几句，夜里把她推到堂屋西里边。一家人说话也不敢出大气，生怕她那柔弱轻飘的小身子被吹跑了化没了捣烂了。

来自罗湾的弱不禁风的罗巧芬在整个过道里姊妹们中担起了大嫂的职责，无论从体格长相还是年龄上来说，实在是有点勉强了。可"萝卜不大在辈上长着"，大家也都认了这个大嫂。

过道里一般都是临街为大。过道西边，从前到后一拉溜三家，是杨天德亲爷爷杨老大的三个儿子，亲兄弟杨全堂、杨全宗、杨全本。

杨全堂这一代，加上杨老二、杨老三的几个儿子，叔伯兄弟共有八人，过道西边他们亲哥仨，第一户临街是杨全堂和他的仨孩儿杨天德、杨天顺、杨天庆；第二户是老二杨全宗和俩孩儿杨引庆、杨引运；最后边第三户是老三杨全本，本也想自家给孩儿另立名字，但又有点心虚，要一个都这么作难，十来年才有，白氏眼看快要四十了，不敢保证能再有孩儿，也别费事了，随着二哥家孩儿的名字，叫了引章。

目前杨引章、杨引科最小,过道里小辈中排行老七、老八。那么罗巧芬,是他们十来个叔伯姊妹们共同的大嫂。在前杨地界的传统语境里,"姊妹们"包括所有兄弟姐妹,男女通吃,类似《红楼梦》的陈述称谓。

像花开花落像春草拱出地皮,罗巧芬的小身体释放出强大的母性力量,历时近两年呵护,头胎生了个小子,走完闺女到媳妇的全部程序,能床上灶上都应付自如了,也敢站在门外和喊她嫂的小子们打趣开玩笑了,全家老少供着,过道里叔伯姊妹们敬着。家里劳力多,生产队里的工分不用她挣,后来分地到户,地里的活儿也不用她干,家里活儿有婆子,也不太使她。婆子说,那么小的身子,啥也干不动。

罗巧芬的婆子治家有方,能把小小院落里的人和物都给调理顺溜,话不多但都能说到点子上,不啰嗦不嘟噜,一点麻烦不愿给旁人添,穿个破衣裳也要洗干净叠出印子。夏天无论再热的天,出门时头上总得顶个大方手巾,坐下时两腿并拢,膝盖对齐,手心朝下搁在腿上。说话从没有高声大嗓过,也从不议论别家是非、旁人闲话,别人说出不合适不照号的话,她耷拉下眼睛笑笑,不管是从前家里殷实还是现在落魄,不见她惊慌失措,也不去巴结谁人,只稳住心把自家门里事情弄好。罗巧芬第一眼见到婆子羞愧得想找个老鼠洞钻进去,婆子的齐整明亮更照出她的丑陋枯萎。罗巧芬觉得自己寻到了福窝里,托阶级斗争的福,她这样一个丑弱之人,竟然成为这个家里的女皇,三个长相排场男人的女神,这条过道里一拉溜棱棱整整的姊妹们,喊她大嫂,黑天白里,走进这个院子,来到她的身边,大事小事都跟她说说,把她当成主心骨。

一个小院,三间堂屋,两间东屋一间灶火,是家里的全部财产。两个闺女是姐,已经出门,天顺、天庆,也都二十多岁,就这样定秤了,打消了此生有个女人的念头。

罗巧芬一天三顿坐在灶前烧锅烧鳌。婆子说火大一点,她抓住柴火往里填;婆子说火小一点,她就填得慢些;婆子说中了不添柴火了,她就停了手。啥心不操,只是坐着管火。而婆子站着忙碌,一会儿案板,一会儿锅台,一会儿又去缸里盛水,她趁婆子转身到案板那里时,看她的背影,个头适中,胖瘦恰当,腰身结实,罗巧芬心里真是愧得慌,世上有这样一户好人家,有这样一窝好人,叫她遇上了。

烙馍、菜馍、油馍、厚馍、焦馍、饼子这些,在鏊子上完成,鏊子底下都烧麦秸,麦秸是最虚的火,一点就着,着完就灭,适合引火,也适合烧鏊子烙馍,来去便捷,是短平快;蒸馍、蒸红薯烧树枝柴火棍,火力强壮稳定,后劲十足,是灶火里的精良部队;平常做饭烧包谷秆、烟秆、豆棵,夹杂碎末子,秆子在下,碎末子蓬在上面,相互帮扶支撑,共同完成烧火使命,所以包谷秆、烟秆、豆棵是烧火界的主力军、大路货。而这些东西也都是公公和天德三兄弟准备好的,在院里灶火里分门别类归置得整整齐齐,家里一年四季不缺烧的。这院里每个人都在不停点地外出劳动,回家干活,倒显得她是个懒人一般。她也留心跟婆子学干活做饭,样样都想弄利索,整干净,怎奈她体力不行,手不中用,干得总也不像,但大家也都不说她。吃完饭她涮锅洗碗,有了孩子后便不让她洗了,叫她主要照顾孩子。她带好小孩之外,平时也就是洗洗自己一窝几个的衣裳,扫扫院子,做点针线。

人家对你好,并不是你真的有多好、多主贵,值得人家这样待你,而是人家有这个家教和修行,或者有对你好的需要。是的,需要。婆子对她的疼其实是心疼下面那两个娶不上媳妇的儿子。两个弟弟也都长得体面,对她很是温顺,说话眼睛低垂,不敢随便看她,仿佛一对视就把心里的秘密泄露了去,平日里不太跟她搭腔,但她偶尔说句话的时候,二人都是竖着耳朵细听。院子里流淌着静谧而微微酸甜的气息,一家人在一种和谐而微妙颤动的气氛里生活,大家各干各的活儿,婆子坐在堂屋门口,她坐在门外的屋厦底下,三兄弟要么挑水要么拘柴要么搓绳绑棍,公公跐堆在破门楼里吸烟,跟路过的人打招呼。小叔子走过她身边去堂屋取东西,与婆子说几句什么话,问哪个东西放哪儿了咋找不着,婆子说就在窗户栏上,前两天还见,他们的声音温柔而安静,能不能找到那东西都无所谓似的,找不到会有另一个替代的东西来完成要做的活计，一切都是安静的水面。偶尔鸡叫犬吠是小小的波纹，她听来却是暗流奔腾，有一种陷入河底软泥的感觉，她闻到成年人的旺盛气息，体会到男性的波涛、坚硬和无奈。两个小叔子都比她年纪大，二人对命运的安排没有怨言，平顺而沉默，外出干活，回家吃饭，一个是另一个的影子。

她是来到前杨，完全愿意跟杨天德同床半年之后，才有了月经初潮，好似她这初潮是杨天德和婆子联手给唤醒和开启的。一年之后，她显了怀，全家人大松口气，谢天谢地，她能生养。

大家对她更是事事体贴，说话都不敢大声，连个和面的大瓷盆都不叫她掂，怕把肚里小孩给她吓淌了、掂掉了。

头胎生下一个男孩，长得像杨家兄弟，身量体格挺正常的，一家人提着的心都放下了。

二十岁的罗巧芬并没有因为月经来临和会生孩子而长高变壮，吃了一个月的鸡蛋也并没有让她像个母亲，她仍然是七八十斤的小身子，奶水也不是很足，小孩哇哇叫地哭。婆子不知从哪儿弄了一手巾兜小米，每天在后小锅里熬一丁点，撇米油喂给小孩。小米吃完后，见天冲了面糊喂他。孩子能翻能爬能坐了，双腿身姿都跟别的小孩无异，看不出病萎的迹象。一岁多学会走路，一家人再次长出口气。婆子告诉她，你把小孩弄好就中了，刚会走路，正是费手时候。家里有一星半点好吃的，都尽着她娘儿俩。

她不惷不傻，怎能不知这其中的原委和愿望，她虽然外貌萎缩，但身子里也有一颗女人的心，她知道，就连丈夫肯定也是这么想的。这世上有多少语言无法表达的东西，全凭各人的内心里点穿悟透，达成无声的沟通，她这小小的七十来斤的身子，对于这一家人既然如此重要，那么她自己也很爱惜珍重。她明白人间有很多事全都无师自通，连畜生也有它来到世间应得的权利，狗当着人的面双双翘起尾巴连在一起，鸡在院子里踏蛋，驴的身下沉甸甸地垂吊着血肉，猫在春天的夜里哭闹一般叫唤，猪在圈里杀它一样嘶喊，温顺至无怨无悔的牛，到了一定时候也要牵去配种，而人呢？两个排排场场的大小伙子，对某一件事保持着死水般的沉默,是什么样的力量叫他们如此顺从,不去怨恨、不去破坏甚至连牲口都不舍得狠抽一鞭。

一个家庭的秘密内核,支持起外表的安宁与和睦,有谁知那无言的饥渴与呐喊,有谁知血管的跳动和心悸的频率,有谁知那不用策划的行动,在罗巧芬小小的身体里翻滚。这世上多少事情的关键,这太阳下明亮可人的面子,多半是在黑夜里孕育,秘密编织成了结实稳定的里子。夜半,她起夜去了茅子之后,站在院里,静静地停了一会儿。月光把她弱小的影子印在地上,长长大大的,伸展开了,她变好看了,变丰润了,她在这个院子里成为一个真正的女人,她生出了强壮的母爱。有一只仁慈的大手,牵住了她,有一条温柔的布带,兜在她的腰间,她迈动脚步,推门走进东屋。夜是那么安静,掉根头发都能听见,不知里面的人有没有说话,不知三人如何达成这迷醉而又不堪的局面。人本就是畜生,只是白天里披了一张人皮,到黑夜里,又要变回畜生。一切不用预演,一切都在每人心里上演了几百遍几千回,都像是发生过了。那东屋里走出一人,抱着被子来到大门楼下的破竹床上。

初次造访,她得到热切的回应,从此轻车熟路,心照不宣,有时她从茅厕出来,见大门楼里的破竹床上早有一人,她便轻走过去。

家园是保守秘密的最后围墙,有时候这秘密会如流水一般,沿低处向外滑去,总要泄露一丁点。一个走夜路回来的人,经过他家门口,听到一些异样的动静,极力地压低声音,但还是搅动了黑夜,引起一些波纹。那人走过来,脸贴到薄板小门上,听到里面一个颤抖的声音:嫂啊,你知日子咋过的?看见个老鼠洞,都想擩进去。

制造秘密和破解机密是乡村生活的调节剂,每个人都是这机密与流言的一部分,每个人都兴趣盎然地传播着。当罗巧芬八年里生下三个儿子后,人们挤眉弄眼,会不会一人一个呀?可能吧,就是不知哪个是哪个的?老大肯定是老大的,那下面俩哩,到底像谁?这可看不来,侄儿像叔的也多着哩?管他谁的哩,反正是人家亲一窝,谁也管不了这事。眼见着三个小子长了起来,会走了,会跑了,会端着碗呼噜呼噜吃饭了,个个身形正常,没有一个随罗巧芬,个头儿也都不比同年龄的小孩低。

议论完了也就完了，不想完明天接着议论也中，但谁也不能把人家咋的，只是暗地里气生（注：羡慕嫉妒恨）。他家真是命好风水旺，眼看娶不上媳妇快要断了，却哄进来一个那样的，个儿小得一把能搦严了，愣是生一个是孩儿生一个是孩儿，将来又是人多势众，三兄弟往街里一站，谁敢歪歪嘴说点啥。在农村，儿子就是核武器，放那里吓唬人的，有了不用可以，没有却是万万不可。

第四章　民办教师

　　1976年之后，阶级斗争不太提了，成分概念渐渐消失。1978年年底，十一届三中全会明确提出结束"以阶级斗争为纲"的口号。1979年夏天，一表人才的过道老四杨引庆从九道街公社高中毕业，在长枪吴学校当了民办老师，大队计工分，一个月还有八块钱工资。说媒的蜂拥而至，他挑来拣去，选了东乡一个容貌出众的闺女张爱香，第二年腊月里成了亲。家里没有钱盖堂屋，女方也不计较，二人挤住在小东屋。大闺女杨素芸已经出门，二闺女杨素芬住在破堂屋西里边，二儿子杨引运和杨全宗两口合住在东里边，在伯妈的大床顶头垒了几层砖，篷了两块板，成为一张小床。

　　1980年，全县进行民办教师整顿，全体民办教师进行考核考试，杨引庆取得了任用证，成为公社有名额的民办教师，当年还获得了"全县优秀教师"称号。张爱香头胎生了个小闺女，家里实在太挤，他们借了钱，过道里亲一窝劳力帮忙打坯烧砖，在东头划给他的宅基地上盖了新房，搬过去分家另过。

　　计划生育风声越来越紧，先是在城里实行，对公职人员严格要求，后来一步步发展到农村，民办老师也必须遵守，号召生过两胎的人做绝育手术。男人们不愿去做结扎，说结了后就像牲口给骟了没有力气干活，便让女人去做，反正夫妻里面必得有一个人去结扎。人们传统意识是男人的身体比女人主贵，子孙窝万万动不得，于是大都是女人去做，除了你列举出自身有啥样啥样的病，证明你不能结扎。也有女人不愿真正结扎，便托关系花点小钱找医生作假，只在肚皮上用刀子划开深度半厘米的口子再缝合好，不动里面的输卵管，以应付检查。计划生育小分队到农村里，挨个女人掀起衣服，在肚皮上查看。当然这样做的结果是，你必须做好避孕措施，否则行迹败露要追究医生和妇女的责任。于是生过二胎的妇女人人肚皮上都有一个两三指长的刀疤，但真正结扎的，估计一半也没有。

张爱香二胎生了个小子，还没出满月，杨引庆正在学校给学生们上课，计划生育小分队找来，坐在校长办公室等他下课，告诉他："你违反了计划生育，要停止你的教学工作，并罚款二百元。如果你或者你家里的不结扎就不得教学，结扎一个还让你继续带课。"

杨引庆回家跟妻子商量，先凑二百元交了罚款，张爱香没有满月就去公社卫生院做了结扎手术。全县刚开始实行二胎结扎，谁带头谁有奖励。张爱香是整个长枪吴大队第一个做结扎的人，大队奖励她二百元钱。相当于他们的二百元在外周转几天，又回来了。

张爱香刚回到家不几天，校长告诉杨引庆，说小分队说了，结扎了也不能再教学，因为他们是违反政策在先，结扎在后，所以该奖的奖、该罚的罚。

这时张爱香已经出了月子，夫妻二人去找计划生育小分队论理，队长支支吾吾，随后说是大队书记的意见。二人又回来找支书杨茂渠。杨茂渠吸着烟说："国家规定公职人员不能生二胎，你们这些带指标的民办，也得按那个执行，所以要停了你的工作，这两天就收拾一下，先回去吧。"

"先回去，是啥意思？回哪儿去？"

"回哪儿去？回家去呀。"

"我们已经带头做了结扎，在大队树了典型，出的有证明，奖励的有钱，那就不应该再追究之前的事了。"

"你生了二胎，这就是既成事实，上面追查下来，都是事儿。所以,你先回家,等过了风头再说。"

"我是公社带指标的民办,这个事应该跟公社文教干事商量一下,由他们来拿主意,而不是大队来定,也不能小分队说了算。"

"谁拿主意都一样,都是你违反了政策。"

申辩也没有用,杨茂渠给校长说了后,课也不给他排了。过了几天,学校来了一个外村青年,接替了他的工作。

引庆又到公社去论理,文教干事说了一大堆这样那样的政策,只是不说他能否继续复课,让他先回家去。杨引庆又找公社书记,书记说,打了不罚,罚了不打,二百元奖励退回来,还回去教学。杨引庆当然愿意,立即拿了钱要退给大队,杨茂渠却说,没有得到消息。叫他去公社拿回书记的手谕。杨引庆想,这其中定有端倪。几天后,得到消息说,新来的年轻人,是公社文教干事的亲戚,文教干事和大队支书杨茂渠两人捏成的这个局面。

杨引庆在家生了几天闷气,吃也吃不下,睡也睡不着,怎么也无法接受这个局面,给妻子说:"咱上北京,去告状!"

"能告赢不?"妻子问。

"拿上咱全部的东西,结扎证、大队文件、优秀教师证明,都带上,我就不信告不赢。"杨引庆当时只有二十八岁,他不信世事由人来捏,他不信好好的人能叫别人来欺。

问亲戚借了几十块钱,拿着不足一百元,夫妻二人准备到北京告状。把两岁的闺女交给伯妈,二人抱着不足百天的儿子,张爱香坐上大哥天德拉的架子车,到火车站,买慢车票坐到许魏,在许魏车站买了到郑州的车票。二人竟然不知道许魏有直达北京的火车,在车站售票处也没有问。杨引庆没有问,张爱香更不知道要问,丈夫是她的天,教师丈夫都不知道的事,她一个小学毕业生更不知了,想都不会去想。总之他们以为郑州才有去北京的火车。那可是北京啊,哪能那么随便就去了,在他们的意识里,从前杨去北京要经过必不可少的几步:出前杨离了长枪吴大队,路过九道街公社,到达县上车站,到地区许魏、省会郑州,再到北京。行政区划不是这么规定的吗?

颖多湾老县城本在铁路东面两三公里的地方，自从清代末年京汉铁路修通，这里便有了一个县级火车站，但是铁路有自己的方向，它笔直地由北向南，不会因为照顾一个县城而弯着向东扯上几里地。只是将站房和站台修在铁路东面，和县城遥遥相望，于是大片田野上一个小小站房，赶火车的人无论白日或星夜向此奔赴。火车站才是通向外面世界的窗口和纽带，这里慢慢繁华，商店邮局电影院之类建设起来，六七十年代，一些政府机构迁往火车站这里，电影院被评为许魏地区十大建筑，老县城逐步冷清，车站一带日益繁华，功能逐步取代了县城，但人们还是沿用老习惯把这里称为"车站"。

经过两个夜晚一个白天的转车等车，每人花了快三十元的车票，终于抵达北京。他们在火车上打听到北京有个上访接济站，是专门接待全国各地上访人员的，于是一路找到那里。一个很大的院子，里面有楼有平房，吃住不用花钱，男女分开，张爱香抱着孩子到女人的房子里，杨引庆在男人这边。房子很大，一间屋住十来个人，到开饭时，自己去领，盛好在大碗里，有米饭、面条，有时候是蒸馍配一份菜。到底是首都，接济站吃的都比家里好。

引庆说到天安门去看看。

"咱来告状哩，还有心思看天安门？"张爱香说，但也不是反对的语气。

"是个中国人，到了北京，咋能不去看看天安门。一辈子可能就来这一回了，到毛主席纪念堂，把咱的冤屈给他老人家说说，可能会保佑咱告赢哩。"

虽然北京的街道宽阔笔直，但两个乡下人还是会迷失方向，引庆在前杨还算个挺中用的人物，大人小孩尊敬着，但到了北京，他啥也不是，不知在哪个关口上搞岔了，总觉得天安门的正前面是东。告诉自己这不可能，只能是自己搞错，北京是不会错的，整个天下的东西南北都是不会错的。但他们仍然不知道往哪里去，在家时气势汹汹要来北京告状，自己占着极大的理，此冤不伸，天理难容，但到了北京，他发现一个可悲的事实，根本找不到要去的地方。在家里时，北京是目的地，但到了北京，该去哪里？他这点事，在北京人眼里，比芝麻还小。接济站里乌泱乌泱都是人，来自全国各地，有好多都是人命官司，都要到哪个部委讨个政策要个说法。有的人几天就可以解决问题，收拾东西走人，有的人住了十天半月没有进展，每天出去打听消息，排队等候。

向接济站的人说了他们的情况，有人说，应该去国务院的信访办，有人说应该找教育部，还有人说应该找国家计生委。一时间老虎吃天，不知该去哪儿。引庆决定能找到哪个就先找哪个，于是两口抱着孩子在外奔走，带一罐头瓶的水，渴得顶不住了喝一点，早上多吃点，中午饿着，下午回接济站吃饭。这是他们第一次到大城市，忽吞一下就是北京，迷茫不知所措。终于在第三天，工作人员给他们指引了去往国务院下属信访办的地址。

二人摸到了信访办。由于全国各地来上访的人多，排号没有排上，叫明天再来，他们只好回到接济站。

冬天天短，五点多路过天安门广场，天黑下来，杨引庆想起了收音机里女播音员说的"天安门广场华灯初上"。他心里一时不知是喜是悲，站在那里，静静地不说话，想等着看看华灯初上的景观，又害怕回接济站晚了没有饭吃。二人在路上一直轮换着抱孩子，小孩也很乖，仿佛知道自己是来了北京，知道爸妈心烦，他不哭不闹，安静地在大人怀里睡觉，睡醒了睁着小眼睛东看西瞅。二人抱着孩子，在天安门广场拍了照片，引庆抬起右胳膊，把小孩尽量竖起来，睁开眼睛露出小脑袋。拍照后拿了小票，让过几天来取。北京的街道如此宽阔，把他们的心情放逐开来。原来，这世上还有这样的生活，还有这样一群人，住在城市里，没有冤屈，没有仇恨，没有谁随便不叫你上班，没有哪个单位突然不要你了。人们平心静气地坐着公共汽车上班下班，见面说声你好，走时挥手再见。商店里那么多货物，等着你去挑选，饭馆里那么多吃食，有钱就能买来吃上。可他们没有钱。

巨大的北京震撼了他们，踩在北京的大地上，走在北京的大街上，看着电影里见到的画面，长长的公共汽车驶过天安门前，做梦一般。

二人觉得自己不再那么愤怒，有一刻竟然忘记他们是来干什么的，走着走着，内心平静下来，不再翻滚仇恨。

如此宁静的夜晚，灯光柔和，灯杆高大稳固，引庆想起一个词：国泰民安。可现在，他这个小民，却安不了，世界这么美好，他却烦乱痛苦。站在这样的地方，人不应该有烦恼和仇恨，如果没有杨茂渠那大赖种，我的生活多么安定啊。二人轻轻叹气，虽然很累很饿，但不愿离开，绕着广场走了一圈，张爱香说，这得有好几里地了。引庆将之前书本上学到的，他所有常识能储存的，都和眼前实景一一对应、落实，面向人民大会堂，心里又激动又忧愁，整个前杨，没有人来过这里。他能够来，却是因为生活塌了一个大角，需要有个部门为他撑腰再支起来。

他们白天在路边歇息，遇到一个安徽人，也是坐着看景，说他到北京找亲戚，西郊那里新开一条服装街，服装贩子从广州倒来的衣服转手给小商贩，而小商贩在那条街上摆摊出售。亲戚干得大了，升级为贩子，亲自跑广州进货，请他来看摊，每天工资十块。引庆吓一大跳，那一个月就三百块钱？天下有这好事？问那男人："那你咋不去找亲戚哩，坐这儿弄啥？"那男人说："这不是第一次来北京吗？也想到处看看，一去他那儿，天天看摊，就没时间了，问好去那边的车了，我先在天安门附近看看，一会儿再搭公共汽车去找他。"男人说他是安徽某县铁器厂工人，工厂发不出工资，他不如请病假来北京发展。安徽男人挺健谈，问引庆来干啥，引庆给他说了自己的事由。那男人说："嗐，土皇帝压死人，你告成了当然好，告不成了还不如来北京也干这个，北京这么大，机会多的是，扫大街都比你当个民办强。当然，你也不可能扫大街，就是打个比方嘛。"那男人在引庆的本子上写了自己的名字，写了西郊街道的名字，说到时来找他就行。那自豪劲儿，好像他已经在北京的街道上站稳了脚跟似的。北京街上的外地人，都是惺惺相惜的样子，开口三句话，就问，你从哪儿来，你来干啥，也都很愿意跟别人讲述自己的故事，相互安慰鼓励一番。来北京的外地人，大多是有点抱负和能耐的。八十年代，农民土地包产到户，有的人把地租给别人,只因一颗蠢蠢欲动的心,要去往他们从前去不了的城市,寻找他们想要的生活。

第四天信访办接待了他们,引庆拿出所有证明,向工作人员讲述遭遇,或许是张爱香怀里的孩子打动了工作人员,他们给二人倒了茶水,认真地听他诉说,在一张纸上给他们写下了教育部的地址。

第五天他们找到了教育部,同样是怀里的孩子起了作用,教育部的工作人员耐心地听他诉说,他这个来自国家最基层教育岗位的青年,置身于国家最高教育管理机构,没来由地生出很多悲壮和委屈,眼睛热辣辣的想要流泪。工作人员是个青年男子,一身正气的样子,很是同情他的遭遇,拿出信纸,给河南省许魏地区颖多湾县九道街公社写了一封信:你公社民办教师杨引庆同志自述其妻带头做了绝育手术,大队部又进行奖励,并且交纳了罚款,已经执行了计划生育政策。以上情况若属实,应该恢复本人的民办教师工作。又提醒他们说,为了保险,应该再让国家计生委给你公社写一封信,这样更有说服力。他在一张纸上写下计生委的地址,交给引庆。

他们第六天找到计生委,计生委工作人员看了他所有证明,又看了教育部开出的信件,便也很快给河南省许魏地区颖多湾县九道街公社写了一封信:杨引庆夫妻二人虽生育二胎,但主动采取计划生育措施,将功补过,仍然属于遵守国家计生政策的行为,不应免除其民办教师职务,建议酌情恢复该同志工作。工作人员是个微胖的中年女性,留着剪发头,穿蓝色方领涤卡上衣,里面衬出一圈白领子,起身相送,一口京腔说:"这就走了?在北京多玩两天吧,来一趟不容易,拖家带口的。"身为语文老师的杨引庆所能想到的词只有一个,那就是亲切。北京之行刻骨铭心,有他们此生进过最高的门楼,见过最大的干部,夫妻二人心里一暖,差点掉下眼泪。

二人揣好信件走出计生委大院,张爱香说:"这儿的人咋都镇好哩?噫,这下我可是知了,越往上面越论理,看看这些人,一点架子都没有,对咱态度多好,也没叫多等,就窝都写了信。咱拿着这两封信回去,肘到他们兔孙眼门前,看他们还咋说。"

站在大街上，二人长舒口气，实有所得，又若有所失。他们完成此行的使命，没有理由再待在北京了，身上已经没钱，回去的车票没有着落，他们抱着孩子在大街上走，看那些建筑、道路庞大得无法估量，老家的房子、路、街没法跟这儿对比，也找不到参照物，只觉得一幢大楼比老家的场院都要大。这里的人都那么大方、文明，各个部门的人打招呼的语言都是问句：来了？好像他们每个人都代表北京，向来自全国的人民问一声：你来了？来几天？来干吗？

引庆感慨良多，我来到这里，为了告状，为了一个失去的职位，对于教育部来说，对于教育部的工作人员来说，低得不能再低，是这个行业里最最低微最最末梢的岗位，但对我们来说，是人生中最大的事体，失去了它，我的人生就全盘失败，每天将尝受着屈辱和打击。我们只怀着仇恨和不屈，压根没想到钱的重要性，只有来的车票钱就敢出发，因为我们占着理呀，这世上总得有说理的地方，正义终将战胜邪恶，到北京来告状，告那个远在千里之外长枪吴大队的赖种孬孙，而他还不知道这一切，他还在远远够不上北京边、沾不到北京气的地方，憋在他的窝里喝他的红薯糊涂，偷偷吃点别人送礼的好东西。

几天里，他们也曾到商店里看，空空想着应该给闺女买个衣服，给伯妈买斤鸡蛋糕。二人连省城郑州也没去过，此生接触的第一个大城市，竟然忽吞一下就是北京。他们不到万不得已不坐公共汽车，想省下钱，直走得脚底板疼，口唇干裂，耳朵直嗡嗡，脸上、手上起了干皮，越抓挠越痒得慌，还往下掉细碎皮屑，晚上回到接济站，脱了衬裤，抖搂几下，白屑皮纷纷坠落。他们逛了东单、西单、王府井，北京啥都是好的，只是他们没钱。

第七天二人告别接济站，去到北京站。自然是没钱买车票，小孩见到人群熙攘，哭闹不止。引庆找到车站工作人员，给他们看了信件，说他们是上访的，没钱买回去的车票了。工作人员放他们进入候车室，给他们指引了一趟经停许魏的火车，列车员允许他们上了火车。二人除了一个小包裹，没有行李，没有吃的。仍然是怀里的孩子得到人们的同情，好心人给他们拿馍吃，列车员给他们端来水喝。

二人拿着两部委开具的信件回到前杨，惊动了全大队，人们以最快的速度传播开来，杨引庆这小子真的敢跑到北京告状，我哩娘呀，要不是有教育部管着，他弄不好敢进到中南海，找国家领导人去。

第二天，杨引庆把两封信交给了乡里管信访的老祁。然后他回家等待消息，觉得很快就会通知他去学校继续上课。等了一星期，没有任何动静，他又去公社找老祁。老祁说："你这情况属实，应该恢复教育工作，但你大队不同意，我也没办法。"

不管怎么说，杨茂渠不买他的账。天高皇帝远，两封信能把我咋着，人家只是建议恢复、酌情恢复，具体恢不恢复，那不还得根据实际情况，由我来定？

一个月后，这件事没有了任何指望，杨引庆去老祁那里，想要回两封信。老祁说，给弄丢了。

张爱香说："这下我可是知了，越往上面越论理，越往下面越不论理。"劝引庆："算了，权当咱俩往北京去旅游了一趟。要不是这事，谁能下决心花这么多钱上一趟北京。"

引庆终是咽不下这口气，一个大队支书，就能把我的路堵死吗？可眼见着那个年轻人在长枪吴学校已经当了几个月老师，他根本没有回去的希望。后来有能人告诉他，你有这上百块钱，早点不胜花给公社文教干事，长枪吴学校的老师当不成，去别庄学校当啊，你是在公社有底子的民办教师。这下可好，去北京告状，把杨茂渠得罪苦了，等于跟他们闹翻脸了。该叫你回去，也不叫你回去了。北京太高了，管不了这么具体，不胜在县里够着人，说一句话，也就妥了。可是杨引庆不认识县里的人。

引庆也有过纠结，借钱买上一点东西，天黑时候到杨茂渠家里，低声下气地求他，越过曾经的那些不快、吵闹、几乎翻脸，把他重新当神一样敬起来，请他开恩，让自己回去。一次肯定也不能见效，需要再一次、下一次、又一次，心怀忐忑和希望，去他家里探口信，看脸色，听他说各种各样的难处，把那些他自己制造出来的困难说得神乎其神永也克服不了，编出各种理由来抵挡他。可还没有做，引庆就感到了屈辱。小小的乡村学校，就那几个老师的名额，情知是位置已经被人替代，杨茂渠给他再也变不出来一个，于是自己断绝了这个想法。

对于去北京告状，引庆丝毫不后悔。他发现从北京回来后，妻子的仇恨也比去之前减轻了，之前张爱香每天都要咒骂支书和文教干事几百回——杨茂渠兹赖种！张文书兹兔孙！而现在，她骂得少了，直到有一天，她说："唉，心里也不太恨了，前几个月，可恼死他们了。这可能都是命吧，该咱走到这一步。"

引庆说："咱安生在家待着，等过完年，开春了去北京吧。那安徽人，一个月挣三百块；咱干民办，一个月就这二三十（土地分到户之后，不给民办教师计工分了，折合成每月二十六元工资），走来挪去也出不了九道街公社。北京的天地那才是宽。"张爱香说："是哩，咱不必吊住民办这根屎橛打滴溜。庄上的人，都出去挣钱了，在外面歪好弄个啥，比趴家里强。"一说去北京，她整个人都变了，再也不是单纯的农村妇女。整个年下，一家人过得也不像他们早先想象的那样悾惶和愤怒，堂屋正中间桌上的镜框里，放入了一家三口在天安门前的合影。二人时不时站到跟前看看，回忆一下他们在北京的七天时光。越往上面越论理，越往下面越不论理。以他们的身份，上是上不去了，但他们能去到离上面近一些的地方，跟那些上面的人顶着同一块云彩，踩着同一片大地，呼吸着同样的空气，还有比这更让人向往的吗？教了几年语文的杨引庆还有着一些文化情怀，他翻找出那年得了先进发的一个塑料笔记本，在前页写上：用青春和热血拥抱我们的未来！！！

春天，把闺女小雪给杨全宗两口放家里，他们抱上儿子小晨，叫他再吃一年的奶，年底把他送回来。二人凑借了一百块钱，又是只有去的钱。就是在北京要饭睡撂天，也得在那儿立住脚，这次他们知道了在许魏就能坐上开往北京的火车。

前杨人嘴撇得烂杏一般："噫，铁得上天哩，就只去北京告了一回状，把自己当半拉北京人了。咱这一片出去的，顶多去个西安灵宝，他可气势，一步蹽北京去了。"

从此前杨街里，不见了杨引庆两口。杨茂渠大松了一口气。

第五章　寻的闺女

1979年秋季开学，小黑胖子大烈上学，起正式名字杨烈芳。

杨烈芳记事起，就见伯妈吵架闹仗，平时开口说话也总是五动六气，抬杠对顶，很少有顺当的时候。

杨全本与白氏不睦，前杨尽人皆知。早在大烈来之前，二人就常年吵架。杨全本在外打哑巴工，一个人落得肚圆，不往家里拿钱，白氏少不得嘟囔，吵得急了杨全本打她一顿，披衣出门而去，又是几天不回。他宁可睡到外面砖瓦窑、牲口棚，有吃有喝有烟吸，有人喷空儿做伴，这样的日子也怪美哩。他自称杨三郎，以干活不要工钱闻名，在十里八乡很受欢迎，人们装窑烧窑都爱捎话叫他去干，他相当于好劳力加技术指导，在外吃香喝辣，肚里很有油水。

1981年，杨引章在长枪吴学校毕业，考到通淮集中学上初中。

除了九道街的公社中学，通淮集也有个像样的初中，于是成了四周学生和家长的指望，离家近，花销少。

来回四五里路，杨引章从中一起，便每天三顿往家里跑着吃饭。他当然没有自行车，每天跑四趟八个来回，三年跑出一副好身板和两条长腿。天不明，鸡一叫，他便起床，冷水洗把脸夹起书包出村，穿过东边长枪吴街里，过了颍河故道，进入通淮集。六点上一节早自习，七点下课，跑回家吃早饭；吃了饭再跑回学校，八点半第一堂课，上半天课,跑回家吃晌午饭;下午下课,回家喝两碗糊涂汤,再去上晚自习;晚上九点下课后摸黑和庄上的学生一起回家。不知谁安排的课程,只让学生这样跑来跑去,从早到晚奔忙,中间往返连吃饭时间只有一个半小时,走得慢了都会迟到。通淮集本村学生还好,外村的学生,不管三里五里,只好给双腿上足发条。多年之后杨引章回忆起这段往事来,感叹真像是魔鬼训练法。偶尔有几个家里条件好的学生骑自行车,总是前前后后挂带着几个人,一路欢乐地滑行。"人家有是人家的,咱不眼气,提住劲上出个名堂比啥都强。"伯总是跐堆在墙根这样说。名堂,那肯定是考学出去了。妈一天三顿给他做好饭,盛在碗里,看着他吃。"章啊,提住劲学吧,将来不拘考个啥,就不在家受这份罪了。"妈眼里闪着希望的光,有时闪着泪花。二奶奶见到他,先叹一口气,然后说:"世上没有读书好,世上没有读书难,不容易啊!可有一样儿,万般皆下品,唯有读书高,书念到自己肚里,谁也抢不走。"

  书上的知识让他激动、新奇,有一股无穷的力量吸引着他,一心想扑向书里描写的那个世界。他去过最远、最大的地方是车站。初二那年参加数学竞赛,被老师领着,与另几个同样没出过远门的学生到了车站。马路宽阔笔直,路两边的电线杆上以优美的弧度伸出细长铁臂,张开一个手掌,掌心吸挂着一个椭圆形乳白色灯罩,马路变成下坡,缓缓陷入进去,伸到铁路下面,穿过铁路,再慢慢上坡。老师说这叫涵洞。几个人刚要进入,从北面开来一列火车,发出一声长鸣,从眼前呼啸而过。他们惊呆了,站下不走了,张着嘴,转动脑袋,看那绿色长龙驰过。地面剧烈震动,孩子们感到一种炫目的激奋和惊喜。直到火车远去,大地还留有余颤,几个孩子你看看我,我瞅瞅你,好像由于这趟火车,他们不再是从前的他们了,好半天才从痴梦中醒来。

  "这肯定是从北京开到广州的火车。"一个孩子说。

  "你咋知哩?"另一个孩子问。

  "京广线京广线嘛,你忘了上地理课,老师说京广线就是路过咱县的这条铁路。是吧?老师。"

数学老师笑笑:"是京广线,刚才那个,"他抬手看看手腕,"应该是北京开往广州的,嗯,时间差不多。这是一趟特快列车,在咱县上不停。好了,咱们走吧。"

"为啥在咱县不停?"孩子们大为吃惊,又感到难过,走进涵洞,还没从火车带来的惊奇中回过神来。

"为了保证它跑得快,特快列车只在省会大城市停。"

"那咱县上的人要是坐火车去北京、去广州,咋办?"

"会有普快列车在咱这儿停,你要想坐特快,就得先坐普快,其实也就是慢车,到郑州,再从郑州坐上去北京的火车。"老师说。过了京广线,等于正式进入车站区域,孩子们还在议论。

"老师你去过北京没有?"一个孩子问。

老师摇摇头:"没有,咱这儿很少有人去过北京。我这一生最大的理想,就是去北京看看,也不知能实现不能。"

"咱啥时候能坐上特快上北京啊?"

"别一下子就想坐特快,先坐坐普快到郑州就中了。"

"你们要好好学习,将来都会坐上的。学得好的,到北京上大学去。将来的一切,全靠你们自己了。咱农村孩子的出路只有一条,那就是考学,走出去。"老师说。

杨引章一言不发,看着眼前宽阔笔直的马路,也是十分新奇,外面的世界多大啊,郑州、上海、北京、香港、纽约、巴黎,那些地名向他涌来,让他头晕目眩,看不清眼前的景物。他这才知道,原来是眼睛湿了。十四岁的杨引章握住拳头,抓住衣袖擦眼睛。

之后他又去过几次车站,每去一次,他的愿望便鼓胀一回,而他的沉默也加深一层。家里太难了,分了地后,许多精明的庄稼人把地租给别人,屁股一拍奔了城里。一年半载后回来,穿了皮鞋,戴了电子表,抽着烟卷,一副见过世面的样子。而自己伯妈仍在地里刨食。粮食虽打得不少,但卖成钱交了这样那样的税费,几乎不够买化肥。妈也曾数落过伯:"咱家不是还有些落生(注:即花生)呢吗?我给你炒炒,你背到集上会上,多少换俩钱。"伯对这种事很是不屑:"我能看上那俩钱?有那工夫还不胜到街里摆两回方哩。"于是终日见他站堆在街口与几个老头摆方。

妈安慰他:"章啊,咱穷是穷,可这几年不受饥了,粮食吃不完,就是没钱花,忍忍吧,等你考上学,成了公家人,啥都好了。恁伯就是那样,谁也没法儿,妈一辈子也跟着过来了,妈啥也不指望了,就盼着你考上学……"

引章总想宽慰妈几句,但他又不知说什么才好,只好闷着头吃饭。母子俩静静坐在一起,感受着对方的存在与温暖。再有几个月,杨引章就要初中毕业,他攒足了劲,要考县一高,那是全县教学质量最好的高中,高考升学率为百分之五十,每年全县考取北大、清华的几个尖子生,都出自这个学校。他可不敢想北大清华,随便北京哪个学校都中。四哥告状回来,给他讲了北京的景致,叫他好好学习,将来考到北京去。

引章初中毕业,差了十来分,抓不住县一高,只好上了二高。二高也中,每个班总还有十来个能考走的。总比三高强,三高能考上大中专学校的,每年只有十来个,那里的学生只为混个高中毕业证罢了。县城学生好找工作,农村学生为了在此拖延两年,不愿意回家种地,有的一年年考不上,便一年年复习下去。

考上二高的喜悦很短暂,接下来即是愁苦。去了县里就得住宿,住宿就得带粮食,就得拿钱买饭票。可家里哪儿来的钱?直到看榜的人走光了,他仍然留在校园。夕阳洒下余晖,照着孤独的身影。他靠在大树上沉思起来。他当然想不出任何办法。八年的上学经历如过电影一般在脑中一段段闪过。他的衣服最烂,书包最破,连板凳腿都松动摇晃,他觉得低别人几分,自己能感到小脸通红,总低着头进出教室。

长枪吴是个大庄,作为行政村的名字,管着前杨、后杨两个村子。学校也大,接收周边几个村子的孩子,小学初中都在一个校园里,孩子从七八岁到十四五,还有一些留级生,留来留去留成了赖皮渣,专门欺负小小孩儿。有一次他放学走在路上,身后一个脑袋凑过来,对他说了两个字,转身跑开,他的头呼地炸裂,虽然他不明白这个词安在他头上的真正含义,但知道它的恶毒与下流。他抡起凳子向那个脑袋砸去,一群小孩像是埋伏好了似的冲过来,围住了他,夺下他的凳子,揪扯他的书包,撕烂他的补丁,将他按在地上,扑里扑通一顿,快速四散而逃。

他鼻子流血,慢慢爬起,找到凳子和书包,在黄昏里往家走,咬住嘴唇不让自己哭出来。走到自家院子门口,他没有进去,把凳子和书包放在门口的碓碓臼里,一个人走向后地。路过七叔的敞口院子,全仁尖着声问他:"引章这是咋了,鼻子流血?"他不说话,走向后地的桐树林,一个人坐下来,捂住脸放开声音哭。哭够了,用土和桐树叶擦脸上的血。他听到妈大声喊他的名字,听到妈走到后院跟七叔对话。妈一路向北走来,站在路边一声声喊他。那是离他很近的地方,他不再哭,屏住呼吸,天已黑了下来,树林里更暗,妈看不到他,喊了一会儿回家去了。他靠在树上,脸已经被血和泪水绷得难受,他用手揉了揉,继续坐在黑暗中的树林里。他摸黑回到家,家里没有人,他们一定找他去了,到街里找,到学校去问,谁看见俺的引章了。他自己吃了一块馍,爬上床睡着了。

白氏经常在灶火和他说话:"恁常泰奶奶不是老说嘛,要做人上人,得吃苦中苦。咱要是一辈子不争气,就得一辈子受人家欺没。我一个家里人,没啥法儿了,恁伯就只打我,在外面啥都弄不了,拿不回来一个钱。章,谁都帮不了你,你自己得提劲。"

他个头飞长,衣服裤子都短了,可妈没钱给他添新衣裳,他的手腕和脚脖露一截子在外面。大哥把自己的衣服给了他一件,又十分宽大。在他的记忆里,他很少穿过合适的衣服,不是大就是小,又都很破烂。

伯不想叫他去上高中,县里花销大,上了也是白搭,情知大学难考,不是谁都能上,不胜早点回来干活,解决家里的劳力问题。引章执意要上,伯也只好同意。引章没有自行车,来回二十里都是走路。学校在靠近老县城的地方,离前杨更远一些,坐车的话,可以从班车站坐到九道街东头的公路上,再走十里路回来,可是从学校到班车站,还得朝相反的北面走二里地,那还不胜完全走路,省下一毛钱。他的粮食,靠他伯用架子车拉去,或者本大队一个同学的自行车捎去。他每星期回家一次,一个罐头瓶拿来拿去。白氏的任务就是每个星期天午后,给这个罐头瓶里装满东西,腌制的香椿、秦椒、韭花、萝卜条,这是引章一个星期的菜。可引章在学校还得买饭票,中午一大碗面条一个馍,早晚各一碗稀饭两个馍,每星期至少两块五毛钱。走时再带几个饼子或蒸馍,在学里就能少买几个,这样可凑合一个星期。可是每星期的两块五,也叫白氏作难,她手里向来没有钱。地里刨挖一点东西,到集上卖不了几个。她恨不得把自己腿上的肉割下来,放锅里炼出一点油,炸了油馍拿到集上去卖。

有一天,大烈放学回来,不像平时那样大声小气地说话,叫左邻右舍连带鸡狗猫猪都知道她回来了。她静悄悄进了堂屋,好一会儿没有声息。白氏喊她来烧锅,喊了两声也不应,白氏刚想出灶火看看,恰见她低着头走了进来,变了个人似的,文文静静地坐在灶前,抓柴火往里填,还是不吭气。白氏问她咋了,她仍然不搭腔,过一会儿看着灶里的火问:"人家说我是寻的,是真的不?"平时跟白氏说话,先是喊妈,今天却没有这个前缀。白氏停了手里正在下锅的面条。多年以来,她好像已经忘记了这个问题,只把大烈当亲闺女,再没有想过寻与不寻。她透过烟气,见大烈似一座小山,结结实实地坐着,健壮的肩膀、胳膊、脖颈、脑袋,浓密的头发,面目丑丑的大烈却有一双秀气的手,手掌厚实有力,手背几个小窝,指头细长圆乎,干起活儿来又有力气又精细要样。白氏下好面条搅两下盖上锅盖,跕堆下来,脸比她的脸还低,仰着问她:"烈,就真的是寻的,你还要走吗?"

"不啊,我就是问问,我当他们哄我哩。"大烈得到了确切回答,松了一口气。

"你从头想想,记事起,伯妈、恁哥,对你好不好?"

"好着哩。"

"也吵过，也打过，可谁家的闺女，不都是这样吗？"

"嗯，这我知。"

"别听赖种们捣点儿，你只想想我们对你咋样，就中了，啊。"白氏起身拿筷子搅锅，拿瓢点凉水，一时二人都无话。

大烈隐在烟气里，好一时，她说："妈，我没旁的意思，就是想知一下，我是搁哪儿寻来的。"

"到时候会叫你知的，等你再大一点，想要回去看看，也中啊。"杨全本回家吃饭，听见了二人的对话，干笑两声对大烈说："啥寻不寻的，不都是俺闺女吗？往后谁再瞎捣点儿说这事，你就咉他，寻的咋啦，又没吃恁家饭用得着你管。"杨全本明显更疼爱大烈，跟她说话也有着更多耐心。

白氏盛好了饭端给她，大烈坐在院门口的石碓上低头吃饭，平生头一次有了心事：原来我不该姓杨，那我姓什么？

大烈的内心经历了短暂的不适，很快就不再难过。思来想去，伯妈和哥，确实对她不赖，就像任何亲人对待自家闺女一样，荣辱与共地生活了十几年。这样一想，她又恢复了从前快乐开朗的天性。

大烈十三岁了，会干各种农活，能拉着装几袋子粮食的架子车呼呼地走。地分了后，全凭自家经管，夏收秋收，大烈一头扑进地里，顶个小劳力使。

冬天的一个星期天，引章下午上学校去，白氏拿不出他要带的两块五毛钱。引章见惯了妈挓挲着双手面对他，眼里含着泪说，章啊章啊，实在借不到。引章的大牙一咬一咬，双颊一鼓一鼓，像是要说什么，但终于没有说出，背转身擦眼泪。每一个星期天下午，就像过一个关口。伯对他甩手不管，妈在家怎样过日子、怎样作难，他也不知。他只知维持一个高中生正常生活的费用需要每周三四块钱，最少最少不能低于两块五，这是极限，低于的话，就要饿肚子，不能买本子，他的作业本已经正面反面都写满了，他就要在普遍不宽裕的同学中，更加窘迫和难堪。每个星期天的下午，从妈手里接过那把破烂小票,是艰难而备受折磨的时刻,因为妈要四处搜寻挪借,几下里才能挤出两块五毛钱。

"这可咋弄啊章,挤来磨去,只有一块六。"白氏一张脸皱褶得比手里的毛票分票还要枯楚。引章低头坐在小墩上。不知是天生,还是因为后天的磨难,他始终温柔少言,青春期的小伙子,也从没有大过声气发过火气,再难再苦再屈辱,他也从来没有说过"这学我不上了"。除了眼泪和沉默,他没有别的表达方式,在他的印象里,妈是可以无尽压榨的机器,没多有少,总能挤出来一点什么,就像小的时候吃奶。他是四五岁才断的,他已经有了记忆,趴在白氏胸前,噙住褐色妈疙瘩,脸拱在已经松软的乳房上,明知已经咂不出什么有价值的东西,可拱着吸着总是一个心理安慰,有巨大的获取感、安全感。吸一吸总还是有的,一小股甜腥的稀薄液体注入口腔,快速下咽,用力再吸,直到吸不出来,放开了去,等待那里自动蓄存,过上一阵,再来吸上一吸。那时白氏已经四十出头,身体不再年轻,但母体是一个神奇的宝库。有的小孩吃奶吃到七八岁十来岁,越娇的孩儿吃的时间越长,一般都是老末男孩儿,没皮没脸,当妈的也惯纵着。有的下了课跑回家咂上几口,再跑回学校。他们要是有点良心,一生回忆起来,只有母亲的怀抱是为所欲为的乐园。直到有一天你不再吸了,奶水慢慢回缩,也就没了。如果不是妈抱回了大烈,他可能还会吸下去。而现如今,已经五十多岁的白氏,成为一个半老婆儿,头发灰白,身躯佝偻,皮肤干而松弛,一双眼睛,只有在看到引章和烈芳的时候,闪出一些光彩,其余时间,它们下坠到忧愁与浑浊之中。

引章每个星期都回来,他没有钱坐车,只能走路,单趟二十里,也够他受的,关键是鞋底子受不了,妈做的布鞋,也要省着穿。为了省鞋省路费省力气,不应该每个星期回来,可是妈一下子给不了他那么多钱,两块五,是妈这七天里的艰巨任务。班里条件好的学生,家里一次给个十块八块,也就没有必要每周回家,他们可以待在学校,学习,打球,逛街,睡觉。而他,为了这两块五,每个星期六回来,提心吊胆观察妈的脸色,嘴上不提钱的事,但随着星期天吃过晌午饭,那危险而艰难的关口必然到来。两块五,折磨着引章和白氏,把他们的心都要揉碎了,但躲不过去,必得面对。冬天天黑得早,阴沉沉的,过了三四点太阳就没一点威力,下坠得更快。他想,或许伯回来能有什么办法,伯这几天没有出去给人干活,可能在街里喷空儿,可能和哪个老头跍堆在墙根摆方,或许伯的兜里会有几毛钱。

大烈从门外进来,见到妈和哥作难,她进了东里边,静静地停了一会儿,好像在想什么主意。她掀起破门帘走出来,对引章说:"哥你先拿住这一块六去学里吧,我后天去给你送钱。"

妈和哥奇怪地看着她,她哪儿来的钱呢?

大烈说:"后天九道街有庚会,我请一天假,拉架子车,把咱的红薯卖上一点,多少换几块钱,给你送去。"

九道街是公社所在地,在前杨向东十里地,临着京广铁路和国道公路,是一个很大的村庄。曾经村上有几个大户,房子盖得很好,高门大院,青石铺路。当然没有九条街,叫九道街是因为比别的村子街道多,显得威武。一直有早集,每逢一四七有庚会,也叫干会,不唱戏不待客,纯粹只为贸易。

星期一下午趁着天亮,大烈搭梯子下到红薯窖里,白氏在上面,使绳子吊住荆篮下去,拾了三趟,先放到屋里,省得冻坏。又去二奶奶家,借了秤来,叫二奶奶教她怎么使秤,拿几个红薯放秤盘上,添添减减,志(注:称量)来志去,觉得很是好玩。她还准备了个用过的作业本,拿个铅笔头,背面用于算账。

第二天是十一月二十七,天不明,妈和大烈起床,把红薯拣了一些大块的、好样的,放到架子车上,盖一层麦秸,再盖上伯的一件破棉袄。妈烧好红薯糊涂,给她稠稠地盛了两大碗,她喝得全身热乎乎的,拉车出门。

也不知是几点,只是听到了鸡叫。大烈摸黑拉着架子车一路向东,走路嗵嗵有声,小声唱歌给自己壮胆,穿过一个又一个村庄。慢慢看清了自己嘴里哈出的白气,看见了村庄的轮廓,看见了路上的行人。天微微亮,她来到会上,找到一个位置,扎好架子车,掀去破棉袄,扒开麦秸。人们好奇地过来，有些好笑，还以为是啥主贵东西，却原来是家家都有的红薯。每个农户家里都有一个红薯窖，窖里的红薯天天吃，顿顿吃，吃到第二年春天，谁会掏钱买红薯。人们看看走了，始终无人问津。大烈鼓一鼓胸脯子，张嘴喊道："红薯，六分。"引起了人们的关注。红薯市价七分，而这小闺女只卖六分。人们由看红薯转为看她，见这黑忽吞小胖子守着大大的架子车，上面放着一小堆红薯。久经人世的大人们叹一口气，不是急着用钱，谁会想出贱卖红薯的招。但仍然无人光顾。眼见太阳升高，会上人越来越多，人们从眼前走过，手里提着买来的东西，眼里寻着要买的东西，就是没有人来问她的红薯。她几个小时前喝的两碗红薯糊涂已经消化完了，站的时间长了，脚和腿开始变凉，揣着袖子，双脚不停地移动，轻跺。早饭时间已过，在会上喝饱了胡辣汤豆腐脑的人，涨红着幸福的面庞，手里提着细纸绳捆扎的几根油馍从她眼前慢悠悠晃过，她的胃里涌起一股有点舒服又有点微疼的搅动，轻轻地拧着内脏。她咽下一口唾沫，再一次放亮嗓子，"红薯，五分五。"像是一声小炸雷，引来了一个人，看样子像是公社的干部。

"红薯不赖，五分五多麻烦，五分吧。"说着话，开始在红薯堆里翻拣，好像这一个和那一个会有什么区别似的。

"噫，你镇大个人亏俺小孩家弄啥哩？红薯七分一斤谁都知，我是想早点卖了喝碗胡辣汤，五分五回去肯定都得挨吵。"大烈装作大人的样子，嘻着脸子与他调侃。那人挑了几个块头大的，大烈志了后说："添够十斤吧，给五毛五。"

大烈把五毛五接到手中，心里欢喜得微微颤抖，总算开张了。

有人带头，便又有几个人来买，是公社街里的商品粮住户。他们从来没有买过红薯，都是从农村的家里带来，可眼下的五分五一斤，有便宜不捡可不中。一个听一个说，这边红薯卖五分五，公社街里的干部们全都知道了，有一个女人穿着白大褂提着袋子匆匆赶来，她扒拉几下，和大烈商量，全部要完，五分钱。大烈看看剩下的红薯，大概还有四五十斤，再一次嬉出笑脸："看你这年纪我得喊你一声姨哩，恁都是挣工资的人，俺老农民弄个钱通作难着哩，天不明拉车走了十里地。成心要完，给你五分三吧，这几十斤下来，也就是相差一毛钱，你权当寻给我一毛钱叫我买俩水煎包吃吃。"大烈一笑几乎没了眼睛，很是憨厚的样子。女人不再说啥。一盘一盘志好，倒入她的袋子里，每一盘的数字写到本子上，最终相加起来算总账，剩下两个当初粪耙碰烂一点皮的，女人不要，丢在车上。给大烈说："几十斤我也背不动，你给我拉到医院里吧。"大烈说："这姨看着都是好心肠，这两块碰烂的寻给你，能不能叫我架子车搁恁医院里放半天，我去二高给俺哥送钱。"去医院的路上，她诉说了哥上学的艰难，没有她送去的钱这一星期都过不去，引起女医生同情，让她放心把车子搁在医院墙角就是。

　　大烈从公社街出来，走上向北的大路，在路边停下脚步，掏出兜里的钱，数了好几遍，一共三块六毛二。加上哥前天带去的一块六，够两个星期的饭票，哥星期六不用跑回来拿钱了。

　　天待黑时候，大烈拉着空架子车回到前杨，一路十里地，她一手抓车把，一手伸进胸前的棉袄里，这样换着，才不至于把手冻疼。进了院子，她丢开架子车，伸头要进灶火，妈迎出来，抢着把她的手拉在自己手里心疼地揉搓，脸快要伸到她的脸上，殷殷地问："路上冷不冷，钱给你哥送去了吧？"拉着手将她引到灶前，按坐在小墩上。大烈把僵硬通红的手伸向灶膛，烤热了捂在脸上。锅里水滚，妈先给她盛了小半碗红薯茶，转圈晃了几晃，叫她端住先喝两口，妈给锅里冲面糊。前杨这里滚水为茶，烧开水叫起茶，滚水里放糖叫糖茶，打荷包蛋叫鸡蛋茶，锅里只放红薯不搅面糊就是红薯茶，有茶叶了就叫茶叶茶。

　　大烈转着碗吹气，一点点喝，冰凉僵硬的身体慢慢软化，红薯茶送进一股清甜暖流，嘴唇舌头已经热了，上面牙床子还是凉的，舌头勾上去舔一舔，把它们也给暖热，给妈讲了一天的经历。刚放学，学生们正在吃饭，哥赶忙几口扒完面条，洗了碗筷跑去又打一碗稠面条给她端来，看着她吃完。哥要给她一毛钱，要送她到客运站，叫她坐汽车到九道街，她坚决不要，哥就送她一直走到县城边上。她一路十里往南走,日头在天,也不太冷,走到九道街,拉了架子车,天冷下来,关键是手得伸出来抓住车把,就这样又吹着十里寒风回来。

锅里红薯糊涂滚起,妈叫大烈不用填柴火了,盖上盖捂着,白氏又跍堆下,脸再凑上来,粗糙的双手抚摸她的脸庞和头发,说:"俺烈闺女,长大了,中用了,叫你跟着妈受穷。咱提住劲供你哥,等他好赖考上个学,咱的日子就好过了。"大烈嗯嗯有声,对妈描述的前景非常信任,身上已经彻底暖和过来。门外冷风嗷嗷,杨全本披着一件破烂大棉袄从外面喷空儿回来,这件棉袄是他给一家干活时,人家送给他的,厚实暖和,就是有点破旧,他本是想送给引章的。可这件棉袄成色太烂,要穿出前杨得打补丁。现在全县的学校里,没有穿补丁衣服的学生了,于是他留下来自己穿,把自己更烂的那件淘汰下来,就是清早大烈用来盖红薯的那件。他看看灶火,见娘儿俩在里面热热闹闹地说话,走向堂屋坐下,等着大烈喊他喝汤。他跟白氏没有更多的话说,俩人早已分床睡了,他自己睡在没有隔挡的堂屋西墙边,白氏和大烈睡在东里边的大床上。

跟每天每年一样的晚饭,前杨人叫作喝汤,红薯糊涂就包谷面饼子,菜是没有的。夏天秋天调点韭菜和洋葱,漫长的冬天里菜本来就很少,条件好的人家吃点萝卜白菜,而他家把所有能卖钱的东西都卖掉了,存一丁点埋在地里留到过年,到那时才吃几天菜。

果然大烈喊他喝汤,杨全本走出堂屋,到灶火端起白氏给他盛好放在案板上的糊涂,跍堆到灶火门口。大烈又把今天去卖红薯,给哥送钱的事向他说了一回,他嗯了几声,不再说话,那些只有他自己保存的疑问和心事,一点点融化翻滚。晚上的糊涂比清早的要稀一点,因为不用干活不必喝那么稠,就着饼子他很快喝完,但没有像平时一样丢碗离开,而是继续跍堆着,一是灶火比较暖和,二是他感到闺女真是长大了,能像大人一样干活办事,这个家因为有了她,多了一些坚定的力量和叫人眷恋的温情。此刻这个破烂小灶火里,一老一少两个女人,以及她们制造出来的热乎气息,包围融化着他。

白氏永远没有钱。烈芳说要编筐,用家里的包谷皮试验两回,好几天编好一个，拿到县里验不上，打了回来，放在家里装她的衣服。各个村子编筐的闺女日渐增多，外贸局验收愈加苛刻，包谷皮也不好找了，以前随处扔的东西，现在得拿钱买。性子急躁的烈芳一恼便扔下了，她愿意跑着上学，泼力干地里的活儿。

大烈在通淮集学校上初中，脑子明显比引章聪明，不用狠学，也能考到班里前几名。学习对她来说不是啥困难的事。不到星期天，她便打听哪里有会，哪村唱戏，哪庄埋人吹响器，哪村晚上放电影。她爱跑着赶这些热闹景致。

不知是谁将一个激动人心的消息像扔包子似的扔在饭场里：明黑大队放电影！长枪吴一个人给他老爹过八十大寿，写（注：邀请，写协议、发通知、送订金）了一场电影。听到这消息的孩子，光着脚在各条过道各个院落间噔噔噔奔跑，向每一个见到的人重复消息。黑暗中的村庄立即被照亮了似的。

整年看不上几场电影，分了地后，大队不管包电影的事了，都是有了喜事的人家自己到城里去写电影，诸如妇女生了男孩，牲口下了母仔，老人庆祝大寿，儿女考上大学，游子衣锦还乡，等等。遇到这类喜事大事如果不写场电影，要遭乡邻看不起。

演电影无异于孩子们的节日。太阳还高挂西天，下了学的孩子们（当然下午课都无心上了）围着场院里扯布景的几个人，前后左右冲撞跑跳，直到那块方布高挂于夕阳之下，闪着金黄色的光彩，孩子们跳跳蹦蹦地回家，扯着嗓子让当妈的快点烧汤，喝了汤好去占位子，可不敢耽误了。红薯糊涂烧好，猫舔食般喝了几口，搬起墩儿拿了小布衫便跑。

如果是外村放电影，半大孩子们成群结队地扛了凳子而去，小些的孩子闹着也要去，得不到大人的允许，就倒地打滚，大声嘶叫，这个院里，那个院里，都是如此这般的吵闹声，村子里也要闹腾一阵子。黑透了的过道里、街里，闹嚷声吵得入圈的猪、进窝的鸡都不得不推迟睡觉时间。

有时，某村放电影往往只是个传说，半大孩儿们呼啸而去，扑了个空，声势浩大地进村，见到的却是一片安静，这庄人们都准备睡觉了。又有人说在某某村，于是调转方向朝某某村开去，在路上还能碰到这样的队伍，更加壮大了，向那个应该有电影的村子走去。有时，一队人马扛着凳子跑了小半夜，连个电影的毛毛都没见到，压根就是一场造谣。半大孩儿们心里窝火，被撩拨起来的荷尔蒙无处排遣，便瞅准一个年龄相仿的闺女——当然得是外村的，拉到路边的庄稼地里撕扯打闹一番，那些庆幸没有被拉上或遗憾没有被拉上的闺女抱头鼠窜，一场看电影的闹剧便随着惊心动魄的游戏而结束。

烈芳没有被坏小子们拉扯过，十三四岁的烈芳发育得像泡胀了的黄豆，遗憾的是她过于粗壮黑实，那些孬孙赖种，即使在半夜里也不会拉错人。

小李湾一个闺女，生着细白的瓜子脸，尽管脖子里是黑的，但脸儿洗得白白净净，再搽上粉，小嘴涂抹得红漉漉，叫乡野小子们躁动不安。她比烈芳年长那么几岁，相当于大闺女了，比烈芳还爱赶会。每当她的身影出现在会上，身后必跟着一群半大小子，凑上去说话，趁机拉扯一下，嘻嘻哈哈一番。赶会的人们也将她当成注目的中心，斜着眼瞅她，谴责的、眼红的、看笑话的，样样都有。那闺女沉醉在自己造成的盛况里，有时候回头将坏小子们唉一句，伸出小手打掉那粗野的爪子，试图甩开他们的尾随、纠缠，但不管她怎样严正地责骂、嗔怒地训斥，坏小子们就是不离开，只在她身后一会儿远了，一会儿近了，上去拉下衣裳，迎面走来碰撞一下，再跑开两步，嘎嘎地笑，像一大团子烂棉絮、倭瓜秧，总也甩脱不掉、揪扯不清。可那闺女也并不是真的恼真的烦，如果是真恼真烦，她为何还每次化了妆在会上招摇？烈芳看得眼热，恨恨地对身边的琴琴说："真骚摆，我要是她姐，上去扇她两巴掌。"

烈芳知道了自己是寻来的闺女，表面上并无大的变化，但心里难免有些小嘀咕，以前看到妈对着哥温言细语不觉得什么，现在心里却不是个味儿，再一想，妈对自己说话也是这样的啊。唉，老的不偏心狗都不吃屎。她安慰自己。

快速发育的烈芳，总有使不完的劲儿，上学放学跑的那些趟数对她来说不在话下，书本上的知识她一学就会，尤其爱学语文，课文看了无数遍，能背下来；数学各种演算，对她来说也很容易。这世上有那么多她想知道却终是半知不知的东西，她自己到底是大人还是小孩，她也搞不清楚，她与八婶走得更近了，她爱听八婶讲城里的事情，因为她从没有见过。有一天她突然想，说不定自己亲妈是个城里人哩。于是，每看到村头路上有体面的女人走过，她便要浮想联翩一番。她会在家里那面唯一的破了角的小镜子前找自己脸上可能是城里人的证据。但怎么看都是失望，那张黑黑圆圆的脸，那小小的眼睛，与电影上的城里人，相差太远了。

杨全成带着梅回到前杨已经三年，梅回来的当年生下一个儿子，起名杨天阳。杨天阳长到两三岁，杨全成开始想念外面的生活，他多年游荡，自由惯了，压根就不会种地。当时跑回来，只是想要自己的一亩多地，弄得好了，梅和孩子也都能有。可喘了一整年，地也没要成。在娘跟前守了几年，解去思乡之苦。娘一个人那一亩多地，也养活不了他们这几口人。给梅说："咱还不如再回西北，去看看有啥活路。"梅还是那句话："你说去哪儿，咱就去哪儿。到我娘家那儿看看，能给你落上户不，我们那儿荒片土地多没有那么严。"二人又和娘商量："你如果离不了孙子，我们就把阳阳放家里给你做伴；如果不愿意看管他，我们就把他带走，毕竟是个男孩，太费手，怕你受累。"他娘说："还是带走吧，小孩不能离了娘，给我搁家你们还得跑回来看他，出去过你们的日子吧。我也七八十了，自己能动，有恁姐时不时来招呼一下，过道里这些小孩也愿意到跟前来，我也不俫。看你们过得好好的，就放心了。早晚死了，你和恁哥回来哭我一泪，有人摔老盆，埋了就中。"于是说好，娘把地租给杨天德种，每年给她把粮食磨成面送到跟前来，够她吃饭就中。而他和哥多少从西边打回一点钱，也够娘花了。

于是二人带着阳阳，梅的肚子里又有了孩子，离家坐上火车，再次去了西北。

第六章　高考岁月

　　引章上完了高二，离正式高考只有一年了。从他们这一届开始，高中由两年变为三年制，不想继续再上的，可向学校申请发毕业证回家去。县城同学忙着让家里人给安排工作，有两个人当下县里某个岗位正好有空位等着他，于是拿着毕业证回家去了，暂时没找到工作的，继续再上一年。愿意参加高考的，今年可试试，没有考取的，秋季继续升高三，结果全班一试之下，又有两个考取走了，还有几个上分数线的，不够自己的理想学校，想明年再考得更好一些。暑假不休，照常上课学习。对这些头一茬高三生来说，明年能否考上大学是决定命运的事，恨不得每天生出二十五个小时，睁着眼睛学习。

　　班里有一少部分同学来自县城和车站，是有"红木木"（注：即城镇居民户口本）的人，他们以贵族自居，有着十足的优越感，在着装、语言、用品上与农村同学保持着较为明显的界限。他们用不着拼命学习，非要考上大学不中，他们上高中是为了有个毕业证。考不上高中的，托人找关系进来，一高、二高毕业，在这个县里，也是响当当的品牌。拿到毕业证，就有一个稳定的工作在等着他们，各个机关、各个单位的大门向他们敞开。八十年代，"公务员"一词还没出现，国家干部的优势还没有无比突出，只要是公家单位，无论开车的、开票的、卖货的、坐办公室的，都很不错。今年政策出台仓促，明年毕业后，在这个谁都认识谁的县城、车站，他们的父母自会给安排一个好差事。每当他们半夜起床上厕所时，看到教室仍然有灯亮着，几个农村学生在灯下学习，他们心里便生出同情与优越感。学校不放暑假，他们也并无多大意见，在家也没什么意思，到校可以在寝室里大肆聊天，可以看小说，还可以谈恋爱。

学校规定在校生不许谈恋爱，一旦发现立即开除，但年轻聪明的学生自有对策，而且放暑假了，很多老师都回家了，高一学生也不在，学校空阔了好多，正是难得的机会。县城学生又大多谈恋爱，好像他们就是奔这件事而来的，他们在高中时期，就形成一个小小的江湖，跟社会上的人有很多联系。当然，也有农村学生步入爱河的，并不是所有人都像杨引章们抱着非考上大学不可的誓愿而来，也并不相信自己真的就能考上。那些家境比较好又下不了恒心的农家子弟，来上高中只是为了逃避农村的劳动，躲一年是一年，躲一天是一天，实在没法躲了再说。

恋爱对象多是车站找车站的，农村找农村的。偶有城里女子与农村小子信誓旦旦，也有农村姑娘和车站公子海誓山盟。找了城里女子的农村小子好似占了天大的便宜，每日乐颠颠地跑前跑后不得安生；而与县城公子相好的农村姑娘便梦想着从此改变命运。尽管有梦幻破灭的先例，但仍然有农村姑娘前赴后继地投入一场自认为与众不同的恋爱。或许自己就是个例外呢。这编织梦幻的恋爱本身便是一场美好的旅程。被抛弃后也不恨负心人，一切都是自愿的选择，对方其实也并没有给过她们什么承诺，只是表达了当下的喜爱而已，县城公子曾在她们的少女时代给予过一个绚丽的梦乡，这对于她们今后平淡的一生来说都是动人的回忆。

杨引章对周围的这些事情不闻不问，他每天的生活点就是寝室、教室、篮球场。上了两年高中，他甚至叫不上全班女生的名字，只对坐在他前排的县城女子谷安娜印象深刻。

这谷安娜认为自己拥有世上最时髦、最尊贵的名字，瞧那些农村人的名字，俗不可耐，自芬、红丽、春霞、喜梅、发旺、彦召……土得掉渣，就杨引章的名字还有些意味，但也有点莫名其妙。

谷安娜当然也谈恋爱，却不是和同校学生谈，她才看不上，她男朋友是县外贸局的小干部。

小干部总在校门口等她，所以她总是在自习课上照镜子，边照边拢头发，一抬胳膊不小心碰掉了杨引章的课本。他的课本和复习资料总是摆了满桌子。像放在书架上那样排着，两头拿平躺的书顶住不倒，上面再躺上几本，谷安娜碰掉的总是上面躺着的书，她便转头高傲地说声对不起，然后弯腰捡起来放回到他书架上。但她过一会儿又碰掉了，她不但要拢头发，还要整理衣服、收拾书包，她觉得好烦："你们干吗总把书放那么多，摞那么高，你们能看多少书做多少题？别的地方不能放吗？"于是，再拾起书，扔回他桌子上，余光看到杨引章瞪了她一眼，她翻个白眼，转回身，继续照镜子，心里很不高兴。有啥了不起的，真事一样，能学出个啥名堂。

她在自习课上与同桌低声交流，男朋友怎么等她接她，怎么带她看电影，她生气的时候怎样哄劝，说了什么、吃了什么、去哪玩了。同桌是个微胖实诚的县城女生，还没有找过对象谈过恋爱，便对她讲的一切听得投入。讲到趣处俩人捂着嘴嗤嗤地笑，再有料些便前仰后合，向后仰身的谷安娜将杨引章课桌上的一排书拥挤散伙了，那些课本一个个倒下，扑嗒嗒掉到地上。

传授经验的雅兴被打断，她生气地转回身，弯下腰，一本本拾起书摔到杨引章的课桌上。正在弯腰拾书的杨引章也停下来，瞪着她。

"瞪啥哩瞪，给你拾起还不中？书摆成这样还怪别人。"

杨引章仍然瞪着，脸开始涨红，拙于言辞的他对这个早已厌恶的人闷了好一会儿，直愣愣说："你还讲不讲理？"

"讲不讲理又能咋？"谷安娜问了一句，转回身小声说，"跟你个农村人有啥理好讲？"

"你说啥？大声说出来！"杨引章怒吼。

"大声说出来咋啦？跟你个农村人有啥理好讲？"身后的同桌拉拉她衣服，想阻止，已经来不及了，一下得罪一大片。一时间，教室里所有的人抬头或扭头看向这里，农村同学沉默地怒目而视。

"你再说一遍！"杨引章奋力拍了一下课桌。

"说了咋样，农村人，乡巴佬！还上学哩，上了高中还得回去修地球。"

杨引章忽地抡起胳膊，谷安娜一声尖叫，抱住脑袋，几个男生上来扯住杨引章的胳膊："别胡来，引章，算了算了。"

杨引章手掌挥下来，一把将刚拾回来的书扫落在地，挣脱被拉扯的胳膊，冲了出去。

教室里，如木棍捅了马蜂窝，轰地响起一片议论声。一个车站男生站起来说："谷安娜，你太不像话了！"

"就是，农村人咋了？你吃的粮食还是农村人种的哩。"指责声低低小小地回响在教室，空气立即变得怪异起来，形成两个阵营，农村学生心里燃烧着恼怒，县城和车站学生内心生起愧疚与不安。谷安娜强装不在乎，哼一声坐下，歪着头看向窗外，城里人比农村人就是优越，这是不争的事实，跟他们理论什么呢？

杨引章冲出教室，疾步走回寝室。他不知道自己要干什么，激奋的情绪不能自制，只在空无一人只有二十几张床板的寝室里揪着头发来回走动，内心里越发悲愤。

"农民！农民！当农民就是耻辱吗？怎么农村人就成了贬义词，农民就成了骂人话？为什么一个国家的人要划分为居民和农民？为什么最苦最累、受难最多的农民还要受人歧视？为什么同样是人，那些清闲的、享福的城里人有权利辱骂我们？他们凭什么？凭什么？"

他感到自己发着高烧，打着摆子，心脏快要爆炸。昨天回到寝室像个狂徒激奋地走了几百趟，然后躺倒在床，刺心的耻辱在心底挣扎，十七岁的青年心中受着煎熬。苦难的母亲、不管事的父亲、困顿至极的家；收各种税费的人到各家各户，人们拿出钱时颤抖的手；他背着粮食走在去县城的路上，鞋底已经磨破，脚跟不敢挨地……

杨引章生病了，请假没去上课。中午大家回到寝室，纷纷劝他，农家子弟似乎忘记了自己是受过教育的人，用乡间最粗野的语言咒骂谷安娜及其祖宗十八辈："你爷也是农村人，就你爹这辈进了城你就看不起农村人了，农村人是你祖宗你知不知？"车站几个男生，有些尴尬地站在引章床头，轻声劝慰他不要生气，谷安娜不能代表城里全部同学。

午饭后，平时跟男生话都不讲的几个女生，来到他们的寝室。这是谷安娜同桌鼓动的结果。女生们小鱼儿似的，贴着墙根来到从未涉足的男生寝室。杨引章已经坐在床边就着咸菜吃干馍。他红着脸招呼她们，有两个他还不知道名字。谷安娜的同桌在几个女生的推搡下，有些不好意思地说："我们来替安娜向你赔礼道歉。她很后悔，昨晚哭了很长时间，她说她不是有意伤害你，请你原谅，别生气了。"另一个女生说："安娜在家娇得很，几个哥都让着她，所以她说话办事由着性子，从不注意别人的感受，平时在寝室对我们也是这样，我们都受过她的甩斗（注："斗"为轻声。摔摔打打，恶言恶语）。"

女生们说着事先准备好的话，显然，说完这些既定语言，她们便不知该说啥了。谷安娜同桌将一个笔记本，双手递给杨引章："这是我们几个凑钱买的，送给你。"没有等到他推让，就放在他的床上，女生们低头转身走了。

杨引章窘迫地送她们走到寝室门口，红着脸说不出一句话。平时男女生都不说话，这是两年来第一次跟女生面对面打交道，一种又痛苦又甜蜜的情绪在内心生起。一时之间，他觉得自己从这一刻，成长为一个男人，将要承担生命中的很多事情。他想起村里大人在迎来送往、支应门事时的样子，他现在正是在做这样的事。女生们似乎也不需要他说啥，她们其实跟他一样紧张，像来时一样，溜着墙根去了。

转回身，见几个男生扑到床上，抢那个本子："看看，上面写的啥。哈哈，杨引章同学，愿你有一个光明的未来。"

大家都传看完了，他接过本子，仿佛上面还有女生脸上、手上的雪花膏、香脂气味。这句话的后面，是五个人的签名，笔迹各不相同，像五朵小花开放在纸上。

"噫，拿到本儿，病好了不是？"班主任笑着走进寝室。班主任姓姜，带他们的物理课，是个二十五岁的小青年，也是农家子弟出身，毕业于省师范大学，和妻子一起住在他们教室旁边的一间宿舍里。姜老师经常端着饭碗巡视晚自习的课堂，遇到有人提问，他便用筷子的另一头在书上指点。有一次自习课上不知出了什么小乱子，大家嗡嗡嗡地闹嚷，姜老师在那边听到，一手拿个蒸馍一手拿着筷子疾步进来，筷子直指闹事小漩涡，点出调皮学生的名字，吓得大家立即止了声音。

"呀嗨，还闹开情绪了？不去上课，气谁哩？气我哩还是气你自己哩？"他用一种兄弟般的语气笑着问杨引章，坐在他的身边。

杨引章羞愧不语。

"男子汉大丈夫，为这点小事生气，人家不是更看不起了？"姜老师最能理解这些农家子弟，他们是多年前的自己，为摆脱命运而苦读。只不过他算是顺利，一年考上。"那年我离华东师大只差三分，真不甘心，但不敢再试。咱农村人没这个条件，明年情况不定是啥样，害怕多上一年又得多花爹妈一年血汗钱。就有那越考越差的人，考到最后卷铺盖卷回家种地的。图保险，服从调剂，上个最低志愿。你一服从调剂，就窝把你调到最低的那个去。那么多考生，人家可没工夫给你一档一档往下走。"他曾经给同学们讲起这个经历，此刻坐在杨引章的床上，又讲了一回。"咱农村人通不容易着哩。"他看看大家又望望引章，拍拍他的肩膀，"别往心里去。咱本身就是农民，为啥不叫人家说，她说的是实话呀，考不上学你不回去修地球干啥呀？光生气有啥用，学出个样子叫她看看。"

"就是，咱考不上本科大专，还不弄个半截砖了？不管是啥砖，能脱离泥坯就中。"一个躺在墙角的小伙子捧着后脑勺说。

当天下午，杨引章又回到教室，姜老师给他调了座位。他去抱他的书，谷安娜偷偷瞭他一眼，嘴动了动，红了脸想说什么，但终于没有出口。

1986年夏天，杨引章正式高考，其实是第二次走进考场了，仍然离分数线差着十来分。他想再复习一年。白氏心疼儿子，当然不愿叫他回家来干活，认了当农民的命。眼看落榜生都回校复习了，引章被学杂费难住。妈在家里张着两手，仰着脸对他说："章啊，妈是一拧捏法儿都没有，要是哪儿说有买人去当牛马的，妈现在就去，不拘换回几个钱，叫你拿着去上学。"说完叹息流泪。引章去了二奶奶的院里，靠着堂屋门框低头不吭。二奶奶叹口气，进里边拿出十块钱给他。二奶奶这里，总是有借无还，他不能再张口说十块钱远远不够。引章去后地场里找到他伯，让他出面去借钱。杨全本没有停止脚下蹚麦，也不理儿子。引章站在一圆圈小麦的外围，目光追随着伯。伯蹚了两圈，并不看他，慢着声说："就非得考学吗？也不是谁都能考上的，全庄这么多年了，就那三五个，那不都是拿他爹娘的血汗钱在赌博哩？上一圈子回来，落个啥不啥。人不信命能中？"

引章转身坐在路边抹泪。

常泰爷背着一捆草从西边回来，叹口气，对引章说："跟我来吧。"常泰爷的大孩儿由县里退休，每月有退休金，大孙子杨建林又去县里上班，他家手头时常宽裕一些。引章起身，拍拍屁股上的土，跟在常泰爷身后。

杨建林虽然闹离婚，但是对孩子还算好，去年把琴琴接到了县里上初中，跟他住在宿舍，一间屋里放两张床，中间拉个布帘子。琴琴每周六骑车子回村来，周日下午去县里，跟村里的高中生一样。二人进了他家院子。常泰奶奶在堂屋门口做活儿，看了一眼二人，应了引章喊的奶奶，就知是咋回事。在前杨人的意识里，引章的身影出现在谁家，意味着谁家就得拿出点钱米。常泰爷扔下草捆子，进到自己睡觉的里屋，在席片下面翻了一会儿，有整有零拿出五块钱给他："孩儿呀，多了也没有，你先拿去，能顶几天是几天。"

引章刚才出门后，白氏安顿烈芳晚上烧汤，她换衣裳去了南乡娘家，半夜里回来，拿回二十块钱，让引章先拿去学里，不够的先欠着学校。

第二天早饭后，杨引章背着半袋小麦，走后地出了前杨。二伯杨全宗看到他远去的背影，走进后院门口数落自己弟弟："就这样惯着他，啥都依他的意儿？他说去复习，就叫他去复习？他说去上天，你就叫他上天？又是白扔一年钱。这么大的小子，不知当老的在家吃的苦。别家一年两年考不上的孩儿们，都回来种地了。"

杨全本叹口气，不出声。心里恨恨地想，都是他妈惯着他，哪能怨我？

二伯家的二儿子，叔伯兄弟中的老六杨引运，大引章两三岁，只上了初中，就回家了。从小惯得没样子，农活儿啥也不会，也根本不愿出力，吃不了一点苦。从没有下过地，只在麦忙秋收时候，被他伯日哄着，不情愿地干一点农活。不是割麦割住手，就是锄地锄到脚，总得带点伤流点血，于是回家休息。其余时间，游游逛逛，一时县里，一时又窜到许魏，如若手里有几个钱，他也敢跑到郑州去看看。引运从小长得漂亮，乖滑伶俐，嘴也会说。因是家中老小，上面一个哥两个姐，都疼他爱他让着他。虽是穷人家的孩子，却受到过多的溺爱娇宠，像人们口中漱过的糖块，黏黏腻腻，不论挨到哪里总想滚上一点好处。再大一些，玲珑柔美，眼波流转，显出青年男子的英俊潇洒，犹如一棵支棱棱的小白菜，薅出来带着新鲜的泥土，根儿乱颤，梗子一掐一兜水，叶子一折就脆烂。又有着随波逐流的特性，好吃爱穿怕出力。每次回来，身上穿得棱棱整整，头发梳得光光亮亮，打扮得比着电影明星也不瓤。二奶奶说："引运，你那头梳得那么光溜，蝇子挂拐棍都站不住吧。"

这几天可能是身上实在没钱，在城里混不下去，回家来，每天吃饱饭，街里村后转转，他说这是寻找商机，这世上到处都是钱，就看你会不会挣。他之所以现在没有挣住钱，是因为时运没到，一个人运气不来的时候不可轻举妄动，要耐心等待，机会给有准备的人，你只要时刻准备着，眼睛睁大，随时伸手去抓去逮，它早晚会叫你逮住。

昨夜引运专门来到引章的小东屋，明知引章不吸烟，也拿出只有两三根的烟盒，像大人那样弹出来一根递上。引章推让一回，他便放在自己嘴里，打火机嘣一下点着。在床边坐了一会儿，问了情况，吹嘘道："你先去学校吧，过几天我去看你，要是有钱了给你送去几个。

我县上有朋友，不中了我先去问他们借点，叫你渡过难关。"他学着城里工作人的样子，拍拍堂弟的肩膀。引章对着他，闪出一点感动的泪花。他知道这个六哥，向来是嘴上功夫，这么多年来，从没有提供过实质性帮助，但能支持他考学，给他情感上的安慰，也算不错。穷人对穷人的援助，有时候几句话也能算事，哪怕是来到你身边停留片刻，用心疼而又无奈的眼神看看你，也是极大的激励。

春棉永远都在干活，背着沉重的面袋子、草捆子，扛着装满红薯的荆条篮子，腰弯成一张弓走路。每次她走进过道里，小烈便听到了，赶忙给她打洗脸水，盛饭。她坐在竹床边吃饭时，小烈又钻在灶火忙活。从后地回来路过的妇女停下来："看看，养活闺女就是好，你那仨孩儿也没见哪个给你端碗饭。"

春棉呵呵强笑两声，往嘴里扒饭。她早已没有当年初来前杨的风采，三十出头的脸上有了皱纹，眼睛常年红着，不是害眼就是被烟火熏得流泪。

"娘的×，都想着要孩儿！没有孩儿不中，可咱女的也少不了。要不，你三嫂为啥专门去寻个闺女？还是闺女跟妈连心。"

"嫂，搁这吃一碗吧？小烈做的，没劲，面条擀得软，没样子，吃饱就中。"春棉说。

"不吃，家里俺媳妇也做中了。"那女人是有意把话题引向她想去的地方，压低了声音说，"可我看恁三嫂是瞎搭了。那大烈，你看看，哪有点小闺女样，整天龇牙吧嗒，跑着赶会看戏，脾气还烈得不行，那天晌午不知咋啦，见她拿着包谷秆撵着引章打哩，直撵得引章抱住头满院子跑，你三哥在后面拉都拉不住。"

"那引章是个怜善人，哪能跟她计较，要是真跟她搁实托了对打，她能打得过？让着她哩。"全仁在春棉身后尖着声说。自从他双腿不当家后，声音便一日高过一日，变得尖细，好像要传送到他去不了的地方。

"不是那是啥呀。"女人撇撇嘴，"我看那闺女，长不成个啥成色，整天疯失得，比小子还野。"

小烈端着碗坐在灶火门口低头吃饭，听见人说大烈的坏话，心里不高兴。大烈有千条不好，但处处保护着她，俩人一块出去，谁敢动自己一指头，大烈敢和人家泼上干架。

白氏坐在堂屋门前纳鞋底。刚把引章打发走，罐头瓶装满了，两块五也给到手里了。白氏觉得她的日子是一星期一星期地往前湍，把引章送出家门，又在想下一星期的两块五往哪儿去弄。等天凉了，引章该有一双布鞋，春天做的布鞋底都快透了。每星期来回跑一趟，城里的水泥路太磨鞋。白氏听人说，通淮集街上有补鞋底的，给新做好的布鞋，垫一层轮胎底，要一块多钱。她咬了咬牙，给引章那双春天穿到现在快要透底的鞋补了轮胎底子，能多穿些时候。这两天刷了袼褙，剪了鞋样，再给引章做双新鞋，就窝去先把轮胎底子弄来缝上。出门在外，不能穿得太不像样，孩子不说，当妈的心里不是滋味。

烈芳不知跑哪儿去了，院子里很安静，鸡子蹑足前行，脖子一伸一伸，轻轻对话，是不是相互问着到哪个墙角旮旯能找来吃的？她还听到后院竹床上全仁的说话声，更听见自己纳底绳穿过鞋底的哧啦哧啦声。她渐渐地有些瞌睡，没完没了的活儿，是靠挤压睡眠时间做出来的，起五更搭黄昏地干，也还是顾不住吃穿，手里没有一个闲钱。她用针轻轻划一下头皮，强打精神，想起身到后院纳底子，看看全仁在跟谁说话。刚要站起，却见二婶进到院子里来。

"噫，婶，来得真是时候，正栽嘴儿（注：瞌睡）哩，想找个人说话赶赶瞌睡。"

"我就知是这。吃罢饭就见大烈那闺女往后地去了，这会儿一小群在常泰他二孩儿家屋山下说着玩哩，一个个龇牙吧嗒。还没那指头肚儿大，就是吃呀穿呀，寻媒找婆家呀，说得热闹。就你那大烈笑得欢，大仰着头大张着嘴，嘎嘎嘎的，我劈头盖脸吵了她一顿。"

"婶，下回别吵，直接拿棍上去括她。"白氏说。二婶笑笑，接住白氏递过来的小墩坐下。

春棉端着个大木盆路过院门口。

"啥好事,看恁娘儿俩笑得咯咯咯的。"春棉斜着长期烟熏火燎而红烂了眼角的大眼睛。

"来吧,加上你咱娘儿们仨。"二娘笑说。

"我可没那福,成年到头干不完的活儿,啥时能躺那儿啥心不操睡上一大觉就是好事。人家南地的那媳妇,整夏没有下过地,这凉阴地挪那凉阴地,那才叫享福。"她刚从南地井上洗衣回来,说的是刚才的见闻,说完已经走回自家院子。

"唉,婶,你说说,俺妯娌这是啥命哩?一个比一个苦。"

"啥命?赖命呗,要不就是前世欠了谁的债没还完,这辈子来还债。"二婶睁着一双浑浊的眼睛看她,近两年二婶不知是有啥病,静下来的时候,脑袋不住地轻轻摆着,好像脖子禁不力似的。

白氏再次长叹一声。"去他祖奶奶,气也没用,就这样湍一天是一天吧,哪天湍不动了,俇那就死。哎,对了,俺肖大姐那儿,有信儿没?"

"有,前几天恁兄弟来了信,说他闺女也是正上高中,要回老家看看,还没回来过哩。恁兄弟要领她回来,她不愿意,非要自己回,看摸丢了咋弄。"

"丢不了,那大地方的孩子多能啊,拿糖豆都哄不走。是比引章小一岁吧。"

"小一岁还是两岁,记不清了,阴历七月生的,叫我看看,快要过生儿了。"

"唉,俺引章不知明年咋个向哩,我这心里,婶你不知,成天是个啥味。"

"我看引章,明年保准中。那孩子多稳哪,星期天回来就憋在屋里看书。世上没有读书好,世上没有读书难,你当那是说话哩?多少人,一年一年地考。恁兄弟当年上中学时,夜里在学校,看书看到半夜,脚冻烂了粘住袜子,脱不下来,十来岁的小伙子疼得直哭哇。"

"二娘,可又把俺四哥那些事拿出来说道哩,他要不吃那苦学了精细,咋能叫人家引出去当学徒管铺子,后来国家招了去,这会儿一窝住到大地方,净享福。"春棉搭完衣裳,又端了盆来白氏门口的碓碓里捣麦仁。"不是你说的嘛,吃得苦中苦,方为人上人。可咱吃了这么多苦,还别说当人上人啦,当个半出腰的也中啊,我咋还是趴叉到最低?"

"你吃那叫啥苦?照咱这吃法,再有八辈子还得是这样。"白氏用纳底绳在头发缝里又刮了刮,"咱是稳透透不中了,五六十的人了,土埋脖子,谁知今黑脱了鞋明清儿还能穿上不。春棉你还有盼头,恁孩儿不定哪一个,忽吞一声考上学,你赡跟着享福了。"

"去他丈母娘个×吧,看我那恁哪个像考上学的样儿?学习上一个比一个不通窍。"春棉自嘲地笑笑,用抹布擦了碓碓臼,到白氏灶火里拿了石锤回到碓碓旁。

"恁妯娌俩说吧,我得回去看看我晒的酱。"二婶站起身,拧着一双小脚下了堂屋台阶,看看春棉盆里的小麦,"我说,你这是几天的?"

"几天?吃三天都不够,几个孩儿跟狼一样,吃得多着哩,小烈别看是个闺女,吃的一点不比小子少。"

"别光嫌人家吃得多,干起活儿来不是也不比小子差吗?"

二婶走了,院子内外复又安静,白氏在堂屋门前纳鞋。春棉手中的石锤砸在碓碓里,一声一声,沉闷而结实。石锤坚实有力,躺于其间的小麦滚动辗转,形成一张温厚的垫子,两个石头家伙不至于叮当作响冒出火花,而是相亲相爱,圆润光滑的石臼多少年来便温存地被石锤撞击打闹,麦仁们发出深沉缠绵的轻声。天哪,我魏春棉,还不胜一个石臼!一旦冒出这种想法,她狠狠用石锤去砸那个石臼,脱了皮的新麦仁快要砸成粉面儿。

"哎我说,棉,这碓碓是咱过道祖上几辈留下的,你想把它砸碎?叫都使不成?"正要起身做饭的白氏嗔怪弟媳。春棉不说话,把碓碓里砸好的麦仁挖出,又倒进去新麦,狠命地挥起石锤。

第七章　丽雯还乡

　　夏季的豫中平原，大地铺满绿色，天空高远湛蓝，南风清爽利落。晌午热，是因为有日头值守；夜里凉，是因为大地在吸纳。天地职责明确，不争不抢，不偏不斜，千秋万代就这样轮换。麦收已过，包谷苗长起，重活不多了，就只是薅草锄地，人们变得悠闲起来。村庄被浓绿的包谷地围绕，村头的桐树林里，清晨潮湿清凉，弥漫着甜丝丝的气息。中午气温升高，桐树林蒸发了湿气，温暖宁静，懒洋洋犹如一个大被窝，偶尔有扇子般大的早衰的淡黄色桐树叶缓缓落下，在空中扭摆几下身子，轻柔地盖住正在玩耍孩子撅起的光屁股。不解风情的顽童狠狠一把抓下，扯烂扔到一边，继续着他们的游戏。

　　房后的碎柴火里，一只母鸡带着一群半大鸡子找食，不时回头向孩子们传授几句经验，小鸡们叽叽喳喳讨好地应着，像是它们完全领会了妈妈的话。路边一只老牛安卧，小牛在怀里起劲地拱，老牛舒舒服服闭着眼打盹，用大尾巴在小牛犊身上轻轻抽打几下。

　　过道口，吃了午饭的人们舍不得结束他们永扯不完的话题，碗里都结了痂，干裂开来。

　　白氏照例靠着自家堂屋山墙，坐着一只自己的烂布鞋，光着一只少肉的白白的脚，和几个老太婆闲扯。

　　街里过道口，闪进一个玲珑的女子，背着提包，像是电影里走下来的，白净的皮肤，黑亮的短发，穿着淡蓝色连衣裙，被几个小孩引领，笑盈盈向着过道后走来。孩子们喊："找二奶奶哩，说是她孙女。"

"噫，跟仙女一模似样。"白氏只觉得这女子怎的这般眼熟，"咱这穷乡背地的，咋有镇齐整的客。"白氏早已站起，光着的一只脚勾着鞋子转了几个圈，才找到口穿进去，又弯腰拾起地上的碗。

"不是客，是回自己家了。"那闺女巧笑，红红的唇里，洁白的牙齿若隐若现。二奶奶已经站起身，迎接自己孙女。一圈人围着，问她吃了没，累了吧，从车站咋回来的，快回家去歇歇。女孩跟着二奶奶走回街里院子，孩子们和几个大人也跟进去看。

白氏回家刷锅洗碗喂猪，想着收拾停当了再过二婶院子里去看。还没忙完，却见那闺女走进院里来。

"您是三娘吧？我妈让我一回来先来看您。这不，我洗了脸吃点东西就来了。"那闺女一口纯正普通话，像收音机里播音员说的一样好听。

"想起来了。恁奶奶前几天还说起你哩。哎呀，肖大姐的闺女，我说咋镇面熟哩，跟恁妈长得真像。噫，这肖大姐，有个镇齐整的闺女，你叫啥名儿？"

"丽雯。"

"丽雯，好听，好听，又美丽又文气，恁爸爸真会给你起名儿。唉，恁妈都把我们穷姊妹忘了，只顾在城里享福，也不回来了。"说话间扑到灶火，搬起锅台前的小墩，用手掌抹了两下放到地上。踢开几只母鸡，满院子咯咯叫着飞跑，她嘴里喋喋不休，拉丽雯坐下，两步跨到院门口，向着过道喊烈芳。

"死妮子，丢了饭碗就没影。"嘟囔两句又回头招呼丽雯。

烈芳满脸不耐烦地回来。

"喊喊喊，成天喊，又弄啥呀？"她噘着嘴走进院子，看到丽雯，惊得睁大了小眼睛。

"来稀客了，你丽雯姐。就恁二奶奶的孙女，恁四叔的闺女呀，从西安刚回来的。快添上锅，烧点茶，我跟恁姐说说话。"

杨丽雯打开腿上的花布兜:"我妈让我给您带回来的。"拿出一块布料连带两条毛巾让她看过,又装进去,连布兜一起交给白氏,"这布兜是我妈在缝纫机上缝的。"

"噫,恁妈心里还有我。"白氏连兜子接在自己腿上,用手抚摸着,嘴里啧啧有声,"啥时候恁妈能回来,见见面说说话,一去二三十年,中间就回来过一次,她也不想家?"嘴上这样说着,其实心里也知,回来见面要拿钱完成,来回车票,买东西,见了谁不得掏给几块钱,而这肖大姐去了后,一直没工作,当着家庭妇女,哪里有闲钱跟老姊妹只为见面说话回来一趟。

随着灶火里的一股股烟气,烈芳双手端出一只大钢碗,交给丽雯手中。

"看这憨闺女,咋连声姐都不会喊?"白氏说。

烈芳嘿嘿一笑,说:"姐,喝茶吧。"

白氏和丽雯拉着家常,烈芳站在一边看着,眨巴着小小的眼睛,内心里满是羡慕。白氏不时将屁股下的小墩抬起,往丽雯身边挪动一点。不能再挪时,她闻到一股淡淡的香味。"噫,看这脸,胳膊,腿儿,都白生生的,城里日头不往人身上晒?"她伸出粗糙的手去抚摸丽雯露在外面的肌肤。

"哎,那满满哩?恁哥,他可好着哩吧?"

"挺好,他都有孩子了,一个三岁的小女孩。"

"小鳖子,一去不回头,肯定早就把我这三娘给忘了。小时候整天在我这堆破瓦渣里刨弄。"她指着窗根下那堆东西,它们仍然还在,只是没有孩子再来翻拣,上面盖了一层碎柴火和灰土。

"我哥没忘记您,他还跟我说哩,那时候你打糍子,让他去给你摘麻叶。他就跑到村后麻地里,自己先吃够麻梭,再摘一大堆麻叶抱回来,你嫌他摘太多,还骂他哩。"

白氏仰头嘎嘎大笑,眼里有了泪花,"叫他拣好的摘一个,我包糍子哩,他给我抱回来一抱,哗啦扔一地,说,给,自己挑吧。"

杨全本手拿结了痂的碗回来,笑着说:"这是咱侄女吧,就听说从西安回来了。"

白氏说："恁三伯。"

"三伯您好。"丽雯赶忙站起。

"哎，坐那儿，坐那儿，这是到自己家了，别作假儿。"他将碗放回灶火，出来跕堆在堂屋的台阶上抽着自卷的纸烟，有一声没一声地向丽雯问几句城里的事情。

有生产队里几个女人来看，院墙的墙头上和门口，不时有大大小小的脑袋探出，一双双好奇的眼睛看向丽雯。几个曾与肖大姐相好的妇女，对着丽雯问一番长短，院子里的人渐渐多起来。男孩子做着鬼脸，一点点蹭到跟前，一个胆大的忽然在丽雯的裙子上抓一把，转身跑开。

"城里妮，不知赖，穿裙子，露光腿。"喊叫着跑开，却不管自己啥都没穿，光着屁股，身子前面的小马儿跳荡着。白氏从身边拾起一个包谷芯子掷去。

"奶奶个脚，镇孬孙，还说人家，你他娘的连一丝布都没穿，看我不撵上把你子孙窝揪下来喂鸡子。"

孩子们早已跑开，院子内外一阵笑声。

烈芳喜爱地看着眼前这一切，咽下一口甜丝丝的唾沫，看到丽雯喝完了茶，她接过碗放到灶台上，大胆实施她的计划："五姐，咱到外面转转吧，我引你到街里。"她听妈说过，西安这个姐排行第五。

丽雯被一圈大人围得不自在，好像正等着她的这句话，便马上起身向大人们告别，与烈芳走出院子。聚在门外的孩子一哄而散，烈芳轰小鸡似的扬开双臂："去，去，街上玩去。"

俩人走出过道，见小烈吃力地背着一袋子面回来，身体弯成了弓形。小烈放下袋子，擦擦脸上的汗："五姐，有空了去俺家玩吧，最后头一个院子。"

丽雯笑着点头。小烈仍站在原地，等俩人先走。丽雯弯腰抓住面袋子："来，我帮你背上。哎哟，挺沉，你小心点啊。"

黑胖粗壮的烈芳旁边，站着细细白白的丽雯，立即引起前杨街里人的关注。半大孩子跟在丽雯后边，拿腔作调用生硬的普通话问："同志，你叫什么名字？"得到对方标准普通话的回答："我叫杨丽雯。"他们哄地一笑跑开几步，然后又慢慢跟上来。人们问烈芳："大烈，那是谁呀？镇洋气。"

"谁？你说是谁？俺姐呗。"烈芳终于等到这个时刻，骄傲地仰起头，手伸出来抓住丽雯的胳膊。

"恁姐？那是不是恁亲妈派恁亲姐来接你了？"

"是又咋，不是又咋？"

"哼，别又谲（注：类 quò 音。欺骗）人，恁姐咋跟你一丝儿都不像哩？"

"谁给你说的是姐非得像？知道啥呀你，爬一边去吧。"

杨丽雯的到来引起的影响不亚于演了一场电影，更忙坏了村里的孩子，他们几乎是寸步不离地跟在她身后，眨巴着黑亮的眼睛追踪她的一举一动，而她回身要跟他们说话时，他们便一转身跑开，过一会儿又四处趸摸着尾随上来。经过几个回合的折腾，双方终于开始正式对话。孩子们围着她争先讲述自己知道的一切事情，他们只有这些信息，作为对远道而来人的招待。小民家的母鸡两天就媢一个鸡蛋；学校老师一个月工资三十块五，有个女老师几个月没有拿到气哭了；南地的"赖狗"从小就脏，长大了还脏，二十六了寻不下媳妇；计划生育小分队半夜到村里来抓人；秀香跟着她妈到郑州看病，在她姨家住了三天，回来说话就蛮了……孩子们恨不得长出好几张嘴，在谁家屋后的夕阳里不知疲倦地说着。

小烈背着一大篓麦秸，从场院里艰难地走来，腰弯得更低了，上坡时，脸快要挨到地上。她上了房后的坡地，放下大篓子，撩起衣襟擦脸上的汗，露出一截柔韧的腰身，擦完汗，又用那片衣襟扇风。微微皱眉，看快乐的丽雯和激动的孩子们。丽雯便招呼她歇一会儿。

"姐你在城里工作了吧？"小烈靠墙坐下，问。

"没有，我开学上高三。"

"城里，啥都是好的吧？"她看着丽雯，从篓子里抽出一根麦秸放在嘴里咬着。

"咋说哩，也好也不好。"丽雯显然一时不知怎么回答。

"肯定好，看电影上演的，闺女都是又干净又好看，跟你一样。"夕阳照在她的脸上，是羡慕与落寞。丽雯的心莫名下沉，她半天来看到的小烈一直在干活。

东边传来春棉大声喊小烈的声音，她艰难地背起大篓子，起身走了。"俺妈等麦秸烧鏊子哩。"

晚上喝汤时候，杨丽雯问奶奶："我能不能叫小烈来跟我一起睡觉？"

"中啊，可你得晚点去喊她。她活儿多，都得干完才能玩。"

"那，我吃了饭帮她去干。"

"她那活儿你干不了，你先去看看吧，能看会就中了，刷锅捣灶、喂牲口挑水、洗洗涮涮，永不停事。"奶奶说。

丽雯摸黑走来，在敞口院子里叫声小烈。

春棉低头钻出灶火，手里拿了个小凳子。

"是丽雯吧？听小烈说了，来，到婶这破烂家里坐坐，刚喝罢汤拾掇完，小烈去南地挑水了。"

"恁妈，咋也不回来了？"从身后传来一句尖厉而响亮的问话。丽雯转回头，看清了柿子树下竹床上的一个男人。她猜想，这定是小烈的爸爸，她的七叔了，便笑了笑。笑过后，又觉得天黑，竹床上的人看不到她的脸，"您是叔叔吧？"她大声问，使声音穿过黑暗。

"是恁七叔。"春棉简短地说着，坐到灶火门口，借着最小瓦数的灯泡纳鞋底。

"恁妈，那可是个好人，咱全大队也找不来那厚道人，我还穿过她做的一对鞋哩。人常说，没有赔面的厨子，可恁妈给人做鞋，不是赔布就是赔纳底绳。恁爸在外工作，恁家日子宽裕些，恁妈没少帮衬一过道的人，跟恁三娘，她俩走得最近。恁妈，自己过日子可仔细，但是帮别人可大方了……"终日寂寞的杨全仁突然来了一个全新听众，谈兴很浓，嗓门也是一声高过一声。"我年轻时候也去过一次大地方，那是去郑州卖秦椒，搭的票车。那时候年轻，二十啷当岁，听说郑州秦椒价高，引着咱庄几个半大孩儿背着干秦椒就走了，还得偷偷的不能叫队上知，抓住了是投机倒把。不是穷嘛，想省俩钱，就没打车票。去的时候没人问，回来也就没买，可一上火车，列车员就来查票了。那几个人不跟她照头，她看我最大，光问我，我说没票。她说没票不能坐车，我说都上来了咋弄。她叫俺几个下车。我说，下车走多使得慌，几百里地，俺又不是憨子，给腿扛劲哩？说得那列车员光是笑，就不要票了。"

杨全仁沉醉地说着，仰起头大声笑起来。春棉也为自己丈夫年轻时候的机智幽默呵呵笑着。杨丽雯也笑，不只是为那件多年前的往事，也是为这位不能行走的叔叔保存着那段美好回忆，这段对别人来说没有多大意义的往事，对他却是一生中为数不多的豪壮事情，每讲一次，都在叙述、加工中融进许多情感。

杨全仁看着这个洋里洋气的城里闺女安静地坐在他床边的小凳上，捧着脸听他讲述当年，更是来了兴致。

"年轻时候，队里、庄上的半大孩儿都听我的。我胆儿大，领着他们赶集、看戏、偷包谷、偷茄子，啥都敢干，呵呵，可有意思着哩……"

小烈挑着水桶走进院子。

"咋镇长时间？恁姐等你半天了。"杨全仁嗔怪女儿，然后炫耀地对杨丽雯说，"才十三，看那个子。"

"是啊，比我高一截子。"杨丽雯夸奖着。

"没听说傻大个儿傻大个儿吗？光长个子不长心眼，一天憨吃闷睡。"春棉用满是疼爱的口气。

乡村的夏夜，安静凉爽，二奶奶家的院子里，玩耍的大人小孩都散去了。杨丽雯坐在凉席上，突发奇想说："小烈，咱睡院子里吧。"

"谁家闺女睡当院呀，屋里床上睡去。"二奶奶说。

"睡院子里多好，睁开眼睛就能看见月亮。"

"那月明可有啥看的,咱没院门,夜里再跑进来个野物。"

"野物是什么?"丽雯好奇地问。

"野物多了,黄鼠狼,老鼠。"

"奶奶,我给她俩做伴,我回去拿凉席。"引科出了院子,不一会儿拉了张破席片进来,三科也跟着来了。

二奶奶回屋拿了个褥子和大单子搁到俩人身边:"后半夜凉,铺上褥子。"

丽雯和小烈并肩躺在院子的凉席上,半圆的月明高高地悬在天上,静静地望着她们。不远处的大门口,很快传来引科三科酣甜的呼吸声。南地的坑塘里传来几声蛙鸣,近处的墙根有虫子在歌唱。

"这月色真美,还有蛙声、虫子叫,多好。"丽雯说。

小烈有些不解,不就是坑里的蛤蟆叫嘛,夜夜听它,有啥好的,小烈有自己关心的问题,又开始问丽雯。

"城里啊,热闹,人多。有时也很烦。"丽雯说。

"那为啥人都要往城里跑哩?"

"城市文明程度高啊,发展机会多。你也想去吗?"

"嗯,想去。家里太苦了,我想到城里挣钱,还想到外边看看,到底跟电影里演的是不是一样。"

"等你再长大些,你爸妈可能就放心你去了。"她侧转身,看着月光下小烈黑亮的眼睛和微微噘起的嘴唇。忽然又想起了什么,"噢,对了,听说村子西边就是颍河,明天咱们去看看好吗?"

"好,明儿我引你去,正好我薅草哩。"

杨丽雯在初回家乡的夜里甜甜地睡着了。而小烈却一时无法入睡,她看着天上的月明,听着虫鸣与蛙声。这熟悉的东西因了丽雯姐的到来和赞美而与往日不同了。她歪过头,看到丽雯洁净的肌肤在月光下发着柔和的光,安静无忧地睡去,脸上没有任何操劳和苦恼的痕迹,似乎她不用为任何事情操心。小烈不由得伸出手去想触摸她那圆润的肩膀头,差一丁点就要挨上,她停下了手,看到一种可以想见的光滑,她更感到自己手的粗糙。她把手缩回来举到眼前,这本应该是修长细美的手却僵硬粗大，指关节处的肉皮又厚又硬，指头肚儿上沾染着老也洗不净的青草颜色，手掌中几块圆圆的趼子，如一个个小扣子贴在上面。

第二天午后，丽雯戴着麦帽跟小烈出了村子向西。村里人很是不解，一条河可有啥好看的。

"嗨，一辈子不去，我都不想它，都快没水个龟孙了。"有人冲着俩人的背影说。

小烈的肩膀搭条绳子，低着头，迈动两条长腿。因了身边跟着丽雯，她也受人注目，于是不知所措，但又不能走得太快，丽雯跟不上她。

一出村子，丽雯便惊喜地东张西望，嘴里不住地惊叹，对什么都稀奇，停下来看一看，问一问。路边的紫豆、野花、马泡瓜、马食菜，她都要搞清这是什么，当听说紫豆、马泡瓜能吃时，她就真的摘了一些，用手搓一搓，放进嘴里。脸很快皱了起来，说不好吃，但并没有吐掉，而是在嘴里团了一会儿，咽下去。

"看那一排树，像火车。"丽雯说。

"那是河堰，长着哩，根本看不到头，往南还有几十里，栽的都是蹿天杨。"

上了河堰，便见河水涌动，一条明亮的青白玉色向南而去。杨丽雯伸开双臂跑下河堰。河边的小坡路上，各种说不上名字的青草铺了一地，褐色、青色的小蚂蚱被惊起，跳来蹦去。河坡的沙地里，匍匐着望不到边的花生秧。杨丽雯坐在草地上，手伸向背后撑住地，一只蚂蚱从指缝里跳出。

"玩一会儿吧小烈，一会儿我帮你拔草。"

小烈也一屁股坐在绿毯般的草地上，四野寂静，满世界就是这两个女孩子，细听一听，似乎又有河水流动，像是它们压低了声音说话。

"哎，渴了。"小烈一下跳起来，甩掉凉鞋，挽起裤腿，弯腰下到河里，用手捧起河水一连喝了几口，然后又洗了洗脸。

"哎，那水能喝吗？没消毒哩。"丽雯说。

"万物水为净，咱村的人世代都喝这河里的水。你尝尝，可甜了。"小烈用手抹着脸上的水。丽雯便也脱了鞋子下到河中。

"呀，水是温的。"

"嗯，晒了一夏，孩儿们在这里洗澡哩。"

"咱也洗吧，到桥底下。"

小烈迟疑一下，望了望再无一人的河坡，二人蹚着河水走到桥下。脱了衣服放在水边的青草上，拉着手向水里走去。小蝌蚪摆着尾巴在腿间游动，水草扭着细腰拂动少女的身体。俩人站在桥下，探头探脑地向外看看，张开双臂让风吹干身体，不好意思但又无比好奇地用闪回的目光快速打量对方的身体。小烈高挑结实，衣服之外的皮肤晒成小麦色，身上惊人的白净，后背上方的中央，浓重汗毛一路向下，渐渐消失。薄薄肉皮下的肌肉精美有力。丽雯白白润润，全身被无忧无虑的脂肪包裹。望不到尽头的颍河两岸，热风涌动，伸出无数小舌，舔干她们身上的水珠。二人穿好衣服，走出桥下。

"小烈，看，河堰上那么多草，咱去拔呀。"

"那草不能拔，那上面种的树、草、荆条都不能动，那是加固河堰的。"

"那，拔这里的。"

"这儿也不中，这草太短，只能铲，咱没拿铲子，太短也没法儿捆。"

"那去哪儿拔呀？"

"到庄稼地里，你看这落生地里有牛草。咱先到河西的包谷地，那里头不晒，到天待黑日头不毒了，再来这儿的落生地。"

包谷地里又闷又热，不一会儿，大颗的汗珠从身上往外冒，从脸上向下滴，俩人的脸热得红杠杠的。丽雯看看小烈，她好像没有意识到热，在包谷的密林里弯腰前行，手像是有了魔力，快速向着包谷棵周围的牛草而去，然后她蹲下来，手下还是没有减速。丽雯已经起身几回，腰酸背疼，新鲜劲儿早已过去。小烈说："这里太热，你把这些草拘出去，在外面等我吧。"

丽雯守着一小堆青草，坐在路边，静静流汗。她想，应该拔完草再去洗澡。没事，一会儿全部捆好，再去桥下洗，哎呀，洗完走回家，还是一身汗。世界静得要命，似乎听到大地的呼吸之声，小烈在包谷地里已经钻得不见踪影。有下地的人从丽雯身边路过，相互看看，都不说话。她站起身，弯腰走动，从包谷棵之间，寻找小烈，看到小烈的身影蹲俯在里面，灵敏地钻来钻去，手里腋下都是青草。她走进去接过来，放到外面，让小烈在里面轻装行进。

转眼十几天过去，杨丽雯的故乡之行就要结束。她简直舍不得走了，大烈、小烈更是留恋她。烈芳最近好一阵风光，她领着丽雯姐赶集赶会、串门子、下地，引得人们对她也格外关注起来，那些半大孩儿想看看丽雯，便借着跟烈芳说话的名义上来接近。

白氏将金贵得放在小罐里舍不得吃的芝麻用小布袋装了送给丽雯。

"你看看三娘这日子过得，唉，想给你几块盘缠都没有。前儿个刚交了提留款，你引章哥到学里去，兜里只剩了两块五全掏出来给他了。"

"三娘，看你说什么呀？"杨丽雯显然不会应付这种场面，只推着那一小袋儿芝麻，客气着不要。

"这芝麻说啥都得给恁妈拿去，俺俩年轻时候好得跟啥一样。哎，去了跟恁妈说，这些老姊妹都可想她哩，抽空回来看看吧，不定哪天，哪个一蹬腿，她老妹子就见不上俺了……"白氏说得杨丽雯不知所措。

"你回去后，要是能在西安给我找个不拘啥活儿，伺候人、干苦力，啥都中，哪怕一个月挣十块钱，我都愿去。"白氏说。

"净是说憨话，她一个小闺女，到哪儿去给你找活儿干？"二奶奶嗔她。

"回去给恁爸爸说说，叫俺那兄弟给我找找，真的，闺女，恁三娘我干啥都中，只要一个月能落下十块钱。"白氏殷殷地看着丽雯。

"说得轻省，你去了住哪儿？吃哪儿？去西安买车票不还得钱。"二奶奶是挡住她不叫再说。一时间丽雯很是窘迫，这些天来，三娘也给她说过此话，她当是说着玩，没想到要离别了，她又郑重提起。也就是说，三娘渴望的只是每个月有十块钱，够引章哥哥在学校的花销。可自己还是个学生，我要是每个月能有十块钱……唉。

小烈坐在墩上发呆。春棉说："吃了晌午饭，你雯姐就走了，你也不去看看？"

"去哩，等会儿。"小烈坐着，仍然没动。她在想，见了雯姐说啥，面对离别怪不得劲的。一抬头，却见雯姐已经进了堂屋门，手提网兜，里面兜着衣服。她赶忙起身迎接。

"小烈，这是我带回的换洗衣服，想送给你，不嫌弃就收下吧。虽然你个子比我高，可是你瘦，夏天的衣服短些也没关系。"小烈扭捏不语，春棉接过，放在长条凳上。

"吃了饭，叫引科、小烈送你去车站。"

"好，还有大烈，人多了热闹。"丽雯说。

"我也去，我也去。"二科、三科站在门口嚷嚷。

"都去，都去吧。恁雯姐这一走，不知啥时候再回来哩，"全仁在院子里说，"我要是能走，也想去送送哩。这闺女，跟恁妈一模似样，厚道、温存。你走了，俺这一圈子可少不得都想你……"

"对了，小烈，那衣服里有送给引章哥的一支钢笔，他星期六回来你转交给他。"丽雯说。

午后，一小群人和一辆架子车出了村子，车上拉着三科和行李。小烈默默低头走在路边，将一块土坷垃踢着往前，心里装满失落。十多天来，雯姐带给她无限乐趣与憧憬，她知道外面是一个与这里完全不同的世界，那里的孩子坐在安静的教室里上课念书，不用像她这样每天有干不完的活儿，可是她去不了那个世界，她是属于前杨的杨烈芹。

烈芳心里也很难过，她羡慕雯姐。雯姐长得漂亮，走到哪儿，孩儿们的目光跟到哪儿。雯姐的手细细白白，因为她啥重活也没干过。雯姐说话像收音机里的女播音员，雯姐可以把伯叫作爸爸，雯姐将来像电影上那样跟男人谈恋爱，大大方方拉着手走在大街上，找一个不满意可以吹了再找一个。烈芳感到世界的无情、命运的残酷，上天将她安排在农村，走进贫穷的家里，也不给她一张好看些的脸蛋。

几个人回到家，天已经黑了。三科早已躺在架子车上睡着。小烈失了魂般喝了汤，刷了锅，喂了猪，挑起水桶去南地担水。水桶挂在扁担上，吱扭吱扭地响在又长又黑的过道，她听到自己的婶在骂几个死妮子，骂得恶毒而下流，简直不像个当妈的，有一个妹妹在嘤嘤地哭。婶的肚子又大起来，生不出一个男孩，她的脾气越来越坏。

昨天这个时候，雯姐还在，今天这时，她已经在火车上跑出几百里了。小烈在心里忧伤，这才想起雯姐送她的衣服，她将水担回家倒进缸里，进堂屋，拉着灯，拿出那个塑料袋，将衣服倒在床上。有一支钢笔滚落出来。雯姐的衣服，散发着好闻的香皂味，还有她身体的气息，她是把除了身上穿着的之外，所有衣服都留给了她。她一件件地试，春棉走进来说："好看，虽是短了点，可衣裳宽，不显起短。"她最后试穿一条花裤子，软软的棉绸，淡蓝色的小花，裤边只到她的腿肚子，但宽宽地抖动着，也很好看。还有两个小兜，她把手伸到兜里，摸到里面有纸片，拿出来看，纸里面包着六块钱，一张五块一张一块。她将纸条展开，念给春棉。

  小烈：我用自己攒的零花钱（还有爸妈给了一些），回到家乡看了看，认识你我很高兴，但心情也很沉重。但愿你们的生活早日能好起来。

姐 丽雯
1986 年 8 月 26 日

春棉叹口气说："明儿通淮集有庚会，你去赶个会吧，给恁几个买些用的东西。既是恁五姐给你的，你就花了吧。"

第八章　苦恼金环

夜静，小烈躺在床上，手里攥着那六块钱。雯姐在火车上，快出省了吧？

长这么大，经她手的，都是一毛、两毛、一块、两块，都是妈吩咐她到集上会上买东西的。第一次有这么多能自己支配的钱，真不知怎样花出去。

她把那张一块的放在枕下，起身下床，出了院子，走出过道，在街里顺着向南的过道来到保民家里，看到一家人在扯了电灯的院子里坐着，保民的几个儿子在石桌上打扑克，他女人、儿媳妇坐在灯光里纳底子、编筐子。

"呵，小烈，咋舍得出来玩了，真稀罕，整天除了干活就不出门，恐怕晒黑了寻不着婆家？"保民嫂子搁大腔说。

"嫂，这是俺妈上个月交承包地款问你借的五块钱，她今黑不舒坦，叫我给你送来。"

"嘿，着急啥哩？叫恁妈先使呗，宽裕了再给我。"保民嫂快乐地说着，伸手接了钱，"来来，坐会儿小烈。"给她让墩儿，几个媳妇也挽留她玩一会儿。

"不了不了，回家睡哩。"小烈转身，身影越来越长，出了明亮的院子。

走在黑乎乎的过道，身后突然有杂乱急促的脚步声，手电筒闪来闪去，她忙回头，见几个男人进了叔叔婶婶的院子。计划生育小分队来了，他们找婶婶找了十来天，婶婶每晚东躲西藏，他们抓她不到，今晚怕是跑不脱了。小烈趴在低矮的墙头向院里看。那几个人开始砸门，有人喊着："快点开门，再不开把门给你摘了！"有人开始摘下面的门槛。

人们都出来看动静，已经睡下又被惊醒的人睁着惺忪的眼睛站在过道口张望。

屋里传出小女孩的哭声，门外越砸越急。

堂屋门哗啦一声打开。

几个男人做好了伸手拉人的准备。

屋里跳出一丝不挂，挺着大肚子的金环。几个伸出去的手像被电打了一样弹回来。

"抓吧，抓呀，看谁敢抓我。"婶婶那从未在人前亮相的裸体，在院子里弹跳两下，鼓起的肚子皮球一般跃动，呼地跑出院子，从小烈身边一闪而过，出过道向北而去，"恁娘那×，想叫我断子绝孙，瞎了你们的眼。"

几个男人才反应过来，面面相觑，人早跑没影了。

"嘿，金环这法儿好。"一个妇女这会儿已经睡意全无，站在过道里，兴趣盎然地看小分队怎样收场。去年她的儿媳妇便是在半夜里叫小分队堵在家里抓走的，拉到公社卫生院，硬把已经成形的血肉给引产了。害得今年一怀上便走了城里，扔下两个小孙女叫她照看。要是媳妇那时有这法儿多好。生了那么多，身子也不主贵，叫王八孙们看了也就看了，生孩儿事大，别的都是个屁。可是啊，能使出这法儿的，也就只有金环。

小分队几个男人站在院里，你看我，我瞅你，随即争相骂着这死不要脸的女人。

杨保民进院子招呼。土地承包后，生产队变成了村民小组，生产队长就成了组长，但人们还是习惯于称呼他们队长，他们的职责没有了从前的敲铃、派活儿、分粮食，其余还跟从前一样，管着一个村民小组的大事小情，迎来送往。

"到家里坐坐，喝口茶，歇歇，这个事嘛，是有一定的难度。"他学着公家人的口气与架势，让几个人。

小分队队员骂骂咧咧，半推半就地跟着保民来到他家，不能白跑一趟，不得吃点喝点，哪怕是吸一根烟。

小烈慢吞吞往家走。她不知道，八婶能跑向哪里，她今晚在何处过夜。

唉，为啥非得生个男孩才中，害得自己有家不能回，值钱东西都叫抬走了。小分队的人还说，如果再不结扎，就把房子扒了。乡村孩子的心里布满了"结扎"二字，尽管他们不明白是啥意思，但这两个字眼从小就灌进耳朵，天天萦绕耳边，成为童年记忆。

金环像是被七仙女她妈下了咒一般，一个接一个地生闺女。金环生下的小闺女把全义喊作爸爸。有这样从外面回来的人带头，九十年代前后，农村里开始学说话的孩子也都叫爸爸了。扔下土地到外面去的人多了起来，年轻人也与外面那个大世界有了联系，也都愿意自己的孩子喊自己爸爸，透着洋气。几十年前"爹"字消失，如今"伯"这个称呼也将不再指向父亲，而只是称呼父亲的兄长。

讲外面事情对金环来说成了精神寄托，跟了全义八年，一拉溜生了五个闺女，寻出去两个，身边带着三个。本已脾气不好的全义，现在更是暴躁，金环也不瓤，一点小事，二人便顶着吵架。吵的后果是全义扯住她的头发踢打一顿，好像生不出儿子只是金环一个人的错处，于是金环开始回娘家。娘家离得远，回去一次不容易，要住十几天。回过几次之后，便开始把娘家的闺女介绍给前杨的小伙子。于是，前杨当妈的都寻到她的门下，请她操心给自己孩儿瞅视一个，半大小子们也都围绕在她身边，叫婶，喊嫂，按辈分称奶奶的也有。好在前杨的小伙子们，一个个长得都怪好，于是她每次回娘家，都有个小伙子跟着，负责给她打车票，买吃食，去见那里的闺女。她将早已瞅好的闺女约到家里来玩，想办法让俩人轰在一起。她深知年轻人的脾性，只要到了一堆，没有啥干不了的事，只要成了美事，后面就好办，她当时跟全义就是这样轰在一起的。"轰"这个字眼，真是动人，含着一点贬义，却又那么热烈奔放，一般是指不经媒人撮合的未婚行为或者双方都有家的男女不正当行为。不是别人轰你，而是你们俩人热切地自发地往一堆凑，朝一处钻……只要有了那一回子事，还怕大闺女不跟你？前杨的小伙子们不负重托，在金环娘家住上几天就能轰上一个闺女，有的当下就引回前杨住在家里。双方紧锣密鼓地相谈婚事，年底就能娶过来。不到两年，金环竟然成就了三桩这样的好事。这无疑是功德无量，金环觉得自己拽了起来，全义再打她时，跑来劝架的人就多。

星期六的下午，引章明知丽雯已走，还是急急忙忙往家里赶，他幻想有奇迹出现，他想看看家里，丽雯曾经停留过的地方，手摸过的地方。上个星期天下午走时，丽雯说想跟他到学校去看看，他虽然很愿意，但没敢答应她，怕她到了学校，班里会炸开了锅，同学们准会乱说。丽雯要比学校那些自以为是的车站女子气质好上几倍。他长这么大，从没有跟这么可爱的女孩子打过交道。在丽雯的感染下，他渐渐不再拘束，也搬了凳子到院里来跟她说话。

"你会成为大学生的，听三娘说你学习不错。"丽雯说。

"比不上你们大城市学生，你们脑子聪明，学习条件又好，眼界开阔，相比起来，我们是死用功，师资也不行，辅导材料也少。"杨引章完全是小知识分子的模样，衣服虽然破旧但洗得干净，眼里闪着敏锐羞怯的光。

俩人在院子里一直谈到天黑透，说的都是白氏、大烈听不太懂的话，但她们仍然高兴地张着嘴听。白氏手里纳着底子，一会儿看看儿子，一会儿看看侄女，这俩小辈人真是让人喜欢。白氏留丽雯吃饭，她也不作假儿，端住碗就吃，俩人边吃边谈。烈芳有几次也插进来说上几句，她好生奇怪，平常半天都不说话的哥，今天咋就这么多的话。

那时，月明眯起了眼，投下清凉的光，风儿轻轻地吹，像是低低的吟唱，妈在灯下做着活儿，伯的烟头在暗处一明一灭，大烈、小烈在一边眨着眼，只有听的份儿。那样的时刻短暂而美好，再也不会来了。

小烈交给他一支钢笔。

"雯姐说回去后给咱写信。"小烈说，她迟疑地看了看引章，"七哥，雯姐送你了钢笔，你能不能，把你那个放到家里？我给雯姐写信用。"

引章从书包里摸出钢笔递给小烈，小烈高兴地在手里转着看看，拧开笔帽，在手上画了几下。

杨引章抬头看天边的夕阳。上个星期六的余晖里，他还和丽雯坐在院子里说话，而现在她已经回到城市，准备开始她的高三生活了，明年，她或许就能顺利考上大学。"你会考上大学的，到时候，记着写信告诉我啊。"丽雯说。"你下星期回来我就走了，我们也快要开学了。我会给你们写信的。"

金环东躲西藏，最后在外县亲戚家生了个女孩，她真想掐死这个小冤家，连奶都没有给喂一口，就窝叫亲戚抱走寻了出去。

出了满月，她灰溜溜回到前杨。村里人一看这阵势，问都不用问了，也没人敢来跟她搭腔。过道里几个女人，趁天黑时，手巾里兜几个鸡蛋来看看她。坐在床边，陪着叹几口气。

"好好歇歇，等身子能顶住事的时候，再要一个。下一个准是带把的。"金环靠在床上，泼辣劲跑没影了。这一刻，她需要养精蓄锐，不久，她还要披坚执锐。

深秋，冷风无遮无拦地一夜间吹过大平原，红薯叶子被霜打成黑色，各家各户准备出红薯了。想早些尝鲜的农妇便挎了荆条篮子，来到自家田里，掀起一把红薯秧，对准鼓出地面，撑得裂着宽缝子的红薯窝，先用镰割了秧子扔到一边，再举起粪耙猛地落下，往怀里一掀，一只只红色饱圆的红薯便被翻出地面，如果粪耙齿子扎烂了哪个，它就流出浓白色的汁液，像是眼泪一般，挖的人啧啧心疼，怪自己没成色。

金环当然也是早早地吃开了新红薯。她的嘴不愿受屈，地里新的都长好了，为啥还要吃红薯干？天稍微见凉，红薯地垄见鼓，她便提着镰和粪耙，挎着一篮底带土的小个头新红薯，穿过后地回到了家，洗了一盆准备上锅蒸。

几个小闺女挤在灶火门口，看灶膛里的火苗，巴望着早点吃上蒸红薯。她进出嫌碍事，抬腿踢了一脚，命令最大的去烧火。大的拖着鼻涕坐在锅台前，把包谷秆一根一根填进灶膛。金环边和面边习惯性地将她们挨个数叨了一遍。几个小丫头舔着流到嘴边的鼻涕，你看我，我瞅你，不敢吱声，只是更紧地往墙上靠着，似乎能钻进去一样。

金环和好面，支起鏊子，又命老大来烧鏊，眼见着麦秸不够，扔个尿素袋子在灶火门口，叫老二去后地再去抓点，老三也趁机跟着去了。小姐俩拖着过早穿上了的大棉鞋，出门往后地的麦秸垛走，老三踩到老二拖着的尿素袋子，一跤趴在地上，嘴唇磕在一块小砖头上，血流出来，翻转坐在地上，哇哇地哭，老二吓得站一边也哭，一时忘记了来到后地的使命。

久等麦秸不回的金环扔了翻馍铊寻到后地，出了过道见两个小冤家在路边哭，她高声骂着扑了过去。

"死妮子，养活你们，一丝丝用都没有，抓个麦秸都不会，家里就剩那一把，我的烙馍在鏊子上都等凉了，恁爸爸下地回来吃不到嘴里又得使性子。"她一把将老二推倒在地，抢了她手里的袋子，到自家垛上三两下抓了麦秸，掂着走回来时，才看见老三嘴上的血，她咬着牙叹口气，伸手在她嘴边抹了两下，拉起来快速往家走。老二也连忙住了哭，从地上爬起，拖拉着大棉鞋跟在身后。

天已黑透，母女几个在灶火内外磕磕碰碰地忙碌，小号灯泡发出暗黄的光，照着几个人的破旧衣裳和干燥皲裂的脸。

大烈端着碗，进到斜对门八婶家，嬉着脸子来到灶火门口。

"八婶，还没烧好？"

"早哩，忙得跟吹响器一样，死妮子笨手笨脚，啥都弄不成，三四个当不了一个使。"

烈芳好没眼色地自己搬个小墩坐在院里，呼噜呼噜向嘴里扒着红薯糊涂，几个小闺女听得发馋，偷眼看她。

金环在暗中剜了大烈一眼，又高声地骂了几句死妮子。

八婶再也不是当年那个有闲情逸致给大烈讲外面风光、说男女风情的女人了。

白氏独自坐在黑暗的里屋床上。

夜已很深，北风吹得窗上的塑料布哗哗作响，远处间断传来几声狗叫，过道里偶尔有脚步声咚咚走过，她竖起耳朵细听，那脚步路过院门口又走去了。

白氏心焦地叹气，将盖在腿上的被子往上拉了拉。

一个人在深夜里不睡是常事，烈芳不回来，她不会合眼。杨全本要么打哑巴工吃住在外，要么在村口代销点打扑克，不到困得顶不住事不往家走。烈芳这死妮子，一眼看不住就跑没影，成夜跑着找电影看，要不就是聚在谁家的电灯下说笑到半夜。白氏实在不能夜夜站在街里搁大腔喊了，就这全村人都知道了，烈芳是个疯闺女，有人暗暗戳脊梁骨了。唉，当初只想着寻来个小闺女，谁知长大了跟着操这么多心，说好说歹都没用，就是整天疯跑。没有一点法儿，只能等，等，等得万物都睡着了，只有白氏睁着的眼睛，只有不知在哪里的烈芳，还在大肆活跃着旺盛的青春懵懂。

终于有脚步声走进院子，堂屋门被推开，烈芳跺着脚进来。

"哎呀妈呀，脚快冻掉了。"

"咋不冻死你个死妮子！半夜不知回来。又疯到哪儿去了？啊？"

"通淮集听瞎子说书哩。那儿可不冷，屋里有煤火，就是回来路上冷。妈呀，白毛风嗷嗷叫，净往棉裤腿里钻。"

白氏又将她数落一顿。烈芳嘻嘻笑着脱棉袄棉裤，钻在她身边，头挨上枕头，便呼呼睡去。白氏也脱了棉袄躺进被窝。时候真是不早了，明儿还得早起，收拾点麦到磨面屋排队。引章该从学里回来了，得蒸锅馍，让他吃些、带些，还得再给他弄些萝卜条、秦椒面儿，对付着在学里吃个两三天，灶上的菜少买几次。

白氏的鏊子使的时间太长，有几十年了。是她嫁来前杨公婆给她搋锅分家时买的。先是边上磕掉一个豁，不耽误使；再是一只脚磨秃了，也不影响用；没了脚的那一边，砖垫高点就行。可是最近，它垂垂老矣，实在不中了，磨到薄处的正当间漏了一个眼，也能凑合着烧，大不了小火苗直接烤到烙馍厚馍上，那一点是煳的，不影响吃。这几年不见补锅的了，要是有游乡补锅的，就能补一下。这个漏洞越来越大，先是黄豆大，后来一点点掉渣，杏核大，凑合着使，迁就着用，终于变成桃核那么大，并且呈不可阻拦之势，一路碎裂开来，这个劳苦功高的鏊子是无论如何该卖废铁了。一个新鏊子两块五，白氏不舍得买，要舍得早就买了，她想能拖一天是一天，好像多拖一天就会变出一个新鏊子，或者能从天上掉下来几块买鏊子钱。直到这一天，她和好面，放在案板上准备烙烙馍，叫烈芳来烧鏊子。烈芳从门后搋起，那铁家伙像一张破报纸一样，扭转了身子，从中间弯曲了。烈芳用力扳回来，却不想裂得更多，快要断了。烈芳将它扔回门后，说："不买不中了。今儿黑先借大娘家的使使吧。"她走向过道的前院，见大嫂正在灶火里烧鏊子，大娘正在案板上烙厚馍。俩人配合默契，嘴里秧秧秧地说话，灶火里飘出麦面的芳香。大嫂说："来大烈，尝尝刚烙好的厚馍。"大烈说，不了。转身出门，到了八婶的院子，问八婶鏊子使着没？八婶说没使，夜儿烙的还没吃完。大烈说："那正好，使使你的鏊子，俺家鏊子烂得使不成了，明儿打死闹活也得去集上买个新的。"说着搋住鏊子走了。

白氏说："哪儿有那么得（注：合适，恰好）？明儿要是买不着哩？叫我再多和点面，趁住她的鏊子，多烙一点多吃几天。"

"通淮集街里天天有卖鏊子的，拿住钱就能买，咋能买不着哩？"

"那不是没钱嘛，要是有钱还说他娘是老婆哩（注：废话之意）？"白氏说出了问题的实质。她无论如何是不舍得花两块五去买一个新鏊子，她只想着今天多烙一点，先拖过几天再说。她想，其实还有一种办法，烧汤的时候，大锅的上面贴饼子，或者干脆从此后不吃烙馍厚馍，只吃蒸馍蒸红薯。总之除了引章上学用钱是正事，耽搁不得，其他的钱都可以省下不花。

白氏又和了一疙瘩面，烙够了足吃四五天的烙馍，娘儿俩直忙到天黑透透，馍筐里高高地撂起来。大烈嘟囔："这得几天都吃剩的，烙馍一剩硬邦邦的，卷调洋葱都卷不成。"白氏不接她的茬，只要能省下钱，没有什么不能做的，卷不成不卷，不吃菜也中。

火熄之后，鏊子温度慢慢降了下来，大烈试试，还是烧手。她找两片包谷皮折起来，掂住热鏊子，到斜对门去给八婶归还。

金环早已喝罢汤刷了锅喂了猪，从堂屋里出来，说："咋，还热着哩？在家烙啥金馅银馅油馍哩，使恁长时间？"

大烈嘿嘿笑笑，掂着往她灶火里去。金环说："你等等。我看着咋不像俺家鏊子哩。"

大烈又掂回堂屋门口的灯光里："给，好好看看，咋能不是恁家鏊子？"

金环伸手接住另一个腿的地方，走过去举到灯光里，正反两面看来看去，说："这不是俺家鏊子。"

大烈吃惊地说："我就拿回去使了不到俩钟头，还没凉透，就掂住还你了，你就不认得了？"

"根本就不是，我还不认得俺家鏊子了？就不长这样，比这厚比这新比这棱整。"金环的语气不容置疑，"你咋使了一圈子回来，给俺换了个破的？"

大烈提高了声音："我到哪儿去换哩？俺家要是有，我能来借你的？俺家那个现在稀巴烂，还在灶火门后哩，我去哪儿能弄出来一个好鏊子给你换？"

"那谁知哩，反正这个不是俺家的。"

"不你恁家的是谁家的？是狗家的是王八家的？"大烈万分吃惊，随即恼了，骂声一出，金环也不答应，二人一递一腔，对骂起来。乡村之夜，天一黑，就更安静，许多人家为了节电都准备关灯睡觉，听到有人吵架，又穿衣起床，循声而来。白氏和杨全本正在家里喝汤，也放下碗到金环家院子来。老八杨全义，本是在东头代销点抹扑克，听说是他家院里吵架，也披衣回来。一时院子内外站满了人，都来断这鏊子官司，可这个账谁能说得清？杨全义上去看了看，也看不出名堂。那是女人家常使的工具，他除了盛饭很少到灶火去，他哪里知道自家鏊子具体长啥样。天下鏊子一般样，只有见天朝夕相处、早晚厮磨的主妇才能认出自家鏊子与别家鏊子这里那里的细微差别，现在金环语气确凿，说不是她家鏊子，杨全义也不便多言。

金环撇着短腿站在那里，右手背拍打左手心，言之凿凿细说她家鏊子是啥样啥样兼啥样，而不是眼前的这样这样又这样。大烈只是气得嘴唇哆嗦，除了赌咒发誓说不出别的话来。伯子哥杨全本站在人群外围，不便说话；白氏咬着牙，叫大烈少说两句，她颤抖着声儿伸脸上去问金环："为着哪样你拿一个鏊子做文章？是你的就是你的，天地良心，俺去哪儿弄一个比你家破的鏊子来哄你哩。"说了犹没有用，金环横下一条心，总不能半道上说自己弄错了。白氏跑回家去，将灶火门背后那个变形的烂鏊子拿来给众人看。人们只是看笑话，谁成心真为你断案？这本就是个无头案。金环大烈吵来骂去，最后引申到别的事上，跟鏊子完全无关了，鏊子已经微乎其微不足挂齿，重要的是吵架势不可挡地升级了，直至热火朝天，看的人更是津津有味，黑暗中哑巴着嘴。两个人气性都很大，谁也劝解不下，谁都比对方有理，谁都比对方抱屈。金环一屁股坐在门墩上，抱住脚脖子扯着嗓门高一声低一声地咉人，"我没有孩儿我也不怕恁"之类的宣告。烈芳一次次甩开白氏的手，虽然是不敢直接骂她，但口口咬定自己有理的几句话不放。白氏牙齿打战，跺脚吵着大烈，抖着双手劝弟媳妇别跟小孩儿一般见识。可两个人都拉不走，劝不下。白氏气得一扭身站到大门口去，抱住膀子身体觳觫。

杨天德走来。他先让烈芳噤声。大多数时候，烈芳听大哥的话。但八婶却没有那么好劝。

"想欺没俺娘儿们，不沾弦，你当我是省油哩？去打听打听……"她挥出一只手，向北边划拉了一下，那是她娘家的方向。

大烈向着北方一撇嘴，花椒小眼不屑地斜了斜。

"八婶，算了，她是小辈，有啥事做得不对，你当老的只管说，实在生气打她两下也中，可当着这么多人咉来咉去的，多不合适。"

"咉恁是轻的，这会儿知我是恁一圈子的婶母娘了，还想百生法儿欺没俺哩，俺不就是没孩儿嘛，咋了，可俺生的是自己的，到底不会跑出去寻一个。"

白氏火烧了似的从门口跃起，扑过去拉了大烈要往回走，大烈胳膊忽地一抡，形成一个大圆："寻的咋啦寻的咋啦？没吃你一个粮食籽！"叉起腰准备发起另一波嘴战。

围观的人没想到天不怕地不怕的金环兜了人家老底。俗话说打人不打脸，骂人不揭短，这金环真是不醒世。人们觉得这场吵架触犯了底线，失去了娱乐性和观赏性，黑暗中纷纷摇头，有的人慢慢挪步，打算撤去。"太不照号了不是，咋啥都往外说，还是自己叔伯嫂哩。"

杨全本咳嗽一下，大声说："算了都别吵了，明儿买个新鏊子，赔给你。"

"凭啥？她想得美！"大烈一蹦多高。

"啥也不凭，就凭咱家没有，要借人家的。要是不借，啥事都没了。明儿这个买鏊子钱，我出了。"杨全本走过去，掂起那个已经被遗忘在那里彻底凉透的鏊子，带头走了。白氏拉住大烈，出门回家。

第二天，杨全本到集上买回来一只新鏊子，赔给金环。从此金环跟大烈一家不再说话。大烈出家门，如果见到金环走在过道里，她就先缩回去，等金环走过了再出来，而路过三哥三嫂院门的金环，鼻子里总要哼一声，仿佛多大的仇气一样。

上天对她金环实在是不公，全义他哥瘫在床上都能一个一个地生孩儿，天德家那样儿，个子碰蛋高，腿都站不直，也能忽吞忽吞掉下来仨孩，而她和全义，要样子有样子，要心劲有心劲，咋就是生不出个孩儿来。她真就不信这个邪，她越急越要，越要越急，生下这个不出百天，就想再怀上一个，身体快要撕扯垮了，她无心干地里的活儿，家务事也管不了，成天躺在床上，指挥着几个闺女去做，闺女们从小基本是被吵闹声吓大的，笨手笨脚，做得也不到位，经常全义干一天活儿回来，吃不上一口热乎饭，俩人说话也没好颜色，十天一大吵三天一小吵，心情没有一天顺气。她只是躺在床上想象，如果下一个是孩儿，叫你们都看看，看看！谁说我生不出孩儿，有哪个女人能生不出孩儿，能生闺女就能生孩儿，只是时候没到，我们这叫，好戏在后头，你们，睁开你们的瞎窟窿看看吧！

金环每天气哼哼的，生不出儿子，是这个世界的错，前杨人都在下咒不叫她生儿子，都在等着看她笑话，几个人站一起小声说话是在说她，谁讲了个笑话大家抬起头哈哈哈也是在笑她，最后连闺女孩儿这样的话题也不能说了。谁踩了她的地边就是欺负她没孩儿，她家的鸡子找不着肯定是谁偷着杀吃了，吃她的鸡子不只是因为嘴馋还是专门来欺负她生不出孩儿。她岂能咽下这口窝囊气。天擦黑，鸡子都准备归窝，院里数来数去少了一只，她走到过道里张望，咕咕咕一阵，也不见回来，她小短腿蹦出家门，扯开嗓子，调到高音，在街里本生产队百十来米那一段喊了三个来回，无人接腔，又在过道里跺脚走着，咉着骂着，极力抻着脖子，让声音冲进白氏的院子，见里面没有一点声息，她找不到一个吵架对象，不得已骂明了："谁知该不该姓杨、是不是姓杨的小眼迷瞪，看着瞅不清，其实心里铁势着哩。瞅准了没人，捂了俺家鸡子，娘的×吃撑死恁一窝，填恁妈那不会生的×窟窿里去。"大烈要蹿出来跟她干仗，白氏死死拉住不放手，咬着牙小声说："咱又没偷她的鸡子，叫她随便咉去。世上有拾钱的，没有拾咉的，你一蹦出去，就没理了。"大烈张口隔墙对骂，白氏捂住她的嘴，死搂脖子，拉回堂屋里。

金环犹不解气，驻守在过道口，直骂得嘴角堆出沫子嘴唇变成灰白，突然骂声被杨全义用拳头打散。杨全义在后地里赶着天黑透前翻完红薯秧，准备这两天出红薯，隐隐听到街里传来咉骂声，再一细听像是金环，又从村里走出的人口中得到证实，他扛起木叉迈着长腿回来。二人在临街的过道口又撕挖着乱打一回，金环掉了一撮子头发，嘴里流血，坐下拍地而哭，喊声划破长空。杨全义转身回家，小闺女拉回木叉放好，又出来把金环扶回家里。金环闹着要上吊，小闺女跑来找大伯大娘。天德他妈带着天德两口过来，死活拉劝，把金环按到床上偎那儿。杨全义恨不得咬碎牙齿，咯嘣嘣响着，捧住头跍堆在院子里。生活啊，你怎么成了这个样子？生不出儿子，足以把一个男人击败，叫一个女人失常，使一个家庭蒙羞。汤也没人烧，几个小闺女饿着，也不敢吭气。罗巧芬把几个小妹子领到自家，拿了厚馍夹点腌韭花，一人一块先叫吃着，灶膛里重又引火烧红薯糊涂。主要是可怜八叔，地里干半天活儿，回家喝不了汤还生一肚子气。

半个月后，金环收拾院里墙角的柴火，发现那只鸡子死在几个砖头底下，可能是当时钻到这里找食吃，自己刨倒了树枝子，树枝子碰塌了砖头，砸在里面出不来了，饿死在里头。真是霉气，要是当天发现，还能给自家大小炖上一锅。

相邻生产队有个老头，早年间读过几本书，吃讲究穿讲究说话行事都很讲究，总之拿腔作调穷讲究，不搭凡人语，也不扎堆喷空儿，好像总有自己的一套生活方式，跟前杨人不在一个世界一样，保持着一点神秘感。再加上他大孩儿在县医院工作，全大队人有了扛不过的大病都去县里找他，大孩儿一回来不断有人来到家里，让他免费给看病诊断。人们看子敬父，老人也更有了威信，夏天里爱一个人在自家门外的树荫下，卧一张竹躺椅上闭眼打盹，穿一条松紧带棉布大裤衩，长及膝盖，上身搭个白背心，说是胃部不能着凉。背心是大孩儿给买的，农村老头没有人穿这种白背心，他似乎也不太舍得穿，时常拿在手里，搭在肩上，躺着时搭在身上，露着松软白皙的肉身歇在那里，手拿一把扇子，想起来了扇一下，想不起来了就任那把圆蒲扇放在肚子上。知了有一声没一声地叫着，夏日午后悠长而闲逸，他能一直这样在躺椅上待到天黑，老伴来喊喝汤才起身，舒坦日子万万年似的。金环最恨这种享上了儿子福的人，远远看到他总是在心里哼一声，老东西，舒坦死你！

几个闲汉凑在一堆打赌，一个最赖种的说："谁敢上去把那老头的大裤衩扯下来，咱赌个啥。"大家说来说去，只是过个嘴瘾，没人真敢行动。路过此地的金环正好听见，问赌啥。有人问："赌啥你能咋？难道你敢吗？俺一圈男的都不敢。"金环说："我要是敢哩？"众人起哄："你要是敢，赌钱加倍。"金环说："多少？说好，拿来，放下！"几个男人掏兜凑钱，有的跑回家里去拿。不远处，那位爷眯眼躺着，不知危险将至。这边厢，金环数够了钱，拿一块砖头蛋压上，众人盯着。她走过去，弯腰喊醒老人，指一指过道那头，叫他站起来说话。老人睁开眼睛，看了看她，缓缓起身，把背心抓起搁到躺椅上，扭身往后面过道口看，金环一把扯下他身上仅有的一团大白布，快跑回来，抓钱而去，将烂摊子扔在身后。

天凉以后，计划生育风声更紧，不断听说有三十多岁妇女路上走得好好的，被抓住查看肚皮，光滑无伤的就窝拉去结扎。全义和金环收拾东西，领着几个小闺女，要出远门，央了天德哥仨抬的抬，搬的搬，把几个破箱子、烂柜子放在二娘家里、全仁家里。小分队再来，家里没有任何值钱东西了。扒房子？随便！

在村头，全义跺了跺脚，心里说，生不出儿子不回前杨。

第九章　再次复读

小烈从邮递员手中接过信，一转身跑回院子。几个月里，她在寄信与盼信中度过。雯姐的几封信她不知反复看了多少遍。妈说她是五姐，这样说倒是更亲，可小烈更喜欢把她叫作雯姐，更洋气更好听。雯姐和大烈、大科他们几人的合影被她夹在那个巴掌大的小镜框里挂在床头，那是雯姐走的那天，他们几个在车站照相馆照的，照片中的雯姐含笑望着她。生产队里许多大闺女小媳妇专程来看，纷纷争执是本人齐整还是相片好看。

小烈一有空便对着那张照片发呆。雯姐走了，好像把她的魂也勾去了。她时常回想起和雯姐在一起的日子，短暂的十多天，留下那么多美好记忆，她有时竟然怀疑，今年夏天真的有过？世上真的有一个那么好的雯姐？真的有一个叫城市的地方？

无边的惆怅包围了她。秋冬没有什么农活，她除了挑水不再出家门，整个白天她便坐在堂屋向着院子里看。她看院子，伯在身后看她的背影，都没有话。院里的柿树快要落尽叶子，柿子挂在上面，变成黄色。

或许是挑水走在长长过道里迎面吹来一阵冷风的时刻，或许是在仰头看着无尽夜空的某个瞬间，小烈忽然有一个明确而强烈的愿望：找雯姐去，像雯姐一样在城市生活！这个愿望使得小烈的一颗心在寂静冬季里猛烈跳动，她激奋而神往。每当夜静时，便仿佛听到十里外的东方京广线上传来火车的鸣叫，她的心飞出黑沉沉的村庄，追随火车喷出的白烟去向远方。

小烈变得神秘而又沉默，她悄没声息地干家务活，然后静静坐下，拿着引章送她的钢笔，对着一张二科扯给她的本子纸发呆。妈挑起门帘进来。

"又给恁五姐写信哩？"

"嗯。"小烈看了妈一眼，"妈，我想……"她没有勇气开口，见到妈回头盯着她的眼睛，她咬了咬嘴唇说，"我想去找雯姐。"

"啥？"妈好像不认识她，张大了嘴。

"我想找雯姐去。"她又说了一遍，心头涌上一股莫名的委屈，眼泪顺着话音流下来。

"净瞎胡想！"伯在外间发出斥责的声音。

"那咋能中哩？你咋就有这样的心思？"妈在她身边坐下，扳过她的肩膀。

"家里太苦了，我想，想出去看看，挣、挣些钱。"小烈呜呜哭了起来。

杨全仁在外间的竹床上叹气，隔着帘子说：

"小烈，你要是个小子，走也就走了，可你是个闺女家，出了门恁妈俺俩咋能放心？你还太小哇。"

"是啊，小烈，你还不到十四，啥心眼都没有，出去可咋弄呀，恁五姐也是个闺女家，还上学哩，她能给你弄啥呀？咱不能麻烦人家。"妈边给她擦泪边说，"穷吧咋吧，这么多年过来了，日子比以前好多了，以后引科他们几个长大能干活，慢慢会好起来。快别胡想了，好出门不如赖在家，搁家里再不好有自己爹妈守着，出门去可咋弄呀？"

小烈嘤嘤地哭，她不是一定要去西安，她只是被这个想法折磨得不能独自承受而需要发泄出来。她终究还是个孩子，在伯妈连哄带骗的劝导中，哭声渐渐低了下去。

"这也快过年了，都熬渴了一年，今年咱到集上去割一块，好好煮一锅,再包顿扁食吃。"伯提高了声音,似乎是给这个话题做结束语。

1987年夏天,杨引章高考再次失败。

白氏的脸更加惨白,塑料布一样光亮亮紧绷着,眼里布满红血丝,连着几夜睡不着,白天眼珠盯住一个地方,不说话。烈芳那死围女,还是跑得不着家,有时候,夜里跟着半大孩儿们到处跑着找电影,找不着电影就一个村子一个村子地乱窜,非得把身上的热量消耗完。

引章躲在小东屋里,一天一天不出门,饭也不吃。伯宣布:"甭上了,反正我是一分钱都拿不出了,回家种地吧,生成种地的人,别想着当干部坐办公室。"

"穷成那样,连个囫囵裤子都穿不到身上,还叫孩儿一年年这样糟蹋钱,那大学,就是那么好考的?不认命还中?"

"这引章也是,就不知心疼爹娘,明知家里供不起,还非得一年年地复习,也不知哄谁哩这是。"

生产队里,一时风言风语更多,街里、院里、屋里、地里,只要是他家人不在的地方,人们说的议的都是这个话题,引章的没有考上比他考上更让人们津津乐道。别人的窟窿再大也不嫌大,别人的苦再苦也不算苦,咱只管议论,哪管疼在谁的身上。

白氏到后地找菜叶下面条,见常泰婶坐在她二孩儿屋后择韭菜,她也不说话,失了魂般飘忽忽走过。常泰婶叫住她。

"憨子媳妇,叫我劝劝你吧,世上事儿没有恁得的,条条合着你的意,想要考上学不是那么容易的事,除了下死力气还得看命。"常泰婶放下手中的韭菜,瞪着一双浑浊的眼睛,疼痛般地看向她。

"噫……婶,你信不信?我这辈子,没过过一天舒坦日子。要是哄你,我是那地下爬的。"她站下来,跺了一下脚,上牙咬着下牙说。

常泰婶叹一声,像是自语般说:"谁的日子舒坦?咳,你去街里问问,各家有各家的难处。"后面的话她也不听,只抓着那把菜叶走了,脚下没有一点声息,扫起一阵轻微的黄土,像有一股妖气卷拂了她。

城里回来的人，爱讲城里的事。队长保民家的门婿托了亲戚关系，在县电影院干临时工，管收门票。他一来，就坐在当院里喷空儿，引来一群人听。

"咱车站太小了，根本不算个啥。郑州，那才是大城市。火车站对面一个大楼，十八层，比最高的杨树尖高出好几倍。广场南边，还要盖一座三十多层的大楼，叫啥哩，噢，对了，黄和平大楼，将来要做大酒店，还要开大商场，嗯，商场。"

"开恁大的商场，可都卖啥呀？"抱着小孩的妇女为远在省城的大楼发起愁来。

"噫，除了大活人，啥都能卖。大地方就是这样，要啥有啥，只要你有钱。"

烈芳在人堆里听得直呲巴嘴，听到好笑处，与众人一齐起劲地咯咯咯，直笑得胸腔颤动。她听得面红耳赤，内心里充满激动，什么时候，自己也去郑州看看。一扭头，越过低矮的院墙，看到小烈在井台上打水，她招手喊着："小烈，来听会儿。"

小烈迟疑地扶着扁担，看着烈芳，又看看桶里的水。村里一半人家，自己打了压井，打不起压井的人，来井台上挑水。

"来吧，来玩会儿，成天就知干活。"保民那大高个、长着外国人一样高鼻子的老婆，从灶火出来看到井台上的小烈："来歇会儿吧，看谁家闺女不是跑着玩哩。"

小烈把扁担架在两个桶上，下井台走进院子，怯怯地站在外围。

"大城市人搞对象都是亲扛，自己找哩，哪儿要得媒人，说媒早过时了。自己走在大街上，看着谁合适，上去一搭话就中了。"

烈芳开心地笑起来，很向往这种方式，将来自己找对象，去他娘的媒人吧。

小烈只听了一会儿，脸上没啥表情，起身出去，灌满水桶，担着往家里走。

日西了，说的人还在说，听的人还在听，天待黑，大人们回家做饭，几个半大孩儿留下继续乱哄，烈芳想走又不舍得走，脸蛋在慢慢暗下来的天光里，变成深红。终于，门婿讲累了，丈母娘也烧好汤了，他站起身，洗洗手准备喝汤。最后的几个人散去。

烈芳走过街里，拐进自家过道。大娘家的院子里飘出炊烟的气味，飘出调洋葱的气味，隐约听见大娘在院子里说话，说的什么却听不清。刚才三哥天庆挑水走在她的前面，现在三哥把水往缸里倒，是一串肥大饱满的哗啦声，水花撞击缸壁，短暂地奔腾一下，水面的波纹慢慢缓下来，若没人理它，便直到静止。三哥可能还要出来再挑一趟。一天又要结束，天天同样的日子，春夏秋冬，晨昏轮转，并无一点新意。大烈只有十四岁，开学该上初三，生活在她面前充满新奇与未知，她常常有着莫名的激情与冲动，甚至暴烈，偶尔还有轻微的失落和悲伤，就比如现在，想到哥再一次考学失败，想到妈愁肠百结，而她无能为力。在这种天将黑不黑的时候，一股恒远的神秘降落下来，将大地罩住，好像是教会人们，你必得走这样的路，你要一点点接受现实。就像是三哥，每天不言不语，一趟趟担水，灌满水缸是他的任务；就像自己的哥，考不上学就得回家种地，她天天眼见，哥是多么痛苦，他不能接受这样的命运，可是有啥法儿哩？她家的灶火里，见天雷打不动的包谷面红薯糊涂，就白面烙馍或者包谷面饼子，有时调点洋葱，有时没有。每天傍黑，妈从灶火里钻出来，喊哥和她喝汤。哥又没考上学。这个现实再次砸向她。落榜生这时都该回校复习了，可哥此时还躲在小东屋，伯不叫他再去，说家里没有一毛钱给他。妈和哥除了流泪，没有一点办法。烈芳的心慢慢下沉，刚才听喷空儿的轻松和愉快，转眼没了。她能做什么呢？她走进院里，灶火里没有灯光，也没有烟气。平时这个时候，妈都在灶火里钻着。难道今黑汤烧得早，或者妈到堂屋拿东西了？可堂屋里也是黑的。

她先对着灶火里喊一声妈，没有回应，她走到堂屋门口，对着里面喊声妈，还是没有声息。她迈脚跨进堂屋的昏暗中。

她尖叫一声，从屋里蹦出来。

"咱妈上吊了！"她冲着东屋喊。

引章从东屋出来，脸儿煞白，和烈芳在院子里对视一下，他头前扑进堂屋。

白氏静静地吊在房梁上。光脚的脚尖，白得像一截莲藕，斜向地面伸着。引章上去抱住，烈芳跑出去，到前院找大哥。

前杨因为上吊事件陷入喧闹与兴奋，此后三天，村庄将被一场不同寻常的丧事覆盖，哭喊打闹轮番上演，干活的帮忙的哭丧的围观的，人来人往，犹如乌嘟嘟滚水锅，人们喊喊喳喳地小声说着一些细节，每个人都认为自己掌握的信息最权威最真实。一场丧事就相当于村庄的节日，有人死去，人们才有了事干，有了吃喝，有了油水，有了谈资，尤其是这种自寻无常，总是有着意外和惊吓，伴随着流血和哭闹，比正常老死更有看头。或许还会再引出一些意外事件，揪打争闹，吵来骂去，表面上争的是理，绕了许多弯子，说了几火车皮废话，争执这样那样的礼数，其实只是一个"钱"字。有了钱啥都好办，没有钱步步作难。而常年借债的杨全本爷仨，这下有好瞧的了。白氏的娘家来人，定是不依，他们将成为罪人，接受娘家人的审判。

引章的大舅是白氏娘家派来的使者，由他决定姐姐能否入土。若是不能顺利入土，多停一天就是一天的花销，娘家人住在这里，吃喝用度，挑东拣西，哭哭闹闹，总要对得起死去的姐姐姑姑姨。丧事不能从简，一切礼仪不得马虎，五层老衣一层不能少，从头到脚穿戴齐整，兜里装的、手里拿的，一样不可缺。诸般讲究，哪里是这个穷家能应付得了的。当然要有讨价还价，一轮又一轮的说合谈判。

"引章两次考学不取，是导致恁妈寻无常的主要原因，她不难过吗？她不丢人吗？你一年年考不上，最抓心的是恁亲娘，没那考学的命，就干脆回家种地，也省下爹妈的劳力。考不上也就考不上了，要复习也就去复习，恁爹妈骨头砸了卖成扣，控干自己的血，也会叫你去复习，可你只顾自己难过，不管恁妈死活，见天跟恁妈不说一句话，不问问她心里啥味，不问问她过的啥日子，不问问她为啥连着几天吃不下饭睡不着觉。噢，天黑该烧汤了，院里没一点动静，你都不知不问，不伸头出来看看？但凡你露头出来看看问问，跟她说几句话，也不会叫她彻底寒心，说不定就能免了这场祸事……"被无限问责的引章只是跪在地上,眼睛肿成烂桃,快要睁不开来,一句话也说不出,恨不得死去的是自己,有一刻他心思恍惚,仿佛已经跟着妈去了。

  母亲的怀抱、母亲的双手、母亲的眼泪,从此再也没有了,而且是用这种决绝惨烈的方式,离自己只有几步远。她是如何做到的?心如死灰,就是这样吧?苦难的母亲,你死之前,该有多么心碎心寒。你有没有在小东屋门口徘徊?有没有喊我的名字?有没有想过再对我说几句话,再最后瞅我一眼?你肯定想的,想拉住我的手说几句话,想再看我一眼,但你不敢,你怕我,怕我的冷脸,怕我恶声恶气,怕我不理你。天哪,你到最后竟然养出一个仇人来,我把自己无能考不上学的后果,全都怪到你的身上。而你何罪之有?你最大的错就是不该对我这么好,不该一心在我身上,不该让我小时吸你的奶、大了吸你的血。我为何不能对你温柔一些?既然是痛苦心碎,我为什么不向你倾诉,不和你一起分担?小的时候受了委屈会跑回家扎进你的怀里哭诉,接受你的爱抚与鼓励,为何大了之后反而隔绝了交流,不再诉说,不再沟通,不再有任何肢体接触?若是我愿意理你,愿意和你说几句话,可能会留住你。你将头伸向那个绳索,你曾经试验过、研究过,怎样挂绳,怎样绾扣,怎样升起自己的身体,怎样进入绳扣,然后蹬倒下面的凳子……这一切,都在离我不足十步的地方发生,仅仅隔了两堵薄墙,而我在小东屋的床上,死人一般躺着,沉沦在自己的苦难里。几步距离,造成了永世隔绝。只是昨天,只是昨天下午,还不到二十个小时,可时光再也不能回来了。

  杨全本捧住被吵闹得快要裂开的脑袋,说不出一句囫囵话。引章常年在学校,不太懂村里的规矩,更是不知怎样应对大舅的责难和质询。大伯和大哥撑起头应付局面,出门借钱也是他二人去借。这边厢二伯好言好语求着亡人娘家兄弟:"可怜可怜恁外甥吧,差不多看过眼去,叫死人快些入土,她那边有知,定也不愿叫自己一双儿女为难,都还是小孩哩。"前面二伯家的院子里,大娘二娘大嫂,一天三顿饭给舅们和帮忙的人做好,端回后院递到舅们的手里。大伯二伯、众兄弟们,不时进来递一根烟,求告几句,说一说爷儿仨的不易、今后的难场，求当舅的高抬贵手，让死人入土为安。

过道里亲一窝屏息忍气、好声相告两天，好不容易把白氏埋进后地的祖坟。

烧完头七纸，脸色苍白、心里滴血的杨引章，想的还是再补习一年。即使再困难，他也没有放弃过补习，上学是他唯一的出路，他不甘心这样决定了一生的命运。他从没想过要回到前杨来生活，可是现在他却没有力量走出前杨，因为他拿不出一分钱。补习班已经开学十几天，县城那边伸出一个爬钩，直向他心里挠抓，滴滴流血，他夜夜在小东屋的床上，黑暗里睁着布满血丝的眼，想着学校里晚自习的灯光。他除了出来解手，不再走出东屋，一天天地不说话，脸色苍白，两腮塌陷，嘴唇干裂，胸部灼热而鼓胀，又有着什么东西在挤压，犹如岩浆翻滚。夜里睡不着觉，双手揪扯头发，击打脑袋。他想，那些疯了的人，可能就是在这样一个关口，突然之间，电线搭错，砰的一声，一股黑烟，烧坏了，疯了憨了。烈芳做好饭喊他出来吃，他不动，也不吭。烈芳盛好给他端进东屋，见他靠在床上，盯着眼前的屋顶，烈芳求他先吃了饭再说。

烈芳思索两天，最终做出决定："哥，我支持你复习。我想好了，我不上学了，地里家里的活儿我和咱伯干，我编娃娃筐，挣钱供你上学。"

引章终于等来这句话，如释重负，哪怕说这话的，是不足十五岁的妹妹，哪怕他也心疼妹妹，可这是目前最后的办法。妈走了，妹妹是这世上唯一真心待他的人。

可是要复习，全年五十块的学杂费，每月十几块的生活费，到哪儿去弄？家里只有六百多元外债，哪还有一分钱供他上学。

烈芳跺脚说："去借。虱多不咬账多不愁，外债六百和六十，没啥区别，反正都是慢慢还。"烈芳从看到妈吊在房梁上那一刻，突然间长大了。这几天，她也是流干了泪，痛苦反思，这个家，伯靠不住，只有她来支撑。

不敢再到舅家借钱，引章走路去南乡姨家，去东乡姑家，反被对方告了一番艰难。他没有借大哥的自行车，他想走路。失了魂般，迈开僵硬的长腿走出前杨，他愿意这样地老天荒地走下去，在四野间放逐自己，或许走着走着，会走进另一个空间，走出烦恼，再也没有痛苦；会见到妈，跪在她脚下忏悔，让妈好好打他一顿；会突然间来了某一个高校的录取通知书。他也曾想拿起妈用过的那根绳子，结束了自己。在无人的路上，他的痛苦前无古人，后无来者；他的困顿无人能知，无人能解；他的忏悔无法消除，永抹不去。他是罪人！站在一棵大杨树下，四周干热的风包围了他，他想象中有一根绳子，挂在了头顶的树杈上。

死人是怎么回事？死了的人，真的躲开了眼前的一切？妈头七刚过，还没有走远，还能追得上，她的声音犹在耳边："章啊章啊，提住劲学吧，考出去就不在家受罪了。"妈一个不识字的农村妇女，为啥这么坚定地支持他考学？相信考出去是他唯一的出路，这莫不是他来世上的使命？必须考学，考出去！他从来没有想过，要回来当个农民，他压根不属于这里，他只是生在这里，二十岁前寄居此处。必须有一种力量，必定有一条道路，将他引导和输送，走出这里。他属于外面那个更广大的世界，他不能死，虽然活着是如此痛苦，可他眷恋人间，他有来到人间的使命，他有母亲寄托的希望。他的人生还没有开始，他要再拼一次，一次不行再一次，不达目的誓不罢休。很多农村学生，一年年考下去，有的人二十四五，年龄改了再改，还在考试，而他还不到二十岁。不破楼兰终不还。他体内生出一股力量，在困苦中拯救自己、召唤自己，他伸出舌头，品尝自己的泪水与鲜血。他在那棵杨树下，靠着光滑的树干，流尽了此生的眼泪。风通过树叶给他传来召唤和信念，犹如慈母叮咛：孩子，这是你唯一的出路！

大嫂罗巧芬看见他走进过道，身影空虚，飘飘荡荡，低着头阴着脸没有喊她，也没有进来喊声大娘。大嫂对大哥说："肯定是没借到钱。你这会儿快去罗湾看看，上月听俺哥说，他卖包谷卖了八百块，先拿来一百给引章使吧。"大哥听话地去了南乡，天黑透时回来，走到后院，告诉引章，收拾东西，明天去补习。

杨烈芳辍学回家，编娃娃筐，供引章补习。

包谷皮一毛钱一斤。她连收购的本钱都没有，起五更搭黄昏，干完自家地里的活儿，去给别人家掰包谷、剥包谷，最后，包谷皮归了她。

硫磺可是不买不行的。她去问南地的大英借钱。大英不太情愿，脸子怔了怔，张了张嘴，一时说不出理由，还是借给了她。人人都知，编筐的闺女手里有钱，大英这样的编筐能手，钱更宽裕一些，生产队里，很多人都从大英手中借过钱。

硫磺买回来，自己熏包谷皮，使黄色变白。夜里在月光下纺经子，包谷皮放在门外房檐下。天刚明起床，趁着包谷皮沾了夜晚的湿气柔软，她先编上几圈。太阳露头，肚子饿得咕咕叫，起身烧两碗红薯糊涂，喝了后坐下继续编。手指头磨起泡，一碰就疼，她用胶布粘上，还是疼，使不上劲，就换另外一个指头。很快，她右手除了小拇指的四个指头，全都缠上了胶布。

时隔一年，再次编好一个完整的娃娃筐，拿到了县外贸局，还是没有验上，打了回来，尺寸倒是够了（用三哥的卷尺量的），线条粗细不匀，纬线缠绕不紧，两个提系儿也不一般齐，整个筐子放那里不稳当不正形。烈芳想，有可能是大英故意的，当她编到一半拿去问大英自己编得咋样时，大英并没有伸出手来捏一捏掂一掂，像检验员那样验一验，而只是轻描淡写地瞟了一眼说，中啊，差不多。差不多是啥意思？在人家验收员的眼里和手下，差一丁点都不中。

筐子拿回家里，装她熏好了的包谷皮。再编下一个时，对照着那个次品，必得编得比它匀称、比它紧实才中。

常常，她用一个破单子兜着麦秸秆和包谷皮，到大英家里去。大英姐妹五人的东屋里，两张半大不大的床，一张大黑桌，几只小破墩。一群生产队里的闺女，坐在一起编筐，少时三五人，多时七八个，床上几个，地下几个，各用自己的东西。说也有，笑也有，吵也有，恼也有。一会儿都不说话了，只是低头干活，一会儿谁又起个话题，大家又说笑起来，手指飞快，不停地编着活儿，总之不能耽误编织。有的人在此为一句话跟谁斗了嘴生了气,几天不来,过了三天两晌,气消了,一个人在家编筐实在是倮,再次兜着自己的一包东西,拿着编到中途的筐子而来。大家的话题已经涉及寻媒找婆家,谁谁谁寻到了哪里,谁谁谁哪天看好儿、换手巾,衣裳几身鞋几双。说得神秘、羞涩,嗤嗤笑着,唉唉叹着,脸上飞起红云,激动,兴奋,开心。她们知道,每个人都会走到这一步,迎来那神奇的时候,突然将自己与一个现在还不知在哪里窝蜷着的人联系起来。完全不认识的人,但一见之下,几个眼神,三两句话,就当成世上最近的人,比自己伯妈还亲还近,日思夜想,恨不得把心掏出来给他,自己的一切给他。不出三两年,离开前杨,出门子走了,从此成为这里的客人。下一年再回来,怀里抱着小孩,完全换了个人似的……这让她们神往而害羞的事情成为盘来绕去的话题,有心或无意,兜来转去总得扯到这上面。

数烈芳年纪最小,离她们所谈的那件事还远。她也时常想着这些事情,对那些话题也很感兴趣,但明面上没有她说话的份儿,只将激动的情绪压在心里,一字不落地听大家说,观察每个人的编织手法。不管多冷的天,闺女们散伙时候,都不同程度地红着脸庞,好像这小东屋是一个春风和煦的暖房,催开了一众少女的心扉。

两三天编好一个,一个卖五块二。一周的成果,卖十来块钱。

每个星期天,必须要有两块五交到哥的手里。烈芳手里有了钱,有时候会给他三块,让他回来时坐车到九道街东头的公路下来,再走十里地回家。有时候一次给他五块,叫他下星期不必跑回来。也有时候,她去县上卖过筐子,到学校去给他送钱。引章星期天要是在家,大娘大嫂若有改善就把大烈他俩叫去前院吃饭。星期天下午引章回校时,借大哥的自行车,兄妹俩一人带一个,把引章送到九道街东头的公路上,大烈看着他上了去往县城的班车,自己骑车回来。

她尽量每星期攒下五块钱,用于还账,其余的应付家里开支,她很少给自己花钱,除了不得不买的卫生纸,她再不能多花一毛钱。她家欠着全队每户人家,少的三五块,多的上百块。能还一点是一点。伯还是常年不在家,农忙一过,他就出门,也走不远,方圆十来里地,几天回来一次,最长的时候,半个月不见人。他在外面跑惯了,四处打工,早些年生产队时,人们都没钱,他打哑巴工,主家管吃饭管吸烟,有个住的铺位就中,后来经济搞活,一切拿钱说话,他有了一些收入,也能给儿女拿回几个。他结交着十里八乡的人,人们也都知道前杨的这个半老头杨三郎,从年轻时的血气方刚、四处为家混到现在,性子柔软了许多。

大英带着前杨的闺女们,一个月去三四次县外贸局。外贸局划分区域收筐,周一到周六,每天指定收两三个乡镇的,九道街排在星期三去交。这是闺女们的节日,她们穿上最好的衣裳,每人骑一辆自行车,后座上绑着自己编的筐子,穿过一个个村庄,像是一场流动展览,路上会遇到另一些自行车上带着劳动成果的闺女。她们并不打招呼,但都见过,相互羞涩地一笑,加速些或者减慢些,不使两支队伍混在一起,每个村子的闺女,都有一个领队的,自发组成自己的小队伍,就像天上的鸟儿,飞得有自己的路数。烈芳借大哥的自行车,筐子一个摞一个套在一起,捆绑在后座,有时候里面再放半袋子粮食,让别的闺女给她的筐子排着队,她先到学校把粮食交给哥。

没有出门穿的衣服,也不能像别的闺女那样打扮,倒省出了时间。烈芳早早起床,捣点蒜汁,放一小颗青疙瘩盐一起捣碎,倒一点醋调好,拿一块饼子夹一调羹勺抹匀,使笼布包上,装在衣兜里,夏天没有衣兜的时候,放在筐子底。

县外贸局的院子里,闺女和筐子的队伍,曲曲弯弯绕了几个来回,外面还要延到街上。你来再早,都有人比你早,在大门还关着的时候,她们就在门外排上了队,八点钟大门打开,有的人想趁乱往前跑,被嚷叫两声,闺女们脸皮薄,也都不会骂人,只是小雀般叽喳和抱怨。烈芳不干,不允许有人趁乱插队。两步跑上去,揪住那个想插队的闺女,一把将她推了回去,大声喊道:"都是天不明就骑车跑来的,你凭啥趁乱往前窜,哪个庄的,讲不讲理?有个先来后到没有?"这闺女见没有同庄人接应她,红着脸缩回到自己从前的地方。其实完全不必要插队,她们大多数人,都想更加长久地待在外贸局的院子里,看那些洋气的工作人员，看院子里进进出出的坐办公室的人，观摩他们的着装、言谈、气派。乡里闺女们的服装、发式，多以她们为标准。闺女们常年编娃娃筐，就是想给自己有几个活泛钱，穿的用的都好一些，帮衬家里之余，能让自己将来的嫁妆丰厚一些。像烈芳这样，恨不得给自己一个不留的人，算是少数。

她们都是常年的熟练工，每个人都有因最初的不合格被打回来的经历，也都知道了标准，所以基本都能验上。端着自己心爱的产品送上，让工作人员在台面划好的尺寸上横着竖着比一比，押一押，拖一拖，拉一拉，顺利通过，接过旁边人开的票据，再去排另一个队领钱。偶有个别闺女，从队前提着一个筐子走出，脸微微红，带着自嘲的笑。那一定是新手，没有验上，不够结实，不够均匀，形状不圆润，两头不对称，原料不够白、不够筋，不是靠近包谷棒最里面的几层……每一个瑕疵都逃不过专家的眼睛，每一个不诚心不扎实不卖力都显露在你的产品上，会毫不留情地遭到拒绝。那只不合格的筐子连带主人成为众矢之的，被大家看来看去。

来得晚的时候，中午十二点还没有排到，而工作人员下班了，她们就只好等到下午两点。闺女们轮流出去吃饭逛街，留下一人看着大家的筐子。

烈芳每次都是那个留下来的人。等大家都走远了，院子里的人越来越少，她掏出自己的饼子吃，然后到传达室旁边的水管，就着自来水龙头喝水，使劲用清水漱口，冲去嘴里的蒜味。

冬天，彻骨地冷，院子里排了两三个钟头，没有交上，闺女们急切地想要去喝一碗热面条。外贸局斜对面的小饭馆，羊肉烩面三毛钱一碗，素面条两毛钱一碗，冒着腾腾的热气，飘着诱人的香味。她们就要拿到自己的劳动成果，十几块，二三十，这么冷的天，用一碗烩面暖暖身子，尝尝跟自己家里灶火做出的不一样的面条，这不过分。闺女们有些幸福，有些欢乐，这也是大英她们并不是每次都要早早来到赶晌午前交完回家的原因，多在车站逗留一个中午，花三毛钱吃一碗羊肉烩面，对她们来说，也是贫乏单调生活的一个调剂。烈芳说她先看着东西，等她们吃完回来，她再去吃。她两毛钱也不想花。等大家都走出去，她一个人，站在墙边的太阳地里，吃她的包谷面饼子夹蒜汁。她其实要吃一个大饼子才能饱。可她出门之前，尽量在家吃饱，然后只拿半个饼子，包在笼布里，这样目标小一些，就算别人发现了，以为是她的零嘴儿。在家里时，她一个人，无所顾忌，屋里屋外，举着大大圆圆的饼子，啥也不就，大口大口地吃，吃完拍拍手上的面醭，饱到有点撑的感觉，再喝两口不拘啥稀的，左右抻抻脖子，真叫一个舒坦——这时的她怎么也想不到，多年之后她需要减肥，刻意少吃，减了几天，饿肚子的感觉让人冒火，气得够呛。去她娘的，胖就胖了，老娘不减了——而现在，她是个十四五的闺女家，出门在外要装得秀眯（注：矜持，文气）点，慢慢地吃，她的吃饼子过程就拉得挺长。太阳暖洋洋照在身上，她"装模作样"小口吃着，包谷面饼子夹蒜汁的气息，香辣可口。

除了过年过节，她没吃过肉，菜也很少吃，更没吃过什么营养品啊零食的，她只吃从土地里新长出来的东西，她身体强壮结实，有使不完的力气。她只有利用白天，加速编筐（夜里会费电），她的手掌、指头全是趼子，它们再也不起泡了，再也感受不到疼了。她十指灵秀，上下翻飞，包谷皮在她手下柔顺而美妙，铹实饱满。农闲时候她一个月能编十几个筐子，每个星期天都能交给哥两三块钱。余下的应付家里花销，慢慢还债。她像是变了一个人，不再慌着跑着到处赶会看戏，白氏的死像是一锅滚水，猛然浇她身上，将她枝枝杈杈的四野性子烫得归顺起来，她收起狂野的心，要撑起这个家，每天想的都是怎样挣钱，怎样省钱，怎样还钱。再看一眼她的产品，即使跟别人的混在一起，她也能一眼认出来。闺女们都给自己的筐子作了记号，每人的一摞，用各种颜色毛线穿起。烈芳没有毛线，她用的是一片包谷皮，上面染了点红颜色。每个闺女都觉得自己编得最好，烈芳更是自信。她抻了抻脖儿，咽下最后一口饼子，拍拍手上的面醭，到水管那里去喝水。咦？拧不动。水管上冻了。她歪过头，嘴凑上去，吸了两下，吸不出水。霉气。她直起身，跺跺脚，再换一个水管，不信全都能冻住。

传达室大爷站在门口："那闺女，你过来。"

她回转身，见大爷确实是喊她，她走进传达室。

"闺女，那不能喝，喝凉水肚子疼。快喝口热的吧。"大爷指给她炉子上一个大茶缸。烈芳倾身过去，把那个茶缸捧在手里，揭开盖儿，一股热气扑面而来，里面是满满一缸浓茶。她喝一大口，先是烫住了嘴，然后顺着嗓子眼叫喳喳滚滚而下，眼泪都烫出来了。大爷说："别着急，小口慢慢喝。"然后叹口气，"几回了，看见你趴那水管上喝凉水。夏天还中，冬天可不中啊。以后，就来我这儿喝热的吧。"烈芳手捧大茶缸，温暖从手上导向全身。茶缸外面已经磕破了几片搪瓷，里面是深褐色，泡了不知多少遍的茶叶末子占据底部。她吹一吹，小口小口地把那一大杯茶喝完，身上立即暖和过来。跟大爷说了会儿话，约莫着大英她们快要回来，她谢过大爷，走出传达室，来到她们的一堆筐子边。脸儿红红的她，看守着一堆乳白色的筐子，在阳光下发着柔和的哑光，好像它们也吃饱喝足，无比温顺。它们很快就能给烈芳变出钱来，然后，它们永别了烈芳，被归置到一起，运上火车，集中到省城郑州，也或者万水千山地到达北京上海，再由那里上了飞机，到日本去，到东南亚去，随后，被一个人带回家里，将他们的小孩放在里边，一个日本小孩，一个东南亚小娃娃，躺在里头，蹬腿，吃指头，哇哇啦啦说话哩，闭上眼睛睡着了。她是在排队的时候，听说她们的娃娃筐销到日本、东南亚，为此她还去大队部看过世界地图，在那上面重温了日本、东南亚的位置。真的是漂洋过海了，它们到底坐的飞机呢还是轮船呢？待到有了机会，她得好好了解一下。

大英和几个闺女回来替换了她，叫她赶快去吃饭。她装模作样走出外贸局的院子，走过那些冒着热气与香气的饭铺，其实，再来一大碗面条，也是能吃下的，刚才那个饼子，只是吃个半饱。不饿着就中，回家再吃。咬咬嘴唇，继续往前走，在商店门口转悠一会儿，新式样衣服看了又看。见到外贸局的职工来上班了，她走回院子里。

她有一个本子，自己上学时候的本子反面，记着欠谁多少钱，哪年哪月哪天，给谁谁谁还了多少。还清一个，划掉一个，后面再打个对钩。她梦里都在编筐，梦里都在数钱还钱。她想，将来哥考上了学，花钱的地方更多。除了学杂费本子费吃饭钱，还有来回路费，欠账还账的日子还得继续。她张开来，看自己的一双手，细长、黑红、柔韧、布满老趼。之前上学时候，不明白书上写的"双手创造幸福生活"，现在是彻底理解了。

杨引章的棉裤在今年春天彻底报废，他个子长得快，早几年里已经又小又烂快要穿不成了，天天往上硬拽，裤裆和内里的棉花都跑没了，只有两层布，下面够不着脚面，年年冬天他的脚脖子被风廯得树皮一般，又疼又痒又扎。白氏说："去龟孙不要了，今年冬里，打死闹活给你做一条新棉裤。"于是春天里把引章的棉裤拆了，烂棉花撕一撕晒一晒絮到被子里，里和表撕了抿袼褙给他做成了鞋。

今年入冬，引章面临着严峻的棉裤问题。阴历十一月了，天越来越冷，引章还穿着两条单裤子，他两个星期没有回来，烈芳也不知棉裤的事，这次回来，一是拿钱，二是换棉裤。可她上次卖筐的钱，刚还了一家，不好意思再去要回来。烈芳翻遍家里，找不到一块能做棉裤的布，也没有棉花，得等下次卖了筐子手里才能有钱，总之这个星期给哥置不起一条新棉裤。星期天的下午，该去学里了，引章在自己小东屋的床上，盖着破被子，靠床头犯难。

烈芳走进前院，坐在堂屋门口，低头不语，只是叹息。她一这样，大娘和大嫂就知道她遇到了难处。队里人家，都叫她借遍了，实在张不开口，再说也不能立即变出一条棉裤来。

大嫂的小细腿一撇一撇，从前院摸到后院来，伸手推小东屋的门，推不动，来到窗口喊引章，屋里传出引章带哭腔的答声。大嫂问："眼看日西龟孙了，咋还不去学里？开开门，给你说话。"引章赌气说："不去了，不上了！"大嫂抠开图钉掀起窗户上的塑料布，隔着窗棂将一条军黄色绒裤一点点输送进去，说："别置气了，穿上恁大哥的绒裤上学去吧，这是前些天会上刚给他买的，新不溜溜，没上过身。"引章在屋里问："那大哥穿啥？"大嫂说："他搁家好迁就，穿你大伯的破棉裤就中。"屋里再没声音，引章没敢再问，那大伯穿啥。

一个算卦老婆儿来到大英家院子里，走进小东屋。也不知她是怎么知道这个地方的，总之她循着生意而来。她有的是时间，排着每个人的八字，解说闺女家的命运，要价也不高，一人两毛钱。这些已经能够挣钱的闺女，也不吝惜手中的两毛钱，没有带着钱的，叫大英先给垫上，她们都急于知道自己的命运，想算算今生她们要跟的人在哪里。当然谁也不会开口去问，但老婆儿都会主动告诉她们，你的这个在哪儿，她的那个长啥样，天哪，这个闺女，弄不好会寻一个公家人。一时间小屋里热闹非凡，那个未来公家人的媳妇兴奋得脸儿绯红。烈芳今天来得早，占据好位置，屈腿坐在床上靠窗的地方。她闭口不提自己的八字。眼看着屋里几个闺女都算完了，烈芳只是不吭，绷脸看向窗外，手下一刻不停。算命老婆儿突然说："你们一圈人，都没有那个扭脸看外面的闺女命好。"

屋里一下子静了，众闺女看看算卦老婆儿，再看看烈芳。大英呲一声笑了，问："你是说那个小黑胖子？她命最好？"闺女们也都分明不信，有的撇嘴，有的翻眼，有的低下头鼻翼两边一鼓一鼓，都不说话。真想告诉算命老婆儿，全队里数她家借钱最多，永远没还严过。烈芳只是装憨，一句话不说，脸对着窗外，手下编得更快，反正说死也不愿意拿两毛钱。老婆儿一看实在无奈，一屋子六个闺女，挣了一块钱，也算不赖，起身走了。

天待黑，大英她妈在灶火烧汤，往锅里砍红薯块，噗噗的声儿，命令烧火的五英填柴火："火大点，烧灭个兔孙了。"五英比烈芳还小两岁，是她家五个闺女中的老末，一天到晚净招没趣，伯妈吵，哥姐训，好像她任何一件事都做不好，就连烧锅，都让妈把她吵来吵去。五英羡慕大闺女们聚在一起编筐说笑，见机会就想钻进她们的世界，但因为她不会编，手劲小编不好，大人也不让她编，常常被从屋里驱赶出去。她只盼着自己快快长大，好早一点加入编筐的行列。闺女们在东屋里，直编得天黑下来，看不清手里的东西，纷纷起身，兜着自己的家什，走出小屋回自己家，大英妈照例作假儿挽留，大亮嗓门说：

"都搁这喝汤吧。"闺女们挨个儿说:"不了不了,俺妈也烧中了。"一个个走出大英家的破院子。

烈芳家没有门,院墙只有一人高,过道里路过的大人蹦起来就能看到院里。她走回家,自己生火烧汤。伯不在家,哥在学校,烈芳是这院子的主人,早上打开堂屋门,夜里插上堂屋门,外出锁上堂屋门,她一个人,吃饭,睡觉,干活,编筐,跟着闺女们去县外贸局卖筐。

烈芳不停地干活,家里门口都扫得干干净净。听老一辈人说,财神爷会到处巡视,看到谁家清洁,他老人家会说,这一家真干净,就住下吧。所以烈芳养成了习惯,再累也要把屋里和院子清扫一遍,灶火里的碎柴火末子撮到一堆,上面稍大的用来烧锅,碎得抓不起来的,倒入粪坑沤粪。案板过一段时间,搬出来刷洗一番,在日头地儿晒干。这是个稀罕事,前杨人的案板,一辈子也没有洗过,顶多拿抹布或炊帚擦一擦扫一扫。有一次她在当院刷洗案板,叫大嫂看到,大嫂引着自己的闺女小蝶,一大一小两个人都朝后撇着一双细腿,小蝶呼扇着大眼睛,大嫂嘴里啧啧有声,说:"真是,这案板,一辈子也没想起来刷过,还就是脏,都起了一层面疙渣。"观看完她的刷洗,大嫂引着小蝶回家,吃力地把自家案板也搬到了院子。啥时走进烈芳家院里,地上都是白光光的,一片树叶也没有,一块鸡屎也见不到,粪坑的边边沿沿都拿铲子修得平平展展,鸡子刨得低凹的地方,垫上一铲子新土,拿脚踩一踩。做饭吃饭洗涮打扫喂鸡编筐,见天不识闲。她喂了十几只鸡子,不允许它们满院子跑,到处屙屎,而是在灶火和茅子之间给它们圈出一个范围,是她拿烟秆埋围起来的一个栅栏小院落,借着院墙和灶火墙,拿破砖头给垒了一个鸡窝,这就是鸡子的活动范围,鸡子们在她的带领及吆喝下训练有素,当然主人偶尔也会放开它们到院子及过道里跑一跑,撒欢跑够了,就用一把包谷糁和不间断的大嗓门把它们全都召集回来,乖乖进入小栅栏。烈芳这样做一是为了保持院里清洁,二是杜绝母鸡把蛋姡到别人家的鸡窝里。哪只母鸡啥时该姡蛋了,哪只勤哪只懒她心里都有数,对着那只懒的骂几句,拾起小树棍扔过去吓唬它一下。姡的蛋攒起来,拿到会上集上去卖了,五分钱一个，二十个能卖一块钱，也是一个小小的收入。过年过节，杀一只公鸡，炖一锅汤，就着肉馅扁食，爷儿仨美餐一顿。

她一天做两顿饭，每次两大碗，晚上临睡时饿了，再吃个饼子喝半碗茶。天凉时候上午做好一天的，喝两碗，剩两碗，下午烫一烫再喝，这样可省了工夫省了柴火。除了下地外出，和在院子里打扫，她都在编筐，不去大英家里的时候，她一个人坐在堂屋门口，在静静流淌的时光里编织。包谷皮放一堆，麦秸秆放一堆，她不停地拿啊抽啊，两个堆越来越小，腿上的筐不断长大，心里涌上快要完工的小喜悦，直到规定圈数，可以收尾了。地上的两堆变小了，快使完了，她起身到竹床上，分别抱上两抱，放到地上，再坐下来，继续编织。有时候她自己纺经子，有时候买经子。经子也是由包谷皮纺成，在一个小型木制机上，绞成线股，比铅笔杆稍细一丁点，用来做娃娃筐的提系。从一开始起椭圆形时，经子就要参与其中，双股套着一路向上被编在里面，到最上面，再留出合乎长度的提手，固定起来，一个完美的娃娃筐告成。她站起身，提起它，手里转动，从各个角度打量审视，真是完美。里面再躺上个小孩，蹬着腿呜呜啦啦。哎哟，烈芳越想越美，都能吞儿一声笑出来。放到桌上，再开始编下一个。

有时候她一天也见不到一个人，半天也不说一句话，只能自己斟酌出一些话题和心思，和自己对话，问答。有时候觉得一抬头，会看到妈从灶火里出来，就像她活着的时候一样，那时这个场景那么容易出现，天天都能看见，可现在再也没有了。唉，妈这一辈子活得真是，没享过一天福，那时要知道她死这么早，就不会出去疯跑着玩叫她操心生气。日出日落之间，烈芳一人独处，渐渐体悟出一些普通而浅显的人生道理。

她能听到过道里是谁走过。大娘脚步轻柔，几乎没有声音，就像树叶刮过地面，但她能听到；二娘脚步很快，小八字脚迈得急促，总是赶着做活的样子，嘴里絮叨着自言自语，又有啥事没做好，埋怨自己没成色；七婶脚步很重，恨不得给地上砸个坑，因为她总是背着沉东西；大嫂身边，跟着孩子，脚底拖拖拉拉，嘴里呜呜啦啦，淹没了本就很轻的脚步声。大嫂常会拐进她的院子，走过来说几句话，看看她编到啥程度了。除了做饭吃饭上厕所，烈芳就是坐在那里编织，有时候骂一句在栅栏里疯跑咬架的鸡，站起身给它们抓一把麦麸，给破碗里倒一点水，叫它们喝。大娘做了好吃的，会叫侄子给她送过来，一个菜馍，一张油馍，差不多省了她一顿饭。她用熏失败了的包谷皮，给大娘编了一个大圆片，叫她垫在蒲团上坐，给大嫂编了两个小圆片，大嫂时常掂在手里，走哪儿掂哪儿，扔到地上自己坐一个小蝶坐一个。

烈芳酷爱做饭，虽然缺菜少油，但她就是爱流连在灶火，将有限的粗粮、几根菜叶整治成饭菜，哪怕是每天不变的红薯糊涂，她都充满热情地去摆抵，仔细地削皮，一下一下砍进锅里，面糊迎着滚头冲进去，她喜欢看那翻滚而起的波纹，像是一个人对于命运的反抗，相信总有翻身的时候，激荡荡翻滚一阵闹腾一阵，面汤从生白变成温良的淡黄，跟红薯块相濡以沫彻底融合了，再小火滚熬一会儿，好似能透明了，将红薯块的棱角磨圆，甜美香气随烟飘荡。这黑乎乎热腾腾的小灶火就是她的最爱。天冷时，吃饭也在里面，面食香味加上灶膛里柴火灰的气息，让人安心，不管黑好赖饭，她吃得很香，直到肚子发胀才算结局。

麦面和豆面掺一起擀面条，吃起来很香。纯豆面不中，不筋道不成形，到锅里就烂了。妈活着时做豆面面条舍不得放麦面，和好的豆面黄乎乎的发酥，弄不到一团，擀得也不圆展，七七八八地破烂一堆趴在案板上，凑合切成条，小心捧着下到锅里，不敢轻易搅动，等到快熟了，拿勺慢慢推动，就这煮出来也是稀烂。而她经过尝试，掌握好了比例，适当放一点麦面，面条不烂，还有豆面的香气。切一点葱花在碗里，撒点盐，倒点醋，点几滴油。面条和泡好切碎的芝麻叶一起下锅煮。芝麻叶是伏天里掐下来的，滚水锅里烫熟，捞出来放在砖瓦上晒干，放着可吃到第二年开春。吃的时候用水把干枯发黑的叶子泡开，跟面条一起煮，能煮出一些油性来。做一个人的饭，费事程度也是一样，程序一个都不能少，水烧开，起身下面条，筷子搅一搅盖上盖，再赶快坐下填包谷秆。长得好的麦秆用来编娃娃筐，碎麦秸用来引火，她偶尔拾点柴火棍，比较主贵，轻易不用，等到过年煮肉时再烧，平时做饭主要是烧包谷秆、豆秆、烟秆。填了柴，赶忙起身揭开锅，把案板上的面醭扫一扫全都撮到锅里，点一勺凉水，再盖上。坐下来把包谷秆往里送一送，小心掉出来。再起身搅锅，盖上盖，不再填柴，锅里还能小滚，停一小会儿，灶膛里再无火苗了，揭开锅，里面小泡咕嘟，腌的葱花倒进去，香气蹿上来，再盖上盖，别叫香气跑了。饭在锅里捂着，人的心里有成就感和获得感，怀着一点跃跃的期待，走出灶火，伸伸腰，在盆里洗手。做一顿饭，上下忙活，熏得脸庞黑红，手上又是面又是土又是灰。过一会儿揭开锅，熟烂的气息再度升起，面条有葱花味，葱花有面条香，而稠汤里头，美味俱全。她吸吸鼻子，调皮地笑笑。天凉了，手伸出来都冷得慌，喝两碗这样的稠面条，全身热乎，真叫舒坦。她坐到堂屋门口，再编几下。

不知现在有几点，她看了看当院的屋影，兴有三四点？

琴琴走进院子，喊她的名字。

她问："噫，今儿是星期几？"哥手里有钱，不必每星期回来，她也就不再记着算日期。

"星期六，下午上课的老师家里有事请假，我们也放学了。"琴琴在县里上学，每星期回来一次，已经学得像城里姑娘了。走到灶火门口，吸吸鼻子，"做的啥饭，镇香？"

烈芳放下娃娃筐，快步走到灶火，揭开锅盖："看，芝麻叶面条。"

"哎哟香的呀。"琴琴凑近过来。

"给你盛一碗喝吧？"

"你刚做好的，我喝了你就不够了。"这样说着，琴琴的头却已经伸到了锅沿上面。

"我喝过了，刚洗了碗你就来了，还热乎着哩，你喝吧。"她从案板上拿过大碗，盛了满满一碗，端给琴琴。琴琴不再作假儿，一屁股坐在灶前的小墩儿上，呼噜呼噜吃起来，边吃边说："你手咋镇巧哩？我从来没喝过镇香的面条。今天中午下课晚，去食堂就剩了点饭底，也没吃好。"可口饭食带来的幸福溢了满脸，琴琴进门时白白的小脸，很快就红扑扑了。

烈芳肚子里咕噜噜轻叫一声，幸好琴琴没有听见，她咽下一口唾沫，因为刚才说自己吃过了，也就不好拿碗去盛。琴琴喝完，她夺过碗去要再盛一碗。琴琴夺回碗说："我自己盛，不能太多。其实是中了，眼馋肚里饱，还想再吃少半碗，真是太好吃了。"琴琴自己盛了两勺，又坐下去，慢慢地吃。吃完烈芳再让，她说真吃不下了。要去拿瓢盛水洗碗。烈芳夺过去，放在案板上，让她别管，假模假样看看锅里说："这一点也搁不住剩了，明清早还得费火烫，我吃了算了。"她重新拿个碗把多半碗盛出，锅底刮了又刮，坐到堂屋门口喝。琴琴意犹未尽地看着她。

"俺奶奶跟俺妈做的芝麻叶面条，都没有镇香，你有啥诀窍？"

"你没吃出豆面味？加一半豆面，会更香。"

"噢，怪不得，回去叫俺妈也磨点豆面，攒着和面。"

"你好喝，以后每个星期来，我给你做。"烈芳说，"不是人人都能做出这个味，同样的东西，交给两个人，做出来的可能都不一样，恁家煤火和俺家柴火，也不一样。"

"噫，做个饭还有镇些讲究。"吃饱了的琴琴靠着门板，眯着眼睛，看烈芳吃。她妈早知道她爸在县里有个相好，也知道那个相好是有家的人，也就是说，琴琴她爸要离婚不是为了跟那女人结婚，只是嫌弃她妈是农村人配不上他，他想落个自由身。琴琴妈有爷奶公婆撑腰，有俩孩子壮胆，打定主意不离婚，只把爷爷奶奶和公公婆子伺候好，把孩子照管好，杨建林回来，该说话说话，该吃饭吃饭，他提离婚之事，她永不接茬，杨建林拿她苦没有法儿。减少回来的次数，不挨近她，这她都不在乎。反正我是恁前杨的人，是这个家的人，是你两个小孩的妈，你总是有老的那一天，跟咱伯一样，年轻时候闹腾得凶，到老了退休了，还是得回来。琴琴妈也不生气也不伤心，只把自己吃得胖乎乎的，收拾得干净净的，在村里还是能体现出工人家属的优越感。琴琴在县中学上学，吃穿都跟县上闺女差不多。星期六回村找烈芳来玩，吃了烈芳做的豆面面条，相当于改善生活。

琴琴每次来，都把自己的课本拿给烈芳，烈芳用一天时间，学几节课，把一些字和句子抄在本子上，空闲下来自己温习。她对语文有天然的热爱，她喜欢那些课文、句子、字词，她爱看地理书上的地名、气候、世界。数理化不会的题，让琴琴给她讲解。琴琴自己都不太明白，给她讲得更是半通不通，烈芳只是把语文、历史、地理、政治学得滚瓜烂熟。琴琴给她讲学校里的事情，同学之间的交往，谁谁谁家里有钱穿的料子衣裤，一走路双腿呼噜噜；谁谁谁家里最困难，舍不得去打菜；谁谁谁跟谁偷偷好上了……大烈听得津津有味，记住了她班里好几个人的名字，好像自己也在上学一样，有时候还会问琴琴，那个叫啥啥的，最近咋样。期中和期末考试，她叫琴琴把卷子拿来给她，她盖住琴琴的答题，自己在一张纸上做，除了数理化，得分比琴琴都高。用这种方法，她学完了初三课程。

第十章　命运转机

1988年8月,高考成绩公布,杨引章离录取分数线差了三分。但是他从学校那里得到一个消息,今年地区师范学校招收委培生,录取分数线下延五至十分,待遇跟正式考上的学生一样,上学也都在一起,毕业也是同样包分配,唯一不同就是正式考上的不交学费,委培生一年学费一千八百元。班里有几个家庭条件好的学生,当即表示愿意上这个委培生,等于花钱买了个上学指标和商品粮户口。这是严酷高考制度给农村学生的网开一面,给那些差几分落选者的一线生机。

引章先是一阵欢喜,然后心里犯了难,再复习一年吧,到明年也不一定能考上;上这个委培吧,一年一千八的学费到哪儿去弄。他唉声叹气地回到家,跟伯商量。伯说:"人家愿意收咱,这倒是个好事,要是我能拿出这个钱,就叫你去上了,可是咱没钱啊,要是有钱还说他娘是老婆哩?"这话说了等于没说。

大烈说:"哥,去上,咱再借钱。"

引章感激地看向大烈,他知道,伯是不会出面去给他借钱的,可大烈一个十五六岁的闺女家,能撑起这件事吗?

伯轻轻哼了一声,到一边去,不理这茬儿了。大烈和引章坐在灯下商量这突然降临的大事。

大烈说:"虱多不咬,账多不愁,咱反正是欠债了,欠一千和三千也没啥区别。可你上了这个学就不一样了，吃上了商品粮，将来有了工作，月月挣工资。"二人扳着指头算能借来钱的人，无非是常泰爷、二奶奶、大伯大哥、大英、舅家、姨家。这次借钱，跟从前有所不同，从前是日常生活零碎开销，十块八块、三十五十地借，现在是要从几家那里借到一千八百块，平均每家要拿出几百块钱，会把他们吓住的，所以得先向他们说明哥上这个委培生的好处，两年后毕业，国家分配工作，就是公家人了，将来还不定有啥发展，也许会有好的前途，所以他们这钱，兄妹肯定会还，还会记住他们的恩德。常言道救急不救贫，从前借钱，那都是贫的范围，这次借钱，是急的用途，解了这个急，哥就有不一样的人生。大烈自己先将这些道理摆得圆周周顺溜溜的，保证张口就来。她想，道理明摆着，不用我说，他们也会明白，这对一个人来说，是天大的事，引章的分数能抓住了，才有借债的可能，分数差得多的，想欠债都没有机会。总之这次借钱意义重大。这些人里，如果凑不够一千八，那他们就扩大范围，把前杨的家家户户都走一遍，不信借不来一千八百块。

大烈越说越激动，跃跃欲试，恨不得现在就出门去借钱。最后大烈给伯下了任务，叫他明天到舅家姨家去，多少拿回来一点，而她和引章，负责在前杨借。

大烈当下和引章一起出门，来到前院。大伯和大哥他们得知这个消息，也很高兴，答应想尽一切办法斟捌，哪怕到大娘的娘家、大嫂的娘家、两个闺女的婆家，也要给他们凑出五六百。引章和烈芳心里怀着沉甸甸的感激，出大伯家，进到二奶奶家。二奶奶已经上床睡觉，被二人唤起，拉开电灯，下地开了门，重又坐在大床的凉席上，也立即明白了这次借钱的重要性。她眼里闪出了一些泪光，说："噫，恁妈要是活着……"二人心里忽悠一沉，脸色暗淡下来。二奶奶连忙改变方向，说了一些为引章高兴的话，"贵吧咋吧，总算是有个出路了，这个时运咋都得抓住，千万不能丢。这样吧，你明儿给西安恁四叔写封信，就说我叫你写的，叫他给你想办法打回来点钱。我呢，常年在家，他邮回来个三十五十的，都给这一圈子小孩们花了，手里也没有几个，多少给你添点。"引章和大烈一看二奶奶说的也都是真心，于是告辞出来。感觉时候太晚，常泰爷毕竟不是自己近门，不好去打扰，把老人家从床上叫起，等到明天再说吧。

第二天上午，引章先拿了纸和笔，到二奶奶家，听二奶奶说了几句，他又思忖了一些客气话，用自己口气给四叔写信。从前他也替二奶奶给四叔写过信，那时省心，二奶奶咋说他咋写，今次不同，他是为给自己借钱，头回向四叔开口，祈望着四叔能打回来多一些钱，但又不敢说五百或三百，口气写到最最诚恳，让四叔看着办吧，毕竟不是亲叔，还隔着一层叔伯关系。写好信，送到通淮集邮电所，贴上邮票，投进邮筒。再回到前杨，跟大烈一起来到常泰爷家里。从前借钱，都是分头行动，这一次，兄妹俩一起出现，显示出这件事的重要性。大烈嘴会说，基本是她在陈述，引章温顺地站在一边。

常泰爷已经八十多岁，他能当家的，也就是几十块钱，这样的大事得大孩儿来定夺。于是把二人引到大孩儿跟前。琴琴她爷在县里工作的派头还在，先说了祝贺的话，说容他个时日，反正也不是现在就给学校交，叫在县里上班的建林去银行取钱，能给引章借个三四百。

二人又一起来到大英家，大英拿捏了一会儿，说叫她跟伯妈商量商量，因为她编筐挣的钱，都交给伯妈了，不知是不是用在家里这事那事上了，不知还有没有。正在这样说着，大英她伯从外面回来，黑黑的脸上长着一双小眼睛，一说话眼睛眨得很欢。按辈分二人把大英她伯喊爷，于是又对忠卿爷述说一番。忠卿爷脸上显出嘲讽的笑，曼着声说："这，常年是靠借钱过日子哩？啥时是个头哇？要叫我说，回来种地也不赖，现在地都分给各人了，有能耐把地种好，也不少见钱，起码不会一年到头借钱吧。我听明白了，你那就不是正经八百的大学生，人家碰硬考上的，师范生哪儿有交钱的？都是国家供的，学费全免，每月还有补贴。你这是个啥哩？"感觉他打心眼里不满意引章去上这个学，恨不得引章扔了这个机会才好。一时说得二人脸上红一阵白一阵紫一阵，可人家是爷，不好反驳，也不好扭头就走，搁大烈的脾气，撂下一句"不借算结局，说这么多不如意弄啥"，转身走开。可为了哥，她硬是忍了，咬住嘴唇不吭气。引章红着脸又应付两句，二人出门。大英过意不去，跟出来小声说，她好赖挪挤挪挤给借二百，开学前来拿就是。

杨全本清早在大烈的催促下，起身去了白氏的娘家，天待黑回来，说舅们姨们那里都找遍了，每人都有承许，算下来大概三百块，开学前叫引章去拿。

引章到学校去，填了委培生的志愿表，一周后拿到了地区师范学校的录取通知书，跟其他上线学生的没有两样。他来到后地白氏的坟前，手拿通知书，先是跪下磕头，然后坐着流泪。

西安的四叔寄回一张一百五十元的汇款单，又写了一封信来，说是支援引章的，不用还了。这里二奶奶说给他五十。算是又有了二百块。

算上将来去学校的行李、开销，还有几百块的缺口，兄妹二人又上了本生产队、外生产队几户关系较好人家的门，说得口干舌燥，终于凑够了数。多年之后，大烈说，那时候真是把人借得淌淌的，看了多少脸色，招了多少没趣。

开学之前，大娘又找出箱子里不知攒了多少年的两块老花布，叫天德去集上买了六斤棉花，撕几块白布，和大嫂一起费了半天时间，给引章置办了一套铺盖。二娘拿来五块钱的盘缠，又给了一手巾兜芝麻，叫大烈给他炒成芝麻盐带走。七婶春棉拿来一对不知多少年的枕巾，挤着红烂的眼睛，羞愧地说："实在没啥东西，你镇大个事恁七叔七婶连一个盘缠都给你拿不出。"春棉已经被生活撕扯得不像样子，花汗衫被汗渍浸得朵朵图案，巨大的松弛乳房在里面疲乏地滚动，眼睛被烟火熏得睁不开来，总是有眼泪流出。

一千八百元交上，再交三百斤小麦，转好户口关系，引章就算是公家人了，学校每月给发三十斤粮票。

引章开学走后，家里剩下烈芳和伯一起过日子。伯年纪大了，重活儿干不动，便不太出门，每天吃了饭后，街里转转，村后看看，披着衣裳跟哪个老头儿摆方能摆上半天。天黑后没瞌睡，出门去找到哪个同样没瞌睡的老头儿,喷一阵空儿,夜静了回来睡觉。秋冬农闲,时光悠长,人们除了吃三顿饭、睡长瞌睡,啥事没有,就是聚在一起说话、沉默,打发光阴,总之不愿意独个儿在家。烈芳还是每天编娃娃筐,她已经成为熟练工,挤住眼都能编好,每月去县上几次,交筐换钱。

秋天一场雨后,老房子塌了一个墙角,洒进来一些雨水,打湿一只老破桌。雨停后,父女二人从后地拣了一些砖头,想把破损处修好。这是杨全本的老本行,不用请人帮忙,自己都能来,无非是慢一点,主要是不想给人家管烟管饭。经济搞活后,人们也都知道自己的力气和时间是值钱的,乡间也不好随便请人来家里白给你干活了。借来梯子,杨全本在房上,杨烈芳在地上,二人合作从事修房工程,一天干一点,泼住三五天来弄。听得伯噫了一声,从房梁根墙的隐蔽处掏出一个小布包,捧在手中,慢慢下了梯子。布已糟烂,轻轻一抠就碎成片片了,里面一个褐色小罐,伯的手伸不进去,就小心地口朝下,往地上倒,倒出三个小手巾包,解开来看,分别是十来个银元、一个金戒指,另有一些玉片玉花、几副镶花银耳坠。当时包的人很是细心,用了三个手巾,分门别类地裹好。二人惊奇不已,杨全本记得小的时候,依稀见过这类玩意儿。大烈在电影里见过,那时的人,将银元捏在手里,放在嘴边一吹,再拿到耳边去听,也不知能听出什么名堂。当初三兄弟分家时,这座老屋分给了他,而这个宅子,是祖上跟别人家换来的,不知是自家祖先的东西,还是别人家的,不管那么多了,反正这东西归他们了。

杨全本把银元拿到集上会上去问,人家说这东西不值钱,他又拿回来,放了抽斗里。金戒指和玉花、玉片、银耳坠归了烈芳。烈芳听说县上人民银行回收金子,便在一次卖筐时,拿了金戒指到银行去问。工作人员称重后告诉她,有六克多,回收的话值八十多块钱。她掂在手里,看来看去,这是一只女式戒指,戒面椭圆形,边上老式花纹缠绕,咋看都是好看,为了八十块钱把它卖了,还真是舍不得。钱到手就会花完,而这个戒指永远都在,她又包在手绢里拿回家,放在箱子里面。

引章在市里上学来回坐火车，他每月在校花销三四十元。每个月回家一次，其实是来拿钱，烈芳必要交到引章手里最少三十元钱。想尽一切办法，雷打不动也得挤够三十，余下的精打细算，再没有钱用来还账了，只好等着引章将来毕业挣了工资再还。

在县上下了火车，引章跟住这一带的几个学生一起走路回家，一路上走着走着少一个，再走一段又少一个，最后剩下引章，自己回到前杨。或者提前写信，大烈骑车子去接他，可有时候人走回来了，信还没有收到。大烈一直想买一辆自行车，但一直舍不得，账还没有还完，买自行车怕那些借钱给她的人说闲话，于是每次都借大哥的自行车。大哥这个加重型自行车相当于一条过道里的财产，她去县上交娃娃筐，接送引章，赶集走亲戚，每月至少骑三四回。除此之外，生产队别的人也常来借。再结实的东西也有使坏的时候，大哥这辆自行车虽然擦得干净，保养得好，塑料带子缠得完整包得结实，但终究是老了，轮子上的花纹都快磨秃磨光了，驮着引章和大烈，有时前梁再搭一些东西，真有点不堪重负，咯吱咯吱地响。车子要是个人的话，早都双泪长流了，哀叹一声：我这一辈子，苦啊。引章带着大烈，冬天里，双手冻得没有知觉，到地方松开车把，手指还是伸展不开。星期天去学校的时候，有一趟向南的慢车在南边商桥站停靠两分钟，商桥站比县车站离市上近，车票便宜五分钱，他当然到商桥坐火车。把引章送上车，烈芳一个人骑车回家，手同样冻得骨头疼，恨不得扔了自行车揣住袖子走路回家。

要解决骑车子冻手问题，应该做两个棉袖筒，套到车把上。当然有棉手套更好，杨建林就有一双军用棉手套，用一根绳子连着，套到脖子上，暂时不戴的话，挂在胸前晃荡，单位给发的劳保，大大厚厚的，看着都暖和，明摆着是一个小小财产。琴琴也有一双女式棉手套，藏蓝色的，小一号，冬季里也是挂在胸前，想戴了手伸进去，不想戴了也是那么在身子前晃荡。手套虽好，却要掏钱买，烈芳对任何需要花钱的事都充满警惕和抵触。做棉袖筒需要棉花需要布，布好办，从破衣服上剪下来也行，棉花的话，得去买。于是她走路去了通淮集，棉花五毛钱一斤，当地人把棉花叫作花，她掏一毛钱，买了二两弹好的新花。路过商店，她进去看了里面的各种花布，本来想买一二尺，想了想算了，能省一个是一个，就用她穿烂的一件破衣裳吧。回到家，把一件又小又破的衣裳撕了，拣前后襟的布面拼凑成几块，更碎更破的也不能扔，攒起来抵袼褙用。她用布兜住棉花针线去往前院，在大哥的自行车把上比试了一下。二娘在门口经过，也走进来观看。下午的阳光照进院落，人们围在一起，将袖套当成今天的一个主要事件。大娘负责给剪形状。烈芳给破布里铺花的时候说，真是可惜这些新花了。大娘说："你不舍得买二尺布，可不就得把这新花包进破布里。"她说："那不是没钱嘛，要是有钱还说他娘是老婆哩？"一时间娘儿几个在一起咯咯咯笑。大嫂坐在东屋的窗下，大哥二哥跐堆在院里劈麻线、搓绳子，三哥在压井边压水，一趟一趟给灶火小缸和院里大缸倒满水。人们家里几乎都有了压井，个别没有的到邻居家里去压水，南地的井里水位越来越低，小孩们多，遍地乱跑也不安全，去年干脆把井填了，大家省心。但家里给水缸灌水还是三哥的事。烈芳借了大娘的顶针戴上，穿针走线，不一时做好袖套，起身走到西墙边的棚子下，把自行车推到街里骑上试试，在众人的围观下，全方位展示这副新做的袖套，赢得大家的赞美。

引章考学走后，队里人对她家的印象慢慢好了起来，虽然她家还是欠账大户，但毕竟是出了个公家人，翻身有望。人们对大烈和她伯的笑脸多了一些，大英她伯也不再用明显的嘲讽语气挖苦她了。

烈芳感到膝盖隐隐地疼，进到被窝里好长时间，小腿和脚也暖不热，膝盖那里犹如住了一窝子化不开的冰块，嗖嗖地往外冒凉气，隔三岔五提醒她，你这里出了问题。她知道这是得了关节炎，可能是常年坐着编筐，腿上穿得少，膝盖受寒了。她把棉裤腿中间部位拆开，将做棉袖套剩下的一点棉花，絮到膝盖那里，也不顶事，还是疼。有一次去县外贸局交娃娃筐，看到一个商店卖胶皮暖水袋，咬咬牙花两块五买了一个，夜里灌了热水放在膝盖上，一直暖着可以，哪天不暖了还是发冷。

第十一章　回到娘家

这条过道里十几个姊妹，除了大烈之外，全都是一表好人才，小子们个个顺溜挺拔，闺女家人人齐整俊美，尤其是老二杨全宗跟前的四个，大孩儿杨引庆、大闺女杨素芸、二闺女杨素芬、二孩儿杨引运，一个赛一个排场、漂亮。时光来到1989年的时候，前面三个已经娶亲和出门，剩下一个最小的宝贝疙瘩杨引运，二十三岁，按说也该说媒了，可这小子不照号，自打八年前初中毕业，便不在家好好干活，成天在外面跑，到处干临时工，吃吃花花，不落一个。

天待黑时，二闺女素芬抱着孩子回来，胳膊上套个小包袱，进堂屋坐下就哭。凭这回娘家的时间，就不像是好事，一般正常走亲戚都是上午来，吃顿午饭，下午日西了走。当妈的赶快来问，素芬气气咽咽总算说清，女婿被县上招干转正，不要她了，明确提出离婚，连孩子也不要。

"那还能中？当初换了手巾打了结婚证，现在说一声不要就不要了？"素芬妈说，"你就不走，看他们能把你咋着？"

"妈你不知，从他一招上干，一家人就捏好了，全都冷脸子对我，他住在县上不回来。从前跑得可勤，一招干，单位给分了间宿舍，他就住那儿不动窝。我身子沉成那样，他不管不问，每次去检查，都是趁别人的牛车上公社，都快生了，他也不回来问一声。生下来是个闺女，家里人脸更难看，一整个月子，婆子不到跟前来，没有给我做过一顿饭，都是我自己弄点吃的。亲戚们送的鸡蛋，也不叫我见。前几天说，他兄弟要结婚，家里没钱盖房，叫我先腾出堂屋叫老三结婚。"

"他叫你腾你就腾？你没问问腾了你去哪儿？那是你的三间堂屋。你就不走！说破天也不中。现在，我和恁大哥送你回去，你是他木锨王的人。"杨全宗站在院子里挥着双手喊道。

"不回去，既然人家不想要了，不拿正眼看咱，我就走得远远的，一辈子不到他眼前去。"

"说的憨子话，全天下都知你寻了木锨王的王八孙，小孩都有了，说句不要就不要？办不到。我这就喊恁大哥去。"杨全宗出门，要到前院去找天德。

妈在家里劝素芬："给咱说说出出气，叫咱一圈人心疼心疼你就妥了，一会儿在家喝罢汤，叫恁伯拉架子车送你回去。憨子闺女，小孩没过百天，你还在大月子里，不能狠哭，也不能生气。咱就回去住到那堂屋里，那是你的窝，说得再能，就不去给他打离婚。恁婆子不招呼你，我去给你做饭；她不管小孩，我去给你管，我去住到你的堂屋里支应你，叫他木锨王的人看看，丢谁的人卖谁的赖！"

不一时，杨天德跟着二叔进了院子，再一时，天顺天庆也都来了，引科二科也都到了，大烈小烈也听说了，堂屋里黑压压站了一地，一个个脸蛋子眼珠子鼻翅子都鼓鼓的，撸胳膊挽袖子，一副要给妹子和四姐撑腰出气的样子，那感觉是若姓王的在眼跟前，定是上去打个稀烂。杨引运若是在家，肯定蹦得更欢，可这时不知他还在哪里胡窜哩，杨引庆、杨引章要是在家，也得掐着腰来回走动，说出个因为所以如果那么，可他们此时一个在北京卖衣服，一个在市里上学。

弟兄们你一言我一语，皆是声讨那不讲良心的王八蛋，绝不能跟他离婚，咱杨家的闺女，还能叫人扔到半路上？不中了到他新单位闹去，这样道德败坏的陈世美，咋就能招了干，叫县上再把他退回到公社当临时工，等他当了从前的临时工，咱再跟他离。哎，看清这人了，不跟他过了，到那时，不离不中，到那时，咱再抱住孩子回家来，映都不睬他一眼。只是当下绝不能离，弟兄们去给你出气。咱现在就走，把咱前杨的小伙子再叫上一些，到他木锨王，论理去！"

素芬只是坐着不动，怀里孩子哇哇哭，她颠着哄着，不好意思解开怀喂奶。边拍孩子边说："我是再不回去了，不踏进他木锨王一步，要离婚，就去离……"

她的错误言论立即被一片反对声淹没。

众弟兄嚷乱一阵，屋里院里跺脚骂人，素芬不语，小孩哭得紧了，她起身进里边喂奶去，再不出来了。弟兄们又聚着说了一阵，一点点散了，给杨全宗说："啥时候去木锨王，二叔你一句话，我们跟着就走。"

素芬妈没法儿，去灶火烧汤，给闺女打了五个荷包蛋，叫她好好补补。想起闺女说的，月子里没见过鸡蛋，心疼得直掉泪，哪个月子婆娘不吃几百个鸡蛋，一个女人一辈子吃苦受累，就全凭月子里吃鸡蛋哩，那狠心的王八蛋，不心疼媳妇，总得心疼恁孙女吧，连孙女也不顾，看来是真的狠心不要咱了。

端了鸡蛋糊涂叫素芬吃了，也不再说叫她赶快回去的话，只说那就在这儿住几天，好好歇歇心，歇好了再回去跟他们斗。

素芬说，她今天回来，把小孩的一些衣裳都带来了，那边她娘儿俩的东西也都收拾好了，哪天伯和大哥有空了，使架子车去拉回来。

"太便宜他们了，再说你回到家里，可咋弄呀？"

"妈，有我一张床的地方就中。我的地还在家里，我一个人照望小孩，等她再大点儿，会站会走，离了手，我就干活、编筐。他要来找我离婚，得给孩子抚养费，谈好了价，我就去跟他离。离了他我照样过。反正，我不愿看他们的脸，叫人家拿我当累赘。"

"咋就成了累赘？是他们坏了良心。"

"咱管不了别人，管得了自己，我是再也不会到他们眼前去。"

大烈走进院子，来到堂屋门口，说："四姐有囊气，我支持你，跟那王八羔子离了，叫小孩直接姓杨，过咱的日子，叫他爬远远的，眼不见心不烦。"

"囊气不能当饭吃,她一人带着个孩子,又没犯啥错,叫人家扔回娘家,往后哪有那么容易的?听都没听说过这事。"二娘责怪大烈。

"四姐不可能一个人带孩子,她有咱这么多人哩,咱这过道里一群人,谁不能帮她拉扯两下。六哥要是回来了,这院住不下,四姐可以住到二奶奶那院,她能不叫住?俺伯俺哥成天不在家,四姐也能跟我住。"

杨全宗说:"住是能住,吃也能吃。自己闺女回到家了,肯定不会叫她受屈。可咱就是咽不下这口气,太欺没人了。"

"人在做,天在看,那姓王的不怕天打雷轰,要当他的城里人,要再组成个纯种的城里家庭,由他去吧。咱早点离开这赖种也好。小孩今后姓了杨,咱家还多了一口人。"

素芬反正是打定主意,住下不走了,当老的也不好撵她,不忍叫她去那姓王的家里受屈。几天里,这条过道,除了动不了的杨全仁,每个人都进到这个院子,出主意,表态度,安慰归来的亲人。天天像过事一样,堂屋里总聚着人,觑觑觑秧秧秧地说话。后来队伍扩大到全生产队,从组长保民到各位婶子大娘都来慰问,基本是先将那木锨王的日映一顿,把他家祖宗八辈映成了筛子眼,然后众人号召素芬向常泰爷的媳妇、孙媳妇学习,人家也是男人不想要了闹离婚,可那婆媳二人就是顶着不离,那外面人硬是一点法儿没有,你不理不理,不挨不挨,反正我是这家里的人,反正有了小孩,说啥我也不走,看人家不也是过一辈子?女人全凭忍哩,忍得一时气,修来百年福。素芬说:"我跟她们不一样,常泰爷常泰奶奶护着媳妇、孙媳妇,给她们撑腰,而姓王的是全家人商量好了都不理我,全都狠下心欺没我逼迫我,叫我自己觉得在他家里住不成,既是这样,我就走远远的,也不叫人家不耐烦咱。"

看素芬这么坚决,最后大家达成一致:既然是姓王的一窝操了赖心,齐住心对咱不好,既然是咱的闺女忍不下这口气,那就再也不回去了,过几天她伯和天德拉架子车到木锨王去,不吵不闹不理不论,钥匙拧开咱闺女的堂屋门,装上咱闺女提前包好的衣裳被褥和东西,一车拉回来。然后，安生坐家等着，那边得主动来找咱，他得找咱办离婚呀！那时就由咱说了，咱开价，要孩子的抚养费，给不到一个满意的数，咱就不去给他打那张纸，没有那张纸，他就不能再结婚，急死他王八孙。

形成统一战线，娘家人不再窝囊，只需按计划行动。

木锨王本以为这边会带着大队人马前去打闹、论理，街西头到街东头地吆喝，卖他们的赖，他们做好了充分准备，说辞也是很多，整了一些新名词，感情破裂呀，志向不同呀，身份不一样了呀……也是全家人凑在一起，集思广益，弄出了好几个预案。可是，两天，三天，五天，不见前杨来个人毛毛，不知葫芦里卖的啥药。直到第七天，媳妇的娘家伯和娘家哥拉着两个架子车进到木锨王街里，谁也不搭理，径直走到那媳妇的院子，一趟趟往外搬东西。婆子有点心虚，跟了进来，招呼二位到老院喝茶歇会儿，二人只是不理，一趟趟往架子车上搬东西。搬完了门也不再锁，屋门院门大开着，扬长而去。婆子进屋看看，粮食挖走了一些，拿不走的粮食囤、衣柜桌椅、灶火里的锅碗家什，都原样放着，没有损坏，也没砸烂。婆子眨巴眨巴眼，咂摸咂摸嘴，不知这是啥路数了。回家报告了男人，男人骑自行车到县上，和儿子商量对策。发现这是姓杨的把皮球踢给了他们。这件事，最终得落实到小两口去打离婚，周围一圈子人说得再能，煽得再火，也替不了这件事，必得两个人单独面对。

木锨王那边不敢声张，昧良心的事，毕竟不能大鸣大放地合计和商议，也不敢在村上寻求支援，只在自己家里亲一窝秘密行动。而前杨这里，全村人都占着理，声援帮忙的人自然是多，主意出得也很稠密，光是一众娘儿们前来安慰，这个走了那个来，再加上怀里的孩子，让素芬每天过事一样，再没工夫难过。

只等对方来求自己去打离婚。这样一来，素芬的心里有了底气。

果然，木锨王派出了使者团。同样是不敢拉扯村里人，只是婆子带着嫂子和姑姐，悄悄走进杨全宗家的过道，想先抱过孩子亲热一番，被素芬妈拦挡，不叫挨近小孩。烈芳干脆过来，从四姐手中接过孩子，又从床上拿个小褥子，抱到后院去了。杨家人一律变得话少，脸冷，茶也不倒，只等她们说排。素芬婆子有点斜视的眼睛挤巴挤巴，竟然挤出了几点泪花，说素芬这孩子真是好，来杨家一年多，婆媳妯娌处得都好。只是她孩儿常年在外工作，俩人成天不在一堆，感情不融洽了，合不到一起，儿子非得离婚不中，年轻人的事咱也管不了，劝也劝不住，说了也不听，牛不喝水强摁角，强拧的瓜也不甜，那就让他们离了吧。

杨家这边见对方来的都是女眷，男的也都退避到外围，只是远远看着，也不吭声，再加上他们有一个大大撒手锏等着对方，所以拿得很稳，只由着对方来说。

大烈将孩子抱到全仁的竹床上，褥子偎住躺好，叫七叔七婶给看着，转身又走进二娘家里，靠在灶火门框，抱住膀子听了一会儿。大家都不说话，只有素芬婆子一个人搜肠刮肚地说呀说，她知道自己将要派上用场。

大烈小眼一瞪，突然问：" 说完了？"

婆子一愣：" 说来说去，反正就是这么个意思，既然是过不到一堆了，就去把手续办了，谁也耍耽误谁。"

" 好，谁也不耽误谁，我们也都是这个意思，打了离婚，各过各的日子各走各的路。大人谁离了谁都能活，就是小孩不好弄。不管咋说，孩子不能扔到野地里，所以嘛，你们得出抚养费。现在养活一个小孩，吃饭都不说，跟着大人吃不用单另花钱，可是她得穿衣裳吧，得喝麦乳精吧，得吃个糖豆鸡蛋糕吧，冻着冒肚得抓药吧，七岁以后得上学吧，每学期得交学杂费。反正不管咋说，当爸爸的，一个月给她身上花二十块钱，不多吧？一个月二十，一年二百四，出到十八岁，总共，总共多少，叫我算算。" 其实大烈早就算好，记在心里，只是装样子想想，" 总共，四千三百二十块，叫恁那中用的好孩儿把钱拿来，俺四姐立马跟他去打离婚。"

" 老天爷，四千多块，谁能一下子拿出这么多？" 姓王的嫂子说。

" 小孩是俺王家的，不管跟着谁，都跟俺连着心哩，给小孩花钱，俺肯定愿拿,但是也不可能一把拿出呀,一个月二十,确实不多,一年一年给,也中吧。"

"中啊,那婚就一年一年离,俺每年都同意离,等小孩十八岁了钱给够了,俺四姐就去跟他正式办手续。"大烈是一把谈判好手,总能抓住事情要害。

"一下四千多,肯定拿不出来。"

"那离婚的事就暂缓。回去弄钱吧,拿够数了,再来说话。反正你们目的初步达到了,恁不耐烦俺姐了,她也离开恁家了,不在眼跟前叫恁多嫌。"大烈一拧身出堂屋门,到二娘家的灶火,拿了一块饼子出来,张大嘴吃开了,很有功劳的样子。

"钱俺肯定是拿的,但恁不能这样说啥一声,拽住不放。谁家能一下子拿出几千块钱?他夫妻俩的事,咱外人也说不清。俺那兄弟是很上进的人,部队复员回来,一直想有个出路,到公社帮忙,就没松劲过学习,经过几轮考试,转正的国家干部,难道再叫他跟咱这老农民过日子?确实是站不到一块儿了,咱就不能放人一马?"姓王的姐说。

"现在咱这老农民,确实配不上他了。俺姐也想尽快弄妥利了,好走自己的路,所以才要一把交清,今后谁也不找谁。要不,他找个城里女人过上他的日子了,俺姐再月月跑去问他要抚养费,那到底是谁不好看,谁日子难受?所以为了双方都好,必须钱一把付清,没啥说的,要不,离婚免谈。"大烈挥一挥手,伸伸脖子,"噫,快噎死我了,小烈给我拿碗倒点茶。"一直在一边看热闹的小烈到灶火转了一下,喊道:"二娘,茶瓶里咋没茶了?"二娘走进灶火说:"这几天五迷三道的,清早烧汤忘起茶了。你去前面恁二奶奶家倒一点。"小烈拿碗出去,大烈在身后粗着腔喊:"走快点,嫑把我噎死到这儿了。"大家为半碗茶忙活开了,再也不提钱和离婚的事,大烈在院子里伸着脖子,只等小烈端茶来。木锨王的几个女人舔了舔干而发灰的嘴唇,互望几眼,分明是再没啥招儿。

嫂子转转眼珠子说:"既然要求一把给,那就得还还价,再低一点,俺回去想想办法斟捯钱。"

大烈已经接过小烈端来的茶，一仰脖喝下去，舒坦得自己拿手捋一捋脖子，拍一拍胸口，说，"零头去掉，拿个整数，四千块。中了回去斟捯钱去吧。"

几个女人知道这事一次谈不拢，必得再有人，来回说合几趟，于是起身告辞。也无人相送，她们出了过道，蔫蔫走了。

到家后，等到星期六，儿子回来了商量，想一想也不好托人去搞价，叫外人知道自家坏了良心，还要折财才能甩利（注：切割清楚，抛弃掉），不是啥光彩事。可这姓王的小子急于拿到离婚证，倒不是他又有了新人，而是想尽快摆脱从前，以一个城里人的形象重新寻媒。他要样儿有样儿，进的又是事业单位，响当当的公家人，才二十七岁，生活刚刚开始，找一个县城里的干部、教师，最不济找一个售货员、工人，没有任何问题。之前的路是走错了，既然心中有理想，既然命里有好运，就不该那么早在家定亲结婚，叫一个农村女人把自己绊住。

再一个周六下午，他下班后骑自行车没有回木锨王，而是来到前杨，走进素芬家中，丈母娘见了他也是不理，他也不理丈母娘，双方就像是没有看见，他端直迈步进堂屋，见素芬正在二十瓦小灯泡下抱着孩子喂奶，大大的乳房亮在眼前。这个从前叫他无限眷恋的女人，让他无数次澎湃不已的身体，现在见了并没有什么感觉。真是奇了怪，一张县城商品粮证书，竟然能改变人的感情，指导人的情欲。他对这个暗腾灵秀的女人，再也没有了冲动。走到她面前，跪了下去。"素芬，看在咱俩往日的情分上，放了我吧。我借的磨的，凑了两千块钱。"

素芬一手抱着小孩，一手搬起屁股下的小墩，向后挪挪，离他远了一点。看清了那张脸，因赶路而蒙了一层细汗，细汗上又有尘土，急切而真诚，带着祈求，可怜巴巴。这是曾经令她那般着迷、无条件相跟一生的人，是她的天，是她的世界，是她的一切，分开几天都觉得漫长，曾经也是这样带着急切的表情，脑门一层细汗，细汗上又有尘土，一次次从公社骑车赶回家，恨不得自行车能飞起来，好提前几分钟见到她只为尽快抵达她的身体，一星期中间还要再回来一次。今天他也是这般急急赶来,却是想得到她的许可,从她这里拿到一张解脱的证书,他作态可怜,虔诚地跪在眼前。原来世人奔忙来去所做的一切,都只是为了达到自己的愿望。而你只是一件棉袄,陪他走过冬季,现在天热了,他想尽快脱下来扔了,至于棉袄是否伤心难过,前路如何,与他无干,他只想着奔自己的前路。素芬只有二十四岁,在一贫如洗的家里长到二十一,因容貌漂亮,头次说媒顺利,嫁给了这个心仪的复转军人,一年之间就有了一个小孩,她其实还单纯得像个孩子,曾经以为自己的人生已经胜利书写,顺溜得一个笔画通向终结,却不想突然宕开一笔,只是一部悲剧的开篇。她在这一事件里成长起来,吸饱了屈辱的汁水,也对这一家人彻底绝望。这个人,几个月来躲着不见,好像要见到他是件登天的事,可眼下为了让你跟他离婚,快速地出现在你面前,把自己变为软体,作态可怜,向你下跪。人心原来冷似铁,人心自古隔肚皮,所有的情呀爱呀,其实都是为了自己,从前为了自己舒心,现在为了把你择利(注:抛弃,撇清关系)。素芬心里涌上厌恶,只想赶快和这个人一刀两断,这一辈子都不再见到,他那张脸蒙着一层油汗,脑门上的青筋仿佛一条虫子,随着说话表情而蠕动,整个人变得丑陋无比。她抬起苍白如纸的脸就要答应他了。大烈呼呼两下走进来,好像她在外面一直听着似的,粗壮着嗓门说:"两千块,门儿都没有,我代表俺四姐,代表俺二娘全家,不答应、不同意、不可能!"

跪着的人站起身来,拍拍腿上的土,收起脸上的柔情,厌恶地看一眼大烈,不屑于跟她多说,但这个黑忽吞叉腰横在眼前,活像一堵墙,身后站着千军万马,不过她这一关不罢休似的。他求救地看向素芬,素芬低头拍哄孩子。天哪,他进得门来,扑通跪下说自己的事情,一眼都没有看看孩子,也没有问问孩子这些天咋样,哭没哭,闹没闹,他只想着离婚离婚,若不是为着这个目的,他永远不会出现。素芬的心更冷一层。大烈叉腰站在二人中间。"实说了吧,我们有个底价,三千五更好,但绝对绝对不能低于三千块,你能掛掏出两千,就能掛掏够三千,就看你离婚的真诚态度了。摸良心想想吧,俺四姐好好一个大闺女,长枪吴大队不说最漂亮,起码也是前三,明媒正娶到了你木锨王,说一声就不要了,她回到娘家,一个人带着孩子,有多作难,你想过没有?要想公道,打个颠倒。你招了干俺还是老农民,是有点配不上你了,俺不影响你前途,但你也不要欺人太甚。俺本可以到你新单位去闹去告你这个陈世美,法律规定小孩在哺乳期男方不得提出离婚,这你应该知吧?就这一条,叫公家把你开除了,是不是一下掐住了你的腮?依我的意儿就这样干了,我带头去揭发你,但俺四姐为人怜善,狠不下心治你,还要给你留个活路。所以今天这个家,我当了,没有三千,离婚免谈。钱要交到我手里,查够数一分不少才能中,就这!"大烈胸口拍得咚咚响,一崩子说完,拧转身出了堂屋,把二人留在里面,素芬也再不理他。那人灯影里站了一会儿,觉得怪没意思,走出堂屋,推自行车。灶火里的丈母娘,院子里的老丈人,不出一声。他在黑暗中走掉了。

过了九天,下下个星期一一早上,姓王的又骑车子而来,当着素芬伯妈的面,颤抖着双手,用报纸包着,拿出来放在桌上,说这是两千八,借了一圈子,实在是挤不出来了,不中的话,给你打个欠条,写清欠你二百块。他今天专门请了假的,无论如何请素芬先去大队部开了证明,然后坐上他的自行车后座,二人一起去公社办离婚。原来他已经打听好所有程序,欠条也写好了,从兜里掏出来,和报纸包放在一起。大烈拿过钱去,当着众人,呼啦呼啦查清。素芬把孩子交给妈,挑门帘到里边换衣裳,走到镜子前梳梳头,决绝地跟着他一起出门,走出过道,在街里人的注视下,坐在姓王的自行车后座上,脸上没有表情,穿街而过。

晌午素芬走路回到家,重新成为前杨的闺女。

这年头,手里一下子有两三千块钱的农户,其实也并不多见。杨全宗两口亲眼见着报纸里的一包钱,不再像前几天那么生气。

第二天上午,素芬叫妈给她看半天小孩,她骑着大哥的自行车,后座上夹着荆条篮去了公社。三年前公社变为了镇,可人们还习惯于叫公社,直到几年之后的世纪末,人们经过一次次的被纠正、被强调,才慢慢把九道街称为了镇。两千块在镇储蓄所存成死期，推着自行车在街里走，看到民政所，想起昨天上午她和那人进去又出来，俩人身份都变了，那人强压着轻松舒展的表情，假惺惺地说："咋弄啊我把你送回去吧？"她不接腔，转身离开，一路十里地走回前杨。

  她买了十盒馃子，五盘水煎包，二十块手绢，男式女式都有，给大烈买了一条拉毛围巾。她回到前杨，给二奶奶、大伯家、三叔家、七叔家，分别送去两斤馃子、一盘包子，每个大人一块手绢。二奶奶只留了一斤馃子、五个包子，说她吃不了，其余的叫素芬拿回家去，素芬拿到后院给了七婶。全部送完，回到家里，交给妈三百块钱，自己手里留下二百多，要大烈陪她到车站去买个自行车。又去收包谷皮买硫磺，接续起她当年在家里的编织事业。

  素芬再没有掉过一滴眼泪，也不再诉说，静夜里搂着孩子睡觉，庆幸有个小孩牵着她占着她，不至于胡思乱想，她的人生还没有全输，她也没时间陷入悲痛。

  有孩子扯着，她的娃娃筐编得慢，一个月编三四个，为着有个事干，托大烈去给她交到外贸局，让大烈今后外出就骑她的车子。

  她去生产队打听，能不能给她批块宅基地，半块也中，她要盖两间小屋，和女儿单独住。生产队说没这先例，向来都是只给儿子批宅基地。她只好驻扎在伯妈家里，和孩子睡在堂屋西里边她出门前的一张小床上。伯妈倒是没有嫌弃她的意思，更多心疼和爱怜，帮她照看孩子。她编筐干活，做饭吃饭，像当闺女的时候一样，她只需要引运回来时，看看引运的态度。只要弟弟不多嫌她，那就好办。当哥的引庆已经分家另过，宅子在八丈远的东头，这会儿哥嫂又在北京卖服装，侄女侄子在家上学，住在小东屋里，只有过年爸妈回来，他们才回到东头自己家里。素芬去生产队打听宅基地，也是做样子给哥嫂看，她知道不会给她批，她只希望有人把这个话题传给哥嫂。果真，腊月里哥嫂回来，张爱香逗弄了一下孩子，说："宅基地肯定是不给你批。家里你就住着，只要引运不说啥，谁也没外话，俺那俩小孩儿也都大了，自己会跑着玩会上学，只是搁这儿吃饭，你这当姑的，肯定也不会说啥的。"素芬说:"我见了俺侄儿亲还亲不过来哩,咋能说啥。"张爱香心里想的是,素芬在这儿停一年半载,会再走一家,她可能带走孩子,也可能不带,若是不愿带走,就算是她和引庆的,自己两口供孩子长大上学,多个闺女也不赖。于是素芬回娘家生活的事体,全部安顿好了。

在乡村里,很少有出了门的闺女常年住回娘家的,即使死了丈夫,也都是住在婆家,改嫁也是从婆家走。那些被城里男人抛弃的女人,多是打定主意死不离婚,宁可耗上自己的青春乃至一生,吞咽一坑的泪水,承受几车的屈辱,自己窝囊出一身病,也绝不放手。没有像素芬这样爽利的,随便就答应离婚了。也有人来给她说媒,在乡间女的不愁嫁,即使是二茬,也有大小伙子争着要,明着给媒人说,愿意养活素芬和她闺女。可素芬明确回绝,打定主意今后就在前杨带着女儿生活了,起码要等孩子长大成人,她才会考虑自己往前走的事情。

因为她的地还在前杨,孩子户口也报在了前杨,孩子是立秋节气生的,起名杨小秋,娘儿俩单独一个户口本。

在外跑世界的引运,腊月底终于回来了,对于姐住回家里,完全没有二话,说:"这永远都是咱的家,姐在家想咋住咋住,想住几年住几年。"他只是埋怨姐姐,那时候咋不托人找他回来,看他不去打扁那王八孙,只要他三千块,太少了!他舞动长胳膊长腿表演一番,遗憾极了,觉得要是他在家,这件事肯定处理得更好。他跳来说去,掩盖住在外跑了一年没有拿回家钱这个事实。

引运在家过了个年,私下里给姐哭穷,他在外面多有不易,城市里很不好混,他空有远大抱负,想做生意,想找项目,想干事业,却屡屡失败,买啥啥都贵,卖啥啥就贱,做啥啥不成,真是奇了怪,试了几伙都是这样,可能是时运没到。他自然不甘于此,想开春后再出去,一定要干出个名堂,挣了钱给家里盖房,给自己寻媒,让家里人过上好日子,叫外甥女将来吃好穿好比着人家有爸爸的小孩不受一拧捏屈。引运生就一张巧嘴,长得又像电影里的正面形象,大好青年,说得姐姐很是感动,整个年下,素芬给他买烟吸,过了正月十五他要走，继续到外面去闯荡，素芬给了他一百块钱。他揣在身上，告别家人，又到车站坐火车去了。

半年后，听说木锨王那人跟县城里一个离婚茬的女人结了婚，那女人是个中学教师，比他大一岁，还带着一个女孩。前杨和木锨王的人都说："噫这才是真不溜溜的信球，放着自己亲生的不要，去替人家养活小孩。"但那人定是认为值得，一家三口都是居民户口，这才是最重要的。

第十二章　一台大戏

清明过后，天暖和起来，麦子打苞抽穗，赶在谷雨来临，呼啦啦出齐了穗子，顶着星星点点的麦花，微风一过，轻轻晃动，大地辽阔无边，孕育一场丰收。一个激动人心的消息随着初夏的气息一起来到大平原：长枪吴有一个早年间漂流到南洋的人早已在那里出人头地，有了产业，现在儿子正式接班了他的事业，于是那归心似箭的老游子决定还乡探亲。早在两年前，他便通过写信与家乡取得了联系，寄钱回来嘱兄弟为他在家乡盖座房子。一层层汇报上去，全县全镇高度重视，县领导亲自指示，长枪吴给他批了一块宅子，于是村口临街便有了一幢小二楼矗立起来。

上了年纪的人都在记忆里搜寻关于他的印象，这个说小时候与他一起光屁股玩，那个说他偷过自家的红薯吃。人们感叹时光的流逝，怎么一眨眼几十年过去，都成了老头子。他年轻时候跟着一个亲戚到南边学手艺，去了广东一带，给家里来过几封信，后来再无音讯。他爹在他离家第二年就去世了，他娘每天想儿盼儿哭瞎了眼，家里人只当他是死在了外面。

县上派人来给二位老人整修了坟墓，好让游子回来不至于看到破败相而难过。

回归的日子越来越近，几个庄子的人兴奋莫名，一是盼着见到同根的兄弟，再一是期待看那无比遥远、海水环绕之地的人到底是啥样子，是不是像电影里演的那样。

半个世纪的游子终于回来了。

天哪，人们怎么也无法将面前的体面老者与记忆中的那个青少年联系起来，这能是自己的亲兄弟吗？红润，板挺，洁净，脸上没有什么风霜的痕迹，看起来比当年的小伙伴们年轻十来岁，真的就像电影里演的海外华侨那样，穿西装，打领带，皮鞋锃明瓦亮。明明是咱这里的人，咋就长成了人家的样子？大家相互张着嘴确认，喊出了对方的名字，手握在一起，泪流了下来。人们坚定地认为，他已经不是长枪吴的人了，哪儿哪儿都不像了呀，祖辈在这块土地上摸爬的人，都是佝偻着腰身，枯皱着一张黑乎乎的老脸，似乎连皮下的肉都是黑的。那些与他握过手的，接过他钱的，本该称兄道弟的人也不敢再直呼他的名字，他变成了人们口中的南洋人。他立即纠正："我是长枪吴的人，几十年了，不管走到哪儿，都想着咱庄，想着长枪吴的老少爷儿们，做梦都想回来。"

南洋人带回的家眷，更是洋气得没趣，一时间大家竟不知怎样称呼那个抹着红嘴唇的老夫人，尽管她那么温柔亲切，但她伸出手时，长枪吴及前杨的娘儿们还是不敢握，天爷呀，光滑，柔软，十个指甲上涂着鲜红的颜色，看样子她也五六十岁了，这年纪还染明晃晃的红指甲，真没见过。这老夫人一句中国话也不会说，只是微笑。

南洋人还带回三个高拔英俊的儿子，黝黑皮肤白牙齿，个个都像电视剧里的男主角，勉强会说几句中国话，其实是跟父亲学来的颍多湾土话，他们出现在街里，人们像对待学说话的孩子那样，逗他们多说几句，再教给他们几句。别有用心地问三兄弟："你是哪儿的人呀？"年轻人一个字一个字地说：长、枪、吴、哩人。人们哈哈大笑，眼里含了泪水，恨不得上去拥抱他。可以想见，老游子在远隔重洋的地方无数次教孩子说话。想这世界真是奇妙，咱这里走出去的人，哪怕是几十年，哪怕走到大海的那边，哪怕和别国人配了种生了孩儿，也都想着回来看看，认认自己的老根。人们每天每时都想看到他们，但他们的光鲜亮丽使人不敢轻易走近打扰，只是聚在小楼的院子外远远观望。

兄弟领着老游子到了爹娘坟上。南洋人跪下，三个儿子也跟着跪下，夫人太胖下跪困难，便对着坟墓鞠躬行礼。南洋人老泪奔流趴在坟前将脑门贴在泥土上，用家乡话向爹娘诉说五十年的思乡之情、思亲之痛。听者无不泪水涟涟。

南洋人请侄子出面去请匠人、写响器，给爹娘立碑，吹响器唱戏超度亡灵。

匠人们在长枪吴村后的祖坟里叮叮当当敲砖凿石，近门里的几个媳妇负责做饭烧汤，能工巧匠们做挽幛搭过街花棚，写响器、写戏的四处出动，又不断回来请示汇报。姓吴的人们像过节一样激动、忙碌，两个亲兄弟是这场大活动的正副执事人，叔伯兄弟侄男弟女是工作人员。执事人执意要请某一个地区豫剧团，无奈那豫剧团刚从南方巡演回来，人困马乏不想再演。执事人搬出县上领导同志亲自去请，陈明利害关系，答应除了正常报酬之外，还有全猪、全羊、整块豆腐、大捆粉条、时新青菜。剧团团长说服众演员，来不及回家休整，连日赶到长枪吴。

戏场扎在长枪吴和前杨之间的空地上。听说剧团的台柱演员得过全国戏剧梅花奖，还有两个国家一级演员。这阵容和乡里剧团比，那就是天上地下。乡级剧团多是农村中几个能唱几句的年轻人凑在一起组成，几个人跐堆在那儿，拿本小人书，看上几遍，排出一场戏。多是你挠我一下，我掐你一把的名堂。地区剧团的戏，那才叫戏。十场连轴演，没点实力和功夫哪敢应下！剧团在南洋人院墙外和村办公处贴出宣传画，画质清晰，色彩斑斓，多是场面宏大的历史剧，女主角凤冠霞帔，仪态万方，楚楚动人。

有确切消息传来，为保证演出质量，剧团需要在村中的大队部休息一天，明儿黑正式开戏！明天上午先吹响器，安墓碑。

四面八方的生意人闻风而来，就像是赶会一样。油馍锅、包子锅、胡辣汤锅挖埋灶，扯布的、卖衣裳卖鞋的、修拉锁补锅的占据有利地形,小年轻们被伯妈派遣拉了架子车出去请姥娘、姑奶奶、姨奶奶,到家来住下看戏。最激动的当数孩子们,学校决定放假三天,不放也不中,一开戏便没法上课了。他们上蹿下跳地走路,人来疯地话多,缠着伯妈给两毛钱飞窜到包子锅那里买几个热包子,吃得满嘴流油。这场热闹使春棉犯了难,她有心请妞子和自己娘家婶子大娘儿们来看戏,但一想她们拖家带口地来了,十几口人的吃住招待又得一番破费,不是她小气,而实在是没钱没条件。

十五岁的引科已经在家里有发表意见的权利。

"俺姑不是外人,要咋招待?住在前面三伯家不就中了,她又不是不知咱犯难。俺姑姥娘她们来了住咱家,我跟二科到南地俺同学小典床上挤一挤。"

春棉一听这话也在理,便同意引科拉了架子车去她娘家请老年人,小烈领着二科、三科走路去请妞子。

春棉还是将家里的最后一点黄豆端出,叫小烈去换了块豆腐,本想着存那点黄豆支应别的门事,算了,往后有事再想别的法儿吧。妞子动动摊儿出趟门太不容易,家里活儿多,公婆死的死,老的老,一串孩子缠磨得她一天到晚不得安生。

那即将来临的、非凡的四天热闹,使周边几个村庄沉浸在无比的兴奋和欣喜之中。大烈自是不甘落后,出门请她姨去了。

小烈被春棉盼咐领着亲戚家的几个小孩去看响器。一小队人群一上午在六班响器间钻来钻去,听得满耳喧闹。晌午刚吃了饭,几个孩子又嚷着快去。

"噫,想把人家吹响器的使死,你吃了,人家还没吃哩,吃了还得歇会儿,镇热的天。"春棉的话已不能阻止孩子们,他们拉着小烈、三科便跑走了。

小孩们来到一班响器的桌旁,见四个人围坐一张方桌休息,旁边还有两位靠树干打盹。看的人已经站了稀稀的一圈,正晌午的太阳照得庄稼人黑红脸膛冒出细密汗珠。有人催促,吹吧,吹吧,热得跟啥一样,早吹早了。又有人传来消息,主家说下午比赛,吹得最好的奖两条烟、一百美元。

一百美元!那就是四五百块,跟工钱一样了。于是六班响器都激奋起来。再有人催促时,便敲出一声响亮的锣,开场了。街两边坐着等待的人起身拍着屁股上的土,向他们看好的那一班围了过去。

吹唢呐的女子将喇叭花似的器物朝天举起,吹出一腔响亮悠扬的高音;捧笙的主儿如啃骨头般将四方乐器贪婪地吸在嘴上;拉弦子的大概因为不太活泼,微微地胖着白净的脸,将沉甸甸的身躯稳稳地搁在板凳上,眯着眼沉醉在自己的音乐中,也陶醉在那诱人的一百美元里;只有那敲梆子的小个子最为活跃,一只脚踩了板凳头儿上蹿下跳,恨不得将那上好的木料敲断了才是过瘾,他那比一般人都大的眼睛快速地挤着,做出怪表情以逗人乐,如果目光与人群中的女子眼神相遇,更是将一张尖脸在瞬间摆弄得花样繁多;打锣的女子有些磨不开面,稍显扭捏地站在桌角,轮到她唱时,才红着脸张开嘴,脖子憋得青筋暴出,急急地唱出两句男人般的粗壮嗓音,这使得那敲梆子的人在繁忙中要伸出手在她身上摸拍两下,她便用锣锤敲打他的脑袋,脸上也现出中看些的笑纹来。

一位老者用长长的竹竿挑了两条烟和一个红纸包,不用说那纸包里是人们没有见过的美元,在人群中挤来挤去,在六班响器间来回鼓动游说,挤到这一班时,他讨好地将嘴凑到吹唢呐的女子耳边,照例说:"可劲吹呀,八成是你们的了。"唢呐女抹了胭脂的脸便鼓得更红,从喇叭花里冲出的高亢响声也更加动人心弦,她娇小的身躯上下顿着,细高的鞋跟把土地蹬出两个小坑,犹如小铲剜过。

南洋人和夫人穿着洁白的绸子衫,坐在院子里小楼的阳台上,他感慨万端地注视着门楼外的六堆人。六班响器混到一处,汇合成浑壮的交响乐,抒发着他离家五十年的悲情和归来的欣慰,他不由得湿了眼眶,拿出手绢擦拭。

院墙外的这一班观众,将注意力集中到唢呐女身上,她脸上的汗水如小珠子般滚落,头发贴到脸上,全身每一处都在剧烈颤动。有人提议:"好啊,拍拍,咱给她拍拍。"人们鼓起掌来,有人大声叫好。有人跑回家端了一盆水,将毛巾从盆里捞出拧干,放到桌上,身后有人喊:"哎,你给她擦擦脸上的汗。"那人立即美滋滋的,回头笑骂一声。唢呐女得闲用毛巾在脸上贴了贴,不舍得将脂粉和黑眼圈擦掉。

"看,那班的闺女站桌上啦!"有人喊了一声。果然,西边相邻一班的女子高高立于桌面,粗笨的腰肢大幅扭摆,咿咿呀呀地唱,至于唱的什么这边全听不清,但见她一只手敲打梆子,一只手随着唱词指向这边,分明是发出了挑战。这边唢呐女灵巧地手撑桌沿儿,轻轻一跃,到了桌上,拿脚挪开盛茶的大钢碗,伸起脖子仰着脸,将最大号喇叭像漏斗般垂直伸向天空,犹如一个信号,告诉那边,我来了!其余的人全都使出浑身解数,敲梆子的小个子呼地脱了上衣扔开,时不时跃到桌面,身体无比柔软,长虫一般在那女子身边钻来绕去。六个人将乐曲推向激烈的顶坡,个个憋鼓脸庞,久久持续这个局面。

"噫,泼上了,泼上了。"庄稼人张大了嘴,龇出终年不刷的黄牙,仰着脖子看那桌上的女子,仿佛是在用嘴听而不是用耳朵。

挑着奖品转了几圈的老者,空手挤进来,这次他够不着那女子的耳朵,便凑到拉弦子的胖脸边说,快去领奖品吧。那人立即将眯缝着的眼睛大,放射出酝酿已久的惊喜光芒,扔了弦子跟着老者挤出人堆。剩下的五人立即停下高潮中的表演,其他五个班也先后停止演奏,喧闹异常的街里息声下来。唢呐女瞬间如下战场的士兵,全身松劲,以手捶腰,跳下桌子,长出一口气,骂了几句把自己当作男人的脏话,用毛巾吸脸上的汗珠,贴在脸上、脖里用以降温。六班响器开始收拾家伙,观众仍是不肯离去,想上手帮忙,又怕帮不到向上,就用那种刚才被他们点燃起来的热乎乎的目光看着他们,唢呐女褪去女神光环,恢复到一个农家女子的面目。太阳西斜,街里一片金黄,这是农业文明的最后光辉,人口还没有大面积外流,乡村还能够随时召集起来,喧闹起来,只需一个小小的由头,人们就焕发热情,轻松聚拢,轻易完成一场乡间要事。余晖斜照女子脸上,人们这才发现她与自家闺女、自己姐妹并无二致,是麦收归来的妹妹,瘫软一处,筋疲力尽,靠在大树上，眼睛里不再有激越灵润的光芒。男人们为刚才死盯她周身看时的想入非非而羞涩，伸出笨拙的手，帮她拿递东西，嘴里说着讨好赞美的话。

六班响器走了，人们又匆匆回家烧汤，喝罢汤看头场戏。唱戏分为七场和十场，早些年还有四场，后来慢慢淘汰，搭戏台那么麻烦，唱四场不够费事的。七场唱两天，十场唱三天，都是在前一天晚上开唱。开场戏多是最热闹、最红火的一出，而压轴的末场戏，多为庄重的历史剧或者恢弘大场面，使几天的节目在白脸奸臣被押下戏台、正义战胜邪恶的大快人心处告终。

在全家人的说服下，杨全仁坐在架子车上被引科拉到戏台前，挑个好位置安顿下来，车把下用条凳支撑。妞子的男人、小些的孩子全都上了架子车。

性急的孩子早早搬了墩儿占地方，小脚的老太太也抬了长条凳来，结伴坐在一起。尽管是晚上，也要穿上出门的衣服，头上顶着大手巾，脚上穿着子孙们给买的小号鞋或家做的小脚鞋，一律穿着俏板的白袜子。有一位老人的粗布布衫外，竟然罩着以化纤冒充的绸缎衣，上面的褶子清晰如刀刃。她们或许听力减退，或许老眼昏花，根本听不见唱的什么，也看不清戏台上的人脸，但她们仍然将看戏当作一件大事，因为可以遇到老闺女好姊妹，这下可坐到一起好好说说话，攒了这么些年，自有拉不完的家长里短。调皮的孩子们猴子儿似的抱着一根根柱子爬到戏台边，攀着柱子朝台下做鬼脸，被人群中的白家大人喝骂几句，快速地溜下，再换一根柱子如此这般表演一番，反正有使不完的力气，谁也挡不住他们上下蹿腾。

一阵激动人心的打鼓闹台，人们从四面八方，从地底下，从天上边迅速汇聚台前，正在走着的人快步向闹声和光亮而来。

两声响亮的锣的长音敲过，开戏了。一群龙宫仙女飘飘而出，噫——庄稼人伸长脖子发出长长的一声，活了半辈子，哪里亲眼见过这个呀。十个仙女在台上轻歌曼舞，观众的脖子越伸越长，乡间小戏团做梦也飞不起来的各色灯光纷繁变幻，将十个仙子映照得欲飘欲飞，直让人目不暇接。

灯光一时暗下，幽微明亮之中，西湖公主出场，着大红的鳞片披风，踩轻飘如梦的步子，缓缓转着身子，在悠扬的过门中慢移莲步行至台前，如影似幻，妙不可言。灯光哗然大亮，西湖公主转身亮相。更加强大的嚯呀之声发自台下，人们傻了一般。直到公主开始了婉转而悠长的唱词，庄稼人才开始转动僵硬的脖筋，找出赞美的话。

"天爷呀，跟仙女一样。"

"可不就是仙女吗？净说憨话。"

"西湖公主西湖公主，不是仙女是啥。"意识到自家的傻气，缩一缩脖子，丑丑地嘿嘿笑了。

看过几幕后，戏台前本来跍堆着的男人们呼地站起，后面的妇女和老人一阵埋怨、责骂，但无济于事，便也不得已陆续起立，无奈站起来也没有男人高，只好站在凳子上，伸长脖子，挺直腰板，踮着脚尖，才能看到戏台上人物的上半身。

戏台下，照样有毛头小子对闺女们拉拉捏捏，台上演着才子佳人的偷会，闺女们便觉得小子们的行为并不十分可恼。于是也有女子敢与早先中意的小子挤出人堆，向着黑夜的田野而去。初夏的夜风，撩拨人心的剧情，使年轻人心旌摇荡。

小烈端坐在架子车车把上，专注于看戏，余光看到自己的伯眼里闪着激动的泪光，盯住戏台。后来人们全都站起，伯也让小烈站到架子车上，而他和年龄大的姑姥娘静静坐在一片人腿之中，侧耳听着，也是十分沉醉。

第二天上午，主家与戏班过礼。台下观众更多。一幕唱完，所有演员来到戏台上，执事人领着一队抬礼的年轻人走过，有抬猪的，有抬豆腐抬鸡蛋的，抬粉条抬青菜的。一挂长长的鞭炮从戏台下响到台上举着的人手边，他在最后时刻扔掉它们，孩子们跳蹦着捡拾没有燃着的零鞭，观众们啧啧赞叹南洋人的厚礼。南洋人和家人一起来到戏台，与剧团团长和演员一一握手。团长是个三十多岁眉目清秀的年轻人，昨晚在戏中扮演与红鲤鱼公主一见钟情的书生，他就是那个梅花奖获得者。然后南洋人握住麦克风准备讲话,三个儿子忙前忙后地拍照、录像。

"四十八年前,我离开咱庄时,村里都是低草棚,连一个像样的瓦房都没有。"南洋人用他那分明是生疏了的家乡话断续地说,嘴唇轻轻颤抖着,"人吃的比现在牲口吃的都不如,这猛一回来,变化太……太大了,我走了那么多地方,几十年里一直想的都是,要回来看看,哎呀这一回来,就跟做梦一样,高兴啊……"说着高兴,眼泪却流了下来,一时说不下去。大队书记杨茂渠及时从台边走过来,张着两臂,大着嗓门向台下喊:"吴先生这是离别多年,见了老少爷们儿太激动了,啊,激动。这个,想说的话很多,一时不知从何说起,咱容他休息一下,啥时想起了再说。啊,反正,戏还得唱几天哩,咱随时欢迎吴先生发表讲话。"说完他殷切地转回头,示意南洋人走下戏台。南洋人将麦克风递给剧团团长,与他握了手,向台下抱拳鞠躬,在太太和儿子的照应下,从侧边下了戏台。

戏接着往下唱。

太阳越升越高,两个村子之间的空地被戏台和观众填满,怕晒的人纷纷躲在远处的墙边或包子锅的布棚下,只有稀疏的十几个有先见之明的戴麦帽老人站在台下,仰脖观看。戏正唱到精彩,穆桂英责打了为她争回帅印的一双儿女,受到佘太君的开导,在进行长久的思想斗争,直唱得严密而流畅,高低转合,紧慢有致,句句牵动人心。功底深厚的穆桂英被一层又一层的戏衣包裹,额头与脸颊流汗,但丝毫不影响她的演唱,对她来说,台下十个观众跟成百上千没有区别,她都将全身心地投入表演。

小烈站在台前直仰着头,几个弟弟妹妹早跑没影,不知到哪个吃食摊前流连去了。她深深地被戏台上的演员吸引,那扮装如天仙落入凡尘,那唱腔似空中行云、山间流水。小烈没有戴麦帽,脸儿早已晒得通红,发烫,但她仍然痴迷地站着,仰视穆桂英。她从来没有这么近地看过戏,能清楚地看清演员那故意画大的眼睛,能看清她扁扁的鼻子上渗出点点汗珠,能看清她是个四十岁朝上的人。但她是那样好看，身材娇小，面目庄重温柔，时而哀怨忧伤，时而慷慨昂扬，一时甩袖曼舞，再一时双袖搭向肩后，发出悠扬长叹。小烈紧盯着她，希望她看到自己。然而，那正在抒发报国之志的穆桂英并不看她，眼睛却又不断扫视过来，她似乎看了台下的每一个人，又似乎谁都没看。

小烈久久仰着脖子，看那张鲜红的小嘴一张一合，只需她张开嘴来，那些唱词便如水般流出，如珠子滚涌而来。她终于唱完，一甩左手水袖，轻轻搭向右肩，睁圆杏眼再一次亮相，回转身，挺腰板，微颔首，踩鼓点，平稳移向幕后。

咣咣咣的锣声打断人们的痴迷投入，召唤观众从穆桂英身上收回魂魄，幕间的过门响起。小烈和大家一起将目光转向戏台左边的乐队。她看到打锣的年轻人痴痴地盯着她，显然看她很久了，已经从自己的凳子上移到身边横搭的粗木棍上。天哪，我刚才看穆桂英时，他一直在看我。

十七岁的小烈发育成熟完备，出挑的形象常常引来男人的观看，于是她不爱到人多的地方，但今天的穆桂英实在让她着迷，在不觉中，让一个人的目光将她完整饱餐一顿，可她并不觉得反感，相反，她的心羞怯、欢快地跳动。因为那打锣的年轻人那样英俊。目光相遇时，他不由自主地傻笑一下，忙低下头，过一会儿又扭脸看台下的小烈，这时下一幕戏开始，暂时用不着他打锣了。闲置下来的他，与小烈的目光相互躲闪又相互捕捉。

他顶多二十出头，穿着干净的蓝色衬衣，外面罩着一件乳白色毛背心，清新洁净。

穆桂英又出来了，装扮更加靓丽洒脱，要上战场了。但小烈忽然觉得她不像刚才那样吸引自己了，前后不到五分钟时间，小烈的心发生了巨大变化。她盯着穆桂英，余光看见台侧那年轻人在看她，她故意不去看他，只死死盯牢穆桂英，突然目光小鞭子一样飞快地扫到他脸上，那年轻人的目光像受到惊吓的鸟儿，扑棱棱飞到一边。过一会儿觉得平安无事，便又壮着胆儿停栖先前的枝头，如此这般捉弄几回，上午的戏收场了。戏台上的工作人员挂出写有下午剧目的小黑板，人们纷纷散去。小烈最后看了一眼戏台右边,便低头找到地上放着的凳子,拿起来顺着人流往前杨走去。走了两步,不由得停下来,回头看去,竟然看到那年轻人手掂大锣,正在出神地看她。

一连几场戏,那年轻人都能在人头攒动中找到小烈,然后与她用眼神交流。有一次小烈有意去得晚了一些,她听到戏开场后才出门,提着凳子刚出村子,便见那打锣的小伙子坐在那根横木上,向前杨这边张望。他不再掩饰自己,一直用目光迎着她走来,注视着她在人群外四处转着找地方,安顿她插在一个空隙坐下。拉弦子的人用胳膊碰他,他才知该他打锣了。即使晚上,他也能看到暗处的小烈,要找到她在哪里才安心。但毕竟不如小烈看他方便。小烈在黑暗中肆无忌惮地看着那张年轻的脸,浓密的黑发,不太白的皮肤,直挺的鼻子,有棱角的嘴巴。她痴痴地想,他姓啥叫啥,他多大,他有啥样的脾性、爱好?但有一点她很明白,他是公家剧团的人,是城里人。

从来都爱在家干活的小烈,这几天一场不落地看戏,好在全村人都停止了干活只为看戏。大烈筐也不编了,见天忙着看戏,四姐也不再编筐,抱着孩子挤在戏场里,那孩子竟然能在喧闹的戏场睡着,四姐把她扣在肩头。人们都不愿错过这么好的剧团,为此耽误做活挣钱也是应该。妞子说是回娘家看戏但并不是每场都看,她大多时候是在家里帮春棉干活做饭,陪竹床上的全仁说话。全仁也不再让引科使架子车拉他去看戏了,他嫌麻烦,每天把剧目报给他,知道唱的啥戏就中了,也算是经历了这十场大戏。

今晚是最后一场,喝着汤,小烈心里难过,唱完这出他们便要走了,回到本省东南部与安徽挨着的小城。前杨这一带人们消费的好多东西都印着那个城市的名字。听大人说,颍河穿过城中,河里来往行走着不大的木船。怪道剧团里的女演员都那么漂亮,身上飘着好闻的香水味。前天清早她抓麦秸,看到了顶西湖公主的女演员,早起在村后散步,从长枪吴一路散到了前杨的后地,她在生活中也爱穿大红衣服,迎面走过,小烈看清了她的双眼皮,眼睛很大,水汪汪的,鼻子高挺，嘴唇淡淡粉红，像画上的人一样。她不经意地看了小烈一眼，眼睛向她投出一丁点笑意，又移开去，留下一阵高级的香气。小烈痴痴地盯住她的背影，心中生起麦秸火般的大团自卑。

小烈只喝了一碗汤，没有吃馍，便收拾灶火，几个弟弟妹妹嚷着要去看演员化装。姑姑抢过她手里正洗的碗，叫她领他们去。

太阳还没有完全落下，吃过饭的演职人员站在戏台下说笑着，几个年纪大的演员提前在后台化装。小烈领着几个小孩在后台口的底下站立，看到那天上午顶穆桂英的人正在对着镜子梳头。年纪确实已经不小，额头眼角都是细细的皱纹。小烈心里对她产生很深的敬意，很想上去跟她说几句话，至于说什么她还不知道，或者走到她面前，让她转过头，对自己微笑一下，看自己一眼也行。几步远处，正与同事说笑的打锣青年无意中回头看到小烈，有些吃惊，显然他没想到她会来这么早。他高兴地跑过来，好像他们已经是熟人一般，又像是有个相约似的，小烈想起电影中的镜头，心里惊慌起来。年轻人跑过来却又害羞了，但他故作轻松地开了口。

"来这么早啊？"

小烈红着脸点点头，闻到一股香皂味。

"看化装啊？上去看吧，我带你上去。"

小烈赶忙摇头，她想起西湖公主那淡然到几乎没有表情的目光，就像看一件东西、一袋子粮食。

"那个人，"她指指开始往脸上抹油彩的穆桂英扮演者，"有四十了吧？"

小伙子向后台看看："她呀，四十多了，是我们团最老、也是最好的演员，等会儿你看她扮演的小青，还有很多武打动作。"他的方言说得与前杨这里相差很远，小烈听起来有些费劲。

俩人都找不到话说，小烈手心出汗，紧紧抓住凳子。

他指指她身后的前杨。

"你是这个村的？"

小烈点头。

不再有话，俩人都有些尴尬，但又不愿离去。夕阳完全落下，黑暗缓缓降临，拥抱了二人。

找不出话也很苦恼，小烈突然说："你们这儿，要是唱错了，会不会挨打？"因为昨晚有个年轻人正唱着竟然忘了几个字，任伴奏空空流过。

"挨打？"他笑了，"咋能挨打哩？又不是旧社会。不过要受批评，严重的扣奖金。"

"你们，都是戏校毕业的吧？"

"是啊，我小学毕业就上戏校了，一直上了七年。"

"啥？上七年戏校，就光学打锣？"

"主要学打锣，不过开始几年学的理论。"

黑暗更为深重，灯光明亮的戏台成为夜的主场，后台演员们基本化好了装，静静坐着，准备着过一会儿粉墨登场。二人站在台下，被后台的灯光照到半边身子。剧团团长今晚没戏，他穿着轻柔的绸缎衬衫，走过俩人身边，看看小烈，又看看自己的职工，攀着梯子上了后台。

"你，还在上学吗？"他问。

"没，早不上了，只上了……"

"咚咚咚……"台上传来召唤演职人员到位的鼓声，是刚上去的团长敲的。

"呀，我该上了。"他转身大步跨上梯子，上了两下，又回转头看向小烈，逆光中，小烈见他张了张嘴，似乎想说什么，但鼓声再次响起，他终于什么也没有说，跳上后台，一转身被幕布挡住，不见了。

压轴戏是《青蛇传》，女主角将中年妇女生育过的特有的松软腰肢努力勒出小青的干练伶俐，在不大的戏台上时而舞剑，时而甩袖，时而又高歌一曲清丽的唱词，庄稼人如醉如痴。今晚台下的戏场要比前几日大出许多，远处的路上都站满了人。台上打得越热闹，观众们的嘴就张得越大，喽啰兵高高跃起，从一个台角翻到斜对面另一个台角，跺得木板咚咚响，震得细土一浪一浪腾起。台下观众不间断地鼓掌叫好。台上喽啰兵在小青宝剑的挑弄之下也更加起劲地翻跃。一个每场戏都跑龙套跑得最好的兵从后台跳出，拍了拍手，一鼓劲，跑跳两步，高高跃起，身体漂亮地在空中转了个弯，可是他忘了乡间戏台不够大，下落时超出了台边，那个漂亮的动作便结束在台下的庄稼人身上。人们发出一声惊呼，想这最后一出戏却要酿出祸事来。没想那小伙子有柔功似的，在人堆上，就身打了个滚儿，落到地上，跃身而起，从台下钻到里角，攀着戏台的柱子三两下爬上去，将刚才的动作重做一遍，鼓点乐队也配合着他，这一次稳稳落在戏台沿上，握拳一亮相，戏台下呼声一片。

几个喽啰兵继续与小青打斗，几个回合，全部败下阵来。小青的兵丁将宝剑高高抛向空中，那小青并不伸手去接，而是将剑鞘举起，对着下落的宝剑。天爷呀，观众的心提到嗓子眼，能有那么准吗？但看那宝剑寒光闪闪，一头扎进鞘中，发出清亮的响音，台下再一次掌声雷动。庄稼人知道好戏就要收场，没有那么多鼓掌机会了，热血沸腾的小伙子直把手掌拍疼拍麻。那四十多岁的小青胜利结束了今晚的全部武打动作，最后圆睁杏眼亮相，胸脯高高低低起伏，额头上汗水如小溪流淌。

"噫，这得练多少天哪？"庄稼人的嘴再也合不住了。

"多少天？台上一分钟，台下十年功，她这一下，最少得练十年，得吃多少苦。"

"那是，干啥不吃苦能中啊？"

"噫，看了这场戏，今黑回家脱了鞋，明清早再也穿不上都值了，活一辈子没看过这么好的戏！"一个缺牙的老汉说。

小烈在黑压压的人群中，为小青激动，然后内心里隐隐难过。剧团就要离开。她将目光转向戏台左边，那个打锣的小伙子低着头，像是在想什么心事，是因为我吗？小烈感动而忧伤，他是因为要走了而难过？但是有啥法儿呢，剧团到处演出，总得走来走去，走到哪里，都会认识新的人，总能见到好些闺女，而且他自己就是城里人呀。自卑再一次捉拿了小烈，把她五花大绑捆个严实，她看见灯光照射下年轻人那张英俊的脸上闪烁着高不可攀的忧郁。她深深低下头，眼里快要涌出泪水。

杀戏了。观众仍然站在原地，静静地不动，戏台边伴奏者也没有起身，按惯例，最后一晚大戏之后，还得再饶上几段清唱。那鲜红的大幕在风中飘动几下，缓缓拉开。一个换了衣服而没有洗掉脸上油彩的男演员走出来，拿着麦克风，向乐队那里点一下头，伴奏声起，他开始演唱，全然没有刚才戏中戴着官帽飘着长须的威风，细长的脖子在衬衣领子里伸来伸去，青筋时隐时起，用假嗓子唱了段戏文，向观众深鞠一躬，转身而去。接下来又有几个或没脱下戏装，或没洗掉油彩，或头饰来不及解下的演员先后出来清唱，每人唱完都向台下真诚地鞠躬，好像几天来他们也对这里的观众产生了感情和依恋。唱了一段又一段，台下的庄稼人仍然不肯离去，他们不习惯用掌声召唤，也不知怎样表达再来一个，就那样静静地站着。

团长拿着麦克风从后台出来。

"老少爷们，我们的演出就全部结束了，谢谢大家对我们的鼓励与肯定，演出中的失误之处请多包涵。但愿我们还有见面的机会。"团长照样深鞠一躬，后退两步，潇洒挥手，大幕徐徐合上，在微风中蠕动。

庄稼人又默默站了一会儿，留恋与不舍由心中生起，当他们明白那大幕再也不会拉开时，慢慢涌动着散去。

小烈搬着凳子，与身后的几个弟弟妹妹拉成一串，从后台口经过。她看到演员们东倒西歪地或坐或躺，有的在强打精神收拾东西，顶小青的演员仰面躺在木板搭成的长条凳上，管服装的小伙子将衣服挑来拣去，暂时不整理的便横七竖八地扔在她的身上，她躺在那里，没有任何反应。

小烈看见打锣的年轻人在戏台边心不在焉地收拾家什，一边还伸着脖子向台下的黑暗中搜寻着什么。小烈就在他的脚下，近在咫尺啊，多么想抬起胳膊向他招招手，但她终是不敢。"走啊，快走，还看啥哩？"身后有人推拥，一只板凳粗暴地撞在腰间，她被人群拥挤着向前走，两步一回头，见那打锣青年手扒木柱，大半个身子探出来，面向前杨这边的人群。小烈停下来，默默地向着戏台的方向站立，直到走出好远的引科、二科又回来喊她。

他是如此英俊、体贴，他拉着她的手，拥住她的肩，脸庞贴着她的脸，在她耳畔说话，说的什么却听不清，也不需要听清，只要是他在说话，这就够了，那一定是亲密的话语。他带着她，不停地向前走，走到了一个什么样的地方啊，被翻犁过的一望无际的干渴土地，大块小块的土坷垃被风吹得舞动，天地间飘飞着细土末子，脚下踏着的大地更是尘土狂舞。两个人满头满身都变成了黄色。嗓子干渴，声音沙哑。真渴呀。小烈艰难地说，太渴了，这地方没有水，我快要渴死，带我走吧。带我到一个有水的地方，带我去北京、上海、香港、南洋，带我去找丽雯姐，带我去找个工作，哪怕一个月挣十块钱。她嗓音干哑，艰难地说。他不住地向小烈点头，不停地在她耳边说着什么。他拥抱小烈，越抱越紧，小烈与他一起升腾，飘飞，脚下炫目，晃动着无边黄土。漫天飞舞的黄土。大地上的一切，都被黄土细腻无比地笼罩，直将所有的所有变成土黄色。小烈嘴里全是细土，口干舌燥说着沙哑的话，在他怀抱里由着他的力量缓缓倒下。她感到一丝清凉与潮湿，由身体的某一处渗透开来，她变成一个圆润光滑的物体，如水赋形般地涌动，与同样变为物体的他合在一处，在大地上缓缓流淌。

小烈起得很迟，有一刻她睁开了眼睛，看到窗棂发白，身边的妈已经不在。但她不想起床，不愿意离开那个梦境，又闭起眼，期望继续下去。伯在外间喊她。

"小烈该起了，恁妈都烧好汤了，起来到后地拽麦秸烧鏊子，一会儿引科、二科就下早自习回来吃饭哩，时候可不早了，今儿天阴。"

小烈爬起来，头晕得难受，出堂屋，在当院的水盆里洗了把脸，提起荆条篮向后地去。快走到场院时，她拐向东，出了村子。

尽管她知道剧团一大早就走了，但她看到台上的幕布全部抽去后，还是刀割一般，心里难受了一下。

属于剧团的东西全都不在了，只剩下从各家各户、各生产队借来的木什支着戏台的架势。喧闹了几天的戏台不得已迎来它最终的命运：分崩离析，各归其位。空空的戏场里冰棍纸、糖纸在清凉晨风中落寞地低舞。戏台上，一个六七岁的孩子张牙舞爪地在过戏瘾，唱着他前几天学会的几句，用白纸撕成长条贴在下巴上，一会儿哇哇哇地唱几句，一会儿自己伴奏咣咣咣地又腰转圈子。戏台下，一个老汉放下粪担子和粪铲子，蹲靠着柱子在吸旱烟，袅袅升起的细雾是对前几天喧闹繁华的无尽怀念。小烈提着空篮子站在村边空地，看向昨夜那年轻人扒着的那根木柱，她很后悔，为什么没有向他招手？为什么不让他临走之前看到她一眼？可是招了手又能怎样？看一眼又将如何？总是要走的，总是要离开，他们原本就不是一路人。

小烈转身回村。"不见公主生惆怅，急忙忙赶路我心着慌。"身后传来那孩子的唱声。她走到场院里去抓麦秸。

过了一天，戏台全部拆完，各家的木头也都扛回各家。

南洋人结束了探亲之旅，带着夫人、儿子离去。村头那幢小楼与那个院子重又落锁。衣锦还乡的节目全部演完。

小烈还是爱到那片空地上看看，只剩下几个扎台柱的小深坑被新土填埋的痕迹。

十场大戏留在庄稼人的闲谈中，人们时不时拉出来重温一遍，像老牛反刍，在咀嚼中重又获得一些乐趣。谁也没有注意，瘫子全仁的闺女在这场戏后的变化。是啊，谁有工夫去关心一个小毛丫头在想啥哩，想啥都是没有用，不是你想了就会有的。嗐，生成的受苦人就啥都别想，吃饱了倒头就睡，才是最大的福气。太要强了没啥好，给自己找罪受。胡二麻三，少囊没气地活吧。有那么多的前人用眼泪和血汗浇灌出了生活哲理，而后面的人却是不信，非得自己去磕碰一回，经历一番，这才愿意拾起他们的话。

小烈再一次丢了魂魄，这次丢得比雯姐走时更远。她渴望外面的世界，强烈地想用自己的力量为家里减轻负担。家里的重担只能由她来挑，伯、妈都老了，几个弟弟还小，而且引科都上了初三，学习还差不多，或许今年还得上高中，考大学。家里只有三间堂屋和一间小灶火，连一个院墙都没有。

看到公路上有汽车驶过，她便停下薅草，望着那汽车腾起一股尘烟跑远，她回过头来，手里的草撒在地上，她边拾草边想，这汽车从哪儿来，又要去哪儿？

天上飞过一只小鸟。我要是鸟儿多好啊，便不用羞愧自己的破烂现状，想到哪儿就飞去哪儿。我要飞到他所在的那个城市，落到那个剧团的门口，等到他下班走出来，我便跟着他飞，飞到他的家里，落在他的窗台，他一定会看见我，那我就向他叽叽喳喳叫上几声。哈，他做梦也想不到会是我吧。

小烈在这个麦季里迅速瘦了下来，显得更加高挑。往年，她总害怕麦收，但今年，她似乎很留恋那十多天，天不明就起，一头扎进地里割麦，渴得不行了抱住罐子喝足了水，快要饿死了吃两个饼子，除此就是弯腰低头割麦，直割到满天星斗，踩着夜晚的潮气回家，倒头就睡，顾不得想任何心事。第二天又复如此。

大地一片金黄，小麦在蒸腾的热浪里劈劈啪啪响着，好像在说，快割我吧快割我吧，否则我就要爆裂开来，不可收拾。庄稼人天不明便从床上爬起，救火似的吃点东西，备些干粮，带着水罐，拿上镰刀麦帽结伴出村，在黑暗里向西而去，趁着清早有些湿气，去收割他们的麦子。

一年到头，只有在麦天里吃些鸡蛋。平时，辛苦攒下的鸡蛋除了换盐换油、支应门事外，便是在麦天前存上一罐，叫劳力们吃。本来瞌睡就少的当妈的，不等鸡叫，便起身钻进灶火，生火烧水，慷慨地打十几个荷包蛋。不忍地一个个叫醒睡得像死去般的儿子、媳妇、闺女，看他们从床上起来，洗一把脸，捧着碗一个接一个往嘴里大吞鸡蛋，就着厚馍烙馍，最后一仰脖，汤汤水水全进肚子。这几天里，鸡蛋罐也就驻扎在灶火。而不是像平常那样，放在一家之主的床头桌子上，每拿出一个鸡蛋都要说出充分的理由，得到批准后小心地伸手进去，抓一个出来。当妈的自语般地说，吃吧吃吧，当饭吃吧，不看掏的啥劲，天不明走了，黑透透回来。不等她絮叨完，年轻人撂下碗，抹抹嘴拿着家什出门而去。

即使在全村劳力大吃鸡蛋的时候，春棉家仍是吃不了几个，但一个不吃也对不住孩子。每天她早早起来，烧水打四个荷包蛋，叫醒小烈、引科，每人就着馍吃两个，自己用鸡蛋茶泡一大碗干馍吃，小烈非要给她碗里拨一个鸡蛋，为了避免来回让着掉到地上，她只好接受。

他们与那些吃了一肚子鸡蛋的青壮年一样，在火烤着般的大地上弯腰割一天麦，有时候春棉会叫引科去路边躺下歇一会儿，毕竟他才十五岁，怕累坏了嫩乎身子。直到天上繁星点点，直起来的腰身酸沉得犹如吊着磨盘。好在回到家里时，二科、三科早已在杨全仁的尖声指导下，烧好了一锅稀糊涂，里面漂着一些鸡蛋絮絮，凉得温乎乎的，麦天里，就这东西最泄火。就着饼子和调洋葱，喝凉水一样咕咚咕咚来上几碗，倒头就睡。

麦子割回来打完晒干，变成瘦鬼的庄稼人拉着架子车，套着牲口车到通淮集粮所去交定购粮。

粮所的人个个高不可攀，收粮食极其挑剔，拿一个长长的铁棍子，头儿上戴着一个小器物，猛劲插入麻袋，夹出几粒麦子，用铁尖头夹碎，手指头捻一捻，检验是否晒干。那人神气活现，满脸光彩，拿着铁棍在一辆又一辆架子车中穿来走去。只有经他验收合格的架子车才能排上队伍。好容易排到跟前的庄稼人诚惶诚恐地将车上的麻袋口袋和尿素袋子一个个搬到磅秤上。那掌秤的过完一秤，手一挥，在膝盖上的本子上记一笔。庄稼人便赶忙两手抓了袋子，嗨哟一声扔到自己肩上，沿着仓库里倾斜的长木板走到顶上，带子解开，手一松，小麦瀑布般落入大无边的粮囤。这便是全国人民在《新闻联播》里看到的镜头，年年都是这样的壮观场面，却不知在这个镜头之前和之后，庄稼人经历了几多磨难艰辛和期待。粮所院子里多是男人的身影，但也会出现春棉和小烈，加上引科，三个人差不多顶一个男人，在走那条木板路时，一个人无法完成，常常是两个人一起抬着向上移动。

然后，人们乐颠颠地跑到掌秤人身边，从他手里接过一张小纸表，再高兴地跑到指定的窗口，伸长胳膊递进去，恨不得将头也伸进那窄小窗口开出的洞里,看那里面神圣的操作。这是他们半年多劳作所盼望的最后一个程序和关口,就要拿到钱了。过一会儿,从里面推出钱和一张纸条,先急急地看那纸条:由于资金紧张,今欠××村×××定购粮款×××元,暂付×××元。

外面的笑脸凝固,先是一脸迷茫,然后理直气壮地将脸贴向小洞口,责问里面的年轻女子:"不是有文件,今年起不再打白条了吗?"

"外面贴的有通知,好好看看。"里面那女子早将这话解释得不耐烦了。

有识得个把字的庄稼人更为迷茫地将昏花老眼凑到那墙上贴的纸前边,看着是字,却不认得,向一边的年轻人打听,年轻人没啥好气,不愿多理。庄稼人只好把钱和白条揣宝贝似的用手巾包好夹在裤腰里,然后光着跟小麦一个色的、起了乱糟糟白皮的膀子,拉起空架子车向回走。

有啥法儿哩,反正欠的也不是咱一家,到年底,总会还的。想到每个人都被欠了,人们心里好受一些。钱与白条拿到,标志着麦收彻底结束。

交完定购粮,自家卖了麦,犁了地,点了包谷、豆子,除了交替着晒家里自留的麦、垛好麦秸外,便基本没事可干了。酷热成为日常,薅草成为日常,自由而漫长的睡眠成为日常,想念也成为日常。打锣的年轻人又来到心中和梦里,日日夜夜燃烧着小烈。很多时候他好像就在眼前,或者在她身后,能感受到他的气息,当开口要叫他时,他又在瞬间消失,她连他的名字也不知道,但她的心却在时时呼唤着他。她给他起了名字:你。你好吗?你在哪里?你想我吗?

小烈在这种无望的思念与焦灼中憔悴下去,整个夏天,她像个无魂的人一样飘来荡去,走路都没有了声息,机械地干活,到点了吃饭。她扛着锄头从桥上走过,看到颍河水呜呜哭泣着向南流去,那是在为她的悲伤而哭,她走过桥头,坐在铺满牛草、抓地龙草的河坡上,还有各种的草在身子下柔软地托举着她,青色、褐色的蚂蚱在身边跳来跃去,落进不知名的紫色小花之中。她望着远去的河水,思绪落入河中。远方,是什么样子?远方,有着怎样的城市、怎样的村庄,有着怎样的人?是否也有像她这样痴迷的憨子闺女,为着一个不知姓名的人在断肠?或许,她所有的思念,并非是对哪个人,只是为了远方。是的,只是远方,她心中的念头渐渐坚定起来,她要离开,离开颍河,离开前杨,离开这苦难的生活,至于要到哪里,还不知道,她就是想去一个陌生而崭新的地方,去看一些没有见过的东西,她要到外面挣钱,她要为家里还债,给家里垒上院墙,再买一个牲口,替了妈,使妈不再像牲口一样弓着腰在地里拉犁,脸快要贴在地上,汗珠一滴滴掉进土里。

但怎么开口给伯妈说呢,几年前她说想去找雯姐,伯妈说什么也不让,说雯姐只是个学生,也靠爹妈养活,有啥门路能帮她呢?雯姐现在又上着大学,还是没能力给她找工作,那么小烈要去哪里呢?去找打锣的年轻人?实际上每次展开关于出门的联想时,首先想起的便是他。这是绝对不中的,那会把人家吓坏的,认为她是个缺心眼的人,就因为多看了几眼,就因为说了几句话,就跑去找人家了。最后她想到了叔叔,也只有到叔叔那里去了,听人说在新疆钱很好挣,只要不怕吃苦,就能挣来钱。全义金环走后,给家里只来过一封信,报了平安,也就是为了告诉全仁他在新疆的何处。他们在那里一定也很困难,但她是他们的侄女,总不会不招待吧,几个妹妹还小,她去除了干活挣钱,还能照顾她们的生活。

对,到新疆去!但是怎么开口给伯妈说呢?他们会同意吗?庄上的人会不会说闲话,一个小闺女在家不安生,疯失着跑那么远。这时的乡村,只有个别男人出去打工,或者女人跟着自己的男人出去,很少有哪个闺女家自己外出的。

她打听了,光路费都要一百多,路上要走好几天,吃喝花销,下来得二三百块。可家里除了几百元外债,再没有什么了。

路费问题难住了小烈。

正在她为前途焦虑之时,群奶奶——现在成为了群老老(注:曾祖父母辈的统称)——也为她操上了心,这位十八年前撮合了那桩三家转亲事的媒婆是真的老了,没有了当年的风光与精力,人们也都不再需要她。偶尔有几个过于老实的年轻人爹妈来托她老人家,或者有了特别好的茬口,她也愿意走动走动,想在有生之年,再干一干老本行。

"世道真是坏了,现在的年轻人,都是亲扛、自谈,往庄稼地里一钻,再出来事就成了,唉……"她走进春棉的敞口院子,全仁招呼她坐在一只小墩上。全仁除了冬天和雨天,总是坐在院里柿树下的竹床上,全村寂寞的人、想找人说话的人,都会穿过长长的过道,来到他家院子,陪着他说话,其实是想让他跟自己说话。

当小烈渐渐长大,群老老看出这闺女与十八年前的春棉太像了,只是眼睛没有春棉灵动,鼻梁上有几颗小蝇子屎,但还算是前杨的出挑闺女,个头比春棉还高,又很结实,一看就是好劳力,只可惜,家里太难了,就看能不能遇到个好人家。

"小烈这闺女可真是难得,长得齐整,又听话,干活掏劲不攀伴,可就是跟咱家过这苦日子,太亏了小孩儿。"她说。

"可不是嘛。"春棉停下手里的活儿,也忧愁起来。

"要说呀,她才十七,寻婆家可是有点早,可这阵子不是都兴这了吗?早点寻下,也好帮衬家里。"见春棉听不懂似的看着她,便直说了,"东乡一个拐弯亲戚托我给他孩儿寻个茬,人家这一家条件可好了,他伯在外面工作,家里俩孩儿都盖好了瓦房,大的刚寻下,这家老二哩,大堆上的人,实实在在个孩儿,没别的条件,就想找个高个子。他妈承许下了,谁家闺女愿意,先给两千块定礼,将来结婚,人家有啥,他家一样不少。我就想起了咱小烈,就凭咱这条杆,这长相,定钱别说两千,就是问他要两千五,他也得给。"

春棉盯住了地下的柿树荫,针在手里捏着,有点回不过神来。

"愿不愿哩,你们商量商量,也不是叫你们卖闺女,她早晚不是得寻婆家出门子?"

"理是这个理,就是她太小,怕不愿意。我们呢,也舍不得她。"

"又不是现在出门,只是先定下。你想啊,定了一门亲,逢年过节,他来走亲戚,不是还能见些礼?你这里大小事情,他不得出头帮衬?你家花钱不是方便些吗?"

春棉脸色有所活泛,好像听进去了。

"小烈回来,你好好问问她。这闺女恐怕对这事不太热,没见过她跟哪个小子拉扯过,得慢慢开导开导。"

"好,那我问问吧。"春棉说。

夜里喝罢汤,劳累一天的小烈洗了洗挨上床就睡着了。春棉坐在床边,看着熟睡中的闺女。瘦多了,也黑多了,胳膊腿显得更长。嘴唇有点委屈地包着,眉头微微皱着,脸上挂着一层辛酸。春棉伸出手去,小烈全身皮肤紧绷绷的,有着一层黏黏的细汗,她翻了个身,嘴里发出似哭泣似呻吟的低叹。

一连几天,春棉都不知该咋开口,每次小烈出门后,全仁便埋怨春棉。

"你说出来,愿不愿咱不勉强,兴许她还愿意哩。定下来,见了钱,咱先把院墙垒起,门楼子盖起,也像个家的样子,二科眼看秋天也得到通淮集上中学。都是使钱的地方。"

春棉叹气:"等几天吧,听大烈说引章下星期回来,等引章回来问问他,看咋弄。"

"他懂个啥,就是考上个龟孙师范,他能给你生出啥好主意,只能说些子不打粮食的话。"

春棉拖着,只是不想给小烈说。

小烈压根不知大人们在打她的主意,她只是每天想着如何外出。再也不能犹豫了,她终于开口向四姐借钱。素芬给她拿了二百块,她自己手里还有几个,这才给伯妈摊牌:这一回,非走不中。

全仁春棉看她这样,知道她的心早就走了,强留不住,也只好同意她去新疆。

第十三章　车站生活

1990年夏天,杨引章从地区师专毕业,分配到南边一个县里镇中学教书,秋季开学第一个月拿到工资一百二十多,一时间觉得自己非常富有,并且今后月月能拿这个数,这真是世上少见的好事,刨去自己和家里大小花销,他打算每月存下六十元,这样不几年就能还清账了。

年底,县外贸局下属的编织袋厂面向全县招工,农村青年也可参加考试。

县级外贸局除了娃娃筐外,其实都是从事省内外的贸易,把本地大规模种植的烟叶、大蒜等农副产品,以及兔毛、手工品、竹木制品收购后卖到外地,再把外地的土特产或者工业产品,比如秦椒、棉花、瓦罐、瓦缸、煤火炉等东西贩卖到本地,总之,经济放开搞活,啥挣钱就倒腾啥。这一年外贸局得到信息,全国各地很多地方都需要编织袋,就是那种条纹形的蛇皮袋子,一时间市场供不应求,于是决定组建一个编织袋厂,招收五十名工人,二十岁以内,初中毕业,属于全民性质企业身份,也就是正式工,编织娃娃筐能手优先录取。

烈芳到通淮集中学,找到当年的班主任,好话说尽,请学校能给她补一个初中毕业证。老师还记得她这个成绩好的学生,将她带到校长那里。校长说其实当年若给学校说明情况,休学一年,第二年可以发毕业证的，可是她不吭气就不来了。烈芳说，当时想着毕业证没用，也就没操这个心。校长便给她补开了一个毕业证。琴琴也报了名，两人一起参加考试。十天之后，各拿到一张盖好章的招工表格。杨建林找了自己一个高中同学的亲戚，在外贸局劳资股，主管招工的事，同学悄悄给杨建林说："杨烈芳是你村的吧？这闺女考得不赖，前十名。"而琴琴成绩不中，但看在亲戚分上，也录了她。

杨烈芳一下子成为大名人，一夜之间变成了县里的工人，户口迁出前杨，月月能领工资，这可是一件大新闻，农村孩子，除了上大学、当兵，还能有啥门道吃上商品粮呢？农村女孩路就更窄。琴琴虽然也进去了，但人们并不惊奇，她爷她爸都在县上工作，到处能够着人，肯定是水到渠成。琴琴这次能招上工，何其庆幸，因为她爸不会让她接班顶替工作，宝贵的名额要给儿子。杨建林再干几年，等到五十岁，就可以申请退休，那时候儿子小孬也快二十，顶替自己进机修厂，而他退休回家，跟那个他一直看不上的妻子真正地生活在一起。

这下连伯和哥都佩服烈芳，哥拼挣了那么多年考学要达到的目的，却叫她轻松拿下。

烈芳每月能领一百多元工资，遇到哪个月活儿多加班产量高，能拿到将近二百元。平时每天上班八至十个小时，早中晚三顿都在食堂吃，住在单位安排的宿舍里，每间房子两个人，两张单人床支在窗前，中间放一张类似于课桌的没有刷漆的简陋桌子，她和琴琴一个房间。琴琴经常回她爸爸那里去住，因为要给她爸爸做饭，有时候做了好吃的，拿饭盒给烈芳带来。宿舍里经常是烈芳一个人的天下。每天走的都是水泥地，脚上再也不踩泥土了，风刮不着，雨淋不到，啥心不操，只是站在机器前劳作，在车间里搬运、打包，这比着在家里干活，还是轻松很多。拿钱买饭票，到点端着碗去打饭，这样的生活对她烈芳来说跟玩儿一样，她觉得每天都在享福。琴琴把高中课本全部送给了她。业余时间她看书学习，自学完了高中课程。琴琴是个温和安静的姑娘，一直对学习不太热衷，成绩中不溜，长相中不溜，个头中不溜，也没有想过要考大学，有了高中毕业证，愉快地和课本切割清爽，从此也很少看书。而烈芳是真心热爱书本，数理化她不感兴趣，便把语文历史地理看得熟烂，又去县图书馆借书。读完了四大名著，又读了几本外国小说，看完《简·爱》，激动得晚上睡不着觉。是的，我穷，我丑，但是我没有尊严吗？No！就算生命里没有罗切斯特，我也要做简·爱，我就是前杨的简·爱。她还借了一本《大学语文》，拿报纸包了书皮，从头到尾看完，认真做了笔记，把一些好的句子摘录不来。多年之后，她仍记得《俞伯牙摔琴谢知音》的情节。看完那篇文章是一个夏天的夜里，被一种美好的情绪激动得无法待在房间，她走出宿舍，寻找那种高山流水的意境。胸中诗千行，心里有风景，你不需要去到处寻找风景，你自己就是风景。生活如此辽阔，人生这么深情，而她，因为刚合上的那些作品而心灵激荡。她开始写日记，很快一个本子就记完了。上面有她摘抄来的优美句子，还有她自己想出的很多语言。在静夜里，她可以一段一段地写下去，翻过了好几页，还在不知疲倦地写着。

　　经常在夜里，她合上书，怀着一种莫名的躁动和激奋，一个人离开宿舍，走出厂门，走在灯光点点的街头，心思还在刚才想出的一段文字上或读完的一本书上，内心涌出许多感叹，她甚至不知道自己身在何处，是在现实之中，还是在刚才的故事里。编织袋厂在车站边上，她行走的这条路，一边是车站，一边是庄稼地，很容易她就出了城区，似乎再提提劲就能走回前杨。她身上为什么有这么多力量？灯光昏黄迷离，小城工业的气浪扑打在脸上，明明是在散步，但是她免不了脚步腾腾作响，浑身充满弹性。天上人间，过去未来，大地黄尘，都在她不知疲倦的步伐里。她渴望爱情，但又不知爱情在哪儿；她想要有一个人与她分享这一切，但那个人不知身在何处。作为一个人，该怎样度过一生？天哪，她竟然思考这样的命题。她痴了一般在街上毫无目的地走着。这大地，多么美，大地上的一切，多么好。她小声唱着歌，她还想流泪，小小的双眼发酸发热，这世界还有多少未知的东西需要她去了解去热爱去向人世传送她的热力。她的身体发生了和平常不同的变化，是恋爱又不是恋爱，是情欲又不是情欲，是疲乏又不是疲乏，总之是一种狂热之情，犹如小鞭炮缤纷炸裂，闹得她在深夜里也没有睡意。

内心里呼唤，妈呀妈，你咋不再坚持一年，就一年，一切都好了，我提劲供俺哥上出了学，我现在一个月能挣一百多，俺俩开始给家里还债了。我那时啊真不懂事，只操心疯跑着玩，根本不愿触及你的痛苦，也不关心你的情绪，如果那个下午，我没有在保民家听他女婿瞎喷，我在家守着你，跟你说话，跟你犟嘴，闹闹嚷嚷地在你身边，你也不会那样，你当时是有多么绝望啊！我是个罪人！

烈芳和引章保持着通信，说一说自己的工作，家里的情况。烈芳每星期六回家，引章差不多每月回来一次。她和引章的每次归来，都是过道里的小小节日。

引章回来的时候，俩人的钱凑到一起，看够给谁家还了，就拿去还。有时候是烈芳去，有时候是引章去，有时候是一同前往，基本上坚持当时谁去借的、现在由谁去还的原则。当二人一起出动，证明那笔还款数额比较大，当时借的事由很是要紧，借钱的场面比较悲壮。引章不吸烟，但他回前杨的时候，兜里会装一包烟，见到爷儿们，给递一根。

还一大笔钱的时候，兄妹俩走在路上，也不说话，但都能感到对方的心，都觉得白氏跟他们走在一起。还完钱回到家，烈芳拿出那个已经破烂的欠账本，划掉那一行，又在那人的名字后打个对钩，写上当天的日期，表明此账已销。引章在旁边默默看着她做这一切，然后说："这个本子，保存好，是永远的纪念。"引章脸扭向外面，默默看着黑暗的院里，妈是否在门外的黑影里站着。二人的心里都有一个声音："妈，你能不能看到这一切？"

前杨人对这兄妹俩再没有从前的戒备心理，而是随时随地露出热情而谄媚的笑容，那些在前面走不快的人愿意侧转身给杨全本让路腾地方，那些暂时还没有见到还款的人，心里也生起了希望。

两年前，长枪吴的南洋人回来时，应县上邀请，考察了投资环境，也出于对家乡的感情，利用产粮大县的优势，初步达成成立食品加工厂的意向。县上抓得很紧，双方紧锣密鼓地配合，厂子建了起来，产品直销东南亚。周边农村人来此就业，也带动了一些其他产业的发展，眼瞅着车站领域又大了一点。

引运托了同学关系，这两年找了个较为固定的活儿，在县预制板厂食堂负责做饭打饭，他学会了炒菜做汤。穿上白褂子，戴着白帽子，蹬着三轮车去市场上采购，一圈卖菜的讨好巴结他。晚上他住在单位提供的一间宿舍里，这让他很有成就感，仿佛已经定居车站，他每天唱唱哒哒，很快活地做饭打饭，工作之余，喝个小酒，看场电影。出入电影院的时候，头脸洗得干干净净，上下穿得棱棱整整，修长的个子，笔直的双腿，穿着直筒裤，脚蹬时兴的尖头皮鞋，看上去比车站青年还车站青年，出了电影院，放眼一轮，收缴一圈女青年目光。

他像是一只漂亮而骄傲的公蜂，飞舞在车站的几条街上，不用多久，引来一个年轻女人。

静侠因为嫁在车站边上一个村子，县里工业区扩大，把他们村扩了进去，青壮年安排工作，老年人吃了社保，静侠招工进了工厂，变成居民身份。静侠长得秀气好看，跟引运站一起算是郎才女貌，不费啥事，俩人轰到了一处。车站就这么大点，静侠婆家听到风声，围起来审问，要去单位告她，又去娘家闹事。她自是不肯承认，但也不敢再找引运，二人面也见不上了，一时两处里百爪挠心，引运由不得再到电影院门口转悠，再去静侠的厂门口踅摸，花钱托人给静侠传纸条，请她到某处相见。一辆破自行车，二人转战城外的田野和村庄，这次相会结束说定下次见面时间地点。反正百生法儿是要将两个身体汇合一处，世上的海誓山盟说了个遍。

静侠婆家人只是见她面似桃花，天天滋润得像发面团子，鱼儿一样顺滑地来去，明知不是跟自己的儿子，却抓不到具体影信儿，不论怎么逼问，只是不肯承认。婆家人把孩子藏起来不叫她见，对她跟踪盯梢，软的硬的一起上，吵完骂完再来耐心做思想工作，婆子和大姑子轮流来跟她谈心："你若承认从前，保证今后再不与那人来往，回心转意好好过日子，咱们既往不咎，也不再防你，成天派人跟着你，对大家也都不好。"静侠被爱情冲昏了头脑，想着那就先过了这一关再说，省得这一家人跟着她盯着她。等到他们放松了警惕，她再与引运来往。于是承认了和引运有事。婆家人立即翻脸，将她东西扔出门外，张扬得满村都是，让马上去跟他儿子办理离婚手续，小孩也还是不叫她见。婆家人还跑到她的厂里，让开除她，跑到派出所，叫把她的居民户口扒了去。派出所没有满足他们的要求，说这居民户口上了户就扒不了，除非她本人愿意迁走。那边工厂里，一家人天天跑去吵闹不得安生，厂里只好给静侠说："你别来上班了，保留你的名册，就算停薪留职。"

静侠无奈，带着自己的东西，住进了引运的一间小屋里。引运想起曾说的那些海誓山盟，再加上也确实爱着静侠，不能在这个时候抛下她不管，便决定给家里人全盘交代，叫伯妈着手操办他们的婚事。

为了保险一点，他先不敢带静侠，只一个人跑回前杨，悄悄跟姐说了这事，素芬吓得不轻，一个排排场场的大小伙子，找了个离婚女人，还有个孩子，虽然判给了男方，但毕竟是自己身上的肉遗落在这个世上，今后总有扯不清的事。引运对姐又是讲述又是企求，俩人一心相好的心劲打动了素芬，唉，也算是勇敢追求爱情的结果吧。可是，要在家里结婚，就得盖三间瓦房，这些年来，引运在外面跑来跑去没有存下几个钱，自己伯妈手里，情知也是没钱。现在的行情，凡娶亲成家，必得有三间大瓦房，是最起码的脸面。盖三间瓦房连带灶火院子门楼，快够着一万了，伯妈到哪儿去弄这钱呀？最终当老的就是借的磨的，砸锅卖铁，也要凑够钱数，给弄出一处宅院来。

姐弟俩没法儿，引运跟伯妈摊开了说这事，刚说对方是个离婚茬，他伯脱下破鞋就要往他头上抡，素芬拦住不叫打，说了前因后果，杨全宗把鞋又穿到脚上，火气不再那么大了。问引运："她自己也有错处，没心眼净说实话，叫婆家撵了出来。就不能自己等等看看，也找个离婚茬？非得抓住咱不放？"

"不是她抓住我不放，是俺俩确实有感情，再说她叫婆家撵出，也跟我有关系，所以，在她最困难的时候，我不能丢下她不管。"引运侃侃而谈，一时觉得自己是个很讲义气的人，不由得豪气上身，非静侠不娶。

"你说说你，"妈用手指捣他的头，"哎，跑了这些年，都弄了些啥？拉扯了多少个闺女，要有十个不依了吧？最后咋弄了个离婚茬！这叫恁伯俺俩咋在庄上说开了嘴，今后走到街里咋抬头？"

"婚姻就像穿鞋，合适不合适只有自己知道。"引运从哪个电影里听到的一句话，派上了用场，"咱自己过日子，又不是过给旁人看。"

"那你这几年，在外头跑来跑去，到底是存住钱了没有？结婚盖房子，可不是小数。"杨全宗说。

引运看向素芬。素芬心里一惊，她的钱怕是不保。她这些年住回娘家，编筐的钱大都贴给了家里，贴给了引运。伯妈宽容接纳了她的同时，也享受着她对这个家的无限贴补，大事小事，凡是需要拿钱的地方，就把目光投向她，而她也觉得，这是应该。

"问你哩，看恁姐弄啥？你这些年在外瞎胡跑，挣的钱哩？那女的也在厂里干了几年，得存的有钱吧，恁俩自己先想想办法。"

引运说："好，那我去问问她。"

引运回了车站，下一个星期天，和静侠一起回到前杨。静侠一身得体的衣服，走进小小的院落，往破堂屋里一站，杨全宗两口反对话也说不出来，想这女人，虽然已经叫单位里开除了，可好坏还是个商品粮身份，将来他们有了孩子，也是跟着当妈的落户。唉，没有工作的商品粮，有啥用哩，只是听着好听点。心里说不出是窝囊还是生气。对她总不像是对黄花闺女那么敬惜，脸上不冷不热，保持着矜持的客套与欢迎。罢罢罢，只要他俩过得好，咱不管那么多了。于是妈和素芬到灶火做饭，中午大家吃了一顿蒜面条。

吃完饭，引运给他伯说："小静这几年上班，手里存了有差不多一千块钱，俺俩合计好了，就在后地我的宅基上盖两间小平房，也不要院子，我都打听好了，两千块足够。"

杨全宗心里一懊糟又一放松，他知道自己二孩儿天生不争气的货，从小走的就是与人家正规好小孩错着几步的路，人家结婚盖房，哪怕借钱塌账,也都是三间大瓦房,一所整齐院落,才是顶门立户的样子,而他,哗地出溜下去,先自认了两间小平房。也好,省了我借钱操心了,在庄上没脸就没脸吧,谁叫咱有了这样的儿子。

因为女方是二婚,引运又在外面跑了多年,不太在乎村里的规矩,这桩早已生米做成熟饭的婚事,也用不着看好儿、换手巾那些按部就班的程序。素芬给拿了一千块钱,杨全宗两口给了五百,在村子后面引运的宅基地上,盖了两间西屋小平房,每天清早不用开门就从窗户迎进阳光,北边空出堂屋的位置,让人觉得他将来有了钱,还会回来再盖大堂屋的样子。平房盖好后,里面粉刷了一下,买了一床一柜一桌两椅放进去,安置了一个新家。平常二人还是住在车站引运的小屋里,这两间平房,也就是逢年过节偶尔回来住住,也不开伙,到前面伯妈院子里吃饭。

领了结婚证,五一假期在前杨办了喜事。同样待客收礼,热闹欢腾了一天,二人脸上洋溢着幸福的欢笑,在屋里住了两夜,锁门而去。杨全宗开始捡拾砖头蛋子,给他们垒了小腿高的院墙,平时把院子里长出的荒草薅一薅,拿铲子把鸡屎狗屎铲一铲。

腊月里,静侠生下一个男孩,在小屋里坐月子,引运在外间垒了锅台,他妈每顿过来给静侠做饭,里外伺候。过完年,引运骑车子去县里上班,静侠在家带孩子,夜里婆子来跟她睡在一起,照顾孩子,引运隔三岔五回来,抱住自己的儿子亲不够爱不够,起名星星。前杨村后荒地上两间小屋里的深情与爱意,比临街人家的大堂屋新瓦房,丝毫也不差。静侠融化在引运的爱情里和一家人的关照中,似乎忘记了从前的不快,忘记了她还有一个儿子,快要四岁了。

春天,静侠给院子里整出一小片地,撒上菜籽,半个月后,点点新绿,再过一时,一片青菜初有模样。

孩子大了一些,静侠带着他,跟引运一起住在预制板厂的那间小屋里,她颇有点重返车站的感慨与知足,孩子小她也干不成啥事,但是能够住在车站,享受城里的自来水、柏油路、街景、商店,也算是她这个县城居民的胜利吧。

第十四章　我的椿树

　　杨小蝶生于1984年，罗巧芬生下她，计划生育风声愈紧，她被抓去做了结扎手术，于是这小闺女成了家里最末一个小孩，也是唯一一个女儿。

　　罗巧芬前面生下的三个男孩，被当妈的稍稍拉低了一点品相，比着父亲叔叔们略为逊色，不出挑也不落后，中等个头，相貌一般，总之大堆上的人。唯一一个女孩杨小蝶，活脱脱翻版罗巧芬，好像当初那场孕育跟杨家人压根无关，是她罗巧芬一个人完成的，就像多年以后世界上才出现的单细胞繁殖，克隆出来的一样。身板、双腿、脸、手，都与她那么相像。

　　黄昏的打麦场上，孩子们都在跑着玩，小蝶叽叽歪歪跟在大烈姑姑身后，看她轻松扛起一袋粮食，小蝶吓得不敢出声，害怕那长长的大口袋从大烈姑姑肩膀头儿掉下来，把自己砸扁。

　　场院边上放着一个大磅秤，早先生产队的，收麦的时候被拉到这里，供大家使用。

　　三叔突然说："志志小蝶有多沉。"走过来两手将她一掮，轻飘飘放在秤上，小心地拨着上面的秤砣，说："噫，不多不少，十公斤。"

　　"才二十斤。"杨天德走过来，凑上去一看，"真是，咋这么轻，四岁半了，吃恁些饭都到哪儿去了？"

人们将她的体重传开了去，全村人都知道，四岁半的小蝶，只有二十斤。

奶奶也常常看着她说："这么小的身子，愁人。"

小蝶自己何曾不愁，她跟小孩们一起玩，常常就走了神，看着别人欢蹦乱跳，她觉得自己没有那个能力，她害怕自己一跑一跳，被风吹走了，或者化掉了，像一摊水，渗入地下。她也并没有生病，找遍全身哪儿也不疼也不痒，只是心里空落落的，很难受。知道自己是跟别人不一样的小孩。她对所有人的个头都特别在意，对高低胖瘦这样的词分外敏感。

小蝶上学，小小的身子挂着大大的书包。路上总是有人看她，她明白人家的意思。她是小学生了，必须每天出门迎接这些目光。她在班里个头最低，排队第一个，座位第一排。冬天，身子包裹在厚实的棉袄棉裤里，也还是很小。为了多穿两年，罗巧芬给她做得大了一些，脚脖那里，挽起三指宽，还是在鞋面上堆着，她走起路来，艰难地带动她的棉裤。

奶奶悄悄对她说："大年初一清早，天明之前，你去背椿树。"

她问，背椿树干啥？奶奶说，背椿树能长个儿，要念口诀，连念三遍，就会长高个儿。奶奶将口诀念给她听，叫她背熟于心。她在心里吃饭也念，走路也念，晚上躺在床上也念，把那口诀像块糖一样含在嘴里，将甜蜜一点点下咽。睡着了梦见她背了椿树，念了口诀，个子呼呼往上长，快要撑上小烈姑姑了。

椿树是啥树，她家里种的有吗？奶奶说她家没有，南地井台西边走不远，有一户人家种了，到时候奶奶会引她去。她要奶奶现在就引她去看看。奶奶扯着她的手，俩人走进路南过道，走过保民家门前空地，继续向西，停在另一个生产队的场院边上。背椿树是一件秘密的事，叫人听去就不灵了。所以奶奶悄悄指了指，啥也没说。俩人站那儿对着那棵像大人脖子一般粗细的树看了一会儿，她仰着头，奶奶低下头，二人相视一笑，转回身，扯着手往家走了。走在保民家过道里，小蝶感到世界充满了神秘与激情。她低声问奶奶，那是香椿树不？奶奶说那是臭椿树，叶子不能吃，香椿的叶子才能吃。她问，叶子不能吃，种它干啥？为啥不种香椿树哩？奶奶说，啥树都有用，长大了都是木材，世上有各种各样的人，也就有各式各样的树。背椿树只拣最大的，不管它是香椿还是臭椿，我在咱庄都看遍了，就这棵最大。

进入腊月，她过了七岁生日，吃了一个煮鸡蛋，奶奶告诉她，再有二十天，就大年初一了。她每天早上醒来，就跑去趴在耳边问奶奶，还有几天？她和奶奶之间，有了一个机密，二人的目光变得神秘而幸福。她觉得自己长大了，有了神圣的使命。她问奶奶："初一天不明，我起不来咋办？"奶奶说："我喊你，你三十晚上跟我睡。"她问："天还没明，我走那个过道害怕咋办？"奶奶说："我引你去。"她："不是不能叫别人听见吗？"奶奶说："我把你引到树跟前，你等我走远了再念。"

三十的晚上，小蝶激动得睡不着，钻在奶奶怀里，贴着奶奶的脸说，一定得喊我啊。奶奶拍抚着她小小的光身子，轻声说："睡吧，肯定喊你。"

听到奶奶轻轻唤她，小蝶立即睁开眼来，无声地套上昨晚放好的新罩衣罩裤，奶奶给她穿上新棉鞋，将她抱下床来。爷爷在床的那头翻了个身，继续睡去。

谁家的鸡叫了一声，引得另外的公鸡也叫。祖孙俩扯着手，奶奶拿着手电筒走出院子，来到街里，穿过向南的过道，走过填埋的水井，走过无水的大坑，向那神圣之地而去。小蝶的心万分急切，她怕还没走到，天光大白，就不灵了。奶奶是半大小脚，她是小短腿，二人都不说话，紧跟手电光，步伐迈得紧密，她的心嗵嗵直跳。奶奶将她引到那棵树前，让她靠树干而立，将她两只小手背到后面，环抱树干，凑近看看她的眼睛，像是询问，记住了？她点点头，奶奶转身走开，到二十多步远的地方站住，背对着这边。

她颤抖的声音在大年初一的微明中轻轻流淌："椿树王椿树王，你长粗来我长长。你长粗来做栋梁，我长长了穿衣裳。"她激动得快要流出眼泪，停了一下，念第二遍，再停一会儿，说第三遍。三遍念完，她感到天光亮了一些，能看到不远处的人家开了院门，有人拿了一挂红红的小鞭出来，身后院子里蹦出个小孩。她转回身，搂住大树，将脸贴在上面，对着它亲了又亲，倒退两步转身离开，跑向奶奶身边，将小手伸向奶奶的手里。俩人又像来时那样，扯着手往家里走。已经不需要手电了，走进保民家过道，远处传来鞭炮声，像是有着呼应，这一家的没有落下，那一家的接替响起，二人在零落不绝的鞭炮声中回到家，爷爷已经起床，在羊圈里看羊，伯妈在堂屋和灶火之间走动。奇怪，他们都没有问她俩干啥去了，对于她如此早起，没有任何惊奇和关心。小蝶的手从奶奶手里挣脱，握了一层的汗，她跑进堂屋东里边，脱掉鞋子，爬上奶奶的床，没脱衣服，重新钻进被窝，在经久不息的鞭炮声中，闭上眼睛，眼扎毛颤动不止。

这一年里，小蝶的身高并没有突飞猛进，她问奶奶："咋不灵哩？"奶奶说："要年年背，心诚则灵。"于是每年的大年初一，奶奶都陪她来到那棵椿树边。三叔给家里买了一只小钟表，她定到五点半起床，去往南地的椿树。十岁的小蝶，个头像七八岁的孩子，小细胳膊不小心就能折断似的。她从不怀疑椿树的灵验，只认为是自己诚心不够，她背着它念过三遍口诀之后，再转过身来抱住它亲吻。少女小蝶的初吻，献给沉默的椿树。十四岁那年的大年初一，她念完口诀，转回身一点点跪了下去，从上到下亲吻树干，直到它脚下的土地。天地黑茫茫一片，大地封冻如冰，这世界只有她和这棵椿树。从七岁起，她将自己的秘密和渴望交付于它，她与它荣辱与共，息息相通。它的叶子也并不臭，只是没有香椿的香气而已，它是一棵树该有的样子，笔直挺拔，英姿飒爽，树干灰白光滑，罗列着一些米粒般的小疙瘩，她在它身上吻破了嘴唇，鲜红的血迹印了上去。春天，夏天，秋天，冬天；晴天，雨天，雪天，风天，她都来看望这棵树，站在离它不远的地方，默默眺望，与它对视，椿树成为她的恋人，她将最真切热烈的少女之心、少女之吻献给它，如果有可能，她会将自己的身体也献出去，虽然她不知用什么方式奉献，但她愿将自己完全交给一棵大树，它是她的秘密恋人。她已经有了月经初潮，她明白了人世间的一丁点事情，她不再跟爸妈睡，也不再跟奶奶睡，而是有了一张自己的小床，三叔给她做的，短短的，小小的，可着奶奶东里边大箱子与墙角的地方，稳稳地卡在里面。三叔说，等她长大了，再给她做张大一些的床。妈给她买了一个小蚊帐，巧手的三叔做了架子挂在床上。她多么希望有一天那张小床不够她睡了，需要重新做个大的长的。

二叔三叔虽然是光汉条，但在村里没有任何不好的传言，他们从来没有骂过人，连训斥不听话的牲口也只是嘴里喊着"打死你这畜牲"，鞭子落下时，脚踢上时，却是轻轻柔柔的。在女人面前他们落落大方，有话就说，该笑就笑，不忸怩作态，也不见跟哪个女人说出格的话，开过分的玩笑。农村里会有一些光汉条百生法儿去接近女人，生出各种传言，失了自己的面子，少不了被人骂来笑去，还有的被人当场捉拿，打伤打残了，也得不到同情。二叔三叔总是在干活，家里的零碎活儿大都是他俩干的，二人从早到晚几乎形影不离，看到这个，就会见到那个。晚上俩人睡在东屋里，里外两小间，一人一间，各自一张小床，早早地关门睡觉。他们从不插门，因为屋里放着东西，家里人需要拿啥，随时推门进去。

白天小蝶在东屋外间玩耍，在窗边的桌子上写作业。二叔三叔闲不下来，把院里墙下边的一小溜菜地收拾得整整齐齐，甚至把厕所也扫得干干净净，挑来一篮土倒在墙角，旁边放个破铁锨，每个人解完大手，铲一锨土盖上，不让下一个人看到自己的粪便。这是他们家的传统，几个哥哥从五六岁起，就知道在厕所里抱着铁锨铲土。小蝶见过三叔正在院里搓绳，妈在灶火门口说："天庆，缸里快没水了，压几桶水。"三叔扔下手里的麻绳就起身去拿水桶到压井边，那麻绳在地上轻快地跳动两下，好像是说，去吧快点去，压完水回来再搓我。三叔用了五趟把水缸倒满，又接着搓绳，而那一半麻绳，大张着嘴耐心地躺在地上，一直等他跕堆下来将它们闭合。

二叔三叔对小蝶他们兄妹几个真心地好，每一个都是从小架在脖子上赶集赶会，手里仅有的零花钱都给他们买了吃食。三叔去过最远的地方是车站，也是近几年的事，那个要买门票的植物园他没有进去，只在火车站广场上转一转。"就那都把我高兴的。"他说。那次，刚好是二姑回娘家来给了他十块钱，说："天庆，去了车站你找最好的牛肉割一溜吃吃。三叔在车站找啊找，最好的十八块钱一斤，他嫌贵，找到了十二块钱一斤的，他怕质量不好吃坏肚子，转了半天啥也没买，十块钱又拿回家来。

躺进蚊帐里的小蝶，从缓缓流血的日子里醒来，全身困乏，眼睛微肿，祈祷着身体的生长。再长一拃就好，长到正常人的高度，哪怕偏低一点，不要现在这样出格就行。若有可能，她将来嫁给这棵臭椿树，以它为柱，搭一座小屋，和它朝夕相伴，一同生活，因为椿树知道了她的所有秘密。她一年年背它，它在风雨中挺立，变得更加粗壮；她缓慢生长，心思越发细腻敏感。她仍然比同龄人低着很多，瘦着许多，她不怨这棵椿树，她可能还是心不够诚，也或者还没到时候，或许在某一个夜里，或许在不远的将来，她的身体将突然生长。白天，她从不敢挨近它，四野无有遮拦，谁知哪里会有眼睛，旁边有人的时候，她装作匆匆走过，偷眼看它一下，心跳脸红。树实在是太高了，有风的时候，微微摆动，庞大的树冠随风招展。有一个深夜，她脱掉凉鞋，抱着它坚实的身躯，爬了上去，她骑在树杈上，感受着它的粗硬坚挺，夜风吹拂小蝶湿润柔软的身体，她与椿树一起随风摆动，她深情搂抱，亲吻了能够得着的部位。最喧闹的杨树叶子哗哗作响，而椿树不动声色，托举着她，跟她一起屏息静气，保守着他们共有的秘密。她与它静静依偎，像是缓缓飞翔，她想躺在它的身上睡觉，但又怕睡着后会掉下去。她摘下一串叶子，一点点溜下树来。回到家里，将那一串叶子放在枕下。她有自己的一张床，一个蚊帐，这在农村女孩中很少见，大多数农村姑娘，直到出嫁都是跟奶奶或者妹妹睡一张床。大哥在外工作，二哥三哥从学校回来，凑合睡堂屋当间的竹床和简易沙发，全家人就着最大的能力，给她这个唯一的女孩留出一个相对独立的空间。

小蝶已经是初中二年级的学生，长枪吴学校的中学取消了，她便去通淮集上学，每天四趟的跑腿对她来说是个困难，她的腿软而无力，走不快，三叔就骑车子接送，早一趟晚一趟，只是白天的两趟，她自己走路。她学习中等偏下，也不奢望能考上高中。

突然一天，椿树没有了，她内心轰然一声，跑到近处，只有一个树坑，湿土扔出来在地上堆着。她失了魂般站在坑边，望着里面被铲断的根须。他们连树根都挖走了。她知道那户人家，她常常远远地看一眼他们家的人，他们从她家门前走过，她的心也异样地跳动，仿佛椿树是她的相好，是她的对象，而那一家人是她的婆家。她以为这棵椿树会长长久久地长在那里，与她永远相伴，她怎么就不知，树长大的命运就是被出了，自家盖房使或者拿到集上会上卖钱。它现在在哪里？已经换成钱了，还是在那户人家的院里躺着？它的身架，已经可以做一只大梁了。"你长粗来做栋梁，我长长了穿衣裳。"现如今，你已完成使命，成为栋梁，而我还没有成为衣裳架子。

她总想着，自己会在一个女孩子的最后时间里小蹿一下，长高几厘米，多年的诚心和爱情发生作用，椿树会给她无言的承诺，会助她一臂之力。

十五岁生日过后，小蝶知道自己不会再长了。奶奶在身后忧伤地说，这闺女吃了铁了？妈妈伸出手掌并拢说，哪怕再长四指。罗巧芬生了四个孩子，完成了一个女人的使命，早早地老去。不，她就没有年轻过，她早些年是年轻的老婆，现在是正当年的老婆，真不知等到她真正老了的时候会是什么样子。她比小蝶还矮着一丁点。或许她早些年有小蝶这么高吧，经过时光的磨损，她的腰塌了下去，腿更向后弓了，脑门上几道抬头纹，头发只有几绺，体内仅有的经这个院子呵护涵养起来的丰润，短暂而稀缺，只四十出头，月经就没有了，前杨人称为干腰，腰一干，人更加枯皱，像一只小糠萝卜。

夜晚躺在蚊帐里的小蝶，像是躺在水面，随着水的波纹飘飘摇摇，有时还一阵眩晕，眼冒金星，像看电影时八一电影制片厂的那个片头。妈带她到长枪吴卫生所看过，医生说那是贫血，因为营养不良，大多数少女都有这种症状，增加些营养，加强锻炼就会有所好转。家里好东西尽着她吃，也就是肉和鸡蛋、豆腐，可是也没用。夜里躺在床上，那浪花在她身体下托举之外，又似乎进入体内，涌动冲撞，她小小的身体里，也会冒出莫名的冲动和激烈，让她羞愧而又沉溺。

一百四十二厘米，是小蝶的身高，三十四公斤，是小蝶的体重，从十三岁来了例假后没有再进展过。一次又一次，都是没有人的时候自己偷偷量的。三叔有一个卷尺，宝贝一般放在小桌抽斗里，她趁东屋里没人时拿出来，小心抽出，两脚并拢，夹住，轻轻的，哗——诱惑力和新奇感，谨慎而充满希望地拉向头顶，另一只手在头顶放平，比到那铁面无私的小钢条上，总是在一百四十二那里。她轻轻吐出一口气，生出一股哀愁。她一次又一次用这哀愁浇灌自己，每一次都期望那数字有所变化和增长，每一次都充满热望拉开那尺子，小心翼翼地不出一点声音，不让锐利的钢条划破自己。她使劲踮起脚尖，像跳芭蕾舞那样，整个脚竖了起来，啊，一米四八，一米四九，要是达到这个尺寸也行啊。过一段时间，她就用这个钢卷尺把自己的心划伤一回，刺痛一下，微微渗一点点血，滋养她的内心。有一次她正在偷偷地量，听到院子里小秋喊她，她赶忙收起卷尺。十岁的小秋走进来，个头跟她差不多了。她很想重新拿出尺子说，量量你有多高吧。但她又不想叫小秋知道她的身高。她在小秋站立的柜子边，记住了她头顶处一个小裂纹。小秋走后，她拿出尺子，一百三十九厘米。只比她低三公分，可是小秋当时自然轻松地站着，并没有挺直身子，要是有量身高的心理准备而挺直了，差不多也是一米四二吧。小秋才十岁，身体结实，双腿滚圆，分明是长起来很容易很轻松的样子，或许再有半年，小秋就会超过她。

夏天场院里那个大磅秤，是孩子们争相称体重的地方，每个孩子都跳上去，让大人在旁边拨动秤砣，然后报一个数字，他们欢喜地跳下来，像是得到一个什么喜讯，由公斤换算成市斤，相互交换自己的体重。小秋从那上面跳下来，说："哈哈，我六十六斤。"小秋蹦跳过来，拉她也去，她才不去。她等大人们忙完走开的时候，等小孩子也回家的时候，等中午场院里没有人的时候，踅摸过去，假装找什么东西，看看远处的人不注意她，轻捷地踏上去，心咚咚直跳，拨动准星，瞄一眼上面的刻度。

她看电视，见到一个形象，听到"侏儒"这个词，嗵的一下，像一块砖头迎面劈来，她的心都揪紧了，悄悄在字典上查找，"指个子矮小的人"。多矮小呢，有没有个标准、界限？为什么不说明，低于多少的人算是侏儒，我算不算，有没有人给我发个鉴定书、保证书，告诉我杨小蝶，告诉世上的人，我的身高在正常人之列，我只是个子偏于矮小，但我不是侏儒。谁发明的这个词，这么难听，如此恶毒。

她从小练就了和自己说话的功夫，没完没了地说啊说啊，正说说反说说，先对自己生气，说一些狠话气话，痛恨这世界，吓唬这世界，发誓与它决裂，再也不爱它了，她胸口急促起伏，眼里涌上泪花……然后，然后，再劝解自己，慢慢疏通，喘气均匀，含着眼泪微笑，感到对人世的留恋，对亲人的温存，对小秋的羡慕和嫉妒。小秋虽然没有爸爸，可她长得那么健康、结实。小蝶独自营造一个世界，修建一个花园，长了满园细细碎碎的花草，暗自芬芳和苦涩，悄悄凋零与破损，流下清苦的汁液，她是这花园的主人、园丁，她穿着暗淡的衣裳，气力微茫弱小，却一直辛勤劳作，打理它们。

小蝶的一双手伸出来，短、薄、软、灰，好像没有骨头一样，起着灰暗松散、沟壑纵横的皱纹。她身上皮肤也是这样，松弛、灰暗、稀薄。全身上下，除了眼睛，没有让她满意的地方。小蝶的眼睛，大而明亮，双眼皮像刀子刻出来的，眼扎毛乌黑，像是在眼皮上栽了几棵草，长而弯曲，向上翘起。单独看这双眼睛，是两颗黑色的宝石，睫毛烘云托月，让它们熠熠生辉，可是这样一双眼睛镶嵌在那样扁而薄的脸上，实在是浪费，或者说是残酷，对照出一种怪异和心酸，像是常年饥饿的样子。她最爱做的事就是在镜子前捂住下半个脸，只露出眼睛。再把手张开，天哪！她转身离开镜子。

小蝶之所以从小依恋大烈姑姑，喜欢小秋妹妹，也跟身体有关。她们都那么结实有力，烈芳其实是中等个头，不到一米六，但由于身强体壮，宽度厚度足够，总让人认为她很高大，成年之后，她体重一直维持在一百三十多斤。可她眼睛却是极小。烈芳给小蝶说："你的眼睛，恐怕顶我十个吧。"烈芳干农活跟男人一样有力，吃得也像男人一样多，前杨人没有听说烈芳生过病，连感冒咳嗽都没有过。当了工人的烈芳说话更具权威性，是过道里的主心骨，她理所当然是小蝶的保护神和精神偶像。而小秋，是她的陪伴者、好朋友。小秋明媚而安静，从小性格稳重，言语不多，她也很依恋小蝶，愿意到她身边来。

改革开放十多年了，阶级斗争一去不返，"坏成分"这个名词被人渐渐淡忘，衡量人的标准也变了，钱成了万古不破的真理，先是引庆当了民办教师，跑到北京倒卖服装，又是引章和烈芳有了工作，这条过道终于出了中用人物，慢慢受到了村里人的高看。

烈芳买了一辆二六斜梁女式自行车，星期六下午哗啦啦打着铃回来，成为前杨的景致。农村人买自行车都要二八加重型的，好带东西，谁也不会买一个光图样子好看的自行车。烈芳在场院里教小蝶骑车子。小蝶细小扭曲的身子坐在车座上，烈芳姑姑在后边给她扶着后座，小秋妹妹跟在车子旁边跑。烈芳趁她不注意松了手，她不知道，还认为姑姑在身后保护着，稳稳地握把用劲地蹬，转了个弯骑回来，见姑姑和小秋笑眯眯站那儿瞅着她，场院边上，几个小伙伴眼巴巴地看她。

烈芳的婚事还是个问题，现在，农村小伙子配不上她了，商品粮又不愿娶她。当然，也不是她真的嫁不出去，一个姑娘真要是一门心思想嫁出去，就像盆里的水只想哗啦一声泼到地上，是不难的，逮个男的手一扬就中，可你想把自己这盆水泼得合适、泼得光彩、泼得物有所值，那就比较麻烦，免不了相互来来回回、星星两两地计较挑拣。烈芳其实也就是二十三四岁，但在农村还没订婚就算是老姑娘了。回到前杨的烈芳嗓门更加粗壮，行动风风火火，气势也就显得暴烈与豪迈，她仅有的那点柔情似水，基本上也就只针对小蝶一个人。她明白，这个孩子小小的身体里，包着一颗花团锦簇的心灵，是拿玻璃做的，空心而玲珑，不小心就打了。周日她常常用自行车带了小蝶到车站，洗澡，逛商场，把小蝶带回宿舍，做点好吃的，晚上合睡在一个被窝里。琴琴已经结婚，退出了宿舍，厂里又给安排进来一个人。姑侄俩出双入对，是一个奇异的组合，也是最和谐搭配，一个健壮，一个细弱，一个要保护，一个要依恋。

第十五章　引章结婚

小烈一走三年，没有回来过，只是不断给家里寄钱写信，第一次寄钱后，写信给引科，叫妈先拿去还给四姐一百，下次寄钱，又叫妈还四姐一百。她说路费太贵，跑一趟花几百块，划不来。她在新疆挺好的，跟几个妹妹住在一起。

1993年腊月里，小烈回到前杨，带回一个小伙子，说是在新疆处的对象，老家是南边另一个县的，离前杨百十里地。小伙子在建筑队干活，因是老乡，二人说得来，领回来叫伯妈先看看，二人就到男方家里去过年了。春棉知道，小烈的来回路费，肯定是这小伙子出的。

夜里，春棉叫小烈和自己一起睡大床上，叫三科挤在全仁身边，叫大科二科到前院睡在引章的床上。空出一张小床拿干净单子给那小伙子单独铺好。第二天夜里，春棉忙完进到里屋，见二人躺在她的大床上，把小床上的单子被子挪了过来，而她的被子给拘到了小床上。她心里一时不满，想喊起小烈吵她一顿，可再一想，现在都兴这了，农村里小青年们，也都是没结婚就把闺女引来家里住了。小烈这几年在外，也不知日子咋过的，再说停几天到了男方家里，还不是照样睡在一起。春棉躺在那张小床上，心里终究是不满意，翻腾来去，没有睡好。

全仁也知道了夜里的事，从前火暴脾气的他，以为自己会发一通火,忖了一忖,竟然也没有哼气。心里怪小烈不懂事,回家几天,就是装也得装一下子,过几天到了人家家里,爱咋着咋着,眼不见心不烦。可再想想小烈这几年,在外吃了不少苦,只图给家里寄钱来,自己除了吃饭,几乎不剩。这次如果不是找了对象人家出路费,她还是不会回来的。全仁只是狠着声叹气。

小烈二人在家停了几天,去男方家里了。

男方家可能是想趁热打铁,也是觉得新疆太远,回来一次不易,不如一次把事办完,正月初六,就来了两个女眷提亲,小烈二人又跟了回来,男方说是他嫂子。拿来了彩礼和几身衣服,算是把婚事订下,说是今年腊月里回来结婚。这下晚上二人再睡一起,全仁和春棉也不再那么憋屈了,好吃好喝招待女婿。

几天后二人又一起去了新疆。小烈给春棉说:"彩礼钱都放家里吧,你只在家给我做四床被子就中,到时其他的东西,我用今年挣的钱,回来自己置办。"

春棉买了一大块豆腐,炸了一小盆豆腐干,拾掇了一小袋红薯干,弄了两瓶香油,叫小烈给全义带去。全仁叹一声说:"恁叔是不打算回来了?也不想家?几个闺女,走的时候都记事了,也不说回来?"小烈哪里能回答这些问题,只是心里说,这世上哪有不想家的人,我叔那样的脾性,当年走的时候赌咒发誓,最终也没有个儿子,怎么能再回来。小烈也只是老实地把东西都塞进旅行包,反正有女婿一起,能提能扛。

世纪之末,国企倒闭潮、职工下岗潮波及各地,县城里也不能幸免。大烈的编织袋厂只是刚开业时好了几年,1995年之后,市场经济逐步活跃,慢慢取代了计划经济,南方的各种产品迅速占领全国市场,县外贸局又挣扎两年,终于没有了业务,后来干脆取消了。皮之不存,毛将焉附,烈芳所在的编织袋厂也没有了,卖了厂房,每人发五千块钱买断工龄,各自回家。烈芳当了六七年工人,落了一个县城户口。

烈芳拿出两千元还债,自己存了两千,存折交给她伯保存,她揣上一千元，来到省城，寻找就业机会。她有城镇户口，是个有县城生活经验的人。这个身份让她有了自信，不可能从事纯体力活，再加上大城市里，像她这样二十四五没结婚的女孩多的是，她也就算不上老姑娘了。

好一些的单位需要大专以上文凭，她告诉人家自己是高中学历，毕业证在家没有带来，用人单位半信半疑，但见她落落大方，侃侃而谈，也确实挺像个至少高中毕业的人，最后她在一家只有几个人、两间门面房的旅游公司当导游。她觉得这个工作挺美，还能到处逛。那一年里，她去了南方一些城市，也挣了一点小钱，但不舍得花在自己身上，一心想给家里还钱，她在城郊接合部租了一间村民自己搭建的小屋。在本来的二层楼上，又用一坯砖盖了几间，每间不到十个平方米，一张小床，一个桌子，两把椅子，专门租给她们这样的人。她的衣服都放在纸箱子里。夏季小屋晒一天，下班回来打开门，一股热气扑面而来，屋里像个大蒸锅。夜里她上好门，打开窗，只穿个裤头睡在热乎乎的凉席上，一个夏天，硬是把她前几年得上的关节炎给蒸好了。以后阴雨天气，膝盖再也不疼了。

时光缓慢而坚定地走过，迎来新人，送走老人，常泰爷、常泰奶奶相继离世，二奶奶也死了，杨全堂成为过道最年长者。每一天扒开眼睛，过道里便响起孩子们的脚步声，引科、二科、三科、小蝶、小秋，引庆的闺女小雪、儿子小晨，引运的儿子星星，还有生产队里的孩子，从将将走路的到十七大八的，风一样穿梭于过道，大一些的忙着上学放学干活，小不点的噔噔噔奔跑着玩耍，过道中间被踩得稍微低洼，土地瓷实坚硬，各类虫物躲着这些莽撞有力的脚步，也不敢来钻洞坐窝，只在过道两边的墙角土缝里探头探脑，瑟瑟发抖地顾盼这些庞然大物。孩子们闲极无聊，来到二奶奶空闲下来的院落，在地上刨弄着玩。

1995年，西安的四叔回来埋二奶奶，引章已经在镇上学校教书几年。四叔因已经退休，办完丧事也不着急回西安，在家停留几日，见一见新老朋友,联系上从前的同学,一起喝酒叙旧。这位同学是引章工作那个县主管教育的副县长,临近退休,问四叔在家有没有啥事要办,有权不用,过期作废,再有几个月,他就要作废了。四叔说有个堂侄,在他县教书,小伙子很优秀,看能不能上进一步。刚好县教育局正缺一个干事,引章各种条件也都符合,便把他调到教育局当干部。

进入机关的杨引章二十七八岁,婚姻问题摆在眼前,这几年也有人不断给他介绍对象,可能姻缘不到,总是高不成低不就,主要是自己家里条件太差,外债将将还完,存款一个没有,从前在学校常年住办公室,到教育局后给分了一间宿舍。条件好的女方看不上他,长相差的闺女他又不愿意。不论怎样,他还有着郎才女貌的美好梦想。曾经有人给介绍一个闺女,家在县城紧挨着的市里,在市第二百货公司上班,人也挺上进的,正在读电大,明年拿到毕业证,家里就能想办法把她招干进入机关。父母都是坐办公室的,爸在市里工作,妈是县委里边一个干部。见面后,女方说不计较男方家里条件,只要人好就中。引章却觉得那闺女相貌连中等都算不上,个头还没有烈芳高,跟自己站在一起实在不般配。从小在那样家里长大的引章,敏感而自尊,很容易感到自己受了伤害和算计,因为你穷,别人才给你介绍丑的,他婉拒了对方,引起女方母亲不满,这种事情不管是婉言谢绝还是直说不中,总之就是你没看上俺家闺女。小县城里,抬头不见低头见,县委县教育局前后院子,想不遇见也不可能,他由此领受了那位中年女干部的几次瞪视。后来又收到那闺女的一封信,写得情真意切,表示对他很是满意,愿意和他共度一生,不介意他家里条件。他家里如果有债务,也愿意替他还了,她上班几年,自己攒了一些钱。字也写得挺秀气,信的落款是谢云裳。引章有一刻都快被打动了,为着这么美好的字体和名字。他确实在心里挣扎了两天,想想女方这样的家庭,在前杨人的世界里也是少见,可再想起那闺女及格线以下的形象,终是不能接受。一个完全陌生的人,突然切入你的生活,占领你的身心,每天相伴一起,无所不做,那一定得需要你完全彻底的愿意,随时为对方献出一切。可是跟这个谢姑娘,二人一起走在街上,让谁一看都是你们的婚姻肯定有问题，必定是长得好的那个，有着另外不可弥补的缺憾。引章终是没有回信，闺女的妈肯定不知道写信的事，要是知道会更气恼。

他想以他这样的条件，靠别人介绍不合适，只能是遇到一个双方都相互认可的，先是看上了人，而不计较其他条件。

在一次县上的大活动中，抽调一些年轻人来帮忙，县委组织部一个女青年，很快和引章对上了眼，那姑娘高高的个子，方正的脸盘，双腿长长，行为举止大大方方，拿眼睛主动跟他说话，他的心嗵嗵跳了两下，他要找的不就是这样的人吗？朴素，稳重。看那气质和穿戴，也是农村考学出来的，侧面一打听，果然是的，并且知道那姑娘叫陈稳秀，今年二十六岁。第二天再见面时，他脸都红了。陈姑娘仿佛看穿了他，微微一笑，还是不说话。

活动搞完，他鼓起勇气来到县委院子门口，想遇见她，可见到了说什么？哎呀，大烈要在就好了，会给他出主意想办法，甚至会出面搞定这个事情。虽然他的人生之路已经完全铺展开来，但还是不能没有妹妹的支持与保驾护航。

在县委门口痴站了两次，有一回真的见到了陈姑娘，却不敢上前搭话，自己先扭头走了，下次再去，竟然被谢姑娘她妈看见，对着他狠狠瞪了一眼，吓得他赶快离开。自己害了相思病，心里梦里都是陈姑娘。

他还是一个月回家一次，坐班车到通淮集东头的公路上，再穿过通淮集的长街走路回家，在家住一晚，虽然跟伯也没有多少话，但那总是自己的家，回家看望伯是他的责任。见到他回来，手里提着吃食，伯也挺高兴，笨手笨脚地给他做饭。平时他不在的时候，伯就是凑合吃饭，有时候一天也不开伙，吃个饼子，或者几块蒸红薯，喝一碗热茶。他想，等将来条件好了，把伯接到市里生活，伯给他们接送小孩上托儿所，这样一想，眼前又是陈稳秀的样子。他会去后地他妈坟头上看看，默默地坐着不说话，心想着妈如果能看到他目前的生活该有多好，他想象着妈见到陈稳秀，双手一拍，说："噫，这闺女真中，我愿意透透的……"

他联系烈芳只能写信，烈芳联系他可以打电话，常常约好一起回家的时间。全国实行了双休制，二人在同一个星期五的下午回到前杨，这是杨全本最高兴的一天。家里外债已经还完，儿女给他和过道里各家带回吃食和礼物，这个寂寞的院子再次热闹起来。引章是县政府的小干部，他一回来，有人走进过道来家里找他说话，打听信息，托他办事，自然也就对杨全本高看许多。在农村，有人来主动找你说话，求你办事，代表着你们家中了起来，他们这个从前被人看不起的家庭已经翻身。

每次见面，烈芳都问引章对象的事，引章说了他对组织部那姑娘的印象。烈芳爽快地说："那还不好办，直接问问她，能不能相中你，不就妥了？"

引章说："不好开口哇，万一人家有对象了哩？"

"有没有，一问不就知了？这样吧，明天我跟你一起去，后天上班了，咱俩直接在县委门口截住问她。"

第二天下午，俩人一起坐班车来到引章的县上，晚上引章睡办公室，让烈芳住他的宿舍。星期一一大早，兄妹俩站在县委院子门口。接近八点，上班的人陆续来了，引章给烈芳指了指一位走来的姑娘，烈芳先向引章点点头，意思是称赞他眼光好，她快步走上去，跟上那个姑娘。

"这姐姐，你站一下，我跟你说句话。"

那姑娘停下来，比烈芳高半个头，问她有啥事。

烈芳朝身后看了看，引章已经消失。

"打扰姐姐了，我是教育局杨引章他妹子。"大烈落落大方，介绍自己。那姑娘用惊异的目光看着她，烈芳自嘲地笑笑说，"我是寻的闺女，跟俺哥长得不像。"那姑娘噢了一声，脸上现出一点不好意思的歉意。烈芳介绍了引章的情况，然后问陈稳秀："不知姐姐你有对象没有，如果没有的话，能不能跟俺哥接触接触？"陈姑娘抿嘴一笑说："他自己咋不来哩？"烈芳说；"腼腆嘛，他说对你印象特别好，就是不敢自己来说,他从农村考学出来,俺家条件也不太好,他有点自卑,所以内心很矛盾,前天回去给我说了。我说,镇好的姐姐,咱咋也不能错过,要全力以赴。"烈芳把自己笑成一朵花,又说了自己的工作情况,妈不在了,家里目前就只有三口人。

陈姑娘说:"我目前倒是没有合适对象,如果他愿意的话,可以跟我联系。"于是带烈芳到她的办公室,拿笔在纸上写了自己的名字和办公室分机号,交给了烈芳。烈芳谢过陈姑娘,眯起小眼,嘿嘿一笑,恨不得张口叫一声嫂子,拿着那张纸片走了。来到前面政府院子,到引章的办公室,纸片交给他说:"就看你的了。"

烈芳既已完成初步使命,不愿多停,转身到客运站坐车回省城。一路上想着哥的婚事,订婚结婚都需要钱。账刚还完,又得借钱。这就是生活,一件事接一件事,一道坎连一道坎,八年前哥考上学,是头一道关口,人生的重要转折,借的磨的,苦劲巴力,总算完成,毕业后有了体面的工作,接下来就是终身大事,哥已经二十八九了,不帮着完成,她内心不安。不过盖房结婚这样大事,借债有情可原,不借钱不塌账显得不隆重不诚心。女方家再通情达理,至少也得按当下行情准备几千块的彩礼,再加上买衣服办婚事,得上万元了。借,继续借,人生就是借来借去,不是缺这就是少那,拆东墙补西墙,挖了这里补那里。一直到车进省城,她都在想着钱钱钱,到哪里去弄钱?只有克扣自己,把自己省下来的钱拿出来,给哥结婚使。就这只要人家陈姐姐愿意才成。还没有详细告诉人家自己家里的真实情况哩。烈芳此时也已经二十五岁,按说也该找对象结婚,但她认为,哥不结婚,自己就不能考虑婚事,再说自己形象也不太好,还要有自己的标准,找起来定是不能顺心顺意。

她忍了几天,终于找了一个公用电话,给引章打去,问他情况咋样,引章说俩人已经开始约会,一起到河边散了一次步,请她吃了一次饭,姑娘也说了自己情况,家也是农村的,也是复读好几年才考上学,前年刚毕业分配。因为上学时组织行人救了一个落入水中的小孩,人家送来锦旗,得过一个学校级奖励,入了党,所以优先分到了组织部。烈芳说:"好好好,这就算正式谈上了,咱家里的事,要找机会如实告诉人家。"引章说:"如实说了,只是还没说咱妈……只说她不在了。"这是俩人心中的一道坎,自己妈上吊死去,是个不愿面对但也不能回避的事实。烈芳又说:"虽然咱没钱,但也不能太小气,出门花钱要大方点,不能叫女方笑话,哪怕借钱也得撑起面子。"引章说:"这我知道。"

等她一星期后再打电话,引章告诉她,又约会了几次,谈得更加投机,陈稳秀说她家也是借钱供她上学出来,所以她知道农村人的不易,她之所以到现在还没谈对象,就是想把家里为她上学借的钱还完再说。陈稳秀不让在外面饭馆吃饭,也不让引章给她花钱买东西,约会都是二人在自己食堂分别吃了后,再出来到河边散步。她说只要两个人能处得来,别的不重要。烈芳说:"真是难得的好人,要样有样,要人品有人品,哥你一定要抓住不放。"

烈芳想,事不宜迟,快点确定下来,现在刚进阴历七月份,八月十五订婚看好儿、换手巾,腊月里结婚为好。哥年纪不小了,谈恋爱看电影轧马路净是多花钱,过年过节走动提礼那也是钱。于是她跟哥约好,下星期一起回家,跟伯和大娘大嫂商量此事。烈芳越想越激动,向琴琴打听订婚换手巾的一系列事宜,彩礼钱,待客钱,亲戚们来吃桌随礼见的钱,办酒席赔不赔钱。初步得出结论,至少需要花销一万块,又是一笔大开销。自己和哥攒的钱远远不够。

二人来到前院大伯家,大家一听先是高兴了一阵。接下来的问题,除了借钱外,要派一个妇女领着引章去往女方家提亲。这种事本应是大嫂出面,但大嫂说:"我这样儿,去了丢你的人。"那么派七婶去,喊来七婶,七婶挤着红烂的眼睛说,自己这样儿也不好啊,关键是不识字,跟个憨子一样,话也不会说。四姐倒是形象好,可她是单身,又是被婆家打回来的闺女,不吉利。烈芳倒是嘴会说,可她是没出门的闺女,不兴出面这事。哎呀,一条过道里竟然找不出一个能拿得出手的女宾。而这样的两家头次见面,正是显示男方家庭形象与各种实力的时候,不能太不像话。烈芳眼珠子转动,目光落在大娘身上,大娘低头做活儿，头发梳得光光溜溜，全身穿得干干净净，说话温言细语，咋看咋棱整。烈芳说："大娘，你去！"

大娘的脸笑成一朵干皱的花："快七十的人了。去了话都说不到一堆儿，叫人家一看咱杨家再没人了？"大娘形象是很好，可年龄实在是太大了。一般这样的事，是三四十、四五十的妇女出面最好。当年为大哥天德订婚，大娘亲自去往罗湾，赢得了罗巧芬全家的一致好感，罗巧芬一见未来的婆子，又喜又愧，恨不得找个地洞钻进去。

大娘说："叫恁建林嫂去。"

大家一想，对，琴琴她妈去最合适，她是工人家属，公婆健在，儿女双全，自己又长得胖胖大大很喜庆。至于建林闹离婚，闹来闹去离不成，恰恰证明她是胜利者，有福人。不像素芬那么傻，人家一说不曳，自己就先松了套。

八月十五去女方家提亲前，烈芳把那只金戒指用一个小手绢包着交给引章，叫他送给陈稳秀，"就说这是咱祖上留下来的，现在要交给咱家的媳妇。"引章不好意思伸手接，因为当年拿到那些东西的时候，伯就说，这个戒指给烈芳了。并且此时农村定亲，也还没有兴起送金货。他对烈芳说："还是你自己留着吧。"

烈芳说："稳秀姐是难得的好人，咱一穷二白，没有啥好东西给人家，彩礼也是最低标准，就把这个给她吧。金子代表咱的心，这叫人心换人心。"于是引章拿了，和建林嫂一起去陈稳秀家。

第十六章　去木锨王

小秋的记忆里，很少被人抱过。她总是坐在一边，看妈妈编娃娃筐。妈妈坐在门边，手下飞快，十个指头在跳舞一般。她喊妈妈，妈妈只是嘴上应声，却不停手里的活儿，她和妈妈说话，妈妈眼睛盯着手里的娃娃筐。问她是不是饥了，是不是渴了，是不是瞌睡了，要是饥了去拿馍吃，要是渴了给你倒茶喝，要是瞌睡了到床上睡去。她说也不饥也不渴也不瞌睡，妈妈说，那就坐着好好玩呗，她说玩烦了，妈妈说，出去到门儿玩会儿去，去前院找小蝶姐姐。于是小秋出门去找小蝶，有时候嘴里说要去，却坐着不动，脑子渐渐昏沉，身子过电般酥软，歪倒下去，躺在妈妈脚边的地上睡着了，像一只小狗，似乎闻到妈妈裤腿里飘出一丝丝温香。如果是夏天，妈妈拿过一片编织好的椭圆形小垫，放到地上，把她抱起来挪到上面，或者把她的小身子扳着转动一下，翻到小坐垫上，不让她着凉。她更小的时候，被妈妈放在一只娃娃筐里。素芬专门给她编了一个，比外贸局标准的娃娃筐大一些，浅一些，里面铺一小块褥子，素芬干活的时候，就把她放在里面，她一直在筐里睡到两三岁直到筐子装不下她。她最喜欢妈妈托起那个筐子给她挪动地方，她在筐里，悠悠地摇动，看到晃着的天空和树影。素芬说："咱就是干这个的，还能让俺闺女没个娃娃筐睡？"素芬拿件衣服给她盖上。筐里的一切都是妈妈给她说的，她看着那个她再也进不去的筐子，真是不敢相信。有时候她在地上玩着玩着歪倒睡着了，素芬手里活儿忙，想尽快把一个筐子收尾，不愿起身，就把地上的包谷皮撮起来盖到她身上。她感到一点凉气，妈妈拿小被子来盖她，她醒了过来，妈妈手里的娃娃筐收尾了，腾出手抱起她，说："走，床上睡去，地上太凉。"她已经没有了瞌睡，转转脑袋，看到外面天光已暗，姥娘在灶火烧好了汤，小擀杖擀烙馍的声音咯噔咯噔，小晨哥哥在灶火门口的小桌上写作业，姥爷从门外走进院子，还在跟过道里的人说话。一天就要结束，她睡得困倦而又惆怅。

她出了自家院子，到前院，来到小蝶身边，小蝶温柔地搂住她，她说："姐，咱俩玩吧。"小蝶说："玩啥呀？"她说："出去玩。"小蝶说："我不爱出去，就在家玩呗。"她说："家里有啥好玩的，咱去学校门口。"小蝶站起来，扯住她的小手，俩人走出院子，来到村东头，路过小十字，再向东走，来到长枪吴学校门口。正是暑假里，学校锁了大门，二人隔着铁栅栏往里看。小蝶已经是十二岁的姑娘，但看起来也没有多大，瘦小的身子比小秋高不了多少。小蝶弱声细气地说："明年你也该上学了。"小秋开心地笑，说："那咱俩就每天一起上学。"小蝶说："一起不了，明年我该去通淮集上中学了。"小秋心里小小地失落。小蝶说："我兜里有一毛钱，咱去小卖部买江米团吃。"二人开心地往村后的路上走，小秋的双腿结实有力，步子轻快，像是安了小弹簧。小秋穿得很好，衣服都是素芬给她做的，样子顶顶洋气，在口袋和领子上，来个小拼接，出点小花样。素芬结婚前，在大队缝纫组干过。结婚出门的时候，用男方家的彩礼，买了一台缝纫机作为陪送。姓王的一家不要她后，那台缝纫机拉了回来，她承包了一条过道里人们的缝缝补补，做个被单，接个衣边，改个袖子，她也都做得来。前几年因为她忙于编筐，生产队里更多人拿来的活计，她没有时间做，就让他们找一个会的人，到她的机子上做。于是她的这台缝纫机，白天响，晚上转，可真是出了大力。

小蝶双腿细小绵软，鞋子总是大着一号，走路拖拖拉拉。太阳快要落下，田野上吹来一阵微风，有了点凉爽的气息，小秋秀丽的黑发，小蝶细弱的黄发，被风吹动。空气里有青草的味道，牛屎的味道，尘土腾起的味道，更有太阳晒干了万物的安详宁静气息。小秋说，你看那云多好看，等我上学有蜡笔了，就把它们都画下来。路过的人扭头看这两个小孩，小蝶知道人们主要是看她，她从小就被人们的目光分拣出来，习惯于别人有些异样的表情，她佯装不在乎地吸一吸鼻子。

二人在小卖部逗留一会儿，看遍了水泥货架上的东西，无非是一些小零食，学生本子、铅笔，日常小百货。她们把钱交给成仁爷，最终买了一个江米团一个冰棍，分别拿在手里，你咬我的一口，我咬你的一下，吃着往回走。小秋说："下一回，我拿钱买，咱俩一起吃。"小蝶说："你是小孩，不能花你的，下回我问你三舅再要钱。"小蝶说的三舅就是自己的三叔，三叔对小蝶尤其好，常常会给她几分钱。小秋虽然姓了杨，但她妈还是让她按照外甥女的身份称呼过道里的人，喊他们几姥爷几姥娘几舅几姨。这条过道里的人，都爱着小秋，她不缺疼爱，她只是缺个爸爸。她曾经问过姥娘和妈妈，爸爸在哪儿。姥娘和妈妈说她没有爸爸。小秋想不明白，怎么能没有爸爸，别人都有爸爸她为何没有？后来她还发现，她不但没有爸爸她还没有爷爷奶奶大爷叔叔姑姑，她竟然缺着跟爸爸有关的所有人，总之她跟别人不一样。这个世上有很多她不知道的事，她还是个没有上学的小孩。

小秋说："那也不能老花你的，下回我问俺妈要钱。"实际上，她也拿钱买过，只是小蝶拦住了她，小蝶总是说："你小，不能花你的钱"。

乡村的男孩子，夏天里光着身子，大一些的半裸，小一点的全裸，到处跑着玩，在南地的坑里凫水，胆子大的，结伙跑到西边的颍河里扑腾，叫大人知道了，拉住狠打一顿。女孩子们文静得多，无非就是几个人聚在一起，说说小话儿，咬咬耳朵，藏老闷儿抓子儿过家家，然后就是扯了手或跟着团，街里站一站，墙上靠一靠。小蝶和小秋，都能感到自己与别人有不一样的地方，自己缺着一点什么，不由得小小的心里，怀着自卑。小蝶的自卑，是深重浓稠的，她已经有了月经初潮，对这个世界有些懵懂的知晓和领悟，知道形象对于一个女孩子多么重要，她从别人的目光中看到自己的命运。小秋的自卑，是新奇而朦胧的，是自我夸张的，她明明知道她被爱护与安全包围，不缺吃不缺穿不缺零花钱，她还长得好看，其实有没有爸爸叔叔爷爷奶奶并不重要，不影响她的什么，她却仍然感到遗憾，世人都有，而我没有，这就是问题。于是她的自卑是夸大色彩的，故作神秘的。

上学之后，小秋更加意识到这个问题，因为书本上有爸爸妈妈爷爷奶奶叔叔阿姨这样的词，却没有姥爷姥姥舅舅妗子，怎么她缺了那么多？还有，同学们都是跟着爸爸的姓，而她跟了妈妈的姓。没有人告诉她这是为什么。她悄悄向小蝶提出了这个问题，小蝶说："可不要问你妈，大人们都不让告诉你，你有爸爸，他在车站工作，你爷爷奶奶在木锨王，你本来是应该姓王的……"于是她和小蝶之间，有了一个共同的巨大秘密。她让小蝶带她到木锨王去看看。小蝶嗔她："去那儿看啥？人家都不要你了，你还去看。要是我，一辈子不去！人要有囊气。"

"我不是去看他们，我就想看看木锨王。"

"木锨王有啥好看的？就是一个庄嘛，跟咱前杨没啥两样。"

"木锨王在哪边？"

"木锨王在南边。"

"木锨王离咱前杨有多远？"这个新出现的村庄名字让她新奇而激动，为啥叫这样的名字，是不是他村里有可多木锨？而她，就是被那把木锨铲了撂出来的？就像铲一堆狗屎。

"有七八里地吧。你问这干啥？"

小秋低下头，好一会儿抬起来："姐，你带我去木锨王，就咱俩去，谁也别说。"小秋的眼里跳动着火苗。

"我不去，我从来没有走过那么远的路，比俺姥娘家还远得多。"

"不去算，我一个人去。"

"你也不得去，那么远的路，看把你摸丢了。"

小蝶每天把小秋看管着，不许她一个人跑，因为她不能让大人知道是她把这个秘密告诉了小秋。看了一阵子，小秋不再提这个事，小蝶慢慢放松了警惕，想她可能忘记了。小孩家，记事快，忘得也快。

有一天下午，小秋不见了。

日头偏西天待黑，素芬从缝纫机上起身，突然发现，好大一会儿没有见到小秋。她收起做好的衣服，站到院子门口，先向后地喊小秋，没人答应，再往前面街里喊小秋，无人搭腔。她走进大娘的院子，小蝶从东屋走出来，说小秋下午没来找她玩。素芬来到后地，问竹床上的七叔，七叔说没有，一个下午都没见。素芬一时慌了，从后地绕到学校门口，明知锁着大门，却向空荡荡的学校院子里喊，没有人，她又跑到村后的代销点，成仁叔说一天都没见小秋来。素芬跑回街里，向西走着，一声声喊，心里冒出不好的征兆，她知道小秋很少到生产队之外的地盘去玩。喊声惊动了家家户户的人，出来站到门口，都说下午没见着小秋。

一时间半条街都知道小秋不见了，大哥推出了自行车，引科推来了自行车，素芬转身回家拽出了自行车，大哥说："咱仨去三个方向，东边，南边，北边，顺着路去找去问。小蝶你再到庄前庄后的地边上去看看，各家去问问。"

"西边不用去？要不我借个车子往西去看看。"三哥杨天庆问。

"西边就是个河，小闺女家不将（注：枪音。会，可能）去。"大哥果断地说。

"她肯定往南去了。"小蝶突然说。

"你咋知哩？你看到了？"素芬惊异地问她。

"往南去了。"小蝶语气坚定，双眼闪闪烁烁，回避和四姑对视。素芬顾不得多问，跨上车子向东，在村头往南拐去。

"咱俩一个往北，一个往东。"大哥对引科说。小蝶在身后说："你俩不用去，要去的话，也往南吧。"二人顾不得听她的，跨上车子跑了。

1997年秋天，一个星期天的午后，小秋从前杨出走，一路向南。她不知木锨王具体在啥位置，可她会问，她去过通淮集，没有多使得慌就走到了，那么木锨王也就是三个通淮集那么远。现在不用问路，因为她知道周边二三里的村庄名字,她被姥娘和妈妈带着来过南边的临涯章,这里是姥娘的娘家,也就是妈妈的姥娘家,她走过了这个村庄,等到前面不认识的村庄她再问。

她本来是应该姓王的,却姓了杨。这个消息让她大为震惊。她才只有八岁,生命中就有了这么大的命题,一个人姓什么是天大的事,怎么也能随随便便给改了,是谁说了句话,你就改了姓。她会写杨,她当然也会写王,可她写的时候从没有想过,这个王字跟自己有什么关系。姓杨多好啊,笔画稠,显得有学问,字好看音也好听,杨树、洋气、绵羊、阳光,都是好词,她本来认为天下人都姓杨哩,后来小蝶告诉她,光他们长枪吴大队,就有十几个姓氏,他们前杨,也有好几个,只不过姓杨的最多,所以叫了前杨。天下有各种各样的姓氏,还有很多奇奇怪怪的姓,比如欧阳,这叫复姓。啊,又是一个阳,她要是也姓复姓,叫欧阳小秋,多好听,显得那么洋气。姓王可不好,写起来也不好看,支煞着几根柴火棍,硬胳膊硬腿,听起来也不好听,汪、亡、往、忘。她已经是二年级的小学生,认得了一些字。

自从去年小蝶告诉她,她本应该姓王,就在她心里投下一个大大的谜团,她联想起更多的事情,天下的人都该跟爸爸的姓,而她却随了妈妈的姓,天下人都该跟爷爷奶奶生活在一起,而她却住在姥爷姥娘家里,而大家都从来不提她的爸爸。"爸爸"这个词,在小秋这里好像是一个禁区。她更小的时候曾经问过妈妈,爸爸在哪儿。妈妈脸一怔,没有回答,把她揽进怀里,轻轻地说:"等你长大,就知了。其实你除了爸爸,啥都不缺。"

而现在,她已经长大,上了二年级,从小蝶那里知道,她爸爸在车站工作。爸爸肯定是不喜欢她,要不然,不管他在哪里工作,总得来看看她,抱抱她吧。车站太远,她还去不了,就算去了,她也不会去找他,人家都不愿见你,你到人家眼前干什么?可她想到木锨王看看,从木锨王的街里走一趟,看那些姓王的人能不能认出来她,能不能知道她应该是一个姓王的小孩。

过了临涯章,很远没有村庄,走过那些两边都是包谷的土路时,她心里很害怕，担心路边地里跳出一个人把她抱走。她身上微微出汗，快步跑过去，眼前是一片豆子地，视野开阔，有风吹过，她放心了一些，口渴得厉害。又走一阵，看见一个村庄，路边有一片菜园，一个老人在菜园里弯着腰，好像是从井里往外打水。她走过去，老人问："这小孩，哪庄的？"她看到井边有一只铁桶，里面有将满的一桶水。她说："爷爷，我老渴。"老头笑笑说："渴了？自己捧住喝吧。"她走过去，撩水洗了手汗，然后双手捧住桶里的水，喝了几口。老人问她："镇小的孩子，咋一个人跑出来，恁家大人哩？"

她指着南边问老人："你知道木锨王还有多远？"

"木锨王？不在这边，在东面。"

"木锨王不是在南边吗？我就一直往南走。"

"你是哪庄的呀？"

"前杨的。"

"噢，前杨，那你大向走得对着哩，木锨王是在前杨的南边，可不是正南，是先朝南再朝东。你现在得勾回去走。看，顺着这条路往东走，走到东边那个路口，有一间小屋，墙上写着机电，你再往北走，路过一个庄叫下坡郭，紧挨下坡郭后面那个庄，就是木锨王。"

原来是在她被包谷地挡住视线而奔跑的时候，木锨王正在东方。小秋又捧住桶里的水，大喝几口，在身上擦擦手，谢了爷爷，转身出了菜园子，那老头在后面用声音追赶她："恁家大人哩？你一个小孩，去木锨王弄啥呀？木锨王是恁啥亲戚？"后面的话她听不到了。

已经看到前面路口的一间小屋，她快步走过去，果然见小屋上有两个大大的字：机电。有一个妇女骑车路过，她大声问："姨姨，木锨王是不是在北边？"那妇女说："是哩。呀这么小个闺女，去木锨王弄啥呀？看跑这一头汗，上来我带住你吧。"妇女下了车子，回头看小秋。小秋跑上去，那妇女支好车子，掐住她的腰，她扒着座位，双腿分开，跨上自行车后座，发疼发热的两条腿轻松地垂挂下来，感到双脚一点点发胀，风儿变得爽利，吹动她的全身，汗珠很快干了。那妇女继续问她问题，她只说去找妈，她来这走亲戚了。路过下坡郭村头，

211

妇女说:"俺家是这庄的,我把你往前带带吧。北面就是木锨王。"

她从车上出溜下来,站在土路上,向妇女挥手,看着妇女骑车而去。现在她一个人,面向着木锨王。这就是不想要她的木锨王。她问自己,要不要走进去,穿过木锨王的街里,往西走,出村子,再向西向北,就能回到前杨。她鼓一鼓勇气,从一条小道进入木锨王的街里。她站在一个小小的十字路口,心咚咚直跳,她并不知道她站着的地方是两个自然村的中间,东边才是木锨王,西边是小尹庄。她突然害怕起来,不敢接受人们的目光,如果没有勇气左拐从街里穿过,她就可在小十字口向北,很快走出木锨王;如果愿意从街里走,她就要承受一个村庄的审视和问询:哪儿来的小孩?不是咱庄的,没见过,不知谁家的。人们已经开始向城市转移,每村子人都很少,街里见不到人,但哪怕只是一两个,他也会代表全体村民,用目光询问你,用语言审问你。

村庄是每一个农村人的领地,就像前杨是她的领地一样,如果见到一个生人来到前杨,走到她家过道口,她就会问人家:你是哪庄的?你找谁?而此刻,木锨王的任何一个人也会这么问她。她在小十字路口犹豫了一会儿,还是勇敢地向西拐去,走进小尹庄的街里,她全然不知,因着"木锨王"三个字而心跳加速。夕阳直射过来,照在她的脸上。街两边家家大门紧闭,不时延伸出去几条过道,过道里也没有人。各式各样、相似而又不同的大门,紧紧地关着。这个村庄与另外的村庄没有任何区别,在外人看来,似乎都是一样。可每个人都没有摸丢,都能找到自己的村子,都想要回到自己的村庄。就连八岁的小秋,也倔强地追寻血亲之路,悄悄一个人摸向她本该姓着的木锨王,可她也很知道前杨的方向,知道她该怎么走回前杨。向西,向北,就是前杨的方向。她背向木锨王,走在小尹庄的街里。哪一扇门里,是我出生的地方?哪一个院子,是妈妈曾经生活的地方?哪一处宅子,住着不愿要我的那一群人?她低着头,快速从街里走过,她不往两边看,可两边的大门她都看到了,她盼望着那些大门打开,走出来一个人,问她一些问题,她又庆幸那些门没有开。快要走出村子的时候,终于看到路边的一个大门楼里，坐着几个老人，围着一张小桌子打扑克牌，身后还站着几人观看。他们都忙着眼前的事，并没有一个扭头看她，她只是用了两秒钟，便路过了那一群人。大门楼里跑出一只小黄狗，冲着她汪汪叫了两声，那叫声很是友好，不是质问，也不是威吓，而是和她打招呼。她回头向黄狗招招手，那狗儿竟然向她跑来，跟在她的身边，嘴里呜呜有声，像是跟她说话。这只黄狗代表全村人问了她。她从路边捡起一只土坷垃，远远向前抛去，土坷垃跳出小尹庄村街，小黄狗蹿出去，撵上那个土坷垃，摇着尾巴，回头看着她。她走上去，跟那只小黄狗逗玩了一会儿，径直往西而去，小黄狗跟在身后送了几步，停下来冲她汪汪两声，是告诉她，不送了，你自己回家吧，回你的前杨去。

小秋一路向西，走到一个小小路口，见到一条南北路，她停下来，判断是该向北，还是继续向西，路边都是包谷地，好像就是来的时候因为害怕而一路向南跑的那条路，这次可不能走错了，她四处看看，想见到一个人，问一问路，天快要黑了，她得赶在喝汤前到家，要么妈妈和姥爷姥娘该着急了。但见北边一个人骑车急急而来，再近一些，车上的人大声呼唤她的名字。妈妈像飞一样，把自己架在自行车上，来到她眼前，她看到妈妈脸上的泪光。妈妈跳下车子，一把抓住她，拉到自己两腿之间夹住，手高高扬起，打在她屁股上。她拧着身子躲避，妈妈支住车子，又拽过她来，搂在自己怀里，二人滚坐在地上："把人都急死了，全过道人都出动，汤也不烧，窜出来找你。"

小秋在妈妈怀里不说话，心里涌上万般滋味，劳累，悲壮，甜蜜，忧伤。她抬起手，替妈妈擦眼泪。紧张和惊喜在素芬脸上扭结的后果是惊魂未定的样子，她嘴唇哆嗦，一下一下狠狠地又轻轻地拧着小秋的大腿，看起来是拧，其实是大拇指在她腿上隔裤子搓动肉皮："你知不知把人快吓死了？你要是跑丢了我还能不能活？"

素芬把小秋掐上自行车后座，前掏腿骑上车一路向北，她要带着女儿快点飞回前杨，让家里人放心。已经八年没有走过这条路。她想起怀里抱着出生三十多天的孩子，胳膊上挎一个小包裹，一路往娘家走的样子。她想起预产期前两天，央邻居套牛车把她送到公社医院，生的时候大出血，医生问她家属哩，她咬住干裂的嘴唇不吭气，医生问是保大人还是保小孩？她闭上眼不说话。医生没法儿，几个人奋力合作，在血泊中把孩子从她身体里拽出来。她大出血快要流死，半天后才缓过来，她吃的喝的都是同屋女人的东西，几天后又央求同屋产妇的丈夫，用架子车把她捎到木锨王。她那时真想说，把自己送回前杨，但她不敢那样，女人不能在娘家坐月子，她怕伯妈不接收她，怕过道里的人不愿她的意，怕传到北京嫂子耳朵里不高兴。月子里，婆子一家人装聋作哑，没有人来她床前，她挣扎着下床做饭，给自己弄点吃的，奶水稀薄，孩子吸烂妈疙瘩，过一会儿刚不疼了，那小嘴又要吸吮，她在自己屋里放声大哭。头胎小孩比较主贵，按规矩生了闺女九天待客吃面条（儿子十二天）可婆家却不安排待客的酒席，也不去娘家报喜，还谢绝大家来送鸡蛋，仿佛家里没有这档子事……八年前的泪水再次滂沱而出，素芬脚下蹬得飞快，小秋在身后，不一会儿靠在妈妈背上睡着了。

1999年春节，小烈和丈夫从新疆回来，拿回来几百块钱，交给春棉。她这两年在新疆摘棉花干建筑挣的钱，也随时寄回了家里。她和丈夫除了共同养活小孩，基本坚持谁挣的贴给自己家里。他们有两个孩子，大的男孩在婆子家里，小的女孩还在吃奶，自己带在身边。小烈以远走新疆，结束了家里穷困无边的生活，春棉花钱方便了一些，不再动动事就借钱。

在家过完年，给小闺女断了奶，放在南边婆子家里，她夫妻二人说要到深圳去，那里流水线多，能挣到钱。

过完正月初五，烈芹夫妻二人只带二百块钱，一起南下深圳，要去电子厂上班。婆子说叫他们多带点，穷家富路，不要出门作难。她说，不用多带，那边的大厂不交押金，管吃管住，每月按时发工资。烈芹身材修长，在新疆八年，西部的风沙把她吹刮得粗粝而少言，手伸出来，关节明显，皮肤粗糙，被这双手抓住的东西，再也不会轻易丢开和跑掉。生育过两个孩子,她身上的母性力量显现出来,不爱用语言表达自己,内心里存着一股闷头苦干的狠劲。这一点,跟她叔全义很像,在新疆一起生活的时候,全义说:"省得说不是俺侄女,比自己闺女跟我还像。"听说深圳的钱挣得比较保险稳定,干得好的,每月能有七八百块。这样折合下来,好于新疆,新疆摘棉花干建筑是季节性的、时效性的,有活儿时有钱,没活儿了就没钱,建筑队上时有拖欠工资现象,她还跟着她叔全义跑着去要账,经历重重困难,有时候要以命相搏,不如到深圳的流水线上挣钱省心。至于深圳的气候好、饮食好,不是他们的考虑范围,虽然这也是事实,但对他们来说并不重要,他们只把自己当作挣钱机器,哪里钱好挣,就去往哪里。

第十七章　第一桶金

　　小蝶身子仍然很弱，刮大风就不敢出门，烈芳一回来，她歪歪扭扭跟在身后欢喜着。从前，她每个周末在村口等烈芳从县城回来。现在烈芳去了省城，回来少了，但每次仍然都有礼物，给大娘的一块手绢，给大伯的一条毛巾，给大嫂的一瓶红梅奶液，给小蝶的一根头绳一个卡子。

　　干了两年多，旅游公司经营不好，几个人散伙，其中一个到了亲戚经营的家具厂当业务员，问她愿不愿去，她暂时也没有更好的去处，就去了家具厂。这个亲戚早先是国营家具厂的职工，单位倒闭，对外招商承包，他就领着厂里几个人干了起来，专门做南方时兴的家具，供应北方市场。

　　业务员只有很低的基本工资，按推销出去的产品拿提成。

　　烈芳在各个家具城跑来跑去，到各个小区散发宣传资料，两个月只推销出去三个柜子。基本工资只够吃饭，连那个冬冷夏热的小屋的租金都是负担，她急得晚上睡不着觉。给哥通电话时，说了自己的情况。过几天收到引章的传呼，叫她回电话。嫂子的一个表哥，在省城一所职业学校教书，也不坐班，有课了才去，他有一间单独的办公室，办公室有一张床用于午休，烈芳晚上可以到那里睡觉。这样俩人一个白天一个晚上，互不影响，烈芳可省了二百块的房子租金。

烈芳每天下班回来，手脚不停，把房间收拾得干干净净，把表哥剩茶倒掉，杯子洗净。早上走的时候，把自己的铺盖收拾起来放在床底下的一个大纸箱里（床底下的地板也被她拖得没有一丝尘土），把表哥的铺盖铺好，给热水瓶里接满开水。过个十天半月，给表哥把床单枕套洗一洗。嫂子的表哥每天打开办公室门都是眼前一亮的感觉。

每天出入职业学校，烈芳想到自己的学历问题。现在社会上不管去哪里求职，先问文凭，虽然她自学了高中的功课，还读了那么多中外名著，但她没有一个哪怕高中的文凭。于是她问表哥，能不能参加他们学校的相关测试，然后给她发一个职业高中的毕业证。表哥说："能是能，但要进行一系列操作。你的入学手续、学籍档案啥都得有，否则就算给你发一个毕业证，拿出去当然也能用，但是学校这里没有你的底子，其实还是个空。你要想费这个事，还不如直接花钱弄一个大专文凭。"

"那不就是买文凭吗？"烈芳问。

"跟买文凭还不一样。买文凭是只给你一个毕业证，而没有你的学籍手续。我在一个大学认识一个人，他学校办的有成人高等教育大专班，能从头到尾啥手续都给你办好，连学生档案里都有你的资料，每学期学习成绩啥的都有，真真正正的大专学历。除了你没有在这学校真的上过两年外，其他啥都一样。"

"有这事？"烈芳小眼立即瞪圆。

"有，不过比较麻烦，要牵涉好几个部门。因为你连高中毕业证也没有，所以钱得多一些。"

"大概要多少钱？给我弄一个。"

"我问问吧，你别着急，反正得等到六七月毕业时才能统一拿到。"

过了几天，烈芳专门回去早一点。表哥说问好了，最少三千五能办。所有手续全部都有。你要是不想费这么多事，也有便宜的，证也是真的，只是没有你的学籍档案，一千多就能弄一个。

"我要真不溜溜啥都有的那个。"烈芳毫不迟疑。自己的积蓄有两千多，还差一千多，她可以借，就像当年给哥借钱上学一样。她一定要得到这个大专文凭，这样就弥补了自己学历太低的缺憾。

表哥说："这事得特别保密，只是给自己人帮忙的性质，他们得到校领导的默许，一年只能弄不超过十个，给他们自己挣点补贴，不能放开了弄，出事就麻烦了。你要是真想要，我提前打招呼，给咱留一个名额。"过几天表哥又交代她，准备两套不一样的证件照片，前几年的两张，今年的两张。

烈芳不敢想，自己能拥有一个省城高校的大专文凭。她怀揣着一个天大的机密，有一天跑到那个学校，在校园里转了一圈，春季学期刚开学，草木还没发芽，她看到那些学生在光杆儿枝条的大树下行走、说话、跑步，想到当年的自己，不到十五岁，初中还有一年，就离开校园回家，开始供哥上学。如果她一直上到高中，说不定也能考个大中专学校。哥考了三四年总算考上，琴琴当时一年失败就不再考了，她都替他们着急，不就是课本上那些知识吗？你把书背熟了，把复习资料全部学会了弄通了，怎么就不能考过分数线呢？她对于学校，有一种特别的神往与亲近，上学成为她不能实现的梦想，她就自己学习。二奶奶常说，东西学到自己肚里，谁也拿不走。她尝到了知识的乐趣和实惠，但她也确实需要社会给她一个认可。她这时还不知道，那个成人高等教育，根本不在校本部这里，而是在别处借用破产企业的办公楼里。她被这个学校的环境迷住了，一个人，能在这校园里专心学习几年真是幸福。突然想，我何不自己上一上这个大专哩？弥补一下从前的遗憾，弄个货真价实的文凭。给表哥一讲，表哥说，你没有高中毕业证，咋货真价实？咋上这个大专？再说现在啥事都是刚开始时有政策漏洞有空子可钻，过几年国家把提升学历工作抓规范了，谁也不敢说明年后年还有这个机会。听说2000年之后，所有学历档案从头到尾全部上网。今后只要网上没有你，谁也没法。

烈芳吓一激灵，赶快回到前杨，将她前些年招工时的照片底版找到，洗出两张相片，看起来又小又傻。可除了这个，就再也没有了。过去的不能弥补，谁也无法回到从前，把当时没有弄好的事情修正过来，把遗漏了的东西弥补上，只能从眼下着手，能补多少是多少。她突然想起，当年她和琴琴在县照相馆照了合影，那是琴琴结了婚要跟女婿去南方时，俩人的分别留念。于是她又带上这个底版，到南边市里照相馆，顺便又照了一个新的彩色证件照。

到哥嫂家里说了这件事。嫂子说，这个表哥是可靠之人，他说能办肯定就能办。引章没有说话，第二天烈芳临走时，引章给她一千块钱，说："当年你为了我上学，误了自己的学业，你缺的这一千，我给你补上。"烈芳推辞不要，嫂子抓过钱塞到她的包里。

天越来越热，即将到来的毕业季是烈芳心里的大事。家具推销业务还是半死不活没起色，她也没有心思，而是到书店买来大学专业的书，自己研读。她要对得起这个文凭。

进入六月，她给了表哥三千六，说一百元是他的路费辛苦费。表哥坚决不要那多出的一百，给她扔回到床上，当然也没告诉她，三千五里面已经有他的了。七月中旬的一天，已经放假的表哥在白天回到校园，打开办公室的门，把一个毕业证放在烈芳的枕上。

烈芳搂着她的大专毕业证睡了几个晚上，一醒来就拿在手里，看个没够。

经济开始活跃的世纪末，省城里各种推销员满大街奔走，好像每个人手里都有东西要出售似的，烈芳的推销家具业务进展得不好。她听说干啥事都要有关系有门路，可她在省城不认识人，怪不得做得不好。她想，是不是到周边地区去看看？于是她将业务扩展到城郊，回颖多湾县上瞅瞅，跑到引章的县里和挨边的市上去看看，果然很快推销出去几个柜子。

有一天她乘车过了黄河，来到省城北边的平原县城，看见一个新的大楼正在装修，她走过去打问，是一家酒店准备开业，她找到主管人员，推销她们厂的家具。主管说，他们已经订好了家具。烈芳没有告辞，而是跟主管拉话，请教一些酒店经营管理的问题，主要在于套近乎。主管看她是个挺精细的人，问她："你们厂里做不做办公家具？我亲戚在县劳动局，他们新办了一个培训部，需要一些课桌，我还有一个服装加工厂快要开业,需要办公家具。"烈芳赶忙说厂里有,自己回去拿相关图册,明天送来。要了主管的电话,问了他们的档次要求、数量,烈芳告辞出来,去往班车站,当即乘车回到省城,到家具市场寻找办公家具的区域,曲里拐弯打听他们的货源,又找到厂家,说她需要一批货,初步问好底价、提成,第二天再次乘车来到平原县。大冷的天,烈芳跑得身上冒汗,双腿发疼,直说得口干舌燥。每当有一件事情让她去做,就像有只大手给她上足了发条,促使她去立即奔赴,敲开一个个门,去介绍,去说服。她从中总结出很多经验:你要去办一件事,见一个人,前一天晚上就得想出好几条对策,别人拒绝了怎么办,不顺利怎么办,不表态怎么办,头条办法失策,第二条、第三条就得立即跟上。现在她找到那位主管,拿来图册,甚至有空白销售合同。俩人进行一番还价搞价,又去找那位主管在劳动局的亲戚。她在平原县城住了两个晚上,请主管和他的亲戚吃了两次饭,答应给他们高额回扣,头回打交道,让利于他们,自己得个跑腿费就中,只是为了打开县上的销路,今后还会长期合作。两个单位当即与她签了整个办公区和培训部的家具合同。她拿了订金回到省城,再来到办公家具生产厂家,交上五百元订金,以她前同事亲戚家推销员的身份为担保,请厂家向外县发货。两天后那边货到付款,这边家具厂按合同给她提成两万九千元,并且聘请杨烈芳为他们厂的推销人员。按当初给酒店主管和劳动局亲戚的承诺,分别给俩人两千和五千回扣,再刨去她这些天来的路费吃喝花销,她自己净落两万零五百。

1999年的冬天,烈芳包里装着平生第一笔巨款,回到住地。她走到哪里就能把哪里弄成温馨的所在,这个被她天天打扫的房间已经成为她的家。她锁好门,把钱放在床上,这样看看,那样摸摸,掂在手里看也看不够,打开查一查再用皮筋捆扎好在怀里抱一抱,在屋里走一走。不知放在哪里才好。夜已很深,她还无法入睡。找来一只袜子,将三捆钱塞进去,搂着它们睡觉。

天亮之后,她将袜子装到包里,带着出门,到班车站坐车到了平原县,将七千元交给那位酒店主管,请他转交亲戚的那一份。

可以歇几天了，不用紧跑着去推销了，这一单的钱，相当于别人半年的业绩。她此刻最想拥有的是一间属于自己的房子，她要好好感受跟这笔巨款在一起的时光，可办公室现在还是表哥在用，离下班还有一会儿。她到饭馆里，点了半斤肉饺子，美美吃了一顿。她要跟哥嫂分享这两万块钱，对了，应该去找哥嫂啊，把钱交给他们保管，怎么没想到呢？天晚了，可能赶不上班车了，明天吧，明天一早就搭车去。此刻她最想与亲人分享金钱带来的喜悦。到下班时间了，她往学校里走，又想起妈，如果她活着，见到这么多钱，该是什么样子啊。可怜的妈，为两块五毛钱难为成那样，而现在，有了两万块。两万块呀！能办多少事！在农村可以盖三间大瓦房。

快放寒假了，放假后学校停烧暖气，到时办公室会冷得很。她去年买了个小炉子，又买些蜂窝煤，房间里有些暖乎气，主要是用热水方便。她还买了小锅，自己下面条做饭，吃得舒服又省钱。总之要想办法度过这寒冷的一个月，下雪的时候，可以在炉子上吃涮锅，噫，那滋味，想想都美。她爱吃，饭量也大，最好是每天都有肉。生活一旦好一些，她就要把伙食弄好。所谓幸福生活，就是想吃啥吃啥，想买啥买啥，花钱再也不用抠唆算计。快了，努力奋斗，就快要达到这样的目标了。她把哥上学供出来，又给哥成了家，她还想给哥买房，她自己都佩服自己。妈要是活着，肯定会说："噫，还是俺大烈最中用。"烈芳在街上走着，吞儿地笑出声来。时光真是伟大，带领我们一路向前，总是有无尽的可能在等待着我们。要说烈芳二十多年来最幸福的时刻，那就是世纪末的这一年，她有了文凭，有了两万块钱。多年之后的几十万，瞬间装到兜里，汇到卡上，也没有这个冬天的两万元让她如此激动欢乐。

回到那间办公室，她锁好房门，拉起窗帘，坐到硬沙发上，双臂拥抱了自己。一天来，她深陷于金钱带来的喜悦与恍惚之中，白天里，她的手无数次伸进包里去摸，确认它们还在，坐在公交车上，她的头低下去，从敞开的包口去闻它们的味道，钱的味道，复杂而独特，难闻又可亲，沾满了多少人间的气息，唾沫的气息，鲜血的气息，汗液的气息,眼泪的气息,它携带着各式各样的故事和经历,只有敢于冒险、敢于拼搏的人,经历重重艰辛,才能幸运地拥有它。收起床上的铺盖,从床下拿出自己的铺好。然后她脱了外面的衣服,钻进被窝,再次把饱满的袜子搂在怀中,很快睡着了。

第二天一大早,她收拾好办公室,在桌上留了纸条,说自己今天要回家去,这个周末都不在,请表哥走的时候把灯光电源都关了。从前表哥常常下班站起来就走,灯也不关,因为他知道烈芳很快就会回来,巧手打理好这里的一切,将他来不及整理的东西都归整好,到处弄得干干净净。这闺女在这里住了一年多,他连一片纸、一个铅笔头都没有丢失过。

烈芳知道上午九点多有一趟火车从省城去往南边那个城市,便去火车站坐火车,将包挎在胸前放在腿上,一路上,她的小眼睛泪光闪闪,心里想着白氏那张愁苦的脸,引章那隐忍的表情,伯那常常失望的样子。是的,前杨的人,过道的人,农村的人,他们的脸上,都是一副习惯了失望的模样,都是风霜雕刻的纹路。而人生,不应该总是失望,要发挥自己全部的力量,创造出一个又一个希望。

城市在一点点扩大,引章所在的这个县,这几年都跟市区连接上了,之前以京广铁路为界,东边是市区,西边是县城,但现在市里和县城融为一体,共同包围着铁路。烈芳下火车后再坐公交车三站地,就到了引章所在的县教育局。

还不到十一点,她找个了公用电话给哥打去,让他和嫂子如果不忙就早点回家,她有要紧事商量。然后她悠闲地走到引章所住房子的门前,静静地等待。十一点半,听到急切的脚步声从楼梯传来,哥嫂二人上得楼来。引章手掂钥匙,眉头微皱,表情严峻,不知到底出了什么事情,准备着一颗心砰一声碎裂。他们这样的家,鲜有好事发生,他只是习惯性地沦陷进他该有的表情,等待承受随时降临的困难和麻烦。烈芳心里再次涌动起在火车上的热念,要把失望变成希望。是的,从此这个家庭将要走向希望。烈芳小嘴一咧粲然一笑。三人走进屋里,她在哥嫂的注视下,从包里掏出红色尼龙袜,拿出里面的蓝色钞票,放到桌上。为了增加神秘气氛,她始终不说话,很满足地享受着惊异的表情涌上哥嫂的脸。

引章和陈稳秀不约而同地伸出手去,一人拿起一捆,摸一摸,看一看,哗啦啦翻动一下,确认是真钱,终是忍不住问,哪来这多钱。

"挣的呀,还能是偷的抢的?"烈芳眼里的笑意早就溢满,咯咯有声,自豪地说。

"噫,忽吞一下成万元户了。这么些钱,咋花呀?"嫂子说。她和引章的工资加起来,每月才四五百。

"咋花?想咋花咋花。今儿晌午先去吃一顿。吃完回来想想算算,还欠谁多少钱,把账还还,然后给你们买房。"

"买房先不考虑,单位的这间房子,住着也怪好,过几年总是会分房的,再说这钱买房也不够啊,现在一套房,最便宜也得三四万。"

"现在大城市都有人贷款买房了。钱先放好,明年看看情况。我是这样想的,咱先把所有欠债都还完,包括咱队、咱庄,哪怕当时人家说过不要的,像大伯大哥一次次给咱的那些,都得还了。二奶奶人死了就算了,常泰爷常泰奶奶也都死了,那就还给他大孩儿,或者还给建林哥。这我都记的有账,总之咱要彻底结束在前杨欠债的历史,从此翻开新的一页。然后房子必须买,首付咱交一半,其他的贷款,你俩一个人的工资用来每月给银行还钱,你们三口花另一个人的,买个两室一厅,居住环境得到改善,主要我今后回来也有住的地方。就算过几年你单位分房了,那多一套房,总是好的。"

三人激动得没有饿劲,围着桌上的钱,脸儿红扑扑,眼里闪着亮光,姑嫂二人说这说那,引章坐在一边湿了眼睛。妈要是活着多好啊。只差一年,再熬一年。妈要是看到这么多钱,她会吓得嘴张多大,半天也合不上,然后她会喜得眼睛挤到一起,头左右摇着,说:"噫噫,还是俺闺女中用,从今往后咱再也不发愁钱了。章啊章啊,你想去哪儿上学,就去哪儿上吧。"引章起身走开,到门口洗脸架那里,拿毛巾擦眼睛。大烈轻叹一声,坐在床上,癔症般地说:"妈呀妈,你咋不再坚持一年哩,就只一年,就能看到希望了。"

陈稳秀虽然没有见过婆子,但她从引章嘴里,不断地听到婆子的一生。她生下的女儿,引章说跟婆子长得很像,引章常常看着女儿,就走了神。婆子没有留下一张相片,她只是从女儿脸上,想象婆子的样子。见二人都想落泪,陈稳秀说:"噫,镇好的事别难过了,走,去吃饭吧。"

房子里找来选去,把钱藏好,三人一起出门。吃饭时,兄妹二人商量,明天是星期六,他们一起回前杨去,也看看伯,似乎这时才想起他们还有一个伯,一个人住在前杨。

吃完饭回来,把钱分成四份,大头儿一万五交给嫂子保管,一份两千多用于回村还账,再一份五百回家给伯,让他也高兴高兴,最后两千多,烈芳带在身上,回家路费花销,给过道里买礼物,她全部负责。不许哥嫂掏一分钱,一切都听她的,她要的就是这种效果。看着哥嫂温顺的表情,她体验到从未有过的成就感。下午哥嫂上班去,她自己在家,睡也睡不着,在屋里走动,不知道该干什么才好。到幼儿园门口接侄女小桐,一把抱住,脸紧紧贴在跟白氏相像的那张小脸上,对着白氏特有的明显突出的颧骨和微微上挑的眉梢亲了亲,给她买了蜂蜜小面包,回家路上买肉买菜,到家她亲自掌勺做了三个菜。哥嫂进门,她准备停当,四人围在茶几上准备吃饭。引章犹豫了一下,起身拿个空碗,一双筷子,放在北面。每个人给那只空碗里夹一样菜。烈芳说:"妈,吃吧吃吧,啥都有,恁孩儿恁闺女今后生活越来越好了,再也不会借钱了。"

夜里,烈芳躺在沙发上,跟床上的哥嫂说话。小桐睡着了,再一会儿,嫂子睡着了,引章在床外边醒着,听烈芳小嘴不停,激动得说这说那,连小时候妈给他们在灰窝里烧小雀、烧马吱妞(注:即知了),在锅底焙苍虫的事都想起来了。蜕皮前的马吱妞,脊背上那点细肉最好吃,哪怕只有一个,白氏也是小心地一掰两半,让兄妹二人分吃。小雀大一点,一人半边身子一条腿,肋巴扇上的肉吃起来麻烦,但他们不厌其烦,放进嘴里嚼碎,满口都是肉香,小雀的脑袋他们害怕不敢吃,最后进了白氏的嘴里。烈芳在无数的回忆里,竟然找不出一处白氏偏向哥哥的往事，也想不起伯妈哥哥待她不好的细节，她从没有感受到寻来闺女的偏差，她割破手指，白氏也是心疼得啧啧有声，将她的指头放在嘴里吸吮，舔净，捏点细土按住，找块破布包上，用一根白线缠好，系一个活扣的结。

引章在静夜里长叹一声，说："睡吧，明清早要起来买东西，坐班车。"

四口人的这次返乡与从前不同，两兄妹再不是回来借钱、索取，而是还账、承情。先走进大伯的院子，到堂屋里将两盒鸡蛋糕、一块煮牛肉、一只烧鸡摆放在桌上，说她的账本在家里放着，回去看清后，要把之前大伯大哥给他们的钱，如数还清。大娘大嫂说："嘻，记恁清弄啥哩？"脸上却带着由衷的笑容，知道他们这是有足够力量还钱了。

回到自己家，不见伯的身影，找来找去，见他披着棉袄在后地路边跍堆着跟人喷空儿，烈芳嗔声连连，将他喊了回来。杨全本见了孙女，一把抱进怀里，喜得龇牙直笑，听了烈芳关于两万元的讲述，他们将再也不欠债了，活到快七十岁，终于无债一身轻，虽然那些债都是两个孩子出去借的，不用他还不用他管，他也没有能力还，但还是为此感到高兴。人老了脾气慢慢顺服，脸上的笑容也越来越多，烈芳拿出五百块钱给他，趁机虚张声势地训了他几句，无限疼爱地吵了他几声，说今后要这样要那样，不许这样不许那样，总之就是按时吃饭不要凑合，烟要少吸，开开心心每一天。他嘿嘿一笑，挨了吵也不生气。引章问伯愿不愿到城里去生活，给他找一个看大门的工作。杨全本连声说愿意愿意。

仍然是兄妹俩一起行动，就像当年引章上学借钱、结婚借钱一样，是一件庄重的事，烈芳的破烂学生本子，正面是她小时候的作业，背面是她记的各种欠债，十儿页写得清清楚楚，借、还日期都明明白白。村里人只知这家人的借钱历史，从不知烈芳还有账本。村人之间借债，从不打欠条，数额小的两方面对，数额大的找一个中间人，都是几方记在心里，被借的自是心里清楚，借钱人也是明明白白，要是突然哪天借钱人说没有这回事呀，完全不承认了，那出借者也自认倒霉，算了算了，认清了一个人，由他去吧，反正老天爷都看得见。当然，这样的事，没有发生过。

和哥在村里走这么一圈，是一种宣言，宣告一段历史的结束。回到家中，破烂本子拿在手里，她有点陌生，有种做梦的感觉，去省城这几年，她不太碰这个本子了。从前那样的日子，竟然也是人过的，竟然一天天也都湍过来了。她仍然把本子放进抽斗里，告诉伯，虽然账还完了，但这个本子她要留作纪念，不许他卷烟吸了。杨全本点头答应。从此对于闺女的话，他言听计从。

第十八章　量贩风波

　　九十年代末，南方沿海制造业兴起，北方内地大量中小企业破产倒闭，下岗潮波及小县城，引运所在的预制板厂因为是传统企业，一开始不太受市场经济的影响，饥饥奄奄撑了几年，但市场是一个无形的链条，你不知道在哪个环节出一点点小变动，一个影响一个，犹如多米诺骨牌，终会把你轻轻拍倒。世纪之交，大大小小民营企业兴起，预制板厂终于没了业务，关门倒灶，引运的食堂营生自然也没了，之前除了管吃管喝，还能捎带着拿点吃食，顾住静侠和孩子的嘴，每月有二百元工资，现在连这个也没有了，无奈带着静侠一起回到前杨。为了省钱，他们在前面院子吃饭。

　　杨全宗两口自然不能说啥，起码享受到了引运不再瞎胡乱跑的结果。世上悖论无处不在，儿子混得越好，跑得也就越远，直至不见踪影，一年到头不得见面。混得不中了，回来趴叉到你跟前，吃你的喝你的挤着磨着花你的，那你也愿意，不愿意又能怎样？老两口粮食不缺，随便吃，只是拿不出钱，供不上引运和孩子的花销。孩子看病需要五块钱，引运也来前面院子，向他的亲人张口，老两口将引庆过年时回来给他们的钱，一点点用在引运那里，还是不够，一听说孙子学校里又需要钱，恨不得割下身上的肉，控完身上的血，变出几张钱来。素芬时不时给他们贴一点，给星星买零嘴吃，给引运买烟吸，哪怕是最贱的散花烟，两块五一包，也得有他吸的才中。

他们的儿子星星在县里上小学，明年就要毕业，引运失去县预制板厂食堂的差事后，孩子也没地方去，刚好静侠的侄子在县里上初中，哥嫂在外打工，就在县上租了一间房子，让她妈在那里招呼儿子上学，比学校吃得要好一些。静侠便说给妈每月五十块钱，让妈也把星星管上。等明年星星上了初中就能住校了。哥嫂说："自己外甥要啥钱哩？要不这样吧，你时不时来替替咱妈，住这儿给两个小孩做饭，叫咱妈回去歇歇，家里也照看照看。"静侠当然愿意，恨不得全权代替了她妈，但一想那样又怕她哥嫂不再及时给钱，她便把妈推到前面，自己躲在后头，只管出力，不沾钱的气息。这样来回奔波着，心里未免有所后悔当年一时情迷心窍，跟了引运这样无能的人，挣不来钱，现在就因为拿不出在县城租一间小屋的钱，只好先这样凑合。要是当年不走引运这条岔道，或者不跟公婆家里说实话，只私下跟引运相好，守着那一个孩子，住在车站边上，上学干啥也都方便。唉，谁能抵得住身体里的大火不可预测地烧起来，不管不顾地跟另一个男人轰在一起，那只好承担他带来的一切后果。再一想，不走这条道，就没有星星这么可爱的孩子。生活有所得就有所失。她也偷偷去看过自己的大儿子，守在前夫家附近，在路口踅摸，看到已经长大的儿子，有心上去相认，再一想自己手里连个钱也没有，给孩子拿不出什么，而且不知一家人在小孩面前把自己说成了啥样，也就不敢轻易打扰。

明年星星到哪里上初中着实难住了二人。县里中学自然是好，但没有关系也进不去，凭真本事考，不知能不能考上。就算考上，花费也高，住宿吃穿用都是一笔不小的开支。可这又是父母必尽的义务。两口愁得没法儿。杨全宗二老也是无奈，他们土里刨食，顾住嘴就不错了。小雪小晨大了，一个大学一个高中，有了合理支配钱的能力，引庆两口直接把钱汇到他们卡上，不再交给伯妈保管，年节给伯妈的一点，只是孝敬他们，明显不够二老拿来供小孙子在县里上学。可这孩子从小就在城里上的，猛一下，出溜到镇上或是通淮集中学，孩子受不了，大人也接受不了。

引运想挣大钱的愿望一直不灭,虽然从县上缩回到了前杨,但内心里小火苗始终闪烁,想做生意,手里没钱,干建筑队,又不愿出力,找来找去没有他合适的项目,闲得发慌,每天穿上他最好的衣服在村子的闲话场、打牌场、量贩里转悠,积极地参与各种话题,时不时说一些外面的新名词,双手提着,抖一抖他的西服领子,再落下来。得意处,只顾数摆着说,看不出人们对他的轻慢与斜视,就算是看出来了,他也不愿承认,不想面对,仍然心思单纯、充满阳光地往这些场合里欹着身子进入。

新的世纪,大量农民进城,人口流动增加,村上的到县里,县上的到市里,城与乡信息逐步打通,各种新名词、新事物涌入农村,大平原一眼千里,无有遮拦,什么风都能一眨眼地从城市刮来,先是城里出现了超市、量贩,和百货公司、大商场并驾齐驱,随后乡镇上也开起了超市、量贩。乡村里从前的小卖部、代销点,也都纷纷变身整容,哪怕是一间小屋,几十年里一路走来的供销社代销点,也弃旧扬新,一片白灰墙上,写上大大的"超市"二字,这个新出现的名词如此可爱,农村人热情鲜活的心灵立即对接,纷纷爱了上它。最惊人的是收款机,活脱脱一个魔法盒,按一下开关,咣嗒一声开出来,里面的大小票分门别类地放着,一个小铁片伸出来压住它们,硬币则躺在一角,要多洋气有多洋气。莫不是那里面能自己生出钱来?

前杨新出现的一家,叫作量贩,开在前杨东头去往长枪吴的路边,把住乡村公路与村街的十字路口,在公路的上空架起一个大大的广告牌,上书四个大字:前杨量贩。路过这里的人们,很方便停车购物。从前这是两个相距将近一里地的村庄,现在宅基地越来越多,又有几个小作坊、临建房,两个村子都以亲近对方的强烈愿望,一点点挨近,眼看快要对接上了。

前前任大队支书杨茂渠的大孙子杨俊强,不知私下做了什么动作,抢占先机,在属于前杨的地边上盖了直通通一间大房,足有近百平方米,开了一家量贩,摆满花花绿绿的各种货品与礼盒,让村人觉得自己的消费水平分分钟要跟车站差不多一样。尤其是这个大孙子,抢先用了"前杨"这两个字,好像以这种方式延续爷爷当年的地位。于是这家量贩很快成为前杨和长枪吴的闲话中心、信息场所。量贩有两张桌子,天好时摆在门外石棉瓦伸出的屋厦下,下雨时搬进门口里,人们在此抹扑克、打麻将,开水给供着,讲究的人自带茶叶。冷天有煤火可烤,热天有风扇能吹,总之恨不得把人们黑天白里留在量贩。两张牌桌,见天不歇,自然又引来观看的,这个来了那个走了,有的人一天来几趟。这么多人在此穿梭盘桓,得吸烟,得喝啤酒,得吃瓜子,他们带来的小孩,闹着吃糖吃糕喝饮料,所以店主是永恒的赢家。

男主人俊强二三十岁,为人不似他爷那般冷峻阴沉,基本还算厚道,又做了生意,学得嘴甜会说,按照辈分喊人很勤。女主人因长得漂亮,脸上带着高人一等的矜持,不多跟人说话,你爱来不来的样子。这小娘儿们一张圆兜兜小脸蛋,五官配得无比恰当,笑起来似一朵小花粲然绽放,特别动人,但她轻易不笑,所以笑容更加珍贵。前些年订婚时,首次光临前杨,其容貌惊动了整个长枪吴大队,从东乡嫁过来,成为一个艳压群芳的小媳妇,连着生了两个儿子,拿住了婆家命脉似的,俊强是家里独苗,她没来由觉得是自己让婆家又上层楼。都知农村娶媳妇难,可大家都想要孩儿,但不能多,一个是最好,两个要作难。头胎是儿子的,基本不敢轻易再生,要生也是奔着闺女去的。可这小媳妇很是坦然,不敢两孩儿?那是因为你们没钱,有钱了啥都不是事,再来俩孩儿咱也不怯,要不是计划生育管着,她还会继续再生,来了孩儿也不怕,再说了又不是叫你俩孩儿同时盖房娶媳妇,怕啥哩。"前杨量贩"四字的下面还有一行小字:二十四小时营业。半夜里俺两口只是关门睡觉,你来买东西随时叫门,不存在打扰不打扰的问题。总之这小媳妇一股天然加后天的优越感,整日里脸子定得平平的,话语金贵,出口伤人。村里人嘀咕,这娘儿们从小吃啥长大的,说话恁是难听,短促而节俭,管摆不管接,无论对方是男女老少,啥个辈分,总想一句把人噎死。你拿着钱,巴巴地递给她要买她的东西,想从她嘴里听到一句顺耳话也是艰难,如果她哪天心情偶尔好了,一展笑颜,和谁打趣一下,那个男人就像吃了蜜水一般,能龇牙乐上半天,输了牌也不觉晦气。全大队三个自然村闲转的男人们早早晚晚,流连于量贩内外。

引运就总想叫这小娘儿们垂青自己一回,但这媳妇视他不存在一般。引运不死心,较上劲了,来得很勤,明明可以在前杨街里和村后成仁叔小卖部解决的问题,非得拿着钱颠颠地越过十字路跑到量贩,龇着牙递给人家,小娘儿们按部就班地接钱给他拿东西,并不觉得有啥特别,可引运心里会欢喜一下,渴望着在接钱递钱的时候,说上一两句话,两只手能有交接碰触,可那小娘儿们给人找钱时,常常是放在台子上,不给他任何机会,也不拿正眼瞅他。这还能行,他引运走南闯北,吃纸烟弹灰,拉扯异性无数,凡他看上的,不论闺女还是媳妇,差不多都能挂拉上,就你这个乡村小店主,倒是有啥主贵,不就是开了个量贩吗?不就是你爷爷是前前任的大队支书吗?都快入土的人了,还能咋着?

引运和那女人较上了劲,天天找个理由就去量贩,或者不需要理由,他就是想去看看转转,一是寻找商机,二是远远近近地瞄那女人几眼,见人家无动于衷,就跟世上没有他这个人一样,他也无奈,站在后面看人家打牌。看来看去,得出结论:如果我上了桌,保准赢。手心痒痒,很想上去大干一场,可他没钱,只能在圈外徘徊。

他背着静侠,先从家里床席底下拿出几十块,小试身手,等赢了钱再告诉她,第一天,输了十来块,心里不服,明天再战。第二天,赢了二十,和昨天一折,算是赢了六块,也好啊,比一个没有强,像这样下去,顾住自己吸烟没问题。于是他见天去到牌桌上。也被伯日映了几回,被静侠嘟囔了几次,安生在家几天,做样子跟着伯帮忙干点活。他们放松了警惕,静侠又时常到县上去管那俩小孩,几天不回,他又跑去量贩,输输赢赢,出出进进,连带吸烟喝啤酒,一百块钱没有了。

每天缠磨在此,量贩女主人还是不搭腔,根本不把他往眼里拾,他越发不甘心,想当年我也是身后跟着一串闺女和女人,哪个见我不想踅摸过来。"杨潘安"真是不了解社会,错估了形势,当年大家都年轻,荷尔蒙无处施展,二十上下的小子闺女们,跑来跑去贴钱操心只图跟异性接触接触,而现在都顶门立户成家立业,青春躁动得以安妥,家庭责任挂在身上,注意力转移到挣钱持家上面,哪一个不是忙忙排排地跑着干活做事,只有他还初心不忘,用浪漫情调想着男女之事。得不到女主人一个笑脸,真是不甘心,以为是这小娘儿们和他专意较量,扯长线吊他。于是人们在门外专注打牌和观看,他蹭到量贩里面,对着柜台后的女主人搭讪撩拨。那女人拿得很稳,因按辈分把他喊叔,也不驳他面子,客气而节俭地回答。引运情绪高涨,这个多少钱,那个从哪儿进的货,哪个东西跟通淮集超市卖的不一样,跟车站又有所不同。因不断有人进来买东西,那女人也断断续续地应答他,以为他最终会买一个什么东西滚蛋。

　　引运其实并不想把她咋样,人来人往的量贩里,能咋样呢?他只是想试探一下自己的魅力。作为一个除了长相一无所长的男人,把自己的外貌看得何其重要,过了三十五岁,他也像女人一样,担心自己青春不再、美貌凋零。往日的小白菜,失去清新颜色,再也支棱不起来,眼看着变为深厚的老绿,还有斑斑虫眼,但那颗扑棱棱热乎乎想要抓挠点什么的心性却没有失去。而眼前这个前杨西施跟他这个全大队第一美男,不该相互欣赏有说有笑打成一片吗?趁着有一刻没人进来,引运言语稠密,声音深情而颤抖,长长的身子探进收款台,嘴里喊着她的名字,前额快要凑到人家脸上。

　　"去恁娘那×吧!"那女人把手里正在择的一把菠菜劈面摔他脸上,随即尖声大骂他这流氓狗东西,白应了叔的名分,却原来人都不如,只是那地上爬的。然后她离了柜台里面,叉腰站在超市门口,列数他多日来的犯骚,自己为了爷儿们面子一次次忍耐,你却蹬鼻子上脸,难不成这张老脸就不要了,要把人丢到全大队?

　　门外打牌的人全都停了,几个在座的杨茂渠的近门快速起身,以一个中年人为领头和指挥,上来揪住引运,劈头盖脸一阵耳光,噼里噗噜踢倒了乱踩,引运当即倒地抱头,口鼻出血。人们牌也不打了,站着看完打闹,拍拍手相继散去,只那小娘儿们坐在门外,两眼噙泪,胸口起伏，脸儿煞白，还在生气。杨俊强走进来，缓慢地说："唉，你看看你看看，应叔哩，弄这一事，往后还咋相处？"

引运艰难爬起，擦着脸上的血，从村后快步回家。静侠惊问，这是咋了？他说为打牌跟人闹仗。静侠要他赶快到长枪吴的卫生室里包扎。引运说不用了。自己走到水盆边洗了洗脸，裹了一疙瘩卫生纸塞住鼻子。

这样的坏事，自然传得比风光电都快。引运黑了也不敢去前院喝汤。他伯妈追到后院来，关严了门，压低声指着鼻子好骂一阵。引运辩解说，他跟那女人，是正常说话，却不想那女人不识玩，翻脸恼了，办我难看，她平时说话啥样，你们又不是不知。他妈骂他："还是你没囊气，既然知她说话难听，为啥要往人家跟前去招没趣，就不能长点囊气，永不到那量贩去，咱街里小卖部，还不够你买东西？"不由得引出他从小到大乱跑一气，一事无成，眼看三四十了养活不了自己小孩。说得引运低下头去，不再言语。伯妈直气得嘴唇发麻，全身觳觫，见他低垂着青肿的脸，又恨又疼地走了。

素芬给他端来一碗红薯糊涂，当着弟媳的面也不好说什么，只是拿眼瞪他，看着他喝完，接过碗去，伸出一根指头，捣他脑袋，嘴里恨道："你呀，你呀！"静侠恼他没成色，也不再理他，夜里不跟他盖一床被子。

引运在家挻了两天，觉得再没脸待在前杨。跟静侠商量："要不咱俩到西安去吧，长枪吴我一个同学在那儿卖早点，听说可挣钱了。还有四叔一家在那儿，多少能帮衬一点。"静侠说："你这样怕下力的人，到哪儿都挣不住钱。眼看快年底了，在外干活的人都该回家了，咱现在出去，还没扎住场稳住事，又得往家里走，不如等到年后，大家都出门时，咱也跟着你那同学去，省得现在离家，叫人家说你被人打跑了。"引运一听也有道理，那就在家窝上一个月。

思索自己的命运和前途，也想不出个所以然，但手里没有一个钱却是铁的事实，连烟钱都没有了。一夜辗转没有睡好，一大早骑自行车去了北乡菜园梁，他听说那庄有一个水泥制砖厂，常年需要人力。

现在不兴烧青砖了,和泥脱坯装窑烧窑出窑太掏劲,也太费水,便有人发明了制砖机,用水泥和煤渣搅拌,和好原料,机器挤出砖形,摆好晾干,就是新式青砖。这活儿没有难度,人工搬到车上,移到空地,再由车上搬到地上,只出力就行。眼下虎落平阳,不妨去看看,屈尊干上几天,好赖先挣几个,挨过了年再说。他去现场看了,厂子规模不大,用人也不多,看机器的两个人,搬运工三四人,中午管一顿饭,每天工钱男的十五元,女的十二元。厂主说现在不需要人。他到村头量贩,买了一盒六元的许魏烟,他自己很少吸过五块以上的烟,回来把一盒烟递上,说把他按个女的给工钱就中。人家看看他的水蛇腰,还有脸上没长好的伤,心想,就你这样,也只能按个女的给你钱。烟抽出来给他递一根,自己放嘴上一根,又问他是哪个庄的。二人站着吸完了烟,引运五马长枪地说了他曾经在外面的事迹,厂主让他明天来上班。他龇牙一笑说:"现在就开始吧,今儿给六块就中。"

天不明骑车从家走,天黑透了回来。他在村后住着,不路过街里,于是前杨的人再也见不到他了。不几天,累得趴那儿动不了了,全身都是疼的,自己哀叹,二奶奶说得真对,钱难挣屎难吃。实在受不了的时候,在家歇上一天,侹在床上死了一般,他妈做好饭端给他,他吃罢丢碗再睡,第二天硬胳膊硬腿地又去。这样坚持到腊月二十六,自己说,罢罢罢真不是人干的活儿,挣了三百多块,够过年花了就中。

年下里,夫妻二人目不斜视地路过前杨量贩门口,提了两包他姐素芸来看伯妈拿的鸡蛋糕,去长枪吴那个同学家里,问他在西安卖早点的行情。同学说,只要不怕吃苦,两口在那儿泼着干,一个月挣一两千没问题。二人回来,给伯妈和姐说了去西安的想法,求他们在家招呼自己的儿子,也就是每星期接送到县里上学。过了正月初六,素芬给拿了五百块钱,连路费带本钱,二人和长枪吴那两口,一同到西安去了。

第十九章　到深圳去

这是2002年的春节，引运两口前脚刚走，小蝶说要去深圳打工。家里人全都反对，他们主要觉得小蝶没有打工的力气，听说那地方净是流水线，黑天白里三班倒，人歇机器不歇，干那活儿得有个好身体才行。

烈芹只是过年回来看望伯妈一次，停上两三天，给上一点钱。小蝶找过烈芹姑姑，想跟着她去。烈芹说："你根本不中，那地方，全凭体力在拼。就是你愿意干，人家也不一定要你，我们是正规的大型电子厂，进人也是有标准的。"一句话把小蝶否定了。

小蝶从小是家里的宝贝，吃穿不愁，也不用干活，学习上不见开窍，大家也不强求。初中毕业回到家里，每天闲着，过两年定个婆家，打发出门了事。农村里只有找不到媳妇的男子，没有嫁不出去的闺女。小蝶虽然个小体弱，可总是个全乎人，不憨不傻，找个差不多的婆家，没啥困难。三个哥都挣钱了，日子过得也都不赖，大家从没想过，需要小蝶出去打工挣钱。

北方人思想保守，女孩子又长得相对笨拙，也就是出苦力、当服务员、倒腾最低级的小买卖之类，胆子小能力弱的多在流水线上工作。上世纪末，这一带的闺女不兴外出打工，会被人笑话，说是为了出去疯跑。可是眼见着勇敢走出去的闺女们一年年拿回来钱，也没见把哪个跑丢了学坏了,她们在外干几年,挣了一些钱,学到一些精细,还是乖乖地回来定亲出门子。于是更多的爹妈愿意放自己闺女出去。千禧年以后,越来越多的女孩子外出打工,小蝶在村里基本见不到同龄人了。从小一起玩大的小香从深圳回来后,鼓动她也去,说深圳多好多好,天上地下海里,啥都是好的,真正的大世界,又能挣来钱。小蝶就一心二心要去。家里人怕小蝶出去受欺负。别的闺女家,是怕碰到流氓恶棍什么的,污了自家清白,小蝶的受欺负,可能是就算去了花花世界也没有人愿意欺负她,连个流氓恶棍都遇不上,又干不动活儿,白白伤了自尊,误了青春,不如在家早早定了亲,胡二麻三送出门去,好给她这辈子个交代。他们也担心小蝶的身体,受不了流水线的紧张和劳苦。她在家没有做过农活,连家务也没干过,始终被一家人爱着护着,愣是有了点林黛玉的调调。这要是去了深圳,到那里让人家实打实当个劳力使,她哪能干得动,离家几千里,有苦找谁诉去。总之说一百二十圈,家里人想把小蝶捂拢在这一片土地上,不去外面的世界领受嘲笑和伤害。

平时乖顺的小蝶,此时却决心很大,谁也劝不下她,奶奶的话也不听了。大哥大嫂就叫烈芳来做她的思想工作。烈芳也劝她不要出去,说那流水线上的活儿她干不了。小蝶从小最听烈芳的话,不管有什么事,烈芳连哄带吓唬,三言两语就把小蝶说服气了,小蝶最后总是说"好吧姑姑,我听你的"。可这次,小蝶最终也不说这句话。

二人这次谈话是在雪地里,小蝶一直低着头,用脚尖一点一点驱着地上的积雪。是冬天里最后一场雪,那一年的春天来得很晚,都正月初三了,又下了一场大雪,铺在地上,久久不化,上面落了灰土,那雪也就不干不净的。小蝶大眼睛忽闪忽闪的,里面有千言万语,只是兜兜转转,不肯往嘴里去。烈芳嘴唇上下翻飞,小蝶还是一直没有吭声,烈芳以为自己又一次把这个小人儿搞定了,想挥一挥手,用一两句总结语,胜利结束这次谈话,却不想小蝶闷闷地说:"我就想出去看看,外面的世界到底是啥样儿,然后,就是死了也甘心了。"

"这小孩,说啥哩你?大过年的,啥死不死的。"烈芳在小蝶的肩头推了一把,小蝶身子一歪,眼看要倒,烈芳一把抓住,像提个鸡娃一样把她拉回屋里。

村里打工的人,一拨一拨走了,小烈姑姑去了深圳,大烈姑姑也回了省城。小蝶急得嘴唇发白,小脸没了血色,好像是她向往的那个世界向她关闭了大门。

小蝶去意已决,谁也拦挡不住,长这么大第一次不听话了,握着小拳头、哆嗦着小嘴唇跟伯妈吵架,收拾自己的东西住到小香家里,生怕小香自己跑了,一个劲缠住人家说:"带我去吧,你先垫钱给我买车票,我去了挣钱还给你。"

话说到这份上,家里人只好拿钱,同意她去。权当几百块钱丢了,她去干几天,受不了那罪,再自己跑回来。

小蝶挨个拥抱了家里所有的人。长大后,她很少和家里人有肢体接触,奶奶、妈妈紧紧搂住她,她鼓起勇气,走向爷、伯和两个叔叔,几个男人又激动又有点不大自然,他们抱住小蝶,在她后背轻轻拍着,说了同样的话,干不了就快点回来。

小蝶被流水线上的拉长一眼就否定了,说他们这里不需要工人了。小香和小蝶一起恳求,说她可以干得了,并且她愿意拿低一点的工资,不信,先试两个月。

小蝶就这样留在了小香身边,跟她一起上下班,在流水线上打下手,跑来跑去听人召唤给人拿东西送货品,她变成工厂里一个微乎其微的小零件,大都市里惊慌失措的一粒小尘埃。

小蝶的小身体爆发出从没有过的力量,别人搬布匹一次两捆,她没那么大劲就搬一捆,多跑一趟就是。身上的汗往下直淌,稀疏的头发贴在脑门上,一绺一绺的,走路走得急,身姿朝前扑着,两腿向两边撇着,一眼看去,竟然辨不出她的年龄。除了工作外,她还承担起被工友们观赏的职责,干得快的人有机会停下来歇歇,饶有兴致地用目光追随着她,相互挤眉弄眼,撇嘴私语,从此她成为工厂的一个比喻、一个特定词语,有人自认受了委屈和轻视就会说:"怎么,难道我是杨小蝶吗?"

小蝶一个人不敢走出工厂大门,她觉得外面那个世界也和厂里一样,整天快速运转像是一个巨大机器,这机器停不下来,半夜里也轰轰响着旋转,灯光不熄,热浪不退,一直发着光和热,没有暗下来的时候,也没有冷却的时候。她要是走出去,会不会迷失在大街上,找不到回工厂的路,会不会被热力融化掉,成为深圳的一缕空气、一片云朵。

先开始,休息日的时候,她没有地方可去,除了小香,也没有女伴约她出去玩,更不会有男青年在厂门口等她。后来小香的班跟她不在一起了,她就只有一个人,上班下班,吃饭睡觉,形单影只。

她试探着走出工厂大门,小心地记着每一个路口,记住一个报亭,一个饭馆,一个小烟酒店。走了小小的一程,就觉得恍惚,身子轻飘飘的,一股温热气浪裹挟着她,推涌着她,好像不是她自己迈腿往前走的。前后瞅瞅,人流涌动,仰头看看,高楼密集,耳中传来的都是听不懂的话。

她一时竟不知自己身在何处。真的是在离家几千里的地方?我怎么来到这儿的?我来干什么?我来这世上又是为了什么?我长成了这样,再也变不了了?会不会是老天拿我来试验人们,试验我,他看清了人心和我的内心,突然有一天说,杨小蝶,成为你该有的样子吧,从前那个是你的假面。啊,我该有的样子是什么?中等身材,胖瘦合适,脸孔圆润,五官舒展,只有我的眼睛是真正的我,其他都不是。我在这世上寻找和等待,不定哪一天感化了老天爷,他就把我变回该有的样子了。是的,只要我足够善良,足够诚心。我真的只是想来看看,见识一下,然后就……

都市喧嚣的热浪一阵阵涌来,扑打到她脸上、身上,南方温暖而潮湿的气流似乎要将她融化,把她托举起来,一种无名的气息呼唤着她,她的魂魄像要走失了。小时候她掉过魂,被什么东西吓住了,拿住了,一个激灵过后,痴呆呆的,生病、哭闹、癔症。奶奶给她喊魂,拉着她来到掉魂的地方,她站着,奶奶蹲下拍打地面,捞摸几下,抓一把空气，手张开，往她身上投掷，说一声"小蝶回来"，再抓再掷再说"小蝶回来"。奶奶的声音轻柔温存，从空中传来，有着轻微震荡的波纹、回旋、递进。"小蝶回来。"声音引领着她，不让她走失。"小蝶回来。"她迷迷瞪瞪转身往回走，顺着似曾相识的路口，摸回工厂里。

她毕竟是出来见世面的，想好好看看这个城市，她战胜胆怯和自卑，一点点走得远些，再远些。后来她敢坐公交车了，混在等车的人群中，学着他们的样子，往车来的方向张望。她叹口气，这叹气跟车来不来没有关系，哪路车来对她来说都没有区别。手里握着一元钱，心咚咚跳，害怕别人看出来她没有目的地，害怕别人看出来她不是一个真人。上车投币，往里面走，扶好扶手，有空座位了就坐下来，见到老人就起身让座，并不是因为车上写了"请给老弱病残孕让座"，而是她看到老人就想起自己的爷爷奶奶。老人对她说"谢谢小姑娘"，她羞得低下头，指头肚儿在扶手的铁花纹上抠啊抠。在车上见到英俊的男青年，她远远地躲开，想再看一眼却又不敢，羞愧难当，恨不得把自己化成一摊水，缓缓流淌到那人脚下，任由他踩踏。那些年轻人，那些情侣，那些风华正茂、精力旺盛的一切，是这城市的景观，它们照出小蝶的病弱和残破。她惊喜，害怕，继而烦躁。老天啊，你为什么给丑人也要输入欲望情绪？让病弱者也有欲念，貌丑使他们的欲望变得更加粗陋和不堪。

她一个人去大海边，海水多得头晕，浪花从远处滚滚而来，喧嚣着，拍打着，无所顾忌，直白大胆，一点都不懂得含蓄，喧腾着自己的欲望和方向，只由着一股莽撞而本能的力量奔跑，撒欢，近了，近了，哗，扑打上她的腿腕，啊，惊吓之余，其实也很舒服，那一瞬间，亲切，调皮，温柔，舒畅，生活多么好啊。如果浪再大些，会不会淹没她的头顶？会不会掠她而去，给她新生？海的下面有另一个世界吗？那里的美丑可以推翻重来吗？她想起自己身体里的大海，时常在狭窄的渠道内波涛滚滚，时时有冲破堤岸的危险。

每个休息日，她都独自外出，风雨无阻，默默游走在喧嚣的城市里，她一整天都不发出一点声音，买简单吃食的时候也尽量不说话。

这华丽之城让她觉得自己说家乡话难以启齿。她吃到好吃的就想起爷爷奶奶伯妈叔叔，想他们什么时候也能吃上这些东西，想着自己再不能回去见他们，泪水从她的大眼睛里涌出来。她站在路边，面向墙壁，背对着路人，捧着那好吃的，和着泪水，伸长小细脖子，大口吞咽下去。

大街上人来人往，步履匆匆，高矮胖瘦五花八门，可基本都算是正常人。啊，正常人，这是多么可贵的标准，对于小蝶来说，可望而不可即。肢体是正常的，身体是健康的，干活是有劲的，融入人群中是安全的，不容易被大众的目光挑拣出来。

那些商店，堂皇，璀璨，富丽，照出她的贫病与枯萎。她不敢走进去，口袋里的钱买不起任何东西，她的出现会吓住人家，从而使自己成为一个笑话。她从电视里听到过一个词，自取其辱。啊，我活着就是自取其辱，我出来让别人看到我就是自取其辱。我应该躲在哪个窟窿缝里，不要走出来见人，也不看这世上的美好与阳光，我不配。可是，我多么想看看这世界，看到我的亲人。

走进大商场是要鼓起勇气的，各种商品，贵得吓人，那些漂亮的衣服动不动就上千，那些化妆品，那么小的一瓶，里面兴有一两调羹勺的东西，就几百上千。拿啥做的，那么金贵？在老家时，妈和她一起用的红梅奶液，烈芳姑姑给买的，两块钱一瓶，抹到脸上基本没有滋润效果，还起干皮。小蝶好奇，这么贵的东西谁会买得起呢？她站在一边，偷偷地看，试的人不断，买的人也不少。一些很年轻的女孩子，哪儿来那么多钱？唰地掏出来，哗哗哗几张十几张一数，不痛不痒就交出去了，或者营业员把个卡片在机子上一过，嘣嘣嘣按几下，小香说那叫刷卡。听说这里有二奶村，村里住着年轻的女孩子，专等香港人有时间了过来相会，平时没事她们就逛街，吃喝。不管二奶三奶，总得长得好才行。小蝶的心又被刺了一下，这世界上一切都为折磨她而生。

在小一些、次一些的商店，那些标价不太高的衣服，她也曾斗胆上去摸了，看了。她发现，所有衣服，最小码是155，也就是说，给身高一米五的人穿的，南方倒是挺多这样的姑娘。那么，再低些的人，到哪里去买衣服呢？长统袜上标着，适合一百五十厘米到一百七十厘米身高，卖鞋子的，最小号是三十四……这个世界时时处处，件件样样，把她杨小蝶排除在外。

无论你到哪里，贫穷和丑陋如影随形，不弃不离，和你肩并肩一起面对这个世界，随着行走的幅度，假装不经意地碰撞一下。你累了想坐下来喘息一会儿，自卑来到你对面，占取你面前的空位，不留情面地直视你的眼睛。

白天睡觉常会魇住。倒班休假的女孩子都出去玩了，她一个人躺在架子床的上铺，电风扇无望地转着，送来沉沉热风。似乎醒来了，却睁不开眼睛，各种声音在身边喧闹围绕，一会儿是妈在说，一会儿是奶奶在说，一会儿是烈芳姑姑一纵身跳到她的上铺来，拍着她的胳膊给她哼歌。她使劲睁眼睛，眼扎毛像小鸟翅膀，忽闪忽闪，看到天花板，看到电棒，看到热浪压向她，几番徒劳，又沉重地合上，各种声音继续呈现。一个披着白纱的女人，在床前来回走动，脚下哧啦哧啦，吵得人睡不着。小蝶再次奋力睁眼，那女人灵巧地猫下身子，躲在床边，像是和她捉迷藏。眼睛又挣扎着合上，那女人复又起身，在她床边走，探起身子，注视她沉睡的脸，看了一会儿，认为时机已到，手伸出，向着小蝶胸口而来，啊，不好，要捂我的心脏，小蝶抓住那女人的手，四只手在床的上方会合，紧紧相握，奋力博弈，女人使劲向下压，小蝶奋力朝外掰。终于睁开眼睛，手握成拳头，颤抖着举在空中，全身浸在汗水里。

"姑姑，我回来了。"

杨烈芳睁开眼睛，感觉刚才的画面还异常清晰。怎么会做这样一个梦呢？刚才梦里是一片耀眼的洁白。好大的雪，却并不冷。自己好像在一个窑洞中，躺在温暖的被窝里，淡黄色明亮的光线，瓦数很大的电灯泡。窑洞没有门，光晕泼出去洒在雪地上。小蝶穿着一身新衣服，踩着厚厚的雪，从远处走来，向她招手，开心地笑。走得近了，脆生生地说："姑姑，我回来了。"

她将小灵通凑到眼前：午夜一点半。

烈芳癔症好一会儿，现在是刚入秋，天还不凉，怎么就梦见那么大的雪呢。梦里小蝶穿着一身时髦的新衣服，像是嫩紫，或者淡绿，在雪地里袅袅婷婷走来。身边再没旁人，衬不出她的矮小，她腰身笔挺，步态轻捷，也看不出身姿的病萎，她的脸也舒展开来，饱满起来，真正的少女的脸，紧绷绷圆鼓鼓长着绒毛的面庞。是小蝶，又不像小蝶了。是好看的小蝶，健康的小蝶，全新的小蝶。从来没有见她那么开心过。一定是在深圳见了大世面，整个人都活泛展脱了。

上午九点，烈芳接到大嫂打来的电话："大烈，你快回来吧，小蝶她，出事了。"她问出了啥事，大嫂说："没有她了。"

杨烈芳突然就明白了那个梦，那是小蝶在向她告别。小蝶的魂魄昨夜已从深圳回来。烈芳赶忙出门去往班车站。

"就是就是，正是那个时候，我清清楚楚听见她跟我说'姑姑，我回来了'，就这一句话，我噌就醒了，刚好一点半。"

"也就该出事，你说一个宿舍睡几个大活人，都睡那么死，一点都不知，还是下夜班的人回来，见她吊在架子床上。"罗巧芬想骂，想哭，却也骂不出来，哭不出来，只无力靠在床头的被垛上，憨了一般。大家都想不通好好个人怎么就没了。死未见尸，始终还不能确信这个消息是不是真的。

"大烈，只有你出面了。"大哥说，"俺几个，连个字都不识，到了大地方就跟憨子一样，恐怕连路都不会走，你去看着跟人家交涉吧，不管咋说，人死在他们厂里了，总得有个说道。那地方天热，估计她得火化在那儿。"

烈芳也没有去过深圳，她最远去过杭州、长沙。可她不怕，杨烈芳走到哪里都不怯场，现在又是为自己的侄女出气，更是鼓舞起斗志，决定尽快赶往深圳。

"死妮子，非得死到那么远的地方干啥，人生地不熟的，摸家门都摸不回来。"大嫂说。

现在前杨的人基本都达成共识，杨小蝶此一去，就是想在那里了结自己的，她就没打算回来。

小蝶真正有效出入的，是工厂几十米外的一个小型超市，在那里买一些基本用品，牙膏、肥皂、洗发精、卫生巾。老板娘是个四十来岁的女人，也许年轻些，也许更老，谁知道呢，反正她看起来是完全放弃自己了，也或者她从未年轻过。笑容从她脸上丢失，她对顾客爱理不理，对他们递上来的钱也没有好气，找回的钱啪地往台子上一放。嗯，有的人，就好像从来不曾年轻过，而有的人，一生都那么娇嫩青翠，奶奶那样的人，老到走不动，你也相信她曾经年轻过、美丽过，好像她一直保持着芬芳的气息，她一直生长着，盛开着。眼前这女人，如此健壮，可你觉得她是个糠心大萝卜，日子的堆砌和简单复制的光阴，像吹气球般将她的身躯吹成了这般无法收拢的宽阔局面，胸前全部是乳房的领地，格局浩大，坐下来时抵达腹部，盘踞在那里。

玻璃很久不擦，店里货物放得不讲究不艺术，水果区那里总是有几个纸箱子在地下绊人的脚，那些没有及时卖出去的水果枯萎了、烂掉了，也不收起来，就放在那里，好像是给谁置气。付款时小蝶也不说话，后来她听到收款女人也是北方口音，心里涌上一点小小的感动。

小蝶拿着买好的东西往厂里走的时候就想，这个店，要是让我家人来经管，保证会弄得好好的，首先把几扇大玻璃窗擦干净，再把里面的货物摆放得整整齐齐，爸爸和叔叔上班时穿统一服装。他们会不停地干活，保证地下连个小纸片、瓜子皮都没有。他们在农村那么有限的条件下都能把家里收拾好，灶火里抹不起白石灰，他们哥仨就在奶奶的指挥下，用稀泥和了碎麦秸，把里墙从脚到顶抹了一遍。

要是我奶奶坐在那儿收钱，她会对每个人都温存地笑笑，或许还会问问人家，吃了没？热不热呀？坐那歇会儿吧。人们买不买东西都没关系，都能来歇歇脚、喝口水。

从此，这个店变成了她家的店，店里的营业员换成了她的奶奶、伯、妈和叔叔，还有她小蝶，负责把那些东西都摆放好，给它们写上小标签,她妈在店后面的一间房子里做饭,大家轮换着去到后面吃饭,还有几个哥哥,忙着去进货。她想象着全家人在这里精心打理,使超市生意兴隆,平静和美。有时候晚上出来买东西,远远看到店里的灯光,她心里一暖,连带着对那个收款女人也有了某种依恋。夏天里,她在工厂周围转悠,突然电闪雷鸣,她向回跑的路上大雨就下了起来,头发和衣服都浇湿了,她一头扎进店里,站着避雨。与那个收款女人隔几步远,相互都不吭声,可她能感觉到那女人在身后看她,面孔由冰冷慢慢变得柔和。她始终背对着她,身体被她的目光熨烫得柔软而温热。

她已经出来几个月了,给家里写过信,也打过电话,她攒着钱,要给每人买一样礼物。

首先要给奶奶买个金戒指。奶奶说,她年轻时戴过金戒指,还有金耳环,后来,那些东西都没有了。小蝶问咋没有的,奶奶说,没了就是没有了,它不该是你的。前杨过会,三哥从会上跑回来说:"奶奶,我给了你买了个金戒指,两毛五。"奶奶打开小纸盒,拿出那个黄铜片,高兴地戴到手指头上,直到现在,还在手上戴着,并且戴得很讲究,像对待真的金戒指一样,给接口处缠了劈开的红毛线,洗手洗东西时取下来,擦干了手再戴上,闲了时会拿块破布把它擦来擦去,边擦边说:"啥东西都要经管好才能用的时候长,俺孙子给我买这个金戒指,我将来就戴到坟里去了。"

她想给妈买个披肩。曾经,八奶奶有一块桃红披肩,回娘家的时候总是披着,据说是混纺的。有一次八奶奶路过小蝶家门口,罗巧芬开玩笑说:"新媳妇回来了,看多鲜亮。"八奶奶解下红披肩上来包住罗巧芬的头说:"来来来你也当一回新媳妇。"罗巧芬咯咯笑着,满脸的皱纹醉了般布排开来,"噫,我这丑老婆儿戴个这,不把人吓死完了。"可小蝶明明看到,妈脸上是向往的表情。深圳这地方热,见不到卖披肩的,小蝶想,可能到秋天,她会找到。

她想给二叔三叔买几包牛肉干。二叔五十了,三叔也是快五十的人。一生没有女人,却不耽误他们变老,像那些有家有口的人一样,也照样白了头发弯了腰。二叔三叔这么好的男人，可是却娶不上媳妇，一个男人的一生，就这样交待了，小蝶常常想，二叔三叔的心里，啥滋味呢？

小蝶打杨建林家里的电话，让建林大娘喊自己妈来说几句话，她五分钟后再打来。正在院子里干活的三叔也跑来，说他也想跟小蝶说几句，妈说完后，三叔接过电话说："小蝶，俺都可想你了，前儿夜里做梦梦见你回来了，带了好些东西。"三叔接着问小蝶："大城市里的景致。大海是咋回事？电梯咋用？那地方有电车没有？你知不知电车顶上的两条辫子是咋回事？那年恁丽雯姑姑从西安回来我好问了她一阵，她说得可仔细，可惜我没记住。大超市啥样子？是不是真有几千块的一顿饭，你见过没，都吃啥哩？"最后三叔又问："那里的煮牛肉多少钱一斤？"

煮的牛肉不好放，等不到寄回家就坏了，小蝶的权宜之计就是买袋装牛肉干。

各种各样的人从她眼前走过，匆匆忙忙。这庞杂而青春躁动的城市，每天清晨，远离家乡的人们从各自的梦里醒来，离开架子床，走出家门，走出宿舍，奔赴自己的位置，像个小螺帽把自己拧紧在一个大机器上，轰轰隆隆地辗转自己的忧欢。小蝶是那个最不起眼的零件上的一个小钉子，在机器的底座上，最边缘的位置，随时可替换，有没有她都行。就算有一天她不小心脱落，滚入机器下的尘土里，也不会有人发觉，更不用说暂时停下机器去寻找她。

小香恋爱了，是同一个县的老乡，在另一个工厂做工，对小香追得很紧，一休息就来找，在门口一等俩钟头，只为见小香一面。他带休息的小香出去玩，一去就是一天。回来的小香，给小蝶讲述他们转了哪里、吃了什么、看了啥景致。

"哎呀你不知他有多烦人，说他一天都离不开我，一会儿不见就想得慌，他说今年过年一起回家，到咱前杨，上俺家门。小蝶，你说俺伯俺妈要是不愿意他可咋办？他家弟兄多。"

"不会不愿的，他那么好。"小蝶说。小香的脸颊染上红云，幸福和喜悦只逮着小蝶倾泻，直说得小蝶的脸上也有了两朵红花，可小香一转身，小蝶脸上的红花就会凋谢，显露出灰白的底色。

小蝶拉着行李箱缓缓向邮局走去。箱子是小香的，她借来一用。她曾经羡慕小香有这样一个行李箱，拉着走，特有派，她本想挣了钱自己也买一个，但这想法只是一闪就过去了。

"小杨，这是到哪儿去呀？"身后有人问她。她停下来，看到是那个小超市收款的女人，手里拿个小布包，挺胸叠肚从后面走来，几步赶上了她。

"去邮局寄东西，阿姨你下班了？"

"下班了。"那女人豪气地说，好像干的是多么大的事业。

"阿姨，你咋知我姓杨哩？"

"嘿，你们厂里这些小姑娘，谁叫啥，家是哪儿的，我都知道。"那女人神秘地说着，步子迈得大，眼看要超过小蝶，拍了拍她的肩膀，说，"我先走了，过马路小心点，唉，这孩子拉这么大的箱子，给家里寄啥呀？"她不需要知道答案，她知道小蝶会寄什么东西，她知道这些女孩子的人生底细、来龙去脉，她的棉绸裤子一抖一抖散发着博大热量，快步去了。

在邮局柜台前，小蝶打开行李箱，把里面的东西，一件件、一样样拿出来接受检查。六包牛肉干，一条大丝巾（小蝶跑了好多地方，找不到披肩，就买个丝巾算了），一个布偶娃娃，几个大手绢，几个圆领白汗衫，一些南方伴手礼，几包日常用药。工作人员边打开一个红色绸缎小盒子边问："这是什么？"

小蝶说："金戒指。"

"这属于贵重物品，要特别保值。"

"怎么保？"

"根据它的价值加一个保值费，如有丢失照价给你赔付。"工作人员从柜台下抽出一个大号纸箱，边展开边说，"交六块钱。"

她交了钱，并没有一丝丝心疼，搁平常，她会想，这样一个纸箱就值六块钱？但现在，她不这样想了，人活一辈子，总得有豪放的时候，这世上有比钱重要的东西，有比攒钱神圣的时刻。工作人员麻利地用胶带纸把箱子封好，又放到机器上用打包带捆好，在上面踏个章子，推给她："到那边去寄。"她吃力地把纸箱子架到行李箱上，推到另一个台子。工作人员问她："寄快的还是寄慢的？"

她问："快的多少钱，慢的多少钱？"

工作人员把箱子放到秤上称了下，"快的五十八，慢的三十二。"

"快的几天？慢的几天？"

"快的三天，慢的大约两个礼拜。"

"那……"

"快的送到家里，慢的要自己拿单子到邮局去取。"

"那，寄快的。"

"先填单子，用劲写，在箱子背面也写上地址。"工作人员给她一个单子，又把箱子推给她。

小蝶紧紧握笔，当她写下"前杨"两个字时，眼眶发热，鼻子一阵酸辛。家乡，我回不去了。写下"杨天德"，大滴眼泪掉下来，淹湿了伯的名字。她掏出纸巾，吸干泪水，伯的名字起了皱纹，像是在问她，小蝶，真的不回来了吗？她擦干脸上泪水，低下头再写。好长一会儿，她把纸箱子推向柜台里，人家又给她推出来，指着单子的下面，"在这，寄件人这里，签上你的名字。用力写。"小蝶的手微微哆嗦，一笔一画，用劲写下：杨小蝶。

杨烈芳按照小香的短信指点，下火车后来到工厂，厂里人和小香先带她去殡仪馆看了小蝶。趁上厕所的时候，小香拿出一张纸和夹在里面的几张零钱，是小蝶放在小香枕下的。

"我给厂里谁都没说，他们问我，小蝶给我留下啥话没，我说没有。也不知小蝶给家里写信没，你把这带回去吧。"

小蝶静静地躺在冷气里，闭着眼，就像睡着了一样，长长的眼扎毛弯弯的向上翘着，好像随时会颤动两下，睁开眼来。小香发出两声嘤嘤的哭泣。烈芳蹲下身子，伸手摸了摸小蝶冰凉的脸庞，端详了好一会儿。这年轻而衰老的脸，幼稚而生着皱纹，纯真而布满沧桑，她曾经一次次仰起来，依恋而真切地看着烈芳，薄薄的嘴唇一次次开启，问她外面的世界是什么样子。烈芳给她描述，省城的汽车、马路，姑娘们穿的新式衣裙。给她说带团去杭州的经历，用烈芳式的幽默语言描述西湖的风景，述说回来路上的遭遇："哎哟，我走的那天，正遇上大台风，交通全部受影响，火车那个慢呀，整整走了两天一夜，走一会儿就停走一会儿就停，一停下，老半天都不开，让一个车，再让一个车，我给你这样说吧，除了遇到架子车它不让，其余的，啥车它都停，都得给人家让路……"小蝶痴迷地听着，咯咯咯地笑，一点也不觉得那是苦恼的事，她的眼里满是向往，真想坐上那个走走停停将旅程无限拉长的火车。掏一天的钱坐两天火车，多好啊。这张脸曾经一回又一回地低下去，轻声而信赖地说："姑姑，我听你的。"烈芳附在她耳边轻声说："小蝶，姑姑带你回家，明天，咱就回家去，啊。"长长的睫毛似乎轻轻地颤动。小蝶静静的，不说话，她只在心里温柔地说："姑姑，我听你的。"

回到工厂，烈芳跟厂里人谈条件。

"真的，你可以在厂里到处问，没有发生任何事，她工作一直很好，没有人批评她，也没人有欺负她，从来没有。"拉长说得斩钉截铁，眼前浮现出杨小蝶扑着身子干活的样子，顾及不了形象，膝盖向前弓着，小细腿伸不直，两脚扑嗒扑嗒地赶着走路，身体像秋天里一片斑驳干枯的树叶，飘飘摇摇地在车间里来回跌撞。肩上扛的布匹多，常常小身子一趔趄一打晃，要是不赶快扶住个什么东西，就会和那些布匹一起摔倒。拉长曾经在危急时刻扶过她一回，她仰起被汗水浸湿的小脸，头发贴在薄薄的起皱的脸上，感激而讨好地一笑，咧开松弛的嘴唇，露出稀疏而错乱的小门牙。拉长心里一颤，向杨烈芳解释："真的没有，对天起誓，没人欺负她，大家其实、其实，挺照顾她，她又很乖，干活卖力，话都不说，从来很守纪律，争着加班加点。你想想，我们为什么会欺负她这样一个人呢……总之，没有发生过任何冲突。"

"不管怎么说，人吊死在职工宿舍，这总是事实吧，她死之前到底发生了什么事，谁会知道呢？你们出于人道主义，总要适当赔付，以告慰逝者。"烈芳内心里其实很相信拉长说的话了，可是她只咬住一句，"人死在你们厂里了。"经过反复辩驳、申斥、流泪，动之以情，晓之以理，杨烈芳泪光点点，红肿的眼睛把短短的眼扎毛都要掩埋，嘴角堆起一层小白沫。在场所有人都出了几身汗，喝了好多水，疲惫不堪，眼冒金星，直至心力交瘁。不得不承认，谈判是个体力活。可这杨小蝶的家属，好像体内储存着无穷能量，一个人足以战胜眼前这一小群，她不吃饭不喝水不睡觉不停嘴，不达目的誓不罢休。拉长向厂领导几回申请、商议，最后认了倒霉，双方达成协议，打印书面文字，家属签字画押：报销杨小蝶亲属来回路费，处理死者火化事宜，另赔付八千元人民币，立即火化，家属带骨灰当天离开。

杨烈芳登上开往北方的列车，进站前，她给家里打了电话——电话是上个月小蝶寄钱回来安上的——说事情处理完了，她已经带着小蝶，明天晚上到家。

亲爱的小香：

谢谢你带我出来，谢谢你对我的关照。这九个月，是我一生中最幸福最美好的时光，我见到了从没有见过的世界，我挣了钱，能够回报亲人对我的养育之恩，我很知足。我一直瞒着你，出来的时候，我就没有打算回去。永别了小香，忘了我吧。祝你爱情甜蜜，一生幸福。

你的朋友：小蝶

2002 年 11 月 19 日

杨烈芳长嘘口气，坐在窗边，对着信上的落款轻声说："小蝶，咱回家啊，火车开了。"

罗巧芬刚放下听筒，电话再次响起，她以为是烈芳忘记说啥又打了回来,慢慢转过因悲伤而迟钝的身子,拿起听筒。

"喂,是杨天德家吧?邮局包裹,我在恁庄东头路口,恁家在哪儿?到街里来个人,叫我看见你。"

小蝶死后,前杨人看到老三杨天庆迅速老去,几天里,头发白了一片,眼窝深陷,话更少了。

第二十章　身世与婚姻

2002年，小秋考上了九道街中学，秋季开学，到镇上去上初中，带粮食，交钱，住校，每周回一次家，素芬用自行车接送。有时候中间时段，去给她送点吃的，娘儿俩站在学校门口说一会儿话。

十三岁的小秋，已经快跟素芬一般高了，只是脸盘长得不像素芬，也不像杨家的人，她不黑不白的圆脸上长着一双单眼皮的眼睛，素芬每看到这张脸，就想起那群姓王的，小秋竟然执着地长成了他们的样子，没有自己的白皙皮肤、双皮大眼。那一年小秋偷偷跑去木锨王，回来后，一家人都没有吵她，也没有追究她怎么知道的，从此再没提及那件事，小秋也不想让他们提起的样子，好像大家都不愿打破某一种平静局面，小秋再也不像小时候那样爱问"我爸爸是谁？""我爸爸在哪儿？"她好像都知道，也或者她不再需要知道。日子再艰难，素芬没有在孩子面前露过穷相、诉过苦处，小秋要交的各种费用，要买的什么东西，素芬立即拿钱去交去买。她只让小秋好好学习。"你上到哪儿，我供到哪儿。"姥娘姥爷，舅舅妗子们，整个过道，整个前杨，对小秋也都很友好。她听别人说过：外甥是舅家的狗，养不熟；亲外甥儿，胡对对儿（注：凑合交差）；亲外甥女儿，不胜坐那栽栽嘴儿。人们总结出这些话，都是表明对外姓人没必要那么好，不值得那么好。可她这个前杨的外甥女，来了就不再走，把前杨当成了自己的家。

小秋喜欢画画，小学时每个本子背面都是她画的娃娃和风景，有时候上课也走神画画，叫老师批评了几次。上初中后，素芬告诉她要好好学习，画画画不出名堂，将来高考人家也不考画画。而小秋说，她将来要当画家。素芬说："净是想那没边的事，你看哪个农村小孩能当上画家，都是先好好学习，考上大学之后，再有自己这样那样的爱好。"小秋说，爱好都是从小培养的。她还是自己偷偷地画，有次下午没课，跟着同学去车站书店，买了本绘画入门的书，买了图画本，不几天就正反两面画满了。素芬想，画画虽然对学习没用，但总不是坏事，就让她画吧。

素芬快四十岁了，也有人给她说合，但她都拒绝了，她说小秋长大成人之前，她不会再往前走。她希望小秋能考上大学，用一种光荣的方式离开前杨，走得越远越好。十多年来，她压下内心的屈辱和身心的潮汐，编筐、缝纫、做饭、干活。前几年县外贸局没有了，编筐事业被几个私人承包，娃娃筐送到私人那里，后来挣不了钱，私人不干了，再无人收购，娃娃筐也都没人编了。

她来九道街看小秋的时候，会在街里转转。说是九道街，其实只有一条主街，不到一公里的街道上罗列了所有机构和满足人们基本生活需求的店铺，好在镇子位于公路的旁边而不是公路穿街而过，所以街道里汽车不多，没有那么些灰尘腾起，显得比较安静祥和。她发现街里有一家缝纫铺，做衣服，做窗帘，砸被罩床单，兼售各种布料，看样子生意很好。每次屋子里都围着一群妇女，在那里比比划划，做这要那，附加扯闲。她进去看了几眼，观察到生意确实很好，那女人都有点忙不过来，屋里面料成品半成品堆得乱七八糟，没有眉目，做的窗帘被罩什么的也都是粗枝大叶，线头一律来不及剪掉，再加上面料都是粗糙的化纤，素芬很是看不上，她对于缝纫活儿从小在行，做活麻利细致，家里那台缝纫机一直还能使。她不编筐后，村里又有人来找她给小孩做衣服。她做的款式新颖可爱，每一个线头都给剪得干干净净。也有人拿到后说："真要样儿，比买的还好看。"有人开玩笑说："你开铺子专做小孩衣裳吧，准挣钱。"

小孩衣服要用全棉，而且要宽松透气，对缝纫水平要求不是太高，做大做小可伸缩性强，只要认真就中。总之她的水平绰绰有余。

说干就干，素芬就窝在那家店里买了几样花棉布，那是店主用来给人做被里子的，面料比较稀薄，花色也很有限。素芬拿回家做了几个大小号都有的罩衣，就是那种从前面套上，在后面系几根带子，袖口拿松紧带一出的样式。她的出奇之处在于给前面用不同的面料缝上一个斜斜的小兜，用这个布块上裁下的料，缝到那种花布的衣服上，并且小兜与后面带子的布料相呼应，就这一个小小的改进，区别于姥娘和奶奶们给孩子做的几十年不变的老式样。有花布的，有净面的，花布女孩穿，净面男孩穿。做好十几个，素芬下次去看小秋的时候，专意等到九道街庚会，自行车就是她的摊位，只有三个衣架，就挂三件大小不一的，其余几件搭在自行车上。守候一上午，竟然卖出去了十件，不仅捞回了本儿，还有盈利，落了几件衣服。她又去车站买了一些质量好些的棉布，还有几样儿童花色的棉绸，天气快热了，她做了各样小裙子、吊带裙、连衣裙、小半裙，一律都有小花边、小装饰、小拼接、巧搭配，看起来别具匠心。做这些衣服带给她无限愉悦感，购买者也是眼前一亮。

农村人手里但凡有几个钱，都愿意花在孩子身上，年轻妈妈们也更珍爱自己小孩，男孩女孩都一样，自己生的都金贵，这突然冒出的样式别致的棉布小衣裙让年轻妈妈们愿意掏钱。素芬每次赶会，小衣服都能卖出过半。周围村庄的小媳妇，也有抱着孩子到前杨来上门量体裁衣的。两个月挣了一千多。素芬决定在九道街租一间门面房，这样能给小秋做饭。

下次去车站进货的时候，她路过九道街打问，正街上门面房没有空的，背街里有一户人家一间小屋闲着，要价每月六十块，最后谈到全年六百租给了她。她叫三哥开电动车，把她的缝纫机运来，自己又置办了一些杂物，买一张大床，小花朵裁缝铺开业了。她给九道街人说主要是为了照顾女儿，有个事干，白天一个人在家不至于太僇。人们不把她当成一个抢生意者看待，也不戒备她，于是羞答答的小花朵在背街里静悄悄地开,她也跑着去赶一些近处的会。小秋仍然按规定住校,每天三顿回来吃饭,周五晚自习下课,素芬去学校门口接她。虽然只有一里地,街里路灯也亮,但素芬每次必接,这样心里踏实,否则晚回来一会儿,心里揪着胡思乱想吓自己。回来后娘儿俩洗漱睡下。活儿也不是死多,白天时间足够,夜里就不做了,陪着小秋安生睡觉。如果没事,周末两天她们也不回前杨,把镇上小屋当成了家。

烈芳已经三十一岁,还没有结婚,虽然她是县城户口,但已经没有固定工作,再加上长相原因,县城小伙子看不上她,农村青年她相不中。新世纪来临,无论农民还是居民,能挣来钱才是王道。她的城镇户口似乎不再像从前那般主贵,也不能给她加分。关键是她自己过于能干,长着火眼金睛,来一个男的,她一搭眼就看出人家的问题,这个太笨那个太懒这个窝囊那个抠唆,不出两三分钟,说不上几句话,她小眼眨巴眨巴上下打量,把人家剥得一无是处,人家只抓她最要害的一样:长得不中。于是一溜跟头过了三十岁。

家具推销趋于饱和,眼看这行业再无竞争力,刚好丽雯姐写信来,她上班的工商所辖区内有很多大型批发市场,一位南方玩具批发商,急缺一个仓库保管,要聪明能干人品好。丽雯想起了烈芳。

烈芳也想摆脱自己的困境,伯和哥,还有过道里的人见面就问对象的事,在他们眼里,一个闺女到了三十不出门,是天大的事情,每个人都拿异样眼光看你,烈芳虽然也着急,可总不能为了结婚而找一个不如意的人吧。于是,烈芳给丽雯姐打电话,说她愿意去做这个库管。

抵达西安,丽雯姐带她到玩具商的库房报到。两天稳住事后,丽雯引她,一起到引运和静侠租住的城中村看过。引运去年来西安,就是丽雯帮他办的早餐营业执照,每天挂在三轮车的前面。

引运静侠见两个妹子到来,很是高兴,做了一桌子菜,四人围着小桌而坐,引运打开喝了一半的绿瓶高脖西凤酒,喷着酒气,给二人吹嘘自己的早餐生意很是不错。

"大城市钱真是好挣,后悔出来晚了,要是前几年就来,这会儿已经挣住钱了。就我这水煎包,一块钱三个,早上俺俩都拿不及。啥牛肉水煎包?一清早那一大盆馅,最多二斤牛肉,其余全都是碎粉条。都是上班的人,塑料袋装住就走。坐下来吃包子喝胡辣汤的,都是年纪大的、不上班的那种。你看我这一次性筷子,一俩月就得去批一回。"他用筷子指指门后两个摞起来的大纸箱,上面放着鞋子和杂物。他们的三轮车停在门外,上面装着炉灶等家什。地上还有两个大蛇皮袋子,里面都是碎粉条,每天晚上泡上,第二天早上四点拉去早餐摊位,卖牛肉的送来绞好的肉馅,当然是最便宜的那种,筋筋膪膪,绞到最细最碎,好更多地混迹于碎粉条之中。

"看看你这一摊子,永不在外面吃饭。"烈芳说。

"噫,谁说不是哩。"静侠说,"我刚一来,也接受不了,可看看他们,都是这样弄的。就是要挣快钱,每天见钱才中。"

"其实没有啥,咱自己也吃哩。老家咱那灶火,有多讲究?茶缸进到锅里起茶,起完茶往锅台上一放,那底下沾多少土?下次拿起来用手抹拉两下又起茶。不干不净,吃了没病,太讲究了,咱也没那个条件。将来我要是存住钱了,好好开个饭店,到那时,各方面条件,弄好一点。"引运说。

二人的租住地离早餐摊点不足二里地。一群来自河南乡下的人,确切说是来自长枪吴的,一个带一个,一个拉一个,聚到这个路口,做简单粗陋的早点,水煎包、油条、豆腐脑,供应附近居民和企业职工。城里人懒,掐着点起床和出门,连坐下来吃完几个包子的时间都没有,钱扔下,拿着就走,图的就是快,就是省事,一两块钱解决问题。也不追究这些人怎么给他们捣弄出的饭食,只看见油汪汪胖嘟嘟热包子怪可爱的,反正摊点主人自己也吃,他们总不能做一些人吃不成的东西吧。眼不见为净。

老板在仓库附近给烈芳租了一间房子,她吃住在那儿,有时候在库房忙碌到很晚才下班,回去睡上一觉,第二天起大早又来。

入职以后，看出了一些问题，以她的性格，必须尽快理顺。请示老板后，在原有基础上，先清查造册，整理区域，制定更合理的出入库制度。烈芳没明没黑地工作，基本不分上下班时间，任何时候需要入库出库，她召之即来。脑子清醒，干活麻利，凡经她手的货物，随时能说个一清二楚。老板看她吃苦耐劳，能说会道，人又可靠，交给她的工作总能干得好于期待和要求。半年后，给她提了工资，对她委以重任。一年后，将总库房一串钥匙交给她，让她看管总库，也就是说西北地区所有进出货物都经她手。

玩具商四十多岁，有大小三个库房，还有好几家分店，常常跑来跑去，货物流通很快，营业额哗哗淌进。正是事业往上走的时候，突然妻子病重，医院下发了病危通知。焦头烂额之际，杨烈芳拍胸脯说："老板你去忙家里的事吧，这里的工作全交给我。"玩具商顾不了那么多，奔赴医院守候病妻床前去了。杨烈芳每天打电话汇报工作，问候病情，还时不时炖了鸡汤鱼汤、熬了稀饭给送到医院来，顺便对工作中关键环节提出一些建议。玩具商奇怪，这杨烈芳的每一天好像有二十八个小时似的，她怎么能干这么多事情。

待玩具商处理完妻子的后事，几个月后重返库房，看到他不在的时候，入库、发货、进账这些工作流程没有半点差池，有些细节比他在时处理得还好。玩具商倒吸一口凉气，不知该感激还是该害怕，他是准备着这几个月内业务受损的，多多少少有点跑冒滴漏，都是可以理解的。他由南方的水田而来，在生意场摸爬多年，最知道人心难测，世上没有见钱眼不开的人，想那杨烈芳，平时干得也好，趁此机会小捞一把小渗一点，完全符合客观规律，也是可以原谅的，起码保证了这几个月里没有叫生意和客源断了，已经很不错了。现在情况这样倒大大出乎他的意料。

也是出于好奇和对人性的探究，他开始观察杨烈芳，甚至找到移动公司的熟人，调取了她的通话记录，也找不出他不在时被人做过什么手脚的蛛丝马迹。玩具商大为感动，又大为疑惑，世上真的还有这样的好人？他给烈芳发了一千元奖金。从此开始注意这个之前没有多看几眼的姑娘。发现她在平凡的外表下,有着比常人高出一截的心性和能力,最明显特点是爱干净、能吃苦、脑子灵、嘴会说。玩具商只有小学学历,搞了半天才知道河南和山东不是一个省,知道杨烈芳是常香玉的老乡,想起电视剧《常香玉》主题歌里一句唱词:敢哭敢笑敢愤怒。用在杨烈芳身上,倒是挺合适的。他见过杨烈芳跟库房里一个老员工因工作吵架,面对那个老油皮,她毫不怯火,葵花点穴手一般指着,小嘴巴巴巴,愣是把那个老员工噎得没话可说,一口气上不来,转身走了。

玩具商结婚很早,有三个孩子,大儿子已经二十多岁。十多年前他与妻子从南方农村一起来到西安打拼,在遍地黄金的东郊批发市场找到了商机,从批发小商品一步步做大,现在是好几家玩具品牌的西北总代理。当他得知杨烈芳大专学历后,心里更是佩服了几分。

玩具商向杨烈芳求婚。南方人长得细致,看不出比她大一轮,再加上财力能增加人的高度,杨烈芳看他也颇有魅力,当即同意。二人开车回到前杨展览一番,带了一车令前杨人见都没见过的布偶娃娃、新式玩具,过道里每家分了一个,老人小孩都有红包。大家也都觉得结下这门阔亲戚挺好,年纪大点就大点吧,人瘦小就瘦小吧,二茬就二茬吧,有小孩就有小孩吧,要是人家年纪轻轻没结过婚又漂亮又有产业,咋能看上咱哩?男人说话蛮格丁,没有烈芳的翻译根本听不懂,他俩远远在西安过日子,又不是在家跟咱过哩,管他去。烈芳喊回哥嫂,当着大家的面甩给杨全本两万元彩礼,在儿道街张罗了几桌酒席,就算是把喜事办了。收的礼钱烈芳一分没要,全都给了伯和哥。生意人时间金贵,只停两天,烈芳开了结婚介绍信,二人就返回西安,领了结婚证,又请一众南方生意人吃了酒席,杨烈芳从库房附近的一间小宿舍搬进玩具商的大房子。南方人说你从前操劳生意太辛苦了,今后就好好在家待着吧,过一过阔太生活。

三室两厅的家里,各式家具家电尽有,南方人还请了一个钟点工,每周上门两次打扫卫生。烈芳只用做饭,而生意人也不太回来吃饭,他总是一大早就走,晚饭也不常在家吃,经常半夜回来,一身酒气躺倒就睡，第二天天明又走，有时烈芳还没清醒，二人话都说不上。

这样的生活没到仨月，烈芳就烦了，她天生操劳干活的命，如此这样无所事事，真不习惯。她在富丽堂皇的家里走动，一切宛若梦中。妈要是活着，来这样的家里住住，把那些从前想都不敢想的东西吃一吃，别说吃一吃了，叫她见一见，她会惊奇成啥样。物是人非，变得如此之快，从前咋能知道自己会过上这样的生活，而妈在前杨村后的地下，已经十六年了。

九点已过，引运的早餐点该收摊了，走来一个青年，头发黑亮，双皮大眼炯炯有神，问他："你得是杨引运？"引运说："是啊，你是谁？"这样说着，觉得这青年如此面熟，却怎么也想不起在哪见过。

"我是天阳，"那青年笑笑，黑眼珠更加有神，见引运还是疑惑，"杨天阳，前杨过道里老九。"

"噢噢，五叔的孩儿。我就说，咋镇面熟。噫，跟五叔长得可真像！你咋也来西安了？快坐下，吃饭吧，坐坐。"引运把这突然出现的亲人让到小凳子上，给他铲水煎包。豆腐脑已经卖光，只剩下几个包子在锅里，等待有人来收底。

"我不饿，清早吃过了，真的。"杨天阳坐在凳子上，给六哥讲述自己的来历。"我到西安好几年了，在城墙里西华门大钟表下开个小店，卖手机卡。"

二十多年前，杨天阳跟着父母离开前杨，后来零星回过两次，一次是奶奶去世，再一次是高中毕业，特别想回到前杨看看，暑假里自己坐着火车跑了回去，奶奶的老堂屋快要倒塌，住不成人，他出生的院子长了荒草。他在大哥家里吃住了两天，又提着旅行包离去，他也不知道要干什么，就是想回去看看。虽然相距千里，语言不通，饮食不同，可那是他出生的地方。当时引运满世界跑，二人没有见面。杨天阳跟引章见过一回，俩人一直有着联系，这次是引章电话里告诉他，六哥引运在西安东郊某处卖早点。杨天阳虽然说一口西北话，但他一直记挂着自己是前杨人，填写各种表格，籍贯一栏里都是河南。他没有考上大学,便来西安打工挣钱。先是在街上跑着推销电话卡,后来丽雯姐帮他在电信一条街找到一间小门面,继续推销电话卡,售卖手机和各种小配件。这里是西安手机销售中心,寸土寸金,一席难求,门面放个桌椅、小玻璃柜,外面只能站立俩人。就这也算升级换代,游走变成安坐,成为小老板,不再风雨中奔波。

又干两年,谈了个女朋友,很快结婚,在西华门附近租了单元房,算是在西安立了足。他外出跑业务办事时,妻子看店。这次给引章打电话是告诉他,自己的爸爸年已七十,得了肺病,身体迅速衰弱,走几步就得停下歇歇,特别叮咛,将来死后,要把他运回前杨埋葬。杨天阳对老家办丧事情况不太了解,就先询问引章。他找引运,也只是想见一见自己姓杨的兄弟。另外他有一个想法,能否在老家把房子盖起来,把爸妈送回去住,也就是说,让爸爸将来死到家里,不要人咽气后再往回折腾。

数血缘容易点燃人的热情,哪怕从未见过的人,一听说是自己本家兄弟,立马打通情感。引运一时对天阳也是很亲,三人收拾好摊点,叫天阳跟他们一起回到租住的地方,中午他给做饭,二人好好喷喷。杨天阳当年还没有建立自己最初的语言体系,便离开了前杨,压根不会说河南话,但他从父亲那里听到了许多词语,"喷喷"二字,让他会心一笑,跟着引运走了。

回到出租屋,叫静侠去菜市场采买,引运发挥自己特长,掌厨炒菜,哥儿俩中午要好好吃喝一顿。

关于他在老家盖房的事,引运说:"如果你手上有余钱,盖了当然好,因为咱老家办丧事,不能去别人家,你家院里房子,已经住不成人,到时候停留办事得好几天,还有你妈将来老后,也得回来,自己有房子最好。但是盖三间堂屋加个小厨房,少说得三四万,就为埋人时住上几天,埋了俺五叔,五婶身体还好,也才六十多岁,虽说她将来也埋家里,但还有几十年,她一个人不可能住在老家,你那房子又空下来。房子不住人,坏得快着哩。"

说来说去,还是钱的问题。老家盖好房子,随时回去有地方落脚,倒是好事，可要把几万元钱押在那里。天阳现在的目标是，在西安买房，起码三室一厅，将来把他妈接到西安居住，给他带娃，小两口目前正在四处看房，也只能交个首付，二人将来还有小孩，花销还都在后面。杨全成积攒一辈子也没有几个钱，不够他求医看病，所以他不再看了，坚决不允许儿子借钱为他治病，只愿在家等死。夫妻二人达成一致，叫天阳跟老家联系，安顿他的后事。梅前面有一儿一女，手里若有几个钱，还想悄悄资助前面的儿女。

天阳一颗热腾腾在老家盖房的心，被六哥分析得凉了下来。忧愁上心，初次见面的哥儿俩越喷越亲近，越喝越知心，最后一起歪倒在大床上。

2005年，小秋以中等成绩，考进了县二高，仍然是住校。素芬的小花朵自然也跟到县上去。

以火车站为根基的县城面积不断扩大，从前只有两条主街，现在横七竖八的，叫人也是摸不着向，车站与老县城之间的农田被吞并，变成道路和楼房，老县城新县城紧密相连，如此还是不够，那么继续向四边扩建，周边村庄都划入县城的领地，农民分了不少卖地钱，交上几千块，就能买个居民户口，他们也并不多么稀罕，现在一切都搞活了，你挣不来钱，就算成为商品粮身份，又能怎样？城市已经来到家门口，大家都住到了居民楼上，手里没钱花，也是白搭。

产粮大县，因地制宜，依托南洋人的工厂，公家、私人齐上阵，建起名目繁多的工业区，出现了很多粮食加工企业，产品销往全国各地的中小城市和广大乡村，虽然名字起得很洋气，却因为形象和档次不够前卫高端，大城市市场进入不了，但只是小城和乡村，市场也足够广大。厂房日夜灯火通明，机器转动，大货车排着队来往运送原材料，拉走成箱的产品，颖多湾县成为全国小食品集散地，各式各样的方便食品，名目多到眼花缭乱，只有你想不到，没有他做不到。这些数不清的工厂消化了本县很多农村劳动力，带动得县域经济也很是活跃。

素芬在离学校一里地的街里，租了一间屋子，隔成里外两间，外面用作门面和做饭吃饭，里面一张大床，母女二人睡觉。为了让小秋习惯于学校的管理，又能多睡十分钟，仍然让她住校，周五晚上素芬到学校门口接她回来。

县上三个高中，学生人数逐年增加，全县的学生都想挤进一高、二高。因为很多学习不行的农村小孩，不愿再上高中，上了没用，情知考不上大学，不如早早外出打工挣钱，镇上高中渐渐没人上了，便都相继取消，到县里上高中的都是奔着考大学来的，所以生源比较优秀，竟然也很激烈。小秋还是坚持着自己的绘画爱好，因为她听引章说，如果有个相关的证书，按艺术生来招，分数线可下降十几分。

素芬的业务有所增加，因为县城里的人们，要求更高一些，他们拿来大人的衣服，让她修改裁边换拉链，面料明显好多了，有的还挺贵重，让人下不去手。

素芬的双手看起来僵硬粗糙，却是一双巧手，上了缝纫机，就有了灵魂似的，在这小小的台面上，恰似找到施展能力的场所，像舞蹈演员登上舞台，急促密集的行进声是她的音乐，十指随着布料运动快速翻飞。要挣城里人的钱，还是有些紧张，顾客送来的活儿稍微有点难度，她就很操心，生怕给人家改坏做坏了。有回一个女人拿来件羊绒大衣，声称九百八买的，叫她把袖子改短二指宽，她很保守地剪了一指宽。等人家来取活儿时，先叫穿上看看。那女人说："噫，没短多少啊，你是不是就没动啊？"她说："动了，你看绞下来的布料，改短了一指，想着再叫你试试，能穿就中，可能洗了后还会缩点呢。如果你真的要那么短，我再给你重做，我受点麻烦不怕，要做得叫你满意。"那女人不高兴地说："羊绒就不能水洗你不知？叫你改短二指你就二指嘛，穿不成算我的。你这样弄净是耽误时间，叫我再跑一趟。"脱下来放下，很不高兴地走了。素芬吐了吐舌头，也不敢犟嘴。贵东西就是好，毛茸茸的，摸上去又细致又软乎，那么好的料子，咋能舍得一下子剪短呢。拆开线捋直重新再剪一次，心里想，啥人能穿这么贵的衣裳？快顶我干一个月的。而她，改这件大衣袖子要价六块，那女人还价五块，还由于自己的原因返工了一次。不过她也挺高兴的，小心不为过，总比一下子给人家截得太短了强。就像是做饭，盐放少了好办，放多就麻烦，权当用这么好的料子练了一下手。这样一想，自己占了便宜似的，喜滋滋的。

有一天，小秋放学，觉得后面有一个男人走上前来，跟她并肩而行，扭头看她。小秋没有在意，她长成了一个形象出众的姑娘，不论走到哪里都吸引来一些目光。

接连几天，都能见到那个中年男人，有时候迎面走来，有时候并肩而行，总是很专意地看她几眼。她快步走，那人就几步远地跟在后面，跟到她快要走进门面房的地方，就止住脚步。有一次她过马路，扭头和一个认识的邻居阿姨打招呼，见那男人在马路对面站着看她，眼巴巴殷切切的样子。她总觉得这个人在哪里见过，好像有点面熟。

终于有一天，那人喊她名字。

她吃惊地站下来，问："你认识我？"

那人点点头，由于激动，脸上的皮肉和着目光一起抖动，充满深情和无限疼爱地看她，她讨厌那过于深情热烈的目光。

"你咋认识我哩？"

"我的闺女，我能不认识吗？"

小秋惊呆在路边，怪不得有面熟的感觉，原来自己的脸上长着他的样子，自己的身体里流着他的血。

"小秋，我是爸爸。早就听说你来二高上学了。其实头一眼就确认是你，跟我长得多像啊，到底是我的闺女。"

小秋定格在那里，整个人轻飘飘的，像个气球一般飞升起来，全世界只飘浮两个巨大的字：爸爸。多年来，她一直回避这两个字，但是它们又无处不在，任何一个话题都会让这两个字浮现出来，而她都会将它们强压下去。作为爸爸的男人形象，是电影电视里的男主角，小秋对这两个字展开过一些想象，但没有人给她提起过，她甚至不知他的名字，只知道他是一个姓王的人，而今天这个人突然告诉她"我是你爸爸"。要命的是，自己和他长得那么像，简直容不得你否认。

小秋全身僵硬，转身走了，可她知道姓王的在后面跟着，她一时不知是爱是恨还是厌恶。那人两步又跟上来。

"小秋，爸爸这么多年都想着你，一直打听你。你哪天去爸爸家坐坐，吃一顿饭，中不？"

小秋脸色苍白，走得很快，摇了摇头，将那个人和那个声音甩在后面。脑子乱哄哄的，路过妈妈店铺门口也没有进去，而是大步往前走，只有这样走着，才能让自己静下来。再一抬头，已经走出了几百米，回过头看，那人不见了。她缓缓向回走，路上的人匆匆忙忙，都着急回家吃饭的样子，只有她不想很快回去，情绪稳定不下来，不知道该怎么给妈说。她在路边缓缓地走，漫无目的地看来看去，抬起腕上的电子表，已经十二点三十五了，她平常都是十二点二十之前进门。妈肯定开始着急，说不定都到学校门口找她去了。她快步向回走，无声地拐进店铺。素芬见她脸上冒汗，好像生病的样子，问她咋回来这么晚，哪儿不舒服。她说跟同学在路上说了会儿话。妈嗔怪地端饭出来，两个人坐下来吃。就在妈做活儿的案子上，上面铺一张大塑料布开饭。

她失魂落魄地吃了午饭，进屋躺下，暂时没有给妈说。

过了几天，又见那人在学校门口等她。径直走过来，那意思是要陪着她回家。小秋被一种怪异的情感拿住，对这个人，不能亲近，可也并不厌恶；无法接纳，但又不能拒绝；应该恨的，却是恨不起来。"爸爸"这个词，对她来说意味着什么？绝情，危险，冷漠，恶心，她体验到一种新奇而异样的感觉，身边走着的，不是一个爸爸，而是一个男人，她仿佛是当年的素芬一般，对这个人怀着复杂的感情。二人无言地走着，那人不时扭过头来看她，目光中的爱意越来越浓，好像随时会伸出胳膊把她拉近自己，小秋和他保持两步远的距离。那人掏出一卷子钱递过来。

"不一定叫你那边的人知道，不用告诉他们，只要咱俩能来往就中。这个星期天去我那儿吃一顿饭吧。就在县司法局家属院。小秋，你是我的闺女，这是走到哪儿也改变不了的事实，爸爸从前能力有限，顾不上你。今后，我会加倍补偿你。你上大学，学费我来承担。"他越说越动情，胸口起伏，小秋听到他粗重的呼吸声，感到惧怕和厌恶，不知该怎样给这一现象定位，犹豫不决之间，心里终于涌上两个字：男人。这就是男人，会激动，会祈求，会扔开，也会拉回。

小秋没有接钱，快步跑了。

小秋异样的神情引起素芬的注意，联想到她最近心神不定，这孩子是不是早恋了？坐下来左问右问，小秋终于说了最近的一切。素芬呆愣一会儿，站起身，手扳小秋的双肩，盯住小秋的双眼说："小秋，有我没他，有他没我，你要认他，就不要认我了。"冒出这句狠话，素芬自己都受到极大惊吓和伤害，她全身哆嗦，摆在案上的饭也吃不成了，撒开双手哭了起来，一时天塌下来，好像她已经失去小秋。小秋吓坏了，她从没有见过妈如此痛心，哭得像个孩子。

素芬感到，时光将她一下打回十七年前，所有的屈辱向她纷纷涌来，爆豆子一下下击打着她，她体无完肤，乱箭穿身。小秋挤坐在素芬身边，搂住她的脖子："妈，我没认。真的，没有你的同意，我不会认的，他得先过了你这一关。"

"我这一关，没一拧捏可能。"素芬已经哭得语不成句，"你要是，认了，我会气死，会气死呀！"

娘儿俩都没有吃饭，素芬关起门面房，也不营业了。靠在床上，从头讲述。十七年了，再也不愿意提起，那一扇铁门已经关严，锈死，不能轻易打开，有时候门缝里晃动一点点光影，露出一丝丝气息，她赶紧告诉自己，别往那儿想，一切都过去了，自己已经走出了一条路，幸亏有个小秋。那些艰难屈辱的日子，小小的孩子在怀里，她上面流着眼泪，下面淌着恶露，大出血的尾声还没有净，最应该流的奶水却是没有，她力气全无，一个人躺在大堂屋的东里间，如果不是怀里的孩子，她真不想活了，这样屈辱痛苦地活着，有啥意义。邻居一个婶好心，给她端过几回小米汤、荷包蛋，她婆子好不愿意人家一场，那婶也不再来了。她多少年里都想不明白，多么狠心的人才能做出这样绝情的事。你转正招干之前，如何撺掇我们全家，你家弟兄多，生怕不好找，为着能有一个媳妇，说尽好话叫尽快过门。你一吃上商品粮，转眼就变，恁一家不愿意要我了也不必这么着急翻脸，我生的是你家的小孩，总得把月子给我伺候出来吧。一窝都不是东西！这是素芬多年来的定论，姓王的一家是怕她赖着不走，甩不利她，像建林他妈和他老婆那样，所以全家人联合起来绝情到底，不给她一点点缝隙。她从前不愿给小秋说这些事，孩子还小，不懂大人世界的险恶，不能给孩子心里种下仇恨的种子。但现在他又要来认小孩，他想着他们条件好，有钱有势，小孩会愿意认他，让孩子背着自己跟他们来往，实在是欺人太甚，这脸皮得有多厚，心眼得有多歹！素芬哭得快要断气，如果那人在眼前，她她她，她真的要……她意识迷散，愤怒至疯狂，抓起案子上的剪刀，对准自己的喉咙。

"你要是背着我认了他们，跟他们来往，我就不活了，从今往后，你没有妈了！"

小秋扑上去，夺下剪刀，再次张开双臂搂住素芬："妈，我保证，绝不认他，你放心吧。从前我不知道这么多，只知恁俩是离了婚，只知他变心不要咱们，但我不知他们这样待你。要是知道，我八岁那年，就不会跑到他木锨王去。"这是多年以来，俩人头一回说起这个名字。

那个中午，素芬没有吃饭，那个下午，小秋没有上学。她说，半天不上没有关系，就是坐到课堂里，脑子也进不去任何东西。素芬给班主任打电话，说小秋肚子疼请假半天。娘儿俩躺在床上，搂着脖子说了很多的话，流了很多的泪，两个人都成了肿眼泡，那些素芬埋在心里多年的话，全都倒给小秋，包括那差了二百的三千块钱，姓王的给打了借条，为的是尽快得到离婚证，但他没有来还钱，从那以后素芬再没有见过姓王的家里任何一个人。小秋问："借条还在吗？"素芬说："他两年没有来还，我就撕扔了。一个人不想要你，不想还钱，我留那欠条干啥？"小秋说："妈，你吃了这么多苦。等我考上大学走了后，你就再找一个人吧，找个老实人，好好待你，你们好好过日子。"素芬说："只要你考上大学，就是我的好日子，我这么多年都过来了，现在都四十了，还找啥。我这一辈子，只为你活。"二人哭一哭，说一说，抱一抱，情绪激荡了一个中午，胸口那里紧绷绷地疼，也哭累了，都闭上眼睡去。

直到下午三四点，有取衣服的人在外面拍门，素芬起身打开门面房，一阵风过，桂花的芳香从哪里飘来，街上的人们如常行走，汽车喇叭声声，自行车铃声叮当，仿佛一切又恢复了平静。

早早吃过晚饭，小秋去学校上晚自习。她觉得一个下午，自己长大了好多，眼睛微微肿着，眼圈淡淡发红，她静静地看着街道两边的人群，心里涌动着一个少年人丰盈而热烈的情感，人世间原来有着这么多悲欢离合，还将有多少人心险恶，等待着她去经历，去分辨，去探索。她眼里又涌上点点泪光，所有的亲人对她温柔以待，因为她的身世，可能还有着更多的迁就与疼惜，就连准备死去的小蝶姐姐，寄回来的包裹里，还有一个送给自己的布偶娃娃。小蝶啊，怀着对自己形象的万般绝望，看过了外面的世界，就坚定地死去。因为人生只有一次，上天却把我塑造成我不想要的样子，那我就扔了这样的人生。但是小蝶对人世没有抱怨和仇恨，没有伤害过任何一个人。因为这世界，值得我们去爱；这人间，值得我们来走一趟。

生活，扑面而来吧；命运，摔打我吧，锻造我吧，我有足够的力量来承接你。小秋暗自握一握拳头，觉得自己成了大人。

烈芳一直有个想法，把自己的大娘大嫂接到西安来玩一玩，住一住城里的单元房，过几天这种想吃啥就吃啥的生活。让她们看看带暖气的房子，叫她们知道一下冬季取暖不一定非得给屋里生个火盆，不一定非得弄得狼烟四起才能暖和。她给玩具商提出自己的想法，试图讲一些小时候的事，列数大娘大嫂对她和哥哥的恩情，刚开了口，玩具商说："又不是你亲妈，至于嘛。"及时转移话题，她也就不再说了，也不再提她们来的事。烈芳心里对玩具商产生了不满，但也不好再多说啥，她去批发市场给大娘大嫂、给伯买了衣裳，寄回前杨。

小日子过了一年多，矛盾与分歧渐渐显现。玩具商不允许烈芳介入工作。刚结婚时，他就要走了库房钥匙，说是先让别人干一段时间，叫烈芳在家过过安闲日子，两个月后，还不说让她去上班的事，仔细一问，他又招人代替了她的工作。

"你现在是老板娘了，只在家享福就行，或者真想去，那只是检查工作，去看一看，干点轻活好了。"

可烈芳就不是干轻活的人，也不是那种啥心不操只打牌逛街休闲的女人。玩具商试图把她引向他南方老乡的那个圈子，那些大小商人的太太，成天吃喝玩乐，打牌购物，嗲声嗲气地说话。烈芳对此嗤之以鼻，这日子有啥意思，坐那儿打牌一打半夜。她不愿意过她们那种日子，把钟点工也辞了，两个人的家里，实在没必要请个人来专门打扫，她自己弄一弄就行了。

玩具商的大儿子已经结婚，小夫妻也从事批发业务，住在另外的地方，不太过来。下面的一儿一女，一个上大学，一个上高中，也都住校，玩具商从前的家在附近另一个高档小区，跃层式五室两厅，有人专门打扫，她曾经去过，探视他生病的妻子。现在他们二人住的这套房，是结婚前新买的。一儿一女每周从学校回那个家，玩具商周末也就过去跟他们团聚一下，住在那里。烈芳有时候去有时候不去，因为去了那里，到处都是前妻的影子，大照片挂着，家里一切都按她活着时候的样子。烈芳想，那是人家的领地，我活在自己的地盘就好。也就是说，这个三室两厅的家，只是玩具商跟她杨烈芳一起生活的地方。

她整天守着电视看那一白多集的《意难忘》，没完没了的纠纷误会，明明两句话能说清的事，非得往几集里扯，把她这观众都要急死，这样下去还不把人看傻了。她算是明白了，再难看的电视剧，只要你看了一集，就得看两集，只要你看了开头，就想知道结尾，就得被他们牵着一集一集看下去，憨子一般跟着里面的人哭了笑了痴了恼了，哭完笑完痴过恼过，回头看自己的生活，一切照旧。家庭卡拉OK她也唱烦了，果断关了电视，走出家门。她不由自主就要到库房看看，就像当年自己在这里工作一样，看到进货出货，不由得想过去问问情况，挽起袖子搬搬这挪挪那。发现这库房人员流动得也快，都已经不认识了，他们对她的问话也是闪烁其词，不愿直接回答。

"我好好个大活人，能劳动能工作，为啥叫我整天闲着？"她问丈夫。

"闲着还不好？享清福嘛。吃喝玩乐休闲购物，看看电视干点家务，多好。"

烈芳还没有怀孕，她觉得奇怪。自己身体这么好，怎么就怀不上呢？她已经三十五六，很想有个孩子。玩具商与她干那事挺谨慎，他总说自己不年轻了，快五十的人了。烈芳也能理解他，一月一月过去，月经总是正常光顾。她心里有点小小恼火，但也不好发作，你自己怀不上，怪谁呢。她甚至还去医院做过检查，医生说她一切正常。

玩具商每月给她足够的零花钱，还让她去学了驾照，说拿到照后给她买车。两个月后，烈芳顺利拿到驾照，但她认为，又不上班不出门，要车干什么？先不用买。其实她最大的想法就是把大娘大嫂接来住一住，最好是玩具商不在的时候，出差的时候，让她们亲人之间彻底放开，过几天畅快日子，无非也就是吃一吃，转一转，能花几个钱？但就这也是大娘大嫂想都不敢想，也从来想象不到的生活。

假如这个世上有那么一个人，让烈芳一生都感激和记挂，那就是大娘，她默默做自己的事，总是不停地干活。烈芳小时候，看到大娘做好一家人的饭，再把下一顿的柴火搅搅，摊开晾晾，然后躺床上歇歇酸痛的腰身，等大家都吃过，给她剩一碗在锅里，她刮出来吃了，再收拾摊子。大娘永远和颜悦色，从不跟人争嘴闹气，但有一次，她及时站出来呵斥二伯。那时杨全宗杨全本两兄弟不知为啥事吵架，在街里越闹火气越大，杨全宗撸袖子说："拿粪耙把恁孩诛死，一命偿一命，我还有一孩，你就那一个！"引章和烈芳还小，吓得躲在过道墙角不敢吭气。大娘突然从院里出来，可能是正在和面，沾着两手面粉和絮絮，表情威严："全宗，这样说话，像啥样子！吵架归吵架，好好论你的理。只吃过天饭，不说过天话，你知不知？"杨全宗愣了愣，他从来没见过嫂子变脸生气，他站了一会儿，回家去了。

烈芳从小饭量大，常常不到吃饭时候就饿了，跑回家到馍筐里找，任啥没有，灰溜溜顺着土墙到前院大娘家，坐门墩上耷拉着头不吭气，她一这样，大娘就知她是饥了，放下手里的活儿进自家灶火拿了包谷面饼子给她吃。她后来才知道，她吃了这个饼子，大伯和三个哥干完生产队的重活儿回家，就得少吃一个。她想，等我长大挣了钱，一定得给大娘买鸡蛋糕吃。等我有了本事，一定得好好孝敬大娘。

可现在就连把大娘大嫂接到西安住几天玩几天这个简单愿望都难以实现，她在这里过着富足清闲的日子，老家的亲人还在过着那样的生活。再联想到玩具商不把她娘家人放在眼里，这个家好多事她说了不算，她就生气发火，扬言要自己出去找工作、做事情、买房子，自己房子自己说了算，到时再把大娘接来住，让玩具商给她投资，玩具商说自己每一笔钱都有用，没有闲钱让她糟蹋，烈芳说自己是干事业，怎能是糟蹋钱，吵闹中蹦出"这日子还能不能过"的话，不想玩具商平静地说："要是离婚你啥也得不到，我没有存款，资金都在周转中，两套房子都在孩子名下。"

她只是一时生气吓唬吓唬，人家却想到那个方面去了，原来给咱留着一手，咱一心热望要好好过日子，替他把这个家族企业搞好，可人家压根不需要，处处防着咱。烈芳吃惊之下，有目的地走访了几个地方，又到几个库房查看，做了一番详细的调查与询问，果真发现玩具商在和她结婚之前已经把各种事情打理好了，房子买的时候就是在儿子名下。再回家查看几个房间，找不到一个有关家庭和产业的证件票据。原来人家就没有把这里当成家。那么我的不能怀孕，难道也是他刻意而为？怪不得，经常问我哪天来的例假，总是有意躲开一些日子，有时候他说喝酒了吃药了，就使用避孕套。

天哪！烈芳心里响起一声炸雷，原来一切都在别人预设之中，自以为是个聪明人，却不想南方人更加技高一筹。她亲手装扮出来的三室两厅的温馨之家突然变得陌生而冰冷，一开始就是空壳，是的，他压根就不想让自己怀孕，他已经有三个孩子，马上就会有孙子，他不愿在快要五十的时候再有一个儿女，将来分他的财产，或者这是子女们给他谈好的条件，也或者是对前妻的承诺？想起自己在这里几年，死心塌地给他干工作，帮他看库房，诚心诚意跟他结婚，也只是想着自己年龄大了，该有个家有个小孩，俩人相守相爱，白头到老，不，是他先老，到他老了动不了我就伺候他，陪伴他，给他养老送终。自己除了长得不好，除了脾气急躁，再没别的毛病，说一声要对你好，恨不得把心扒开给你看，能吃苦能劳动脑子也够用，啥道理都明白，却没想人家只是利用了咱的实诚，都是一家人了，白天吃喝在一个桌上，夜里睡到一张床上，还要时时处处防备着，如果夫妻之间还要防着守着，动那么多心计，这样的生活有啥意思。她打了一个冷战，屈辱和愤怒爬上心头。

烈芳提出离婚，玩具商吃惊不小。

"啊哟你还来真格儿的了？我哪点亏待了你？你要吃有吃要喝有喝，每个月按时给你零花钱，住着这么好的房子，离了婚你到哪里去找这么好的条件？"

"我宁愿睡到大街上，也不过你这种没有信任没有尊重的生活。"

"怎么就没有信任没有尊重了嘛？除了固定零花钱，你哪次要钱买这买那没给你？从来没有多问过你。"

"那是我的劳动所得，我帮你撑过这个事业。"

"你那时干得是不错，这也是我认定你是个好女人的原因，现在不需要你操那么多心了，我儿子儿媳都能干好，你当时就是我手下一个打工的，现在是我老婆，是内人，知道不？"

"可我是你们眼里的外人！"她道出真相。

"什么内人外人，要不是我，你还在打工呢。"

"我就是打工的命，怎么啦？如果不是跟你结婚，放我在外面打拼，我也能干成个事业。有本事你给我划分出来一块业务试试，看我干得怎样。"

玩具商"喊"一声，适当表示了他的轻蔑，同时脸上表情暴露出心理活动：看看，还是想切我一块出去。烈芳明白，这正是他防着自己的根源，在她料理库房的那一段时间里，他看到她的能干、精明，同时也感到威胁，他肯定是觉得俩人年纪相差十多岁，她是奔着他的钱来的，她娘家那么多人全是穷亲戚，大大小小的吸盘，想要把他的钱财一点点渗去，不时时防着，能行吗？

他的轻蔑激起了烈芳的斗志，同时也把是否划分给自己一块当作到底爱不爱自己的标准，哪怕是一个地区一个库房一个门面，让她去做，她肯定能做好，但玩具商始终不松口，她便再次拿离婚相反攻。

玩具商只当她说的是气话，并不理她的茬，每天还是早出晚归。烈芳心里一旦设了一项业务的标准，达不到就很生气。她不再做他的饭，晚上也不跟他睡在一起，把自己衣服收到一个箱子里，催他去离婚。他没有想到这个北方女人性子竟然如此暴烈，当初的小能豆变成了大犟筋，形象大打折扣。

"你看到了，我只拿上自己的衣服、自己的存折，净身出户，你的房子、家产我都不感兴趣，咱俩尽快去打离婚。"

"还来真的了？出了这个门你有啥呀，还不是打工的一个，起早贪黑给人家卖命干活。"

"我乐意，不干活我难受。"

"我告诉你，有多少小姑娘想跟我结婚，你前脚出门，后脚就有人来，你信不？"

"我信，现在世道，只要你有钱啥都能办到，那我赶快给你腾地方，你找那些愿意的吧，姑奶奶我不愿意了。"

"我再给你说一遍，离婚的话，家产你一分钱得不到。"有时候矛盾不是一下子冒出的，而是在一次次的交涉中通过对方的言行和表现慢慢累加的，假如一开始烈芳说的离婚是吓唬人，而现在却是真的冷了心，她想自己是看错人了，她怎么能跟一个心机深厚、眼里只有钱的人一起生活。

"不要你一分钱，我只要离婚！"

玩具商很是不解，就像他前年不相信一个打工的能那么尽职尽责为他这个老板着想一样，现在他也不相信这个女人真的能放弃眼前的一切。他想，女人就是吵一吵闹一闹，睡一觉过几天就好了，下个月零花钱上涨。没想到烈芳没有停止收拾东西，她把大小柜子腾清，脸定得平平的:"现在,请你去跟我离婚,否则我就这样走掉,你找不着人,会影响你今后的生活,若干年之后,我还要再来分你的财产。现在你尽快把我择利了,你的财产和生意都是安全的。"烈芳去买了一个大号行李箱,里面装满东西,放在客厅,感觉随时都能拉起来走人。看来她不像是闹着玩,再想想这个北方女人,个性也过于强烈,脾气急躁,嘴不饶人,一言不合就要吵架,而且结婚以来,南方人和北方人之间生活习惯也很不相同,她成天精心做出的各种面食花样,南方人并不爱吃,尤其不喜欢那一锅烂面条,而对于烈芳来说,走到哪里都不能没有糊汤面条。她也终于明白,她的花样不是人家的花样,她的讲究也不是人家的讲究。而要让她成天吃大米饭、煲这汤那汤,她也受不了。那么,不如拉倒。

烈芳结束了她近两年的婚姻生活,买好火车票,才给引章、大哥大嫂打电话告诉了这事。大家都知道她的脾气,明白说啥都没用了,也就沉默地接受。

2008年,小秋高考。成绩公布后,刚抓住本科线,艺术生也走不通。西安的烈芳正在闹离婚,也不懂得这方面的事,素芬求助于丽雯,丽雯给她打听出消息,她这个分数,好一些的学校都上不了,外省高校招收河南考生,凭空多加几十分,皆因河南考生太多,水涨船高,你够着了河南的提档线,但够不着陕西这里招你的线。而随着大学提升学历,从前的很多大专学校都变成了本科,所以听起来是本科院校,但都是不咋地的学校,没人愿上,她那个分数,陕西基本没有合适的学可上。

素芬说,不行了就再复习一年。小秋也想过复习,但一想到多上一年就多花一年的钱,明年还不知情况咋样。河南考生总是吃亏,那么先走出河南再说。

娘儿俩几个晚上也没有睡好,合计来合计去,瞻前顾后,想不来一个万全之策,最后小秋下了决心,与其复习一年,不如去上一个好大专,在一个好的环境努力学习,抓住专升本的机会。丽雯和烈芳也同意她这种观点。素芬因为不懂，只好听她们的。

小秋报了西安一所大学的大专班。拿到录取通知书，大家这才放下心来，素芬开始给她准备学费和东西。小秋突然说："妈，你跟我到西安去吧，在学校门口，再租一间房子，干你的老本行。"

素芬说："我还是守住这个小铺子吧，这里干顺了，都是熟人，去了大地方，还不知情况咋样。"

小秋一想也对，初中开始起，妈跟着她上了六年学，也该放手了，妈留在这里继续着小营生，家里姥爷姥娘有啥事，她能及时跑回去看看。

"妈，你还记得吧，咱俩说的，等我上了大学，你再找一个。"

素芬笑笑："哪有那么合适的，刚好有一个四五十的单身，叫我遇上？"

"那不一定，好人有好报。妈，我长大了，你不用再为我过多操心，今后也关心关心自己的生活。"

"好，你放心去吧，有合适的我就考虑。"

开学前，小秋到了西安，烈芳在火车站接住她，领到自己家里玩了一天，丽雯也过来跟她见了面，两个姨送了她一些穿的用的。报到那天，烈芳打出租车把她送到学校安置好。小秋开始了自己的大学生活。

杨全仁去世，春棉得以解脱。全仁一生六十来岁，瘫在竹床上快四十年。村里人说，这也是活了一辈子，哪儿也去不了，天天盘坐在竹床，一点法儿没有，硬是把一个火气强大的人缠磨得性子绵软起来。春棉不到六十，头发全白，腰塌下来，再也没有力气掐他勒他背他了。走了好，走了就不受罪了，也不用连累别人。大家都这样说，于是全仁的丧事办得没有悲伤，烈芹和三个弟弟从外面回来，大家都松了一口气似的，也从别人眼里看到自己的心情。儿女们只在家停留三四天，急急忙忙又都走了，一天也不想多停，头七纸也不愿留下来烧。好像这个家里有他们惧怕的东西，匆匆忙忙离去，把一切又丢给春棉。

三个儿子都在外面打工,两个结过婚的,又把他们的孩子丢在家里上学,光是每天给三个小孩做饭洗衣、学校里交这费那费,都快要把春棉搞晕。他们拿回钱来,引科二科的钱用于自己孩子上学,三科叫给他存着将来结婚用。春棉也不识字,记不清哪个儿子拿回多少钱,而哪个孙子又花了多少钱。只好叫大孙子弄一个账本,一样样写清,春棉只负责管着钱,不要让小孩们多要、乱花。她没有能力和精力过问孩子们的学习,两个儿子好像也不在意孩子的成绩。春棉对待生活,既无心也无力,全仁好像吸干了她,把她消磨得神志不清,除了干活她什么也不想,因为想了也没用。小孩们生成不是学习的料,也管不了,由他们自己长吧,长成啥样是啥样。

第二年年底,烈芹领着女儿回来,说是自己离婚了,儿子判给了男方,女儿判给了自己。过完年,她还要出去工作,把女儿留在家里上学,跟着姥娘生活,她会寄钱回来。

春棉能说什么,生活从来就没有给她还价与申诉的机会,生活搡给她什么她就接受什么。好在烈芹的女儿很懂事,知道关心姥娘,晚上跟她睡在一张床上,多少是个伴,那三个小子,大点的睡在自家新盖的宅子里,小的睡在她这里,几个孩子的饭,一天三顿地做,这个回来晚了,那个跑得找不着了,这个磕了碰了跟同学打架了,那个东西丢了,最小的才五岁,小子们又皮,要看住不能乱跑,交代到学校里不要调皮捣蛋,整天操不完的心。有啥法儿哩,都是自己的小孩,你都得管。三科已经寻下,还得操心给他盖房娶媳妇。有时候春棉愁劳得,腰直不起,眼睁不开,坐在那儿都能睡着。

第二十一章　归去来兮

2008年深秋，烈芳从西安回到市里，下了火车直接去到哥嫂家，说是在此借住几天，很快她就出去找房子。引章现在所住的是单位分的房子，前几年贷款买的那个，租了出去，房租用于还贷，烈芳突然归来，那个租期还没有到，不好撵人家走。

哥嫂说她不必那么着急，就先住他们这里，跟小桐一个房间就行，明天再去买个单人床。烈芳说不能影响他们的生活。

嫂子小心翼翼地问及她的离婚，她只说，成天斗心眼，相互防着有啥意思，她不愿过没有信任的生活，也不贪图他的钱财。除了这几年自己的收入和衣服，她再没有带回什么，一般女人会明知不爱他了，也要耗在那里，想办法哄点他的财物，而她无意那样，痛快离开过自己的日子多好。丽雯姐也曾留她在西安找别的事干，可她最终还是决定回来。她已经完成了婚姻的步骤，走出了老姑娘行列，不再害怕别人打问，一句"离了"，就是对世俗的交代，现在自己这种情况，可能在家里更好找一些。

引章用他一贯的沉默接纳了归来的妹妹，两天后憋出一句话，说她离婚有点仓促了，应该跟家里商量一下。烈芳说："我自己的事跟你们商量啥？我的日子我自己过，你们谁也替不了。"引章便不说这个话题，只说："你长期住在这里都行，这也是你的家，直到找着合适的人,再结婚,就从这儿走。"侄女小桐也跟她很亲,愿意和她睡一个屋子,烈芳却不想过多打扰他们一家三口的生活,再则她也想有自己的独立空间。她自由惯了,要去哪里,站起来就走,想干啥,马上就行动,一个人住方便自在,来去无挂,不必跟谁说来说去。从西安带回了四五万元钱。她想安置下来后,看一看能投资个什么小事情干。

小城市住房比较宽敞,单元房也都盖得亮堂,最小的房子都是七八十平方米的两室一厅。她在距离哥嫂家不远的地方租到了一套。房子陈旧,墙皮发灰,门框窗框都是脏乎乎的。烈芳不愿凑合,哪怕是一个人,那也是家,是家就要弄得干净温馨。她自己掏钱,找人把房子粉刷一遍,几个门重新上漆。

她闲不住,在找来一个合适的小型投资项目之前,暂时先在一家旅游公司当业务员,她曾经干过这个行业,嘴又会说,见多识广,业务能力很快显示出来。

一大早,烈芳刚要出门上班,表嫂来找她,说是从老家专门来的。之前只听说表哥的儿子出了车祸,落下毛病,学也考不成了。表嫂坐下没说两句,哭了起来。表哥的儿子,本来在一个镇上高中就读,面临高考的这一年,每个周末到市里补课,镇上去往市内的公交车过了报废期,因太破旧,开得好好的轮胎突然跑脱,出了交通事故,伤了几个人,那几人都是轻伤,只有表哥的儿子大脑受损。车主除了承担医药费,法院判决另外赔付三万元。司机穷得屌蛋净光,掏光家里也没钱支付。前年出的事故,拖到今年三万元还没有赔。而法院那里,前年判了后,材料转到执行庭却执行不了,再去找,法院那里说前面材料找不到了,后来又立一案,于是两个庭来回扯皮,一庭推到二庭,二庭推到一庭。表哥表嫂跑了几次法院,钱也没有要来。

私人营运的公交车,都挂靠在市公交公司,司机说赔付应该由公交公司来出钱,公交公司说保险公司承担,总之推来推去谁也不想出钱。儿子算是毁了,别说高考,人都不太精细,平常生活都是问题,时不时就跑丢了,表嫂天天在家里看顾,想起要不来的三万元,心里更加窝囊。就想找找引章,看他法院能不能够着人。先来找烈芳,让她带着去找引章。烈芳一听这情况，说："先不用找俺哥，我去看看。"班也不上了，和表嫂一起来到区法院。见一些人正在院子里站着点名，好像要搞什么活动。她先问清一庭庭长的办公室，敲门进去，直陈事件。一庭庭长一脸真诚地说："这真不是俺的工作，应该由二庭负责，你去二庭吧。"

烈芳二人又找到二庭。二庭庭长说："刚上班，你有啥事？"

烈芳问："法院有立两个案的？谁给立的？"

"这我不知，是她要立的。"庭长一指表嫂。

"她要立你们就给立？她一个农民，字都不识几个，她懂法还是你懂法？法院允许这庭立了案那庭再立案？"庭长严肃地看着她，不说话，脸上表情分明是，你算老几。烈芳又说："这是你们的失职、渎职。"

庭长哼一声："别张嘴就那么难听，具体工作具体对待。"眼珠转转，见她一个三四十岁小女子，个头不高，一张黑圆脸，不像是有身份的人，也不可能是哪个领导的家属或亲戚，如果是的话，领导早在两年前就打电话让他关照了，不会等到现在，这黑忽吞才从哪里冒出来责问。小城市的关系网都是一目了然立竿见影的，谅你没啥来头，于是轻蔑地问她："那你说咋办？"

"咋办？你给俺撤了，敦促执行庭尽快执行赔付。"

"你说撤就撤，你说立就立，你算弄啥的？"

"我是受害人亲戚。俺外甥受伤两年，人都废了，还得不到赔款，你们是啥人民法院？"烈芳嗓门抬高，小眼圆睁。

"我是啥人民法院，要你来管，你是啥人？别扰乱我们正常工作，出去出去！"说着走过来，向外推搡二人，表嫂眼中现出绝望，烈芳伸手猛然一拨。

"你算啥东西？你说叫我出去我就出去？这法院是恁家开的？要是恁家的，喊我爷我都不来，法院就是叫人说理的地方，这是人民法院！我这个人民就得来说理，你弄清咯！"烈芳双手叉腰，小眼冒火，和他对峙。走廊里的人纷纷走过来，伸头观看。烈芳继续吵闹，声称要举报他。庭长站那儿，一时不敢发作。想了一下，叫来办事人员，写了撤案证明，叫她拿去交给一庭。一庭的人又将她们转到执行庭。或许是一庭的人和执行庭的人都见识了她刚才的风采，没有多余话，顺利给她办了手续，执行庭的人留了她的电话，让她二人先回去。

当天下午，执行庭打电话通知烈芳，说今天扣住了公交公司的车，刚好他们在别处营运时出了事故，先让他们拿出前年的三万元，再处理今天的事。公交公司说，今天先拿来一万，请烈芳和表嫂来取，后面两万缓几天送来。

下班前，二人来到区法院执行庭。一个工作人员站着搓手，为难地说：“公交公司是拿来了一万，但我听有人说，只给你们五千，另五千下次再说。”

"下次再说是啥意思？想把俺的五千昧了？"烈芳一时火起。

"妹子你别大声，我是看你们不容易，这个案子我从头到尾都知。公交公司经理的弟弟是给俺院长开车的，想活动活动，后面的钱不给，或者少给。把你们先哄住一阵再说。"

烈芳噌地起身："你们院长办公室在哪儿？"

"妹子你可千万别说是我说的。"

烈芳敲开院长办公室门，直接说："我要举报你们执行庭的人，公交公司拿钱来，我在门口都听到了，明明白白一万元，而他们扣下五千不给。"

院长坐在大办公桌后，威严地问："有这事？我不知道啊，谁说的？"

"不管谁说的，都是你的手下，你都有责任。我只想问，那一半钱哪儿去了？"

"执行庭谁说的？"

"谁说的我不知，反正是你们法院的人，不管是谁，责任都在你这个院长身上。"

"你别信口雌黄，拿出真凭实据。要么弄清谁说的，要么马上给我出去。"

"叫我出去可以，一万块拿来！如果拿不来，就证明我听到的消息是真。"

"无理取闹，我打电话叫保安，请你出去。"院长拿起话筒就要拨号，烈芳走上前去，电话线抓在手里，用力扯来扯去，亲眼看到接口处断了，才松开手。

"疯子，从哪儿来个这人？扰乱法院正常工作。办公室，来人，把她带走。"院长握着哑了的话筒说。

"看今天谁敢动我！"门外已经站了几个工作人员，透过半开的门往里看，烈芳干脆走过去把门开大："你一个法院院长，纵容下属徇私枉法，不耐心听取群众反映，不为受害人撑腰，国家给你这权力，是让你吓唬老百姓的？有本事把你们法院整好，整治我们老百姓有啥用？"烈芳一点不怯，小石磙一样立在办公室中间，没有退缩之意。院长眨巴几下眼睛，冷静一番，对门外挥手说："小张，把她带你们执行庭，妥善处理一下。"

小张走进来，请烈芳二人到她那里去。二人又回到执行庭。小张给刚才那位向她通报消息的工作人员低语几句，那人出去了一会儿，回来后把办公室几个抽屉拉开，到处找钱的样子，凑出一万元，交给烈芳。让她们先回去，后面两万有消息了再通知她们。

三天后，执行庭电话又来，请她去拿后面的两万。烈芳自己去把钱拿到手，出法院后给表嫂打电话，让她到自己家里来拿钱。

她到家不一会儿，表嫂也来了，感慨地说："唉，要了两年，跑了多少趟。要不是你出面，还没影哩。"

"嫂，这是你亲眼看到的，办啥事，瓢一点都不中，关键时候必得锋芒毕露，必要时候刺刀相见，否则人家哄你欺你，就这样拖着，编这样那样理由，咱一点法儿没有。"

表嫂连连点头，手里拿着钱，眼里闪着泪花，拿出几张给她，说是跑路费，烈芳哪里肯要，塞回给表嫂。

"很多事情，虽然套路不一样，过程不一样，但性质是一样的。人家都说我鲁莽不细致、不文气，我没工夫在那成天敏感细致，想这想那。有的人生下来啥都有，不用做啥，一切就弄好放到他眼前，而咱啥都没有，每一件事都必须全力以赴，争取最大的胜利，咱无非是要回属于自己的钱，拿到咱应得的东西，咱占着理哩，哪怕撒泼打滚也得达到目的，有时候为了几百块钱、几千块钱都要刺刀上枪去战斗，如果你敏感细腻爱面子，那就站一边妥了，啥都没有。"

夏天的河滨公园，一天到晚人都很多，白天上班时间大都是锻炼身体的老头老太太，如果是一个中年人，信马由缰地走着，魂不守舍地漫步，那么不是失恋就是失业。也有人谈生意、唱戏、相亲，或者借着谈生意的名义履行男女拉扯之事。那些雄心勃勃，常年都在找项目、找出路、找投资、找伴侣的人，四五十岁，人生大局已定，只是自己不信罢了，总还是抱着不屈的信念和单纯的执着，也或者逃避严酷的现实，把希望寄托在今天之后，更愿意绕开眼下的麻烦与困难，相信不远的将来，或者明天早上一觉醒来，遇到一个贵人，中上一个大奖，时来运转，改换门庭。大热的天，几个男女聚在这里，以听戏的名义，十块钱要一壶茶，直喝得变成白色，再也没了茶味。占据一个桌子，几把椅子，激动地畅想，他们甚至希望永远谈下去，而不要有实际行动才好，或者，那行动永远都将在下一周、下个月、明年实施，因为大家都清楚，他们在座几位，都不具有付出实际行动的能力和决心，也没有经济基础。可是谈起来是不用顾忌的，反正没有成本，可着劲往大里说，尽可能张开想象的翅膀，运用各种语言表现手法，演绎人生的未来愿景。偶尔路过的人听一句他们的生意内容，会吓一大跳，竟然是正准备解冻民国时期某大人物在花旗银行的资产，以美元结算，通过中国银行转账过来，有几次差一点点都成功了，已经需要他们复印自己的身份证了。或者他们中某一个人的哥儿们，有可能承包一段高速公路的建设，想想吧，每公里成本一个亿，拿下来几公里，到银行贷来款，或者运作来资金，几年下来，参与的人哪怕落百分之一，是啥概念？省去人生奋斗二十年啊。无奈咱不认识高速管理局的人。谈来谈去，所有的大买卖只是不见行动和实际进展。如果有女性在场,他们激情澎湃,谈得更欢,热烈气氛是由疲乏的茶叶、身上的汗味、落满尘土的鞋子来慷慨点缀和积极参与的。

嫂子一个亲戚给烈芳介绍对象,互相说了二人的电话,叫他们自己安排时间见面。现在介绍对象也挺省事,双方情况摆一摆,如觉合适,电话一说,自己联系去。姓孙的离异男子告诉烈芳,他今天下午跟几个朋友在河滨公园谈个项目,离她的旅游公司挺近,问她能否过来,俩人见个面。

烈芳从卡拉OK声和戏曲声中穿过,找到小孙和朋友们。大家立即起身,热情地说加个椅子加个椅子,拿个杯子拿个杯子,白色塑料椅子摆好请烈芳入座,几个男人闪闪烁烁打量,和小孙交换眼神,意思是,嗯,不赖,虽然长得不咋着,但看起来挺有风度,是个经见世面的人。其中一个大胆相问,妹子是不是在城管上班?

"咋,你看我可赖种?"烈芳被自己的幽默打动,仰起头咯咯咯笑,一时难从脸上找见眼睛了。

"不不,我觉着在哪见过你,好几个人,街头执法,穿着制服,收人家的摊位。"

"还是没把我当好人。我郑重地告诉你,你看错人了。"

"就是就是。"几个男人纷纷点头。搭讪成功,小孙也挺高兴,开头几眼,就对烈芳有意,不知怎么搞的,烈芳很有来头的样子,一下子就把他征服了,有一种正气霸气凛然气,总之气场强大,觉得可靠,叫人放心,很有主心骨的样子,而主心骨正是小孙所缺失的。

烈芳听了一会儿他们的闲谈,脸上表情慢慢严肃,眼珠子像小花椒一样滚动。她起身接了一个电话,走到远一点的地方踱步,接完电话也没有过来,好像是被那边的唱戏吸引过去了,感觉她已经不屑于回到这个队伍,不愿意再参与他们的闲谈。小孙的目光追随着她,起身跟了过去。

"你还打算在这儿继续扯下去?"烈芳问他。

"这不是没事吗?主要是等你来哩,就跟他们在这了,那你说……"

"没事干就这么浪费时间?像你们这样,一辈子都别想挣来钱。"

"是啊是啊,谁说不是哩。"小孙突然觉得眼前这女人对他有着绝对权威,他打心眼里愿意听她的。

"说的全是没边没沿的事,有这工夫不如干点正事,就是帮人装个车、搬个砖,也能当天挣几十块,这样闲扯算啥事?"

"是哩是哩。"小孙突然觉得好像认识她好久了,就想让她这样把自己管上。小孙也是从农村出来的,九十年代托了亲戚的关系混进占地工的名额招工进城,其实他家离城区还有很远。后来单位倒闭,落了个城市户口,其余啥也没有,他沾另一个亲戚的光,承包了几个学校的食材采购,每天用一个上午集中把工作干完,也就没事了,他时间多的是,就是没有合适的机会再发展一下自己。

俩人走出公园,在路边漫步。烈芳的小眼睛不时闪过来,把小孙来来回回鉴定了一番,有了初步结论。

"我看你也是个实在人,你要是不怕吃苦,咱俩开个饭馆咋样?我从西安回来后,临时在旅游公司上班,小公司没有竞争优势,现在业务也比较清淡,半死不活的,没啥意思,听人说开饭馆稳赚不赔,我天生爱做饭,最近一直考虑这事,只是找不到合适的人搁伙计,你不是给食堂采购吗?也算是业务沾点边。"

"好啊好啊,我也一直想干点啥,就是呢,一没资金,二没关系。再说,嘿嘿,主要是没人挑头干,我这人呢,就是人家说那,胆小怕事那种,适合有个人把我领导上,指挥着我。"

"不管咱俩对象能不成谈成,先合作干点正事呗。我这人,除了脾气不好,再没别的毛病。"烈芳说。

"脾气不好没事,俺妈就脾气不好,俺妈说了,凡是急脾气,都是能干的人,也都没坏心眼。也就是啊,你见过哪个窝囊废脾气坏的哩,都好得跟啥一样,可有啥用,一辈子谨小慎微,事事操心事事不成,怕一辈子穷一辈子。"

"资金呢,我多多少少有一点,咱俩兑钱,不行了再借一点,就能开张。"

"中中中,我听你的。"小孙急忙说。他这几年混来混去,总也干不出名堂，妻子跟人走了，幸好俩人没有小孩。而这个新认识的女人看起来挺能干，也没孩子，他俩走到一起没有任何外挂，其实跟原配夫妻差不多，关键是她哥嫂都在政府部门工作，背靠这样的大树，何愁没有好日子哩？

烈芳小孙开始着手看地段，找房子，顺带着增进感情，烈芳擦亮一双小眼，加紧观察小孙。烈芳想，我上次婚姻是有点着急了，只让人家考察了我，而我没怎么了解人家，自己当时年过三十，有点身心饥渴，也有点形象自卑，饥不择食，见个男人就想亲近，好容易有一个人求婚就感激万分，别的顾不上考虑。再者也是对方有钱，她有点攀趁人家，而生活告诉你，靠谁都不如靠自己，事业要自己打拼，财富要自己挣来才会心安理得。这一次要拿稳一些，把这个人看清。

那小孙对烈芳百依百顺，烈芳说朝东他绝不朝西，烈芳说日头是方的他也不抬杠，关键是自己没啥能力，被前面妻子打击得没了自信，就想找一个不嫌弃他的人，这一点和烈芳一拍即合，烈芳能干有主见，不指望花男人的钱，也不指望男人给她带来什么，只要是个顺顺当当的人，事事听从她，俩人好好过日子，叫她早点生个孩子就行。

在小孙言语急切，行动激烈，想要达成结婚事项时，烈芳说："我有个条件。"

"啥条件，说吧。只要是能在一起，我都答应你。"

"咱俩结婚后，要是头一个生了女孩，就跟着你姓孙，要是生了男孩，就姓杨。"

小孙当下无言，这条件也太狠了。不能立即答应，但也不敢反对。便问她："为啥男孩得姓杨哩？"

"俺哥俺嫂都是公职人员，有计划生育管着，只有一个闺女，我想着，咱要生了男孩，姓杨，等于说俺杨家有后了。"

"那，俺孙家哩……"后面的话，只在心里说，俺孙家就得绝后？

"你不是有俩哥吗？都有男孩。也不在乎咱这一个。"

"那，让我想想。"小孙一时为难，一个大男人，自己的儿子不跟自己姓，总归是件窝囊事。

"关键是吧，孙不好听，人咋能姓孙哩。有句俗话说，埋怨前人无主张，姓儿也比姓孙强。"

"姓孙有啥不好？世上那么多姓孙的，孙中山，那么伟大的人物；还有，孙悟空。"

"孙悟空不是现实生活中的人，他爱姓啥姓啥，反正，我不能叫我的头生孩儿姓孙。"烈芳条件扳得挺硬，看了小孙委曲求全的表情，语气上又缓和下来，"咱也不多要，只要俩小孩，要都是闺女，那就都姓孙，要是能有俩孩儿，第二个就叫他姓孙，反正咱俩也没正式工作，计划生育也管不住咱，罚款就罚呗。"烈芳小眼一挤，自己先笑了，试图感染小孙。

第二天见面，小孙说："好吧，就按你说的。"

2009年国庆节，俩人结婚。刚好引章那套房出租到期，简单粉刷了一下作为他们的新房。引章说："你有先见之明，十年前非要让我们买房，原来是给你自己准备的呀。"烈芳说："那，机会是给有准备的人，我这是放长线钓大鱼。啥东西你别说不需要、没用，等到明天要用的时候，就晚了。"

按烈芳的意思，都是二婚，也不需什么仪式，也不要男方的彩礼，领个证叫两家人坐一堆吃个饭就中了，小孙当即热烈拥护这个意见，省了他一笔开支。

烈芳很想快点要个孩子，她已经三十七了。也或者说，她对小孙是否完全满意已经不重要了，只要是个好人就中。她是这样一块肥沃强壮的土地，得有庄稼生长才行。很快她就怀孕，高兴异常，奔四十了才成为孕妇，可得好好拿捏一回，饭馆那里也不再拼命干了，时时处处注重营养和保胎，按点去医院做产检，每天吃这吃那，很是关爱自己。她跟小孙商量，干脆把饭馆转包出去，找个人接手干，每个月给咱交钱得了。这正合小孙心愿，没有烈芳每天撑头在那儿，他也觉得没意思。于是放出消息，因老板娘怀孕，要将黄金地段饭馆承包出去两年。因房租一下交了三年，啥东西都现成，接手的人只是按部就班地工作就行。很快有人联系。双方谈好，每月给他们交六千元，半年一次，提前支付，其余爱咋扑腾咋扑腾，想挣多少挣多少。

2010年夏天，三十八岁的烈芳生了个男孩。引章夫妻带着女儿小桐当天来看望，给孩子一个五千元大红包，烈芳也没客气，当即收下。因为她早已经给哥嫂二人说过孩子姓氏的事情，哥嫂非常高兴。烈芳将孩子送到引章怀里："给，咱姓杨的孩儿，好好看看。"引章抱过，立时觉得这是自己的亲儿子。引章在这个世界上，早已不欠任何人的钱了，他只觉得亏欠烈芳太多，今后要尽力补上。夫妻俩的收入，足以应付比较宽裕的日常生活，并且引章前年得到提升当了部门领导，四十出头的年纪，没有任何靠山，自己干到了单位中层，局领导也很赏识，顺利的话很快可当上副局长，他的人生与仕途，犹如朝阳一般，由东方冉冉升起。

小孙他妈从老家来，伺候了一个月子。满月后，烈芳在家自己带孩子。小孙还时常去饭馆看看，主要是不想在家干活，被烈芳支来支去，干不到点子上，净是挨吵。

一个阳光暖和的上午，烈芳抱着孩子在阳台上晒太阳，看着怀里那张小脸，完全是从自己的模子里刻出来的，好像和小孙没有什么关系，当然，跟引章这个舅舅，更是没有一丁点关系，外甥似舅这话，在他们身上无效，想想引章抱过孩子时的那种激动和疼爱，仿佛真的是自己的儿子，烈芳笑出声儿来。血缘，真是强大无比，不论多少年，哪怕你选择性地遗忘，试图用感情去掩盖和绕行，它也永远摆在那里，用不容置疑的事实告诉你，你和你哥虽然同甘共苦，情深义重，但你们并不是血亲。烈芳突然想，那我是从谁的模子里出来的？我的亲娘，她在哪儿？当初是通过啥渠道，把我抱到了前杨？这样一想，她便由着岔开的那条道一路下去。

烈芳想干的事，一定要去实施。

好巧不巧，她姨来找引章，为自己的孙子转到市里上学，叫引章托人给实验小学打个招呼，顺便来看看烈芳和孩子。烈芳问起了自己的身世。当年是烈芳她姨的妯娌，从自家姐姐的婆家那里，抱来的小孩。烈芳托她姨回去后打问清楚，具体是从哪个县哪个庄抱来的，她想回去看看，见见亲娘。引章在一边不说话。烈芳知道他对此事不赞成。他肯定是不想烈芳去找自己亲妈，去跟那边的姊妹们相认。

烈芳看出了引章的心思，她说："我也只是回去看看，这是人的心愿，想知道自己的出处。之前没想过这事，现在我也当了妈，就想看看我、我的亲妈，看完之后，我肯定还是回来，咱的日子该咋过还是咋过。"引章还是不吭。

秋季开学，姨的儿子来市里租房子，送小孩往实验小学上学，顺便给烈芳送来一个地址，正是引章工作的这个县，已经变成市辖区，某镇某村的某某人，是她生父。

烈芳不愿耽误，第二天上午，叫小孙在家看着孩子，她一个人出门坐了班车，到终点站，再打个电三轮，直奔某镇某村，因为头一次来，她不敢保证一下能找到，也不便多带东西，割了两斤煮牛肉，称了二斤鸡蛋糕。到那村上一问，果然有这个人，那个被问的村人说："呀，你恐怕是他家寻出去的五妮吧？"烈芳惊问："你咋知哩？"那人笑道："噫，跟恁妈长得一模似样。"几位老人都凑过来看她，纷纷说："像，真像，那年抱走时，才不大一点儿。真是妖奇，噫，有四十年了吧，不在一堆生活，也还不忘长成恁妈那样儿。"于是引她去往一个院子，门口喊一嗓子，院子里走出一个老妇人，只看了烈芳一眼，平静地说："噫俺五妮。"那口气就好像她们几十年里并没有分离过，烈芳只是出门几天的感觉。电影里的抱头痛哭、情绪激动的母女相识场面，竟然是如此平淡无奇，那老妇人也是不高的个子，黑而胖，尤其一双小眼，简直就是将要老去的烈芳。俩人对面看着，竟然嘿嘿嘿笑了起来。当妈的接住她手里东西，引她进屋。放下东西，叫烈芳坐下来，她说："我打电话叫恁哥回来，见见面。"

我哥？烈芳心里一惊，过一下才明白，在这个院子里，她哥不再是引章，而是另一个人。

"恁哥在县里有个工程，正领住人搁那儿盖房哩。我现在打电话。"县才改成区不到两年，所以他们还把跟市区融合在一起的地方，叫作县里。

她妈拿起电话就打，她伯走到桌边，给她倒了一杯茶。烈芳打量家里，感觉情况很不错，屋里装修得也挺好，到处收拾得很干净，原来她爱清洁的习性，老根在这里。她妈放下电话，又给她几个姐姐打。然后坐着陪她说话，问了她那边家里的情况，烈芳一一道来，说到经历的艰难，她妈抹起眼泪："噫俺闺女还吃了镇些苦，他们待你还都好吧？"烈芳说："好着哩，也可亲，就跟自家闺女一样嘛。"她伯湿了眼睛，说："人家寻回去，也是为了当自己闺女待哩嘛，肯定也通亲着哩，受穷受苦，那是没办法的事，当时不都那样？"她伯安静地吸烟，关键时候缓慢地说一句话，其余也不太作声，都是她妈在主导话题，看起来这个家里，她妈势力盖过她伯。有几个村人到来，加入了谈话之中。一时堂屋里唏嘘有声，邻居们也跟着感叹。平淡的一天有了一些色彩，将是全村今后多日的谈资。

当年她妈生育能力过于旺盛，十来年生下七个孩子，两男五女。闺女多不主贵，听说北面颖多湾县亲戚的亲戚想寻一个小闺女，她妈就说："俺镇些闺女，叫他们来挑一个吧。"那天，领孩子的人来，她妈正在地里干活，回到家中指着一屋子闺女对来人说，挑一个吧，看上哪个引走哪个。来人说，要最小的吧，大的可能都记事了，到那儿了哭着要回家可咋弄。几个大的也都往后躲，不愿意去，她妈说，那就最小的吧。解开怀，搂到胸前，叫五妮最后吃了一次奶，拿了一身小衣裳交给来人，说清孩子的出生日子和时辰，叫抱走了。

不一时，回来了三个姐姐，一个哥哥，她妈说："恁二哥考学出去了在外工作，恁四姐在深圳，早些年去打工，寻（注：信音，二声。嫁）到那儿了。"竟然全都是那么小的眼睛。烈芳想，这当妈的基因可真强大，孩子们只像妈不像伯。其实跟她伯也多多少少有点像的，只是她伯长相平凡没啥特点，而她妈那短而紧小的眼睛特色鲜明，成为这家人的标志，她一想到家里几个月的孩子，竟然也长着一双这样的小眼，眼扎毛短得就像是没有，一时忍不住想笑，哪怕离了几十里，从没有见过，没在一起生活过一天，也都很知道自己应该长成什么样。

几个姐姐和她妈下手做饭，她哥从城里带回了几个肉菜，晌午吃了一顿捞面条,她伯喝了几口酒。

饭后她说:"家里还有孩子,就不多停了,这次来只是想认认门,往后有时间了抱住小孩再来。"她妈拿出三千块钱给她,说:"这是恁六个哥姐凑的心意,这么多年虽不在一起,但咋说都是亲爹热娘,你那边,就只一个哥,也是你在世上的亲人,有时间了叫他也来玩,往后就当亲戚走动。"烈芳先是作假儿不要钱,怎能拗得过几个姐姐的拉扯,硬是给她塞到包里。

她哥刚好要回区上工地,开车把她送回了家里,还上楼去认了家门儿,见了自己的外甥,凑上去只看一眼说:"噫,这省得说不是亲的,长得跟我真像。"又掏给了小孩二百块钱。

烈芳想到引章这两天肯定心里失落。晚上抱着孩子和小孙一起去了哥嫂家里,将她今天认亲的经过说了一遍,引章只是抱住外甥,默默不语,烈芳想起下午亲哥说的"噫,这省得说不是亲的"。看引章抱着孩子的感觉,竟比世上所有的舅舅还亲,可二人却没有一丝丝相像,引章细白修长文静,而她和孩子都是黑乎楞登瓷胖,完全地不沾边,想这世上事真是奇怪,她怎么就有缘走进了前杨,跟那个过道里的人成了亲人。她又说了那边对引章发出的邀请,引章没有表态,那就是不愿的意思呗。于是烈芳说:"我只是想知道自己亲娘在哪儿,自己的来处是啥,看看他们都好好的,我也安心了,你俩放心吧,我在这世上就恁这一个哥一个嫂,就小桐一个侄女,恁在这世上,就我这一个妹子,就他这一个外甥,这是永远不变的。"引章的脸色稍微活泛了一点。

孩子大了些,抱着能出门了,烈芳时常也到饭馆看看。爱操心的命,总怕人家经营不好,砸了她的牌子。这一天,承包人打电话说,房主刚才来了,说这房要出售,让他们尽快收摊搬走。

离租期还有将近一年,算下来还有近万元的租金,应当退给烈芳。房主说:"你先腾了房子,租金我会退给你。"烈芳只好让承包人歇手,东西处理了,连租金带损失,问房主要一万元,房主只认八千八的租金。烈芳初次尝到了租房的艰难，事事被动，但也无奈。

八千八对方也不说不给，但拖来拖去，要了几个月要不过来，烈芳恼了，决定起诉。因前年大闹法院让她一战成名，法院人也都认识了她，开玩笑叫她杨老板，背地里喊她孙二娘，跟她打交道小心谨慎。作为原告，烈芳给法院交纳一千元诉讼费，又请了律师，给律师交了六百元。如果官司打赢，这些费用全由被告人房主承担。

法院人说先调解吧，调解不成了再说。法官找到房主做工作，讲述了烈芳大闹法院的英雄事迹，又说她哥嫂在政府部门工作，劝他最好识相，钱如数退给人家。几天后房主找来，把钱还给了烈芳。这下不用开庭了。按规定法院退还烈芳一半的讼诉费，律师退还一半的律师费。法院及时给烈芳退了钱。律师却拖着不退，三百块钱不想给她，这样那样的原因说了一堆，说虽然没有开庭打官司，但自己做了许多调解工作，正是因为调解做得好，所以不用打官司对方就把钱退了，其实跟打官司费的劲是一样的，她想要的结果也是一样的。烈芳嘴也不瓢，说得比他还要花哨，最后律师说理不过，答应退钱，但今天推明天，明天推下周，为了三百元钱，烈芳跑了几趟，不由得心里冒火。我堂堂杨烈芳，治不住你这个赖皮渣？这天下午，她气昂昂又来，把律师堵在街口，那赖孙开一辆破旧桑塔纳，停在路边饭馆门口下车，一串钥匙在腰里挂着，准备去吃饭，烈芳拦在车门口要钱，律师还是拧呲着不掏，各说各的理，二人撕扯开来，烈芳伸手从他腰里拽下钥匙，撕叉了穿皮带的裤腰襻，那男人将她一把推倒在地，烈芳起身，上去跺了他两脚，拿出手机报警。不到十分钟，警车来到，警察一看桑塔纳车主是熟人，二人又是递烟又是拍肩，先说了几句话，把烈芳晾在一边，然后警察装模作样地问："谁报的警？"

烈芳说："我报的。"

警察看看她全身上下，问："伤哩？"

烈芳指着他大骂："去恁娘的，人民警察是制止案件发生哩，还是等着打死人了才收尸哩？他抬手打我的事实已经发生，非得有伤我才能报警吗？非得有伤你才能接警吗？"

从十分钟前烈芳和律师俩人撕挖着开打,便有围观者,这会儿见警察来了,看热闹的人更多,围了几层子,起哄声音越来越大。

警察无话可说,坐回到自己车里,烈芳隔窗又骂,警察在玻璃窗的缝隙里,给烈芳说:"他等着出庭哩,先让他走。"烈芳说:"他出庭?他不出吧!欠钱不还,还要打我,我报了警,没想恁俩是熟人,你来问我伤哩!有伤咋没伤咋?恁这是合伙欺负老百姓!有本事你开开门,叫我把你咬伤了再说,你不是要看伤哩吗?姑奶奶给你弄个伤看看,敢开门不?"烈芳把车皮拍得砰砰响,骂得花样翻新。人群中有人认出,这是杨引章的妹子,热心打了杨主任办公室电话。

警察无奈把二人带回派出所,走程序问询事由,烈芳寸步不让,今天不还钱决不罢休,警察只好勒令律师给她还钱。律师摸了几个口袋,不情愿地掏出三百元给了烈芳。烈芳摔打着三张钱,拍桌子继续骂人:"亏了恁祖坟里的先人,一个大男人,为这三百块叫姑奶奶找你多回腿都跑细了,你不是没钱,你明明有钱,却不给我,还当律师哩,你连做个人都不够格!你属于哪个部门,我非得去叫他们把你的律师证扒了去!"

引章跑进派出所,急成一张大红脸,进门先问烈芳:"没吃住亏吧?"

警察说:"噫,她能吃住亏?把俺哄得差点吐血。现在钱也给她了,快点把这姑奶奶弄走吧。"

引章给警察和律师递烟,赔了不是,介绍了自己。警察说:"杨主任,恁妹子可真厉害。我当警察这么多年,没见过这样式女的。"

烈芳说:"不厉害?等着你们欺没,杀人偿命欠债还钱,这么简单的道理都叫你们弄歪,社会风气都是叫你们败坏的。"一跺脚,转身走了。

出了派出所,引章问她:"就为三百块,你闹成这样?"

"三百块对咱也通顶事着哩,你忘了咱早先作的难了?再说明明是他没理。遇到这种事不能示弱。就像今天,他说律师要开庭,放他走了,我又是白闹一场,下回到哪儿去逮他?"

引章想起小时候，烈芳拿包谷秆追着打他，直追得他满院子满过道跑。一转眼几十年过去，她还是那个惹不起的烈芳。当哥的嗔怨般哼了一声，摇摇头，问她："后天星期六包饺子，恁一家来吃不？"烈芳说："吃哩，肉买好，等着我来剁肉调馅，你们调的不好吃。"二人告别，各自走人。

2012年冬天，杨引庆和张爱香从北京回到前杨。二人带着很多行李，还又托运回来两个大纸箱，细究也不值什么，但是不舍得扔在北京，东西跟随人生活多年，用着顺手，也会产生感情。近三十年里，他们在北京倒卖服装，供出两个大学生，又给他们花钱托人找门路，安置下工作，女儿在省城当中学教师，已经结婚成家；儿子是市里医院的医生，引庆给他掏房款的一半首付按揭买了房，婚事已订好，今年过年办事，今后他自己每月工资还房贷。儿女都是正儿八经事业单位，高尚职业，引庆两口五六十岁，也干不动了。眼见着国人物质丰富到了过剩的程度，谁家都是成堆的东西，吃不完用不完，北京更是要啥有啥，倒卖服装利也越来越薄，不像从前那么容易挣钱，去龟孙，不干了，二人决定回家养老。

张罗完儿子的婚事，过了春节，天暖起来，把三十年的老房子装修一番，安装了暖气管道。夫妻二人院子里种点菜，每天转转玩玩，吃穿花销猛看很是平凡，细究却是低调含蓄有底气，通淮集街上一家回民常年卖煮牛肉，几十块钱一斤的价格，使其成为高档消费，一般人家若不是支应门事、家里来客，绝不会跑去割他一块，而引庆两口的餐桌上，几乎没有断过他家的牛肉。天冷后，买了有水箱的炉子安在客厅，儿子小晨给买回两车上等好煤，对爸妈说："随便烧吧，以不冷为原则，把俺奶奶接过来住。"杨引庆成为前杨头一个烧暖气的人，因为他在北京租的房子有暖气，他认为没有暖气过不成冬。

见天有人来家里坐着说话，实为蹭他的暖气，漫长的冬天，西北风嗷嗷直叫，天地也冻透了，人们除了自家被窝没地方可去。杨引庆干脆置办了一副麻将，供大家来取暖打牌。他伯杨全宗两年前不在了，便把他妈从老院接过来住，给他妈说："可怜俺伯，吃苦受累一辈子，没享住我的福，要不天冷了住过来多好。"他妈轻轻哼一声，嗔爱地说："能得全公社都装不下，能得要上天，悃那睡着都比别人精，能了一辈子，还是坚持不到最后的胜利，没见过暖气是啥。"他妈已经八十多岁，脑子半清不清，只知道大儿子一窝过得挺好不用她操心了，她也操不了那个心，小辈们这个和那个，名字她都会叫混。过去老年人常说，人老了没成色，招人烦，就装憨装傻，不要过问年轻人的事。现在她不知是真憨还是装憨，啥事也不管也不问，每天媳妇做中了端给她，她吃完了就坐那儿，袖住手栽嘴儿。打牌的人说："婶，你也来打一圈吧。"她摇头说："不会，不玩，眼不好，看都看不清，你们打吧。"

炉子上烧着开水，桌子上放着茶叶罐。打牌的人，每天吃完晌午饭就拿着自己的玻璃杯来了，有时候喝罢汤再来打上一场。杨引庆两口都不参与打牌，说是不会，也不感兴趣，但是很爱听他们洗牌出牌的声音，爱听他们牌桌上的各种闲谈。他妈总是喝罢汤就进屋睡觉，他二人在客厅看电视，看到要睡，给他们说："你们自管在这儿打，走的时候灯关了，门带上就中。"夫妻二人封好炉子，关起卧室门，在轻轻的哗啦啦声音里入睡。

他们家成为一个小中心，虽然闹闹哄哄，人声不断，每天都要扫地拖地，但引庆好像很享受这种效果。他当年含恨离开，出走近三十年归来，再次赢得前杨人的尊重与爱戴，获得了某种胜利似的，要把几十年不在家的损失都补回来。在农村，就怕你走到街上没人打招呼，待在家里没人来说话，那才是真正的混得不中。

人们常常问他一些北京的事情，他说："噫，北京啥都是好的，北京的月明比咱这儿都圆都大，北京的花儿开得也比咱这儿朵子大。北京女同志的穿衣风格大气有风度，讲究质量不太讲究多出奇的样式，她们长得好看也是好看，长得不好看也是好看，反正人家不管咋长都是对的。爱打扮会打扮的那是有品位高大上，不爱打扮不会打扮的那是潇洒大方有底气，她们穿金戴银讲究搭配那叫高雅精致，她们运动装牛仔裤马尾辫剪头发不修边幅那叫有个性，总之人家咋弄都是好的，咋看咋顺眼。为啥人家是北京人咱是前杨人哩，那到底是不一样。"听那口气，就像他是北京派驻前杨的一个发言人。

闺女儿子时不时回来看他两口，总是提着各种吃食，家里茶叶更是多样，绿茶红茶白茶黑茶花茶，袋的盒的块的饼的还有窝窝头形式的，前杨人大开眼界，原来茶叶还有这么多名堂，那不就是捏一点末子放茶缸里滚水一冲吗？他家茶几上，还有一大片树根，说是叫茶海，紊紊乱乱地摆着又是壶又是杯又是过滤网又是这又是那，前杨人也叫不上名字，真不够费事的，这是喝茶哩还是喘腾人哩？哪胜泡一大缸子喝着得劲。人们忙着上牌场，没有人愿意围坐在茶几边那样拿捏着喝茶，只有杨引庆一个人学着摆抵那些东西，时不时给他妈端一小杯，他妈来者不拒，接住就喝，喝完了问，不是酒？他说是茶，他妈问，茶为啥使酒杯盛？其实那一套东西杨引庆也常用不上，弄得也不太像，新鲜劲一过也是认为不胜泡上一大杯喝着得劲。那么多茶杨引庆也喝不了，尤其张爱香一滴不沾，因为有一次她中午试着喝了一杯，夜里苦睡不着，天待明才迷糊。杨引庆随手送给常来的几人，再扩大送给生产队里关系好的人，后来差不多全队的男人都喝过他的茶叶。真不知他闺女和儿子哪来那么多这号东西。闺女说，都是学生家长送的；儿子说，都是患者家属给的。

冬天过后，杨引庆把炉子挪到院子墙角使塑料布蒙上，把麻将桌搬到大门楼，继续供着开水茶叶，他家里仍然是前杨人的聚集之处。

张爱香给儿女说："不要花钱给俺俩买东西，只把你们不花钱又用不着的拿回来，就算俺俩不用，不拘给队里谁让他去使，也算是不浪费东西，咱又落个人情；也不用给俺钱，俺也从此不再给恁贴了，俺俩自己存的那一点足够吃了，衣裳还有很多，永穿不完。要是生了啥大病，小晨你都看不好的，也不用再跑着看。"

老两口日子过得就像有退休金一样自在，后来张爱香时常到市里去看孙子。家里就剩下杨引庆，他冬天出门，穿呢子大衣，脖里挂着方格围巾，把自己打扮得像个知识分子。他二人街里见了杨茂渠，自自然然地打声招呼。张爱香还是爱说她的至理名言：越往上面越论理，越往下面越不论理。她说："我现在一点都不恼他了，要是没有他当年加害咱，丢了那个民办，咱还走不到这一步哩。看现在咱的小孩是啥，他的小孩是啥。"杨茂渠两个儿子都在家里，三个孙子考学不成，大孙子俊强抢占商机开了超市，还算可以，另两个孙子外出营生，也没有干出啥名堂来。

　　杨茂渠和两个儿子，从来不到引庆家里来蹭暖，也不到他门楼里打牌。

第二十二章　流金岁月

杨全本来到市上已经几年，引章给他找了一个家属院看大门的工作，也不指望他挣钱，只是让他在市里生活，离儿子和闺女近些，俩人不用跑回前杨去看他。陈稳秀去年调到了市委组织部工作，担任要害部门的主任，一家人搬进了市委家属院。

传达室一大间房子，他自己做饭睡觉都在里面，也只是简单熬点稀饭下点面条什么的，引章夫妻和烈芳两口经常给他送些肉食及好吃喝，传达室里吃食没有断过。引章两口工作忙的时候，给他打个电话，他跑颠颠地去接小桐，接回来先在自己的传达室写作业，引章两口不论谁下班了就过来接她。

他觉得日子再也没有这么好了，老了老了享上孩子的福，吃穿都有，每月六百元的工资，基本花不着，他交给烈芳三百，叫给他存着，剩下的也是给小桐买点小东小西。有时候一个人坐在屋里，隔着竹帘子看到一对对老年的、青年的夫妻进进出出，他也会偶尔想起白氏，心里难过一下，然后又哼一声说："怨谁哩，怨你自己没福，咋就不能再坚持一年？看看现在的日子，我夜里睡着都能笑醒，有福之人不在忙，我再享十年福不依。"越想越美，他会唱出声来，悠闲地在椅子上轻晃几下。有时候走出传达室，背着手看看院子里种的花花草草，怎么着都是安逸，咋样过都是得劲。他一个老农民，儿媳妇是市委组织部的主任，儿子是区上一个副局长，这在从前想都不敢想，当年只想着引章能考出来，有个公家饭碗端着就谢天谢地，却不想这孩子命也真好。他家情况在全大队也是数在前面，前三十年看父敬子，后三十年看子敬父，他现在是父因子贵，进出院子的干部们，都对他笑脸以待。想想当时对引章也没有尽过么多心，在孩儿最需要爹的支持帮助时，别人的爹都是死命朝前拽，而他松了套扔在一边，全凭了烈芳架住车死命拉套。烈芳闺女终是能干的，现在虽然没有正式工作，也能扑腾着挣钱。他们这个家，竟然再也不用为钱发愁了。他带着亲切的笑容，跟出出进进的男女老少打招呼，孩子们喊他爷爷，他脸上的笑纹路更加慈祥。在引章两口和烈芳面前现出一定程度的巴结情绪，从前那么坏脾气的人竟然变得柔顺。烈芳吵他几句，也不犟嘴，嘿嘿笑两声过去。想一想烈芳说得有理，你如今不只是你自己了，你是组织部主任的老公公，是副局长的亲爹。亲爹二字一出，他心里又一忽悠，想起许多遥远的往事，然后他告诉自己，我说是亲的，那就是亲的。

引章的闺女杨小桐，已经十七八岁，随了父母的高个子，蹿到了一米七，长得跟白氏出奇地像，白白的紧绷的皮肤，细长的薄眼皮眼睛，尤其是两只颧骨像馒头尖那样微微鼓起。引章常常看着闺女，就走神了。莫不是妈托生成了我的闺女？那就太好了，妈，再来世上走一遭吧，让我赎回所有的罪过。引章对小桐疼爱无比，呵护有加，小桐一说要啥东西，就觉得是妈在向他要，他想尽一切办法，四处奔走，也要满足孩子心愿。

小桐从小在蜜罐里长大，上的市机关幼儿园、市实验小学、市第一中学，现在高三，明年就要高考了。这成为家里一件大事，把夫妻俩和烈芳忙坏了，恨不得将她捧在手心，一路抱着托着送进考场。

小桐从小成绩稳定，轻松考上了武汉的一所大学。坐高铁去不到两个小时的行程，飞一般到达。小桐每个月回家一两次，引章殷勤接送。小城市从不堵车，明晃晃的宽阔大道由着汽车奔跑，引章掐着时间，发车前四十分钟出门下楼，十八分钟开到高铁站，小桐走进候车室停不了几分钟，进站的通知响起。有时候引章还没到家，小桐已经在高铁上窜出好远了。他未免也笑自己，坐火车这么大的事，怎么就变得不神圣了，怎么就这么稀松平常了？他时常想起多年以前，他在市里上学，为省路费，每月回家一次，是为了回去拿钱，如果手里有钱，他也不会随便回家。

穷人的所有行为都是以钱为最大原则，似乎顾不上感情与亲情，不会只是为了看看伯和妹子而回家。大烈的一双小手怎样在家操持计划，从高中的每周两块五，到师范的每月三四十，保证给到他手里，从没有让他失望过。其实市上离前杨不足七十里地，开车四五十分钟就到，那时却那么遥远，要分成几段路程，坐火车到商桥或者县上，大烈骑车来接他，如果大烈没有收到信，他就一路走回家去，商桥和县上离前杨都是将近二十里，那时的时间也很宽裕，可以让一个人在长长的路上走啊走，走出如此多的忧愁和希望来，而现在，他的走路只是为锻炼身体，夫妻二人为了不发胖不三高，晚饭后沿着河堤行走，还要看看胳膊上的手环。达到一万步，就完成任务不必再走了，走得多了损伤膝盖。那时的二十里地，有几万步呢？有时候他开着车，看看旁边的女儿，那微微突起的颧骨紧绷得像塑料布一样的白白亮亮的皮肤，多像她的奶奶啊，而小桐，何曾想到自己的奶奶过着怎样的生活，有着怎样的一生，给她说她也不信，弄不好会反问你一句，没饭吃？吃牛肉啊；萝卜缨难吃？配牛肉炒啊；被子烂了？为啥不套个被罩哩？引章轻声叹口气。"章啊章啊，真是拿不出一分钱了。"白氏摊开双手，仰起面孔对着他说，两只颧骨发着惨白的光。"爸你咋又叹气？"小桐转过脸来，将两只鲜润可爱、优美到无法描述的颧骨面对着他，细长纯情的单眼皮的眼睛无比温柔地望向他。小桐因身体长得太快，面孔布局仓促，抻拉得有些长了，眼角向上吊起，看上去像舞台上的脸谱，线条简洁，稍显夸张，很有现代感。那是白氏的脸经过幻化，变了一些风格，从短圆变成宽长，重又来到世上。引章轻笑两下，对女儿说："习惯了，想起从前的很多事，就不由得叹气。"小桐说："唉，你又想奶奶了。将来我写个小说，穿越回去，告诉奶奶，让她再等一年。"

杨全本来市上以前,引章时常回去看他。每次回前杨,他准备上两盒烟,一袋糖,走到村头就开始散发,见男人递烟,见妇女老人小孩给糖,他从不会空手走进前杨的街里,不会让每一个和他迎面相遇的人白冲他笑笑。他到大伯大哥的院子里去,手里拿着一些吃食。伯来到市上后,他想着没必要再回去了,可过一段时间,他就想回去看看,有时候陈稳秀和小桐陪他一起,但他更愿意一个人行动。有了车后,能带的东西多了,后备厢总是装着一些吃喝和各样礼品,都是单位的年节福利,各种会议上发的,别人送的,大大小小的盒子,华而不实,留着没用,扔了可惜,放家里又占地方,都拿回来给前杨的人,让他们支应门事。每拿到一件这样的东西,他立即想,这个给谁合适,谁家有中学生、小学生,适合送什么东西。他再也不能允许前杨有上不起学的孩子,听说哪个穷家里有学生,他时不时要去资助一点。

路过村口打牌场,不管里面的人有没有看见,他都要停车下来,走进去跟人们打招呼,烟和糖分发一圈。然后汽车停在大伯家门口,从后备厢里往下提东西。大伯大娘都已去世,大嫂变成这个家里的女主人。罗巧芬总是在门口坐着,看到引章从汽车上下来,走进打牌场,她便转身回家,掂盆和面,搦面筋做胡辣汤。引章在路上已经把肉买好,沉甸甸一大吊从后备厢里掂出。大嫂把肉切成几块,拿塑料袋分装好放到冰箱里,差不多吃到引章或烈芳下次回来。罗巧芬的身体缩得更加矮小,腰也塌了下去,因为年龄大了又因生活变好,竟然也开始往身上长肉,腰身不够长度,就全部堆积在那里,整个人以她额头上的皱纹为方向横向发展,走起路来左右摇摆,掂着大瓷盆步履维艰,前杨人看习惯了,引章烈芳把她当成亲人,几十年一路看过来也顺眼了,要是街里走过一个生人看她一眼,会在心里哎哟一下。她自己都说"我这样儿真是丑死了"。说的时候挤弄起五官,羞愧抱歉地咯咯笑着,堆起一脸干黄枯楚皮。她来前杨几十年,从不往人前头去,主要活动场所就是自己家门里门外和一条过道,家里要临时买点小东西,她从前是支使孩子们去,孩子们都走远了,便支使三兄弟到东头超市里去买。她告诉自己:"我这样的人,活在世上还有啥好处,就是提住劲把饭做得好吃一些,把家里拾掇得干净一点,不要让家里人嫌弃,外面人笑话。"她做的胡辣汤是引章和烈芳的最爱,烈芳每次要喝两大碗。事实证明,家人和孩子没有嫌弃她,引章和烈芳也没有远离她,兄妹二人还愿意回来,停留在她身边,有时候提前打电话,有时候不打招呼,突然就走进院子,反正他们知道,哥嫂除了前杨,也没地方可去。二人其实是把对母亲的思念与忏悔,转嫁在大娘大嫂身上,大娘死了后,就只有大嫂是他们的母爱支点。二人回来路上就把几样熟食买好,煮牛肉、猪耳朵、烧鸡、香肠不重样。烈芳好开玩笑,有时候也拿大嫂打趣:"看你那样吧,要不是成分不好,俺大哥一表人才能寻了你?"她窝下头,咯咯咯笑一回说:"是哩是哩,我配不上恁这一窝,我知足得很。"

三个儿子都不在家,院子里平时只有三个兄弟和罗巧芬。大儿子十多年前在省城一个学校毕业,已经不包分配,自己留在郑州应聘到一家公司,现在已经当了部门小主管;二儿子在南方打工,孩子也带了出去;三儿子师范毕业,在引章的帮衬下当了教师,现在县中学教书,一家三口定居县城。

天德两口陪着市里回来的引章在堂屋坐着说话,天顺天庆跐堆到院子里能听到他们声音的地方,拣粮食、剥包谷、洗衣裳、扫院子,总之手下不停地干活。哥仨不吸烟不喝酒,没有一拧捏不良嗜好,干活时嘴里含一块引章带回来的糖,吃饭时在引章的催促下肉块子敞开了吃,这就是他们认为的好生活。年节或者过会,引章一再倡议哥几个喝点小酒,要么是他从车里拿来,要么是大哥从哪里摸出上次没喝完的。大嫂的脸上洋溢着幸福与安逸,哥仨儿面带羞赧,仿佛喝酒在他们看来是干了一件坏事,手微微颤着端起酒杯,很是生疏的样子。喝了两杯二哥三哥就说:"不中不中,不喝了,头晕。"好像再喝下去他们会现出真容,露出马脚,做出什么有失体面的事,说出什么不合适的话语,一不小心会将倾注心力保持了几十年的好形象丢失了去。二人脸色窘迫,捂了杯子,说啥也不叫再添了,叨几筷子肉菜放碗里,搬了小墩，走出堂屋，他们更愿意端着碗在院子里放开了吃。没有成家的男人，总觉得自己上不了台面，走不到人前，不配待在堂屋，二人匆匆离去，把摆满肉菜的小方桌留给哥嫂和引章。

得知消息的村里人不断到来，堂屋里坐着说话，向引章打听一些上面的政策，诉说自己各式各样的疑问和难处，求他帮忙打问和解决，有的忙能帮上，有的情知不中，就明白地告诉对方。七叔活着时，引章也会起身出来，从车里拿出东西，到后面院子看看，听竹床上的七叔扯着尖厉的嗓子说一些陈年旧事。全仁盘桓竹床时间太长了，说不来新的话题。

最后引章走进自家院子，心咚咚直跳，时光回到从前多好，白氏还在破灶火里做饭，伯披着衣裳走进院子，烈芳还是小时候的样子，生气了拿起包谷秆追着打他，他从没有想过他能不能打得过烈芳，他怎么能打自己的妹子。不，一个人，怎么能去打另一个人？后来他想，或许烈芳真撑上他也舍不得打，只是做样子吓他，她就是那性格，刀子嘴豆腐心，而他真是胆小，一吓唬就跑，叫一个小闺女撑得到处乱窜。院子里没有人住，破败得更快。总觉得这院墙应该再高一点的，怎么才到胸口。是时光风化了它们，是风雨消磨了它们。他打开堂屋门，这是十年前给伯新盖的堂屋，那时用的还是青砖，屋里三张破旧床板，其中一张是他睡了多年的，他无法想象自己曾在这张小破床上经历过那么多不堪回首的痛苦时光，在这张床上的破烂被子里发过几多狠誓，流下多少眼泪，默默忍耐了那么多的艰难日子。白氏的做活筐还在桌上，里面躺着一把生锈的破剪刀，还有两个线板，几片破布。有了这个做活筐，证明一个家里是有女主人的，大烈承接过这个筐子，给他补过衣服，缝过扣子。屋子里是尘封的气息，蜘蛛网的气息，各种小虫出没的气息，它们驻守在这堂屋之中，定格成家园的离别愁绪。再也回不到从前了。若是能穿越返回，你还愿意回去吗？把那些苦难重过一遍？并且没有人给你保证苦尽甘来你的境况一定会有所好转，这真是一个人生难题。最无解的是不能返回，最庆幸的也是不再返回。是的，你只有当下。当下是最好的安排最真的呈现，因为我们每个人都见不到未来，看不到明天，你所见到的都是今天，都已经是进行时。为什么这个地方，那时挣扎着拼命离开，而现在又时常思念总想回来看看停停？恍然若梦般，他走出堂屋，脚下一窄溜砖地通向院门口，是十年前铺下的，为了让他伯雨天不踩泥，他花了五百块钱。他站在那一溜砖地上，看看小灶火，也是十年前盖的，他当年的东屋和灶火拆掉了，他知道他不会再回家里来住，就不再需要东屋，只是盖了一间小灶火。这里面再也钻不出被烟火熏红了眼的母亲。妈那时一边用衣襟擦着眼里的泪，一边喊他和烈芳吃饭。现在大哥在院子里开出一小片地，种点菜，种上草莓，种上甜瓜，在墙角还有一棵梨树，结的果子又小又涩，没有小孩愿吃，而他们小时候，苹果梨是稀罕物，一年也吃不到一次，香蕉更是天外来客想都不敢想。这小院里现在只有动物植物的火热生活，再也没有人的声息。

大地安静下来，前杨也安静下来，人们都满世界跑走，到各处挣钱，陆续到县城买了房子。这才多少年，农村的院落，一个一个又一个，都荒了下来，破了下去。农村的母亲，一个一个，走向村后的土地，在那里安眠，从这片地上新长起来的人，再也不愿意留在这里，他们巴不得走得越远越好。城市有着无穷魅力，把人们纷纷吸走。年轻人连同他们的孩子，虽然户口还在家里，但不会再回到村里居住。

一边爱着，一边远离。因为在农村他们找不到自己想要的东西。什么时候，人们不论住在农村还是城市，都不再影响到自己的生活质量和命运前途，农民不一定非得出去打工，孩子不一定非得考学出去，他们在这片土地上，在自己的家园，有钱花有事干，也能幸福地生活，他这样走出去的人，也愿意回来，那才是真正的好生活、好时代吧。引章作为一个搞教育的人也会常常思索这些问题，思索他脚下的土地，思索农民的命运。

晌午喝两大碗胡辣汤，再坐一会儿，积攒的话也都说完，再也斟斟不出新的话题，引章起身开车走人。大哥大嫂在前，二哥三哥在后，错开一些距离，给他拿点豆子、粉条、芝麻叶、红薯干，甚至拿两个今天新烙的厚馍。大嫂说净是不值拉数的东西，把他送出门外，看着他上车发动,目送他的汽车拐弯,看不见了。

2012年秋天,杨全本去世,也没得什么大病,一场感冒,引起肺炎,送到医院两天,不治而去。活了八十岁,也算不错,主要是最后跟着引章烈芳享了差不多十年的福。引章开车,带着救护车,一家三口加上烈芳夫妻,将他送回前杨。早有大哥接了电话,率领二哥三哥在家张罗停当,街里灵棚已经搭好。寿材也都是前几年就准备好的,杨全本亲自监工,做好后还躺进去试过,很是满意,用大塑料布盖着放在堂屋里。现在运他回来,一切按照乡间丧事来办。

埋人都在第三天,死人咽气,哪怕在夜里十一点,也算作一天。第二天最是喧嚣,杨引章、陈稳秀、烈芳、小孙顶着重孝,立在过道口,迎接着来自市里、区上的同事朋友,远眺见到官级高一些的,部门重要的,陈稳秀和引章疾步前行,小跑至村口迎接。烈芳挎着皮包紧跟后面。一场乡间丧事,一个老农民之死,因为儿子儿媳的中用,引来这么多城里人,亲戚朋友也突然多了起来。不断有小汽车从南边而来,腾起一阵尘烟,停在前杨村头,不需开口打问,早有热心村民主动指路。村委会干部也没见过这场面,紧急叫来几个青壮年守在村头,帮忙接待。但见几人左手烟盒,右手烟卷,逢人就敬,脸上开出大花朵。他们平时哪里能见到这么多干部,哪里能跟他们说上几句话。来人个个气度不凡,皮鞋上新落了一层前杨的尘土,都是上班时间抽空跑出,而今见主家两口迎了上来,那也就没必要到家里为逝者上香鞠躬了,说两句节哀保重之类的惯常用语,掏出信封,往二人不拘谁的怀里一塞,转身而去。二人照例要客套感谢一下,对方早已走人,只好对着背影说上几句。

大哥家门口斜对面有一片小空地,搭着灵棚,支着锅灶,摆放几张桌子,办流水席,热气腾腾,盘盏轮转,厨师从早到晚不识闲做饭盛汤,只招待乡村来人。市里、区上来的干部都不吃饭,交接完转身就走。亲戚的随礼也多一些,都是最少一整张。

前杨人一看这阵势,自知级别有限,拿着三十五十也不好意思往引章眼前来送，自觉地都到前院交给杨天德和罗巧芬。村里有的人家不再开伙，老少三顿来吃。杨天德勉强识几个字，登记了个单子，到时统一交给引章。

引章的舅们，也都老的老、死的死，如今只剩下一个，被请来应座上宾，只是依了老规矩，拿他来摆摆样子。一天下来，这宏大场面，这来人的漂亮气派，当舅的连见都没见过，哪里还能挑出半点礼数。再加上死的是姐夫，又不是自己亲姐，他基本是一点心气不沾，只坐在那里，三顿饭送到眼前，名曰"看菜"，饭菜也就是一般丧事的规制，不好也不坏。烟却是引章悄悄给他一条芙蓉王、两盒软中华。他活了一辈子，哪里见过软中华。于是舅的嘴上抹了蜜贴了条，在挑礼数这个步骤上，只说孩子们工作都忙，他伯活着也都孝顺着哩，如今人不在了，那就顺当埋了吧。吃罢晚饭，舅拿了这样那样东西，揣好引章给的几张钱，坐上引章给派的车，抹嘴而去。

一天下来，引章、烈芳四人快要昏倒，啥活儿也没干，就只站着接待来人，说话，致谢，迎送，都把人支搁得要死。

夜里几口人挤在堂屋几张破床上，百般不习惯，凑合挤了一会儿眼，被褥床单都是大哥大嫂从前院拘来，每一个都起满针鼻儿大的小球，散发着一股子属于乡村的味道，他们发现自己已经远离了这种气味，从前住在这里，从来没有什么味道不味道的，吃饱穿暖就是好事，只有离开了再回来，他们有了属于城市的嗅觉标准，能闻出这种令人不快又感觉亲切的味道。大烈可能是累了，一躺下就打起小小的鼾声，小孙在老式床上翻了几回才睡着。这里有闹女婿的风俗，就是在婚丧事上想尽办法叫女婿掏钱，男人们拿去吃喝，对于城里工作的人，他们的期待值更高。小孙在矜持反抗一番之后，在烈芳眼神指导下，假装挤牙膏般，分三次拿出了五百块钱。不能太痛快，要一步步来，如果你头一回大方地拍出五百，那后面还有别的理由再要。总之要闹上三五个节奏，年轻人才甘心。女婿根据自己的经济实力，心理承受能力，分两三次拿出钱来。虽然结果重要，但过程也同样重要，耍女婿耍女婿，重点在一个耍字，你一个外乡人，娶了俺庄的闺女，大模大样进入俺庄,端起碗吃饭,放下碗抹嘴,岂能便宜了你,就要看你从不舍得,不甘心,对赖小气,手段使尽,但最终一步步就范,不得不掏钱给俺的样子。把别人的钱归入自己口袋,可能是世上最开心的事,其实这耍女婿和当舅的挑礼数是一样的道理,说冠冕堂皇的话语,讲这样那样的章法,本质都是以大压小、以熟欺生,想从对方那里得到些什么,见到对方最终归顺自己,听从自己,拿钱给了自己,下来的事才办得顺当,叫你少吃亏少绕道,否则在人家的地界上行事,各个关口都会有麻烦。女婿们也乐意被耍,一般都情愿掏钱,也是享受了那个过程,被一群人哥长哥短姑夫来姑夫去地围着敬酒点烟,喊着讨着要着闹着。

过事过事,就是在这些人生大事上,走过一个个小程序,迈过一道道小关口,犹如打游戏通关,最终通向洞房和坟地。也有个别女婿不醒世,难对付,不愿掏钱,使得这一程序直闹到半夜,最后年轻人不快而去,在第二天的出殡埋人中给你找岔子使绊子,钱没少花,气也照受;还有的是女婿掏了钱闺女不愿意,把自家男人骂个狗血喷头。而小孙爱着烈芳,跟烈芳有关的一切事,他都高兴去做。拿五百块钱,也是给烈芳和引章长脸。一般的女婿,最多也就是榨出三二百,而他小孙,要做个好女婿,所以出手大方,收获一圈人高兴。都躺到床上了,又把刚才的过程回味一遍,闻着烈芳家里的味道,心里怪美气的。

引章基本没有睡多大一会儿,他脑子装得满满当当,一整天处在恍惚之中。总是回到二十多年前那场丧事,同样是在这个院子,一切都那么不同。那时他撕心裂肺,哭干了泪。而今天,从清早就接待来人,仿佛他家办的并不是丧事,而是一个别的什么仪式,需要大家都来参与,众志成城,烘托场面。伯是寿终正寝,他也没有太难过,活着时兄妹俩待他很好,也没啥可遗憾追悔的,忙前忙后,基本顾不得流泪,杨全本怎么也想不到自己作为一个老农民无比荣光和重要的这一场面,可惜他看不到这一切。何其荒诞啊,二十五年前,同样在这个院子,他杨引章身无分文,悲苦难言,跪在那里遭受来自各方的谴责和数落,哪里会想到有朝一日他会面对自己伯的死后哀荣。

三天头上，吹响器埋人，收礼大劲已过，零星来一些亲戚和乡邻，属于那种三十五十全家来吃的。下午出殡，人们都来踊跃围观，造成声势。四班响器也是卖力，吹得天翻地覆慨而慷，公家干部一个没有，丧事又变回纯粹的乡村过事，引章又回到一个头顶重孝的赤子，走在队伍前面奋力摔碎老盆。

大哥天德拿着账单，来给他交钱，礼单上一行行清清爽爽。先拿出一小沓百元、五十的钞票，递给引章，引章伸手接过。他又将袋子里的敞开给他看，花花绿绿，全都是二十、十块，说："我也没工夫查了，反正肯定跟单子上记的一样，你回去慢慢整吧。"

引章伸手推回给大哥，说："这些零的，都给你吧。"

大哥噫了一声，吓得不轻，又推到他眼前，低声说："恐怕一两千哩，咋能不要？"

引章说："说不要就不要，大哥你都收着。"烈芳上前来，抓住那个袋子，几下一揉，塞入天德怀里："这几天，全凭恁几个操持哩，回去恁仨分了吧。"

天德说："那好吧，今后他们谁家再遇事了，你在外不管知不知，我就拿这钱替你随礼，刚好我这儿有名单哩。"引章说："我要在家遇上了，我去随，不在不知了，你替我随上。"大哥说声好，卷了袋子去了。

几天后，是个周末，引章打电话叫烈芳，"恁嫂包饺子，恁仨来吃。"三人去了，引章指着桌上一个大袋子说："这是埋咱伯见的钱，我除掉医院看病、救护车、两天的花销，剩下全在这儿，你都拿去，扎本投资一个项目。"烈芳看哥嫂沉静的表情，也就不再说客气话。引章有一次给她说过："没有你就没有我的今天。"引章不善言辞，那样的话只说过一次，但她知哥嫂心里一直记着。烈芳常想，哥还算是个有福之人，就只二十岁前吃了一些苦，跟现在比起来，根本不算什么，而生命中总有人帮助他。从前是妈和妹子，现在是妻子。陈稳秀像她的名字一样，稳重、秀美、通情达理，爱上引章，也就接受他的一切，对引章的亲人也都当作自己亲人看待。

一顿饭吃得很是安静，不需要说什么话，似乎他们之间所有语言所有情义都埋进那一包钱里。"章啊章啊，一分也借不来了，妈是一拧捏法儿都没有，要是哪儿说有买人去当牛马的，妈现在就去，换了钱给你上学。"白氏张着两手，眼里含着泪水。钱啊，有的时候得到你那么艰难，有时候却又如此容易，是谁的手在指挥这一切？吃完饺子，引章也没有再留他们，烈芳拿起那个袋子，三口出门走了。

小秋在西安上学，只有寒假回到前杨过年，暑假里留在西安打工，五姨丽雯给她找了临时性工作，在市场上给经营户帮忙看摊，跑着取货，多少挣一点钱。素芬守在老家县城的小裁缝铺里，除了房租和吃饭没有其他花销，勉强供应小秋上学。小秋也体谅母亲的不易，不乱花钱，所以娘儿俩没有因上学借下外债。三年大专之后，她通过了专升本考试。2013年大学毕业，拿着本科毕业证回到家乡。小秋也想过留在西安，但四姥爷一家人门路有限，给她找不到像样的工作，而且她也想回家守在妈妈身边。家里这边，素芬求了引章，引章两口帮忙，把小秋安排到市里一所中学教书。小秋自己也挺争气，当年考取了教师资格证，成为有正式事业编制的国家教师。

小秋叫素芬停了县城里的裁缝铺，素芬回到前杨。前几年她伯去世，今年她妈又走，她一个人住在老院子里。引运明确地说，这个老宅让姐随便住，他两口西安再干几年，将来回来要在县上买房。老宅彻底成了素芬的领地，母女俩从寄人篱下变成了院子的主人。小秋用第一年攒的工资，把老堂屋简单装修了一下。她说，堂屋虽旧，但是很结实，因为墙体很厚，青砖经历了时光的打磨和浸润，冬暖夏凉，住着安心，完全没有必要扒了盖新的。顶上当年是草顶，后来翻盖成瓦顶，现在又蓬了吊顶；地面是几代人踩实了的土地，后来抹上水泥，现在又铺了瓷砖；窗户是早年间的木格小窗，现在拆了扒大换作推拉玻璃窗；墙面刷白，一下子亮堂多了。从院门口到堂屋之间，铺了一条水泥小道。总共花了不到两万元，老屋焕然一新。

小秋说，人家国外的房子都是一住几百年，只是装修维护，住老房子利于身心健康。再过半年，小秋又买了沙发和家具，但屋里的老破桌子和柜子也没有丢弃。小秋说，这都是宝贝，人家搞收藏的，专要这些老物件。对于这个全队最老的堂屋，素芬心里挺纠结的。别人都是哪怕借钱也得盖起新房，在农村，房子是一个家庭的脸面，你家过得好不好，先看大堂屋，可她和小秋情况特殊，小秋是个女孩家，又在市里上班，将来肯定结婚要走，而她一个人，花几万元把这个老堂屋推倒重建，想弄的话，也不是不成，无非是借钱，受累，操心，可盖起新房，又能咋样呢？她一个中年妇女，单身女人，有必要给自己弄个新堂屋吗？或许将来，小秋在市里结婚，会把她接走，去给她带小孩做饭，跟他们一家过着，那是素芬这一生最好的归宿。这样盘算一下，也就理顺了心思，是的，没必要为了做给别人看而盖房，日子舒心不舒心跟房子也没有必然关系。

她托引章烈芳，有合适的小伙子给小秋介绍。

又过半年，小秋在院子里盖了一个能洗澡的卫生间。小秋离开的这些年，不知在外面经历了什么，总之变成了大人，是一个语言稳重的大姑娘，说话慢慢的，有条有理，很像中学语文老师的样子。她说，人们都爱往城里跑，就是因为城里有现代化设施，有卫生间，有空调，有自来水，那么我们如果把这些东西引入农村，那不是跟城市一样吗？并且农村空气质量好，生活空间大。于是她按照城市文明的标准，把自己从小生长的院落打造一新。

素芬的缝纫机和做活儿的大案子，从县城搬回了家，除了冬天最冷的时间，都支在院子里的葡萄架下，前杨及周边的人们，来找她改衣服，换拉链，每天都有活儿干，仍然有一些收入。

农民的土地全都流转了出去，有人承包统一耕种，每年按人头给发几百元钱。青壮年满世界跑出去挣钱，不想离家的到车站、县城去租门面房，承揽各种活计，做各样的小生意，从事水电、装修、饮食、美容美发，早上去，晚上回，他们自己叫作干活，他们的孩子称为上班，最不济的到县上工厂去三班倒。前杨街里玩耍的小孩经常说，我爸爸上班去了。

留在村里的人有能力的搞点小营生，开个小工厂小作坊小门店，就像素芬这样的，每月进项千把块钱。有体力的干建筑队，随着庄稼成熟给土地承包人打点短工；无能力无体力的就彻底闲下来，吃吃转转玩玩，享受年年岁岁的悠闲时光，只是手里没有钱花，开销压缩到最小，吃自己地边上种出的东西，用最廉价的产品，祈求上天保佑大小平安，不要生病。

无论是城里人、乡下人，都想的是怎样挣钱，都想把自己的能力或者产品尽快变现，市场经济就这样无限活跃起来，车站县城热气腾腾，高楼林立，一圈圈放大，竟然修建了四环五环六环，县城人说，咱们跟北京一样了。汽车疾速驶过，乡间小路上，电三轮颤悠悠奔跑，每个人都在向前追赶，生怕把自己落下了。

又攒两年钱，小秋买了一个专业照相机。她把这个几万元的东西带回前杨，先是吓了素芬一跳，一个闺女家，背着黑色包包到处跑，从里面掏出这么沉的东西，照来照去。素芬说："你也不小了，好好攒点钱，该考虑找对象的事。"小秋说："对象不着急，我要当个摄影家。"小秋先是在前杨街里走了一遭，对着院落、街道、大树，对着放置多年的一堆烂柴火里钻出的小草拍照，对着正在行走、说话、吃饭的人，上去咔嚓一下，把人吓得不轻，心里想：这素芬的闺女，跟别的闺女家，咋就是不一样呢？这么大了，也不急着找对象。

自从有了相机，小秋每个周末骑着电动车到处跑。村庄里的人越来越少，闲置破败的房子越来越多，各个村里走动的，都是老人孩子，或者在外干活受伤的，那些青壮年，托着自己的手臂，拉着一条残腿，缓慢行走，对突然出现的镜头怀着戒备与敌意，他们回到村里养伤，期待重返外面的世界，而那些伤得比较重的，永远失去了再次外出的能力。

小秋骑着电动车，在大地上行走——她喜欢"大地"这个词——在一个又一个村庄流连，她也不知道要找寻什么，她就是喜欢这种行走的感觉，看到庄稼，看到河流，见到村庄，观察各式各样的面孔，听他们讲述自己的故事与生活。有一天，路边的牌子告诉她，前面村子就是木锨王。她想起八岁那年的秋天。她停在电动车上，两手撑把，双腿点地，风呼呼地吹，只有她这种在大城市生活过的人，才能体会到异常纯净甜美的空气，碧蓝的天空上白云成群涌动，地上的包谷已经成熟，一个个棒子挂在半中腰，豆子地上蒙着一层丝网，在阳光下闪闪发光，那是有人养殖丈母虫，给豆子棵上放置虫卵，让它们吃着豆叶长大，再雇人夜里来捉虫，以将近一百元一斤的价格卖到城里的饭店，那么一盘菜的价钱可想而知。人类吃遍了大地上的东西，还嫌不够，还要再想办法出新招，吃更加新奇的玩意儿。为了追求产量，给地里施了过多的化肥打了无数的农药，连虫子都有了耐药性，很难再见到曾经的青草和蚂蚱，那么我们赖以生存的土地，是不是也有了耐药性？小秋吹着田野的风，心里诸多思绪，停靠在木锨王的村头，问自己，要不要进去？

　　有人回村，有人从村里出来，走路，自行车，电动车，也有汽车，他们都在一条小路上经过。一天中的酷热已然褪去，午饭消化得差不多了，脑子里想着晚上烧汤的事。庄稼还未成熟，他们还不需要忙碌，每一天都是悠闲时光，除了没钱花，也无更多困扰，而他们一生如此，早已接受了没钱的事实，所以对自己月收入一千以上还是一千以下，没有过多的纠结，反正都是平均别人的，自己兜里一个没有。空气阳光不要钱，四季轮转不花钱，所以他们也不觉得贫穷。生了小病，他们就吃几片药，等待自愈，他们坚信，这世上的事儿都会自愈。生了大病，他们也不去看，默默扛着，扛不过的时候，平静地离开，他们认为这是命数，他们一代代领悟了这土地上的人生，大自然教会了他们一切，他们不怨不怒，不歌不哭，不喜不悲，他们只有无比的热爱，沉默地热爱，爱这人间和大地。这是庄稼人最为放松的时候，步态不再紧绷急促，鞋底与水泥路面轻轻摩擦，在自己的领地闲庭信步，把自己跟这庄稼地、蓝天白云、微风一起，变成身边这个姑娘镜头里的风景。而这姑娘，头戴遮阳帽，脸儿红扑扑，身背一个大黑包，英姿飒爽地骑坐在电动车上，手拿相机，正在观望什么。

　　经过的人，都要把她看上几眼，她对着人家微微一笑，也不说话，也不问点啥。人们很希望她问点什么，问路或者打听人，好停下来热情地回答她，再引出一个又一个线头，比如说问问她，你是哪来的，你今年多大了，你有对象了没有，你干啥工作，你一个月拿多少钱，你来俺庄弄啥哩……拆毛衣一般，嘟噜嘟噜扯上一阵子，撒下一地曲曲连连的毛线头，这是他们的最爱呀，他们时间多的是。

从街里出来一个小女孩，走近过来，好奇地看她，她终于找到目标似的，问那孩子：

"你是这村上的？"

"是哩。"

"你，是不是姓王？"

"我姓尹。"

"你多大了？"

"八岁半。"

小秋自己呵呵一笑："好吧。你跑出来干啥？"

"到俺家地里掰包谷，叫俺妈给煮了吃。"

"你家地还远吗？"

"不远，就在那边。"那小姑娘朝她身后指了指。

"坐我车上，带你过去。"

"不用。"小姑娘脸上现出一丝戒备，说得很坚决。

"好，那你自己走过去，我给你拍照。"

她调转车头向后骑去，停下来，端起照相机，对着那个走来的小女孩。十九年前的她，心儿腾腾跳着，从这条路上走出。啊，那只小黄狗，早就不在了吧。也是如此浓密的包谷地，一定是挂着同样大的包谷穗，那时她急于赶路，只知道两边是墙一般的密林，没有去看那些包谷，也不关心它们是否长穗。那孩子看着她，脸上有点紧张，步子都有些不自然了。孩子走到自家地头，寻找大个儿的包谷。为了排遣孩子的紧张，她蹲着身子，在相机后面问："你怕丈母虫不怕？"孩子说："老怕，我都不敢去那边豆子地，俺妈也怕，人家黑了到豆地里捉丈母虫，一黑挣一百块，俺妈说挣一千她也不去。俺二娘不怕，每天黑了去捉。二娘还去装虫卵,空调屋里坐着,用小棍给小网袋里装,沾一点装一下沾一点装一下,一天挣六十,可轻松了。俺妈说,挣六百她也不去,她一想这虫卵不几天要变成虫她也怕,她说饭店里的丈母虫,倒找钱她也不吃。"那孩子细细碎碎地说着,踮脚尖掰了四穗包谷,抱在怀里。她让孩子看她相机里的照片,放大了看她脸上紧张的表情,张口说话的样子,还有鼻尖上的汗珠,女孩羞涩地笑了。她掏出教师资格证打开来给女孩看:"我不是坏人,你看这照片,是我不是?"那孩子看看照片,再看看她的脸,抿嘴一笑,放心了。她说:"我想去木锨王街里看看。可我不敢进去,就像你和妈妈怕丈母虫一样,每个人都有自己怕的东西,你能不能坐上我的车后座给我壮胆,我带着你,咱们从街里穿过,走到东头,再回来,把你放你家门口。"小女孩感觉这个杨老师要给她做个游戏,想了想,说:"中。"

她装好相机,双手掐起那孩子,抱到后座上,那孩子怀里抱着包谷。十九年前,她扒着座位,双腿分开,爬上自行车后座。那下坡郭的女人,她还好吧?现在该有五六十岁了吧?下次有时间,去下坡郭转转,不知还能否遇见她,嗐,见了也不知道呀,自己不记得她的样子,而那女人,恐怕早已忘记她曾经遇到过一个小女孩。她问小孩:"坐好了吧?"她骑上去,一路向东,进到街里,小孩说:"到俺家了,我把包谷放回家里吧?"她说:"不用,你就这样抱着,几分钟就勾回来了,省得大人又问来问去,不让你去了。"她害怕失去这个小女孩,她要带着童年的自己,穿过木锨王的街里。过了当年那个小十字路,后面小孩说,这就是木锨王。她的心立即紧张起来,像当年那个八岁孩子一样。木锨王的街里并不长,二三百米的样子,仍然与其他村庄无异,少有人走动,多数大门关着,还有一些倒塌的院墙及老屋。一个老太婆缓缓路过,看了她一眼。她想,不知是不是那个不伺候我妈月子的人,现在,你们,这些坏人,你们在哪儿?有本事出来叫我看看你们长啥样,你们就是站在我的面前,我也绝对不会喊你们一声,一声都不,我不原谅,不原谅!她在心里吼叫。可是,这是我出生的地方啊,哪个院子,曾经盛放过妈妈的屈辱?曾经落下妈妈那么多的泪水？很快穿行而过，太阳西斜，热力退去，风浩大一些，玉米叶子发出沙沙轻响，豆子地花生地波浪起伏。她行到一个开阔的地方，以脚撑地，调头往回骑，再一次穿过木锨王，她心情放松了一些，似乎已经逾越了什么。来到小女孩家门口，抱她下来，那孩子说："来俺家玩吧。"她也正等这句话，立即同意，车子推进她家院子。

惧怕丈母虫的女主人从堂屋出来，手里牵着一个小男孩，看样子她比小秋也大不了几岁，生活已经把她打造成一个圆润的母亲。女主人跟小秋打招呼，请她留下来吃煮包谷，小秋作假儿一番，说声"好吧"。女孩拉她坐下，拿一次性塑料杯子要去给她接开水，小秋说："小心烫住你，不要倒了，我自己有水。"她到电动车上拿出水杯，自己倒了开水。女主人让自己女儿再跑去掰两穗。小女孩跑出去。女主人进到厨房收拾这几个，把皮剥掉，缨子择净，每个包谷砍成两段，放入锅里。她做着这些的时候，小秋给她拍照，然后又让她过来看，女人感到稀奇，问她能不能洗出来，她说，回头挑个好的给她和孩子洗出，下次送来。院里屋里都很干净，装修得也很好，各种设施齐全。小女孩抱着两穗包谷回来，女主人打火开煮，从厨房回到堂屋，坐在小秋的对面，小秋问她："恁小孩的爸爸做啥事？"她说："在县里干装修，清早去，晚上回，骑电动车。"

乡村没有秘密，刚才她带着小姑娘跑过街里，跟着小姑娘进入大门，有人见到，就要到她家院里看看来的啥客，见是照相的，也都乐意叫小秋给她们照，院子里西墙边的紫藤架成为背景，每个人站到这里，拉拉衣服，整整头发，脸上表情变得刻意起来。开着的大门里，又进来几个中老年妇女，被她手里沉甸甸的相机震住，听说是市里的老师，机会不容错过，都要小秋给她们照几张，也问咋样能拿到照片。

包谷煮好，女主人拿筷子插到芯子里，举过来叫小秋吃，又让那几个人，她们都知是假让，也很自觉地说不吃不吃，她们看着小秋吃包谷，问她这样那样的问题。小秋只说自己是教师，爱好摄影。有一个妇女问："那你都二十七八了为啥还没结婚？有对象了没？"小秋笑笑不答。吃完包谷，她问一个年纪大的妇女："你知不知道二十多年前，木锨王有一个人，招干吃上商品粮后，不要他媳妇和孩子了？"几个女人争着说："噫，咋不知哩谁都知，当时闹得可厉害了。那一家子真坏良心，一窝都不是好人，他那媳妇可好了，人也长得齐整，北乡哪个庄的？忘了。他一转正，噫，不要人家了，那媳妇一个人可没少作难，一个月子里见天地哭。那姓王的后来找了个离婚茬，又生了个闺女，还给人家养着前面的小孩。你说说不是信球是啥？听说后来那媳妇带走的闺女上高中时，他见人家长得漂亮，又跑去要认。你都不想想，人家咋可能认你，自古坏良心就没好结果，听说后来混得可不咋着了，前几年单位精简还是弄啥哩，把他减掉回家了，干工资也没有多少，混得到大街上给人修车哩……"

女人们说着说着，其中一位突然问："哎呀你刚才说你二十七？那个小孩，会不会是你呀？长得可真像！"小秋脸一红，说："不是我，是我一个好朋友，我听她说起过自己的身世。"

"那你告诉你那朋友，永不认他，他就不配当她爹，从小把人家娘儿俩扔了，这会儿人家长大了中用了，又去认，世上哪有恁好的事？"

小秋吃完包谷，起身要走，女主人又拿一穗，装在塑料袋里，非要让她带走。小秋和那女人加了微信，说把照片发给她，再挑几张好的洗了，下次路过，给她们送来。

小秋当上了班主任，每月有补贴，将班级从高一带到毕业，凭高考升学率拿奖金。她吃住在学校，利用周末和课余时间随时随地给学生上课补课，踌躇满志地要让自己的班在全校拔尖，拿到可观的奖金。

她说，她想买个车。手里已经存了五六万，再等一两年，买一个十来万的汽车，她现在先学驾照。素芬惊奇地说："你咋又想买汽车了？"那意思是她这几年常常挂在嘴边的话："你咋还不操心找对象？"

"有了汽车就更方便，不怕风雨，也能带着你到处走一走。"

"我到处走啥哩走？我哪儿也不想去，就想在家好好待着。"其实她想说的是，就想看你快点找个对象结婚。几年来，素芬已经接受一个现实，小秋跟别的闺女家不一样，她从小的想法、做法都不同，她总是缓慢而坚定地说出自己下一步的打算，说出了就不再轻易改变。而事实证明，她的想法和判断也都不赖，她一步步稳扎稳打地实现它们。于是素芬不再反对，她知道反对无效。她只是不断托人给她介绍对象，引章和烈芳也给提过几个，去见了面回来，就再无下文，小秋面对的当然是市里工作的小伙子，谁都想找一个各方面条件都好的，让人眼前一亮立即看上的，而那样的人，也都有自己的条件，不是别人不愿意，就是她不同意。二十九岁，到了一个不太妙的边缘。素芬心里着急，但多说没用，只是落个她不高兴，就她们娘儿俩相依为命，一旦出现不快和隔阂，俩人不说话，素芬心里就很难过。她一个小学学历，肯定没有大学生见得多、看得远，可小秋一天不找着对象出门，她就一天不得安生，村里人问来问去，好像她们娘儿俩都是没人要的。小秋不在家的时候，素芬一个人，在院子里的缝纫机上做活儿，就把这些事情颠来倒去地寻思。不断有人送来衣服和布料，要她修改、加工，也有人来院子里坐着陪她说话。

　　素芬已经五十出头，面容枯楚，腰身松垮，胸前枯萎，侧面看去，胃比胸突出，小腹又比胃突出，整个身体以肚子为中心，两头向后收着，腹部那里布满松软而坚定的脂肪。这或许与她常年吃了不动趴伏劳作有关，曾经的屈辱与压抑愤懑随着前几年的绝经而彻底走远，她完全不再需要男人，她变成一个身心安宁的女人，对这世界再没有抱怨与不平，往事也不再能触动她，她也不再轻易落泪。小秋就是她结出的漂亮果实，她这一生，也算没白活。日出日落，她守在这个她出生的小小院落，闭上眼睛，还能还原当年的样子，恢复小时候的一切。那时真苦啊，曾经有过饥饿的滋味，找遍家里各个角落，没有一拧捏吃的，生产队的粮食没分下来，面缸里光溜溜没有任啥，姊妹四个站一拉溜等着伯妈下工回来，也带不回吃食，最后她妈出去借了半升包谷面，熬过那几天，盼到队里分粮食。她自小没穿过一件新衣裳，都是拾她姐素芸的。而现在，这样那样的布料，成堆成山。最早农村人穿粗布衣，后来兴起料子衣服，农村人穿不起，只有干部和在外面工作的人能穿。现在轮了一圈，城里人讲究穿全棉，农村人又穿起了化纤，不透气不吸汗，贴缠到身上不知有多难受，可是便宜呀，夏天里十几块钱一件短袖衣。说来说去，还是没钱，有钱谁不知讲究谁不知舒服。眼看着拿来的很多叫她砸床单被罩的布料，也都不是全棉，能有一半棉就不错了，但农村市场到处都是这种粗糙轻飘的化纤家伙，当然他们卖的时候都说是全棉的，但素芬知道，最该有棉布的农村市场，却少有全棉。

素芬和小秋的床上用品、贴身衣服，都是真正的全棉，这是小秋的坚持，夏天俩人在家穿的，都是棉绸和棉布，软和舒服。她不用为钱发愁作难了，够吃饭就中，小秋是个闺女，她也不用为买房娶媳妇发愁，她没有什么负担，而眼下农村，孩儿们说媒娶媳妇，必得在县城买房，少说得几十万。老实巴交在家种地的人，哪儿来的几十万？或许就是因为这个，驱赶得农村人跑去城里打工挣钱。这时人们才发现，噫，还是素芬日子最好，一个闺女，啥心不操。村里人开始眼气她，她说："谁叫你们都要孩儿哩，要了孩儿就得受孩儿的罪。"

夏天最热时候，别人的屋里坐不住人，她们老屋连空调也不用开，凉丝丝的，娘儿俩干干净净地躺着睡觉休息、消磨时光。小秋每次回来，必带东西，吃的喝的用的，不说多高级但都质量过关。小秋不在的时候，也会给家里网购，经常有素芬的快递，她托那些去九道街办事的人给她捎回来。想想从前伯妈过的日子，唉，他们也是没福，走得有点早了，七八十岁就告别人间。她常问自己："我现在是不是也算过上了幸福生活？"

第二十三章　石头之歌

不年不节的，烈芹拉着个大箱子，从村后悄悄回到前杨，住下来不说走了。不用说，是工作没了，春棉也不敢多问。烈芹的女儿在县里上了高中，她回来后，每个星期接送工作由她来承担，开着春棉的电三轮，沉默地接送女儿。她把家里收拾得有了一些眉目。春棉实在是干不动了，她吃了饭只想坐着。不管咋说，烈芹回家来，有个人陪她，可一想到孩子没有事干、没有进项，心里肯定难受。唉，这还不胜远远地不着家，见不到他们。她坐在日头地儿里，看烈芹进进出出、干这干那。烈芹在家里也穿着皮靴、裙子、长筒袜，有时候还给头上扣着一个呢子帽。她个高腿长，从后面看，是时尚女郎。但她的脸，干枯起皱，一双手也是粗糙僵硬，显示着常年体力劳动的特征。衣装好配置，肤色难维持，这正是经济困顿女性的现实。

烈芹刚刚四十，或许身体还富有力量，但外表却无情地枯皱下来。她的一切显现着没有钱也没有爱的现状，她除了十七岁那场华丽的暗恋，再没有诗和远方进入心中，她没有精神生活，也没有烈芳的心气和机灵劲儿，她只能走进严酷的生活，紧盯脚下的路，把自己锻造得更为沉默和坚硬，成为一个挣钱机器。而现在，这个机器闲置了下来，也没有能力膏油维修。她不跟春棉说她的生活，她知道说了也没用，从来没有走出过前杨的春棉，哪里能知道外面的世界，她只知闺女在外过得不如意，但她又实在帮不上忙。烈芹也不到街里去，不跟村里人接触，人们只知烈芹回来了，但没有见到她。院子里常常很安静，就像无人居住一样。二人的对话，基本上就是："妈，晌午吃啥""妈，你夜儿黑睡觉忘关电视了""妈，我去接蒙蒙了"。直到有一天烈芹说："妈，我还得走，这三百块钱给你放家里。你去接送蒙蒙的时候电动车开慢点，小心路上的汽车。"

上一周，烈芳回到前杨，听大嫂说小烈回来了，很少出门。她便走向过道后面，到七婶的院子里来，见面的一瞬，大烈发现小烈眼里的沧桑和戒备。小烈有点局促地看了大烈一眼，没有笑意也没有热情，不像大烈想象的姊妹相见的亲热欢喜，再一想，你有人家没有，人家欢喜啥哩。自从小烈十七岁离家，二人便很少见面，回来的时间总是遇不到一起，她们只是从大嫂那里知道对方的情况。大烈有点不自在地坐下，一时无话。过一会儿小烈开口说："姐，你要是手头宽裕了，能不能借我点钱？"

大烈一时语噎。现在，数借钱的事叫人难以面对。大烈这几年陆续借出去好几万了，从来没有还回来过，她刚有了孩子，事业还没展开，手里确实也没有更多的钱。她说："叫我回去跟俺那人商量商量，俺俩正说要弄个啥项目，钱还不太够。要不我回去问问咱七哥七嫂，看他们那儿有的话，拿来你先使使。你，需要多少？"

"多少都中，一两万，三五万，看你手头的情况。"

烈芳眼睛睁大："那么多，你想弄啥哩？"

"我想出去开个店，在咱车站上开也中。现在给人打工，死出力气，挣不了啥钱。"

"你有啥手艺，还是有啥项目？准备开啥店？"

"还不知道，就是这样想着，刚好今天见了你……"

"开店可不是那么容易的，你得有技术、有人脉、有资源，你还得脑子灵活。你算算你占了哪一条？"说得小烈扭头不语，大烈的意思是，你从小脑子单纯，出去这么多年，也没有学来技术和精细，给你个店，恐怕也经营不好。她把借钱的事先推到引章身上，到时肯定又

317

是引章两口也没有钱。

再坐下去有点尴尬，烈芳起身告辞。她到后院来，是想和小烈叙叙旧说说话，感受一下流逝的时光，回忆一下共同度过的童年，期待看到她过得差不多，不必太叫七婶操心，但没想到遇见借钱，张口就是几万，让烈芳一时无法面对，陷入为难之中，不借吧，过意不去；借吧，肯定是有去无回。

等了几天，没有大烈的消息，二人是留了电话的，可大烈没有给她打电话，也没有发短信。小烈知道，没下文了。大烈和引章最困难的时候，自己家比他们还要艰难，没有能力接济，只有前院大哥大嫂一直尽力帮衬他们，所以他们跟大哥大嫂走得近，跟过道里其他人家，其实并没有过多情义。

生活再一次教会杨烈芹，现实就是这么残酷，手里没钱，寸步难行。于是她决定再走南方，另外找拼体力的工作。她收拾好了行李，却接到大烈的电话："你不是想开店吗？我实在是没钱借给你，你先到我店里干着咋样？"

烈芳买了一辆小车，又在城西开发区一条商业街上租下一间二十多平方米的门面房，打算开一家玉器店。皆因在西安时，从南方富婆们那里接触过玉器行情，她有时候去人家店里，一坐半天，消磨时间，觉得这工作挺好，干干净净，不劳不累，还挺高雅文气，说着玩着就把钱挣了。那年修房子从小罐里倒出的几个小玉片，她一直保存着，时常拿出来看也看不出什么名堂，只是无限喜爱。去年遇到一个中学同学，经营玉器多年，现在干大了，常到苏州、揭阳、腾冲去看货，也去本省石佛寺批发玉器。她跟着去南阳看了一回，真是眼花缭乱，多贵的都有，数万元的翡翠、和田玉手镯，精心包装，小心地打开，用红绳子固定在纸包上，或者干脆拿绳子穿起几十个，一吊子放在那里，稀松平常，一问价钱，望而却步。多便宜的也有，五块十块的吊坠，堆在板子上随便挑，贱至几十元、几块钱的阿富汗玉、密玉、金丝玉、黄龙玉，身世可疑的不知道什么玉的原石，披一身尘土，一个一个摆放在地,像是群山模型,声势浩大。还有各种各样的挂件、摆件,真真是玉的海洋玉的王国,人们心中无限珍贵的玉器变成了菜市场的白菜萝卜,扒堆卖,论把卖,成袋子卖。想起家里手绢包着宝贝一样珍藏的那几个玉片,她心里小小失落了一阵,再一想,人们从事这行首先是为挣钱,货物要流动得快,没有闲情逸致挂那儿欣赏、作诗。

结合市里的行情,她感觉有利可图,先批发了一些价位不高的小件玉石,中低档翡翠、青海玉吊坠、手镯,独山玉、岫岩玉摆件,以满足小城女人的爱美之心和有一定品位追求之人的居家装饰、办公室摆设之需。

烈芹也很喜欢这个工作,她粗糙僵硬的手指接触到凉凉的玉石,内心里无限喜爱。她对它们完全不懂,看哪个都是好的。给它们编了号,详细记下各种玉石的名字,记住烈芳说的底价,学着与人讨价还价。烈芳外出的时候,她忠诚地守在店里,夜里睡在店内沙发上。烈芳说,刚开业也不知生意咋样,管吃管住,先给她每月开五百元的工资,后面生意好了再涨。烈芹满心欢喜,虽然比外面打工挣得少,但工作轻松体面,又能整天跟烈芳在一起,市里离家近,她一个月可以回去一两次,看看妈和女儿。她之前的职业都是出卖体力,或者风吹雨淋,而这份工作,是在环境优美的室内,又是跟玉石打交道,她有了一种安稳感,愁容从脸上消失,皮肤也好转了一些。

同样的东西,看你在哪里卖,就是不一样的价位。在石佛寺的批发市场,成堆成堆摊在地上,放在门外,感觉很不值钱,拿回烈芳的店里,放进玻璃柜,灯光一打,看起来竟然有点珍贵,甚或是世上只此一件的感觉。在一个窄道道的半间小门面里,壮如麻袋的大塑料袋,装着几百斤的翡翠平安扣,每个上面机雕一朵牡丹,批量生产,又想多快好省,工艺很是粗浅,来不及细雕,只是一个大致轮廓,名曰花开富贵,批发价最终搞到四十元一个,她精挑了五十个,店主女人说,拿回家吃挤住眼赚挣钱了。她拿回店里,穿上批发来的八十块钱十个的翡翠珠链,十块钱二十根的绳子。标价九十八元,允许搞价,最低六十元，走得挺快，到最后几个时，五十元也卖，女士们买去，当毛衣链。烈芳尝到甜头，下次去，一下批了一小袋子，好几百个齐走，价格更低，竟然也陆续卖完了。因为她发现乡间集上会上，也有年轻女人支个小玻璃柜，出售最廉价的翡翠，售价都是在两位数，供应爱美的乡村女性，那么烈芳在石佛寺看到的那种五块十块的，也都派上了用场。集市上的人成本更小，去不起石佛寺，便在她这里批货。烈芳说："我权当给你们当了搬运工。"或者她和烈芹回前杨的时候，给她们沿途送货。

烈芳给小店起了名字：石头之歌。因为她听到过一首歌：有一个美丽的传说，精美的石头会唱歌……看似千篇一律没有灵魂的石头，经烈芳烈芹的巧手穿了绳子，打了辫子，安了穗子，灯光一照，摆在黑丝绒上面，确系人间美玉。她慢慢摸索出了门道，根据对方身份不同，有的是少半利有的是多半利，甚至成倍利。黄金有价玉无价，同样一块玉石，卖给不同的人，就是不同的价格。当然，还要看是谁来卖，烈芳能说会道，善于把握机会，掌握人的心理，能把话说得人人爱听，买了她的东西心里是高兴的。凡购买者，皆赠送一件三五元批来的小东西。姐妹俩一个灵活风趣，一个沉默安静，各有各的动人之处。烈芳在的时候，烈芹几乎不用说一句话，只坐在一边默默地听，细心地学，耐心地编线，用温柔的眼光挨个看着人们。几个月后，烈芹自己都觉得手上的皮肤细腻了，手指也柔软了。

不时有机会作为活动奖品给一些单位供货，成规模地出去一些大路货。烈芳成为一个孜孜不倦的搬运者，基本每个月都开车跑一次石佛寺。回来之后在店门上贴一张纸：新品到货，诚邀观赏。

孩子全权交给小孙接送照管，她每天上午出门，天黑回家，中午带饭。饭馆里的饭她不放心，早起做好爷儿俩的饭，再准备她两个人吃的装好带走，中午在市场管理处微波炉里加热，再拿一些吃食给烈芹早上晚上吃。烈芹拼兑着吃这些食物，从不在市场上掏钱买饭。

感情就是这样神奇的东西，看对眼了就愿意一切归顺于你，小孙不但接受孩子姓杨，还对烈芳言听计从。烈芳也不是不知好歹的人，对小孙一家老少都很好，婆子过一阵从农村来看看孙子，烈芳留她在家住上一两天，走时给带这拿那，从不让婆子空手而归。小孙他哥他妹的孩子上学工作事宜，她也热心相助。

　　物以类聚，慢慢地她们有了几位爱玉的朋友，分布在小城不同角落，时常来她这里交流。也有人因她哥嫂的职位，想结识她，随之与他们挂上联络。总之她的店里时常有人来，天天有生意，从早到晚总是有人陪着她喝茶喷空儿。烈芹学会了泡茶，也学习了一些简单的玉器知识给顾客介绍，她用得体的微笑招待顾客，把更多的语言让位给烈芳。

　　白红星从前是一家省级直管企业的小干部，单位倒闭后，在铁路东有一家经营和田玉的门面。干了十来年，黄金时期已经过去，挣不到大钱了，现在交给儿子经营。据他自己说，年轻时他就爱好这个，曾经去过和田多次。和田玉水太深了，必得有多年的经验才中，你要亲自见过籽料、山料、山流水分别在水里和山上的样子，见过它们成车运输、堆放在地上的样子，听过它们在刀片上被切割、在机器上被打磨的声音，看见切面被水冲刷的色泽变化。

　　"二十多年前，我的一两百颗上好小籽料，全都是几次去玉龙喀什河边，从当地农民那里精心挑选收来的，放在一个很大的鱼缸底，也算是养护着吧，跟金鱼一起在水里，要多好看有多好看。我到广州出差，给单位采购，本来说去五天，结果那批货出了点问题耽误住了，在那儿停了十来天，那时也没有电话。回家后，连鱼缸都没了。我妈说，金鱼死了，臭到了里面，她叫来一个收废品的，五块钱，让那人连鱼缸一起搬走了。我在街上整找了一个星期，找不到那个收废品的，那些人满世界跑，早不知跑哪儿个龟孙了。现在那些籽料，每一颗都价值上万。"

　　"可能那收废品的也不知它的价值，是不是把石籽倒扔了？拿住玻璃缸当了宝贝？"听众烈芳咂着嘴说。

　　"有可能吧，反正就这样没了。人生错失的东西多了，我一个同事，七十年代在新疆和田当兵。营房里常有当地人，手心放着河道里拣来的玉石籽料来给他们推销,鸭蛋大的四五块,核桃大的两三块,伸到你面前,眼巴巴地想让他们买一个。军人们都烦死了,把他们往外撵。我那同事,在和田当兵几年,没有买过一块河道里的籽粒。你说你不想掏钱买也行,自己去河道里拣呗,可他也从来没想过自己去看一看。要知道那时候全是真的,没有人去造假。现在咱听了,肯定是替他们悔青了肠子。其实,时光如果倒流,不管是他们还是咱们,如果不是爱这一样儿,仍然是不买的,那时的人,你想想咋会花一个月工资的几分之一买一块没用的石头?就像现在,你咋会花几百块钱,买一个没有人给你保证将来肯定会升值的东西?所以,还是那句老话,机遇是给有准备的人。"

白红星喝口茶,叹一声:"有些东西不是你的,总会走的。"他实际上,挺看不上烈芳经营的玉器,用他曾经沧海的眼光来看,品种杂,档次低,没有几件像样的东西。而一个玉器店,必得有几样宝贝才行。

烈芳到他那里去参观,果然满目清辉,一水儿的和田玉。白红星说全都是苏州工,东西虽不多,但个个顶事。还有很多籽料,啥也不雕,就那样一个个摆放着,有的光溜洁白,有的一身枯楚皮,皆饱满天成,说不出地好看。白红星说,籽料全靠皮,前些年这号东西多的时候,人们雕刻物件,都把皮去掉,后来为了证明是籽料,就把皮留一点,再后来有人拿山料的边角料作假,上皮染色,现在市场上的籽料,多半都是做的假皮,人工滚筒,人工上色。判断籽料真假,坚持一点,必须要有一两个直角,而不是纯圆形,它们只是接近于圆形,但不是那种圆溜溜的,因为亿万年前山体崩塌断裂,把它们冲入水中之时,棱角分明,历经地老天荒,河水冲刷,冲得看似圆形,但它们还保留着自己的棱角。他拿出来一个又一个籽料给烈芳看,果然都有最少一个直角。圆润的直角。烈芳想这不就是我们喝了几十年的红薯糊涂里的红薯块吗?刚入锅时候都是棱角,因为是在案板上刀切好的或者手拿着刀砍进锅的。它们在滚水中翻转,又冲入面糊,相濡以沫,慢慢浸透,棱角变圆润了但不是没有棱角。世间万事万物,原来皆是相通。而这籽料,大自然雕琢,无法模仿,如果真的圆成鹅卵石没有棱角，必定是假，人工滚筒制作出来的，全是这种样子。因为什么样的滚筒也滚不出那种圆润的直角。原来玉石有着这么多学问。单另看都是玉润珠圆，个性鲜明，放在一起就是玉石的交响曲、大合唱。

白红星好像也不急着卖，因为他挣过钱了，留下来的，都是赚的，价格扳得挺硬，他说他不缺钱花，这种东西越放越值钱，现在的盈利，基本就是包住房租。烈芳问："那你图啥？"他说："玩哩。"玉石精髓，全在赏玩。他的一块籽料最初一千多元买来，手里多，不在乎，略有盈利卖了出去，不到十年里辗转几人，每人挣一点出手，最后又出现在他的眼前。在省城一个朋友那里见到，实在是爱，又用十二万元买了回来的，就是现在柜子里放的一个苹果般大小的料子。烈芳问现在值多少，他伸出两个手指，然后又说，多少钱也不卖了。白红星知道这个城市所有好玉的来龙去脉，哪一块现在谁的手中。因为人们买玉，大都来找他掌眼把关，他只管看真假成色，不参与人家论价。

烈芳一想他这一块，顶了自己半个店，心中惭愧，再一想人家在这行深耕几十年，而自己刚扎进来，玩不起高货，也只是以营利为目的。白红星的儿子没有父亲这么热爱，不太专心，也不是天天开门。老客户都有白红星的电话，来之前会联系他。若有重要客户光临，他会亲自出马。真正想要的人，不用你拉住人家使劲推荐，他自己就会三顾茅庐。买玉要随缘分，不是说你今天想要一个和田玉，拿着钱出去就能买来。白红星妻子的胸前，每次见面都是不同的挂坠，个头也不大，也不明，也不亮，但显然都是好玉，你说不出来它的好，但就是比烈芳店里的高级许多。白红星仿佛有一种自信，他这里是本市独一家，又或许他有一个秘密渠道和网络，将本地及周边高端玉器生意抓在手中，而烈芳的这一类不起眼不成规模的小店，不在他的眼里，他高兴了点拨他们一下，不高兴了不理他们，他主要在意着烈芳哥嫂的工作单位，在小城里总有一天要打交道，或者有用着人家的地方。烈芳却留着心，把每次前来都当作学习取经。一样样地仔细看，从他那里拿来书本认真阅读。后来她觉得理论知识有一点了，想要实地学习，对他说："白哥下次去苏州进货，带上咱去见识见识吧。"说完对他妻子说:"嫂子,我跟白哥一起去,你没意见吧?"自己先咯咯笑笑,小眼挤在一处,扑了粉的圆脸像一张沾着面醭的红薯干面饼子。白红星那白皙如玉的妻子轻轻一笑说:"赚去了呗,有啥意见哩,做生意嘛,大家挣钱为目的,再说他每次都是两三个人一起去。"她那表情分明是:"哼,就你?"

烈芳跟着白红星和自己同学,三人行,AA制,去过苏州,去过揭阳,去过和田,去过中缅边境,勘察那里的玉器市场,她的目的更多在于游玩看景长见识,觉得玉器行业真是个无底洞,有多少钱也不够往里投的。

她资金有限,还是谨慎一些,先进点大路货吧。都是进价几十几百的,上千元的就很慎重,但一个店里没有几样好物,也说不过去,狠狠心在白红星的把关下,弄上几个,心里叹息一声,只怪自己钱少。

冷冰冰的玉石,虽然不当吃不当喝,但不再发愁吃喝的人们,开始将目光投向它们。烈芳的想法是,这东西又放不坏,今天不卖明天卖,今年不卖明年卖,中国人爱玉爱了几千年,总有它的道理,断不会从哪天开始,谁一声令下突然都不爱了,每一个中国人,都是一个潜在的玉器爱好者,只等待合适的机会发芽、生长。

烈芳在她和小孙的朋友中广泛宣传,在附近散发小广告,进店有小礼物,慢慢有了稳定的顾客群。和玉石每天厮混,烈芳悟出一些道理:玉之所以圆润,是因为它足够坚硬,经得起各种切割、雕琢与打磨。卖出一件,心里高兴,也会生出小小失落与不舍,不知道它去往何人之手,戴在谁的身上。她同学说,有一次参观玉器厂,到处是碎末粉尘,满耳是机器喧嚣,脚底下污水横流,四处堆着玉石原料,不小心就会把人绊一跤,你简直无法想象眼前的玲珑美玉是从那样环境走出来的。听得烈芳很有感触,不由得想起她和引章的艰难历程。玉不琢不成器,每一件玉器,必得经受这千刀万剐的历程,才能迎来别人的驻足观赏,成为精品。做人,还真的要有点玉的精神,历经生活锻造,方可成事成器。

小城那些有点职位、安闲富足的女人,自然愿意到她这里看看喷喷。那些为了事业生活终年劳碌的女人，到了一定年纪，孩子上大学了工作了，不在身边缭乱了，看看自己青春不再，可还没有老透，半老不老，身体还好，突然醒悟，要对自己好一点。怎么个好法？吃又不能多吃，常年的肥减不下来，新衣新鞋新包也不能满足她们日益增长的对美好生活的渴望和需求，叫烈芳和她的小店一启发：人无玉不贵。怎么着也得弄一块戴到身上。刚开始都是狗看星星一片明，哪里懂什么玉石翡翠，也看不来好坏，反正就百十块钱嘛。于是小城里讲点品位的女人，几乎人人一个花开富贵的毛衣挂坠，只是大小薄厚成色的区分而已，从几十的到几百的都有，再经由她们之手，赠送给还在乡下的姊妹妯娌，一时间那种花开富贵大有在广大城乡普及和燎原的趋势，它们基本都是出自烈芳烈芹的辛勤搬运。

  市场上，店家们称之为和田玉的，其实大多是俄罗斯玉和青海玉，甚至后来把韩国出产的一种最早用作建筑材料的石头，也叫和田玉，因为玉质结构相同，凡是达到这个硬度的，都叫和田玉，他们只说和田玉这个名字，而故意模糊产地，总之哪里有利就涌到哪里。其实真正来自和田的和田玉，市场已经不多见，都在藏家手里。但是，因为现在俄罗斯限制玉石开采，好的俄罗斯玉也有增值的可能。烈芳现蒸热卖，把从白哥那里听来和书本上看来的，都给她的顾客照实说，哪儿的玉就是哪儿的玉，正经诚信经营也能赚钱，有何必要去谲人蒙人呢？小城就这么大一点，时间长了人家都知你的真假。

  烈芳和烈芹坐在店里，暂时没有顾客，也不着急，两人有话或无话，坦然安静，享受和玉石待在一起的时光，看看这个，摸摸那个。烈芳的手指修长有力，皮肤黑而细腻，她很陶醉于自己手指捏起一块玉石的感觉，也爱欣赏镯子套在腕上的画面，戴上两个镯子，轻晃手腕，听那叮叮当当的声音。她发挥早些年编娃娃筐的优势，教会烈芹用细线编织各样的绳子。

  她有时候还坐上火车跑到揭阳。因为揭阳那边的翡翠价格更优惠，刨去来回车票钱还能比石佛寺再低一些。她一个人，说走就走，去时箱子轻飘飘的，回来箱子沉甸甸的。

这次进回来一批俄糖料，被她小心地摆进玻璃柜里，给关系户们发短信：新货已到，有空来坐，喝茶赏玉。周末时，便有熟人来，人带人人传人，耐心亲热地讲解来去，每一样拿出来，放在黑色绒布上，让你尽情摸随便看，有时候戴到身上回去试两天也行，她常说的话是："买不买都没关系，咱坐这儿品着茶，看看戴戴，心里都可得劲。"但凡买的人，她都有小礼物相送，如果对方是有点小权势的人物，她会送成本价几十元的东西。她看到这些着装讲究说话拿捏的女人，也是从心里爱慕喜欢，真心愿意为人家服务，参谋着叫人戴上一个可心的物件，她看着也是欢喜。她这里回头客也多，有的人买不买都愿来坐坐，或者带朋友和亲戚过来。

"这是一个鸟头，白的部分雕成鸟嘴，像不像是这褐色中伸出的一张小白嘴。你看雕工多细致。后面这褐黄色很像焦糖。这是个俄罗斯的焦糖料。"

"不雕花不雕朵，为啥刻一个鸟头？"女人问。

"这叫出人头地。"烈芳说，"家里要是有小孩，戴上这个，寓意多好。"

进来一对男女，闻声凑上来看。男人说："真是牵强附会，刻个鸟头就出人头地了？"

烈芳笑言："玉器本身就是讲究寓意嘛，你说这东西，不顶吃不顶喝，也不像黄金那样随时能变现，可你戴上它就是心里舒坦，它不就是个心理作用嘛。你再看这几个，是蜗牛，背上的焦糖色雕成了蜗牛壳。"

"噫，看着跟坨屎一样，谁会把它戴到身上？"

"我要是告诉你这叫扭转乾坤，你还想不想戴？玉有灵性，你信了，戴了，它就会给你一种意念。你想想，老祖宗几千年来，对一件永远沉默的石头，寄托了多少感情和心愿。它幸亏不会说话，要是能开口说话，得长篇大论给你说上几个月。"

那男人看样子有点经济实力，听烈芳一说，盯住了专心地看，烈芳给他拿出来，放到黑绒布上。那人把一坨屎捏在手里，看看，摸摸，甚至放鼻子下闻闻，自己先失声笑了，比在胸前叫女人看，女人撇撇嘴，不置可否。男人开始问价，烈芳和他进入搞价阶段，告诉他："你头一次来，也不必着急买，在这里多看看、挑挑，来我这里是缘分，买不买都中，常来坐坐，啧啧，实在是弄懂了真心喜欢了，再买不迟。我看你是个成功人士，刚才这个是俄糖料，不算最好的，俄料的特点是色调直白不够温润，最好的和田玉是新疆料，不比不知道，放一起比比你看。"她从另一边拿出一个，放在一起叫他们看，几颗脑袋凑在一处，听她的讲解。最后男人踌躇起来，难以割舍的样子，但他又分明被这些小小石头吸引，也或者他被烈芳的解说打动了。烈芳又说："我店里有赏玩期，谈好价，你交了钱，满意的两件都拿回去，我给你开收据，你回去对比，找懂行的人看，七天之内，不想要的那一件拿回来，当然，两件都不想要，也中。"

先前来到的那个女人及时加一把柴，说："她这个店，绝对讲究信誉，我们好多人都在她这里买。"又小声音说，"人家哥嫂都在政府部门工作，不会胡来，她的东西是啥等级就是啥等级，错不了。"烈芳说："咱这小地方，就这巴掌大一点，都快人人认识了，我杨烈芳为人咋样，赊出去打听吧。我大闹过法院，法院人都认识我，还跑到我这儿来买玉，证明咱实诚可交。"烈芳发挥好口才，小嘴不停，说的也都是真诚之言。"都说无奸不商，我也承认，可我奸在明面上，该啥就是啥，我得挣你的钱，这是真理，但在这个基础上，我有我做人的原则和底线。"一时把那男人说得很是动心，价格谈好成交，烈芳用一个小短套绳给他绑好，让他回去自己往腰里挂，送了跟他一起的女人一个花开富贵。二人高兴而去。

小孙的朋友崔小烟，晚上来到家里，吭吭哧哧半天，张口问小孙借五千块钱。说自己这几年跑运输，车的手续挂靠在区运输公司，现在他想取出手续挂到另一个运输公司，区运输公司却说，要交一万一的过户费才能放行。自己手里现有六千，还差五千元。

烈芳在一边听到此话，走过来说："小烟，我不是不借给你钱，我是觉得这里面有问题，他们没有权力要你这钱，这是不合法行为。"

崔小烟眨巴眨巴眼睛，从来没有听说过公家单位能有不合法行为。

烈芳问："这几年你欠他们钱吗？"

"不欠。"

"你做过啥违法违纪的事吗？"

"没有。"

"你的车跑运输的时候出过啥事故吗？给他们造成过损失吗？"

"没有。"

"都没有，他们凭啥收你的钱？"

小烟不说话。

烈芳说："肯定有猫腻。你认识他们领导不？"

"只认识运输公司的经理。"

"别管了，我来办这件事，如果真的需要交这笔钱，我就借给你。"

小烟将信将疑地走了。第二天，烈芳通过陈稳秀，陈稳秀又问了别人，要来了市运输公司总经理的号码，烈芳确认他是全市运输行业的老一，便拨通了电话。

"请问你是马总吗？"

"你是谁呀？"

"我是谁不重要，重要的是我想问一件事，俺兄弟车的手续挂到你下面一个公司，现在他想取出手续，为啥要收他一万多块钱的费用？这些费用都是啥名头？请你给我说一说。"烈芳口气沉稳、缓和，但带着一丝威严。

"噫，我咋还没听出来你是谁呀？"对方心虚，不敢生气，但也不能太客气，只是拖延。

"我是谁重要吗？我就是问你这件事情。"烈芳加重了语气，好像是有点生气了的样子。

"有这事？我还不知，我正在开会。下午两点你叫他来找我，我问问清楚再说。"对方在电话里说了他的办公地址。

烈芳通知崔小烟去见老一。

三点多小烟给烈芳打电话说,老一给区运输公司打了电话,让他们现在去办手续。烈芳说:"我倒要看看,是个啥人,要收这个钱。"于是约定好,和崔小烟一起到了区运输公司。

烈芳顶着爆炸头,脚蹬十公分的厚底高跟鞋,腋下夹着小皮包,手指有钻戒,腕上戴玉镯,打扮得像个女大款,领头走进经理办公室,后面跟着崔小烟。

烈芳直接说:"是马总叫我来的。要取回俺兄弟的手续,不在你这里挂靠,听说要收取一万一,有这说法吗?是啥名目,你再给我说说。"

经理小脸一红:"按我们的规定,要收取一定数额的过户费。"

烈芳说:"国家三令五申,不能乱收费。俺兄弟的手续放你这里,每年交着管理费,现在人家找到更合适的地方,想去那里挂靠,这叫来去自由。国家明文规定,只有车管所能够给车过户。你一个运输公司,一个企业法人,你有权给俺过户?你连俺去哪儿都不知道,你给俺过到哪儿去?"

经理叫来财务人员,叫她查查崔小烟的手续。财务查了后,说是他的手续是在他们这个公司规定出来之前挂进来的,所以现在不必按新规定收取过户费。但是因为今年过半了,要交全年一百二十元的车辆保险费,这个是每辆车都得交的。

烈芳对崔小烟说:"一百多,那就交了吧。"

崔小烟乐颠颠跟着财务人员去了。烈芳又把笑脸对着经理,头一点,小眼一眯缝,说:"俺尊重你的公司规定,好在俺兄弟的车不在你们规定之内,你们工作很负责任,条例这么明晰,谢谢你了。"转身出门。

十几分钟后,二人走出运输公司,崔小烟拿到了自己的全部手续,乐得直龇牙。说要请烈芳吃饭,烈芳说不吃了,这点小事算不了什么。

"嫂子,要吃要吃哩,我给伙计们都说了,能顺利把手续要回来,请大家吃饭,你要不去,他们也吃不成了。"

于是烈芳一家三口,去赴崔小烟的饭局,在一个中档餐厅里,订了包间，小烟说老板是他的朋友。陆续又来了五六人，有的手插口袋，看着挺像回事，有的龇牙巴答，看起来不很精细，基本上也都是小孙的朋友，全都是那种半上不上台面又想混社会的样子，有的她认识，有的不认识，一律都是对烈芳挺崇拜的样子。

小烟说："多亏嫂子，还是你有本事，要不然我得叫人家白白讹去一万一。钱拿到后，运输公司经理专门打电话问我，你那姐在哪个部门上班？咋看着那么气势。我说，俺姐不叫说。"

烈芳说："在确保自己利益的前提下，咱也得讲究说话方式，不能叫人恶心，也不轻易得罪对方，还得把事办成，这就得动脑筋。

"看着你们长得都漂漂亮亮，穿得也怪光棍，都是在世面上跑的人，其实都是法盲半法盲，不学习不懂法，人家说啥就是啥，所以他们能蒙一个是一个。

"你们觉着我可能干是吧？根本不知我从前的生存环境，我不努力，我不坚强，我不耍心眼，我不撒泼，根本就过不到今天这样。"小孙静静地坐在她身边，顺服地听她讲话。女人到了这个时候，谁也不会在意你长得漂不漂亮齐不齐整，总之都是好看，烈芳一张圆饼似的黑脸饱满紧绷，被灯光照得闪着亮光，吧唧一口菜，吱溜一口酒，小嘴说个不停，小黑眼睛一眨一眨，倒成了最可爱的女人。

第二十四章　风吹平原

时代的每一缕风，都丝滑顺畅地吹过大平原，肥沃湿润的土地，种什么都能生长，乡里人接受新鲜事物也是很快，"量贩"这个词，好像只流行了十来年，又都紧跟时代步伐改成了超市，前杨量贩那个大牌子，已改成俊强超市，随着他爷爷杨茂渠的衰老糊涂、行走不便，他也自觉地不再冠名前杨，而是老老实实地用了自己的名字。房子仍然是十多年前的一坯砖，俊强无意翻修，他说，低调为好，挣钱就中。里面还是那些货架，只是商品随着时代潮流而变换，也常有各种食品酒类的代理商开小面包而来，主动送货上门，或者拿着自己的产品，坐在门口聊天，希望俊强超市能够代销。铁打的超市流水的货物，各样名字也随着时间交替在此更新。俊强夫妻二人可能是为了彰显经济实力，纷纷发胖，当年那个貌美小媳妇，脸上也生了皱纹，全身线条往下走了，开始操心儿子的婚事。唯一不变的是，脸色依然难看，说话仍是难听，好在有俊强苦心经营，拉拢顾客。不论怎样，这里仍然是长枪吴大队人们的主要消费场所，各种信息汇聚的中心，大家还是爱聚在这里喷闲空，有事没事，停留一会儿。

杨建林老两口去长枪吴卫生室抓降压药，双双回来，走到超市门口，买了半斤豆芽，建林家拿回去先做饭，建林坐在超市门口，等着一会儿回家吃现成。待满头白发的建林家走远，门口有人问："哎，建林叔，你当年为啥非得闹离婚，俺婶这人多好？"

"也没咋闹，就是提了提，一圈子都不同意，就算了呗。"杨建林拍拍裤腿上的土星子，一副往事不要再提的样子。

"还没咋闹？闹成那样，全大队都知，我那时都记事了。"

"不是她不好，是建林哥遇到了更好的人。"又有人说，"哎，建林哥，听说你那时是跟县新华书店一个女的好着哩，现在还联系不？"

"净问那信球话，都七十多了，还联系啥？"杨建林故作严肃，抬头望天，人群哈哈大笑。

"所以嘛，现在有的男的在外面找了小三，女的在家生气打闹。要我说，别打别闹，你就等着，就熬他，他顶多疯到五六十，外面没人要了，还得乖乖回来找你。"

杨建林每个月两千多退休金，按时打到卡上。闺女琴琴一家四口在广州，儿子小孬当年接他的班没上几年，单位倒闭了，小孬学了驾照给人开了几年大车，跑运输太辛苦家里人也太操心，不想叫他干了。小孬因为四处跑长了见识，看准市场，借钱扎本在前杨后杨之间的路边开了个木材加工厂。儿女都过得挺好，不需建林操心贴补，他们还时不时给他老两口一点，杨建林的养老生活过得很是滋润。小孬事业干大，把小个头的白色汽车淘汰，又买一辆大个头黑色的。小车跑六七年，卖二手车对方才给两万多，杨建林说八万块买的，才卖这点，还不胜他来开哩。儿子给他教了半天要领，他自己慢慢琢磨，顺着前杨街里，磕磕绊绊地开，总算能跑起来了。只在乡间路上行驶，顶多到西河坡里看看他的一溜菜地，所以没去考驾照。真实上路开起来，还是有些难度，两厢的小汽车也掌握不好。有一天会车时需他倒一点，他只顾这边不要离对面车太近，外面的车轮陷在路边的地里，他下得车来大骂发明汽车的人："娘的×为啥要把方向盘使在一边？放到中间才对呀，这下我外边没将准，进地里了。"只得打电话叫来小孬，垫几块砖给他挪了出来。一时成为前杨笑谈。

生活日益丰富，从前天黑就睡的乡村，也不断推迟黑灯时间，常常是俊强两口都关门睡下了，哪怕正在甜梦之中，也会有砸门声响起，有人到超市来买东西，或者进行各种骚扰和急救。木材加工作坊主小孬，跟俊强一般大，从小是同学，他一头扎进门来说："伙计伙计，快，把你没喝完的酒，弄两口，给我身上喷喷，我给老婆说在外喝酒哩，回去没有酒气可不中。"俊强满地下找酒瓶子，说："噫又跟哪个相好的鬼混去了？恁家这是有祖传基因呀，辈辈这样，恁爷恁爸都闹离婚，现在你倒好，也不离婚，就是瞎胡搞。"小孬笑滋滋说："俺爷俺爸没赶上好时代嘛，那时候人脑子死劲，非黑即白一刀切，你在外有相好就好着呗，真不知为啥非得离婚，我有时候都想问问俺爸，又不敢，怕他拿棍括我。像咱这样家里红旗不倒，外面彩旗飘飘，多好的事。"俊强忙说："谁跟你咱哩？是你自己。"小孬夺过俊强手中的瓶子喝下两口，说："嘴里还得有气道才中，俺那老婆，精着哩，处处防我，每天就跟十万个为什么一样。"对着俊强大哈一口气，问："有味吧？"俊强说："气儿真大，快滚回去接受恁老婆检查吧。"俊强媳妇在床上往这边抻着头说："下回你拿钱来买瓶酒放这儿，专门给你干事，还得给我保密费，不然我给王平娜说去。"小孬嘻嘻嘻龇牙而去。

引庆偶尔也会出现在俊强超市，不像有的人，曾经因为一头发丝的原因，与杨茂渠有过不快，心里结了小疙瘩，此生没有走进过这个超市，也严禁自己的家人和小孩去，哪怕路过这里，到长枪吴街里那家小一点的超市买东西，到通淮集街上采购，反正我的时间不值钱，就是不叫你龟孙挣我一分一毫。引庆不介意这些，他需要买的东西本就不多，日常物品基本都是闺女儿子带回来，连毛巾香皂洗发水洗衣液都往家拿，家里吃的用的应有尽有，只是突然发现一个急需的东西，比如盐没了、拖把坏了、灯泡黑了、插座烧了，就来超市里拿。人们不爱说买字，总是说去俊强那儿拿包烟，去俊强那儿掂瓶酒，去俊强那儿割块肉，好像不要钱似的。俊强也会做人，根据实际情况也根据对象根据氛围，那些很小的金额，比如一把青菜一个打火机，真的也就不要钱，大方地说："噫，拿走吧。"对方说："噫，不中，你做生意哩不能叫你赔。"俊强说："噫，不算啥，赔不了。"双方客气一番，顾客也就羞涩地拿走了，欣慰的不是这一两块钱，而是得到了某种待遇。

引庆来俊强超市拿东西很自然，穿得体体面面，就像来视察工作一样，亲切询问他昔日的学生生意咋样，他爷身体可好。尽管人们这样问的时候并不一定是希望听到对方身体很好，而只是展示自己风度的一种方式。

他买了东西会做短暂停留，站在超市门口，在那些打牌人的陪衬下，就有点鹤立鸡群，他仍然保留着当年民办教师的风度，更有二十多年在北京生活的气质。偶尔他喝不了的绿茶，也会送给俊强一盒。他听女儿说，绿茶一年为茶，两年为草，每年年底，最好把当年的绿茶都寻出去。他会专程过来，而不是买东西的时候顺便捎来，因为他买东西的次数毕竟少，再一个他不想让送茶叶和买东西同时发生，而使俊强为难。张爱香经常不在家，随着儿子结婚添小孩，她常去市里，先是抱小孩看小孩，再就是接送小孩。二胎政策放开后，儿媳妇及时怀孕，她大的还没忙完，又弄小的。她也想家，想看看引庆一个人在家生活得怎样，便时常抱着孩子，让儿子把她送回来住上几天。引庆不愿到市上去，嫌和儿子儿媳住在一起多有不便。他一个人在家，自做自吃，把院子收拾得干干净净，每天有人在大门楼里打牌喷空儿，日子很是自在。

前杨通了天然气，三四千元的初装费让很多人望而却步，一半人家都没有安装。他们算账之后说，三四千，够买多少罐气了？而煤气罐也才烧了十来年，大家觉得已经很先进了。杨引庆首先报名安装，随之把火炉拆除，安装燃气锅炉，改造暖气管道，又请人把家里内墙粉刷一遍。有人说，听说烧这锅炉取暖贵得很，一冬得好几千块。引庆谦虚地说："先试一冬，不中了把煤火再搬回来。"其实儿子小晨说了："爸爸，随便烧，以不冷为原则，天然气我来买。"

引运两口从西安回来，在县上买了两套商品房。一套全款二手房，二十来万，简单粉刷装修，三口人住进来；另一套新房按揭，首付十来万，每月由星星负责还款，将来给他结婚用。就这把他和静侠十几年在西安挣的钱花得差不多了。五十来岁，干不动了，十多年里天天四点起床，引运觉得真是吃了大苦出了大力，委屈了自己和静侠。星星没有考上大学，学了驾照，给几个超市配送货物。引运两口也觉得该歇歇，不如回来算了，着手给星星寻媒结婚。稳住事后，引运又在自家附近租了两间小门面房，开了饭馆，店名——正宗陕西油泼面。他说这个省事，适合他这懒人，他在西安时，跟一个当地人学会了做扯面。面条下好捞出，撒上葱花秦椒面，热油泼上，"刺啦"一下，中了，盐和醋在桌上，顾客自己调去，他说这叫半自助。叫小秋来给他店内墙上画画，就照着他们在西安的饭馆里见到的那样画。小秋在网上找了一些图，照猫画虎给他弄成了。开张后才发现，这小店在车站还是冷门，来吃的人很多。只因电视剧《白鹿原》前两年全国热映，一下带火了油泼面。引运的饭馆时常有人排队等座。后来他自己扯面跟不上了，实在是累人，便雇了一个人专门擀面，他亲自指导着切成二指宽的厚面条，名曰裤带面，叫引运说就是懒省事。县里人觉得很新鲜，噫这就是咱还没擀好的面条嘛，厚墩墩的就切了，不过确实好吃。引运是不想再掏劲吃苦了，咋省事咋来，最好是坐在门口，大腿架到二腿上，光听微信扫码的报告声，他面带笑容和出出进进的食客说话喷空儿，张口闭口都是"我在西安时候……"。他还是爱讲究好打扮，主张享受生活，每天睡到自然醒，快十点二人才到饭馆，开始准备。他平时也不回村，村后他的两间小屋因久不住人，快要塌了。

小秋学会开车，拿到了驾照后，跟着同事的车开了几次。等练得差不多手熟，钱也攒够了，暑假里便在省城订了一辆早已看上的汽车。

提车的那天下午，天气突变，乌云与大风自西边滚滚而来。小秋办完手续，只想开上赶快离开，幸亏车场在市郊，离高速很近。大雨降落，她顾不得新手一年内不能独自上高速的规定，匆忙之间在雨雾中进入高速。雨刷器疾速晃动，眼前形成雨帘，她紧握方向盘，小心翼翼，紧盯前方，一切都按操作规程来做。好在路上车不多，也开不快。偶尔有大车从旁边驶过，呼的一声，溅起一串雨瀑，真是吓人，有一刻她觉得像是电影中的特写镜头，又像是梦境，在她梦里，常常是汽车开着开着变成了绳子。此刻她提醒自己,这是现实,这是真车,我刚交出去将近十三万元,我要紧紧抓住方向盘,不允许它变成绳子。战胜恐惧,咬牙坚持,已无退路,只能向前,道路要靠自己走,再复杂的路况,也得把车开回家。她给自己说话,警觉地看向前方,看两边倒车镜。行驶几十公里,雨小了,再向前,雨住了,直至一滴都没有了。那么,刚才路过的地方还在下吗?是我走出了下雨的区域,还是过了下雨的时间?每当她在汽车上、火车上遇到这种情况,都会这样好奇地自问。如果不是高速上调不了头,她真想回到刚才路过的地方,看看那里还下不下雨,亲眼验证一下她的疑问。

世界这么大,中国这么大,自己才见识过两个省的景色。从县上到西安,都有那么长的路程,在火车上要走八九个小时,全国呢?世界呢?一路向南,她看到火车,她与火车并驾齐驱,火车呼呼,很快把她超过,拖着长长的身条跑远。她见到高铁,真的是在高处,一辆白色子弹头,哗的一下,还没看清,兔子一样蹿过。又是国道,又是高速,又是铁路,又是高铁,曾经宁静的大地变得如此繁忙,多条线路平行或者交织,各种车辆往来穿梭,一切都是转瞬即逝。她上大学的时候,西安到家里,还没有通高铁,就是通了,她也舍不得坐,因为要三百元的票价,而她买火车硬座票,才八十多块。下次要是到西安办事,她就坐一坐高铁。不,她有车了呀,她可以开车去呀。想想都开心,她一个人在车里小声歌唱,心儿欢快地跳动,轻轻呼喊:世界,你好;大地,你好。

下了高速,手心的汗把方向盘都握湿了。长长嘘一口气,回到了自己熟悉的地方。县城无限扩大,新修的道路宽阔笔直,前后都没车,也没有摄像头,加速奔跑一阵,她开心地笑,然后又降下来,稳定在六十。她看着导航,距离前杨还有八公里。出了县城的区域,进入乡间公路,不时有车从对面开来,会车而过,距离不大的宽度,人们理所当然把她当成熟练司机,不对她礼让和照顾。是的,一旦上路,没有人迁就你,让着你,一切都得真实面对。这条走了无数次的路,今天头一遭开车回来,从今往后,汽车就是我的腿,就是我的翅膀。后杨村头只用三秒就能通过，前方就是前杨。临建房、小作坊、铁皮隔栏不时闪现。远远看见素芬站在路边，伸着脖往北边张望。她停在她的身边，快活地鸣笛。

素芬顾不得看车，一头扎在车窗里。"噫，急死我了，也不敢给你打电话，那会儿一下雨我就在家坐不住了，又情知你到不了哩，急得没法儿没法儿。雨一停我就出来，在这儿站了一个钟头，弄得全庄都知你到郑州提车去了。"素芬不知是爱是怨，又爱汽车，又恨汽车带来的各种操心。小秋开门下来，绕到前面打开副驾驶的门，做个请的动作，叫素芬上去，要带她到河堰上跑一圈。素芬恨恨地说："别跑了，先回家吧，往后时间多的是。"小秋听话地减速，开到街里，停在大舅家的门口。因为过道窄，车进不去，院门也小，院子也小，这不知几百年的院落从没有想过要停一辆汽车，大舅家门口是她的爱车离家最近的地方。

三兄弟和罗巧芬都出来看，小心地伸出手摸一摸，更多的人走过来，观看小秋的新车，这白色轻盈的小汽车，停在门口，衬托出大门的小而破，衬托出街道的不够宽阔。

锁好车回到家里，躺倒在沙发上，小秋才感到大腿屁股胳膊都是疼的。第二天起床，全身都疼，这是一路上过于兴奋和紧张的结果。

杨天德三兄弟拿着铁锨铲子，把他家斜对门空地上的草铲了，平整出一片地方，做小秋的停车场。他们在院子里就能看到那小白车。前杨的街里，又多了一道小小的风景，人们走过这里看到车就会说，小秋在家；看不见车就说，小秋出去了。

小秋正在新鲜头上，天天开车乱跑，带着三个舅，带着大姈，带着妈，她必得抓一个人上车，好给她做伴。由此检验出大姈和三舅不适合坐车，才开出不到二里地，他俩就说不中不中头晕。小秋说："那我开回去。"二人说："叫我下来走回去。"真的打开车门下来，往回走了，有些羞愧般地自语说："生成没福人，拿脚走路的命。"

小秋跑遍周边所有的村庄，在河堰上行驶几十公里，车上放着她的照相机,看见景色她就停下来掭相机。她开车直奔通淮集街里,几个零星的小铺和摊点,是超市、药店、肉案、火烧摊,外加一个残疾人配钥匙,这就是通淮集如今的模样。而小秋童年时,这个十字街就是最繁华之所在,现在人们不知都去了哪里。通淮集有经商的传统,人们血液里也有冒险精神,敢闯敢干。他们祖先有逼走安徽人的招数,他们今天也有开创生活的各种方法,可能都跑向全国搞经营去了吧。当各地兴起古镇旅游,他们也想到本村的光荣传统,于是申报了省上的古村落项目,从镇上报到县里,从县里报到市里,从市里一路到省上,各种材料准备,各种历史演义,都挺动人。无奈省上专家进村考察后说,古建筑太少,都快拆完了,不符合古村落标准。全村人悔之晚矣,俺的石板窄街,俺的古老店铺,俺的青砖楼房,却原来都是宝贝,可咱们把它掀了拆了砸了,垫了猪圈,烧了柴火。

因乡村人口减少,成不了那么多集,通淮集和南边两公里的临涯章合为一集,挪到那里去了,也并没有机构下命令发文件,只是人们的选择,有人说通淮集无赖太多,自古欺负外来做生意者,他们在这方面有"光荣传统",现在两集只能保留一集的时候,资金去往令人安心的地方,人们自觉地选择了临涯章。繁华兴旺了千余年的通淮集,竟然就这样陨落了,再也没了人气。村头的颍河故道边,竖着一块铁牌子:颍河故道。高中语文老师杨小秋跑到村委会,告诉人家:"你那牌子上写错了,应该是颍河,这下面是水不是禾苗。"她拿笔在纸上写着。人家上下打量她,问她是干啥的。小秋说:"我干啥的不重要,重要的是你们不应该写错字,这个颍字专指颍河,颍河是咱们的母亲河,你们河边竖那么大的牌子写错,太不应该,对学生是个不良引导。"村委会人告诉她:"牌子是镇上统一定做的,给每个临着故道的村子发一个,我们只负责栽上,没有权力改它,你要想改,去找镇上吧。"小秋开车沿着颍河故道跑了几公里,果然每个都是"颖河"。她跑到九道街镇政府,反映此事。管文化的说是管河道的人弄的,管河道的说是他只负责申请费用,具体不是他制作的,最后问来问去,责任在制作牌子的小作坊。小秋说:"就这么简单个事情,现在派个人下去,把十几个牌子改过来不就行了？"人家笑笑说："那要专门的费用和人力，好吧我反映一下。"小秋下次回家，开车路过通淮集村头，过去看了，牌子依然如故。

有一回漫无目的地顺着道路行驶，直跑到北舞渡，称了两斤油馍回来，给大舅家一斤，拿回自家一斤。素芬说："越来越不像个闺女家，三十多了，哪有整天这样跑来跑去的，就跟你那车烧的是水一样，我看着加油机上的数字跳那么快，心都乱蹦。今后有事了开车，没事了别再开上乱跑了。"小秋说："车不能放，时间长不开就放坏了，要每天跑着才好。"素芬说："那能放坏，是长毛还是变味？"小秋嘿嘿一笑。她喜欢开着车向前奔跑的感觉，有时候她想，就这样一直开下去，开到大海边，看看大海是什么样子。

星期一早上，到市里去上班，小秋开车路过临涯章。两边早集摊点使街道变窄，她降下车速。身边驶过一辆电三轮，开车的是个老太婆，后车斗的前面蹲着两个老太婆，可能是有点紧张，二人双手紧紧抓着车厢栏杆，面向前方，三颗花白脑袋几乎凑在了一起，晨风掀起她们的白发，疾速舞动，开车的老太婆表情专注，双手握把，大无畏向前冲，哗地超过了小秋，三人像是追风少年。小秋加速上去，与她们齐头并进，想单手去拿放在副驾驶座位上的相机，但是不行，不安全。她加大油门，远远超过她们，停在路边，拿相机，取镜头盖，迅速下车，却不见那个电三轮开过来，走了几步回去看，原来她们要去路边的超市，已经在那门口停下，三位奶奶下车，融入人群之中。小秋遗憾摇头，错过了一个精彩画面。摄影就是这样，场景转瞬即逝。她钻进车里，放好相机，继续开车赶路。从家里到她的学校，大约五十分钟。她喜欢这样驾车奔跑，她具有年轻人的热情，她当然也渴望爱情，希望有一天一个心仪的男子开车，而她坐在旁边，但她知道，这件事不能凑合，她将这个问题在心里反复思量过，我生命中那个人，总会出现的，如果他不出现，我就自己行走下去，生活如此美好，不一定非得有个不合适的人前来打扰。满眼都是风景，一条新修的道路，从无尽田野间开出，与颍河一路平行，河边的杨树像长龙游动。她之前曾骑电动车走过这里，那时是曲曲弯弯的小路，现在修成了可以骑行的公路，两边是粉红色塑胶人行跑道，使这条路成为景观大道。天上飘着宫崎骏的悠悠白云，小秋心里涌上一句话：最美风景是大地。哎呀，将来自己要是办个摄影绘画展，就用这名字。进入市区，广袤景色才被打断，阻隔在楼房后面。

第二十五章 仕途停摆

市纪委派出巡视组入驻各单位，进行廉洁纪律检查，干部职工谈话，重点清查财务问题。在区教育局，查着查着，找出一笔不该发放的职工补贴，涉及金额十多万元，却没有年度资金审批报告，也提供不出发放的政策依据。区教育局正式编制人员也就二三十人，但平常上班的，有七八十人，他们的指标都挂在各个学校，是事业身份，而在这一年，却享受到了公务员的某一项补贴。发放手续上有一把手杨引章的签字。巡视组初步定性为违规发放，作为重点，上报市纪委。

市纪委负责这项工作的部门主任谢云裳阅读材料，看到了杨引章三个字。心嗵嗵跳，一闪之间，切回到二十多年前她曾给此人写过的那封信，她充满柔情和渴望地写下的两个字：引章。她相信不会是这么巧的重名者在教育系统。当年她等不来回信，屈辱和恼火在心中升腾折磨，每天想做的都是找到教育局，要回这封信，原本对于那个人的爱恋与思念，化作羞辱。他杨引章不愿意她，自然有人愿意。一个家庭条件这么好的姑娘，还愁嫁不出去？后来如愿找到一个可心的青年，也是家在农村，形象虽然不如引章出拔，但总是一个体体面面的小伙子，不挑她的长相，二人很快订婚成家，过到现在也很不赖。

人生有很多奇妙的关口，那些你知道或不知道的人，决定着你的前途命运，那些与你无关或有关的人，正在和你发生着联系，在有意无意的交集中，一些事情发生，一些故事结束，一些事件定性，你有可能走运，也有可能倒霉。谢主任慎重起见，又打听了此杨引章的年龄履历，确定就是彼杨引章无疑。在可轻轻警告与重重处理之间，在宽大放过与当作典型之间，她怀着对时光悲欣交加的感叹，选择了后者，建议将这件事树为反面教材，作为此次巡视的胜利成果。她落笔在文件上签字，窗外景色怡然，气息如常，这一天和别的一天没有区别，但对于一个人来说，成为命运节点。要不是这件事，她已经忘记了这个名字，忘记了这个人。生活啊，真有意思。她轻轻吁叹一声，再次将自己的名字和杨引章联系到了一起，只是这一次，选择权在她手中。那封信，但愿他早已扔掉，已经不在世上了。她望望窗外，颍河水静静流淌，两岸满眼绿色，数这大地最忠诚最守恒，永远是这般的运行规律，不会随便出岔子。时光不经意间，已经转换了二十多个春秋。

　　她当年坚持学习，拿到了大专文凭，她妈一手指引她招干考公，进了公务员队伍，结了婚，上着班，农村的婆子来给她带着孩子，她只一心扑在工作和学习上，几年后又拿到了本科文凭。家庭和睦，生活幸福，事业安定，而轻慢自己的人，如今竟然落在自己手中。他肯定是扔了，或许当时就撕掉了。真好，你种下什么种子，就收下什么果子，别说我加害你报复你，我只是按制度办事。就像是一个产品走上了流水线，杨引章这个小小样品，被一个又一个文件复制、传递、签名、定性、表态、盖章，形成最终文件，达成一致共识，成为这场巡视的成果之一，变成一个数字，将出现在各种年度总结和上报材料里。在整个过程中，市委组织部的陈稳秀，作为亲属被要求回避了这个事件。当她得到消息，已经上会通过，一纸文件，下发区教育局，局长杨引章记过处分，停职检查，以观后效。

　　引章不再出门。外面那个世界，凶险而冷酷。大卧室床里靠窗，他睡的那一边，是家中最深处，是世上最安全之所在，他拉上窗帘，卧靠在床，用iPad平板电脑看电影。小桐要给他交费注册，他阻止了，只看上面免费的电影，他连每个月十八块钱也不想出。生活将他打回原形，他又成为那个穷困的学生，回到为每星期两块五生活费而发愁的状态。白氏摊开双手抖动着说："章啊章啊，这可咋弄啊，你犯了错误，把你抹下来了。"iPad上既然有免费的，他为什么要交钱呢？希区柯克的老电影连着看，一个一个又一个，名字都很像，情节也有点类似，看一个又出来一个，看一个又出来一个，他一头扎进半世纪前的连环制作中。他吃饭洗漱的时候，用手机听书，总之他不能让自己闲下来、空下来，他必得有个声音、有个画面占住自己、陪伴自己。他听史铁生。他目前的心境，听史铁生最为合适，伤痛的，残破的，无望的，他的地坛，他的老旧院落，他的街道小厂，他那受伤的身心，那从伤口里长出的花朵，从无奈中生出的希望和寄托。引章听一听就叹一口气，心在滴血，伤口在疼，觉得这位不幸的老兄写的正是自己。句句深入他心，与他的痛点相契合，那是人生的悲苦和无奈。单位不再需要他，社会不再需要他，离了他一切照转，局里还是繁忙有序，各种文件有人签字有人盖章正常流通生效，各种会议照开不误，各样决定次第产生，没有人向他汇报，没有人问他的意见，他什么都不是了。

白氏含泪的眼在面前，看着那些高级家具，看看他冰箱里各样吃食，摊开两手，仰脸问他："章啊，这还不中吗？这是咱从前想都不敢想的日子，有吃有穿有工资，再也不为花钱发愁了，你还想啥哩，你还想要啥？"

我想要回属于我的一切，命运承诺给我的，苦难预约给我的，我的职位，我的前途，我那已经握在手里的东西，我的该像别人那样按部就班、步步走高的生活轨道，它曾经属于我，却突然没有了。我不是贪官污吏，我不是坏人，我恪守现实的所有规则，我在这规则中闪转腾挪，守住良知，上对得起天，下对得起地，中间对得起亲人同事和下属，可我为什么突然就失去了这一切，为什么要承受失败和屈辱？

"没有了就没有了吧，那不该是咱的，命里没有，强争不来。人要信命哩，你的命，已经不赖了，好歹出来了，比起家里的人，强似百倍。"

可是命运曾经把那些东西赠予我,我曾经感受过它的丰美和实惠,我也用得挺好,一切正常运转,怎么突然就没了呢?那些钱也没有装到我个人的兜里,是改善大家的福利,我想不通,想不通,我不甘啊!死不瞑目。啊,活着,感受失败和痛苦,屈辱地活着,生不如死。妈,我理解你了,你当时是彻底绝望了,一个人只有彻底绝望,才会走那条路。死是多么容易啊,拉开窗户,探身出去,就可达到。但我不能死,我死了孩子怎么办?她要早早地没有了爸爸,她要承受爸爸跳楼的后果,就像我当年承受你上吊了的后果。我不能那样。活着,活着体验痛苦,感受失败。

"想通吧孩子。当初咱那么难,都走过来了,现在这算啥呀?咱有了这么多钱。"引章一阵辛酸,在妈眼里,他两口这就算是有很多钱了。"工资不是还照发吗?稳秀不是还在位位儿上吗?你正是壮年,不能生气。病由心头起,气出的病最难摆治,身体坏了啥都没了。你二奶奶不是老说,少囊没气地活吧,想想他们那时,进监狱,要枪毙,到处躲,都能活下来。孩儿呀,活下去,挺下去,不管咋样,活着就好。"

这样的对话,一次次在白天的家里进行,白氏站在他面前,坐在他对面,含着泪,殷切切望着他,牙齿打战地说呀说。

有的电影,要看好几遍。靠在床头,腿上架着 iPad,成为他每天的固定模样。陈稳秀和小桐连番开导,他一言不发。娘儿俩一走出家门,他知道自己一句也没有听进去,说什么都没用,失败就是失败,再说什么也挽回不了,再说什么都是自欺欺人,解决不了任何问题。现在,除了一纸任命再给一个新的职务,其他什么都救不了他。

免费电影看完了,小桐交费一个月,让他集中看。小桐几年前大学毕业,顺利考上公务员,在下面一个乡镇工作。"有她妈那一角儿在那站着,能考不上吗?"前杨人说。她每天开车到镇里上班,这是必要的过渡。小桐一米七的身高,两条长腿,随便穿个什么衣服,都像是时装模特。她的脸长长的,表情淡淡的,两只颧骨有点夸张,用衡量女性容貌的标准无法来框定她,算不上漂亮,却又很是动人,大大咧咧,一张漫画似的脸,对什么事都漫不经心不着急的样子,生活中没有让她着急上心的事情,她从小要啥有啥。引章在一边想,天哪,太像啦。妈哪里敢想象这样的生活,她是否真的借了小桐的躯壳,来到世上?引章出问题后,小桐突然间长大了似的,漫画脸变得沉静,耐心给他指导iPad的使用方法。引章卑微到为了不交这每月十八元抗衡了半天。小桐也不听他多说,直接手机上给他交了费。

英国女王的妹妹要跟女王通话,向人吩咐:"现在!"因为女王拆散了她和相爱的人,将那人派到二人无法相见的地方,而此时女王的妹妹在南非访问。使用保密线路,从南非要到英国外交部,再要到白金汉宫,一双又一双的手在忙碌,不停地插线。女王的主卧室,无人接听;某一个宫,无人接听;某一个大楼,女王可能出现的地方,都是电话铃声空空地响。每个人都有愿望受阻的时候,每一个时代,每一个人群,你都要受制于一些东西,世上各个角落,每时每刻,都有人在承受痛苦和煎熬。有那么多人,爱而不得,失而不舍,但无能为力。楼下有小贩的叫卖声,有磨剪子抢菜刀的声音。如果我当年没有考出来,那楼下喊叫的人,会不会是我?公主更生气了,问:"有这么难吗?她是女王,如此显眼,她又不会失踪。"无数双手,男人的手,女人的手,此起彼伏的铃声。人受制于时代,在上世纪五十年代,贵为英国公主,也只能依附于电话线路,远隔重洋呼叫寻找姐姐。而现在,一个人,就是从伦敦跑到前杨,也能分分钟找到你。最后在某一个府邸,一个胖女人在织毛衣,桌上的电话响起,女人拿起电话,"是的,她在这里,大约在一小时前抵达。"胖女人跑出去,叫来女王接电话。而妹妹要说的,并不是国家大事、出访议题,也不是前途命运、升职降职,她是女王的妹妹,没有升降需求,而是表达她和恋人不能相见的愤懑,以及对姐姐的恼怒。世界上顶级高贵的两个女子在经由几十双手传递托举的万里线路中沉默、较量,最后妹妹愤然挂断电话。大事或是小事,那要看放在谁的身上,在公主身上,科级还是处级,官场上升跌落,这些都是芝麻小事,比一根毫毛还轻,进入不了她的视野，而在引章是天大的事情。无处不在的悲痛与挫败控制着他，看什么影视剧，听什么文章，甚至一句歌词，他都能代入自己的处境和情感。

能与不能，行与不行，成与不成，这世上的事，要说容易也很容易，要说难也是万难，就看放在谁的身上。如今自己身上的，就是世上最艰难最遥远最无望的事，没有一条线路给你架到哪里，接通一个人，传递给你一个可能的可行的可成的信息。你掉进失败与屈辱的泥坑。不能回到几十天前，阻挡事情进行，没有一个扛硬人物，没有可依附的边缘，让你抓住了，攀爬上来。

命是什么？就是那个你无法预测的后果，就是你不想走但不得不去走的路，你不想吃但不得不去吃的苦，就是你想进入这个房间，却阴差阳错被一只大手推入另一个房间。

他从前，每过一两个月，都要回一次前杨，工作再忙也要回去看看。伯没了，大伯大娘、二伯二娘，也都死了，他家老院，长了荒草，但他总是要将脚落在前杨的土地上，要走进那条过道，心里才安妥一些。走到村头打牌场，停车下来，进到里面，男人挨个儿让烟，走在街里，女人个个发糖，他最风光时候，从后备厢里拿出两条好烟，走进打牌场，撕开来，给每个男人面前放上一盒。他不抽烟，但给他送烟的人很多，他将这些好烟带回前杨，分发给大家。村里的男人一吸上好烟，有人就会问："咋，引章回来了？"

可现在，他已经半年没有回前杨了。他不能以这种破败的样子回去，他要风风光光，完完整整，还像从前那样，头上顶着一个职务走进前杨的街里，接受人们的笑脸和殷勤，他还有能力为前杨办事，为前杨在市上争取一些项目和福利，让前杨人民得到实实在在的好处，感受到市上的好政策，享受到改革开放的红利。村上的健身器械，是他找人批的，市上来人，安装到位；五保户每人发放一床棉被，是他问民政局要的；村小学的教学楼，有他争取来的一部分资金，所用建材，质量过关；小学生们，时不时有一些零食水果牛奶，是他拉来的赞助。前杨人民享受着他带来的福利，传颂着他的美名。现在，一切都没有了。再没有新项目，也没有免费的水果牛奶，他没有能力再为前杨做什么了，他还回去干什么？他也不想让前杨人看到他现在的样子。

他像是长在了大床上，用不变的姿势靠着床头，看iPad，或者盯着眼前的白墙，脑子里空空如也，又或者堵塞得不能畅通。不管怎么说，失败是可耻的。而这失败的局面，一时无法挽回。

大哥给他打电话，说："回来吧，恁嫂给你做一顿胡辣汤喝喝。"大嫂在那边拿过电话说："引章，今晌午胡辣汤，我面筋都搦好了，开住车回来吧，啥都别买，家里啥都有。"电话挂了，二人竟然不等他回复，也不跟他商量。他们一定是知道他的事了，多年来他们从没有主动给他打过电话，也没有这样替他做过决定。

引章起身，下楼开车，打电话告诉陈稳秀。出了市区，路过那个集镇，照样买两斤煮牛肉，牛肉店老板认识他，照样热情招呼，给他让烟，他接住一根装入口袋，又在街里买了十个火烧、一块豆腐。一切都像从前一样，世界没有改变，只是他变了，他失去了从前的头衔，那头衔虽然不大，科级而已，比七品芝麻官还小，但对于一个乡下走出来的孩子，已是人生顶峰，有了它，就有可能通向下一个头衔，但现在连这个都故障报修了，那么后面的一切期待也都玩儿完，他的一生就这样定格了，阻断了？提前休息，在家退养？他才五十出头，还有七八年大好时光。在人前走动，被人尊重，让人看到你的成功和才智。我们终其一生所追求的，不就是这样一个微小的目标吗？

离家不足十里，在胡湾村头的路上，看到妈死那年自己去南乡姨家借钱时走过的路，那样一个瘦弱细长的青年，穿着盖不住脚脖子的高吊裤，脚上是一双破布鞋，痛心茫然地在一棵杨树下流泪。他开近过去，杨树已经更新换代，不再是从前那棵，但就是这片地方，吸纳过他的泪水，承接过他的悲痛与祈求。命运啊，助我走过这一关。这些年来，无数次经过，没有想到停车下来凭吊一番，只有再次挫折时，才能想起当时。那以后三十多个春秋，他艰难跋涉，经历了阶层跨越，却不知他去往的那个阶层里，并非终极保险箱，仍然是有喜有悲，有惊有险，还有着断头般的痛楚。过了临涯章，前杨就不远了，无数次从外面回来，这一次心情尤为复杂，他是一个可耻的失败者。

路过村头的打牌场，门关着，没有人看到他，没有人知道他，他可以过而不停，不需要进去给人们让烟，因为他面容憔悴，失去了往日的光泽。迟疑一下，他还是停下车，拿了两盒烟，推门进去。里面三张桌子，坐满了人，旁边还有观战的，人们匆忙中争相问候："哎哟，章回来了？刚走到家？"手下却不停。他挨个给大家散烟，又将口袋里那一根掏出来放在桌上一个人的手边，那人噌地拿起夹在自己的耳朵上，占为己有先。他仍是那个路上捡个柴火棍都要拿回家的人，穷人家的孩子，爱惜一切东西，一根烟卷都要往家拿。从前的家是过道里他家的院子，现在的家是整个前杨。站在一个人的身后，扫了几眼桌上的牌，啥也没看进去，人们不会因为他的到来停了手里的牌，他们战得正酣，输赢万分重要，省长来了，也不能打断他们。

这一切都和从前一样，你没有什么可失落的。他出门来，开车再走，三哥已经在门口看到了他，进院子向大哥大嫂报告，引章回来了。三个哥，从不走进打牌场，他们的活动范围，就是家门内外，一条过道。他们只有六七十岁，便都老老实实地按照年老的样子走去，不同程度地白了头发，不同程度地聋了耳朵，不同程度地弯了腰掉了牙，但都相同地固守在自己家大门楼的里外，他们对娱乐放松的事很是警惕，好像不小心就会落入什么不好的名誉或者境地。只要不是冷天雨天，三哥情愿搬个椅子，长久地坐在家门口，清洁安静，落落大方，跟来往的熟人打声招呼。

引章停车，三哥迎来，接过他手中东西，进院子里。大哥出了堂屋，与平常无异地说："回来了，坐屋里。"大嫂从灶火探出因没有染而上半截白下半截黑的头发，温柔地说："进屋坐吧。"他们都不吸烟，也没有让烟的程序，哥几个坐下来，不说话，不问他的什么情况，他也不知该说什么。老式堂屋因门窗小，屋里光线很暗，外面明晃晃的，他们好像坐在阴暗里。哥儿三个搜肠刮肚找话说，大哥说，西头那谁谁死了，咋哭的咋吹的咋埋的，他随了一百块的礼又替引章随了一百。

引章点头，掏出钱要给大哥，大哥说："我是问你要钱哩？我就是给你说说咱庄今后没这人了。你当时放在我这儿的钱，永使不完哩。"引章不再让了，一百元装回自己兜里。

二哥说，东头长枪吴那谁谁，眼睛坏了多年，早先是疼，后来是看不清东西，老是流水长脓，再后来实头头儿看不见，也没钱去医院。那天低头走路，咳嗽一声，眼珠子扑嗒一声掉地上，跑过来个鸡子，叼住跑了。二哥说完轻笑两声，真有意思，从没见过谁的眼珠子能掉出来。引章说，那是里面彻底坏了，烂完了。

三哥说，后院引章那棵梨树，今年结的梨，都叫小雀给叨了叨，全都是疤癞，吃也吃不成了，去龟孙，反正也不好吃，小孩也都不稀罕了，叫它们叨了去吧。引章说，从前谁家种个杏呀桃呀的，防着小孩去摘，现在小孩看都不看。

三个哥从来没有这么多的话，二哥三哥从前都不在堂屋里陪客，今天也坐在那里，跟他斟捯着说话，他们商量好了似的，不叫话题冷下来。二哥三哥的脸上有着微微的不安与羞怯，不时观察他的脸色，现出小心而疼惜的神情，屋里的空气随时岌岌可危。他想起从前一有困难，就来到前院，大伯大娘大哥大嫂给他提供帮助，可这次，哥嫂却怎样也帮不了他。终于，大嫂从灶火里伸出头，喊道："好了，来盛吧。"引章要起身，大哥自是不让，叫他坐着。二哥三哥到厨房去，跑了好几趟，端够了数，几个盘子摆在桌上，有牛肉、素菜、火烧。大哥拿出上次的半瓶子酒，倒了四杯，二哥三哥也不再推辞，自自然然地端起来喝，也都让着他喝，几人就着胡辣汤和菜，喝了几杯，脸儿微微红着。

又有队里的几个人走进院子，来找引章说话，问这问那，打听来打听去。一切还跟从前一样，大家肯定知道了他的事情，但也都不问，不说。在市里，在自己家里，犹如世界末日的事件，在这里就像没有发生一样，是啊，在他们眼里，确实没有什么，你引章还是在城里工作，还是每月照常发工资，到时间就打到卡上，叫我们眼气得没法儿，不用上班？没事可干？那才好哩，啥也不干，光是拿钱，世上还有这样好事？他们还是天南海北地说着，东家西家地喷着，一切如常，生活照旧，引章陷入一阵恍惚，我是谁？怎么又在这里？

引章其实只喝了两小杯，但他愿意借着丁点酒劲进入微醉状态。还是要到后院看看，这其实完全不再是从前的院落了，房子院墙都已翻修改造，树木也换了几茬，没有过去的一点踪影，但他还是渴望站在这里想象白氏的身影。好半天，听不到一点声音，从前行人不断的过道，也不再走人了。后面七婶的院子，现在只有她一个人生活，春棉的儿子孙子们都没有上过高中，全都是初中毕业外出打工，烈芹的女儿蒙蒙，跟他们的区别就是高中毕业后外出打工。他们只是过年时候回来一下，也都在自己的院子，轻易不到她这边来。引科第一年挣了钱，就把院墙垒好，大门楼盖起，只是院里屋里乱七八糟，村里队里，再没有人愿意走进她的院子。三个儿子都分了出去。他们挣钱不易，日子过得艰难，性子都变得粗硬，一个见不得一个，为一件小事，妯娌不说话，冷战。家里没有整洁温馨过，因为只临时住几天，过完年就又跑走了，也没必要收拾。但总比不团聚强，春棉还是想见到他们，借着过年回来看上几眼，在她身边挨靠温存，也是很高兴的。热闹几天，初五之后，他们纷纷离去，把春棉又丢在寂静里。春棉刚过七十岁，腰完全塌了下去，头发白了，眼睛总是有着炎症，发红，流水，老拿一张揉得脏乎乎的卫生纸擦着。全仁、儿子、孙子们把她的心劲掏空了，但她耳不聋眼不花。每天坐在自家门口，看到有人路过就打招呼，别人远远地应一声，她也能听见，对着人家走远的背影，还能说上几句。

人们慢慢不再提她的名字，而是用"那老婆儿"代替。她去一次街里也挺困难，一个破烂小车，又当拐棍又当椅子，推起来能走，停下来能坐。她瘆得慌，就一个人依靠小车来到街里，在人堆里坐一会儿，听一听别人说话。人们笑，她也跟着笑；人们不说话，她也静下来；人们纷纷起身回家做饭，她也推起自己的小车，慢慢走进过道，往家里挪去，给自己下一碗面条吃吃。

没有人问及引章的仕途，没有人关心他的职务，仿佛回到前杨，他所有的痛苦都不算什么，被宽展无边的大地吹化掉了，在这年年生长庄稼、年年埋进死人的土地上，有什么化解不了的事情呢？

清明节前，一天上午，一辆面包车停在前杨村头，车里走下杨引运和杨天阳，二人从车内搀扶下年老的梅。引运身材修长，穿着皮衣，头发挼得光亮，嘴唇鲜润，明星亮相一般，向街里的几位老弱病残挥挥手，给大家介绍天阳。人们走上来看，果真像极当年的杨全成。天阳因不会说河南话，跟人们无法顺畅对接，站在那里很是窘迫，一双杨全成的黑亮眼睛，闪着激烈跳动的羞涩光芒，用西北话称呼人，掏出烟盒给人敬烟。梅一走三十多年，她还认得前杨，但前杨好多人不认识她。加上司机星星，一行人往过道口走。杨天德出来把他们迎进院子，梅拉住罗巧芬的手，二人胳膊架在一起往堂屋里去，或许都想起她们共同保守的秘密。时光真是太久远了，连秘密都化成了灰，随风而逝。

他们是回来给杨全成烧纸的，昨天高铁坐到许魏，星星开车去接，晚上住在县城酒店。

梅快要八十岁了，自从杨全成死后，她便在西安跟着天阳生活，这次回来，一是烧纸，二是给天德交代后事。她说，将来她死之后，骨灰从西安运回，跟他们五叔埋在一起。天阳不懂家里的诸多规矩，请天德引运到时关照帮忙，让她顺当入土。二人忙说："五婶赔放心了，回到咱家里啥事都好说。"

天阳到过道东面他出生的院子，静静站立。堂屋已经倒塌，院中长满荒草。

几人也不在家吃饭，到后地烧完纸又开上车走了。

第二十六章　烈芳说

烈芳现在的生活目标是减肥。虽然她此生从没有瘦过，可她相信或许奢望，只要把减肥当成一个目标来抓，总有一天会瘦下来，她也知道像她这样年已五十又长得不好看的女人，胖着和瘦着，能有什么不同？但她就是要减，因为人生，总得有个目标。现在她的人生目标，也都达到了，家也有了，孩子也有了，钱也有了，公司也有了，她还能干什么？只能是致力于减肥。

她热爱家务，热爱美食，对于做饭有着无师自通的天分，每天醉心于把家里收拾得干干净净，打理得停停当当，然后给儿子和小孙做饭——现在已经是老孙了。按说她这经济条件，请个人来做家务不在话下，可她就爱自己打扫，买菜做饭，拍小视频。解说词都是她自己写的，请小桐或小秋录音，一时间"烈芳说"的美食视频广为流传。

烈芳说：遇事要学会心平气和。即使有再大的怒气，也不要大喊大叫，因为你的噪音，除了扰乱自己的心神，并不能让事情变得更好。歇斯底里的吼叫征服不了别人，只会让你在疯狂中失去理智。

烈芳说：人到中年，能聊得来的人越来越少，却能感知太多人性的弱点，人性最大的恶是见不得别人的好，你永远不知道那些生活中跟你亲密的人,会在背后对你抱有多大恶意。所以,要低调行事,谦卑做人。

烈芳说:人生中任何变化都不是突然发生的,而是自己无意间一点点积累和选择的。现在的自己未必是最好的。也许你错过了更好的选择,留下了很多的遗憾。但我就是我,是在每个选择中,慢慢用时间堆砌出来的独一无二的自己。往前走就是了。新的一周,给自己加油。

……

配着饺子、包子、花卷、油馍、菜馍、菜蟒、菜合、菜角的制作过程,配着胡辣汤、芝麻叶面条、炸咸食菜、炸豆腐丸子的生成画面,是"烈芳说"的语音文字。看似与美食无关的话语,慢慢地成为不可或缺的精神食粮。开始只是附近的人、本地的人,经由他们的转发点赞,推荐给朋友,各地的人们,知道了烈芳。人们期待她的美食画面,期待她伴着美食娓娓道来的语言。一时之间,公司视频号粉丝高涨,达到数万人。

烈芳说:人是什么?人就是你所吃的东西。每一天的食物养育了我,每一本书塑造了我,每一次痛苦与打击锻炼了我。物质和精神同样重要,它们是我人生路上前行的动力。生活不在别处,只为当下的每一天,每一刻,活得饱满精彩有力量。

烈芳说:各样饭食养育了我的身体,各种经历增长了我的智慧,从前那些简单粗陋的一日三餐伴随着母爱,让我成长,今天这些过剩的物质条件时刻提醒着我,人生,要懂得取舍和止步,知道自己想要什么,屏蔽掉不需要的东西,别让它遮住我们前进的道路。

烈芳说:做什么饭不重要,最重要的是心情。心情好,饭菜做出来也是熠熠生辉。刀削面、油泼面,我只吃自己做的，从和面到配菜，全都自己完成。

画面里从她和面到择菜切菜炒菜，又是图片翻动旋转，又是快进又是慢镜头，又是切好的菜自己排着队从案板跳到碗里，两分钟的视频要鼓捣半天才能弄好，但她乐此不疲。细心的观众发现她家里哪儿哪儿都是干净的，灶台锅碗锃明瓦亮，画面里常有各种玉器相伴。粉丝每天见涨，她拿手机看着一条条评论，心里美滋滋的。

琴琴留言说：烈芳，还记得多年前你做的芝麻叶豆面面条吗？真香啊，到现在我都忘不掉。

琴琴结婚后，跟丈夫一起到广州做小生意，先是小摊点卖菜，后来做大，转卖水果。她男人在灵宝打过工，依托那里的苹果产地，在广州卖苹果起家，后又联系超市饭店和蛋糕店，给他们常年供应水果，现在开了好几家水果店，一家人在广州过得挺好，给儿子按揭买了一套房。

烈芳忙完之后，和琴琴微信视频通话："琴琴你知道不？那次我刚做好豆面面条，你来了，我看你那么想吃，就说我吃过了，尽着你吃，我只喝了半碗，馋虫勾出来了，想着你快点走，我好拿馍吃，可那天你在俺家玩可长时间，我肚子都叫唤了，不知你听见没有。"俩人在视频里哈哈笑，笑着笑着，琴琴拿餐巾纸擦眼睛，说："唉，过去的生活真是太难了，给现在的小孩说，他们根本听不懂，吃这吃那，吃不完就扔了，吃个苹果，留可大个核，给她说再吃一点，还能吃，她都不听。"琴琴二十多岁刚结婚就生了个儿子，本想着一个就够不再要了，可年近四十突然又想要个闺女，取了环又怀上，想着碰碰运气。没想到天遂人愿，四十一岁生了个闺女，而她儿子都快二十了，一家人把小闺女当作宝贝，从小在大城市长大，哪里能信她妈妈说的，从前有多艰难。

"你那些艰难都不算难，恁爷恁爸好坏有工资，俺家那难才是真难。现在的小孩咋能知道这些？俺家那情况，要是搁到现在，光政府都把你救济成啥了，可那个时候，硬是谁的手里都没钱，为了几块钱，满队里跑着借。那些年,真是把俺借得淌淌的。到现在做梦都是跑了半天,借不来一块钱。"

星期天,老孙带儿子去补课,烈芳问儿子,中午想吃啥,儿子说想吃饺子。这还不好办?立即行动,烈芳跟他们一起出门,到市场上买了她最满意的后腿肉,回来自己剁馅。先和好面放在盆里醒着,从小她知道和面有三光:盆光手光面光。做这一切,她有一种艺术般的享受。肉馅剁好,葱姜切碎搭配,这是饺子馅的灵魂,热油一泼,最提味了。芹菜焯水切碎拧出水分,也不能拧得太干,稍微一搁就中,为了防止再出水,把出门前就泡好的干槐花切碎放入搅拌,二者一个干枯一个多汁,相互搭配吸收。槐花是每年春天大嫂晒好的。她家厨房布满了来自前杨的物产:黄豆、粉条、芝麻叶、萝卜缨、红薯干、干豆角、包谷糁、花生仁,她回前杨没有空过手,走时也不会任啥没有,大嫂和邻居总得给她一些东西,上次的还没有吃完,下次的又拿回来,她看着这些东西自己说,还减肥哩,减个屁呀。馅调好了,凑上去吸吸鼻子一闻,噫,真香。忙了半天,每个步骤都要停下来选角度拍照、录像。最终摆满两板白胖饺子,就等着爷儿俩回来。给老孙发微信,让他走到小区就告诉她,她打火开煮。听到钥匙开门声,水也开了,饺子争相下锅。她是边做饭边打扫战场,保证吃饭的时候,厨房内外到处都是干净利落,她的镜头里,绝没有拖泥带水一片狼藉的现象。她的视频评论里总有人说:"你家这么干净呀。"

再一周给儿子做大盘鸡,一个土豆有点大,剩下少部分,放到晚上变黑了,还有胡萝卜也剩了一点,她把二者凑成一处,红白两丝焯水相拌。另一个菜也是中午的剩料,一点洋葱,几片木耳,几粒花生米,把腐竹搭配得活色生香。老孙看着满桌子的饭菜说:"噫,就这,还成天减肥哩,你生成那倭瓜,再减也变不成黄瓜,胖了快五十年,能减下来才怪,吃吧,好东西吃到肚里最安生。"烈芳不理他,仍然是叨两筷子就放下了,喜滋滋地看着他爷儿俩吃。老孙说,他在学校门口等儿子,别的家长问他:"你是孩子的爷爷还是爸爸。"他说:"我是他大舅。"一家人呵呵地笑。这是老孙常说的玩笑话,儿子不跟自己姓，那自己，可不就是大舅吗？

烈芳的玉器店经营了七八年，年年盈利，给烈芹涨了两次工资。疫情之后，生意不太好，几乎是要赔钱，她也不太去了，只让烈芹在那儿守着，营业额包住房租就行，主要是解决烈芹的吃住问题。烈芹说，把我的工资降到当初的六百吧，等生意好了再涨回来。刚好儿子小升初，老孙负责接送、补课，她在家专心做饭，经营视频。不做饭的时候，展示她的玉器，给人们介绍一些入门知识，在网上偶尔出手几件。

市交通局网站和微信公众号对外承包，先投入两年运营资金，然后承包人自负盈亏，除了发布局里相关政策信息外，其余页面和栏目自主开发。烈芳前去谈判，展示她的视频号和粉丝量，展示小秋的摄影作品、绘画作品，说这些都是她的团队。当然，她嫂子也给交通局领导打了电话，烈芳顺利拿下项目，开办"人生旅途"网站，一放出招聘信息，竟然来了几个硕士、一名博士。

烈芳由此进入一个新领域。在交通大厦租了两间屋子，成为像样的办公室，她变身为杨总，开着车夹着包包来上班，所接触的人，动不动就是硕士博士公务员，平时打交道的，也多是高学历者，叫她这个大专生暗自吐舌，自惭形秽。可过了一段时间她发现，有的人并没有真才实学，拿来的照片、文案不能用，还是要她亲自来写。儿子顺利上了初中，老孙来回接送、照看。玉器店交给烈芹经营，烈芳把自己亲手进回来的好的、喜爱的玉器拣了一些拿走，其余的留在店里代销或者送给烈芹，往后一切支出收入、进货经营由烈芹自己负责。姊妹俩用半天时间，列了一张清单，从此二人两不找。烈芹这几年跟着烈芳，学到不少精细，也对玉器市场有所了解，打心眼里爱上了这一行，愿意独自支撑，熬过疫情。

烈芳把主要精力放在网站经营上，争取尽快打出影响，增加粉丝，从而能有广告收入。对她来说，这是个新生事物，不知结果会是怎样，但她要做一件事，就会全力以赴去干。

小桐被镇上派去当驻村干部，又交了男朋友，没有精力顾及姑姑的视频，小秋继续帮助她写文案，制录音，小秋的那些照片、绘画派上了用场。烈芳给招聘来的年轻人说："疫情当下，环境不好，经营困难不要紧，咱们保本就行，趁着这个机会多学习多积累，把咱们的品牌做好，打造口碑。"有时候没有收入，她拿出自己的积蓄给员工发工资。小秋不要她的钱，说纯属给六姨帮忙，自己有工资，还在微信课程里教绘画和摄影、写作，粉丝打赏多少能挣一点，在六姨这里做这些权当锻炼自己，主要的是她喜欢这项工作。烈芳便送她两个玉石挂坠，它们很快出现在素芬的胸前，小秋说她不爱戴这些。

烈芳说：女人，你不需要到处寻找风景，你自己就是风景，你走到哪里，哪里就是风景。怀抱诗和远方，过好眼前的生活，就是最美的风景。小事可以感性，大事必须理性。感性是让人生路上充满趣味，一路芬芳；理性是把握方向，睁大眼睛观察生活，不至于迷路。

烈芳说：每天纠结自己的不完美，结果只是累心累脑累神经。人皆有弱点，有弱点才是真实的人生。自己认为没有弱点的人，一定是浅薄之人。众人认为没有弱点的人，多半是虚假的人。有缺憾才是真实的人生。学着接受不完美的自己。

烈芳说：曾经对自己的年龄和身体充满了愤怒和厌弃。那些臃肿的，松弛的，干枯的，那些僵硬，那些迟钝，那些阴险的逐渐紊乱的，无以为继随时断流的，那些捣乱般偶尔闪现的疼痛，那些转瞬即逝的词语和名字，时时提醒着你，衰老降临到了你的头上，你从未像现在这样快速地滑向一条不归路。可是，这是生命的必然，与其哀叹失去，不如珍惜当下。从现在开始，再也没有比此时更年轻的你了，再也没有这一岁，这一天，这一刻。晚安。

忘记了今天临涯章庚会，又堵严实了。车在人堆里偎着行走，这几百米的路段，没十分钟过不去。临涯章是市里回前杨的必经之路，只能硬着头皮向前。车就是她的身体，能不能通过，看一眼便知。胖大的越野车被拥在人堆里，挪一点，再挪一下，得付出极大耐心。赶会的人才不管你走得了走不了，仍然漫不经心，走走看看，停停摸摸，问问搞搞。她也没按喇叭，对于这个祥和的集市来说，喇叭声太刺耳。她放下车窗玻璃，伸出头，好声好气地对挡了去路的人说："让让呗，侧下身，叫过去。"都是附近庄上的人，很多脸看起来熟熟的。有的人配合，挪两步给她让开，有的人不理，飘给她一个不在乎的表情，东西还没买好哩，你急啥，开恁大个车，吓唬谁哩。所有的心理活动都在翻起来的白眼里。她耐心地等着，看那人有点故意有点拿捏有点欠揍似的慢条斯理买好东西，或者终于放下不买，离开前轮的位置，她轻点下油门，往前挪一点，再停下来。如此如此，这般这般，要穿过临涯章这牙长的地段，比一路上跑几十里还费油操心。乡村不存在占道经营这一罪名，街道就是市场，凡经营就得占道。平常有村里唱戏演歌舞的，找不到场地，直接在街里拦腰搭台，我的地盘我做主，路过的汽车只得绕行。

离家不足十里，硬是堵这儿了。

每过一段时间，最长不超过俩月，杨烈芳就回一次前杨，也没有明确的啥事要办，就是看看大哥大嫂和二哥三哥在家咋样了，给带点吃的。走到街里，人们给她打招呼，大烈回来了？大烈啥时回来的？听到这样的问询，心里真是舒坦。人们对出嫁多年的闺女，统称为老闺女，七八十岁的老太婆，回到前杨，还是闺女，只是前面加一老字，透着说不出的亲热。半老不老的前杨闺女烈芳站在街里，跟同辈的媳妇们互骂几句，对着哪个嫂子带的小孩大喝一声："谁家小鳖孙？"嫂子回骂她："你个鳖孙。"她再骂回去："你个鳖孙，鳖孙！鳖孙！"一腔比一腔高，一声比一声紧，脖子越抻越长，喷着唾沫星子，脸快要凑到一起，总有一个憋不住哈哈大笑，对骂收场，笑意盈面。她知道人们对她心情复杂又不好表达，只是倾注在"鳖孙"的骂声之中。她走的时候开上她的越野，一脚油门窜出前杨，腾起一街尘土，她知道人们看着她的车，会在心里骂几句："黑胖芳，哪来恁些钱，八成都是引章贪污的吧。现在好了，搁到那儿了，贪不成了。"人们这样议论一番，解一解心里的气，至于引章给他们递烟拿糖，烈芳给他们送各样礼物，那时的感动情义是真，这时说风凉话也是真的。你总不能拦住人家的心理活动吧，你有人家没有，你总不能不让人家在心里恨一恨你吧。

堵就堵吧，也没啥急事，就是领一下她伯上半年的承包地款，记得是六百多元，听说这几天能领了。

每次一出市区，开上回前杨的这段路，心情就好起来，堵车也不影响什么，堵车也是回家的一个内容。城里孩子，旅游看景，何需到处乱跑，挪动十里，看看这成片的庄稼，看看这无边的大地，看看这烈日蒸发湿气催生之下时时刻刻都在生长的作物，包谷秆青葱挺拔像十四五的少年。有个笑话说，一个女人憋尿去包谷地里解决，匆忙间解下腰带挂到一片叶子上，起身后却够不着了。肥厚的豆子叶芝麻叶顶着一层细小绒毛，恨不得从每个毛孔里渗出油脂，提前告知世界它们的性能和使命，烈芳真想不来，世上还有比这更美丽动人的景色吗？

杨天庆坐在门口，看到她的车拐进街里，起身相迎。烈芳下车，三哥强打精神喊声"大烈"，透着亲热和欢喜，她见到三哥的形象显出老年人的感觉，想一想他快七十了。

吃饭时，二哥说，镇上在通淮集村头办了个养老院，老人住进去每月交八百元钱，五保户免费，以后就不再发补贴了，所以他想和老三去住养老院。他们去看过，两个人住一间房子，干干净净有人收拾，到点就吃饭，一天三顿都管得挺好。他二人都是五保户，将来公家管埋管葬，所以他们住在哪儿都一样，不用在家里，叫大嫂操心他们的吃饭问题。他们老了，也干不了啥活儿，现在不种地了，家里也没啥活儿要干，所以他们还是走吧。

烈芳看向大嫂。大嫂说："叫他俩定吧，他们在家也没啥，我能做俩人的饭，就能做四人的。"

烈芳又看二哥三哥。二哥说："还是去吧，俺俩都商量好了，去那儿还是俺俩做伴住一个屋，离家这么近，想回来了还能回来看看、停停。过年过节小孩们回来了，我们也回来热闹热闹。平时哩，就住到那儿。也有可多老头老婆儿说话，不保。"

烈芳心里有点难过，二哥三哥为这个家，一辈子掏大劲出的牛马力，临老了却要住到养老院。这条过道里的人越来越少，现在只剩下三户，平日里六个中老年人。大哥家的院子，也将要安静下来，除了年节的短暂欢闹，平常就剩他老两口。是啊，大哥已经七十五六岁，大嫂也六十多，可不就是老人吗？大嫂说："恁大娘那时总说夜里睡不着，没瞇睡，我老不信，咋能睡不着哩，那不是躺那儿就睡着了吗？现在我到了这年纪，也知道了，真是没瞇睡，有时候成夜躺床上，眼是圪挤住了，脑子却是清楚着，几万年的事都能想起来，真是老了。这老天爷也真能，到了一定时候，收你这收你那，连瞇睡也收走，反正他给你的，都得再收回去，最后就把你这个人也收走。收收吧，谁也没法儿，哪天说要来收我了，去龟孙，站起跟他走。"

这个烈芳当作温暖港湾的地方，大伯大娘的家，大哥大嫂的家，不久的将来，终会成为废墟。二哥三哥的身影在院子里走动，他们变得轻了、糠了，他们虽然没有娶亲成家，可也在世上慢慢流失了自己，直到现在，要走进养老院，在那里终了人生。

不是冤家不聚头，几十天回来一次的烈芳，怎么也想不到，在大哥家，劈面遇见几十年后归来的八婶。

一位老年妇人，由一对青年男女陪着，出现在院门口，喊着天德和罗巧芬的名字，堂屋里的人站起来观看，迎出来细瞅。罗巧芬一拍双胯："噫，八婶！"

呼啦推倒几十年的光阴，金环变戏法一样从天而降，虚大了一圈子，面目也不太像了，只有两边嘴角微微泛红发灰的皮肤，证明着她曾经多年里烂过嘴角。罗巧芬抓住她的手，往屋里让，年轻人放下提来的礼品，一时间堂屋装不下了，所有的人都站着，喊着名字一个个相认。烈芳有点尴尬,走也不是,留也不是,目光对视的时候,绷着脸还是喊了一声八婶,毕竟这么多年过去,往日那些不快都不算什么。金环抓住她的胳膊拍了几拍,说:"噫,大烈,听说你成富婆了,我揍说嘛还是大烈中用。"她那口气像个领导一样,脸上没有尴尬,好像她从没有和堂侄女有过那些吵闹和对骂。素芬路过街里,也跟进来,一同见过八婶。

金环给大家介绍,一对青年人是她的闺女和女婿。

"谁能想到,老了老了,享上了闺女的福。"金环被让在简易沙发上。闺女女婿坐在身边,"这是最小的闺女。寻了个好女婿。我前儿个刚念叨几句咱家里听说宅基地确权哩,不知把俺的宅子咋弄,家里没人,别给俺确来确去确没影了,想着给你们打个电话问问情况。女婿说,那咱回去看看不就知了,就窝搁手机上买了火车票,俺仨坐着回来了。噫不是坐着,是躺着回来了,买哩软卧票。我这辈子头一回坐软卧。"

不用问,好女婿不但人品好,主要的是经济条件好,否则不会把从新疆到内地来回三人车票和一路吃住当玩一样。罗巧芬问:"俺这妹夫,搁哪里头上班哩?"

"哪里头也没上,跟着他爸爸在新疆包的有地,种番茄,种棉花,种胡萝卜。甘肃省人,哪个县的,想不起来了。"女婿在旁边说了自己家的县名。

"这是最小的妹子吧?俺都没见过。"关于生育和人口的话题,男人们都不再说话,主要也是因为耳背无法交流,老二老三起身出了堂屋,烈芳仍是绷住脸不吭气,素芬坐那儿顾着秀睐,罗巧芬勇挑大梁,承担起话题开发者。

"最小的,叫我看看,九六年生的,可不是吗你去哪儿见?恁婶我,整整生到四十二,囫囵生下来的,连带小产的,要有十个不依。日他祖奶奶,差门儿把我气死咯。你们不知那些年咋作难哩,那房子四处透风,冬天能冻死人,洗好的碗搁那儿,下顿再去拿,都掰不出来了,碗底那一丁点水,都能给你冻住。不低不高一串串,送出去了几个，身边留着六个。总算慢慢湍出来了。唉，没想到，闺女们一个个长大，该我享福了，这个给钱哩，那个买东西哩。这小闺女最聪明，可小时候就搂着脖劝我：'妈，只要观念转变，你就是世上最幸福的人。'看看小嘴会说不？"金环呵呵笑着，最后一句对着女儿竟然是醋熘普通话，手指头捣了捣女儿的脸蛋，搂住肩膀拍一拍。老疙瘩闺女长得不知哪一点有些像当年的金环，但更多是像杨家人，顺顺溜溜亮亮堂堂，跟素芬属于一种类型。

"不是那是啥呀。看我那仨孩儿，跑得一个比一个远，啥也指望不上，要是有个闺女，我不是也享福了。你看人家素芬，全庄就她日子过哩最得。这就是人家说那，三十年河东，三十年河西，现在有俩孩儿的，都快愁死了。咱庄么么些孩儿，长得支棱棱的，都寻不下，每队里都好几个。"罗巧芬下势要把八婶捧圆展了，老婆儿嘴咕噜咕噜，平日里也没有这么话稠。烈芳经过几分钟的不自在，很快调整了自己，主要是冲着这么可爱的妹子和妹夫，决定与大嫂合力，顺着八婶的毛来摸："时代不同了，咱这儿年轻人也想通了，也不是非得要孩儿，咱队上，有几户俩闺女的，人家就不再要了，说把闺女培养好了，比那不听话的孩儿强多了。"

"不是那是啥呀。"罗巧芬紧着附和，"你看人家素芬。"

八婶扭头给小闺女，用乱拐弯的普通话说："一会儿到过道里院子，看看咱的家，可能都塌完了。妈当时弄着你几个姐姐，那日子过得真是难心，不敢回头想。"普通话拐得太难为人，她只好又换频道对罗巧芬她们说，"对不住那几个，小时候在家净跟着我受罪了，我和恁八叔一说话揍是五动六气，一点不对揍打开了，把她们吓得，挤在那墙角，气都不敢出，唉，可怜人。"

罗巧芬想起八婶丢鸡子那年，闹得跟溢锅了一般，黑透透了，她在自家灶火重烧好汤，喊八叔来喝，八叔高挑的个子窝蜷在灶火门口生气，几个妹子捧住碗喝红薯糊涂的恓惶样子。

"那几个妹子，都好着哩吧？"她问。

"好不好吧都过成自己一家人家了。最大的，小孩都上大学了。要不说我这人有福哩,那时咋打咋吵,她们都不记仇,还是跟我可亲。给恁八叔俺俩,买这哩弄那哩,一到节假日,带着孩子来俺到跟前,家里啥都给弄得停停当当。唉,我也想通了,劝恁八叔,实在想家了揍回来看看,咱不揍是没孩儿吗?咱又没犯法,旁谁说啥,咱不在乎。把房子盖盖,将来死了也死在自己老窝里,总得有人把咱埋了。"

"不是那是啥呀。"罗巧芬继续捧哏。

烈芳借口要接小孩放学,告辞走了,素芬见这小妹子二十六就找好了如意郎君,勾起自己心事,也起身走人,留下他们在堂屋里说话。

烈芳专门拐进通淮集的颍河故道边,果见那里新起了一处院子,大门上写着:九道街镇第三养老院。院子里有几个老人坐在太阳地儿。二哥三哥,无非是把自己晒暖枯坐的地方,从家门口挪到这里。

> 烈芳说:时间是最伟大的力量,她可以改变一切,曾经刻骨铭心的,如今云淡风轻;曾经奋力抓取的,现在轻轻放手;曾经怒目而视的,今天一笑而过。在时间面前,我们都是赤子,捧出真实的自己。时间看着我们,不言不语,却教会了一切。

> 烈芳说:没有谁的人生会一帆风顺,成长的过程总会磕磕碰碰。一路走过,有痛,有悲。你可以大哭,但不能沉溺悲伤太久,更不能纵容眼泪哭伤了双目。哭过痛过,一定要站起来,更坚强地面对人生。让每一次的伤痛成为驻足回眸,审视自己走过的路,要更加务实、努力、勤奋;要变得柔韧、坚定、不屈。就像春天的一棵树,冒雨抽枝,迎风开花,努力长成最好的自己。早上好!

> 烈芳说:很多时候,我们常常自怨生活的艰辛,现在想想,每个人都有过艰难的岁月。如果能挺过来,那些岁月会变成生命中最精彩的日子。用最美的心情,走最好的人生,发现生活的意义,创造最美丽的自己。晚安!

烈芳看到引章的痛苦，感受到他的绝望，将从他那里悟出的道理、沉淀下的思绪写成百字左右的短章，配以小秋拍摄的照片和自己做饭的视频。她开始自己录音，之前她总觉得自己普通话不标准，带着乡音，每次找小桐小秋演播。后来她想，长期下去，不能总靠别人，再说小桐小秋因为年轻，不能更好理解她的那些语言，只强调了音质美，没有生命的沉淀和沧桑，不如她自己来得自然、融洽，不标准就不标准，总是最真实的自己，试着醋熘普通话说了几期，拿捏得难受，干脆河南话上阵，更加自在从容，反正全国人民都听得懂，自媒体就是要突出个性。没想到反响很好，没有人在意她的口音问题，反而因为变了一个中年女性的舒缓声音而显得亲切真诚。一时涨粉很多，转发点赞评论也都见增长。一群中年妇女涌到后台，询问她这样那样的问题，烈芳再根据这些问题，制作新的视频。得到回应，粉丝们很高兴，在网上复制粘贴她的语言，很多人在打听，"烈芳是谁？是真实的名字吗？""烈芳，你啥时亲自出镜？""烈芳，你一定长得很美。"

"小秋，你三十三了呀！"素芬痛心疾首地说。

"那又咋了？"小秋反问。

"你到底是咋想的？"

"没有咋想。有合适的就找，没合适的，就自己这样过，潇洒自在，也挺好的。"

"那就把我愁死了。我操心受累几十年，就是想让你有个好的生活，别像我这样。"

"我现在就很好呀。妈，咱俩这样过着，你守着我我陪着你，一辈子不分开，多好。一个人，应该有一种能力，结不结婚，都不影响她的生活质量。我现在就是在锻炼自己的这种能力。妈，放坦然点，不要让结不结婚成为咱俩的问题，也不要影响你的心情。"

"咋能不影响我的心情，这是我最大的心事。"

"那你调整一下嘛，别被街里坐的那些人左右了思想，每个人的生活都不一样，不能整齐划一地要求。而我，下一步的计划是要当作家。"

"当啥？"她的每一个计划，都让素芬胆战心惊，认为是这些计划让她离找对象结婚越来越远。

"当作家，写作。我之前不是在报上发表照片和文章吗？时不时有点小稿费，那都是小打小闹，而我想今后专心写作，写大部头。"

"啥叫大部头？"

"就是写书，写这么厚的书。"小秋用手比划着半层砖的厚度，"我要当中国的勃朗特，中国的麦卡洛，我要写中国的《简·爱》，中国的《荆棘鸟》。"素芬已经听不懂了。她想，生活这是给她娘儿俩安排的什么路数？自己年轻起就走了跟别人不一样的道儿，那时是迫于无奈。而今天的小秋，却是自己要选择一条跟世人不同的路。

"好好好，你写，你当，你做的这些都是听起来可高级的事，反正吓唬我是足够了，不管你干啥，妈都支持你，可这些也不影响你找对象结婚呀。再说作家哪有那么好当的，你想当就能当上？"

"所以我要努力呀，我要勤奋地写，扎实地阅读、行走、体验、倾听，我要写这片土地，写大地上的人们，写咱过道里的女人，我要写我自己。妈，从现在开始，给我讲你们的故事吧，从你有记忆时讲起。"

尾　声

中国中部，中原之中的地级市，颍河水穿城而过，这几年又治理得好，市容美观洋气，因为有一个响彻全国的民营大企业，带动整个城市有了活力。街道命名很有意思，南北街道是山的名字，东西街道是水的名字，这样人们一听街名，就会知道方向。烈芳住在山的路上，引章住在水的街里。

小城四十年前属于许魏地区，后来行政区划重新制定，小城分了出来，单独成市，和许魏平起平坐了，颍多湾县跟着小城一起，划了出来，人们的一切活动，政治的、经济的、文化的，统统跟着一起南迁。城市虽小，居民幸福感却很强。陈稳秀说："嚯，我去过全国那么多地方，哪儿都没有咱这小城好。"

出市区，向北，向西，好远才看到真正的乡村，国道两边，被各种各样不是城也不是乡的建筑占满，城与乡不再有明显的界线，有些村庄之间，也快要连接起来，它们被各种加工厂、小作坊、门面房、隔离围挡填充，村庄显得挤挤挨挨。要经过三十多个村子，四十多分钟的疾驰，才能到达前杨。这条路走了不知多少遍，多少回。景色在变换，村庄在长大。天空辽远，白云悠悠，玉米腰间挂着盒子枪，黄豆棵全身披满小弯刀，这个季节，大地总是这样，一望无边，玉米黄豆，黄豆玉米，外加一点花生地，高高低低，低低高高，不知疲倦地铺展，单调成一部史诗。

壮丽的秋天。烈芳想到自己的年龄，竟然五十岁了，从前觉得半百之人就老透了，可自己怎么还感到很年轻，身上有使不完的力气，还有一颗热乎乎的心，依然敢爱敢恨敢愤怒。引章的事，她最是操心，看到他痛苦，她的心都要碎了，她去看望、劝解，她和嫂子商量对策，和嫂子一起去奔走、去周旋，终于引章在闲置将近两年之后，被重新起用，区上成立现代农业开发示范区，他出任主任。他接受组织谈话，感谢组织的信任及宽大，表示要吸取教训，在新的岗位上干出成绩。他已经五十多岁，职业光阴也就是再剩六七年。虽然都知道注定的结局会在不远的地方等着我们，但还是想要那个所谓的圆满结果。

时代列车滚滚向前，我们每一个人都不愿被它甩脱下来，都要百生法儿地抢票到手，挤上这趟车。是的，我们如此卑微，如此无力，我们都曾苟且，都曾失败，都曾乞求。我们在长夜里痛哭，我们在清晨来临时怀抱希望，我们怎么也不愿放手这尘世的游戏，从未冷却热爱与渴望，你我皆凡人，无力超越，也不愿超脱，我们爱这滚滚红尘。伤过哭过，自己爬起，抖抖身上的尘土与蜕皮，重新出发，我们一直走啊走，直到真的无路可走，就是再也走不动的那一天。

今天是大嫂六十六岁生日。在颍多湾，六十六很重要，代表着一个人真正步入老年。六十六，割块肉。再穷的人，这一天也得为父母、长辈庆祝一下，借机改善家里生活。儿子给割肉，闺女给做鞋。罗巧芬一定又会想起小蝶，她已经死去二十年，前杨人慢慢忘记了她，只有罗巧芬年年记得她的生日和忌日。

今年春节大家便商议着给罗巧芬过六十六，随着秋天到来，大家又是各种策划，大侄子一家三口专程从郑州回来。引章刚上任，要好好表现，工作忙走不开，让烈芳捎回去六百块钱。小秋说："我来给大妗买鞋。"小雪小桐说："我来给大妈买鞋。"儿媳妇说："我来给妈买鞋。"烈芳在微信群里说："两双鞋就够了，其他人的折现。"意思是给成钱，小辈们纷纷同意。

穷有穷的过法，富有富的过法。从前的割块肉、做双鞋，现在慢慢演化成了服装金饰、饭店酒席、歌舞唱戏。罗巧芬大孩儿说:"戏和歌舞就算了,咱就请亲戚们来,后杨饭店里订两桌,那家质量不赖,县里的人都开车来吃哩。"大家赞成,也知道订在后杨是因为罗巧芬和老三杨天庆坐车头晕,二里地他们走去就中,谁若不愿坐车,也可一起走路。总之气氛要搞起来,弄得浩浩荡荡的,让全村人都知道你家里过事。谁跟谁一起走,谁坐谁的车,谁先去打头阵,酒在谁车上,谁负责联系饭店,谁最后走把房门院门都要锁好。计划再周详也会出点小岔子,哎呀一声把个啥忘记了,站在街里冲着走了的人大喊几声,打电话给已经开车窜了的人问一句要紧事⋯⋯寿星穿着新衣新鞋,注定穿啥都好看不起来,行动稍微不太自然,走在街里自嘲地笑两下⋯⋯到了午后,众人双眼蒙眬脸儿微红像一把搁蔫了的小菜叶。这醉人而颇为劳累的画面,想想都挺生动,烈芳在车里自己笑出了声。小秋说她想当作家,先把这个场面描写下来再说。

二哥三哥已经去了养老院。据说二人偶尔会在吃完饭遛弯时,回到前杨街里走一走,伸头到自家院子里看一看,其余时间,他们安静地待在养老院。除了干活,也不会什么娱乐活动,麻将扑克都不玩,也不爱扎堆喷空儿,因为他们耳朵背了,听不到别人说什么。可他们很快找到了适合自己的活动,打扫院子,养花种菜,把养老院弄得花红柳绿。

大侄子问烈芳走到哪儿了,说他们从郑州出发都到家了,她从市里还没走到。烈芳边开车边回微信语音:"噫,你是她亲孩儿哩,心里热,跑得快,我还隔着一层,晚点到没事。"

临涯章今天没会,早集已经结束,街里没有那么多人,路边摊点也已撤离,一眼看去宽阔舒展。两边各式门面房,都开张营业,售卖的推销的,修理的回收的,麻雀不大五脏俱全,包揽着周边人们的生活需求,早已完全取代通淮集,此时正敞开怀抱接受烈芳文化传播公司总经理的检阅。

本地人说话儿化音多,将村庄名字念得转了音,好像那些名字因为说了几百年而不耐烦了似的,过于熟烫丝滑,变成最软乎最省事的音节从嘴里滑溜出来,只有本地人知道说的是什么,比如这端庄大气颇有来头的临涯章,就成了"链儿着"。

烈芳说:"过链儿着了,马上到家。"

出了"链儿着",路上无人,杨烈芳加大油门,直扑前杨而去。

2021年3月12日至2022年12月6日 一稿
2022年12月8日至12月15日 二稿
2022年12月18日至12月31日 三稿
2023年1月6日至1月17日 四稿
2023年2月1日至3月2日 五稿
2023年3月20日至4月13日 六稿
2023年5月13日至6月18日 七稿

图书在版编目（CIP）数据

芬芳 / 周瑄璞著 . —北京：作家出版社，2023.10
（新时代山乡巨变创作计划）
ISBN 978-7-5212-2390-3

Ⅰ . ①芬… Ⅱ . ①周… Ⅲ . ①长篇小说—中国—当代 Ⅳ . ① I247.5

中国国家版本馆 CIP 数据核字（2023）第 130122 号

芬芳

作　　者：周瑄璞
责任编辑：向　萍
助理编辑：陈亚利
装帧设计：杜　江　周　侠
出版发行：作家出版社有限公司
社　　址：北京农展馆南里 10 号　　邮　编：100125
电话传真：86-10-65067186（发行中心及邮购部）
　　　　　86-10-65004079（总编室）
E-mail:zuojia@zuojia.net.cn
http://www.zuojiachubanshe.com
印　　刷：北京盛通印刷股份有限公司
成品尺寸：152×230
字　　数：325 千
印　　张：23.25
版　　次：2023 年 10 月第 1 版
印　　次：2023 年 10 月第 1 次印刷
ISBN 978-7-5212-2390-3
定　　价：58.00 元

作家版图书，版权所有，侵权必究。
作家版图书，印装错误可随时退换。

亲爱的读者朋友：

　　来到您手中的，不是简单的一本书。
　　是时代列车承载命运向前奔赴，
　　是芸芸众生内心世界电闪雷鸣，
　　是乡村生活日志，是大地母亲万物生长。
　　五十年的时光流变，岁月走过豫中平原、颍河流域，阳光照见前杨村，一对性格迥异的兄妹，一户苦难困顿的人家，一场不甘于命运安排的拼搏，以及他们所在一条过道、一个家族数十位人物的众生相。
　　没有意外，我仍然专注于解读女性命运，她们是这片土地上赤诚的孩子，她们是芬芳的花朵，多样的植物，风雨之后，结出果实，有苦有甜有酸涩。
　　讲述，回忆，呈现，试图唤起尘封的记忆。
　　打开这本书，看见你和我。

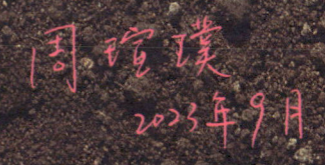

周瑄璞
2023年9月

后地

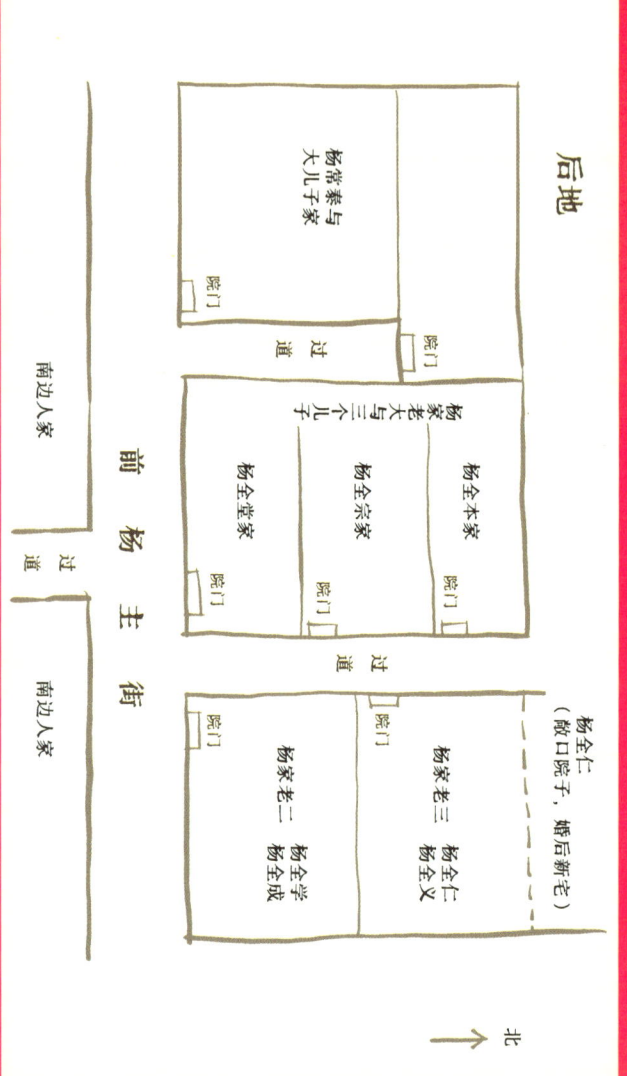

杨常秦与大儿子家

院门

杨家老大与三个儿子

院门

过道

杨全本家

杨全宗家

杨全堂家

院门

院门

院门

过道

杨全仁（敞口院子，塌后新盖）

杨家老三 杨全仁 杨全义

杨家老二 杨全学 杨全成

院门

院门

前 杨 主 街

过道

南边人家

南边人家

北 →

在河南,有一种炫耀叫"烧包"。

例:张三刚买了一条高规格项链,在李四面前不停显摆,李四道:"真烧包,看你这月房贷咋还。"

画外音:除了"嘚瑟",炫耀还有"烧包"这个"表亲"。

在河南,有一种"量化"的挨打前奏。

例:你离挨打不远了啊,你离挨打还有二里地,你离挨打有一拃了,你离挨打只有一簸儿!

画外音:口气一次比一次严厉,离挨打不远了。

在河南,有一种怕什么来什么的无奈叫"不吃荆芥净荆芥"。

例:张三说:"噫,不吃荆棘净荆芥,不想见她,却每天路上都能碰到。"

画外音:"说曹操,曹操到"之"恐怖版"。

读《芬芳》,见"豫言"

挑战,生活中的河南方言

人物关系图谱
拼贴示意

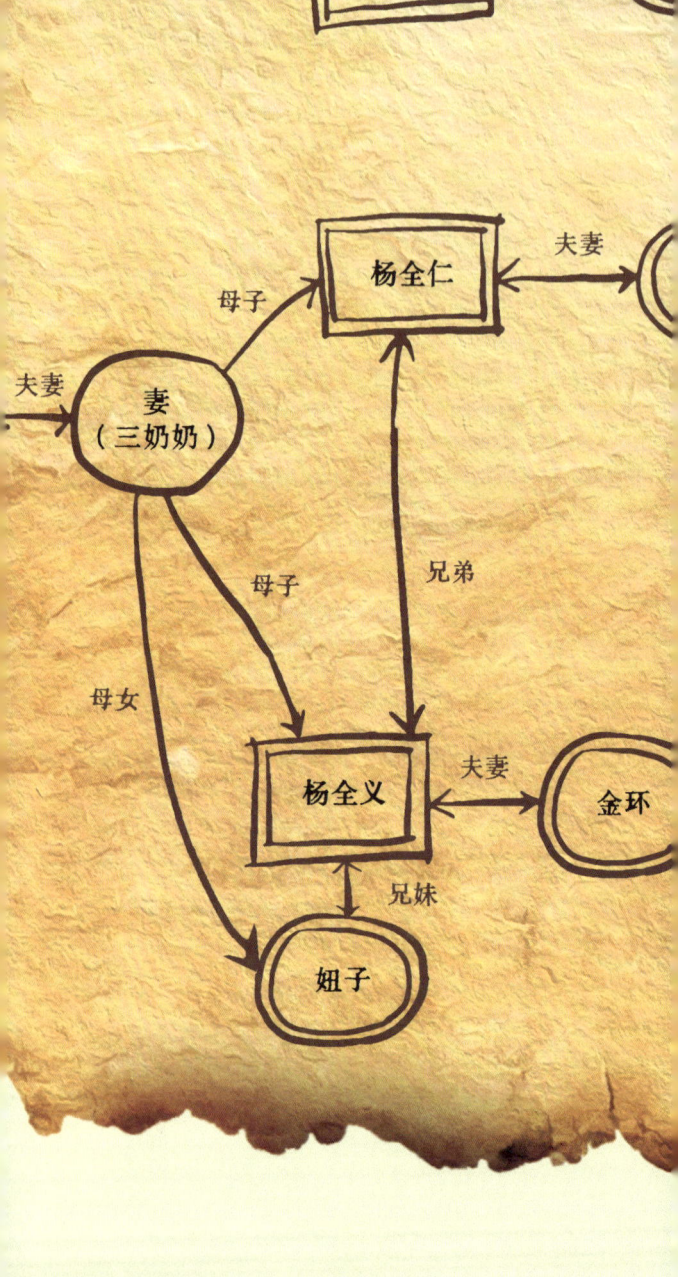

```
夫妻 → 妻(三奶奶) ──母子──→ 杨全仁 ←夫妻→ ○
              │  母子         ↑
              │               │兄弟
              ↓               │
              杨全义 ←夫妻→ 金环
              ↑
    母女       │兄妹
              ↓
          ○ 妞子
```

- 妻（三奶奶）—母子→ 杨全仁
- 妻（三奶奶）—母子→ 杨全义
- 妻（三奶奶）—母女→ 妞子
- 杨全仁 —兄弟— 杨全义
- 杨全义 —兄妹— 妞子
- 杨全义 —夫妻— 金环

丈母虫：豆天蛾，俗名豆虫。
例 P310：她蹲着身子，在相机后面问："你怕丈母虫不怕？"

赇：随便，请便，尽管。
例 P319：店主女人说，拿回家吃挤住眼赇挣钱了。

括：专指拿棍敲。
例 P333：我有时候都想问问俺爸，又不敢，怕他拿棍括我。

囊气：志气。少囊没气：引申为没志气，不要强。
例 P344：二奶奶不是老说，少囊没气地活吧，想想他们那时，进监狱，要枪毙，到处躲，都能活下来。

读《芬芳》，见"豫言"

扫描，《芬芳》里的河南方言

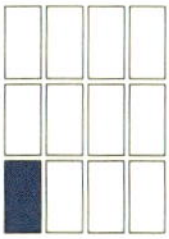

人物关系图谱
拼贴示意

母女

蒙蒙

没趟：严重、离谱，类似没边没沿。
例 P156：南洋人带回的家眷，更是洋气得没趟，一时间大家竟不知怎样称呼那个抹着红嘴唇的老夫人。

蝇子屎：雀斑。
例 176：群奶奶看出这闺女与十八年前的春棉太像了，只是眼睛没有春棉灵动，鼻梁上有几颗小蝇子屎。

摸丢：迷路，走失。
例 P208：你也不得去，那么远的路，看把你摸丢了。

将：qiāng 音。会，可能，预估。
例 P209：西边就是个河，小闺女家不将去。

苍虫：金龟子在河南一带的叫法，因为它飞起来乱撞乱碰，也叫瞎碰。
例 P224：连小时候妈给他们在灰窝里烧小雀、烧马吱妞，在锅底焙苍虫的事都想起来了。

读《芬芳》，见"豫言"

扫描，《芬芳》里的河南方言

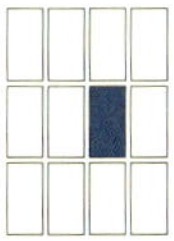

人物关系图谱
拼贴示意

母子

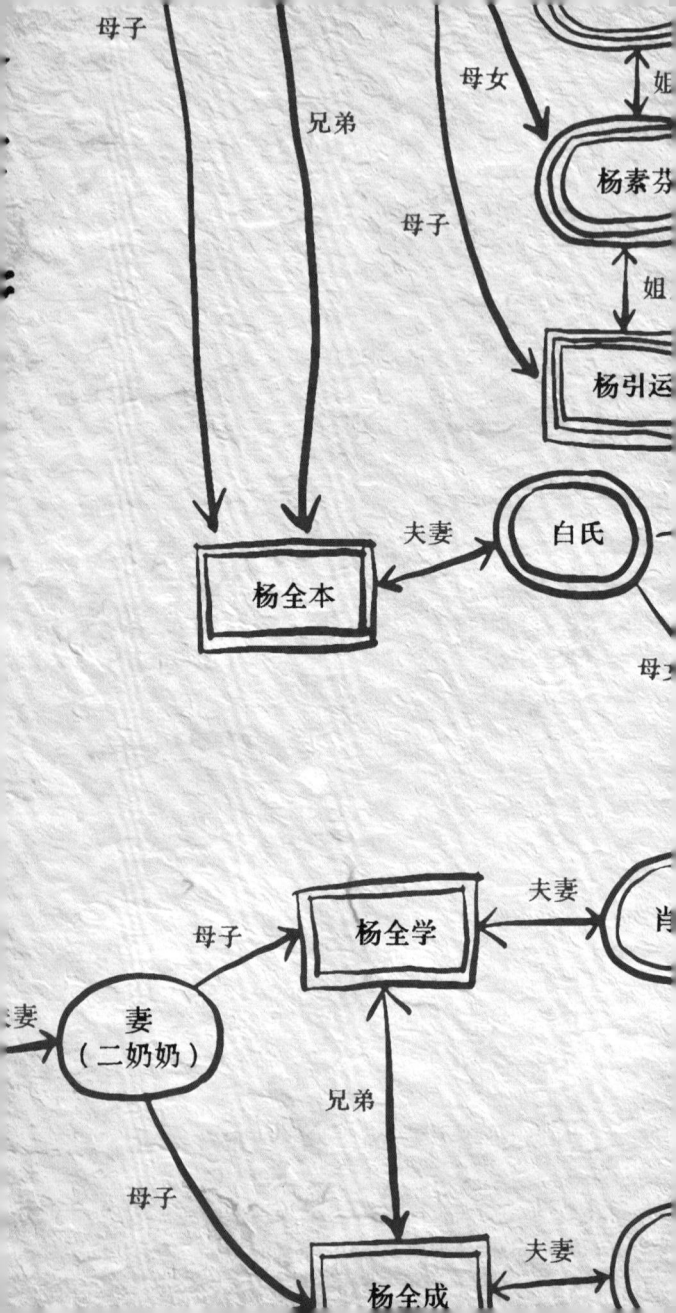

兄弟

母女

姐

杨素芬

母子

姐

杨引运

夫妻 → **白氏**

杨全本 ←

母

母子 → **杨全学** ← 夫妻 → 肖

妻
（二奶奶）

兄弟

母子

杨全成 ← 夫妻

落生：花生。
例 P60：咱家不是还有些落生呢吗？我给你炒炒，你背到集上会上，多少换俩钱。

捣点儿：挑是非，出坏主意。
例 P64：别听赖种们捣点儿，你只想想我们对你咋样，就中了，啊。

志：用秤或天平等称量东西的轻重。
例 P66：叫二奶奶教她怎么使秤，拿几个红薯放秤盘上，添添减减，志来志去，觉得很是好玩。

栽嘴儿：犯困，打瞌睡。
例 P82：噫，婶，来得真是时候，正栽嘴儿哩，想找个人说话赶赶瞌睡。

作假儿：客套的意思。
例 P88：哎，坐那儿，坐那儿，这是到自己家了，别作假儿。

读《芬芳》，见"豫言"

扫描，《芬芳》里的河南方言

人物关系图谱
拼贴示意

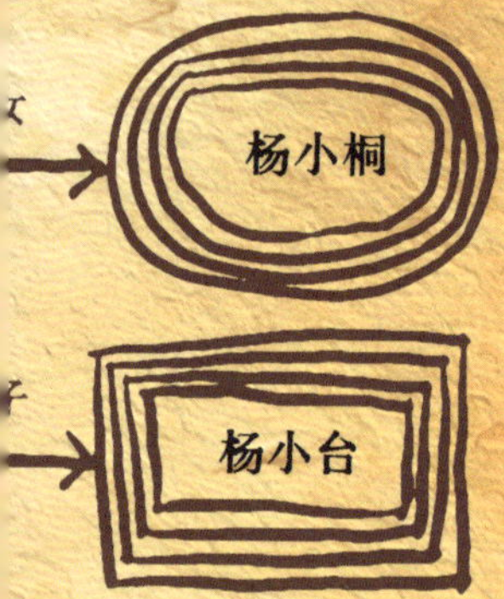

→ 杨小桐

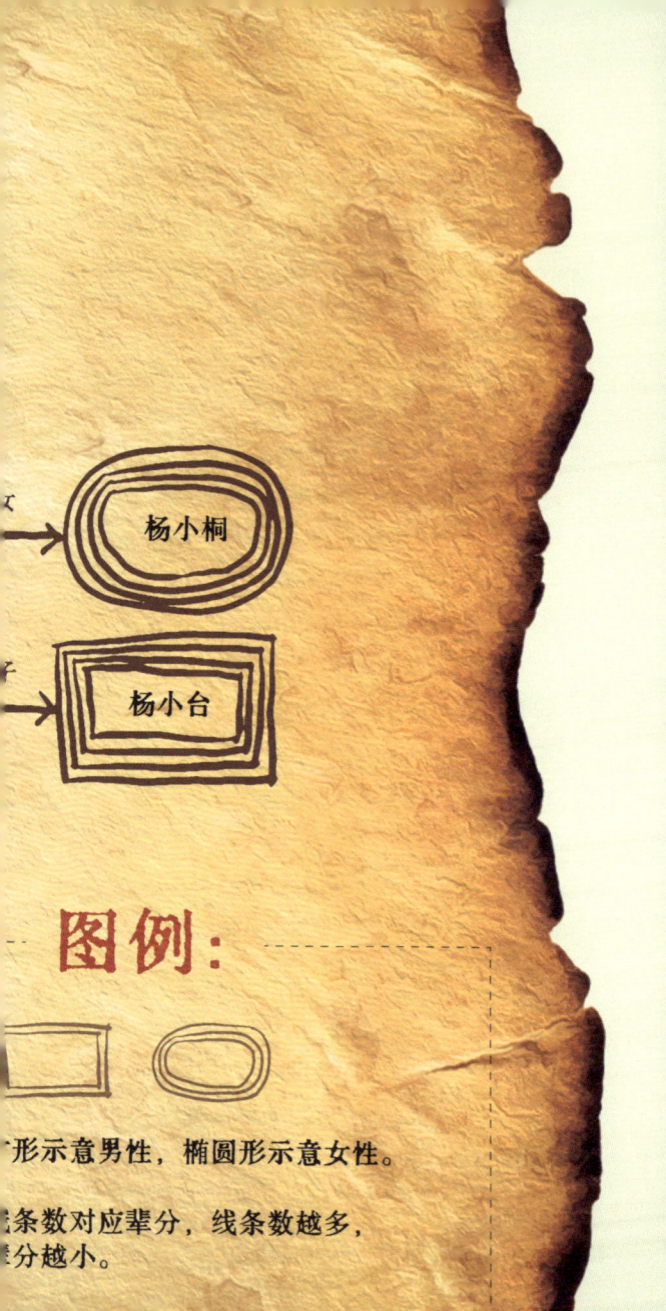

→ 杨小台

图例：

┐形示意男性，椭圆形示意女性。

条数对应辈分，线条数越多，
分越小。

趸摸：寻找。
例 P22：他们不愿离去，生怕错过了时间，只在能听见收音机的地方趸摸。

掏劲：出力。
例 P29：她才二十六岁，外出干活掏劲，回家大碗吃饭，夜里躺下就睡。

妈疙瘩：乳头。
例 P29：跟一个男人睡出了小孩儿，小孩儿叼住妈疙瘩，奶水旺盛，小孩儿呛住了松开嘴，奶水滋了小孩儿一脸。

谋：没有。
例 P37：谋空来看看恁，这才稳住事了。

丧眼摆呆：吃相难看，不注意形象。
例 P40：险些年龄过岗打了光汉条的杨天德，丧眼摆呆的。

读《芬芳》，见"豫言"

扫描，《芬芳》里的河南方言

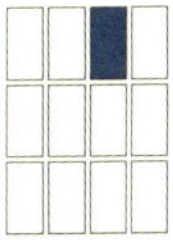

人物关系图谱
拼贴示意

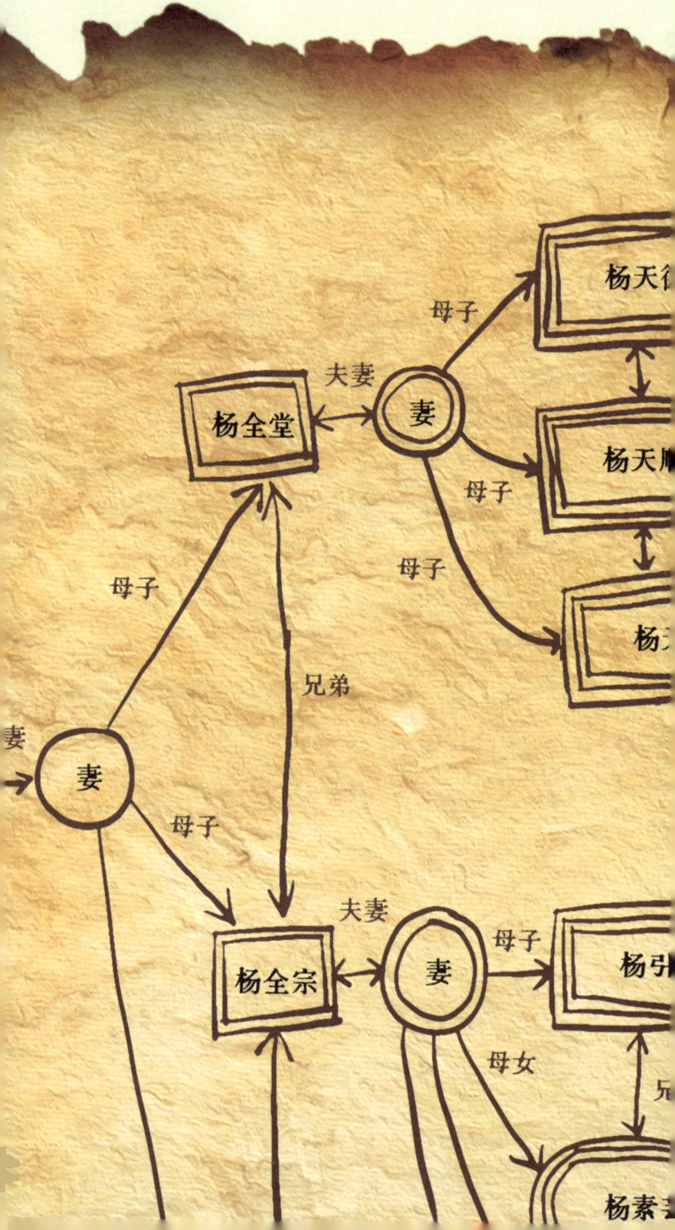

家族关系图(部分):

- 杨全堂 ——夫妻—— 妻
  - 母子 → 杨天德
  - 母子 → 杨天顺
  - 母子 → 杨□
- 妻 ——母子—— 杨全堂
- 妻 ——母子—— 杨全宗
- 杨全堂 ——兄弟—— 杨全宗
- 杨全宗 ——夫妻—— 妻
  - 母子 → 杨引□
  - 母女 → 杨素□

熬渴： 饥渴，食欲、性欲长久得不到满足。
例 P14：我是看恁娘着急，恁哥熬渴。

过岗： 年龄过线、超限。
例 P14：恁俩哥这样好人才，哪能等到这会儿？岁数眼看过岗了。

眵目糊： 眼屎。
例 P17：大地做了一梦，人们晕晕腾腾起身，揉着眵目糊眼，扛锄准备下地，继续锄豆子地里的草。

不郎盖： 膝盖，河南人多称为"不郎盖"或"不老盖"，就是医学上所指的髌骨。
例 P18：一天一天过去，疼痛没有减轻，反而越来越猖獗地在体内鼓动，不郎盖和大腿骨碎裂似的钻心地疼……

读《芬芳》，见"豫言"

扫描，《芬芳》里的河南方言

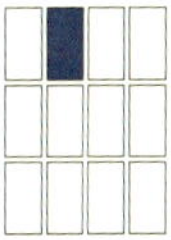

人物关系图谱
拼贴示意

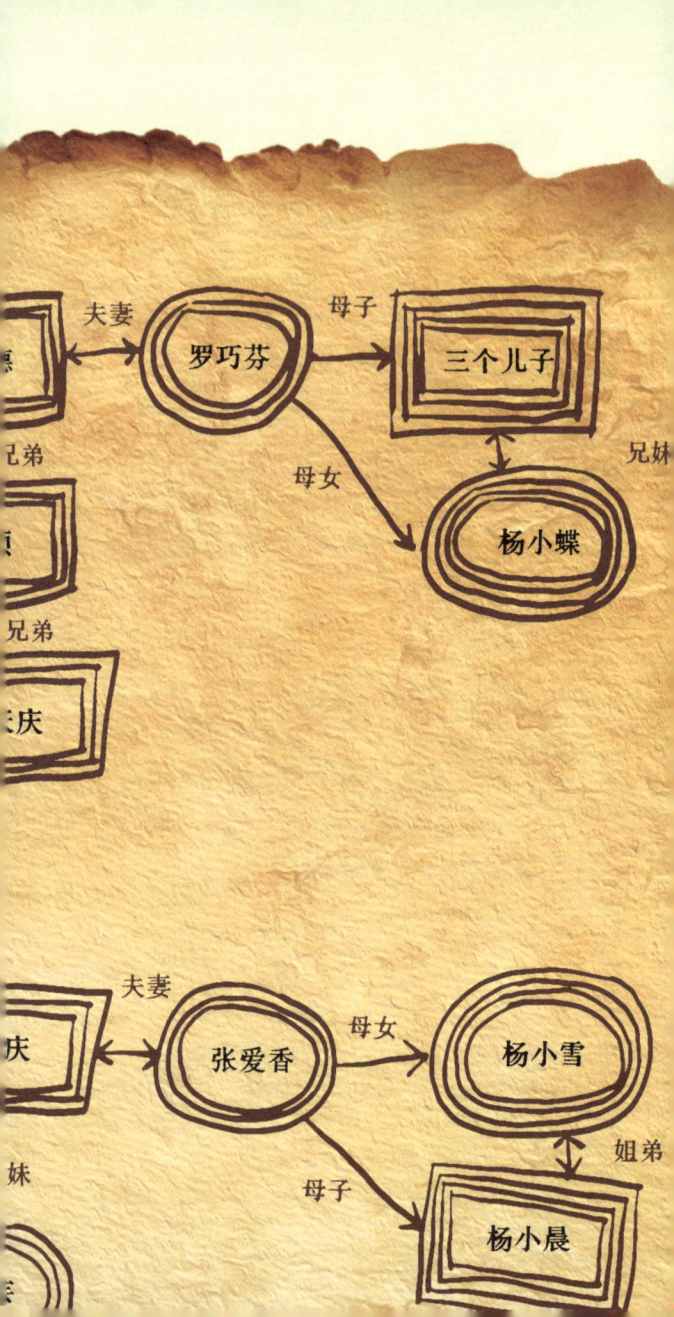

```
          夫妻         母子
  ─────→ 罗巧芬 ──────→ 三个儿子
                ╲              ↑
                 ╲ 母女         │ 兄妹
                  ╲            │
兄弟               ╲→  杨小蝶
```

```
          夫妻         母女
  ─────→ 张爱香 ──────→ 杨小雪
                ╲              ↑
                 ╲ 母子         │ 姐弟
                  ╲            │
                   ╲→  杨小晨
```

在河南，有一种见世面叫"吃大盘荆芥"。

例：张三说："现在跟着李四新领导，我也是吃大盘荆芥，放开腿脚踢腾。"

画外音：瞧不起"大盘荆芥"，是你没见过世面。

在河南，有一种磨蹭叫"肉"。

例：急性子张三见慢性子李四出门前磨磨蹭蹭，好不耐烦："你肉啥哩，快点！"

画外音：切记，河南地界，不是所有的"肉"都能吃。

在河南，有一种介于阴天和下雨之间的天气叫"雾星"。

例：张三说："雾星了，马上就要下雨。"

画外音：听见"雾星"，有"悟性"的话赶紧找伞。

读《芬芳》，见"豫言"

挑战，生活中的河南方言

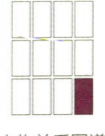

人物关系图谱
拼贴示意

杨家老三
（三爷）

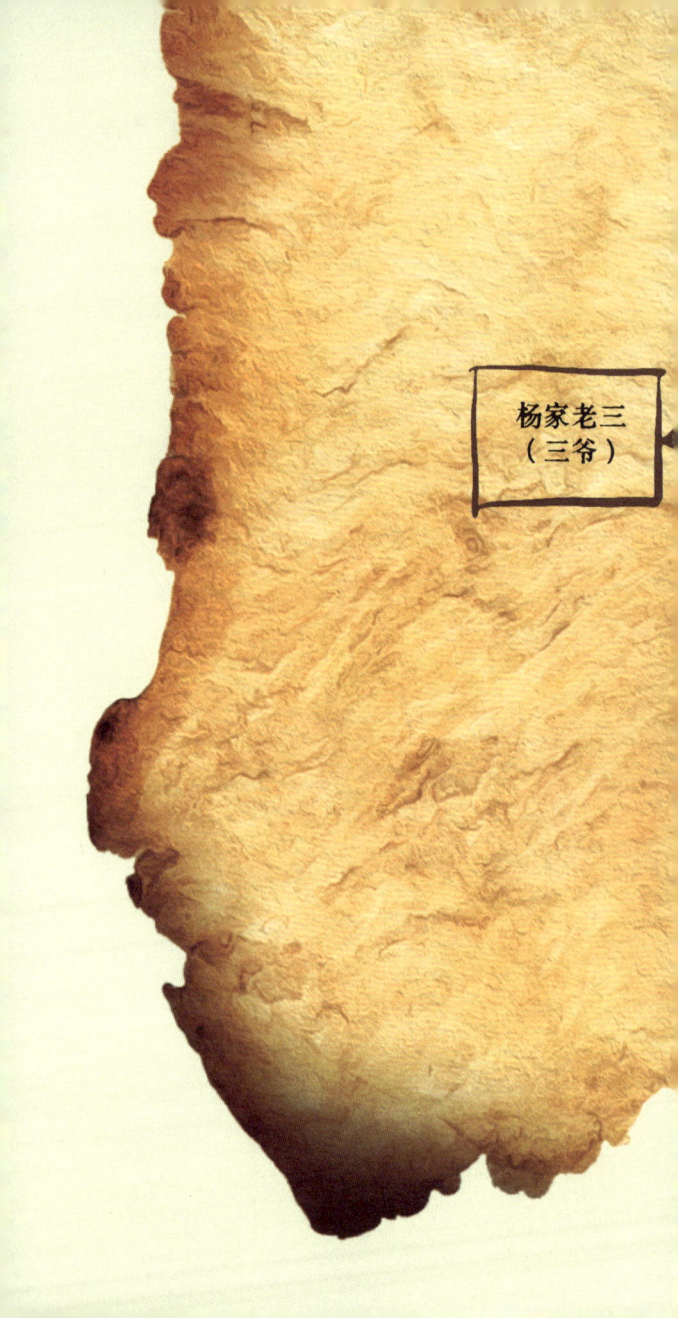

在河南,有一种睡觉叫"眯瞪"。

例:张三叫李四起床,李四说:"我再眯瞪五分钟就起。"

画外音:其实他就是不想起床,眯瞪会儿又睡着了。

在河南,有一种享受叫"得"。

例:张三给李四按摩,李四说:"按哩真得啊!"

画外音:别总"舒服、舒坦"的,一个"得"搞定。

在河南,有一种说话叫"吭气"。

例:张三在生气,不想跟人说话,李四正要开口,张三没好气地说:"你耍吭气!"

画外音:如果没眼色,说不定你一"吭气",他就动火了。

读《芬芳》,见"豫言"

挑战,生活中的河南方言

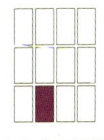

人物关系图谱拼贴示意

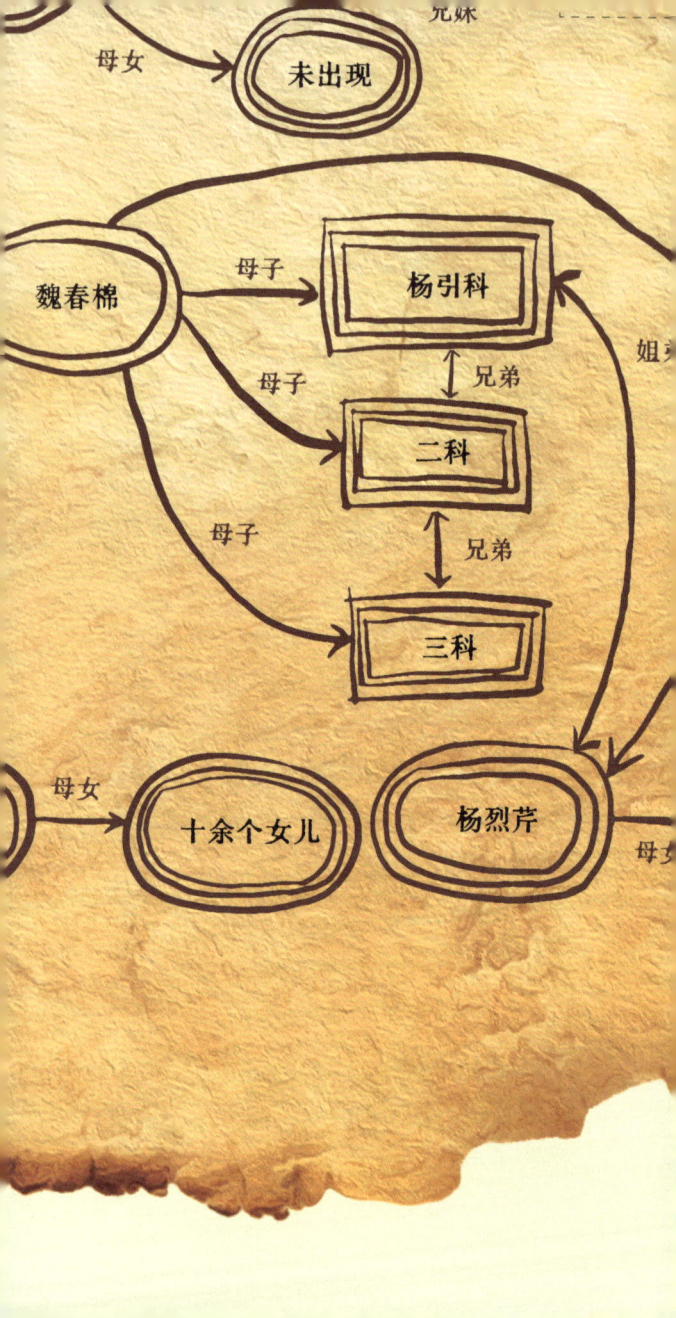

```
母女 → 未出现                    兄妹

魏春棉 ──母子──→ 杨引科
                    ↕ 兄弟                    姐
               ──母子──→ 二科
                    ↕ 兄弟
               ──母子──→ 三科

母女 → 十余个女儿    杨烈芹 ← 母女
```

精细：本领，能力，心眼，眼界，聪明才智。
例P236：她们在外干几年，挣了一些钱，学到一些精细。

胡对对儿：凑合交差。
例P251：亲外甥儿，胡对对儿；亲外甥女儿，不胜坐那栽栽嘴儿。

一拧捏：一丁点。
例P264：我这一关，没一拧捏可能。

撺趁：巴结，讨好。
例P265：你转正招干之前，如何撺趁我们全家。

枯楚皮：皱纹。
例P298：羞愧抱歉地咯咯笑着，堆起一脸干黄枯楚皮。

读《芬芳》，见"豫言"

扫描，《芬芳》里的河南方言

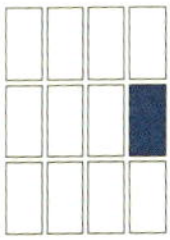

人物关系图谱
拼贴示意

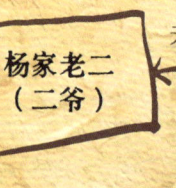

《芬芳》主要人物关系图谱

杨家老二（二爷）

谝人："谝"类 quò 音。骗人。
例 P89：哼，别又谝人，恁姐咋跟你一丝儿都不像哩？

使得慌：很累。
例 P91：我说，下车走多使得慌，几百里地，俺又不是憨子，给腿扛劲哩？

不沾弦：不沾边，差得远。
例 P107：想欺没俺娘儿们，不沾弦，你当我是省油哩？去打听打听……

不照号：指人做事不靠谱。
例 P108：太不照号了不是，咋啥都往外说，还是自己叔伯嫂哩。

斟捯：寻找，筹集。
例 P148：既然要求一把给，那就得还还价，再低一点，俺回去想想办法斟捯钱。

读《芬芳》，见"豫言"

扫描，《芬芳》里的河南方言

人物关系图谱
拼贴示意

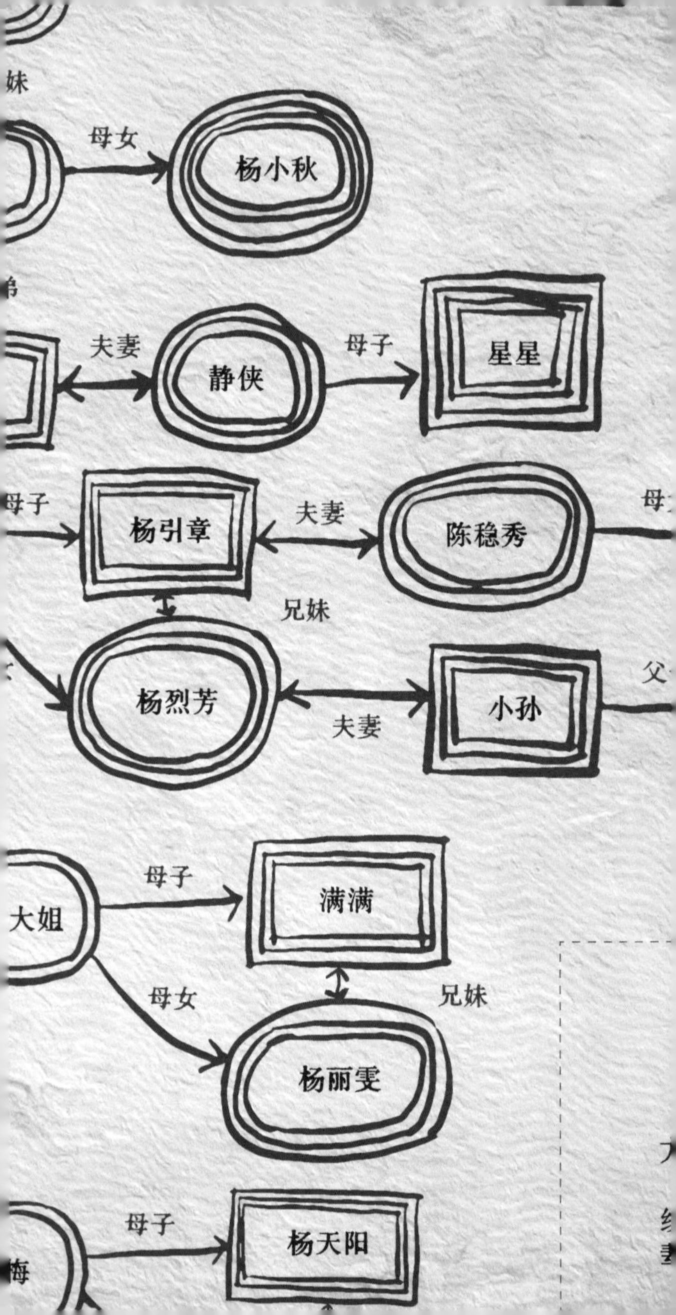

```
妹                          母女
 ○ ──────→  ( 杨小秋 )

           夫妻                    母子
 ○ ←──────→ ( 静侠 ) ──────→ [ 星星 ]

  母子                    夫妻
 ──→ [ 杨引章 ] ←──────→ ( 陈稳秀 ) ──── 母
         ↕
        兄妹
      ( 杨烈芳 ) ←──────── [ 小孙 ] ──── 父
                  夫妻

           母子
 ( 大姐 ) ──────→ [ 满满 ]
           母女         ↕ 兄妹
         ──────→ ( 杨丽雯 )

           母子
 ──→ [ 杨天阳 ]
```

气生：眼红，羡慕嫉妒恨。
例P47：谁也不能把人家咋的，只是暗地里气生。

吊（抓）住屎橛打滴溜：抬杠，认死理，无法办成的事。
例P57：咱不必吊住民办这根屎橛打滴溜。

抬杠对顶：互撑。
例P58：杨烈芳记事起，就见伯妈吵架闹仗，平时开口说话也总是五动六气，抬杠对顶，很少有顺当的时候。

喷空儿：聊天。
例P58：他宁可睡到外面砖瓦窑、牲口棚，有吃有喝有烟吸，有人喷空儿做伴，这样的日子也怪美哩。

读《芬芳》，见"豫言"

扫描，《芬芳》里的河南方言

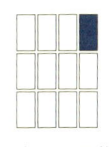

人物关系图谱
拼贴示意

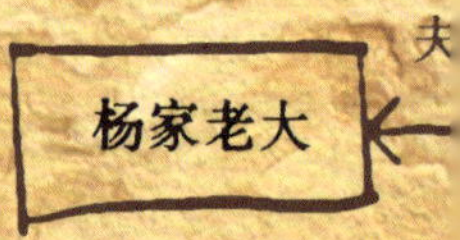

杨家老大 ←

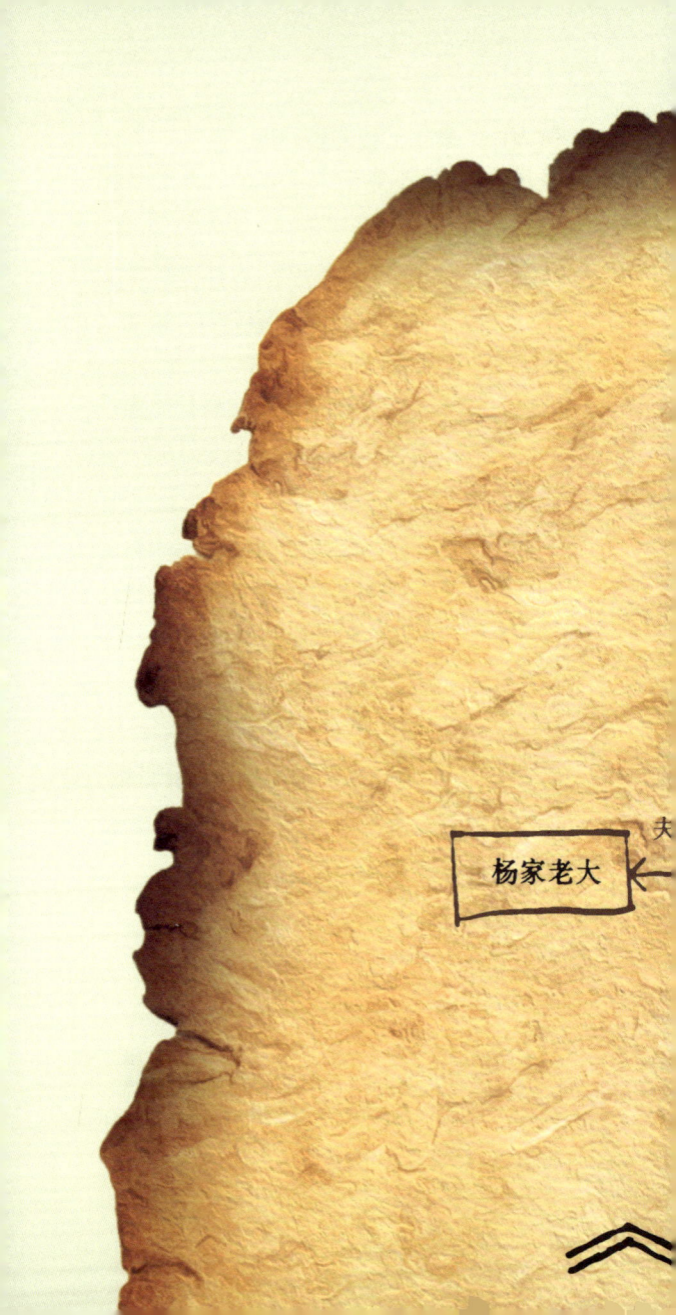

跐堆：蹲。
例P5：瘦了一圈的庄稼人犹如抽去筋骨，有气无力地跐堆在墙根或大树下，用手撕着胳膊上晒蜕的白皮，咧嘴龇着黄色的牙，舒心地微笑。

㾖：孤单、寂寞。
例P12：过道里大人小孩，都愿来挨靠我，我㾖不着。

打挺拨浪：本意像鱼一样特别卖力翻滚，引申为名正言顺、不容置疑。
例P12：总之人家有了儿子，打挺拨浪地生在了他家的床上。

包弹：挑剔、埋怨。
例P13：换亲有两种形式：两家换和三家转。两家换比较简单省事，各家的女儿嫁给对方的儿子，谁也别包弹啥。

读《芬芳》，见"豫言"

扫描，《芬芳》里的河南方言

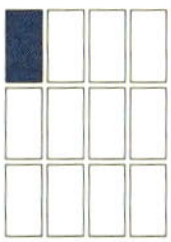

人物关系图谱
拼贴示意